CITADELLES

Kate Mosse est anglaise. Son précédent roman, *Labyrinthe*, a été traduit dans trente-cinq langues et a connu un immense succès international. Cofondatrice et présidente honoraire du Orange Prize for Fiction, Kate Mosse partage sa vie entre le Sussex et Carcassonne.

Paru dans Le Livre de Poche :

FANTÔMES D'HIVER
LABYRINTHE
SÉPULCRE

KATE MOSSE

Citadelles

ROMAN TRADUIT DE L'ANGLAIS PAR VALÉRIE ROSIER

JC LATTÈS

Titre original :

CITADEL
Publié par Orion, an Hachette UK company.

ISBN : 978-2-253-18423-2 – 1re publication LGF

Nous sommes, je suis, tu es,
par couardise ou par courage,
ceux qui rebroussons chemin
pour revenir sur cette scène
munis d'un couteau, d'un appareil photo,
d'un livre de légendes
où nos noms n'apparaissent pas.

Extrait de *Diving into the Wreck,*
Adrienne Rich (1973)

À la mémoire des deux inconnues
assassinées à Baudrigues
le 19 août 1944

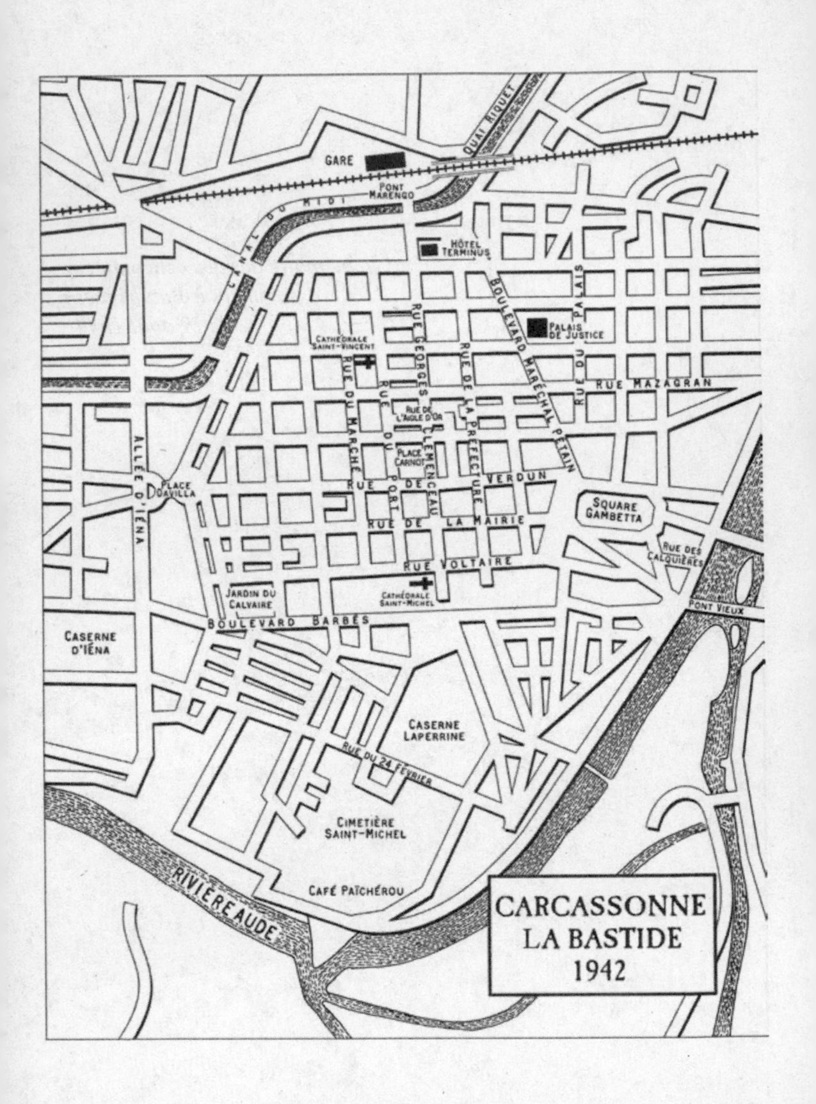

GARE
QUAI RIQUET
PONT MARENGO
CANAL DU MIDI
HÔTEL TERMINUS
BOULEVARD MARÉCHAL PÉTAIN
RUE DU PALAIS
PALAIS DE JUSTICE
CATHÉDRALE SAINT-VINCENT
RUE GEORGES CLEMENCEAU
RUE DE LA PRÉFECTURE
RUE MAZAGRAN
RUE DU MARCHÉ
RUE DU PORT
RUE DE L'AIGLE D'OR
PLACE CARNOT
RUE DE VERDUN
ALLÉE D'IÉNA
PLACE DAVILLA
SQUARE GAMBETTA
RUE DE LA MAIRIE
RUE DES CALQUIÈRES
RUE VOLTAIRE
CATHÉDRALE SAINT-MICHEL
JARDIN DU CALVAIRE
PONT VIEUX
BOULEVARD BARBÈS
CASERNE D'IÉNA
CASERNE LAPERRINE
RUE DU 24 FÉVRIER
CIMETIÈRE SAINT-MICHEL
RIVIÈRE AUDE
CAFÉ PAÏCHÉROU
CARCASSONNE
LA BASTIDE
1942

PROLOGUE

Août 1944

Coustaussa

19 août 1944

Elle voit d'abord les corps, à l'extérieur du village. Ils oscillent et tournent lentement sous le féroce soleil d'août. Une paire de bottes d'homme, et les pieds nus d'une femme qui semble faire les pointes telle une danseuse, les orteils tendus vers le sol. Ses plantes de pied sont noires. À cause de la poussière, ou de la chaleur qui les a fait gonfler ? Difficile à dire, à cette distance. Autour des cadavres, des mouches grouillent et se les disputent en un essaim belliqueux.

La renommée Sophie sent sa gorge se nouer, mais elle ne flanche pas, ne détourne pas le regard, façon pour elle de leur rendre un peu de la dignité que leur mort ignominieuse leur a volée. Elle ne peut prendre le risque d'approcher encore, ce pourrait être un piège, ça en a tout l'air mais, de sa planque dans les taillis située au carrefour de l'ancienne route de Cassaignes, Sophie voit que les bras des victimes sont liés dans le dos par une corde grossière. L'homme serre les poings, comme s'il était mort en combattant. Il porte un pantalon de toile bleue, ce doit être un fermier ou un réfugié, pas un partisan. Quant à la femme, la brise soulève légèrement sa jupe jaune pâle imprimée de bleuets. Mettant sa main en visière, Sophie suit des yeux la corde qui remonte à travers le feuillage du vieux chêne vert jusqu'à la branche qui a servi de gibet. Les têtes des deux victimes sont couvertes d'un sac de toile de jute brun foncé, fermé par le nœud coulant qui s'est resserré brutalement, à l'instant de la chute.

Elle ne pense pas les connaître, pourtant elle dit une prière. Non par foi, mais en guise de rituel, pour marquer leur trépas. Le mythe chrétien ne signifie rien pour Sophie. Elle en a trop vu pour croire en un tel Dieu, à d'aussi belles histoires.

À chaque mort son empreinte, gardée en mémoire.

Sophie inspire profondément pour tenter de chasser l'idée qu'elle est arrivée trop tard, que la tuerie a déjà commencé. Elle descend à pas rapides vers le village, ramassée sur elle-même, se cachant derrière le muret qui court le long du sentier. Entre la fin du mur et les premiers communs de la vieille ferme Andrieu, elle sera à découvert sur quatre ou cinq mètres. Ni fourré ni ombre. S'ils guettent depuis les fenêtres noircies de la maison qui jouxte le cimetière abandonné, c'est là que la balle l'atteindra.

Mais non, il n'y a aucun tireur embusqué. Elle gagne la dernière des capitelles, ces anciennes cabanes en pierre regroupées dans les collines au nord de Coustaussa, et se glisse à l'intérieur. Elles leur ont servi quelque temps à entreposer des armes. À présent, elles sont vides.

De là, Sophie a un bon point de vue sur le village en contrebas et sur les magnifiques ruines du château, à l'ouest. Sur le mur blanchi à la chaux de la ferme Andrieu, il y a du sang, comme de la peinture éclaboussée à l'aide d'une brosse. Deux étoiles rouges, dont les contours estompés se rejoignent et virent déjà au rouille, sous l'ardent soleil d'après-midi. Sophie se raidit ; pourtant cela indique peut-être que l'homme et la femme étaient déjà morts quand on les a pendus, et c'est à espérer. La pendaison est une mort cruelle, une agonie lente, dégradante. Sophie a déjà assisté à une double exécution semblable à celle-ci, une fois à Quillan, une autre à Mosset.

Les cadavres sont laissés aux corbeaux, comme sur une potence médiévale. Leur exécution sert à la fois de châtiment et de mise en garde.

Elle remarque alors des traces dans la poussière au pied du mur, là où l'on a traîné des cadavres, ainsi que des marques de pneus qui se dirigent non pas vers le chêne vert, mais vers le village, ce qui signifie deux victimes de plus.

Quatre morts, au moins.

Sa crainte, c'est qu'on ait emmené tous les habitants place de la Mairie tandis que les soldats fouillaient les fermes et les maisons. Chemises brunes ou chemises noires, leurs méthodes sont les mêmes. Ils cherchent les déserteurs, les maquisards, les caches d'armes.

Et la cherchent, elle.

Sophie scrute le sol terreux pour voir si elle aperçoit des douilles, ce qui lui permettrait d'identifier les armes et donc qui a tiré. Gestapo, milice, ou même l'un d'entre nous, pense-t-elle. Mais elle est trop loin, et les tueurs ont pris soin de ne laisser aucun indice, semble-t-il.

Assise sur les talons dans l'ombre protectrice de la capitelle, Sophie s'accorde une petite pause. Son cœur tourne au ralenti dans sa poitrine, comme le moteur d'une vieille voiture qui refuse de démarrer. À force de ramper dans les sous-bois, elle a les bras lacérés par les ajoncs et les ronces, d'autant plus agressifs qu'il n'a pas plu depuis des semaines, et sa chemise déchirée à l'épaule laisse voir sa cicatrice, celle dont Raoul disait qu'elle était en forme de croix de Lorraine. D'habitude, elle prend soin de la cacher, car cette seule marque suffirait à l'identifier.

Malgré ses cheveux coupés court et son pantalon, mince comme elle est, Sophie reste féminine. En voyant les bottes d'homme attachées avec de la ficelle et bourrées de papier journal qu'elle a aux pieds, elle songe soudain aux escarpins rouge cerise à petits talons noirs qu'elle portait quand Raoul et elle dansaient à Païchérou. Que sont-ils devenus, sont-ils toujours dans la garde-robe de la maison de la rue du Palais, ou ont-ils fait le bonheur d'une autre femme? Qu'importe. Pour Sophie, les articles de luxe ne sont plus de saison.

Malgré elle, une image se glisse insidieusement dans son esprit, elle se revoit, levant les yeux vers le visage d'un garçon amoureux d'elle, au coin de la rue Mazagran. Puis, plus tard, cet été-là, dans le bureau de son père ici, à Coustaussa, quand lui fut révélée la vérité des choses.

« Alors viendront les armées et les esprits de l'air. »

Sophie cligne des yeux pour dissiper ces souvenirs. Sous le couvert de la capitelle, elle scrute le groupe de maisons en contrebas, puis le Camp Grand, en haut, et la garrigue, au nord. Après avoir prévenu les villageois d'une attaque imminente, Marianne et Lucie ont pris position à l'ouest. Suzanne et Liesl lanceront l'assaut principal depuis les ruines du château. Personne n'a encore donné de signal. Quant aux autres forces qu'on leur a promises, Sophie ne sait s'il faut y compter.

« Et leur nombre était dix mille fois dix mille. »

Un silence oppressant plane sur la terre en attente. L'air lui-même semble vibrer, miroiter, palpiter dans la chaleur de l'été, les cigales, le murmure de la Tramontane dans la garrigue, les chardons immobiles parmi la lavande sauvage et les genêts qui se balancent.

Un instant, Sophie s'imagine en sécurité, de retour dans le passé. Avant qu'elle ne soit Sophie. Elle croise les bras sur ses genoux. Et si ça se terminait ici, là où tout a commencé? Ce serait bien. La petite fille qu'elle était et la femme qu'elle est devenue y mèneraient leur dernier combat ensemble, au coude à coude. L'histoire revenue à son point de départ. La boucle bouclée.

Car c'est là, dans les ruelles qui courent entre les maisons, l'église et les ruines du château, qu'elle jouait à la trapette avec les enfants des réfugiés espagnols. Là qu'elle a embrassé un garçon pour la première fois, dans un crépuscule tout enivré des senteurs de thym et de romarin. Le garçon était nerveux, il craignait que sa grand-mère ne les surprenne en regardant par la fenêtre. En guise de baiser, leurs dents s'étaient entrechoquées maladroitement, pourtant Sophie garde de cet instant l'impression qu'elle avait eue de faire quelque chose de mal, de défendu, d'adulte. Elle ferme les yeux. C'était l'un des deux frères Rousset… Yves ou Pierre? Quelle importance. Le visage de Raoul surgit dans son esprit, au lieu des traits flous d'un garçon mort depuis longtemps.

Tout est si calme, si immobile. Aujourd'hui, les hirondelles ne dansent pas leurs chassés-croisés vertigineux dans le ciel d'un bleu infini. Les linottes se taisent au lieu de chanter. Elles savent ce qui va se passer, elles le sentent, tout comme la semaine dernière, chacune des femmes l'a senti ramper à la surface de sa peau, jusqu'au bout de ses doigts crispés.

Eloïse fut la première à se faire prendre, il y a cinq jours, à l'hôtel Moderne et Pigeon de Limoux. Quatre jours plus tard, ce fut le tour de Geneviève, arrêtée à Couiza. Les informations sur la boîte aux lettres, le fait que le sous-chef Schiffner était là en personne, tout cela a donné à Sophie la certitude que le réseau avait été trahi. Dès lors, elle a su que ce ne serait qu'une question d'heures ou de jours pour que l'ennemi remonte tous les fils de la toile d'araignée qui reliait Carcassonne au sud jusqu'à ces collines, la vallée de la Salz, ces ruines.

Elle s'efforce de ne pas penser à ses amies incarcérées dans la caserne Laperrine sur le boulevard Barbès, ou derrière les murs gris du quartier général de la Gestapo, sur la route de Toulouse. Elle sait combien les nuits peuvent être longues dans ces cellules sombres et sans air, à guetter dans la crainte la pâle lueur de l'aube, le cliquetis de la clef dans la serrure, la porte qui s'ouvre. Elle a suffoqué dans l'eau noire, subi le contact brutal de mains sur sa gorge, entre ses cuisses, entendu le murmure insidieux de la reddition, et sait combien il est dur d'y résister.

Sophie laisse reposer sa tête sur ses bras croisés. Elle est si lasse, lasse jusqu'à l'écœurement. Bien sûr, elle redoute ce qui va advenir, mais elle a surtout envie que ça se termine.

« Viendront les armées de l'air. »

Une rafale de mitraillette éclate, venant des collines. Le staccato d'une arme automatique y répond. Aussitôt en alerte, Sophie se dresse et tire son Walther P38 de sa ceinture. Son poids dans sa main est rassurant, familier. Elle l'a entretenu avec de la graisse d'oie pour empêcher le mécanisme de se coincer.

Sortant de son abri, elle court, ramassée sur elle-même, jusqu'aux abords du domaine Sauzède. Jadis il y avait là des poulets et des oies, mais la basse-cour a disparu depuis longtemps, et le portail de l'enclos, resté ouvert, ne tient plus que par un gond.

Sautant par-dessus le muret, Sophie atterrit sur de la terre mêlée de paille, puis gagne le jardin suivant en zigzaguant d'un carré de potager à un autre. Elle entre dans le village par l'est, à travers le cimetière abandonné dont les tombes plantées dans la terre desséchée ressemblent à des dents cariées. Traversant la rue de la Condamine, elle fonce dans l'étroite ruelle qui longe la tour ronde avant de descendre en pente raide, et s'arrête sitôt qu'elle a un bon point de vue sur la place de la Mairie.

Comme elle s'en doutait, tout le village a été amené ici, sous le soleil écrasant. Un camion de la Feldgendarmerie est garé en travers de la rue de la Mairie, et une traction-avant Citroën noire de la Gestapo bloque la rue de l'Empereur. Les villageois sont parqués à l'intérieur de ce périmètre : les femmes et les enfants alignés du côté ouest, près du monument aux morts, les vieux au sud de la petite place. La configuration laisse supposer qu'ils attendent une attaque venant des collines. Tant mieux, pense Sophie en grimaçant un sourire. Mais alors, elle découvre une longue traînée de sang et le corps d'un jeune homme gisant sur le dos, dans la poussière. Sa main droite tressaille, puis retombe, inerte, contre son flanc.

Cinq morts.

De là où elle est, Sophie ne peut voir qui donne les ordres, car la rangée de vestes grises, de bottes noires, et les vareuses vert-de-gris des fantassins lui bloquent la vue, mais elle entend une mise en garde, lancée en français : « Que personne ne bouge ! » Ces soldats-là sont bien armés, ce qui devient rare : grenades à la ceinture, bandoulières luisant au soleil comme de la cotte de mailles. Quelques-uns ont des pistolets mitrailleurs M40, la plupart, des fusils semi-automatiques Kar-98.

Les otages sont partagés entre le courage et le bon sens. Ils ont envie de résister, d'agir, de faire quelque chose, n'importe quoi. Mais on leur a dit de ne pas mettre la mission en péril, et le jeune gisant devant eux les rattache à une dure réalité, qui les paralyse. Une femme (sa mère ? sa sœur ?) sanglote doucement.

— C'est fini ?

Soudain Sophie n'arrive plus à respirer. Elle voit tout, entend tout, mais ne parvient plus à l'assimiler.

Cette voix.

Elle avait prié pour ne plus jamais l'entendre. Espéré ne plus jamais le revoir.

*Mais tu savais qu'*il *viendrait. C'est ce que tu voulais.*

Le crépitement d'une mitraillette qui fuse des ruines du château la ramène brutalement au présent. Pris au dépourvu, l'un des soldats fait volte-face et riposte en aveugle. Comme celui qui gît à terre, ce n'est qu'un tout jeune homme, presque un gamin. Une femme hurle en pressant ses enfants contre elle. Jacques Cassou sort du groupe ; bien que pétainiste, c'est un brave homme, au fond. Sophie sait ce qui va se passer, mais elle n'a pas le pouvoir de l'empêcher. Elle voudrait qu'il attende juste un instant au lieu d'attirer l'attention sur lui, mais la panique a pris le dessus. Sur ses pauvres jambes fatiguées et gonflées, il s'efforce de courir pour gagner la rue de la Condamine et se mettre en lieu sûr, loin de l'horreur, mais il est une cible facile pour les Schmeissers. La force de l'impact le fait tournoyer sur lui-même. Ernestine, sa fille, se précipite. Mais elle est trop lente, il est trop lourd. Jacques vacille, tombe à genoux. Les soldats continuent à tirer. Sous cette deuxième rafale de balles, le père et la fille s'effondrent.

Sept morts.

Le monde explose. Le signal n'a pas été donné, mais, entendant les tirs, Marianne et Lucie lancent la première des cartouches fumigènes depuis le Camp Grand. Elle vole au-dessus des maisons pour atterrir au bord de la place, près du camion, en déversant un flot de fumée verte. Une autre cartouche éclate, puis une autre et encore une autre, lâchant des panaches bleus, roses, orange et jaunes dans l'air étouffant. Désorientés, les soldats échangent des tirs croisés depuis leurs positions respectives. Sophie se rend compte qu'eux aussi sont à cran. Quoi qu'on ait pu leur dire au sujet de cette opération, ils savent que quelque chose ne tourne pas rond, qu'il ne s'agit pas d'un raid ordinaire.

— *Halten Sie! Halten!* Cessez le feu ! crie le Kommandant.

Tout rentre aussitôt dans l'ordre, mais ce moment de flottement a suffi pour que les otages s'éparpillent, comme Marianne le leur a conseillé, en cherchant à se réfugier dans l'église, les caves du presbytère, l'ombre des taillis sous le chemin de la Fontaine.

Sophie ne bouge pas.

Maintenant que la place est dégagée des civils, Suzanne et Liesl lancent l'assaut principal depuis les ruines du château et le profond fourré qui borde la rue de la Mairie. Les balles raclent le sol. Une grenade explose en touchant le monument aux morts.

Un autre ordre du Kommandant, et l'unité de la Gestapo se divise en deux. Certains visent le contingent posté dans les collines et tirent sans discernement tout en gagnant la garrigue par la rue de la Condamine. Les autres se tournent vers le château. À travers la fumée colorée et la poussière, Sophie aperçoit les bérets bleus des miliciens qui s'engouffrent dans la rue de la Peur, et elle comprend avec un serrement de cœur qu'ils ont l'intention de ne laisser aucun témoin.

Ils sont au moins sept fois plus nombreux, mais elle n'a plus le choix. Elle doit intervenir. Il est là, bien visible. Habillé en civil, il a la main droite posée sur le capot de la voiture et tient négligemment son Mauser de la gauche. Alors que le feu fait rage autour de lui, il paraît calme, détaché.

Sophie abaisse le chien de son pistolet et s'avance dans la lumière.

— Laissez-les partir.

A-t-elle vraiment prononcé les mots, ou seulement dans sa tête ? Sa voix semble venir de très loin, déformée, tel un murmure couvert par des eaux tempétueuses.

— C'est moi que vous voulez. Pas eux. Laissez-les partir.

Il n'a pu l'entendre, c'est impossible, et pourtant si, malgré le bruit, les cris, les tirs des mitraillettes, il l'a entendue, et il se retourne en regardant droit vers elle, vers le coin nord-est de la place de la Mairie où elle a pris position. Ces yeux. Sourit-il, ou regrette-t-il que cela doive se terminer ainsi ?

Alors il dit son prénom. Son vrai prénom, qui résonne doucement, comme une musique, et reste suspendu dans l'air entre eux. Menace ou supplique, elle ne sait, mais elle sent sa résolution faiblir.

Il le répète et, cette fois, cela sonne faux dans sa bouche, avec un goût amer de trahison. Le charme est rompu.

La renommée Sophie lève le bras. Et tire.

I

LE PREMIER ÉTÉ

Juillet 1942

‡

Codex I

‡

Gaule, les plaines de Carsac
Juillet 342 ap. J.-C.

Le jeune moine regarda au loin, de l'autre côté de la rivière, et vit les contours de la ville dressée sur la colline. Un castellum fortifié, dont les murs d'enceinte se découpaient nettement dans la clarté de l'aube. Une couronne de pierre, posée sur les vertes plaines de Carsac. Les riches versants alentour déployaient vignobles, oliveraies, amandiers et figuiers en un motif aussi chatoyant qu'un paon faisant la roue.

À l'est, un soleil blanc se levait dans un ciel bleu pâle. Arinius s'approcha de la rive. Une nappe de brume flottait à la surface de l'eau argentée de l'Atax. À sa droite, des clairières bordées de sureaux et de frênes. Des roselières ondulant dans la brise. Il reconnut la consoude à ses clochettes roses, l'angélique à ses feuilles larges comme la main et à ses tiges creuses, dressées tels des soldats au garde-à-vous. Serpents et poissons faisaient clapoter par instants la surface miroitante de la rivière, où les barques des passeurs glissaient en silence.

Semaine après semaine, voilà deux mois que le jeune moine marchait, marchait. Parti de Lugdunum, il suivait le cours du grand Rhodanus, vers le sud et la mer. Il avait cheminé seul, levé avant le jour, avec en tête le doux souvenir des voix murmurantes de ses frères. Dans la chaleur du jour, entre sexte et none, il s'abritait du soleil sous le couvert des arbres ou dans des cabanes de bergers. En fin d'après-midi, quand résonnaient les premiers échos des vêpres venant de la chapelle de la communauté la plus proche, il reprenait la route. La Liturgie des Heures rythmait l'avancée des jours et des nuits. Une avancée lente et régulière, du nord au sud, et d'est en ouest.

Arinius ne savait pas précisément quelle distance il avait déjà parcourue, il constatait juste que le printemps s'était mué doucement en début d'été. Les couleurs d'avril et mai, arbres en fleurs, ajoncs jaunes et phlox roses cédaient la place aux ors de juin et de juillet. Les vignes verdoyantes de la Gaule narbonnaise et ses champs d'orge s'étendant à perte de vue. Le vent impétueux qui soufflait au-dessus des austères salants, et le bleu du golfe de Sinus Gallicus. Cette portion du trajet suivait la Via Domitia, le long de routes à péages soumises à des taxes diverses. Il lui avait été facile de se fondre avec les marchands et négociants qui gagnaient l'Hispania.

Il fut pris d'une mauvaise quinte de toux, qui lui irrita la gorge. Malgré la tiédeur de l'air, Arinius resserra sur lui sa houppelande grise et l'attacha autour de son cou à l'aide de la fibule en bronze en forme de croix. De minuscules feuilles de chêne émaillées de blanc décoraient chacun des quatre bras de la croix, autour d'une feuille verte, au centre. C'était le seul objet en sa possession auquel il n'avait pu renoncer, en entrant dans la communauté. Un cadeau de sa mère, Servilia, le jour où les soldats étaient venus.

Il regarda les murailles de la ville qui se dressaient sur l'autre rive de l'Atax et rendit grâces à Dieu d'être parvenu sain et sauf jusqu'ici. Il avait entendu dire que des hommes de toutes fois et toutes croyances y trouvaient asile. Qu'en ces lieux, gnostiques, chrétiens et adeptes des anciennes religions vivaient en bonne entente. Que c'était un refuge sûr, ouvert à tous.

Arinius tâta sur sa poitrine la feuille de papyrus qu'il cachait sous sa tunique. Il songea à ses frères en Christ, dont chacun portait sur lui clandestinement la copie d'un texte condamné. Ils s'étaient séparés à Massilia, où l'on disait que Marie-Madeleine et Joseph d'Arimathie avaient débarqué afin de répandre la parole de Dieu. Ses frères avaient fait voile vers Smyrne, en Asie Mineure. De là, l'un devait gagner la ville sainte de Jérusalem et les plaines de Sépha, un autre Memphis, et le dernier, Thèbes, en haute Égypte. Arinius ne saurait jamais si leurs efforts avaient porté leurs fruits, pas plus qu'eux n'auraient de ses nouvelles. Chacun était chargé d'accomplir seul sa mission.

Arinius se considérait comme un serviteur de Dieu zélé et obéissant. Il n'était ni particulièrement courageux ni très érudit, mais il avait puisé de la force dans la conviction que les Écritures saintes ne devaient pas être détruites. Il ne pourrait supporter de voir les paroles de Marie-Madeleine, Thomas, Pierre et Judas livrées aux flammes. Arinius se rappelait encore les crépitements du feu qui avait dévoré les précieux écrits grecs, hébreux et coptes jetés au bûcher. Papyrus et vélin, feuilles et rouleaux, craquelés, boursouflés, réduits en cendres noires. Et l'odeur de roseau, d'eau, de colle, de cire emplissant la cour pavée de la communauté qui était alors son foyer, dans la capitale de Gaule.

Le papyrus sous sa tunique remua comme une deuxième peau. Arinius n'en comprenait pas la teneur ; il était incapable de déchiffrer l'écriture copte, dont les lettres étaient en outre à moitié effacées. Il savait juste que le pouvoir contenu dans les sept versets de ce texte, le plus court des codex, était absolu. Aussi intense que l'essence des textes anciens de l'Exode, Enoch, Daniel ou Ezéchiel. Et d'une portée bien plus grande que tout le savoir conservé entre les murs des grandes bibliothèques d'Alexandria et de Pergamum.

Arinius avait entendu un frère en lire quelques lignes à haute voix, et il ne les avait jamais oubliées. Une incantation, des paroles merveilleuses, qui s'étaient répandues librement dans les cloîtres de la communauté de Lugdunum. Cet acte avait déclenché la fureur de l'Abbé. Considérant ce codex comme le plus dangereux de tous les livres interdits qu'abritait la bibliothèque, il avait décrété qu'il relevait de la magie, de la sorcellerie, et que ceux qui le défendraient seraient dénoncés comme hérétiques. Ennemis de la vraie foi. L'ensemble des novices avait été puni.

Mais pour Arinius, c'étaient là les paroles sacrées de Dieu. Il croyait que sa destinée, peut-être même la raison de son existence sur terre, était de faire en sorte que la vérité contenue dans ce papyrus ne se perde pas. Rien d'autre ne comptait.

Les tintements d'une cloche appelant aux laudes lui parvinrent de l'autre rive, flottant sur les eaux calmes. Suivis d'un simple chant, qui résonna comme une invite : « Viens, tu es ici chez toi. » Levant les yeux vers la cité sise sur la colline, Arinius pria pour y trouver bon accueil. Puis, saisissant son bâton, il avança sur le pont de bois en direction de Carcaso.

‡

1

Carcassonne
Juillet 1942

Sandrine se réveilla en sursaut. Elle se redressa, les yeux grands ouverts, et tendit la main droite comme pour s'accrocher à quelque chose. Un moment, elle flotta entre veille et sommeil. C'était comme si une part d'elle-même, toujours dans le rêve, la regardait de très haut, telle une gargouille de pierre de la cathédrale Saint-Michel faisant la grimace aux passants.

Elle eut la sensation de glisser hors du temps pour tomber d'une dimension en une autre à travers un espace blanc, infini. Puis de courir éperdument pour échapper à ses poursuivants. Ils n'avaient pas de visages, c'étaient juste des silhouettes encagoulées aux contours indistincts blancs, rouges, noirs, vert pâle, avec l'éclat du métal en guise de peau, sur un fond d'ombres et de flammes. Quels étaient ces soldats, que lui voulaient-ils ? Sandrine ne s'en souvenait pas, si elle l'avait jamais su, et déjà le rêve s'estompait. Ne restait que le sentiment de menace, de trahison. Des émotions qui se dissipaient aussi, à présent.

Peu à peu le décor qui l'entourait se précisa. Elle était en sécurité, dans son lit, rue du Palais. À mesure que ses yeux s'accoutumaient à la pénombre, elle distingua le bureau d'acajou contre le mur, entre les deux fenêtres. À droite de son lit, le canapé à haut dossier tapissé de soie chinoise vert d'eau, et la jardinière en bambou. En face, à côté de la porte, la bibliothèque basse, avec ses étagères pliant sous les livres.

Frissonnant dans la fraîcheur du petit matin, Sandrine entoura ses genoux de ses bras nus. Elle voulut ramener sur elle son édredon avec l'espoir qu'au contact d'un objet bien réel elle se sentirait moins falote, moins transparente, mais ses doigts ne rencontrèrent que le coton froissé de son drap. L'édredon rejeté pendant la nuit gisait par terre, à côté du lit.

Elle ne discernait pas les aiguilles de l'horloge posée sur la commode, pourtant la qualité de la lumière filtrant par les fentes des volets et les sifflotis des merles lui confirmèrent que l'aube n'était pas loin. Rien ne l'obligeait à se lever si tôt, mais elle savait qu'elle ne parviendrait plus à se rendormir.

Sandrine se leva et traversa la chambre sur la pointe des pieds, en s'efforçant de marcher sur les lattes du plancher qui craquaient le moins. Ses vêtements étaient jetés en vrac sur le bras d'un fauteuil en rotin, au pied du lit. Elle se tortilla pour ôter sa chemise de nuit et la laissa tomber à terre. À dix-huit ans, Sandrine avait gardé son air de garçon manqué. Elle était tout en bras et en jambes et il ne se dégageait d'elle aucune douceur. Ses boucles noires refusaient de se laisser apprivoiser, et elle avait le teint hâlé d'une fille de la campagne habituée à vivre au grand air. La poudre n'y pouvait rien changer. Hier encore, elle avait emprunté celle de sa sœur pour faire des essais. En enfilant son corsage en coton, elle s'aperçut qu'il en restait une trace à l'intérieur du large col rond. Elle la frotta avec son pouce, mais la traînée de poudre ne voulut pas s'effacer.

Sa jupe était trop large. C'était un vêtement d'occasion que Marieta avait rajusté en déplaçant les agrafes et en réduisant le tour de taille de cinq bons centimètres. Le résultat n'était pas parfait, mais c'était correct. Sandrine aimait le contact du satin sur ses jambes et la façon dont le tissu à carreaux rouge, noir et jaune remuait quand elle marchait. D'ailleurs tout le monde portait des vêtements d'occasion, ces temps-ci. En revanche, le pull-over sans manches était bien à elle, Marieta le lui avait tricoté l'hiver précédent ; il était bordeaux, une couleur qui seyait moyennement à sa carnation.

Perchée sur le bord de la chaise, Sandrine tira sur les précieuses chaussettes que son père lui avait rapportées d'Écosse en cadeau. Un voyage qui s'était révélé être le dernier. François Vidal était l'un des nombreux Carcassonnais qui étaient partis combattre et n'étaient jamais revenus. Après des mois d'attente sans voir le feu durant ce qu'on avait baptisé la « drôle de guerre », il avait été tué le 18 mai 1940 dans les Ardennes, avec presque toute son unité. Des ordres confus, une embuscade, dix morts.

C'était deux ans plus tôt. Son père lui manquait, et ses nuits étaient souvent peuplées de cauchemars, pourtant Marianne et elle avaient appris à se débrouiller sans lui. À dire vrai, même si Sandrine détestait l'admettre, au fil des mois, les traits de son père et son doux sourire perdaient peu à peu de leur netteté dans son esprit.

À l'est, le soleil se levait. Dans la cage d'escalier, la lumière qui filtrait à travers le vitrail de la fenêtre en ogive projetait un kaléidoscope de diamants bleus, roses et verts sur les tommettes rouge brique. Une fois devant la chambre de sa sœur, Sandrine eut un instant d'hésitation. Malgré son intention de sortir furtivement de la maison, elle éprouvait le besoin de vérifier que Marianne était bien là, en sécurité dans son lit.

Sandrine tourna la poignée en fer forgé et se glissa dans la chambre. Elle gagna le lit en marchant sur la pointe des pieds et, dans la semi-pénombre, parvint juste à discerner la tête de sa sœur reposant sur l'oreiller, avec ses cheveux châtains tout entortillés de bigoudis faits de papier journal tirebouchonné. Sur le beau visage de Marianne, Sandrine remarqua de petites rides d'anxiété au coin des yeux. Puis elle vit ses chaussures, posées à côté du lit. Où diable sa sœur avait-elle pu aller pour qu'elles soient aussi crottées?

— Marianne? murmura-t-elle.

Sa sœur était son aînée de cinq ans. Elle enseignait l'histoire au lycée de filles du square Gambetta, mais passait presque tout son temps libre au centre de la Croix-Rouge, rue de Verdun. Après la reddition de la France en juin 1940, alors que des dizaines de milliers de personnes fuyant la zone occupée avaient gagné le Sud et le Languedoc, Marianne avait offert ses services et elle était entrée comme bénévole à la Croix-Rouge. Elle avait alors eu pour tâche de fournir nourriture, abri et couvertures aux réfugiés fuyant l'avancée des nazis. À présent, elle devait contrôler les conditions de détention des prisonniers gardés à Carcassonne même, ainsi que dans les camps d'internement situés dans les montagnes.

— Marianne, chuchota Sandrine. Je sors. Je reviens vite.

Sa sœur marmonna en remuant dans le lit, sans se réveiller pour autant.

S'estimant quitte, Sandrine referma doucement la porte derrière elle. Marianne n'aimait pas qu'elle sorte au petit jour. Même si le couvre-feu n'était pas en vigueur dans la zone non occupée, la «nono», comme on l'appelait, il y avait des patrouilles régulières, et l'atmosphère était souvent très tendue. Pourtant ce n'était que dans le calme du petit matin, libérée des restrictions, des tensions et des compromis de la vie quotidienne, que Sandrine se sentait elle-même. Elle n'avait pas l'intention de renoncer à ces moments de liberté tant qu'elle n'y serait pas obligée.

Tant qu'elle le pouvait encore.

Sandrine caressa la rampe de bois en descendant l'escalier de la maison endormie. Des diamants de lumière colorée dansaient sur ses talons. Un instant, elle se demanda si d'autres jeunes filles, en d'autres temps, avaient ressenti la même chose qu'elle. L'impression d'être enfermée, coincée entre l'enfance et la vie d'adulte à venir. Dans l'air autour d'elle, l'écho de tous ces cœurs étouffés, ces esprits piégés, flottait, voletait, soupirait, respirait. Toutes ces vies qui s'étaient succédé au fil des siècles dans les ruelles de la cité médiévale ou dans la bastide Saint-Louis murmuraient, appelaient. Sandrine avait beau ne pas les comprendre, pas encore, une certaine agitation courait dans son sang, dans ses veines.

Car l'antique esprit du Midi, enfoui dans la mémoire profonde des montagnes et des collines, dans les lacs et le ciel, avait depuis longtemps commencé à bouger. À parler. Les os blanchis de ceux qui dormaient dans le cimetière Saint-Michel, le cimetière Saint-Vincent et dans les tombes perdues dans la campagne de la Haute Vallée commençaient à se réveiller. Un frémissement murmurait à travers les nécropoles, des paroles portées par le vent.

La guerre arrivait dans le Sud.

2

Un étroit corridor haut de plafond menait directement du bas de l'escalier à la porte d'entrée. Sandrine s'assit sur la dernière marche pour lacer ses chaussures, puis elle s'approcha du portemanteau. Il y avait deux parapluies coincés par une barre en cuivre et trois patères de chaque côté du miroir, auxquelles étaient accrochés divers chapeaux. Sandrine choisit un simple béret marron. Se mirant dans la glace, elle écarta les cheveux de son front, enfonça son béret, puis en fit ressortir quelques boucles. Alors des bruits de casseroles lui parvinrent, suivis du claquement de la porte grillagée. Ainsi Marieta était déjà levée et s'affairait... Aucune chance de s'esquiver sans qu'elle s'en aperçoive.

Sandrine gagna l'arrière de la maison par le couloir. Quand elles étaient petites, Marianne et elle passaient beaucoup de temps dans la cuisine. Sa sœur aimait cuisiner et était avide d'apprendre de nouvelles recettes. Quant à Sandrine, impatiente de nature, elle faisait tout trop vite. À trois, quatre ans, à Coustaussa, perchée sur l'égouttoir à côté de l'évier en émail blanc, elle aidait à dénoyauter les cerises pour la confiture. Lorsqu'elle avait six ans et que la famille vivait à Carcassonne, Marieta lui donnait le bol et la cuillère en bois à lécher quand elle préparait des gâteaux pour la bataille des gabels, le jour de la fête votive de Saint-Nazaire. À huit ans, la petite Sandrine saupoudrait de la farine sur la vieille table en bois tandis que Marieta apprenait à Marianne à torsader la pâte pour faire son *pan de blat,* le pain rustique qu'on ne trouvait pas dans les boulangeries de Couiza.

Elle s'arrêta sur le seuil. Marieta râlait souvent en disant que la cuisine était trop petite, mais il y faisait frais et elle était bien équipée.

Poêles et casseroles pendaient à des crochets au-dessus du foyer, où l'on avait installé une cuisinière à gaz. Il y avait un évier en émail, un égouttoir, un grand vaisselier où assiettes et tasses étaient à portée de main. Des bouquets de romarin, d'estragon et de thym cueillis à

Cavayère étaient attachés à la poutre du plafond. Quatre hautes fenêtres occupaient le mur du fond et, malgré l'heure matinale, elles étaient grandes ouvertes.

— Marieta, coucou, c'est moi.

La vieille femme de charge était assise à la table, dos tourné à la porte. Sous une blouse croisée, imprimée aujourd'hui de fleurs des champs jaunes et roses, elle était comme à l'ordinaire toute de noir vêtue, d'une robe en coton au lieu de laine, sa seule concession à la saison, boutonnée au cou et aux poignets, avec des bas foncés et les lourdes galoches qu'elle portait toujours. Des mèches grises s'échappaient de son chignon ramené bas sur la nuque. Sa respiration était sifflante, comme si ses poumons étaient encombrés de poussière.

— Coucou, répéta Sandrine en posant la main sur l'épaule de la vieille, qui sursauta.

— *Madomaisèla !*

— Désolée, je ne voulais pas vous faire peur.

— Mais qu'est-ce que vous fabriquez debout à cette heure ?

— Je n'arrivais pas à dormir.

La scrutant de la tête aux pieds, Marieta remarqua le béret et les chaussures.

— Vous savez que votre sœur n'aime pas que vous sortiez toute seule.

— Je l'ai prévenue.

— Elle vous a entendue au moins ?

— Je n'ai pas voulu la réveiller, répondit Sandrine en rougissant.

— Et si *madomaisèla* Marianne demande où vous êtes ? répliqua Marieta en se penchant pour ôter un brin de laine rouge égaré sur la jupe de Sandrine.

— Aucun risque, elle est rentrée très tard cette nuit… Au fait, savez-vous où elle est allée ?

Leurs regards se croisèrent. Dans le silence qui suivit, le tic-tac de l'horloge accrochée au-dessus de la porte se fit entendre.

Marieta était le fil qui reliait et consolidait la maisonnée. Originaire de Rennes-les-Bains, elle avait consacré sa vie au service des autres. Dévote et loyale, elle s'était retrouvée veuve toute jeune, durant la Grande Guerre. Après la mort soudaine de Mme Vidal, dix-huit ans plus tôt, elle était venue aider.

Elle prétendait être contente de vivre à Carcassonne, mais Sandrine savait que les antiques forêts de son enfance lui manquaient, ainsi que les rues calmes des villages de Coustaussa et de Rennes-les-Bains. Quand le conflit avait éclaté en 1939, Marieta ne s'était pas laissé démonter. Elle avait déjà survécu à une guerre et survivrait encore à celle-ci. Après le télégramme les informant du décès de M. Vidal, on n'avait plus parlé de son retour au pays.

— Alors, savez-vous où elle est allée ? insista Sandrine.

Marieta fit mine de ne pas avoir entendu et, connaissant son entêtement, Sandrine soupira. C'était peine perdue.

— Bon, puisque vous êtes décidée à sortir, reprit la vieille, autant vous caler l'estomac en mangeant quelque chose.

— J'ai faim, reconnut la jeune fille.

Marieta souleva le torchon de lin, découvrant une miche de pain odorante, posée sur un plateau en fer.

— Du pain blanc !

Marieta en coupa une tranche, puis montra du doigt le beurrier en porcelaine bleu placé au centre de la table.

— Et du beurre, ajouta-t-elle. Livré ce matin.

Sans songer à la gêne que cela pouvait lui causer, Sandrine jeta ses bras autour de la vieille servante, qui sentait la lavande et les pastilles de soufre. C'était une odeur familière, rassurante, qui la ramenait avant la guerre, avant la mort de son père, en un temps plus simple et plus facile.

Marieta se raidit.

— Qu'est-ce que vous avez donc ? Vous avez encore passé une mauvaise nuit ?

— Non. Enfin, oui, mais ce n'est pas ça. C'est juste que…

— Bon, asseyez-vous et mangez, dit Marieta, puis son ton se radoucit. Ça s'arrangera, vous verrez. Ces temps passeront. La France redeviendra la France. Il y a assez de braves gars, des gars qui ont des principes, des hommes du Midi, courageux. Pas comme ces vendus de Vichy.

Sandrine regarda la miche de pain, elle avait soudain perdu tout appétit.

— Et si ça continuait ? Si, loin de s'arranger, les choses empiraient au contraire ?

— Nous attendrons notre heure en faisant profil bas. Les Allemands resteront au nord de la ligne, et nous au sud. Cela ne durera pas toujours. Maintenant, finissez votre petit déjeuner.

Marieta la regarda manger et à peine Sandrine eut-elle fini qu'elle débarrassa l'assiette. Sandrine se leva à son tour et chassa les miettes de sa jupe.

— Vous n'avez besoin de rien en ville, Marieta ?

— Non, je ne vois pas.

— Mais si, voyons. J'ai envie de m'occuper.

— Bon, si vous allez par là-bas, j'ai promis ce patron de robe à la femme de M. Quintilla, finit par dire Marieta, et elle sortit une enveloppe d'un tiroir. Je comptais le lui donner moi-même, mais ça fait une trotte jusqu'au café du Païchérou, et…

— Pas de problème.

— Seulement si vous allez par là.

— D'accord.

— Mais ne traversez pas le pont, l'avertit Marieta. *Madomaisèla* Marianne dirait pareil. Restez de ce côté-ci de la rivière.

3

Sandrine dévala les marches raides de l'escalier qui menait au petit jardin situé à l'arrière de la maison. Elle prit sa bicyclette et la poussa dans la rue. Le portail se referma derrière elle en claquant sur sa clenche.

Emplissant ses poumons d'air frais, le visage levé vers le soleil, elle sentit se dissiper son humeur chagrine, et, avec elle, la tension de ses épaules. En traversant la rue de Strasbourg, elle prit de la vitesse et sinua entre les élégants platanes qui bordaient le square situé derrière le palais de Justice, puis tourna à gauche dans la rue Mazagran.

Plus qu'ailleurs, la vie semblait suivre son cours normal dans ce beau quartier de style XIXe siècle, avec ses maisons de maître en pierre grise ornées de balustrades en fer forgé, aux frontons décorés de stuc et de carreaux roses et bleus. En des matins comme celui-ci, quand le ciel lilas annonçait un nouveau jour de canicule et que l'envers des feuilles brillait d'une lueur argentée dans la brise légère, il était impossible de croire que presque toute la France était sous occupation allemande.

La Bastide avait été fondée au milieu du XIIIe siècle, quelque cinquante ans après la croisade médiévale qui avait valu à Carcassonne sa sanglante notoriété. À cause des guerres de religion, après le meurtre infâme de leur chef, le vicomte de Trencavel, les habitants de la cité médiévale avaient été bannis en 1209, avec pour tout bagage les seuls vêtements qu'ils portaient. Il fallut attendre 1276, quelques années après la chute du dernier bastion cathare, pour que le roi de France permette l'établissement d'un nouveau village sur la rive gauche de l'Aude.

Sandrine avait vécu toute sa vie à la Bastide, pourtant elle préférait la Cité. Et, même si cette pensée la remplissait de honte, elle remerciait le ciel que la collaboration du maréchal Pétain avec Berlin lui ait épargné la douleur de voir des soldats allemands arpenter les rues pavées de la vieille Carcassonne.

Les cloches de Saint-Michel sonnaient la demi-heure lorsqu'elle traversa le square Gambetta avant de descendre la rue du Pont-Vieux. Apparut soudain la Cité, sur la colline en face, de l'autre côté de la rivière. Une vision qui ne manquait jamais de lui couper le souffle.

Un instant, Sandrine fut tentée de traverser le pont mais, fidèle à la promesse qu'elle avait faite à Marieta, elle y renonça et prit à droite. La partie de la berge qui s'étendait entre le pont Vieux et le barrage dominant le Païchérou était la plus jolie, avec ses vergers d'oliviers et de figuiers, ses jardins entourant de grandes demeures couvertes de vigne vierge, ses treilles, ses terrasses fleuries de bougainvilliers et d'œillets rouges, roses et blancs.

Elle pédala en longeant le bord de l'eau et arriva au café. Avant la guerre, des thés dansants avaient lieu au Païchérou tous les dimanches après-midi, tandis que des serveurs en vestes blanches s'activaient autour des longues tables de réfectoire alignées. Un moment, un souvenir lui revint, la prenant au dépourvu, et sa gorge se serra. Son père avait promis de l'y emmener pour fêter ses vingt et un ans.

Les portes qui donnaient sur le parc étaient ouvertes. Sandrine cala sa bicylette contre le mur, puis frappa à la porte. Elle attendit, en vain, et frappa encore. Puis elle alla à la fenêtre et scruta à l'intérieur. Il y faisait sombre et l'établissement paraissait fermé. Sandrine hésita. Devait-elle laisser l'enveloppe, sachant combien Marieta tenait à ses affaires ? Pour finir, elle la glissa dans la boîte aux lettres en décidant de revenir plus tard pour s'assurer que Mme Quintilla l'aurait récupérée.

Au départ, Sandrine comptait regagner directement la maison en rentrant du Païchérou mais, d'après une rumeur, des réfugiés avaient installé un campement sur l'autre rive, et elle eut envie d'en avoir le cœur net.

Elle roula en direction du barrage et du bosquet d'arbres qui se trouvaient au coude de la rivière, juste en dessous du cimetière Saint-Michel. C'était une clairière entourée de pins, de hêtres, d'ormes et de frênes, qui lui parut ce matin-là un peu trop isolée. Sandrine se surprit à jeter des coups d'œil par-dessus son épaule, et sentit des fourmillements dans sa nuque, comme si quelqu'un la surveillait. Le moindre bruit, le froufroutement d'une tourterelle, le clapotis d'un poisson sautant hors de l'eau, la faisait tressaillir.

Elle s'arrêta au bord de l'Aude et regarda vers l'autre rive, mais n'y remarqua rien de louche ni de suspect. Pas de tente ni de campement gitan. Elle en fut à la fois déçue et soulagée.

Le ciel était bleu myosotis. Sous la Cité, les cloches de Saint-Gimer sonnèrent 7 heures et, quelques secondes plus tard, les cloches de Saint-Michel leur répondirent, ainsi que celles d'autres églises de la Bastide. Aux premiers jours de la guerre, les cloches s'étaient tues. Le rythme régulier qu'elles donnaient aux journées lui avait manqué. Mais depuis qu'elles carillonnaient à nouveau, Sandrine ne pouvait s'empêcher de percevoir de la tristesse dans leurs voix.

Elle coucha sa bicyclette dans l'herbe, puis s'assit sur la berge. Avant la guerre, à cette époque de l'année, leur père, Marianne et elle se préparaient à quitter Carcassonne pour gagner leur résidence d'été de Coustaussa. Quant à Marieta, elle s'agitait en tous sens et leur faisait emporter dans leurs bagages trois fois plus que le nécessaire. C'étaient des pique-niques sur les berges ombreuses de la Salz, des heures délicieuses passées en compagnie de Geneviève, son amie d'enfance. Des virées à vélo jusqu'à Rennes-les-Bains, pour y souper dans la soirée à l'hôtel de la Reine. Des parties interminables de rami dans la cuisine, avec de vieilles cartes à jouer.

Sandrine s'adossa à un tronc d'arbre et contempla les tours, tourelles et flèches de la Cité médiévale, les murailles du château Comtal, et la fine silhouette bien reconnaissable de la tour Pinte, tel un doigt pointé vers le ciel. Entre les deux, Carcassonne, la surface plane et argentée de la rivière, s'étalait. Comme une mer de verre.

‡

Codex II

‡

Gaule, Carcaso
Juillet 342 ap. J.-C.

La rivière Atax scintillait au soleil du petit matin. Le jeune moine traversa le pont de bois, puis prit le sentier qui montait au portail principal situé du côté est de la ville fortifiée.

Devant lui s'élevaient les murailles de Carcaso, qui ne devaient pas faire plus de deux fois sa taille, mais en imposaient assez, tant elles étaient épaisses, pour dissuader les envahisseurs. Les fondations étaient en gros blocs de pierre assemblés par deux ou trois et enduits de mortier sur le dessus ; la façade, en blocaille mélangée à de la chaux. Placés à intervalles réguliers se trouvaient des bastions en forme de fers à cheval, des tours trapues situées sur la partie nord des murs, arrondies vers l'extérieur et plates sur leur face intérieure.

— Un lieu de refuge, dit-il en priant pour que ce fût le cas.

Las comme il était, il comptait se reposer deux ou trois jours à Carcaso afin de rassembler ses forces pour accomplir la dernière étape de son voyage dans les montagnes. Sa gorge le brûlait et ses côtes lui faisaient mal à force de tousser.

Tout en pressant machinalement le papyrus glissé sous son habit gris, un geste qui lui était devenu aussi naturel que respirer, Arinius rejoignit la foule matinale qui attendait qu'on lui permette d'accéder à la ville. C'étaient des marchands, des fermiers montés depuis les *faratjals*, les pâturages s'étendant sur les plaines en contrebas de la colline, des tisserands, des artisans venus vendre poteries ou céramiques, des négociants en vin faisant la navette entre le Languedoc et l'Hispanie. Même en ces temps incertains, la route commerciale qui longeait la côte gauloise restait très fréquentée. Les rumeurs parlant de *bagaudes* en maraude, ces bandes armées de soldats déserteurs ou de barbares venus de l'Est, ne parvenaient pas à décourager celles et ceux qui faisaient métier de leur commerce.

En approchant du portail, Arinius ramena sa capuche sur sa tête, avec dans sa main une pièce toute prête pour le péage. C'était un ancien denier, pourtant il était certain que la pièce serait acceptée, car si la monnaie ne valait rien ces temps-ci, l'argent restait l'argent. Son cœur se mit à cogner dans sa poitrine. Si l'Abbé avait mis sa tête à prix, c'était là, aux portes de Carcaso, qu'il risquait de se faire arrêter. Il était non seulement recherché pour hérésie, mais aussi pour vol.

— Père, protégez-moi, murmura-t-il en faisant le signe de croix.

La foule reprit sa lente progression. Les roues d'un vieux chariot grincèrent péniblement sur le terrain rugueux. Une gamine maigriote poussa son troupeau d'oies, un chien impatient mordilla les talons de son maître, provoquant sa colère. À l'instant où la foule s'ébranlait, une mule fit une ruade qui envoya valser un tonneau. Le bois éclata et du vin rouge commença à couler, formant comme un filet de sang sur la terre sèche.

Arinius chassa l'image de son esprit.

Le marchand de vin se mit à protester auprès du muletier. Profitant de cette diversion, Arinius se glissa devant eux et arriva aux portes. Deux gardes étaient en faction : une espèce de brute, qui observait l'altercation avec un visible intérêt, ravi à l'idée de jouer des poings, et un jeune gars au visage grêlé, coiffé d'un casque trop grand pour lui, qui paraissait fatigué après sa nuit de veille.

— *Salve*, dit posément Arinius. Bonjour, ami.

— D'où venez-vous ?

— De Massilia, mentit Arinius en lui tendant sa pièce d'argent.

C'était bien plus que n'escomptait le garçon, dont les yeux s'arrondirent de convoitise. Il prit la pièce, mordit dedans, puis fit signe à Arinus de passer.

— *Salve*, répondit-il en grimaçant un sourire. Bienvenue à Carcaso.

‡

4

Carcassonne
Juillet 1942

Sandrine fut réveillée par un crissement de pneus sur la route, ceux d'une motocyclette prenant le virage trop vite. Elle cligna des yeux sous le dais de feuillage tacheté de lumière. Où était-elle ? Piégée une fois de plus dans le même cauchemar ? Alors les cloches de Saint-Gimer sonnèrent la demi-heure, et elle revint à la réalité.

Elle se redressa, tira sur une brindille accrochée à ses cheveux, et regarda vers l'autre rive. Le soleil était monté dans le ciel sans nuages. En amont, elle entendit l'eau cogner contre la barge de M. Justo, à mesure qu'il tirait sur le câble. Si le bac marchait, c'est qu'il devait être plus de 9 heures.

Alors qu'elle se relevait en prenant son béret, quelque chose attira son attention, devant, dans les roseaux. Une tache de bleu, sous les branches du saule pleureur. Intriguée, car elle était certaine que cela ne s'y trouvait pas auparavant, elle remonta le bord de l'eau et quitta la clarté du soleil pour pénétrer sous l'ombre verte de l'arbre.

C'était un veston d'homme, à moitié immergé. Sandrine tendit la main pour le prendre, mais il était coincé sous une branche et il lui fallut tirer un peu dessus pour le dégager. Tenant à bout de bras l'habit dégoulinant, elle l'examina et fouilla les poches. Elle n'y trouva qu'une lourde chaîne en argent, de style plutôt masculin. Des initiales étaient gravées sous la fermeture cassée. AD.

Bizarre. S'il n'était pas rare que finissent dans la rivière toutes sortes de débris, vieux cartons, épaves, sacs déchirés venant des jardins maraîchers en amont, on n'y retrouvait pas de vêtements ni de bijoux, des articles qui pouvaient toujours s'échanger contre autre chose. Et puis l'Aude était rapide à cet endroit ; il n'y avait pas de rochers, de ce côté-ci de la rivière, seulement des roseaux, de l'herbe, et une berge plate légèrement incurvée, de sorte que le courant charriait presque tout en aval.

Sandrine vit alors bouger quelque chose, sur l'autre rive. Dans l'eau frisant la crête des rochers déchiquetés qui se trouvaient sous le barrage. Elle rangea la chaîne dans sa poche et mit sa main en visière, n'en croyant pas ses yeux.

Car ce qu'elle apercevait ressemblait bien à un homme essayant de surnager en s'accrochant aux rochers, avec un bras hors de l'eau. La manche de chemise blanche ressortait, gonflée par le courant.

— Monsieur ! s'écria-t-elle d'une voix empreinte de peur, bien trop ténue pour dominer le rugissement de l'eau contre le barrage.

Sandrine regarda autour d'elle pour trouver de l'aide, mais le bac avait atteint l'autre berge et il était hors de portée de voix. Lâchant le veston, elle courut pour rejoindre la route, mais il n'y avait personne alentour, aucune trace de la motocyclette qu'elle avait entendue, aucun promeneur à proximité. Et elle eut beau appeler au secours, elle n'obtint aucune réponse, ne vit aucun mouvement, à part les motifs qu'ombres et lumières dessinaient sur l'eau. Sandrine regagna la rivière en courant, avec l'espoir que son imagination lui avait joué un tour, mais non, l'homme était toujours là, cramponné aux rochers sous le barrage, et sa chemise blanche remuait dans le courant. Elle n'avait plus le choix. C'était à elle d'intervenir.

Elle ôta chaussures et chaussettes, coinça sa jupe dans l'élastique de sa culotte, puis entra dans l'eau.

— Tenez bon, j'arrive !

Plus elle avançait dans le courant, plus elle dut se raidir pour ne pas être emportée par l'eau, qui tournoyait avec violence autour de ses jambes, mordant ses mollets, ses genoux, l'arrière de ses cuisses.

— Tenez bon ! cria-t-elle encore.

Enfin, elle fut assez près pour le toucher. Le jeune homme à la peau mate, aux sourcils noirs et longs cheveux semblait inconscient, la tête inclinée mollement sur un côté. Il avait la bouche et le nez hors de l'eau, mais elle ignorait s'il respirait encore ou non.

— Monsieur, m'entendez-vous ? Prenez ma main si vous le pouvez, lança-t-elle, mais il resta les yeux fermés, sans réagir.

S'armant de courage, Sandrine tendit le bras et le toucha. Toujours rien. Prenant une profonde inspiration, elle le contourna pour le saisir sous les aisselles et essayer de le tirer. Au début, ses efforts furent vains, tant il paraissait fermement accroché au rocher. Enfin, au bout de plusieurs tentatives, il lâcha prise.

Vacillant, Sandrine faillit s'effondrer sous son poids, puis l'eau prit le relais et il flotta assez pour qu'elle puisse le remorquer vaille que vaille, en avançant dans le fond visqueux. Elle espérait qu'il respirait encore, mais évitait de regarder son visage pâle comme la mort et mettait toutes ses forces à tenter de le ramener en sûreté jusqu'au rivage.

À mesure que l'eau devenait moins profonde, le jeune homme s'alourdissait dans ses bras et, sur les derniers mètres, elle dut péniblement le hisser, jusqu'à ce que son torse, au moins, soit hors de l'eau. Avec le peu d'énergie qui lui restait, elle réussit à le faire rouler sur le flanc avant de s'écrouler elle-même sur l'herbe, à côté de lui.

Reprenant peu à peu son souffle, elle attendit que les battements de son cœur se calment, puis s'obligea à regarder le visage meurtri et sans vie. Puis elle discerna des brûlures autour de ses poignets, dues à des liens trop serrés, ainsi que des ecchymoses sur ses avant-bras. Ce n'étaient pas le genre de marques que l'eau aurait pu lui infliger. Continuant son inspection, elle vit que ses plantes de pied aussi étaient couvertes de meurtrissures.

Sandrine sentit sa gorge se nouer. Ce jeune homme ne s'était pas noyé. On l'avait ligoté et roué de coups. Elle lutta contre la panique qui menaçait de l'envahir, en essayant de deviner ce qui avait pu se passer.

Soudain, sans aucun signe avant-coureur, les yeux du jeune homme s'ouvrirent. Il toussa, s'étrangla, comme si l'oxygène lui emplissait trop brutalement les poumons, recracha de l'eau, puis il tenta de se redresser, mais retomba, sans forces.

— Les esprits de l'air, marmonna-t-il. Leur nombre était dix mille fois dix mille…

Ses yeux la fixaient, suppliants, empreints de souffrance, de désespoir.

— Ne vous en faites pas, restez tranquille, je vais chercher de l'aide, s'empressa de le rassurer Sandrine en s'efforçant de garder un ton posé.

— Dites-le à Baillard, murmura-t-il. Trouvez-le. Dites-lui que…

— Je vais chercher de l'aide, répéta Sandrine. Et prévenir la police…

Il lui saisit alors le poignet et elle se retint de crier.

— Non ! Pas la police, s'écria-t-il, pantelant. Prévenez le vieux Baillard…

— Alors un médecin, proposa-t-elle en libérant son poignet de son étreinte. Il vous faut de l'aide.

— Dites-lui... que c'est vrai. Une mer de verre, de feu. Parlez, et ils viendront.

— Je ne comprends pas, dit-elle d'un air navré.

— Les esprits de l'air..., marmonna-t-il, mais sa voix faiblit, et un horrible râle sortit de sa gorge, tandis qu'il tentait désespérément de respirer.

— Économisez vos forces. Les secours vont bientôt arriver, mentit Sandrine en jetant un regard vers la route.

— C'est vrai, tout est vrai, insista-t-il, avec ce qui ressemblait presque à un sourire. Dame Carcas...

Mais son visage devint livide et il perdit à nouveau connaissance. Sandrine se mit à le secouer pour le ramener à lui, elle appuya les mains fermement sur sa poitrine. Sa jupe trempée lui collait aux jambes, ses pieds couverts de boue étaient entaillés par les pierres coupantes de la rive.

— Tenez bon, répétait-elle en essayant de l'aider à retrouver son souffle.

Soudain des picotements dans la nuque l'avertirent d'une présence, juste dans son dos, mais, au lieu du soulagement qu'elle aurait dû éprouver, elle eut un pincement au cœur et la peur l'envahit. Elle se retourna, trop lentement. Un coup sur sa tempe l'aveugla en une lueur blanche, jaune, rouge, ses jambes se dérobèrent sous elle et elle tomba, tomba. L'odeur de la rivière lui monta au nez. Une main sur sa nuque lui maintint la tête sous l'eau, qui lui emplit la bouche, les narines, dans un scintillement d'ombre et de lumière.

Un instant, il y eut comme un murmure. Une voix, qu'elle ne reconnut pas, un son au-delà du langage, perçu sans être vraiment entendu.

« *Coratge.* » La voix d'une jeune fille, vibrant dans la lumière.

Puis, plus rien.

5

La Haute Vallée

Audric Baillard se trouvait à la lisière d'une hêtraie, dans les Pyrénées françaises. Au lieu de sa tenue habituelle, costume clair et panama, il était vêtu en montagnard, d'un pantalon en velours côtelé, d'une chemise à col ouvert sur un petit foulard jaune noué autour du cou, et coiffé d'un chapeau à large bord. Il avait la peau tannée et ridée comme du vieux cuir mais, malgré son âge avancé, il était vigoureux et la résolution qu'on lisait dans ses yeux témoignait d'un long engagement, enrichi par l'expérience.

À côté de lui, l'Américain nommé Shapiro s'épongeait le front, souffrant visiblement de la chaleur. Lui était vêtu avec élégance d'un complet noir, coiffé d'un feutre gris, et portait un imperméable fauve jeté sur un bras, ainsi qu'une valise en cuir. Deux petites filles silencieuses auprès d'une femme mince au regard éteint l'accompagnaient. Un peu à l'écart, un jeune gars attendait, en blouse de paysan, chaussé de grosses bottes. Tout autour résonnaient les bruits de la forêt et le chant des pigeons ramiers qui s'appelaient. Baillard s'adressa à l'Américain dans sa langue.

— Bonne chance.

— Je ne saurais assez vous remercier, répondit Shapiro en tirant une enveloppe de sa poche. J'espère que ce sera suffisant…

— Non, l'ami. Gardez ça pour vos guides, les passeurs. C'est eux qui prennent des risques.

— Je ne voulais pas vous offenser.

— Il n'y a pas de mal.

L'Américain hésita, remit l'enveloppe dans sa poche, puis il jeta un coup d'œil à son guide et baissa la voix afin que la femme et les enfants ne puissent entendre.

— Ne m'en veuillez pas, monsieur, mais l'homme d'affaires que je suis ne peut s'empêcher de se demander ce que cela vous rapporte. Vous aussi, vous prenez des risques.

— Nous vivons des temps difficiles. J'aime bien donner un coup de main, quand je le puis, répondit posément Baillard, et le visage de son compagnon se rembrunit.

Baillard savait que sa famille, des Juifs français habitant Paris, avait été parmi les premières victimes des rafles. Shapiro était arrivé d'Amérique, persuadé que son argent pourrait les sauver mais, en douze mois, il n'avait réussi à retrouver que la femme de son frère et deux de leurs quatre enfants. Les autres avaient disparu.

— Vous n'y êtes pour rien, lui dit doucement Baillard. Grâce à vous, Mme Shapiro et vos nièces ont une chance de s'en sortir. Chacun de nous fait ce qu'il peut.

Les deux hommes échangèrent un regard empreint de sincérité, et Shapiro hocha la tête.

— Et ce gars-là, parle-t-il anglais ? s'enquit-il en jetant encore un coup d'œil au passeur.

— Non. Et il parle très peu le français.

Shapiro haussa les sourcils.

— Alors comment me repérer, au cas où nous serions séparés ?

— Il y a peu de risques que cela vous arrive, le rassura Baillard, mais, quoi qu'il en soit, c'est très simple. Gardez le soleil face à vous et suivez les drailles, ces larges sentiers empruntés par les bergers et les chevriers. Vous traverserez plusieurs ruisseaux, ainsi que des prairies et des bois. Le premier lac où vous arriverez sera l'étang de Baxouillade. Restez à gauche de l'eau. Passez à travers une pinède et, plus loin, continuez jusqu'aux rives de l'étang du Laurenti. Là, si tout se déroule comme prévu, un deuxième passeur vous attendra. Il accompagnera trois autres personnes et vous conduira tous au sommet du Roc Blanc, d'où vous descendrez jusqu'à la frontière avec Andorre.

— Alors ce gars-là ne restera pas avec nous ?

— Non, les guides changent selon les différentes parties du trajet à travers la montagne. Je ne puis l'affirmer, mais il est probable que le prochain sera espagnol.

— Tant mieux. Je connais un peu l'espagnol.

— Ne le prenez pas mal, mais je vous recommande de limiter la conversation au strict minimum. Votre accent vous trahirait.

— Vous avez sans doute raison, admit humblement l'Américain. À votre avis, combien ce trajet va-t-il durer, monsieur ?

— Avec les enfants, peut-être quatre heures jusqu'à l'étang du Laurenti, puis encore deux heures jusqu'au sommet du Roc Blanc. La descente sera plus facile.

— *Sénher, es ora,* intervint le jeune guide.

— Il est temps de partir, traduisit Baillard en tendant la main à Shapiro. Les passeurs connaissent ces sentiers et ces montagnes comme leur poche. Ils savent à quels endroits le risque d'être repéré par une patrouille est le plus grand. Suivez leurs instructions.

— Vous pouvez y compter, répondit Shapiro en serrant la main de Baillard. Et si jamais vous allez à New York, venez me trouver. Je parle sérieusement.

L'optimisme de l'Américain fit sourire Baillard, qui espéra que sa confiance serait justifiée. Depuis deux ans qu'il aidait à faire sortir clandestinement par les Pyrénées des fugitifs qui n'avaient pu obtenir de visa, exilés, Juifs, communistes, beaucoup avaient fini emprisonnés dans les geôles d'Espagne ou rapatriés en France. Les Américains en particulier ne comprenaient pas que, dans cette guerre, l'argent ne faisait pas tout.

— Pas à pas, se murmura-t-il à lui-même.

Il observa la petite troupe qui s'éloignait sur le sentier. Comme tant de réfugiés aisés que Baillard avait guidés au cours de leur évasion, ils avaient emporté trop de choses avec eux. L'Américain n'était pas équipé pour ces montagnes, les enfants auraient du mal à porter leurs valises, et la femme semblait vaincue d'avance, comme quelqu'un qui en a trop vu pour espérer retrouver un jour la sécurité.

Baillard soupira en leur souhaitant bonne chance en pensée, puis il s'en retourna pour regagner le village d'Ax-les-Thermes. L'air était frais et pur, mais le soleil, déjà ardent, le deviendrait de plus en plus, et il était fatigué. Il avait parcouru des milliers de kilomètres à travers ces montagnes et il savait que bientôt il n'aurait plus la force d'entreprendre des marches aussi ardues.

Bien des secrets cachés dans ces collines lui étaient connus, pourtant ce qui les reliait lui échappait. Il avait publié des livres sur le folklore, l'histoire sanglante de la région, la citadelle de Montségur, les grottes de Sabarthès et de Lombrives, les sommets du Vicdessos, mais le but véritable de ses efforts incessants qui faisaient presque de sa vie une mission restait obstinément fermé à sa compréhension.

Ses protégés n'étaient plus à l'horizon que cinq minuscules silhouettes gravissant lentement la colline. Avec un dernier regard, il dit une prière pour eux, puis se retourna et commença lentement sa descente.

Il lui fallut presque une heure pour atteindre les abords de la ville. Là, il troqua ses vêtements de montagnard contre sa tenue habituelle. Repérant une voiture de police garée au coin de la route, il changea posément de direction. La police ne le remarqua pas. Ou alors cet homme âgé en costume blanc qui prenait l'air lors de sa promenade matinale ne retint pas leur intérêt. Baillard ne prenait pas de risque superflu. Et c'était à cette prudence qu'il devait de n'avoir jamais été pris, ni durant ce conflit, ni durant aucune des guerres où il avait été amené à jouer un rôle.

Il contourna la ville à pas lents, sans but apparent, puis y entra par les rues du quartier nord jusqu'au café des Halles à côté du pont, où il avait rendez-vous. Le médecin du pays devait visiter une femme enceinte près d'accoucher de jumeaux, et il avait convenu ensuite de le ramener à Rennes-les-Bains. Baillard espérait que le colis envoyé par Antoine Déjean l'y attendrait. Il se permit une bouffée d'impatience et d'espoir. Si tout se déroulait comme prévu, peut-être que…

« Alors viendront les armées de l'air », murmura-t-il.

Les mots d'un temps ancien, issus d'un texte sacré que Baillard croyait détruit depuis plus de quinze cents ans.

Mais si les rumeurs étaient vraies ? Si le texte avait subsisté ?

Il consulta l'heure à sa montre. Au moins trois heures à patienter, en admettant que le médecin vienne bien. Baillard se décida à commander. L'établissement n'avait pas grand-chose à offrir. Pas de lait, évidemment. Mais il n'était guère exigeant. Il grignota un biscuit sec qu'il trempa dans de l'ersatz de café et sirota le rosé aigrelet de la montagne.

Songeant à tous les étés qu'il avait vus passer, à la ronde des saisons, à toutes ces années à se demander si celle-ci serait la dernière, Baillard continua à attendre en surveillant la route, guettant le moindre signe ou individu suspect. Car il y avait des espions partout, et s'ils opéraient moins ouvertement qu'en zone occupée, cela revenait au même : membres de la commission Kundt, cette branche de la Gestapo agissant dans la zone non occupée, SD et SS bien sûr, mais aussi agents du Deuxième Bureau, partenaires zélés des envahisseurs, dont le but ultime était de soumettre la France entière, Baillard en était convaincu.

Il prit encore une gorgée de vin. Au fil des siècles, les uniformes, les couleurs sous lesquelles les soldats marchaient au pas variaient selon les époques. Bottes et pistolets-mitrailleurs avaient remplacé étendards et chevaux, mais l'histoire était la même.

Des hommes aux cœurs noirs. Aux âmes noires.

6

Carcassonne

— Une mer de glace…, murmura Sandrine.

C'était sa propre voix, pourtant elle semblait venir de très, très loin. Des formes indistinctes traversaient sa conscience, des bribes de sons, des échos, fuyants, insaisissables. Comme si elle se trouvait sous l'eau, ou dans un fond de vallée noyé de brume. La chaîne qui était dans sa poche s'enfonçait dans la tendre chair de sa hanche. Sandrine la sortit, mais la chaîne glissa de ses doigts gourds et tomba à terre.

— Mademoiselle, vous m'entendez ? Mademoiselle ?

C'était une voix d'homme, douce, caressante. Si proche qu'elle percevait son haleine sur sa peau, ainsi qu'une odeur de bois de santal.

— Tout va bien, vous êtes en sécurité à présent.

— J'ai sommeil, bredouilla-t-elle.

— Non, résistez, il faut vous réveiller.

Sandrine sentit les mains de l'homme la prendre sous les épaules, puis la tiédeur de sa peau à travers sa chemise, quand il la serra contre lui.

— Ouvrez les yeux. Essayez de vous réveiller. Ouvrez les yeux.

Elle devint lourde dans ses bras et sombra à nouveau. Alors des lèvres effleurèrent les siennes, lui insufflant la vie. Un baiser. En elle, quelque chose remua, comme un sursaut. Il l'embrassa encore. Un bref instant, le choc la fit battre des paupières mais, incapable de centrer son regard, elle ne vit rien.

— Je… je n'y arrive pas, murmura-t-elle en refermant les yeux.

Tout en lui soutenant la nuque, il reposa doucement sa tête au creux de ses bras.

— Je vous en prie, mademoiselle. Faites un effort. Redressez-vous.

Sandrine perçut un bruit de moteur, différent de celui de la motocyclette qu'elle avait entendue plus tôt. Une voiture approchait. Elle sentit les muscles de l'homme se crisper, puis se retrouva non plus dans ses bras, mais couchée sur l'herbe, et privée du contact de sa peau tiède contre la sienne.

Sandrine avait envie qu'il reste. Elle voulut le lui demander, mais les mots ne lui vinrent pas.

— Ça va aller, vous vous en remettrez. Je regrette, dit-il en s'éloignant, tandis que le bruit de moteur se rapprochait en crachotant un peu. Je regrette. Je ne peux pas rester…

Dans le vide que laissa son absence, Sandrine se sentit à nouveau flotter, dériver… L'odeur de la rivière céda la place à celles de la lavande et du romarin couvrant de vert et de mauve les vallées autour de Coustaussa. Celle, un peu piquante, de la fumée montant d'une cheminée dans l'air froid de l'hiver. Des images lui vinrent, tels de pâles et froids reflets. Le vieux panneau de bois sur la petite route de campagne indiquant le *castillous*, les bras tordus comme ceux d'une croix brisée. Elle se revit en ville, marchant avec sa sœur et son père sous une affiche rouge et jaune de la CGT, un jour de manifestation, avant la guerre. Tout le monde chantait pour la paix, la liberté, en traversant les jardins, croisant au passage les balustrades blanches, et l'ange de marbre dressé au centre du lac, dans le square Gambetta.

— La paix, murmura Sandrine.

Oui, Carcassonne avait défilé pour la paix en 1939, mais la guerre était venue quand même. Suivie de la défaite, en 1940. Leurs voix n'avaient compté pour rien.

— *Patz*, murmura-t-elle encore. Paix.

‡

Codex III

‡

Gaule, Carcaso
Juillet 342 ap. J.-C.

Le jeune moine se fraya un chemin dans les ruelles grouillant de monde de la ville fortifiée. Les gens faisaient bonne figure, ils commerçaient et s'activaient comme à l'accoutumée, pourtant les regards étaient inquiets, méfiants, et Arinius décelait dans l'air un malaise diffus. Cette atmosphère viciée se répandait dans toute la Gaule, depuis la mort de l'empereur Constantin. Oui, l'on sentait la population sur le qui-vive, et les hommes se tenaient prêts à dégainer à tout moment leur couteau.

Arinius connaissait mal tout ce qui avait trait à la stratégie et à la diplomatie, deux domaines réservés aux empereurs et aux généraux mais, d'après les récits entendus sur le forum de Lugdunum et ceux qu'il tenait des marchands rencontrés sur la Via Domitia, il savait que l'histoire de son pays était une suite sans fin d'invasions et de reconquêtes. De siècle en siècle, de nouveaux systèmes de valeurs cherchaient à s'imposer à d'anciens, entraînant tour à tour défaite, collaboration, assimilation. Les tribus préhistoriques qui vivaient jadis sur les plaines de Carsac, les Volques Tectosages, ces colonies celtes qui leur avaient succédé trois siècles avant la naissance du Christ, puis les armées d'Auguste. Aujourd'hui, selon les ouï-dire, des tribus venues d'Orient revendiquaient les territoires autrefois gouvernés par César.

Arinius ignorait avec quel succès et combien de fois Carcaso avait dû défendre ses murs, mais il constatait qu'ils avaient été bâtis pour résister aux sièges et aux armées d'invasion. Les tours de guet en forme de fers à cheval placées sur les parties nord avaient en façade des assises en pierre de taille alternant avec des rangées de brique. Au premier étage de chaque tour, trois fenêtres semi-circulaires étaient renforcées par des arches en brique rouge. Les passerelles en bois et les remparts, auxquels on accédait par des échelles calées aux pieds des murs, étaient gardés par des fantassins équipés de cottes de mailles et de casques, armés de *pila*, sortes de petits javelots, ou de frondes. Certains étaient romains, mais la plupart venaient des villages alentour, c'étaient les *limitanei*, les troupes frontalières, chargées à présent de protéger même ces avant-postes. Arinius se demandait pour qui combattraient ces hommes mécontents postés sur les murailles, en cas de conflit. Pour l'Empire défaillant ? Leurs voisins et familles ? Dieu ? Savaient-ils eux-mêmes à qui allait leur loyauté ?

Dans l'enceinte, quatre rues principales formaient une croix, d'où rayonnaient des voies plus petites reliant entre elles les différents quadrants de la ville. La plupart des édifices avaient des toits de tuiles au lieu du chaume qu'on voyait encore couramment dans les villages du Sud. Un marché couvert abritait toutes sortes d'échoppes, on y vendait des épices, des herbes, des oies et des lapins enfermés dans des cages d'osier, du vin, des tuniques en laine et des lanières de cuir pour réparer les sandales, ainsi que des boucles de ceinture. Des coups de marteau résonnaient depuis la forge, où l'on ferrait une jument baie efflanquée.

Arinius croisait des gens de toutes sortes, différant aussi bien par la couleur de peau que le style d'habillement. Hommes barbus ou glabres. Femmes de haute naissance, parées de bijoux et portant des tresses, sans doute les filles et les épouses des commandants et soldats de garnison romains. D'autres, cheveux libres et têtes découvertes, à l'ancienne mode, étaient vêtues de tuniques en laine claires sous des houppelandes. Il était difficile de discerner les habitants originaires de la région de ceux qui étaient fraîchement arrivés.

Arinius fut soudain pris d'une terrible quinte de toux. Plié en deux, il pressa la main sur sa poitrine en s'efforçant de reprendre sa respiration. Quand sa toux fut calmée, il vit du sang dans la paume de sa main, et une vague de panique l'envahit. Il devrait résister à la maladie tant que le Codex ne serait pas en sécurité. Sa vie importait peu. Seule comptait sa mission.

Arinius reprit lentement sa marche en se disant qu'il avait besoin de repos. Face à la résidence du commandant de garnison, il trouva une auberge, une imposante bâtisse de trois étages, avec un toit en tuiles romaines et des gouttières. Sur le devant, la rue pavée était jonchée de pots en terre cuite, de tessons, d'os, et de figues écrasées et pourries dont suintait une chair pourpre mais, à l'intérieur, l'auberge était propre et offrait le gîte et le couvert à un prix raisonnable.

Une fois remplies les formalités d'usage, Arinius but deux coupes de vin, mangea une poignée d'amandes avec du fromage de chèvre sec et du miel. Ensuite, il s'allongea sur le dur lit en bois, dégrafa la fibule de sa mère, ôta sa cape, et s'en servit comme couverture. Puis, sa sacoche de cuir en guise d'oreiller, Arinius croisa les mains sur sa poitrine et, pressant le Codex contre sa peau, s'endormit.

‡

7

Carcassonne
Juillet 1942

— Elle revient à elle.

Une voix d'homme, mais bien différente. Quelqu'un de cultivé, avec l'accent pointu typique de Paris. Ce n'était pas le garçon qui l'avait embrassée en lui parlant doucement à l'oreille. Le souvenir s'estompa et le monde réel revint, dur, atone. Sandrine avait froid, elle était trempée, et sentait l'herbe drue contre sa peau.

— Mademoiselle, dit le Parisien. Que vous est-il arrivé ? Comment vous appelez-vous ?

Sandrine essaya de se redresser, mais une explosion de douleur irradia dans son crâne, et elle retomba, sans forces. Ses muscles ne répondaient plus.

— En fait, je crois savoir qui c'est, intervint une voix chantante, une voix de femme.

Sandrine réussit à ouvrir les yeux. Penchée sur elle, une jolie fille écartait une boucle de son visage. Elle avait les yeux bleus, des sourcils d'une extrême finesse, et les cheveux ondulés, blonds comme les blés. Elle paraissait tout juste vingt ans et portait une robe d'été imprimée orange et rouge, ornée de gros boutons blancs et de dentelle au col et aux manches.

— Ne seriez-vous pas la sœur de Marianne Vidal ?

— Sandrine, confirma-t-elle d'une voix pâteuse, en renonçant à hocher la tête.

— Sandrine, c'est ça. Je l'avais sur le bout de la langue. Il me semblait bien vous avoir reconnue. Moi, je suis Lucie Magne. Nous nous sommes rencontrées une fois, au café Continental, je crois. C'était il y a longtemps. Nous devions aller quelque part, je ne sais plus où.

Sandrine se souvenait très bien de cette soirée. Marianne, qui était en terrasse, avait fait signe à ses amis. Lucie s'était levée pour la rejoindre. On aurait dit une star hollywoodienne. D'ailleurs, d'après Marianne, elle raffolait de tout ce qui avait trait à Hollywood.

— Vous alliez à un concert de jazz au Terminus.

— Mais oui, ça alors ! Quelle sacrée bonne mémoire ! Pourtant vous avez reçu un fameux coup sur la tête, on dirait, ajouta Lucie en lui entourant les épaules de son bras. Comment vous sentez-vous ?

— J'ai mal au crâne et des vertiges, répondit Sandrine.

Comme elle se touchait la tête, elle sentit une plaie à vif, et vit ses doigts tout poisseux, maculés de sang.

— Qu'est-il arrivé ?

— Nous espérions que vous nous le diriez, rétorqua Lucie. Seriez-vous tombée de vélo ?

— Il y a des traces de pneus en bas, au bord de la rivière, ajouta son compagnon.

— Elles sont trop larges pour un vélo, fit valoir Lucie. On dirait plutôt celles d'une moto.

— Non, intervint Sandrine en forçant sa mémoire. Non, quelqu'un m'a sortie de l'eau.

— Mais nous n'avons vu personne, remarqua Lucie en se tournant vers son ami, qui confirma d'un hochement de tête. Excusez-moi, j'ai oublié de faire les présentations, reprit-elle en souriant. Sandrine, voici Max. Max Blum. Sandrine Vidal.

— Mademoiselle, répondit Max en s'inclinant cérémonieusement.

Sandrine le regarda mieux. Grand, mince, avec un nez aquilin, il était légèrement voûté, comme s'il avait un peu honte de sa taille. Il portait des lunettes à grosse monture noire, un costume foncé, une cravate sobre, et un feutre mou sous lequel on apercevait des cheveux noirs.

— Heureusement que la rivière n'est guère profonde à cet endroit, continua Lucie. Vous êtes tombée dans l'eau la tête la première.

Sandrine regarda ses vêtements. Jupe écossaise, pull bordeaux, corsage, tout était mouillé. De la boue avait séché sur ses pieds et ses chevilles. Certes, elle avait pataugé dans la rivière pour récupérer le veston, elle s'en souvenait à présent. Mais l'eau ne lui arrivait qu'aux genoux. Pourquoi était-elle ainsi trempée de la tête aux pieds ?

Alors elle se souvint.

— Il y avait un homme dans la rivière… il se noyait, du moins l'ai-je cru. Je l'ai sorti de l'eau. Là, près du saule, et je me rappelle aussi… un collier, ou plutôt une chaîne, dans la poche du veston.

Un violent haut-le-cœur la prit par surprise, le goût âcre de la bile monta de sa gorge. Sandrine se plia en deux et vomit, à quatre pattes dans l'herbe, secouée de spasmes déchirants qui la laissèrent pantelante, épuisée. Malgré la chaleur du soleil sur son visage, elle était transie jusqu'aux os.

— Le pire est passé, compatit Lucie, qui avait elle-même perdu toute couleur.

Sandrine aurait été gênée si elle ne s'était sentie aussi mal.

— Et le veston, tu l'as retrouvé? lança Lucie à Max, qui s'était discrètement éloigné.

— Non, toujours pas.

— Il était coincé dans les roseaux, en bas, sous le saule, indiqua Sandrine en désignant l'arbre du doigt.

— Je vais continuer à chercher, dit-il.

— Quant à l'homme, je l'ai tiré jusqu'au rivage et couché ici, poursuivit Sandrine.

— Attendez, fit remarquer Lucie en haussant les sourcils. N'avez-vous pas dit tout à l'heure que c'était lui qui vous avait sortie de l'eau?

— Non, ça, c'est venu après, répondit Sandrine, consciente que ses propos devaient sembler bien embrouillés et confus. Quelqu'un d'autre m'a frappée par-derrière.

— Êtes-vous en train de me dire qu'on vous a agressée? s'enquit Lucie d'un air de doute.

— Oui.

— Qui donc?

— Je l'ignore.

— Quelqu'un vous a attaquée, s'est enfui, puis un homme, encore un autre, vous a sortie de l'eau, reprit Lucie d'un air perplexe. Vous parlez bien de trois hommes différents?

— Oui, confirma Sandrine, d'un ton moins péremptoire.

— Et ce troisième homme s'est enfui lui aussi?

— Oui, quand il a entendu la voiture approcher. Moi aussi j'ai entendu le moteur. Celui d'une moto… Non, d'une voiture, corrigea Sandrine, qui avait tendance à tout mélanger. La vôtre, je suppose. Il vous a entendus venir et…

— Pourquoi se sauver s'il n'avait rien fait de mal?

— Je l'ignore. Ça semble ridicule, je sais, mais c'est bien ce qui s'est passé. Je n'invente rien.

— Allons, ma petite, répliqua Lucie en souriant. Je ne dis pas que vous avez tout inventé. Seulement, après le choc que vous avez reçu sur la tête, il est normal que vous n'ayez pas les idées claires.

Max les rejoignit.

— Je n'ai rien trouvé. J'ai cherché partout, j'ai même regardé dans l'eau. Pas de veston, pas de chaîne… Personne.

— Mais il doit être là. Il était blessé, gravement blessé, et incapable de se déplacer. Quand je l'ai ramené sur la rive, il était inconscient, puis il est revenu à lui mais alors quelqu'un d'autre est venu…

Sandrine les regarda tour à tour. Ils la considéraient posément, avec bienveillance, mais aucun ne la croyait. Lucie se leva et lissa sa robe.

— Venez, on va vous ramener chez vous. Vous pourrez quitter ces vêtements trempés et vous changer.

Sandrine hésitait. Avait-elle tout imaginé ? Non. Son corps endolori l'attestait. Elle regarda vers la clairière et le saule. L'avait-on frappée, comme elle l'avait cru en toute bonne foi ? Ou bien se pourrait-il qu'elle eut tout bonnement glissé ? Non, songea-t-elle en portant la main à ses lèvres. Ce baiser, elle ne l'avait pas rêvé. Ni ce parfum de bois de santal, ni cette haleine douce sur sa peau, quand il lui parlait à l'oreille.

Mais la voix de Lucie interrompit ses réflexions, et elle cligna des yeux.

— Désolée, je n'ai pas écouté.

— Y aura-t-il quelqu'un chez vous pour s'occuper de vous ?

— Oui. Marieta, notre femme de charge.

— Dans ce cas, allons-y, proposa Lucie en lui tendant la main pour l'aider à se lever, puis elle réunit les affaires de Sandrine qui étaient restées sur la berge. Au fait, j'aime bien vos chaussettes. On peut dire qu'elles sont originales.

— Merci, répondit Sandrine en esquissant un pâle sourire. C'est mon père qui me les a rapportées d'Écosse. Juste avant d'être mobilisé…

Lucie se rembrunit.

— Oui. Je suis désolée. J'ai appris qu'il n'en était pas revenu.

Il y eut un petit silence suspendu, car Sandrine ne trouvait rien à ajouter.

— Et vous ? dit-elle enfin.

— Mon père est dans un camp de prisonniers de guerre, répondit Lucie d'une petite voix crispée, mais nous attendons d'un jour à l'autre sa libération.

— Voilà une bonne nouvelle.

— Ma mère se réjouit de son retour. Quant à moi… il a des sympathies pro-allemandes, ajouta-t-elle sèchement.

Sandrine la regarda avec surprise et attendit en vain que Lucie en dise davantage.

— Le fiancé de Marianne est dans un camp en Allemagne, reprit-elle alors pour combler le silence.

— Thierry, oui.

— Vous le connaissez ?

— C'est moi qui les ai présentés l'un à l'autre, répondit Lucie en retrouvant le sourire.

— Je le connais à peine. Suzanne, sa cousine, est une amie de Marianne, mais elle ne l'avait pas vu depuis longtemps quand Thierry a été mobilisé. Il a l'air gentil.

— Il l'est.

— Marianne a reçu une carte de lui en octobre dernier, l'informant qu'il avait été capturé. Depuis, elle n'a pas eu de ses nouvelles.

— C'est dur.

— Qu'est-ce qui est dur? s'enquit Max, qui n'avait entendu que la fin de leur conversation.

— Ne pas savoir ce que vous réserve l'avenir, répondit Lucie en levant les yeux vers son compagnon.

— Tu te fais trop de bile, Lulu, rétorqua-t-il en lui caressant la joue.

Une fois en voiture, avec Lucie au volant, ils montèrent la colline vers la rue du cimetière Saint-Michel. À peine Sandrine eut-elle fermé les yeux que des images de son étrange matinée surgirent dans son esprit, confuses, déconcertantes. Elle rouvrit aussitôt les paupières en s'efforçant de ne pas songer à l'homme qu'elle avait secouru, mais elle revit son visage meurtri, ses doigts lui serrant le bras, le râle déchirant qui sortait de sa gorge. Que lui était-il arrivé? Où était-il? Était-il toujours en vie? Un frisson la parcourut.

— Ça va, petite? s'enquit Lucie en jetant un coup d'œil à sa passagère assise à côté d'elle.

— J'ai un peu froid.

— C'est le contrecoup.

Sandrine s'obligea à se concentrer sur le paysage à travers la vitre. Des scènes banales du quotidien. Sur un mur blanc, un chat noir, qui se chauffait au soleil en battant de la queue au rythme d'un essuie-glace. Deux amphores en terre cuite, encadrant une porte peinte dans un violet rappelant une robe d'évêque. Un chapeau d'homme gisant sur le trottoir, dans la rue du 24-Février.

Comme ils tournaient dans la rue du Manège, Sandrine se rappela pourquoi le nom de Blum lui était familier. Il y avait une Liesl Blum dans la classe inférieure à la sienne, à l'école. Une fille studieuse, tranquille, qui faisait bien plus que son âge. C'était peut-être la sœur de Max, ou sa cousine? Liesl figurait parmi les quelques élèves arrivés à Carcassonne après la chute de Paris. À présent, il ne restait plus que deux ou trois élèves juifs à l'école, dont elle. Tous ceux qui avaient eu les moyens de s'exiler en Amérique ou en Angleterre étaient partis.

Lucie tourna à gauche pour s'engager sur le boulevard Barbès. Elle et Max discutaient de la voiture, une Peugeot bleue 202. Lucie parlait avec animation, et elle semblait très bien renseignée. Sandrine se rappela alors que la famille Magne tenait l'un des grands garages de la ville.

Elle appuya sa tête contre la vitre en essayant de démêler ses pensées. Tous ces fragments décousus et sans lien apparent créaient pourtant un motif qui lui échappait encore. Et il y avait aussi ces étranges paroles, dont l'écho résonnait sans cesse dans son esprit. Si net, si clair… même si elle n'en comprenait pas le sens.

8

Raoul ne cessa de courir qu'en atteignant la montée Saint-Michel, puis il ralentit l'allure et se mit à gravir la colline escarpée pour gagner la rue du 24-Février. Alors seulement il s'arrêta, devant l'entrée du cimetière, et reprit son souffle.

— Bon Dieu de bon Dieu, marmonna-t-il, provoquant le regard désapprobateur d'une vieille dame qui se penchait pour remplir un arrosoir, juste derrière les grilles. Pardon, s'excusa-t-il.

Il attendit qu'elle se fût éloignée et s'adossa à l'ombre du mur. Tout était arrivé si vite. Il marchait au bord de l'eau en réfléchissant au lendemain et, alors qu'il passait le coude de la rivière, il avait découvert la jeune fille, à moitié plongée dans l'eau. Il l'avait secourue, lui avait donné le baiser de la vie, puis, soulagé de constater qu'elle allait bien, il l'avait encore embrassée. « Bon Dieu, mais qu'est-ce qui t'a pris ? » se demanda-t-il, jurant à nouveau.

Quand il avait entendu la voiture, son instinct de conservation avait pris le dessus. Après trois ans de guerre et de défaite sans pouvoir se fier à personne, il ne pouvait se permettre de traîner sur les lieux en attendant de voir qui arrivait, au risque de se faire prendre. Car ces temps-ci, hormis les médecins et une poignée de fonctionnaires, personne à part la police et des membres de l'administration ne roulait en voiture privée.

Quand même, Raoul se sentait minable d'avoir abandonné la jeune fille. En se passant les doigts dans les cheveux, il se rendit compte qu'il avait perdu son chapeau en route. Tant pis. Ses bas de pantalons étaient tout trempés, heureusement le tissu était foncé, ça ne se remarquait pas.

Il sortit la chaîne de sa poche. La fille la tenait dans sa main. C'était une simple chaîne en argent, mais Antoine la portait toujours sur lui. La jeune fille et lui avaient-ils rendez-vous ? Elle n'avait pas l'air d'un porteur de message, mais justement…

Il regarda l'heure à sa montre. Il avait le temps de boire un verre et il en avait bien besoin. Raoul fonça vers la place des Armes. Au café Lapasset, il ne trouva pas où s'asseoir, car il devait toujours se placer de manière à surveiller les alentours, mais une table l'attendait au Grand Café des négociants, avec une bonne vue sur la place et le portail des Jacobins, de l'autre côté de la route. Il commanda un verre de vin rouge et sortit une cigarette d'un paquet tout écrasé, sachant qu'à ce rythme il aurait vite fait d'épuiser sa ration avant la fin de la semaine. Une volute de fumée blanche s'éleva dans l'air rempli du bruit des conversations et du cri des choucas.

Raoul emprunta un numéro de *La Dépêche* à son voisin de table. C'était un journal vichyste, un mélange de nouvelles intérieures et internationales, puant la propagande. Arrestations à Narbonne : dix partisans coupables d'avoir imprimé et distribué des tracts anti-Vichy, dont quatre avaient été abattus par des officiers de la police française. Crues subites à Tarascon. Préparatifs de la Fête de l'âne, qui aurait lieu à la fin du mois à Quillan, pour la première fois depuis 1939. Au milieu du journal, il trouva quelques lambeaux de papier, là où on avait arraché des coupons de rationnement. Suivaient des bulletins météo sur les plages de Gruissan et de La Nouvelle.

Son voisin se leva pour s'en aller. Raoul s'apprêtait à lui rendre son journal, mais l'homme secoua la tête.

— Gardez-le. Ce torchon ne vaut pas le papier sur lequel il est imprimé.

— Bien dit, approuva Raoul.

Un article sur le Maréchal-Pétain retint son attention. Le héros de la bataille de Verdun, depuis deux ans chef du gouvernement français en exil à Vichy, était encore une figure populaire dans la zone non occupée. Pour les traditionnalistes, c'était un symbole d'honneur et de force d'âme, l'incarnation de la vieille France et de ses valeurs catholiques. On avait débaptisé le boulevard Jean-Jaurès pour lui donner son nom, même si, depuis, les panneaux étaient souvent dégradés. Des sympathisants de Vichy prétendaient que la « voie de la collaboration », comme Pétain avait qualifié ses relations avec les nazis, faisait partie d'une stratégie à long terme : le Maréchal avait un plan pour sauver la France, il fallait juste faire preuve de patience. Ceux qui, comme Raoul, refusaient d'accepter le statu quo et soutenaient le général de Gaulle et sa France libre étaient considérés comme des agitateurs, des fauteurs de trouble.

L'article expliquait que, si les Juifs vivant dans la zone occupée étaient à présent forcés de porter l'étoile jaune, comme dans tous les territoires conquis, Vichy répugnait à appliquer ces mesures en zone libre. Selon l'article, cette attitude témoignait, s'il en était besoin, que le gouvernement restait fidèle à ses principes.

Dégoûté, Raoul froissa le journal et le jeta par terre. Cette naïveté lui retournait les tripes. À chaque nouveau décret, chaque nouveau compromis, il avait honte d'être français. Comme beaucoup d'hommes du Midi, il était écœuré par toutes ces arrestations de communistes, des hommes aux côtés desquels il avait combattu en 1940, par l'internement des opposants à Vichy et des Juifs, qu'on ne considérait plus comme français. Peu à peu, la France était absorbée par le Grand Reich. Raoul méprisait ce qui arrivait, et il méprisait ceux qui, à dessein ou par négligence, laissaient faire. Le résultat était le même. Actifs ou passifs, ils étaient complices de ces crimes.

Il se leva, jeta quelques pièces de monnaie sur la table, puis traversa le boulevard Barbès sans cesser de se demander, comme à son habitude, comment son frère aurait réagi à tout cela. Bruno avait été tué par des franquistes en Espagne, en décembre 1938 ; au moins n'avait-il pas vécu pour voir la France à genoux. Raoul espérait que son frère aurait été fier de lui. Le cœur endurci par cette perte, il avait combattu bravement et honorablement les nazis. Il avait tué et vu mourir des hommes, mais avait toujours fait de son mieux pour protéger ses compagnons de lutte. Après la défaite et la reddition de juin 1940, Raoul avait rejoint un réseau de résistance dans les montagnes : il aidait à faire passer en Espagne des réfugiés et des pilotes de l'aviation alliée, procurait de faux papiers, des passeports et de l'argent à ceux qui n'avaient plus le droit de rester en France. Bruno aurait fait de même, s'il avait vécu.

Le réseau de Raoul avait opéré durant presque deux ans avant d'être démantelé suite à une trahison ; tous ses camarades avaient été arrêtés et envoyés au tristement célèbre camp du Vernet. Si Raoul était passé entre les mailles du filet, c'est parce qu'il était loin de la base quand la police avait débarqué. Ensuite, privé de tous moyens, il avait dû rentrer dans l'anonymat et regagner Carcassonne. Retrouver le petit appartement sans lumière du quai Riquet, où sa mère éplorée tournait en rond, avec pour seule compagnie le fantôme de Bruno.

Raoul avait détesté ce retour à la vie civile. Son frère lui manquait encore plus à Carcassonne, dans les rues où ils avaient grandi ensemble. Alors, quand deux mois plus tôt César Sanchez, l'un des anciens camarades de Bruno dans les brigades internationales, l'avait abordé pour lui proposer de rejoindre un groupe de patriotes établi à Carcassonne, Raoul n'avait pas hésité.

Ah, il était déjà place Carnot… Constatant qu'il était en avance, Raoul continua sa marche, traversa la place, et entra dans la rue Georges-Clemenceau. César travaillait à l'imprimerie attenante au café des Deux Gares. Raoul décida de l'y rejoindre. Il pourrait ainsi l'informer qu'il avait trouvé la chaîne d'Antoine, au bord de la rivière.

9

« Nous y voilà », dit Lucie en se garant devant chez Sandrine.

Max descendit de voiture et détacha la bicyclette de la galerie.

— Où voulez-vous que je la range ?

— Il y a un portail qui donne sur le jardin derrière, répondit Sandrine. Elle attendit qu'il se fût éloigné pour ajouter : Max est vraiment gentil.

— Oui, n'est-ce pas ? acquiesça Lucie d'un air enjoué, puis elle se pencha et ouvrit la portière, mais Sandrine ne bougea pas. Ça va, petite ? Vous avez besoin qu'on vous escorte à l'intérieur ?

— Non, c'est juste que... Je devrais peut-être aller au commissariat pour rapporter ce qui est arrivé.

— Ce n'est pas une bonne idée, rétorqua aussitôt Lucie, visiblement contrariée.

— Je sais, vous ne me croyez pas, mais...

— Non, ce n'est pas ça, l'interrompit Lucie.

— ... je sais ce que j'ai vu, poursuivit Sandrine. On devrait mettre la police au courant.

— Surtout pas. Cela pourrait créer des problèmes à Max. Et ça, personne ne le souhaite, n'est-ce pas ? D'ailleurs... vous vous en êtes tirée sans trop de mal.

— Mais j'ai été attaquée, repartit Sandrine, décontenancée par la vive opposition de Lucie. Et s'il remet ça ? Si mon agresseur s'en prend à une autre jeune fille ?

— Vous ne serez jamais en mesure de persuader la police de ce qui est arrivé, dit Lucie. Vous n'avez aucune preuve.

— Et ça, alors ? répliqua Sandrine en se touchant la tête.

— Ce n'est pas une preuve, ils diront que vous êtes tombée de vélo, voilà tout. Et si vous faites un rapport, il pourrait en ressortir que nous étions là. Que Max était présent. La police réclamera des détails. Mieux vaut éviter d'en arriver là.

— Un homme a disparu, répondit posément Sandrine. Que faites-vous de lui ? Il était presque à l'agonie, ajouta-t-elle en revoyant la marque des liens sur ses poignets, les ecchymoses sur son visage. Il faut en avertir la police.

— Attendez d'en avoir parlé avec Marianne. Je suis certaine qu'elle sera de mon avis.

— Mais, et si sa famille le cherche ? Quelqu'un a dû signaler sa disparition.

— Au moins, changez-vous avant de faire quoi que ce soit, dit Lucie en modifiant son angle d'approche. Trempée comme vous l'êtes, vous allez attraper la mort.

— Si je me change, ils auront encore plus de mal à me croire. Alors que si j'y vais maintenant, les policiers pourront constater que je n'invente rien.

— Ils diront que vous êtes tombée de vélo, voilà tout, répéta Lucie avec entêtement.

Comprenant qu'elle camperait sur ses positions, Sandrine décida que la seule chose à faire, c'était d'aller seule au commissariat une fois que Lucie et Max seraient partis. Elle resta encore un instant assise dans la voiture en faisant mine de réfléchir, puis soupira.

— Vous avez sans doute raison.

— C'est plus raisonnable, petite, dit Lucie, visiblement soulagée. Laissons la police en dehors de tout ça.

— J'attendrai que Marianne me donne son avis, confirma Sandrine en sortant de la voiture. On verra ce qu'elle en dit.

Lucie descendit prestement et la serra dans ses bras.

— Ça ira, vous en êtes sûre ?

— Oui. Ne vous en faites pas.

— Sérieusement, si j'étais vous, je n'en parlerais à personne, insista Lucie. À part Marianne, bien entendu.

— D'accord, répondit Sandrine en gagnant le perron.

— Alors, c'est bon ? lança Lucie à Max en le voyant réapparaître.

— Oui. J'ai laissé votre vélo contre le mur, juste après le portail, indiqua-t-il à Sandrine, puis il lui adressa un petit salut cérémonieux. Mademoiselle Vidal, ce fut un plaisir de faire votre connaissance, malgré les circonstances.

— Pour moi aussi. Merci. Vous avez été si gentils, tous les deux.

Sandrine attendit que la voiture ait tourné le coin de la rue, puis elle redescendit les marches du perron et avança à pas vifs vers la Bastide et le commissariat.

Quelques minutes plus tard, elle était plantée devant l'élégant bâtiment blanc de la police nationale. Elle n'avait encore jamais eu de raison d'y entrer. Son père lui avait inculqué le respect et la confiance envers les autorités, mais c'était avant la guerre, avant que la France ne soit coupée en deux et que le nord ne soit occupé. Avec les mesures et les nouvelles lois que la police était tenue d'appliquer, entraînant rafles et arrestations, peut-être la prudence de Lucie était-elle justifiée?

À cet instant, la porte du commissariat s'ouvrit en grand et deux agents apparurent sur la première marche. Ils regardèrent Sandrine des pieds à la tête, puis échangèrent quelques mots en rigolant. Gênée par leur regard narquois, elle rougit, mais cela renforça encore sa résolution. Les croisant, elle monta les marches du perron et, arrivée en haut, se retourna. Plantés sur le trottoir, les deux hommes la lorgnaient encore d'un air goguenard. Sandrine leur tourna le dos, poussa la porte et entra.

Le poste de police sentait le désinfectant, le tabac et la sueur. Une femme au visage tuméfié dont le maquillage avait coulé sanglotait, assise sur le long banc installé sous la fenêtre. Au fond, un type âgé qui puait l'alcool et avait l'air d'un clochard marmonnait dans sa barbe.

Une photo du Maréchal-Pétain publiée en première page de *L'Écho de Carcassonne* était punaisée au mur, à côté d'un communiqué officiel incitant les citoyens à dénoncer cinq membres supposés de la Cinquième colonne. Il y avait aussi un panneau d'affichage couvert de photos d'hommes recherchés qui semblaient tous des rebuts de l'humanité, avec des avis offrant des récompenses pour leur capture.

Un agent en uniforme avec une cravate noire et un insigne d'épaule arriva du couloir.

— Nous le garderons jusqu'à ce qu'il ait cuvé son vin, dit-il en touchant doucement la femme à l'épaule. On va vous ramener chez vous.

Elle se mit lentement debout puis, serrant contre elle son sac à main comme un bouclier, se laissa conduire vers la sortie. Sandrine lui sourit, mais la femme garda la tête baissée et ne lui répondit pas.

Quand ils furent sortis, Sandrine s'approcha du guichet.

— Excusez-moi, dit-elle.

Le préposé en faction resta le nez dans ses paperasses sans même lever les yeux.

Alors Sandrine se pencha pour taper sur la sonnette de réception. L'ivrogne affalé dans un coin se mit à rire en proférant des insanités.

— Elle en veut la petite, tu devrais en profiter mon gars…

— Ferme-la, sinon je te remets en cellule, menaça l'agent, qui daigna enfin la regarder et haussa les sourcils en découvrant sa tenue débraillée. Eh bien ?

Sandrine soutint son regard.

— Je viens signaler un crime.

10

Raoul surveillait la porte latérale donnant accès au café des Deux Gares depuis le jardin des Plantes. Tout semblait normal. Il n'avait repéré aucun guetteur ni aucune activité inhabituelle. Assis sur le socle en pierre du buste d'Omer Sarraut, deux clochards se roulaient des cigarettes. Les statues en bronze qui entouraient à l'origine la fontaine avaient été fondues par les Allemands en 1942, pour les besoins de la guerre.

Une fois rassuré, Raoul s'empressa de traverser la route pour s'engager dans la ruelle qui longeait le café. Il frappa à la porte, trois coups brefs suivis d'un silence, recommença à deux reprises, puis attendit en jetant des coups d'œil de part et d'autre. Il y eut des bruits de pas derrière la porte.

— Oui ?

— C'est moi.

On entendit un cliquetis de chaîne, puis la clef tourna dans la serrure, et César lui ouvrit.

— Qu'est-ce que tu fais là ?

— Je voulais te voir avant la réunion.

— Entre. Je n'ai pas tout à fait terminé, j'en ai encore pour cinq minutes, dit César en refermant la porte derrière lui quand il eut passé le seuil.

Raoul le suivit au sous-sol. César alluma une ampoule rouge pendue au plafond, qui diffusait une très faible lueur, puis ferma la porte.

La chambre noire était bien équipée, un héritage des jours d'avant la guerre, quand les journalistes venaient faire développer leurs photos ici pour les envoyer aux journaux parisiens. Il y avait des bouteilles de fluide révélateur, un agrandisseur, un séchoir pour les épreuves.

Raoul découvrit, pincée sur le fil qui courait au-dessus du comptoir en bois, une série de photographies en noir et blanc des camps d'Argelès et de Collioure. Il reconnut la côte, les marécages, les nuées noires des moustiques. Après la reddition de la France en 1940, il avait passé plusieurs semaines dans cette région en se rendant d'un camp à l'autre, Collioure, Saint-Cyprien, Rivesaltes, Argelès, pour venir en aide aux anciens camarades de Bruno, qui avaient fait partie comme son frère aîné des brigades internationales. Ces photos remuaient en lui bien des souvenirs douloureux.

— Comment as-tu fait pour te les procurer ? s'enquit-il.

— Des femmes de la Croix-Rouge ont réussi à les prendre en douce, répondit César.

— C'est courageux de leur part.

— Très.

Les photos étaient floues, mal cadrées, mais ce qu'elles révélaient était clair. Des femmes, des hommes, des enfants aux yeux caves, piégés derrière des barbelés, qui n'avaient plus que la peau sur les os. Une photo plus petite lui accrocha l'œil : elle montrait le panneau suspendu à l'entrée, CAMP DE CONCENTRATION D'ARGELÈS.

Son regard se durcit.

— Le pire, c'est que ce sont des soldats français qui dirigent ces camps. Ils font le sale boulot pour Hitler. Voilà ce qu'est en réalité la fameuse « voie de collaboration » de Vichy.

César acquiesça en nettoyant le banc.

— J'imprimerai les tracts ce soir, dit-il. À cette heure-ci, il y a trop de passage. Les gens risqueraient d'entendre les machines.

— Bon travail, César.

— Je fais de mon mieux pour que les gens prennent conscience de ce qui se passe. Même si, pour la plupart, ils s'en fichent pas mal, répondit César en haussant les épaules.

— Pas tous, répliqua Raoul.

— Tu connais la dernière ? Pour chaque nazi tué par la Résistance à Paris, on exécute dix Français.

— On m'a parlé de cent.

— Pourtant les gens continuent leur petit train-train en fermant les yeux, tout contents d'habiter en zone libre. Ça pourrait être pire, disent-ils.

— C'est bien ça qu'on essaie de changer, mon vieux, remarqua Raoul en posant la main sur l'épaule de César. Tes tracts, les journaux qu'on fait circuler, ces photos, tout ça change la donne.

— Ouais ? Je me le demande..., soupira César.

— Mais si, je le constate autour de moi, affirma Raoul avec plus de conviction qu'il n'en éprouvait. Les gens se rendent mieux compte de la situation. Nous avons davantage de soutien.

Après un petit silence pensif, César éteignit la lumière.

— Pars le premier, dit-il. Je sortirai par-devant. Je te retrouve dans la rue de l'Aigle-d'Or.

Ce ne fut qu'une fois parvenu au boulevard Antoine-Marty que Raoul se rappela qu'il avait oublié de parler à César de la chaîne d'Antoine. Il se serait giflé. Les photographies avaient chassé tout le reste de son esprit en ravivant cette sensation familière dans sa poitrine, ce serrement de cœur, quand il pensait à Bruno et à la façon dont il était mort. Et puis César était dans une drôle d'humeur... morose, renfermé.

Avec un peu de chance, Antoine serait à la réunion, il pourrait lui rendre sa chaîne, et il se rendrait compte qu'il s'était fait du mouron pour rien. Revenant sur ses pas, Raoul traversa la rue de Verdun. Il préférait ne pas penser à l'autre solution.

11

Raoul observa César qui entrait dans l'immeuble jouxtant le café Lagarde, dans la rue de l'Aigle-d'Or. Il attendit quelques secondes, puis le suivit et donna le mot de passe.

— *Per lo Miègjorn.*

Pour le Midi.

On l'introduisit dans un couloir sombre où César l'attendait, et ils montèrent l'escalier étroit l'un derrière l'autre jusqu'au premier étage. César frappa à une porte, quatre coups espacés, puis ouvrit.

Raoul le suivit à l'intérieur. Les hommes étaient réunis autour d'une table, dans une cuisine sordide qui puait le renfermé et la fumée de tabac, dans des relents d'égouts bouchés.

— Sanchez, dit l'un d'eux, penché au-dessus d'une carte étalée sur la table. Nous n'espérions plus te voir.

César haussa les épaules.

— C'est bien toi qui voulais des photos sur les tracts, Coursan.

Surpris par ce ton mordant, Raoul jeta un coup d'œil à César, mais son camarade restait impassible.

— Tu dois être Pelletier, dit Coursan en lui tendant la main. Voici Robert Bonnet, et son frère Gaston.

Raoul adressa un petit salut aux deux hommes assis à la table carrée au milieu de la pièce. Robert était un grand costaud à l'air jovial, avec une moustache en guidon de vélo. Quant à Gaston, son frère, petit, le regard mauvais, il ne lui ressemblait en rien. Le cendrier placé entre eux était rempli à ras bord de mégots et d'allumettes noircies. Derrière eux, sur le comptoir, il y avait un broc d'eau et une bouteille de Pastis, déjà bien entamée.

Mine de rien, Raoul détailla Coursan en essayant de jauger le personnage. Malgré sa petite taille, moins d'un mètre soixante-dix, il en imposait. Des yeux clairs, des traits réguliers, une moustache, les joues piquetées d'une barbe de plusieurs jours. S'il portait comme les autres un pantalon bleu ordinaire et une chemise au col ouvert, il avait davantage l'allure d'un fonctionnaire.

Raoul ignorait où Coursan avait servi durant la guerre, ni ce qu'il avait fait depuis la défaite. Il savait juste que c'était lui qui avait fondé cette unité de résistants. L'un des groupes les plus récents de la région, selon César, créé, entre autres, en réaction aux nombreuses organisations collaborationnistes qui sévissaient à Carcassonne, dont le PPF, le SOL, Collaboration, les Jeunes Doriotistes et la LVF étaient les plus connues.

— On a raté quelque chose ? dit César d'un ton qui frisait l'insolence.

— Je récapitulais le programme de demain, répondit Coursan, imperturbable.

— Alors venons-en aux faits ! répliqua César et, cette fois, Raoul vit un éclair de colère passer dans les yeux de Coursan, qui garda pourtant un ton pondéré.

— Nous serons postés ici, ici et ici, dit-il en pointant du doigt différents lieux sur le plan de la ville. Nos camarades du 24-Février viendront de la direction opposée, du boulevard Marcou. D'après les renseignements transmis par radio, nos collègues de Libération se posteront à côté du Grand Café du Nord… Tout est prêt pour les tracts ? lança-t-il à l'adresse de César.

— Oui.

— Ils sont imprimés ?

— Ils le seront, répondit sèchement César.

Coursan soutint son regard, mais ne le questionna pas davantage.

— Il paraît que les types du SOL ont l'intention de perturber la manifestation. Ils feraient venir des renforts de Narbonne et de Limoux. Notre travail consiste à les en empêcher.

— Combien de gens attendons-nous ? demanda Raoul.

— Aucun moyen de le savoir.

— Ils étaient des milliers à manifester place Davilla, intervint Robert en frétillant de la moustache. Et ils avaient décrété cette journée jour de deuil national.

— Oui, mais c'était il y a deux ans. Les manifestations n'étaient pas interdites, à l'époque, fit remarquer Raoul.

— C'est vrai. Les gens ont peur, maintenant. Trop peur pour qu'on puisse compter dessus.

— La police doit être informée que quelque chose se prépare, ajouta Raoul en se tournant vers Coursan. Pourtant elle ne cherche pas à l'empêcher. Vous ne trouvez pas ça bizarre ?

— On se dégonfle, Pelletier ? ironisa Gaston.

— Non, j'évalue juste la situation. Si les autorités jugent plus profitable de laisser faire plutôt que d'y mettre un frein, ne devrions-nous pas nous en inquiéter ?

En se resservant, Gaston renversa du pastis sur la table.

— Tout ça c'est des prétextes pour…

— Laissons Pelletier terminer, l'interrompit Coursan.

— Les autorités de la région veulent prouver que Carcassonne n'est pas Paris, reprit Raoul en se laissant entraîner par son sujet. Mais c'est aussi un bon moyen pour elles de nous rassembler. Les chefs des groupes de résistants, les partisans, tous en même temps et en un même lieu.

— Vous croyez qu'il y aura des arrestations ? demanda Robert, une question si naïve que Raoul, sidéré, guetta la réaction de César.

Mais son ami, les mains nouées derrière la nuque, contemplait le plafond d'un air impassible.

— Il y aura des problèmes, c'est certain, déclara Coursan, mais c'est un risque que nous devons prendre. Quelqu'un est contre ?

Personne ne répondit.

Coursan revint à la carte étalée sur la table. Raoul ouvrit son col de chemise. Il faisait une chaleur étouffante dans la pièce. Et ce robinet qui gouttait lui tapait sur les nerfs. De temps en temps, les tuyaux se mettaient à gargouiller, comme si un locataire, quelque part dans l'immeuble, faisait couler un bain.

— Et Antoine ? s'étonna Robert. Il ne vient pas ?

Pour Raoul, ce fut comme de recevoir un coup de poing dans le ventre. Il fourra sa main dans sa poche pour tâter la chaîne.

— Encore un qui se dégonfle, lança Gaston.

Cette fois, César le foudroya du regard.

— Il viendra, tu peux y compter.

— Désolé, intervint Raoul, sans savoir au juste de quoi il s'excusait, et il posa la chaîne en argent sur la table. Je ne sais pas si c'est important, mais j'ai trouvé ça. Et je crois que ça appartient à Antoine.

Il y eut un brusque changement dans l'atmosphère. Les regards s'aiguisèrent. César se pencha en avant et prit la chaîne entre ses doigts pour l'examiner.

— Où l'as-tu trouvée ?

— Ce matin, au bord de la rivière. Près du Païchérou.

— Et tu as vu Antoine par là-bas ?

— Non. Autrement je vous l'aurais dit.

— Et c'est seulement maintenant que tu nous en informes, Pelletier ? lança Coursan en l'épinglant du regard.

— C'est-à-dire…, hésita Raoul. Il y avait une jeune fille…

Gaston ponctua sa phrase par un gros rire, que Raoul ignora.

— Une jeune fille que je ne connaissais pas, poursuivit-il. Elle était tombée de vélo, avait basculé dans la rivière, et c'est elle qui tenait la chaîne dans sa main.

— Quelle heure était-il ? demanda Coursan.

— Environ 10 heures.

— Bon, alors tu as vu la chaîne, et tu l'as prise… Pourquoi ?

— En fait, je ne sais pas trop, répondit Raoul, désarçonné. Parce qu'elle ressemblait à celle d'Antoine, je suppose. Je n'y ai pas vraiment réfléchi.

— Et la fille, comment l'a-t-elle eue ?

— Elle était inconsciente. Elle revenait à elle quand j'ai entendu une voiture. J'ai vu qu'elle allait bien, et comme je ne voulais pas prendre de risques, je suis parti.

— Un preux chevalier, marmonna Gaston.

— Du simple bon sens. Tu aurais fait pareil à sa place, Bonnet, riposta César.

Gaston étouffa un rot, puis se resservit du pastis, sous l'œil désapprobateur de son frère.

— Tu es certain que la fille n'a rien dit ? insista Coursan d'une voix égale, où Raoul décela pourtant de l'urgence.

— Non, rien de cohérent. Rien à propos d'Antoine.

La tension s'accrut encore dans la pièce. Il les dévisagea tour à tour sans rien déceler de particulier, et regretta presque d'avoir abordé le sujet.

— Écoutez, j'ignore où peut se trouver Antoine, mais je suis sûr que la jeune fille était là par hasard. Elle a vu la chaîne, l'a ramassée. Point final.

— Sauf que cette fille s'était à moitié noyée, souligna César. Sauf qu'Antoine devrait être là et qu'il n'y est pas. D'ailleurs Revol n'est pas là non plus, remarqua-t-il en se tournant vers Coursan. Que fait-il ?

— Il va arriver.

En bas, la porte qui donnait sur la rue claqua. Tout le monde s'arrêta net de parler pour guetter les pas qui montaient l'escalier. La porte s'ouvrit en grand. Ce n'était pas Antoine.

— Bon Dieu, Revol, marmonna Gaston. Tu veux nous faire avoir une attaque.

Raoul n'avait encore jamais rencontré Sylvère Revol, le second de Coursan, pourtant il le reconnut d'après la description que César lui en avait faite. Avec ses chemise et pantalon noirs, ses cheveux gominés, lissés en arrière, on aurait dit un musicien, un habitué des nuits blanches passées dans les vapeurs d'alcool et de tabac. Et comme Coursan, il avait une barbe de plusieurs jours.

Revol adressa un petit signe de tête à Coursan, puis s'assit à côté de Gaston.

— Il y a un problème, dit Coursan. Déjean n'est toujours pas là, et Pelletier vient de nous dire qu'il a sorti une fille de la rivière ce matin qui avait la chaîne de Déjean.

Raoul vit les deux hommes échanger un regard. De nouveau, il jeta un coup d'œil à César, qui contemplait toujours la chaîne.

— Et que faisait Pelletier à la rivière ? s'enquit Revol.

— C'était sur mon chemin, répliqua Raoul, irrité qu'on parle de lui comme s'il n'était pas dans la pièce.

— Je vais chez Antoine, déclara César en se levant.

— Assieds-toi, Sanchez, intervint Coursan avec douceur.

— Il est peut-être au lit avec la gueule de bois, ironisa Gaston.

— Il ne boit pas. Je ne vais pas rester ici les bras croisés alors qu'Antoine a peut-être de graves ennuis, insista César.

— Assieds-toi, répéta Coursan sans élever la voix, mais avec une telle autorité qu'à la grande surprise de Raoul le fougueux César obéit sans rechigner.

Robert lui versa du Pastis dans un verre, qu'il poussa sur la table, devant lui. César y ajouta de l'eau et l'avala d'un trait.

— Et cette fille, a-t-elle dit quelque chose ? demanda Revol à Coursan.

— Comme je l'ai déjà précisé, intervint Raoul sans qu'on l'en ait prié, elle était inconsciente.

Revol regarda Raoul tout en continuant à ne s'adresser qu'à Coursan.

— Que comptes-tu faire ?

Coursan réfléchit un instant en tambourinant des doigts sur la table.

— Si Antoine a été arrêté, il faut qu'on le sache. Cela pourrait modifier le programme de demain. César, va donc vérifier s'il est chez lui. S'il y est, laisse un message comme d'habitude, derrière le bar du café d'en bas.

— Et sinon ?

— Notre priorité, c'est demain.

— Bien dit, mon commandant, commenta Gaston avec un petit salut moqueur.

— Chacun a compris ce qu'il a à faire ?

Raoul et Robert hochèrent la tête. César ne répondit pas.

— Revol ?

— Oui.

— Dans ce cas, retrouvons-nous au café Saillan à 8 heures demain matin, conclut Coursan. Tu apporteras les tracts ? demanda-t-il à César, qui ne répondit pas.

— Sanchez, insista Revol d'un ton sec.

César le regarda, puis fit un bref hochement de tête et se leva.

— Quand je dis une chose, je m'y tiens.

Sur ce, il ramassa son tabac et ses allumettes et quitta la pièce.

Raoul regarda Coursan, puis Revol, mais leurs visages restaient indéchiffrables. Gaston et Robert s'apprêtaient déjà à s'en aller.

— Bonne chance pour demain, messieurs, glissa Coursan. Revol, j'ai encore quelque chose à te dire.

Raoul suivit les Bonnet dehors. Sur le palier, il marqua une pause et entendit la voix de Coursan.

— Que s'est-il passé, bon sang ?

La porte claqua. Raoul y colla son oreille, mais les voix étouffées par le bois étaient inaudibles. Frustré, il descendit l'escalier à la suite des autres.

12

La rue de l'Aigle-d'Or était bondée, à présent. Les queues de femmes qui venaient s'approvisionner s'allongeaient devant les commerces. Trois petites filles jouaient à la marelle sur le trottoir, tandis qu'un groupe d'adolescents boutonneux admirait avec envie une moto garée devant le café.

Mettant sa main en visière pour se protéger les yeux du soleil, Raoul repéra César qui l'attendait, au croisement de la rue du Port.

— Désolé, dit-il. Je voulais te parler de la chaîne avant la réunion, c'est même pour ça que je suis venu te retrouver à l'imprimerie, mais j'ai vu les photos et cela m'est sorti de la tête… Ce genre de chaîne, ça court les rues. Ce n'est peut-être même pas la sienne, ajouta Raoul après un petit silence confus.

— Non, c'est bien la sienne. Antoine avait gravé ses initiales au couteau sur le fermoir. J'ai vérifié.

Les deux hommes restèrent un instant silencieux à tirer sur leurs cigarettes dont la fumée s'élevait en volutes blanches dans l'air brûlant du midi.

— Il n'y a aucune raison de penser qu'il a été arrêté, remarqua Raoul.

— La semaine dernière, il m'a prévenu qu'il allait à Tarascon pour quelques jours, mais il devrait être rentré.

— Pourquoi à Tarascon ?

— Ses parents y habitent…

— C'est tout ce qu'il a dit ?

— Tu sais comment c'est, fit César en haussant les épaules.

Raoul acquiesça. Ne rien dire et ne se fier à personne, pas même à ses plus proches amis et parents. Ce qu'ils ignorent, ils ne pourront en parler.

— Cette chaîne, Antoine la porte toujours sur lui, ajouta César sans se départir de son calme.

Raoul lui lança un coup d'œil. Depuis le début de la réunion, César était dans une drôle d'humeur, et ce avant même d'apprendre qu'Antoine avait disparu. Enfin, peut-être.

— Tu veux que je t'accompagne à l'appartement ? proposa Raoul.

César jeta son mégot sur le trottoir et l'écrasa sous son talon.

— Non. C'est pour ça que j'ai attendu. On approche de l'heure du déjeuner. Je me suis dit que si tu y allais toi, cela me permettrait de vérifier les bars et le café de la rue du Port, dont Antoine est un habitué. Je connais ses copains. Ils me parleront plus volontiers.

— Très bien. Où habite-t-il ?

— Dans l'immeuble qui est au coin de la rue Émile-Zola et de l'allée d'Iéna. Premier étage. Ce soir, je serai au café des Deux Gares vers 21 heures. Tu pourras m'y rejoindre si tu as du nouveau. Sinon, on se retrouve au Saillan demain matin.

— Tu penses qu'on te surveille ?

— Mieux vaut ne pas prendre de risque.

César s'apprêtait à s'en aller quand Raoul le retint.

— Est-ce que tout va bien ? À part ce souci au sujet d'Antoine.

— Que veux-tu dire ?

— Tu le sais très bien, répliqua Raoul. Tu es à cran. Et pendant la réunion, c'était très tendu entre toi et Coursan… César ? insista-t-il après un petit temps, comme son camarade ne disait rien.

Sanchez hésita.

— Je n'aime pas la façon dont il se pose en chef, au-dessus de nous.

— Coursan a monté le groupe, il est naturel qu'il en prenne le commandement. Tu m'as dit toi-même que c'était un patriote, soucieux de préserver les traditions et les alliances du Languedoc. L'esprit de tolérance occitan, voilà comment tu l'as défini quand tu m'as parlé de lui. Tu en pensais assez de bien pour me recruter. Ainsi qu'Antoine.

— Les choses changent, répliqua César avec une certaine brusquerie.

— Lesquelles ?

— Rien qui mérite qu'on s'y attarde.

Raoul réfréna son impatience.

— Bon, d'où connais-tu Coursan ? Tu as dû te renseigner sur lui avant de rejoindre l'unité.

— Je le connais seulement de réputation. On dit qu'il s'est bien comporté durant la guerre. Qu'il a participé activement au premier mouvement de Résistance qui s'est levé à Toulouse.

— Mais tu ne l'avais jamais rencontré en personne ?

— Non.

Raoul resta pensif un instant.

— Comment gagne-t-il sa vie ?

— Je n'en sais trop rien.

— César, s'il y a un problème, si tu as des doutes, tu dois m'en parler.

— Disons juste qu'il n'est pas l'homme que je croyais.

— Ça ne suffit pas.

— D'accord. Je commence à me demander ce que Coursan cherche exactement. Quel est son but véritable.

— La même chose que nous, je présume, combattre l'Occupation. Nous débarrasser de Vichy.

— Je n'en suis pas si sûr.

— Alors quoi, tu penses que c'est pour l'argent ? César, insista Raoul pour vaincre les réticences de son camarade, qui s'obstinait à garder le silence.

— Je dis juste que l'homme dont j'ai tant entendu vanter les mérites et celui que je vois devant moi ne correspondent pas.

Soudain, toute hostilité sembla le quitter, et César posa une main sur l'épaule de Raoul, retrouvant sa bonne humeur.

— Écoute, oublie ce que j'ai dit. Coursan et moi, on n'a pas d'atomes crochus… Et alors ? Après-demain, ça n'aura plus d'importance. On devrait plutôt se préoccuper d'Antoine.

Sur ce, il lui tourna le dos et se fondit dans la foule qui déambulait place Carnot avant que Raoul ne puisse lui poser d'autres questions.

Troublé par leur conversation, Raoul le regarda s'éloigner. Il se remémora les conflits et les différends qu'il avait connus dans les groupes où il s'était engagé. Les esprits s'échauffaient, surtout la veille d'une mission. Qu'est-ce qui contrariait César? Était-il juste nerveux à cause de l'action prévue pour le lendemain, soucieux à cause d'Antoine, ou y avait-il autre chose?

Tout en ressassant ses interrogations, Raoul se dirigea vers l'allée d'Iéna. Le fait que César ne portait plus Coursan dans son cœur n'était pas un problème. On ne choisit pas ses camarades de combat sur des critères de sympathie. Raoul lui-même n'appréciait pas tous les gars du réseau de Banyuls, loin de là. Mais il avait confiance en eux. C'était ça l'essentiel.

Il chercha à se rappeler ce que son frère lui avait dit à propos de Sanchez. Que c'était un gars au sang chaud, rancunier, prompt à s'emporter. Un loup solitaire. Mais aussi qu'il avait de l'instinct et savait jauger les gens.

— *Per lo Miègjorn*, marmonna Raoul entre ses dents.

Des mots forts, faits pour le combat. Raymond-Roger Trencavel, le héros de la Cité, les avait prononcés en 1209 pour rallier les hommes du Midi contre les croisés venus du nord. Lorsque Raoul avait donné le mot de passe plus tôt dans la journée, ils avaient sonné comme un appel aux armes.

Mais à présent? Il n'en était plus si sûr.

13

Sandrine jeta un coup d'œil à l'horloge murale. Cela faisait presque une heure qu'elle était assise sur ce dur banc de bois, sous la fenêtre. Elle avait soif, se sentait mal, et, si elle restait, c'était surtout pour ne pas donner à l'agent en faction la satisfaction de la voir renoncer.

Une intense activité régnait dans le commissariat. Des policiers se croisaient, chargés de dossiers, de classeurs. On entendait des éclats de voix suivis de silence. Des portes s'ouvraient et se refermaient dans une sorte de frénésie inquiète. Le policier brun qu'elle avait vu à son arrivée réapparut près du bureau d'accueil.

— Vous êtes toujours là, mademoiselle? s'étonna-t-il en passant devant elle.

— Je suppose que vous non plus, vous ne savez pas dans combien de temps quelqu'un pourra me recevoir?

— C'est la panique, répondit-il en s'arrêtant. Des télégrammes sont arrivés toute la nuit. Les filles du central téléphonique disent que ça n'a pas arrêté de sonner.

— Il s'est passé quelque chose?

— D'après une rumeur, lui glissa-t-il, il y aurait une manifestation de prévue pour demain. En soutien à de Gaulle.

Un bref instant, leurs regards se croisèrent, et Sandrine vit alors l'homme sous l'uniforme. Elle lui sourit, il lui rendit son sourire, mais l'officier reprit le dessus et son visage se ferma. Sandrine le suivit des yeux tandis qu'il s'éloignait dans le couloir pour disparaître par une porte à droite.

Elle rejoignit l'agent d'accueil.

— Puis-je avoir de quoi écrire?

— Quoi?

— Une feuille de papier et un stylo, expliqua-t-elle comme si elle s'adressait à un enfant. Si ce n'est pas trop demander.

L'homme la scruta un moment, puis se pencha derrière son bureau et en sortit un bloc de papier à lettres rayé dont il préleva quelques feuilles. Il les lui passa sans un mot, avec un crayon noir.

Sandrine regagna son banc de bois, décidée à mettre son temps à profit. Posant les feuilles en équilibre sur ses genoux, elle écrivit la date.

Lundi 13 juillet 1942.

La souligna.

Déclaration de Mlle Vidal Sandrine.

« *Je certifie par la présente que les informations figurant dans ce témoignage sont véridiques et données de bonne foi.* »

Suçant machinalement le bout du crayon, elle réfléchit un instant, puis se mit à écrire.

14

La Haute Vallée

— Parle.

Antoine hurla. Il ignorait où il se trouvait, il ne savait rien. La barre de fer s'abattit encore et encore sur sa nuque, sur ses os déjà brisés. Il avait les bras ramenés derrière lui et enchaînés au dossier de la chaise, ses poignets à vif étaient menottés, la main droite gonflée, violacée, les ongles arrachés, mais cela datait du moment où il avait essayé de passer le barrage. Quand était-ce ? Il avait perdu toute notion du temps.

— Où est-elle ? Où est la clef ?

C'était dimanche. Il s'en souvenait. Comme il envisageait d'aller voir ses parents, il était retourné à l'appartement pour préparer son sac avant de descendre vers le sud. C'est là qu'ils l'avaient pris. Alors qu'il traversait la rivière. Le fermoir de sa chaîne s'était rompu, il s'en souvenait. Il l'avait mise dans sa poche. Il faisait déjà très chaud, en ce début de matinée. Il se rappelait la Renault Primaquatre noire roulant lentement sur la route du cimetière Saint-Michel. Un homme bien mis, un étranger, lui avait demandé la direction de la Cité.

Puis, plus rien.

D'abord, la cave, les questions, les coups, la corde qui se resserrait sur ses poignets. Puis ils avaient arrêté. L'avaient laissé seul un bon moment, il n'aurait su dire combien de temps, car jour et nuit se confondaient. En fait, ils avaient attendu cet homme, ses instructions. Antoine s'en rendait compte, à présent.

C'était le matin quand il s'était échappé. Il avait feint d'être inconscient pour qu'ils relâchent leur surveillance. Il avait réussi à sortir par la vitre brisée de la fenêtre et à forcer le cadenas du portail. Mais il était trop faible et, s'il avait réussi à gagner Païchérou, la berge de la rivière, les rochers, il n'avait pas eu la force d'aller plus loin. Il avait glissé, s'était évanoui, avait bien failli se noyer. Il se rappelait l'eau lui entrant dans la bouche, le nez.

Alors la fille était venue à son secours. Elle l'avait sorti de l'eau. Tout ça pour rien, car ils l'avaient récupéré et ramené ici, dans la cave suintant l'humidité, avec de la terre battue sous ses pieds.

— *Komm*. Si tu parles, ce sera fini.

Chaque mot s'accompagnait d'un coup de barre de fer, dans le silence ponctué par la respiration régulière de ses geôliers. Il y avait eu tant et tant de coups que son corps n'était plus qu'une plaie.

— Il s'est évanoui. Dépêche-toi.

Antoine espéra qu'ils parlaient de lui, qu'il n'allait plus rien sentir. Mais on lui enfonça une éponge gorgée de vinaigre dans la bouche, le liquide âcre brûla ses lèvres fendues et il eut un haut-le-cœur. Il essaya de recracher l'éponge en se tortillant, mais des mains lui maintinrent les épaules contre le dossier de la chaise. L'odeur du sang frappa ses narines. Était-ce le sien, ou celui d'un autre qu'on avait assis sur cette chaise avant lui ? Alors l'eau froide lui coula sur la tête, les épaules, les genoux, l'obligeant à parler.

— Je ne sais pas…

Antoine ne savait même plus si c'était vrai. Au fil des heures, des jours, entre les coups de poing, les coups de pied, les brûlures de cigarettes, l'odeur de poils roussis et de chair suppliciée, il avait oublié ce que l'homme voulait. Ça n'avait pas de sens. Il ignorait où il se trouvait. Il ignorait ce qu'il avait déjà pu dire.

— Antoine, susurra l'homme. Ton ami Otto est mort, tu te rappelles ? Tu as bien reçu un télégramme, non ? Remonte dans le temps jusqu'au mois de mars 1939. Tu te souviens ? Nous avons retrouvé Rahn dans la neige, dans les montagnes du Wilder Kaiser. Rien de ce que tu pourras dire ne lui nuira. Il est en paix. Nous avons son journal, toutes ses notes, ses lettres. Il travaillait pour nous, tu le savais, non ? S'il a laissé quelque chose derrière lui, la clef, c'est forcément sous ta bonne garde. La clef ?

Mensonge. Pourquoi lui posaient-ils ces questions s'ils avaient déjà tout entre les mains ? Il n'y comprenait rien. Le vieux aurait su, lui. Il essaya encore de secouer la tête, mais ses os, ses muscles, plus rien ne répondait. Des mots lui revinrent, des bribes de souvenirs.

— *Die… Dietrich*, bafouilla-t-il.

S'il persistait à dire ça, ils croiraient qu'il y avait une clef, la chercheraient, et ainsi le secret ne serait pas découvert.

— Oui, la clef ?

Antoine sentit l'haleine de l'homme sur son visage. Il vit l'insigne à tête de mort sur le revers de sa veste. Otto

Rahn portait le même ; il lui avait écrit pour l'informer qu'il avait rejoint leurs rangs, puis plus rien.

— Rahn t'a confié une clef, lui souffla l'homme au visage, avec avidité. Où est-elle maintenant, Antoine ? À quoi sert-elle ?

Otto ne plaisait guère à ses amis, mais il racontait merveilleusement bien. C'étaient de belles histoires, pleines d'intelligence et de poésie, qui vous emportaient. Antoine n'avait jamais imaginé qu'elles puissent contenir une once de vérité.

Le vieux lui avait recommandé d'être prudent. Antoine aurait dû l'écouter, mais il s'était cru plus malin qu'eux. D'ailleurs, il les avait bien eus, en fin de compte, même si c'était trop cher payé.

— Tout est vrai…

— Qu'est-ce que tu dis ? intervint la voix de l'homme, tranchante, impatiente.

Antoine glissait, dérivait, tel un navire larguant les amarres, en un doux lâcher prise. Il se souvenait des mots écrits sur la carte. Il espérait que la jeune fille allait bien. Gentille… elle avait été gentille. Elle avait essayé de l'aider. Il ne connaissait pas son tortionnaire, n'avait pas vu son visage, seulement un costume gris, et la peau de son bras gauche quand il avait remonté la manche de sa chemise, une peau rose vif, comme s'il avait pris un coup de soleil. Les Cathares… ils avaient été livrés au bûcher. Les bons hommes, comme les appelait Otto.

Le vieux, lui, savait tout sur eux.

— *Gottesfreunde*, murmura Antoine. J'ai oublié.

En le disant, il se rendit compte que c'était vrai. Une brève amitié, dix ou onze ans plus tôt. Otto Rahn était un jeune Allemand originaire de Michelstadt, qui voyageait avec un ami suisse. Quant à Antoine, il venait juste de finir ses études et avait du temps devant lui.

C'était une rencontre de hasard dans un café, le plaisir de se découvrir un intérêt commun pour les légendes régionales, les histoires de trésor, de partager le même engouement pour la mythologie des montagnes. Durant l'hiver à cheval sur 1931 et 1932, ils avaient passé leurs soirées à lire, parler, fumer jusque tard dans la nuit ; le jour, quand le temps le permettait, ils grimpaient au sommet du pic de Soularac, visitaient les ruines de Montségur et de Coustaussa, ou descendaient dans les entrailles des grottes de Niaux et de Lombrives. La Fraternité, le Fahneneid, ce serment du sang inspiré du guerrier de légende allemand, tout cela était bien innocent, innoffensif. Otto était naïf, certes, mais il ne pensait pas comme ces fanatiques. Il avait été flatté qu'ils l'invitent à les rejoindre, fier de son uniforme noir. Plus tard, il avait perdu ses illusions, avait voulu se retirer, mais c'était trop tard.

Cela remontait à plus de dix ans. Antoine était alors un tout jeune étudiant en lettres classiques, idéaliste, qui ne comprenait rien à rien. Il n'avait encore jamais vu mourir un homme, ni tué personne. Si Rahn était encore en vie, ils auraient chacun appartenu au camp adverse. Leur amitié était juste l'un de ces intermèdes du jeune âge, du début de la vie. Antoine ne comprenait pas. Otto était mort trois ans plus tôt. Avant que toute cette folie ne commence. Alors qu'est-ce que ces types faisaient là ?

— *Sprich.*

Parle.

La colère qu'il perçut dans la voix de l'homme le fit tressaillir.

— J'ai oublié, répéta-t-il, sentant le doux attrait du sommeil l'entraîner vers le noir.

Cette fois, le coup l'atteignit en pleine figure. Son nez éclata, le sang tiède recouvrit ses lèvres desséchées, sans qu'il ressente aucune douleur. Des larmes de soulagement lui vinrent aux yeux.

— On le perd, cria une autre voix, rauque, violente ; une voix laide.

Antoine était presque libre à présent, il flottait au-dessus de son tortionnaire, de la chambre de torture, de la douleur, de la complète absurdité qui l'avait amené ici. Ils ne pouvaient plus l'atteindre. Ni eux, ni l'eau froide, ni leurs mains brutales cherchant à redresser un corps brisé.

— Fais venir le médecin, ordonna l'homme. Vite.

Antoine se rendit compte qu'il souriait. Les pas précipités, la porte s'ouvrant en grand, le médecin fouillant dans sa sacoche. Aiguilles, lumière, piqûre, tous ces gens qui le secouaient en tous sens.

Il mourut dix minutes plus tard, sans rien révéler de plus sur son ami Rahn. Sans rien leur dire sur ce qu'il avait découvert, ni de ce qu'il savait. Sans laisser le nom d'Audric Baillard franchir ses lèvres tuméfiées.

15

Carcassonne

Sandrine continua à écrire jusqu'à ce que son bras lui fasse mal et qu'elle eût couché sur le papier tout ce dont elle se souvenait. Puis elle s'adossa au mur et fit jouer les articulations de sa main droite. En regardant vers le bureau d'accueil, elle s'aperçut que l'agent en faction avait disparu et que personne ne l'avait remplacé.

C'était l'occasion ou jamais. L'indignation qu'elle éprouvait d'avoir été ainsi ignorée la fit se dresser d'un bond. Glissant les feuilles de papier dans sa poche, elle s'avança dans la direction qu'avaient prise toutes les personnes qu'elle avait vues passer durant la matinée et pointa la tête par la première ouverture, sur la droite.

Hors de l'espace réservé à l'accueil du public, l'atmosphère changeait radicalement. Un long couloir sans fenêtres s'allongeait devant elle, avec un sol carrelé de blanc et des néons au plafond. Les murs vert pâle rappelant ceux d'un hôpital étaient nus, sans avis, affiches ni photos placardés. De chaque côté du couloir, d'épaisses portes blindées, toutes fermées.

Sandrine hésita, mais s'obligea à avancer. Au bout du couloir, une porte portait l'inscription COMMISSAIRE DE POLICE. Des voix lui parvinrent de l'intérieur. Elle frappa vivement, avant d'avoir le temps de changer d'avis. Il y eut des pas, puis elle entendit tourner la poignée, et le même jeune officier de police brun auquel elle avait déjà parlé apparut.

— Que faites-vous ici ? C'est une zone interdite au public.

— Je ne m'en suis pas rendu compte.

— Qu'est-ce qui se passe, bon Dieu ? cria une voix depuis l'intérieur de la pièce.

Sandrine contourna prestement le jeune agent et y fit irruption.

— Commissaire, je m'excuse, mais cela fait des heures que j'attends.

Un homme d'âge mûr était assis derrière un grand bureau en acajou sur lequel une carte était étalée, piquée çà et là de petites fiches en bois. Sur le mur derrière lui couraient des meubles métalliques à tiroirs, portant des étiquettes blanches sur leurs poignées.

— Bon sang, Ramond, ordonna-t-il en se tournant vers le jeune agent, faites-la dégager immédiatement.

— Allons-y, mademoiselle, s'empressa le jeune agent en la rejoignant.

— Je veux signaler un crime !

— Mademoiselle…

— J'ai été attaquée ce matin, poursuivit-elle en s'efforçant de garder un ton posé. Je croyais que la police… que vous souhaiteriez être tenus au courant d'un crime commis à Carcassonne.

— Pour la dernière fois, agent Ramond, faites-la sortir d'ici ! hurla le commissaire.

Le jeune policier lui plaqua une main dans le dos et la poussa dans le couloir.

— Vous êtes censés nous protéger, protesta-t-elle, furieuse, puis elle tourna les talons.

À peine se retrouva-t-elle seule dans le couloir que, les jambes flageolantes, elle se sentit presque défaillir. Était-ce dû à la colère ou à ses nerfs qui craquaient ? Elle n'aurait su le dire, mais elle entendit alors la porte s'ouvrir, se refermer, puis des pas derrière elle. Le jeune agent de police la rattrapa.

— Ce n'était guère raisonnable.

— Je sais. Je regrette, reconnut Sandrine, confuse. Je ne voulais pas vous attirer des ennuis.

— Ce n'est rien. J'ai l'habitude, répondit-il avec un petit sourire, puis il la conduisit jusqu'à un banc, s'assit à côté d'elle et sortit son calepin. Pourquoi ne pas me raconter ce qui vous est arrivé ?

Sandrine prit une profonde inspiration, puis se lança dans son histoire.

— J'étais au Païchérou ce matin et j'ai aperçu un homme à moitié immergé dans la rivière… J'ai cru qu'il se noyait, je l'ai secouru, et puis j'ai vu des marques sur ses poignets, comme si on l'avait ligoté… Et juste alors que je…

L'officier l'arrêta en levant la main.

— Attendez un peu. Commencez par me donner vos nom et prénom.

— Vidal. Sandrine Vidal.

— Et votre adresse ?

— Rue du Palais.

16

Raoul trouva assez facilement l'immeuble d'Antoine, au coin de la rue Émile-Zola. Il était divisé en six appartements, disposant chacun d'une sonnette en bas, à la porte d'entrée principale. Il appuya, puis recula sur le trottoir et leva les yeux vers le premier étage. Les volets étaient ouverts, mais il n'y avait aucun signe de vie. Après avoir réessayé plusieurs fois, en désespoir de cause, il finit par sonner chez la concierge. Peu après, une petite femme menue vêtue de noir vint lui ouvrir et le toisa avec méfiance.

— Je voudrais voir Antoine Déjean. Savez-vous s'il est chez lui ?

— Il y était ce matin, dit la concierge sans aménité.

— À quelle heure ?

— Je ne m'en souviens pas, répondit-elle en le regardant avec insistance, et Raoul lui glissa une pièce dans la main. Vers 7 heures, 7 h 30, ajouta-t-elle, plus complaisante.

— Vous êtes certaine que c'était lui ? Vous l'avez vu ? insista-t-il en lui glissant encore deux francs.

— Non, mais j'ai entendu remuer, là-haut. Qui d'autre voulez-vous que ce soit, si tôt le matin ?

— C'est ennuyeux, reprit Raoul après un petit temps de réflexion. J'ai laissé quelque chose chez lui que je dois récupérer. Vous ne pourriez pas…

Elle le scruta un instant, puis empocha les pièces, gagna sa loge, et y prit un anneau de clefs suspendu à un crochet.

— Dix minutes, dit-elle.

Raoul la suivit au premier. Elle ouvrit la porte et le laissa entrer. À l'intérieur, dans l'air surchauffé à cause du soleil qui tapait fort à travers les vitres fermées, ça sentait le renfermé, le tabac refroidi, la vanille et l'encre d'imprimerie.

— Dix minutes, répéta-t-elle.

Un petit vestibule menait à une pièce spacieuse qui donnait sur l'allée d'Iéna, avec un lit pliant dans un coin, et une kitchenette équipée d'un évier et d'un seul brûleur à gaz. Il y avait quelques boîtes de conserve, deux pommes à moitié pourries dans un bol en porcelaine. Au bout d'un étroit couloir se trouvaient des W-C et une minuscule salle de bains.

Sur un bureau, à côté de piles de journaux, il vit quelques brochures interdites. Deux fauteuils trapus étaient installés à angle droit avec la fenêtre face à la pièce, où régnaient l'ordre et la propreté. Indécis, Raoul prit un livre de la bibliothèque, le replaça, ne sachant trop ce qu'il cherchait au juste. Un indice… quelque chose lui révélant où Antoine avait passé le week-end, et où il se trouvait en ce moment même.

Il regarda la rue par la fenêtre. Un représentant de commerce arrivait à l'hôtel des Voyageurs et deux fourgons cellulaires roulaient vers la caserne située au bout de la route.

Il ne lui fallut pas longtemps pour fouiller le petit appartement. Raoul traînait, il avait envie de rester, au cas où Antoine reviendrait. Si vraiment c'était bien lui que la concierge avait entendu. Il fuma sa dernière cigarette. À 14 heures, il renonça. Il gribouilla un mot demandant à Antoine de le contacter puis, pris d'une envie pressante, il gagna les W-C avant de partir.

Quand il se fut soulagé, gêné par l'odeur âcre de l'eau stagnant dans la cuvette, il se pencha et ouvrit la lucarne pour aérer, puis il tira sur la chasse d'eau. En vain. Il entendait l'eau bouillonner dans le réservoir au-dessus de sa tête, mais elle n'arrivait pas dans la cuvette. Il réessaya, en tirant fort sur la chaîne.

S'obstinant, il monta sur le siège des toilettes pour vérifier, mais le réservoir était trop haut et il ne parvint pas à voir ce qui bloquait la chasse d'eau. Il trouva un débouche-évier à la cuisine, regrimpa sur le siège et enfonça au hasard le manche en bois dans le réservoir, en veillant à ne pas faire déborder l'eau. Il y avait bien quelque chose, contre le flotteur. Après avoir essayé en vain d'extirper l'objet avec le débouche-évier, il finit par remonter la manche de sa chemise et enfonça la main droite dans le réservoir. Il sentit quelque chose de doux au toucher, un genre de tissu épais, roulé en boule. Il le dégagea et le sortit du réservoir.

Une fois redescendu, il recula d'un pas en secouant sa main dégoulinante, l'essuya sur son pantalon, puis regarda le tampon de tissu imperméable vert foncé. Comme il l'écartait, quelque chose glissa, qu'il rattrapa au vol.

C'était un petit flacon lourd et opaque, de forme hémisphérique, avec sur un côté un motif d'un beau bleu-vert iridescent, rappelant la queue d'un paon. L'autre côté était décoré de feuillage. Le flacon avait un long col perforé en haut d'un petit trou, comme pour le porter au bout d'un cordon ou d'une chaîne, et il était fermé par un bouchon de laine grise.

Des coups sonores frappés à la porte de l'appartement le firent sursauter, et son cœur bondit dans sa poitrine quand il entendit le bruit de la clef tournant dans la serrure.

— Monsieur, lança la voix stridente de la concierge, cela fait plus de dix minutes.

— J'arrive. Merci.

Raoul contempla le précieux petit objet qu'il tenait dans la paume de sa main puis, sans réfléchir, l'enveloppa dans son mouchoir et le glissa dans sa poche. Il remit le tissu trempé dans le réservoir, et avait rejoint le vestibule quand la concierge franchit le seuil.

— Excusez-moi, je n'ai pas vu le temps passer, dit-il en lâchant deux pièces dans sa paume tendue. Vous savez comment c'est.

Puis il s'éloigna sans autre commentaire, sentant dans son dos un œil soupçonneux, et dévala l'escalier en espérant qu'elle n'était pas du genre à appeler la police.

Le soleil était à son zénith. En marchant le plus possible du côté de l'ombre, Raoul regagna le centre-ville. Il traversa la ligne de tramway et descendit le boulevard Omer-Sarraut en longeant le jardin des Plantes.

Devant le café Terminus, un serveur écrivait à la craie sur un tableau noir pour informer les clients qu'il y avait de la bière. Raoul s'arrêta. Les prix étaient exorbitants, mais il avait très soif et, pour une fois, il se trouvait au bon moment au bon endroit. L'idée d'une bière bien fraîche, une vraie, était trop tentante.

Il compta son argent. Il avait donné toute sa monnaie à la concierge, mais il lui restait un billet, qu'il gardait pour acheter de quoi manger. Raoul décida que la bière valait bien mieux que l'immonde pain noir qu'on vendait dans les boulangeries en ces jours de disette. Il commanda au bar, prit sa chope, et alla s'installer dehors, à une table à l'ombre.

Un moment, il savoura la fraîche amertume sur sa langue, au fond de sa gorge. Mais très vite, comme d'habitude, une foule de questions se bousculèrent dans sa tête. La manifestation prévue le lendemain changerait-elle quelque chose ? Des images de guerre, de révolution, de résistance se mirent à tourner dans son esprit, tel un film d'actualités projeté en boucle.

Ce qui l'amena inévitablement à penser à son frère. Quand Raoul était rentré à Carcassonne, les premiers temps, il voyait Bruno partout. Debout, au comptoir du café des Halles, ou bien tournant le coin du quai Riquet et lui faisant signe. Tant d'hommes lui ressemblaient, qui rappelaient douloureusement à Raoul son absence. Au fil des jours, des semaines, des mois, il avait vu son frère moins souvent. Bruno lui manquait d'autant plus.

Raoul leva le bras pour attirer l'attention du serveur.

— S'il vous plaît, lança-t-il en montrant sa chope vide. Une autre.

À mesure que la bière faisait son effet, ses sombres pensées se muèrent en quelque chose de différent, de plus doux. Il revit la jeune fille de la rivière. La façon dont ses yeux s'étaient ouverts en papillonnant, juste un instant. La masse désordonnée de ses boucles noires. Son visage aux traits forts, décidés.

17

« Je sais qu'elle est ici, monsieur l'agent. S'il vous plaît, vérifiez votre registre », insistait Marianne devant le bureau d'accueil, quand Sandrine l'aperçut du bout du couloir.

Vêtue de bleu des pieds à la tête, robe, chapeau, gants et sac assortis, sa sœur était d'une grande élégance, comme toujours.

— Marianne ! s'écria Sandrine en courant à sa rencontre.

— Que t'est-il arrivé ? s'enquit aussitôt sa sœur en touchant de sa main gantée l'entaille que Sandrine avait sur le côté de la tête.

— Oh, rien de grave. Mais comment as-tu su que j'étais ici ?

— Lucie est venue à la Croix-Rouge m'informer de ce qui s'était passé. Elle m'a dit que Max et elle t'avaient ramenée à la maison. Ton vélo était là, pourtant Marieta m'a assurée qu'elle ne t'avait pas vue.

— Alors comment as-tu deviné que j'étais au commissariat ?

— Par déduction. Lucie m'a dit qu'elle avait voulu te dissuader de t'y rendre. Manifestement, elle n'a pas réussi, ajouta Marianne d'un ton sec, puis elle s'adressa à l'agent de police qui escortait Sandrine. Ma sœur est-elle libre de s'en aller ?

— Bien sûr.

L'agent Ramond les suivit du regard tandis qu'elles s'éloignaient. Dès qu'elles eurent disparu de son champ de vision, il déchira ses notes et jeta les morceaux dans la corbeille à papiers.

Marianne était visiblement fâchée contre elle, sans que Sandrine sache au juste pourquoi. Elle avait beau lui jeter des petits coups d'œil en attendant ses remontrances, sa sœur s'obstinait à marcher vite, et en silence. Elles venaient de dépasser le magasin d'articles de pêche et de chasse Artozouls et se trouvaient devant la boulangerie près de l'église des Carmes, quand Marianne daigna enfin lui parler.

— Attends-moi là, dit-elle en sortant un coupon de son sac à main et en pénétrant dans la boutique.

Depuis une fenêtre située au premier étage de l'immeuble d'en face, une vieille dame observait la rue. Sentant son regard sur elle, Sandrine lui sourit, mais la vieille recula et disparut derrière son rideau en dentelle.

Marianne la rejoignit sur le trottoir. Elle tenait à la main un sac de papier brun, dont elle sortit un pain au lait encore tiède.

Sandrine mordit dedans avec délice. Certes, il était un pcu bourratif, mais fourré de fruits confits, qui compensaient largement l'absence de sucre.

— On trouve encore de ces petits pains si tard dans la journée? s'étonna Sandrine. C'est drôle qu'il n'y ait pas plus de queue. J'aurais cru que les gens du quartier se les disputeraient.

— Ils ne le savent pas.

— Alors comment se fait-il que tu sois au courant?

— Peu importe, répliqua Marianne.

— Pourquoi es-tu en rogne contre moi?

— Tu ferais mieux de me raconter ce qui s'est passé.

— Je pensais que Lucie l'avait déjà fait, non?

— Non, elle m'a seulement dit que tu étais tombée de vélo au bord de la rivière, que Max et elle t'avaient trouvée, et qu'ils t'avaient ramenée à la maison.

— C'est vrai, elle a essayé de me dissuader d'aller au poste de police, reconnut Sandrine, mais j'ai cru que je devais signaler ce que j'avais vu. Maintenant, je regrette de ne pas l'avoir écoutée.

— Pourquoi? s'enquit vivement Marianne. Comment ont-ils réagi? Qu'ont-ils fait?

— Rien, justement. Personne ne m'a prise au sérieux.

Marianne sembla se détendre un peu, et Sandrine poursuivit.

— J'ai attendu des heures sans que personne s'intéresse à moi. Enfin, un agent a pris quelques notes, et c'est tout… Je sais, je me suis conduite comme une idiote, inutile d'enfoncer le clou.

— Non, tu ne sais rien de rien, répliqua Marianne en lui saisissant le bras avec une violence qui la surprit. C'est un peu tard pour les regrets, Sandrine. Entrer ainsi dans un commissariat à l'époque où nous vivons, pour y faire un scandale… As-tu seulement pensé à Max ?

— Je n'ai pas parlé de lui, rétorqua-t-elle, piquée au vif par la dureté de sa sœur. J'ai donné ma parole à Lucie que je n'en parlerais pas, même si je ne comprends pas pourquoi elle insistait à ce point.

— Ce que tu peux être naïve. Max est juif, Sandrine.

— D'accord, mais il est français et en règle, non ? Pourquoi aurait-il des problèmes ?

— En règle ou pas, personne n'est à l'abri, répliqua Marianne. S'il habitait Paris, on l'aurait déjà arrêté, à l'heure qu'il est.

— Mais le Maréchal protège les Juifs de la zone libre, tous les journaux l'attestent, protesta Sandrine avec une ingénuité qui fit ricaner sa sœur.

— Chaque semaine, la situation ne fait qu'empirer, ne le vois-tu pas ? Pour le simple fait de se promener avec Max au vu et au su de tout le monde, Lucie aussi doit être prudente. On crache sur elle dans la rue. Quelqu'un a peint des injures racistes sur sa porte d'entrée.

— Ah… Je l'ignorais, reconnut Sandrine, perdant toute volonté belliqueuse. C'est pour cela que le retour de son père l'inquiète ?

— Elle te l'a dit ?

— À mots couverts.

— Le père Magne n'est qu'une brute. Il est odieux avec sa femme. Avec Lucie. Depuis des années, ça remonte à bien avant la guerre, il appartient à une organisation d'anciens combattants d'extrême droite. Aujourd'hui, il est membre de la LVF… Tout ça pour dire que nous devons être prudents. Tu dois être prudente. Sinon tu risques de mettre des gens en danger.

— J'ai cru bien faire, dit-elle, accablée.

— Je sais, ma chérie, soupira Marianne en se radoucissant. Mais les trois quarts du temps, tu ne vois pas ce qui est sous ton nez.

— Comment le pourrais-je ? protesta-t-elle. Tu ne me dis jamais rien. Et tu es rarement à la maison, ces temps-ci.

— Ce n'est pas juste…, commença Marianne, mais elle sembla se raviser, et Sandrine attendit en vain qu'elle finisse sa phrase.

Elles marchèrent un moment en silence, puis Sandrine extirpa de sa poche les notes qu'elle avait écrites dans le commissariat.

— Tiens. Le récit de ce qui s'est passé. J'avais l'intention de le donner à la police, mais… je n'en ai pas eu l'occasion. Alors autant que tu le lises.

Les sœurs s'assirent sur un banc, sous les platanes qui bordaient le boulevard du Maréchal-Pétain. À mesure que Marianne tournait les pages, Sandrine guetta ses réactions, mais sa sœur demeura impassible. Quand elle eut fini, elle resta silencieuse.

— Tu comprends pourquoi j'ai cru devoir signaler ce qui s'est passé à la police ? reprit Sandrine.

— À dire vrai, ma chérie, je ne sais trop qu'en penser. Qu'as-tu raconté au juste à ce policier ?

— Pas grand-chose. Que j'avais sorti de la rivière un homme qui se noyait, qu'ensuite quelqu'un m'avait frappée. Et que quand je suis revenue à moi il n'y avait plus personne…

— Et cet agent, t'a-t-il crue ?

— Ça, je l'ignore, répondit Sandrine en fronçant les sourcils.

Un petit silence s'écoula.

— Tu n'as rien dit sur le genre de blessures infligées à l'homme que tu as secouru ? s'enquit Marianne.

— Non. Mais je ne pouvais me faire à l'idée que personne ne sache ce qui lui était arrivé, après ce qu'il avait subi. Ce n'était pas pour le plaisir de faire des histoires. Et je ne voulais causer d'ennuis à personne.

Enfin, Marianne lui prit la main.

— Non. Ça a dû être un vrai cauchemar pour toi.

Sandrine s'en voulut de sentir des larmes lui piquer les yeux.

— Alors tu me crois, dit-elle. Tu ne penses pas que j'ai tout inventé.

— Non. Même si tu t'étais cogné la tête en tombant, je ne vois pas comment tu aurais pu inventer tout ça.

— Alors qu'est-il arrivé, d'après toi ?

— L'homme devait être retenu dans un lieu à proximité. Il aura réussi à s'échapper et à gagner la rivière. Peut-être a-t-il essayé de gagner l'autre rive à la nage. Ils l'ont poursuivi, t'ont vue le sortir de l'eau, et ils ont été obligés de t'assommer, pour ensuite récupérer leur prisonnier.

Ce qui choquait le plus Sandrine, c'était d'entendre sa sœur constater platement les faits, comme s'il était courant que de telles horreurs se produisent à Carcassonne.

— Quant au reste, sincèrement, je trouve difficile d'admettre qu'un deuxième homme ait pu te sortir de l'eau, reprit Marianne. Tu es certaine que ce n'était pas celui qui t'avait frappée ?

— Sûre et certaine.

— Comment peux-tu être aussi catégorique ?

— Pourquoi m'aurait-il attaquée pour me secourir ensuite ? Ça n'a pas de sens.

— C'est vrai… Le reconnaîtrais-tu si tu le revoyais ? reprit Marianne après un petit temps de réflexion.

— Peut-être. Je reconnaîtrais sa voix, à coup sûr.

— Et l'homme qui t'a frappée ?

— Non. Il est arrivé par-derrière. Je ne l'ai pas vu du tout.

Les deux sœurs restèrent assises en silence. Sur les marches du palais de Justice, un groupe d'avocats en robes noires fit irruption tel un vol de corbeaux. Ils gagnèrent les voitures qui les attendaient.

— Et l'homme que j'ai secouru… Qu'est-il devenu, à ton avis ? demanda Sandrine d'une voix posée.

— Mieux vaut ne pas y penser.

— J'essaie, mais c'est dur. Je n'ai jamais rien vu de si…

Marianne plia les feuilles et les rendit à Sandrine.

— Mets ces notes en lieu sûr. Mieux encore, brûle-les.

— Mais que devrions-nous faire, d'après toi ?

— Rien du tout. Garder ça pour nous dorénavant, en espérant que rien de plus n'en sortira.

18

La Haute Vallée

Le docteur n'arriva au café des Halles que tard dans l'après-midi, aussi Baillard ne reprit-il son périple qu'après 17 heures.

Sa prochaine étape, c'était de gagner Rennes-les-Bains, une bourgade située non loin de Couiza et de Coustaussa, dans la vallée de la Salz. Baillard y avait vécu quelque temps dans les années 1890, et il continuait à recevoir son courrier à la poste restante. À l'époque, il travaillait sur le folklore et la mythologie de la vallée, ce qui l'amenait à collecter d'antiques légendes de démons, de fantômes et autres créatures préhistoriques, dont on disait qu'elles avaient hanté les montagnes et les collines avant les Celtes, les Volques et les Romains. Avant que le christianisme n'arrive dans ces contrées et ne récupère les anciens rites et cultes pour se les approprier.

Il n'y avait pas un souffle d'air et le soleil était toujours féroce, aussi roulaient-ils vers le nord vitres ouvertes. Baillard était en bonne compagnie et le trajet se déroulait plutôt agréablement, car le docteur avait de la conversation et de nombreux centres d'intérêts, qui allaient de la profession de sage-femme dans les villages de montagne à la promesse d'une bonne récolte l'année à venir. Il prenait garde de n'exprimer aucune opinion sur Pétain ni de Gaulle et Baillard ne l'y incitait pas.

Lorsqu'ils arrivèrent en ville, l'unique cloche de l'église Saint-Celse et Saint-Nazaire sonnait les vêpres. Le docteur le déposa place du Pérou. Elle avait été rebaptisée, mais Baillard y pensait toujours sous son ancien nom. En ce temps-là, l'abbé Boudet prêchait du haut de la petite chaire de l'église sur la foi, les fantômes, la superstition, les âmes et les esprits prisonniers, qui ne pouvaient trouver le repos. C'était sur cette place qu'en 1914 les vieilles familles du village avaient dit adieu à leurs hommes, partis se battre en Belgique et sur le front ouest pour ne plus jamais en revenir : Jules Bousquet, Jean Bruet, Pierre et René Flamand, Joseph Saint-Loup. Baillard aussi avait vu partir ceux qu'il aimait : Louis-Anatole, qui avait survécu à cette boucherie pour commencer une nouvelle vie dans les Amériques, et Pascal, le bien-aimé de Marieta, qui y était resté. À SES GLORIEUX MORTS, lisait-on sur la plaque figurant sous le porche de l'église. Il n'y a rien de glorieux dans la mort. Cela, Baillard le savait, comme eux tous.

Un moment, il fut tenté de grimper à travers bois pour revoir la vieille demeure qui restait si présente dans son esprit, mais à la triste idée de contempler d'en haut les vestiges brûlés du domaine de la Cade, il y renonça. Cela s'était passé près de cinquante ans plus tôt, pourtant les souvenirs étaient toujours vivaces, tranchants comme du verre. Il y avait eu trop de morts, trop de destins déviés de leurs cours. Ici plus que n'importe où ailleurs, Baillard ressentait dans le paysage toute l'horreur de cette nuit, le souvenir des fantômes et de la terre éventrée.

Ses pensées revinrent au Codex. À la promesse que contenaient ces paroles, mais aussi à la terreur de ce qu'elles laissaient présager, si ces forces se déchaînaient.

« *Las fantomas…* »

Baillard arpenta les rues familières de la petite ville jusqu'au bureau de poste, où il espérait que le paquet d'Antoine Déjean l'attendrait. Le bureau était fermé, mais il tapa à la vitre et, quelques secondes plus tard, une jeune femme vint à la porte. Elle détailla son costume clair, son panama, et le mouchoir jaune qu'il portait, glissé dans sa poche de poitrine.

— Monsieur Baillard ? s'enquit-elle.

— Moi-même. Et vous êtes Geneviève, n'est-ce pas ?

— Oui, monsieur.

— J'ai connu vos grands-parents. Ainsi que vos parents.

— Oui, ma mère m'en a parlé.

— Veuillez transmettre mes respects à Mme Saint-Loup quand vous la verrez… J'espère que vous avez quelque chose pour moi ? ajouta-t-il en baissant le ton.

— Hélas non, répondit la jeune fille avec gravité. Je suis restée ici tout le week-end ainsi qu'aujourd'hui, mais rien n'est arrivé pour vous, monsieur Baillard.

Soudain Baillard eut l'impression de manquer d'air, et il se rendit compte de l'importance qu'avait pour lui l'arrivée de ce paquet.

— Un message, peut-être ?

— Non, monsieur, je suis désolée.

— Pas de message. Quel dommage… Serez-vous là demain, Geneviève ? demanda-t-il après un instant de réflexion.

— Je suis de permanence tous les jours, sauf le vendredi, monsieur. Et ce jour-là, ma sœur Eloïse me remplace.

— Très bien. Je vais partir quelques jours, mais je reviendrai en début de semaine prochaine. Si quelque chose arrive pour moi, veuillez me le garder. N'en parlez à personne.

— Entendu, monsieur.

Il la regarda et perçut de la fermeté sous son calme apparent. Ces filles Saint-Loup tenaient de leur mère. Elles étaient comme les grappes d'un même cep de vigne.

— Merci, Geneviève.

— De rien, monsieur.

— Mais si, *filha*. Le simple fait d'être là, c'est courageux de votre part. Et je vous en remercie.

— C'est bien normal, monsieur Baillard. N'importe laquelle d'entre nous ferait pareil.

Regagnant la grand-rue, Baillard entendit Geneviève verrouiller la porte derrière lui. Il dépassa l'hôtel de la Reine, qui avait beaucoup perdu de sa splendeur depuis l'âge d'or de la station thermale, dans les années 1890, quand des gens de Paris, de Toulouse, de Carcassonne et de Perpignan y venaient en cure.

À la sortie de la ville, un fermier au volant d'un camion le prit en stop. Baillard lui en fut reconnaissant. Malgré son grand âge, il était capable de parcourir à pied de longues distances, mais, aujourd'hui, il se sentait particulièrement las et abattu.

Contrairement au docteur, son compagnon était un homme taciturne, qui se contentait de fumer en silence. Il lui montra la flasque posée sur le tableau de bord, et ils burent à tour de rôle quelques gorgées de vin rouge. Tandis que le camion traversait en cahotant les vallées boisées vers le petit village de Los Seres, Baillard s'interrogea de nouveau. Qu'est-ce qui n'avait pas marché ? Pourvu qu'Antoine Déjean ait juste été retardé. Pourvu qu'il n'y ait pas de raison de s'inquiéter.

Alors que le camion gagnait les hauteurs, Baillard songea au Codex. Une unique feuille de papyrus, protégée par un étui en cuir, selon les registres de l'époque. Sept versets courts, pas davantage. Était-il possible qu'une chose aussi fragile ait survécu aussi longtemps ? Des fragments, des bribes de paroles couchées sur le papier, qu'Antoine avait vues de ses yeux. C'était assez pour donner à Baillard l'espoir qu'elles étaient issues du Codex, mais tant que le paquet ne serait pas arrivé, il ne pourrait en être sûr.

L'idée était fantasque, mais il lui semblait que l'histoire refusait de se laisser conter. Murmures, jeux de lumière, traces, rumeurs… La vérité restait obstinément hors de portée. Il avait l'impression d'être seul sur une scène nue, tandis que des personnages attendaient, invisibles, en coulisses.

19

Carcassonne

— Au moins, laissez-moi débarrasser la table, insista Sandrine après le souper.

— Je m'en occupe, répliqua Marieta en la chassant d'un geste de la main. Vous feriez mieux d'aller vous reposer.

— Je me sens en pleine forme, dit Sandrine en posant machinalement la main sur le côté de sa tête, recouvert d'un grand pansement collé avec du sparadrap, qui sentait la teinture d'iode et l'antiseptique.

— Je ne veux pas vous avoir dans mes pattes quand je suis dans la cuisine, alors ôtez-vous de là, maugréa Marieta.

Sandrine alla rejoindre sa sœur au salon. Située sur le devant de la maison, c'était la pièce la plus spacieuse du rez-de-chaussée. Avant la guerre, on ne l'utilisait que dans les grandes occasions. Durant l'hiver glacial qui avait suivi la mort de leur père en 1940, les filles avaient condamné les autres pièces pour s'y installer, car il était plus commode de n'en chauffer qu'une seule. À l'arrivée du printemps, le pli était pris. La salle à manger et le bureau de leur père étaient restés fermés, et le salon était devenu une pièce à vivre un peu fouillis, certes, mais agréable, avec des livres et des magazines étalés un peu partout.

À l'époque, Marianne recevait souvent des amis et connaissances qui séjournaient ici un jour ou deux. Sandrine les avait rarement vus, car elle se rendait tôt au collège et, à son retour, ils étaient partis. Depuis, le flux de visiteurs s'était tari. La plupart du temps, elles avaient la maison pour elles seules.

Dans le salon, deux hautes fenêtres ornées de rideaux jaunes tombant jusqu'au parquet donnaient sur la rue du Palais. Une cheminée en marbre de style fin de siècle, un peu trop envahissante, était équipée d'un brasero en fer forgé. Deux peintures à l'huile, œuvres respectives de leur père et mère, étaient accrochées au-dessus du buffet qui sentait bon la cire d'abeille. Par crainte des bombardements, les pièces d'argenterie qui le décoraient avaient été transportées à la cave, puis elles y étaient restées, même alors que la menace n'était plus d'actualité. Une coupe en céramique contenant des pétales de rose récoltés dans le jardin les avait remplacées.

Assise sur le canapé, les jambes repliées sous elle, Marianne lisait quand sa sœur fit irruption dans la pièce.

— Je lui ai proposé de faire la vaisselle, mais elle n'a rien voulu savoir. Elle m'a même envoyée balader, dit Sandrine en s'affalant dans le fauteuil.

— Ça t'étonne ?

— Non, mais elle a l'air tellement fatiguée…

— Ce n'est pas maintenant qu'elle va changer ses habitudes.

Sandrine croisa les jambes et reposa sa tête sur le dossier du fauteuil.

— Tu comptes sortir ?

— Non, pas ce soir, répondit Marianne avant de replonger aussitôt dans sa lecture.

Sandrine ne tenait pas en place. Elle n'arrêtait pas de passer ses jambes de-ci de-là sur les bras du fauteuil, prenait son livre, le reposait.

— Ça t'embête si j'allume la TSF ? finit-elle par demander.

— Ce que tu veux, du moment que tu arrêtes de gigoter… Mais le poste est détraqué. La réception est mauvaise.

Sandrine s'approcha du poste en bois et se mit à jouer avec les deux cadrans en bakélite en les tournant tour à tour, sans succès. Du haut-parleur recouvert d'un tissu maillé ne sortaient que des grésillements, des sifflements, des échos de voix crachotants. On entendit alors frapper à la porte.

Marianne se redressa, en alerte.

— Tu attendais de la visite ?

— Non. Et toi ?

Marianne secoua la tête. Les filles écoutèrent les galoches à semelles de bois de Marieta résonner sur les tomettes du couloir, puis le bruit de la chaîne qu'on tirait et le déclic du loquet, suivis d'une conversation étouffée.

— *Madomaisèla* Lucie, annonça ensuite Marieta à l'entrée du salon.

Lucie portait une élégante robe rouge aux manches évasées, des hauts talons et un sac assorti. C'était une vraie figure de mode, avec ses cheveux blonds ondulés et ses lèvres rouge vif tranchant sur son teint diaphane. Marianne poussa un soupir de soulagement.

— J'espère que vous ne m'en voulez pas de passer si tard ? s'excusa la visiteuse.

— Pas du tout, répondit Marianne. Tu es bien élégante. Tu étais de sortie, ce soir ?

— Eh oui, Max m'a fait la surprise d'acheter des billets pour un concert, dit-elle en se déchaussant et en se massant les pieds. Ça fait un an qu'on se connaît… c'était pour fêter ça. Une sorte d'anniversaire. J'ai passé une merveilleuse soirée. Max est un pianiste amateur sensationnel, vous savez, ajouta-t-elle en se tournant vers Sandrine. En fait, il pourrait être professionnel, s'il n'était pas si modeste.

— Je ne savais pas que la musique classique était ta tasse de thé, dit Marianne.

— Moi non plus…, répondit Lucie, et elles échangèrent un sourire.

— Il n'est pas avec toi ?

— Non. Il est rentré chez lui. Il n'aime pas laisser Liesl trop longtemps seule, surtout la nuit. Il y a eu un ou deux… incidents. Tu sais, ajouta-t-elle, le regard assombri. Alors comme je ne savais pas quoi faire, reprit-elle plus légèrement, j'ai pensé venir voir comment notre malade se portait depuis ce matin. Vérifier qu'elle allait bien.

— Ça va, merci, répondit Sandrine. Et vous aviez raison, pour la police. Personne n'a voulu m'écouter. Ils m'ont fait attendre pendant des heures.

— Vous êtes allée au commissariat ? repartit Lucie. Mais vous m'aviez promis…

— Ne t'inquiète pas, Sandrine n'a rien dit, ni sur toi ni sur Max, intervint Marianne.

— Qu'est-ce qui est arrivé à Liesl ? demanda Sandrine.

— Des garçons lui ont jeté des pierres en lui criant des insultes, répondit Marianne.

— Max dit que ce n'est pas grave, mais moi, je trouve ça révoltant, dit Lucie. Il l'a signalé à la police… qui ne fait rien, évidemment. Cela me met hors de moi.

Lucie s'appuya contre le bras du fauteuil et parut soudain fatiguée.

— Merci de m'avoir raccompagnée ce matin, dit Sandrine, qui se sentait un peu coupable.

— Ce n'est rien, petite, tu vas bien, c'est le principal, répondit Lucie en passant tout naturellement au tutoiement.

— Sauf que je n'arrive pas à faire marcher la radio.

— Tu veux que je jette un coup d'œil ?

— Vous pourriez la réparer ?

— Je peux toujours essayer.

Après avoir ôté ses gants, Lucie alla s'agenouiller devant le poste, colla l'oreille contre la maille du haut-parleur, puis se mit à faire des réglages.

— Alors, elle ne marche plus ? demanda Sandrine.

— Si, c'est juste difficile de capter un signal. Enfin, si on veut écouter une autre fréquence que Radio Paris.

Sandrine s'assit sur le bras du canapé et regarda Lucie travailler. Des voix en français et en allemand allaient et venaient. Il y eut un bref accord d'accordéon. Puis quatre notes frappées sur un tambour, sur un rythme staccato.

— On dirait la *Cinquième* de Beethoven, plaisanta Sandrine.

— Mon Dieu, tu as raison ! s'exclama Marianne en se redressant.

Un sifflement aigu emplit la pièce, évoquant un orchestre qui s'accorde.

— Peut-être que c'est ton concert, Lucie…

— Tais-toi, l'interrompit sa sœur. Écoute !

— Marianne ! s'offusqua Sandrine.

— Excuse-moi, mais à 21 heures pile tous les soirs, il y a une émission de Londres. C'est ainsi que de Gaulle et ses partisans communiquent avec la Résistance. Et qu'ils se transmettent des messages en zone occupée. Lucie l'a découvert.

D'un geste, Lucie leur demanda de faire silence pendant qu'elle essayait d'ajuster la fréquence pour obtenir un meilleur son. Alors, à travers les sifflements et les grésillements, une voix leur parvint enfin, assez nettement.

« *Ici Londres. Les Français parlent aux Français.* »

— Je l'ai, dit Lucie.

« *Demain, à Carcassonne…* »

Retenant son souffle, Sandrine écouta le message, qu'elle ne comprit qu'à demi. Elle jeta un coup d'œil à sa sœur, à Lucie, et vit sur leurs visages l'impatience, l'ardeur, la concentration. Très vite, ce fut fini. L'hymne national anglais retentit, puis il y eut un autre fragment de musique tonitruante, suivi d'un sifflement, qui résonna dans le vide. Londres était retombé dans le silence.

Lucie se pencha en avant pour éteindre la radio.

— Alors c'est vrai, chuchota Marianne. Il y aura une manifestation demain, jour de la prise de la Bastille.

— Tu étais au courant ? s'étonna Lucie.

— Des rumeurs, rien de précis, répondit Marianne en rougissant. C'est extraordinaire que tu aies réussi à capter.

— Alors c'est de cela qu'il parlait, constata Sandrine, pensive.

— Que veux-tu dire ? s'enquit vivement Marianne.

— Le jeune agent, le seul qui ait bien voulu m'écouter, je crois qu'il s'appelait Ramond ; il a parlé d'une manifestation en soutien à de Gaulle.

— Il t'en a parlé ?

Sandrine hocha la tête.

— Et c'était lui, l'agent à qui tu as raconté ce qui t'était arrivé ?

— Oui.

— Ah, enfin. Ça c'est une bonne chose, conclut Marianne, sans autre explication.

— Max tient à y aller, même si c'est risqué, dit Lucie.

— Il baisserait dans ton estime, s'il n'y allait pas, remarqua Marianne avec douceur, et Lucie eut un petit rire complice.

— Moi aussi, je veux y aller, intervint Sandrine, palpitante d'excitation.

— Il n'en est pas question, répliqua aussitôt sa sœur aînée.

— Je veux apporter mon soutien.

— Tu es trop jeune.

— J'ai dix-huit ans ! protesta Sandrine.

— C'est trop jeune, répéta fermement Marianne. Je ne veux pas que tu sois mêlée à tout ça au risque de te faire embarquer.

— C'est bien toi qui m'as reproché de ne pas voir ce que j'avais sous le nez, non ? s'enflamma Sandrine. Eh bien, voilà l'occasion. Pourrai-je venir avec Max et vous ? ajouta-t-elle en s'adressant à Lucie.

— Non, répéta Marianne.

— Écoute, je sais que je me suis conduite comme une idiote aujourd'hui, mais tu ne peux pas continuer à me couver comme une mère poule.

— Je serais heureuse que Sandrine nous accompagne, intervint Lucie prudemment, en regardant Marianne. Max veillera sur elle. Il ne lui arrivera rien.

— Tu vois ? triompha Sandrine en se tournant vers sa sœur.

Marianne ne répondit pas. Le tic-tac de la pendule résonna dans le silence.

— D'accord, mais tu devras rester avec moi et faire exactement ce que je dirai. Tu m'entends ?

— Tu iras aussi ?

— Évidemment. Même si je me demande comment Marieta va prendre la chose.

— Peut-être qu'elle voudra venir aussi pour agiter une banderole, dit Sandrine avec une petite moue.

Durant le silence qui suivit, chacune imagina la scène, et les trois filles se mirent à pouffer de rire.

20

Los Seres

— Je ne peux aller plus loin, monsieur. Vous vous débrouillerez, à partir d'ici ?

— Oui, *amic*, répondit Audric Baillard avant de descendre du camion. Merci pour ta gentillesse.

Baillard regarda les feux arrière s'estomper en deux points de lumière, puis disparaître dans la campagne assombrie. Alors il quitta la route pour grimper dans les collines.

À mesure qu'il s'enfonçait en suivant les anciennes sentes de bergers si souvent arpentées, le monde semblait reculer dans le temps. Et, comme d'habitude, ce chemin familier ramenait des souvenirs. En premier, ils évoquaient ses ennemis de toujours. Mais, au fil de son ascension dans les montagnes du Sabarthès, les fantômes de ses amis et alliés marchaient à ses côtés, des femmes et des hommes courageux qui avaient tenu bon contre la tyrannie à travers les siècles. Si le Codex avait survécu pour qu'on le retrouve aujourd'hui, se pourrait-il qu'il les revoie, durant les heures encore plus sombres qui s'annonçaient ?

Enfin, Baillard vit les premières demeures du hameau de Los Seres se profiler dans la pénombre. La sienne, une petite maison en pierre, était au cœur du village. En approchant, il constata que personne n'était venu. Aucun signe ne montrait qu'Antoine l'avait cherché en ces lieux. Il souleva la barre en bois de la porte d'entrée, l'appuya contre le mur, puis pénétra dans la maison.

Ça sentait le renfermé. Après avoir ôté son chapeau et sa veste, il alluma la lampe à pétrole. Une flaque de lumière jaune dansa sur le bois ciré de la table. Il sortit du placard un verre, ainsi qu'une vieille bouteille fermée par un bouchon de caoutchouc, et se versa une rasade de Guignolet. La lueur tremblotante de la lampe à travers le liquide rouge projeta un arc-en-ciel sur les murs nus de la maison. Mais quelque chose manquait… Ah oui, la pendule était arrêtée. Baillard la remit en marche en tournant les aiguilles, puis s'assit à la table.

« Alors viendront… »

Ces quelques mots avaient traversé les siècles. Une phrase, recueillie par un témoin de l'époque où, en Gaule, l'Église chrétienne du haut Moyen Âge brûlait des textes dits hérétiques.

Qu'était-ce ? Un appel aux armes ? Une incantation ? Malgré toute son érudition, Baillard n'en savait rien. Il craignait le pouvoir contenu dans ces mots. Certes, la France avait besoin d'une intervention pour défendre sa cause. Mais le prix ne serait-il pas trop lourd à payer ?

« Viendront les esprits de l'air. »

En répétant les mots, Baillard eut une curieuse sensation. Comme si quelque chose remuait. Était-ce seulement un effet de son imagination, aiguillonnée par l'espoir ? Ou bien les frontières entre les mondes connu et inconnu commençaient-elles à craquer, à se fissurer, comme la glace d'une rivière au moment du dégel ? Par-delà l'obscurité des montagnes et des rochers, par-delà les prés et les plaines, il percevait du mouvement.

Là, dans les grottes du pic de Soularac, quelque chose bougeait. Les restes d'une jeune fille et de son bien-aimé se mettaient à remuer, ossements et esprits, après un sommeil de huit siècles.

— Une armée fantôme…, marmonna-t-il. *L'armada de fantomas.*

Était-ce vrai ? De telles choses pouvaient-elles exister ?

Baillard se couvrit les yeux dans l'espoir de mieux percevoir les voix qui essayaient de lui parler à travers les abîmes du temps. Il avait presque l'impression d'entendre remuer les morts qui se réveillaient, leurs sang, muscles et tendons se rejoignant à mesure que le pays revenait à la vie.

Mais son impression fugitive ne tint pas sa promesse. Seul le silence lui répondit. Les tombes restaient muettes. Le temps n'était pas encore venu. Il ne viendrait peut-être jamais.

Baillard ôta les mains de son visage et les posa sur la table. Une peau fine et ridée, couverte de taches brunes, striée de veines bleues. Stupéfait, il se rendit compte que son pouls battait la chamade.

« *Vertat…* »

Il ne pouvait se permettre d'espérer, car s'il se trompait, le désespoir l'affaiblirait. Or de terribles rumeurs lui parvenaient de ce qui se passait dans l'est de l'Europe, un génocide niant à des êtres humains le droit d'exister, et Baillard craignait de ne pas trouver en lui assez de force pour combattre un tel mal.

Dehors, dans le ciel assombri, la Lune continuait à monter au-dessus du pic de Saint-Barthélemy, nimbant d'argent les montagnes.

21

Carcassonne

Les fenêtres et les volets de la chambre étaient ouverts. La clarté de la pleine lune striait la nuit de rubans luminescents. Couchée dans son lit, sous la fenêtre, et trop agitée pour dormir, Sandrine écoutait les bruits montant de la rue. Des pas, des voitures, des éclats de voix, le sifflement aigu du dernier train quittant la gare. Les sons montant de la Bastide survolaient les cathédrales, les ruelles, les lacs et les arbres du square Gambetta pour aller résonner contre les murailles de la vieille cité.

Sandrine détestait le black-out. Pas de réverbères, pas de phares de voitures. Les grandes baies vitrées de tous les bâtiments officiels obscurcies par du tissu. Deux ans après la défaite de la France, le black-out n'était plus rigoureusement observé dans la zone nono, maintenant que la menace constante d'avions allemands ou italiens dans les cieux au-dessus de Carcassonne avait disparu. Pourtant un agent de police en patrouille pouvait fort bien faire du zèle et frapper à votre porte pour signaler qu'un rai de lumière filtrait par une fente entre les volets.

À certains égards, la vie n'était pas aussi pénible que durant la guerre proprement dite. Il n'y avait pas de couvre-feu, dans le Sud. Certes, les gens étaient soumis au rationnement, aux queues interminables, aux restrictions et sempiternelles démarches touchant la liberté de circulation et les papiers d'identité. Mais tant que l'on ne cherchait pas à franchir la ligne de démarcation, il était possible d'oublier, pour un moment, que la France avait été vaincue. Oublier le vide qu'avait laissé au cœur de la maison l'absence de leur père.

Pour l'heure, Sandrine débordait d'une énergie farouche, irrépressible. Elle avait l'impression qu'on lui avait menti. Que sous la surface de la vie quotidienne, tout avait radicalement changé. Une morne résignation était gravée sur les visages, due à l'accumulation de centaines de petites vexations. Ce qu'elle avait vu aujourd'hui à la rivière, puis au commissariat, dénonçait une réalité bien plus dure. Rejetant le drap, elle s'étalait de tout son long dans le lit quand elle entendit des pas sur le palier.

— Je ne dors pas, lança-t-elle.

La poignée tourna, la porte s'ouvrit, et Marianne pointa la tête.

— Lucie est partie ? demanda Sandrine.

— Il y a une demi-heure environ.

— De quoi avez-vous parlé, tout ce temps ?

Marianne vint s'asseoir sur le fauteuil, au pied du lit.

— De Max. C'est son principal sujet de conversation. La vie qu'il menait avant la guerre, ses expériences au front, leurs projets d'avenir… D'ailleurs elle n'avait guère le moral ce soir. Ce qui ne lui ressemble pas.

— Max a l'air très gentil.

— Oh, il l'est. Il la comble d'attentions.

— Où était-il établi, durant la guerre ?

— À Metz, attaché au 42e corps d'armée.

— Papa aussi ?

— Non, Papa combattait bien plus au nord. Évidemment, Lucie ne connaissait pas Max à cette époque, ils se sont rencontrés quand il est arrivé à Carcassonne, il y a un an. Son père, Ralph Blum, était un journaliste renommé, un antifasciste, opposant déclaré à Hitler. Tu as dû entendre parler de lui. Quand Paris est tombé, il a envoyé sa famille dans le Sud.

— Et lui, où est-il ? Toujours à Paris ?

— Ils l'ignorent. Ralph Blum a été arrêté en août dernier, puis envoyé au camp de Beaune-la-Rolande. Depuis, ils n'ont eu aucune nouvelle… Lucie me disait combien elle a hâte de se marier, reprit Marianne après un soupir. Mais Max refuse. Il dit que ce serait la mettre en danger.

— Et il a raison ?

— Oui, en admettant qu'ils arrivent à trouver quelqu'un qui veuille bien les marier. Pourtant Lucie n'a que ça en tête et elle n'en démord pas. J'ai beaucoup d'affection pour elle, mais elle semble croire que les règles ne s'appliquent pas à sa petite personne.

— Lucie m'a dit que c'était elle qui vous avait présentés l'un à l'autre, Thierry et toi.

— En effet.

— Quand elle me l'a raconté, je me suis rendu compte que tu ne parlais pratiquement jamais de Thierry.

— À quoi bon ? Des tas de femmes sont dans le même cas que moi. Ça ne sert à rien de se plaindre.

Sandrine remonta ses genoux contre sa poitrine et croisa les bras.

— Et tu vas te marier avec lui dès qu'il reviendra ? Est-ce que tu l'aimes ?

— Nous nous entendons bien, répondit Marianne après un instant d'hésitation.

— Ce n'est pas le coup de foudre, alors ? lança Sandrine à l'étourdi, ce qui fit rire sa sœur.

— Je ne suis pas certaine que ce genre de choses existe ailleurs qu'à Hollywood ou dans de mauvais romans-feuilletons à l'eau de rose.

— Comment ça a commencé entre vous ? Tu ne me l'as jamais raconté.

— Il faisait partie de la bande. C'est un cousin de mon amie Suzanne. Tu vois de qui il s'agit ? Grande, les cheveux très courts ?

— Oui, je la trouve très sympathique.

— Eh bien, Lucie allait au bal, Thierry était avec elle, il m'a demandé si je voulais bien l'accompagner. J'ai accepté. C'était agréable. Nous sommes sortis ensemble plusieurs fois, et je suppose que c'est parti de là. On ne le dirait pas à le voir, mais c'est un très bon cavalier. Quand il a été mobilisé, il a voulu officialiser les choses et il m'a demandée en mariage, comme tu sais. Il m'a prise au dépourvu. Et il y tenait tellement que j'ai accepté, presque malgré moi… De toute façon, ce n'est plus à l'ordre du jour.

— Tu es d'un romantisme quand tu t'y mets !

— Pourquoi toutes ces questions ? repartit Marianne, suspicieuse. Tu as quelqu'un en tête ?

— Non, non, répondit vivement Sandrine. Simple curiosité.

Les cloches de Saint-Michel sonnèrent 3 heures. L'air avait fraîchi et la rue du Palais était enfin silencieuse, à part les lointains échos d'ouvriers au travail dans un autre quartier de la ville, les cris d'un engoulevent, les stridulations des criquets nichés dans les fissures des murs du jardin.

— Je suis épuisée, dit Marianne en se levant.

— Tu n'as pas répondu à ma question. À propos de ton mariage.

— Quand Thierry reviendra, s'il revient, nous verrons, conclut Marianne en se penchant pour embrasser Sandrine sur le front. Mais je te promets une chose, ma chérie. Guerre ou pas, quand tu tomberas amoureuse, tu le sauras.

Lorque la porte se fut refermée, Sandrine reposa sa tête sur l'oreiller. Que désirait-elle, au fond ? Un arrangement stable et convenu, comme Marianne semblait s'en contenter ? La dévotion absolue que Lucie éprouvait pour Max ? Ou encore la loyauté dont son père avait fait preuve en continuant à pleurer leur mère, disparue dix-huit ans plus tôt ?

Sandrine se sentit frémir d'impatience. C'était absurde. Cela avait duré si peu, quelques minutes, non, quelques secondes. À peine si elle avait vu son visage. Elle ne savait rien de lui. Tout en glissant dans le sommeil, elle essaya de se remémorer sa présence, et des impressions fugitives se succédèrent en désordre dans sa tête. Le son de sa voix, sa peau fleurant le bois de santal, ses lèvres sur sa bouche.

Lui insufflant la vie.

‡

Codex IV

‡

Gaule, Carcaso
Juillet 342 ap. J.-C.

Arinius grimpa l'échelle pour gagner le chemin de ronde qui courait entre les tourelles. Ces derniers jours, les *limitanei* du premier tour de garde de la journée s'étaient habitués à la compagnie de ce jeune moine silencieux. Ils le saluèrent d'un hochement de tête et continuèrent leur patrouille.

Survolant la plaine du regard, il contempla vers le nord la rivière Atax, argentée aux premières lueurs de l'aube. Puis il se tourna vers le sud. Par matin clair, avant que la chaleur torride n'abatte une brume blanche sur la ville, les sommets lointains des montagnes étaient visibles. Quelque part, une femme fredonnait une vieille chanson sur l'exil, les sables sans fin du désert. Lorsqu'on est loin de chez soi.

Arinius s'était familiarisé avec la diversité des langues, la variété des odeurs et des goûts, le mélange des peuples qui avaient fondé foyer à Carcaso. Au lieu de la Liturgie des Heures psalmodiée dans sa tête par la voix de ses frères, il entendait maintenant les murmures du vent sur les plaines, l'appel des linottes et des hirondelles, les hurlements sinistres des loups, la nuit, dans les collines.

De temps en temps, il s'accordait le plaisir de sortir de son étui de cuir le précieux papyrus, pour contempler la beauté des lettres coptes. Il lisait le latin, mais aucune des autres langues anciennes, et regrettait de ne pas savoir ce que ces mots signifiaient, pourquoi ils étaient considérés comme si dangereux. Pourtant, les motifs de ces lettres, leurs formes, leurs contours s'étaient imprimés dans ses yeux, dans son âme. Ces versets lui inspiraient autant de crainte que de respect, car Arinius avait l'impression que Dieu lui parlait à travers eux.

Son chagrin de voir qu'après des années de persécution par Rome la chrétienté s'était retournée contre elle-même et que la nouvelle Église employait les mêmes armes que son ancien oppresseur en condamnant des croyants au martyre s'était estompé.

Ici, dans la ville-frontière de Carcaso, il était en paix. Pourtant les rues n'étaient pas toujours tranquilles, pour un rien des disputes éclataient, les habitants étaient à couteaux tirés, puis la tension retombait. Mais il s'y sentait chez lui, et l'idée de devoir s'en aller l'attristait. Certes, sa santé s'était améliorée, même si les quintes de toux qui lui déchiraient la poitrine lui rappelaient qu'il était dc fragile constitution et que la maladie était toujours tapie en lui. Il ne ferait pas de vieux os.

Arinius n'avait pas peur de mourir, il craignait seulement que le voyage ne le tue. Son unique espoir, c'était que Dieu lui accorde le temps de mettre le Codex en lieu sûr. Dans l'avenir viendraient des temps meilleurs, priait-il, où les paroles sacrées seraient trouvées, lues, honorées et comprises. On les citerait, et elles résonneraient à nouveau, comme à Lugdunum, quand il avait entendu un frère les prononcer dans le silence du cloître de la communauté.

Arinius demeura encore un moment à regarder les montagnes au sud, en se demandant ce qui l'attendait au-delà.

‡

22

Carcassonne
Juillet 1942

L'homme connu sous le nom de Léo Coursan s'agenouilla devant l'écran du confessionnal de la cathédrale Saint-Michel, sentant la présence du prêtre assis derrière la grille.

— Mon Dieu, j'ai un très grand regret de vous avoir offensé parce que Vous êtes infiniment bon, infiniment aimable et que le péché Vous déplaît. Je prends la ferme résolution, avec le secours de Votre sainte grâce, de confesser mes péchés, de ne plus Vous offenser et de faire pénitence. Amen.

Il porta la main au crucifix en argent épinglé au revers de son veston. Ces derniers mois, contraint de ne pas arborer ce signe de sa foi, il s'était senti nu. Il avait dû aussi changer de nom, endosser les particularités physiques d'un autre homme, et il avait bien joué son rôle. Enfin, ce matin, il pouvait redevenir lui-même.

À cette heure de la journée, la cathédrale était déserte. On n'entendait que le chant des oiseaux dans les tilleuls qui bordaient le boulevard Barbès. Les statues en plâtre de saint Bernard et saint Benoît l'écoutaient dans un silence contemplatif.

— J'ai menti afin de débusquer les ennemis de l'Église pour les amener à découvert. J'ai frayé avec ceux qui nient Dieu. J'ai négligé le salut de mon âme… Je regrette ces péchés, ainsi que tous ceux de ma vie passée.

Sa confession resta comme suspendue dans l'air, tant le silence qui suivit fut lourd, compact, presque palpable. Alors, derrière l'écran, il entendit le prêtre reprendre sa respiration et commencer sa litanie. Une suite de mots tant de fois débités à voix basse, sur un rythme régulier. Cette fois, pourtant, il perçut de la peur dans la voix du prêtre.

Les paroles d'absolution et de pardon coulèrent sur lui telle une eau bienfaisante qui le lavait de ses iniquités. Il sentit une légèreté courir dans ses veines et se répandre dans ses membres, un sentiment de grâce, de paix, et la certitude profonde qu'aujourd'hui il servait l'œuvre de Dieu.

— Rendez grâces au Seigneur car Il est bon, conclut le prêtre.

Dans sa voix, le soulagement qu'il éprouvait d'arriver à la fin du rituel était perceptible.

— Car Sa miséricorde est infinie, répondit Coursan en écho.

Il fit le signe de croix, puis se releva, lissa ses cheveux coupés de frais, puis se pencha en avant.

— Restez où vous êtes durant cinq minutes, murmura-t-il à travers la grille. Puis partez et fermez la cathédrale à clef derrière vous. Ne permettez à personne d'entrer aujourd'hui.

— Voyons, c'est impossible…

Il frappa le grillage du plat de sa main. Le son retentit, discordant, violent, dans l'espace confiné du confessionnal. Il sentit le prêtre tressaillir.

— Faites-le, dit-il d'une voix froide, égale. Vous m'en remercierez, mon père. Je vous en donne ma parole.

Puis il tira l'épais rideau imprégné d'une poussière séculaire. Gauche, droite, gauche, droite, les talons de ses chaussures résonnèrent sur les dalles de pierre. Il s'arrêta, se retourna vers l'autel, vers le soleil montant, trempa ses doigts dans le bénitier, se signa, puis, ouvrant la lourde porte en bois, retrouva le monde extérieur.

Un instant, il demeura en haut des marches et survola du regard le jardin du Souvenir, les plaques de pierre du monument aux morts commémorant les hommes de Carcassonne qui avaient donné leur vie durant la Grande Guerre. Il regrettait les dégâts qu'allait subir ce lieu honorable, mais c'était inévitable.

Après des semaines où il n'avait pu se raser convenablement, il savourait la douceur de sa peau lisse et propre. Léo Coursan, partisan occitan, combattant pour la liberté, était entré dans la cathédrale. Une identité empruntée, volée à un homme assassiné. Celui qui venait d'en sortir pour s'avancer dans le soleil du petit matin était Léo Authié, membre du Deuxième Bureau et serviteur de Dieu.

23

Raoul se réveilla en sursaut. Il avait mal dormi, d'un sommeil hanté par Antoine et la jeune inconnue. Dans ses cauchemars, il arrivait toujours trop tard pour empêcher telle ou telle catastrophe. La jeune fille échouée sur le rivage était déjà morte et tenait entre ses doigts la chaîne d'argent d'Antoine. Le visage torturé de son frère prenait les traits de son camarade. Il voyait Coursan et César dans un bar, assis à des tables séparées.

Tendant soudain la main vers sa table de chevet, il vérifia que le précieux flacon y était toujours, enveloppé dans le mouchoir, puis s'affala de nouveau contre la tête de lit. Le flacon était si fragile que Raoul craignait d'abîmer ce qu'Antoine avait dissimulé à l'intérieur. La veille, il avait résisté à la tentation d'en sortir cet objet mystérieux. Il attendrait l'avis de César.

Raoul fuma sa dernière cigarette, puis il se leva, fit sa toilette, et entra dans la cuisine. Sa mère était déjà debout, à la fenêtre, regardant sans voir la ruelle qui menait au canal. Elle serrait ses bras maigres autour de sa taille, comme si, au moindre relâchement, tout son être risquait de s'effondrer. Dans l'évier, un filet d'eau coulait du robinet dans une cuvette en faïence remplie de navets.

Un instant, Raoul crut voir les lèvres de sa mère esquisser un sourire en signe de bienvenue, mais c'était une illusion. Il l'embrassa sur la joue, puis se pencha et ferma le robinet.

— Je dois sortir, dit-il. Ça ira ?

— Il est là ?

— Non, il n'y a personne, Maman.

— Et Bruno ?

C'était tous les jours la même chose, pourtant son cœur se serra. Sa mère jadis si vive et si gentille avait disparu quand il lui avait appris que Bruno avait été tué. Au début, elle n'avait pas voulu y croire. Puis, lentement, implacablement, son univers avait commencé à se déliter un peu plus au fil des jours, des semaines, des mois.

Quatre ans déjà.

À présent elle parlait peu, et tout semblait glisser sur elle sans qu'elle remarque rien. Une voisine venait chaque jour lui rendre une visite éclair et lui faire quelques courses, mais il était difficile de voir si elle s'en rendait seulement compte. Ni même si elle savait qu'une guerre avait eu lieu, et qu'on l'avait perdue.

— Ne reste pas toute la journée enfermée, Maman. Va prendre un peu l'air.

Raoul quitta l'appartement et dévala l'escalier. Sur le quai Riquet, il expira profondément pour expulser la tristesse qui l'oppressait, puis laissa le soleil dorer son visage et ranimer son élan de vie, dans la douceur du petit matin.

À 7 heures et demie, il était assis dans le café Saillan, le plus ancien établissement de Carcassonne. Le café était situé face aux Halles et à quelques minutes à pied du boulevard Barbès, où les manifestants devaient se rassembler. Dans la salle enfumée régnait une atmosphère pesante, les visages des ouvriers avaient le gris de cendre de ceux qui viennent de finir leur nuit de travail. Dans une coupe en verre sur le bar, il y avait les sempiternels œufs durs, sauf que ceux-là étaient en porcelaine.

Raoul trouva une table face à la porte et commanda un panaché, au lieu de l'ersatz de café qu'on servait ici et qui vous retournait l'estomac. Il se sentait déjà barbouillé ; la nervosité, sans doute. Du regard, il fit le tour de la salle en se demandant combien parmi les clients présents iraient à la manifestation, et combien étaient au courant. Étrange qu'un jour d'une telle importance puisse ressembler à n'importe quel autre jour. Les hommes au bar-tabac, les femmes faisant déjà la queue à la boulangerie, à l'épicerie, tandis que quelques-unes attendaient devant la porte close de la mercerie.

César apparut sur le seuil, portant un fourre-tout, et il lui fit signe.

— Gaston et Robert ? demanda César en s'asseyant, les yeux bouffis de fatigue.

— Pas pour l'instant. Hier soir, je t'ai attendu au Terminus et plus tard au Continental, au cas où tu retournerais à l'imprimerie. Je ne t'ai pas vu.

— Et Antoine, tu l'as trouvé ? demanda César avec une étincelle d'espoir dans les yeux.

— Non. Après t'avoir quitté, je suis allé tout droit à l'appartement. La concierge m'a dit qu'elle avait entendu quelqu'un marcher hier matin, très tôt. Mais elle ignore si c'était lui. Et toi ?

— Je n'ai pas eu plus de chance, soupira César. Antoine n'est pas allé travailler hier. J'ai fait le tour des bars où il se rend d'habitude, mais personne ne l'a vu depuis vendredi dernier.

Raoul resta silencieux un instant, puis il sortit de sa poche le flacon enveloppé dans son mouchoir blanc.

— J'ignore si c'est important, mais j'ai trouvé ça chez Antoine. C'était caché dans la chasse d'eau.

— Ah bon ? s'étonna César, intrigué.

— Oui, c'est pour ça que je l'ai pris. Antoine s'était donné beaucoup de mal pour le dissimuler. Je me suis dit que ce devait être important. Ça ne t'évoque rien ? Il ne t'a jamais parlé d'un objet en particulier ? Il y a quelque chose à l'intérieur, une feuille de papier, peut-être, poursuivit Raoul en voyant César lui répondre par la négative. On pourrait essayer de le sortir.

— Ce flacon paraît précieux, répondit César d'un air de doute. Il risquerait de se briser.

— Oui, je me suis fait la même réflexion. D'un autre côté, si ce qu'il contient est…

Raoul s'interrompit en voyant le regard de César se durcir et son visage se fermer. Se retournant, il vit Sylvère Revol qui avançait vers eux, suivi des frères Bonnet. Il s'empressa de remballer le flacon dans son mouchoir et fourra le tout dans sa poche.

— Tu as les tracts ? lança Gaston dès qu'il fut assis.

— Pas la peine de le crier sur les toits, Bonnet ! répliqua César avec une rage contenue.

— La radio n'a pas arrêté d'en parler, répondit Gaston, mais il s'en tint là et alluma une cigarette.

Le groupe resta assis en silence. Revol surveillait la rue. Gaston tournait une allumette usée entre le pouce et l'index. Par petits lambeaux, Robert déchirait méthodiquement un numéro de *L'Éclair*, un autre journal vichyste.

Raoul avait les nerfs à fleur de peau et l'envie d'en finir. Il regardait les aiguilles de la pendule au-dessus du comptoir avancer vers 8 heures en un exaspérant compte à rebours. Enfin Revol se leva.

— C'est l'heure.

24

Sandrine regarda les vêtements entassés contre le dossier du canapé, les chaussures qu'elle avait envoyées valser par terre, près du cache-pot en bambou. Pour une fois, elle avait bien dormi, sans faire de cauchemars, et elle bouillait déjà d'impatience. Marianne l'appela depuis le bas de l'escalier.

— Tu es prête, ma chérie ?

— Presque…

Elle enfila une robe verte avec une ceinture et des boutons blancs qui, selon elle, la faisait paraître plus femme, et prit le temps de se regarder dans le miroir en pied. L'ecchymose sur sa tempe avait des teintes océanes, bleu, vert, violet, mais l'entaille ne se voyait pratiquement pas. Elle se mit un peu de poudre de riz, passa un peigne dans ses cheveux, puis chercha une paire de chaussures assorties à sa robe.

— Sandrine !

— J'arrive !

Quand elle ouvrit la porte en grand, un fort courant d'air s'engouffra dans la chambre et les notes qu'elle avait écrites au commissariat s'envolèrent de la commode telles des feuilles mortes tournoyant dans le vent. Sandrine les ramassa à la va-vite, les jeta en vrac sur le lit, puis sortit en trombe.

La porte d'entrée était ouverte et Marianne attendait déjà dans la rue. Quant à Marieta, elle rôdait dans les parages et la coinça au pied de l'escalier.

— Ne quittez pas votre sœur un seul instant. Et surtout, pas de bêtises.

— Mais non, répondit Sandrine en essayant de la contourner.

— Et ne vous faites pas encore arrêter, cette fois.

— Hier, je ne me suis pas fait arrêter, protesta Sandrine.

— Si ça commence à mal tourner, vous rentrez immédiatement à la maison. Compris ? Vous avez une mine de déterrée. Calmez un peu le jeu, hein ?

Sandrine s'esquiva et rejoignit sa sœur sur le trottoir.

— Désolée. Marieta n'a pas pu s'empêcher de me faire un sermon, mais, au fond, je crois qu'elle est fière de nous. On ne peut pas en dire autant de la vieille sorcière qui habite la porte à côté, ajouta-t-elle en penchant la tête en arrière.

Marianne suivit le regard de Sandrine. Mme Fournier, leur voisine, les épiait derrière un voilage.

— Quelle horrible bonne femme. N'y fais pas attention, dit Marianne.

La rue du Palais était calme. Mais dès qu'elles atteignirent le boulevard Maréchal-Pétain, elles comprirent que beaucoup de Carcassonnais avaient entendu l'émission interdite ou reçu l'information par d'autres sources. Le boulevard grouillait de monde.

— Où devons-nous rejoindre Lucie? lança Sandrine par-dessus la clameur de la foule.

— Au coin de la rue Voltaire.

Malgré le but sérieux du rassemblement, il y avait dans les rues un air de fête. En robes d'été et jupes à fleurs, les femmes allaient bras nus, en faisant claquer leurs talons sur le trottoir. En habit du dimanche, les hommes rejetaient d'un air crâne leur chapeau en arrière, et certains portaient un enfant sur leurs épaules. En plus des banderoles flottaient des drapeaux arborant le bleu blanc rouge de la République assassinée, mais aussi l'écarlate et or du Languedoc, couleurs du vicomte de Trencavel. Boissons et victuailles circulaient, les hommes servaient de la bière, les femmes des gâteaux, biscuits et bonbons disposés sur des plateaux; malgré le rationnement, chacun voulait partager le peu qu'il avait. Ce n'était pas un jour comme les autres.

Sandrine sentit qu'on lui tapait sur le bras et découvrit en se retournant l'un des professeurs du lycée, une femme sérieuse et réservée qui enseignait aux premières et qui était mariée à un médecin, se rappela-t-elle.

— Madame Giraud, excusez-moi. Je ne vous avais pas vue.

— Aujourd'hui, appelez-moi Jeanne.

En la voyant ainsi hors de son contexte habituel, Sandrine se rendit compte que Mme Giraud ne devait guère être plus âgée que Marianne.

— D'accord, Jeanne, répondit-elle.

— Ça fait plaisir de vous voir là, Sandrine.

La foule continuait à grossir. Beaucoup de gens portaient des banderoles avec des slogans écrits en lettres majuscules : *ICI FRANCE, ICI LONDRES, VIVE LA RÉSISTANCE*... Sur une pancarte portée par un ancien combattant, on pouvait lire *VIVRE LIBRE OU*

MOURIR. Sandrine lui sourit. Quand il se pencha et lui prit le bras, elle entendit cliqueter les médailles épinglées sur son veston noir.

— J'ai combattu à Verdun, mademoiselle. Mais ce n'était pas pour Vichy. Ni pour Berlin. Au moins, aujourd'hui, Carcassonne montre son vrai visage, déclara-t-il fièrement en montrant la foule autour de lui. C'est à vous de prendre la relève, maintenant. Place aux jeunes, conclut-il en lui tapotant affectueusement la joue.

— Nous ferons de notre mieux, répondit-elle, étrangement émue par cet échange.

À cet instant, la manifestation commença à s'ébranler. Le vieux la salua, puis il avança en brandissant sa pancarte, les yeux rivés droit devant lui.

Tournant le coin de la rue, Sandrine et Marianne arrivèrent sur le boulevard Barbès, où la foule était encore plus dense. Des lettres avaient été tracées à la craie sur la chaussée, des slogans, des symboles, la Croix de Lorraine et la Croix occitane, le sigle FFL, pour Forces Françaises Libres, la lettre H, pour Honneur. Des marques de défi, blanches sur l'asphalte gris. Ici, il y avait plus d'hommes que de femmes, des hommes qui scrutaient la foule, l'œil sombre et furtif. Et des gendarmes étaient rangés tout au long des trottoirs, tenant leurs fusils sur leurs bras croisés, aux aguets. En jetant un coup d'œil à sa sœur, Sandrine comprit que Marianne aussi les avait remarqués.

Sous les murailles de la Bastide, des bandes de gamins couraient en tous sens. Deux petites filles de sept, huit ans jouaient à cache-cache quand une femme apparut, sans doute la mère de l'une d'elles, et elle entraîna vite sa petite avec une tape sur les fesses. Le défilé passa devant le jardin des Tilleuls, où la Foire aux vins avait lieu chaque année, au mois de novembre. D'ordinaire, l'ancien combattant qu'elle avait rencontré aurait été assis sous les arbres avec ses camarades, en costume foncé et béret. Aujourd'hui, les bancs étaient vides.

De l'autre côté du boulevard, Sandrine aperçut Max et Lucie ; ils étaient accompagnés de Liesl, la sœur de Max, une très jeune fille au teint diaphane, avec de grands yeux bruns et des cheveux noirs qu'elle laissait tomber, libres, sur ses épaules.

— Tu ne la trouves pas belle ? glissa Sandrine à Marianne.

— Si, très belle, approuva sa sœur.

Lucie paraissait joyeuse, comme si elle se rendait à une fête foraine. Elle leur fit signe, et ils fendirent la foule pour les rejoindre. Lucie les embrassa. En costume noir, Max, un peu collet monté comme à son habitude, souleva son chapeau. Liesl leur adressa un petit sourire, mais ne dit rien.

Ce fut alors que Sandrine remarqua Suzanne Peyre, amie de Marianne et cousine de Thierry. Elle faisait près d'un mètre quatre-vingts, et avec ses cheveux coupés très court, on la repérait à dix lieues.

— Regardez Suzanne, là-bas ! s'exclama-t-elle.

Alors qu'elle essayait d'aller à sa rencontre, elle se retrouva bloquée par M. Fournier, leur voisin, un type aussi désagréable que sa fouine de sœur. Sandrine ne l'aimait pas, en particulier parce qu'il la collait toujours de trop près. Elle se demanda pourquoi il était venu, car il ne cachait pas ses sympathies pour Pétain, et ses opinions sur « le complot juif », comme il l'appelait, étaient bien connues.

— Mademoiselle Vidal.

— Monsieur Fournier.

— Je suis surpris que votre sœur vous ait permis de venir.

— Et moi de vous voir ici, monsieur Fournier, répliqua Sandrine en se forçant à sourire.

— Qu'aurait dit votre père ? ajouta-t-il en se rapprochant d'elle.

Sandrine essaya bien de reculer, mais la foule était trop compacte, et tandis qu'il se pressait contre elle, elle sentit sur sa joue son haleine fétide, puant le tabac.

— Lui aussi était amoureux d'une Juive, pas vrai ? Comme la fille Magne, là-bas, avec son youpin.

Sandrine fut tellement sidérée par ces absurdes allégations qu'elle ne trouva rien à répondre pour défendre son père, ni Lucie.

— Il y a un problème ? intervint Suzanne qui avait réussi on ne sait comment à arriver jusqu'à eux à travers la foule.

— Non, pas vraiment, dit Sandrine.

— Mon amie n'a pas envie de vous parler, déclara sèchement Suzanne en se tournant vers Fournier, alors si ça ne vous fait rien…

— Je parle à qui je veux, espèce de gouine, riposta-t-il en lui agrippant le bras, mais Suzanne le repoussa vivement et leva la main pour le dissuader d'oser encore la toucher.

— Allons-y, dit-elle en prenant Sandrine par le bras. Ça sent mauvais par ici.

— Sale pute, cracha Fournier.

Tout en s'éloignant à travers la foule, escortée par Suzanne, Sandrine ne put s'empêcher de se retourner. Les yeux haineux de Fournier étaient encore braqués sur elles.

— Ne fais pas attention à lui, dit Suzanne. Ça ne vaut pas le coup.

— Non, pas de danger, répondit Sandrine, cachant son trouble.

Certains cafés étaient fermés, mais sur cette portion du boulevard Barbès, la plupart arboraient des drapeaux et des bannières. Le café du Nord était bondé, les clients débordaient des trottoirs jusque dans la rue. On en comprit vite la raison. Une buvette proposait pour un franc seulement un cocktail spécial, appelé Blanquette des Forces Françaises Libres. Les amateurs se massaient autour des hautes tables de bar installées dans la rue. Malgré l'heure matinale, la demande dépassait déjà l'offre.

L'orchestre de l'hôtel Terminus était installé en terrasse. Trompette, cor, tuba au cuivre étincelant côtoyaient banjo, clarinette et tambour, tandis que les accordéonistes se tenaient un peu à l'écart.

Une armada de journalistes était campée de l'autre côté de la rue. Des photographes munis de trépieds et d'appareils se disputaient les meilleurs angles de vue, les murets, les balcons des premiers étages. Un reporter de *La Dépêche* arrêtait les manifestants pour leur poser des questions sur leurs motivations, tandis que son collègue prenait des photos.

— Hé, la fille à la ceinture blanche, par ici !

À l'instant où Sandrine se retournait, elle fut aveuglée par le flash. Vite, elle baissa la tête et se hâta de rejoindre Suzanne.

— Tu seras demain dans le journal ! lui lança le journaliste.

— On se demandait où tu étais passée, remarqua Marianne.

— Un reporter vient de me photographier.

— Sandrine !

— Ça va, il n'a pas pu prendre un bon cliché. Et puis c'est pour être vus que nous sommes là. Sinon, quel intérêt ? La police pourrait difficilement tous nous arrêter, ajouta-t-elle en regardant autour d'elle. Il doit y avoir trois mille personnes… En fait, j'ai bien envie de le rattraper pour lui donner mon nom.

— Pas question, répliqua Marianne.

Alors il y eut des acclamations, et tout le monde leva les yeux. Avec une drôle de sensation au creux du ventre, Sandrine prit la main de Marianne. Après un instant de flottement, sa sœur lui pressa la main et leurs doigts se nouèrent.

— Ils sont là, dit Marianne. Quelqu'un va parler.

25

Raoul fendait la foule avec César à sa droite, tandis que Gaston Bonnet les précédait. Dans la cohue, il avait perdu de vue Rovol et Robert Bonnet, et il n'y avait pas trace de Coursan. Il distribuait les tracts et en glissait dans les paniers des mères de famille, sous une porte, sous l'essuie-glace d'un camion de livraison garé en bas du boulevard Barbès. Pour l'instant, tout s'était bien passé. Les gens les lisaient, regardaient les photos. Ils commenceraient à comprendre de quoi il retournait. Comprendre que les journaux n'étaient qu'un tissu de mensonges et de propagande.

Ses yeux fusaient de toutes parts, repérant çà et là un camarade, échangeant avec lui un regard ou un petit salut en signe de reconnaissance. Il y avait une forte présence policière ; manifestement, les gendarmes avaient pour consigne de ne pas intervenir ni entraver l'avancée de la manifestation. Les policiers en civil étaient plus difficiles à repérer. Malgré l'atmosphère de fête, Raoul savait que la foule grouillait de collaborateurs, d'indics, de membres du Deuxième Bureau. Il reconnut Fournier, un collabo bien connu.

Près de la place des Armes, il vit deux journalistes équipés d'appareils photo, détourna vite le visage et traversa pour gagner l'autre côté de la rue. Alors des applaudissements retentirent. Il s'arrêta et regarda vers le monument, comme tous ceux qui l'entouraient.

Portée par le mouvement de la foule, Sandrine avançait. Enfin, elle distingua un groupe d'hommes, planté devant le socle vide. Chacun portait une couronne de feuillage. Les « Bons Homes », c'était ainsi que les appelait Marieta. Elle reconnut Henri Gout, l'ancien député socialiste de l'Aude.

— Qui est avec le docteur Gout ? demanda-t-elle.

— Le sénateur Bruguier, répondit Suzanne. Membre du Parti socialiste, avant la guerre, il a refusé de soutenir la dissolution de la Constitution par Pétain. Il a voté contre les propositions de lois. Comme le docteur Gout, il a été relevé de ses fonctions.

Un mégaphone crachota et la voix de Gout leur parvint. Suivirent deux autres interventions. Sandrine ne réussissait pas à bien saisir les propos, mais le sens général était évident. Il y eut un tonnerre d'applaudissements, puis un autre orateur prit la parole, avec une ardeur qui galvanisa la foule.

— C'est quelque chose, commenta Suzanne.

— Fantastique, renchérit Sandrine.

— Ce sale type ne t'a pas trop embêtée, tout à l'heure ?

— Non. C'est à cause de gens comme lui qu'on est là.

— Que s'est-il passé ? intervint Marianne en portant la voix par-dessus la clameur de la foule.

— Fournier.

Une lueur de dégoût passa dans les yeux de Marianne. Alors les applaudissements se firent plus sonores, et elles se tournèrent à nouveau vers le monument.

« France libre ! cria quelqu'un. France libre ! Vive la France ! »

Des hourras, des cris, des acclamations retentirent contre les hautes murailles du Bastion du Calvaire, la cathédrale Saint-Michel, la façade de la caserne Laperrine, à l'autre bout de la place des Armes.

« De Gaulle, de Gaulle, de Gaulle ! » scandèrent des voix toujours plus nombreuses et plus fortes.

« France libre, France libre ! »

Le cœur de Sandrine battait la chamade. Tout autour d'elle, elle sentait l'esprit des femmes et des hommes courageux qui, par le passé, s'étaient dressés comme elle aujourd'hui dans les rues de Carcassonne et qui le feraient encore dans l'avenir. Les voix de la révolte.

Par-dessus la rumeur et les slogans clamés par les manifestants, une femme se mit à chanter.

« Allons enfants de la Patrie, le jour de gloire est arrivé… »

Sa voix de soprano flotta au-dessus de la foule, déroulant sur un fil mélodique les paroles de *La Marseillaise*. Peu à peu, les gens joignirent leurs voix à la sienne. Souillé par son adoption par Vichy, en ce jour proscrit de la prise de la Bastille, l'hymne national était revendiqué par les filles et fils du Midi. Tenant par la main sa sœur et Suzanne, Sandrine entonna les dernières paroles du chant.

« Marchons, marchons, qu'un sang impur abreuve nos sillons ! »

Les applaudissements retentirent à nouveau. Un autre chant s'éleva et traversa, telle une vague, la marée humaine.

Cette fois, les paroles se coincèrent dans sa gorge. Sandrine fut soudain submergée d'affection pour ceux qui l'entouraient, Marianne, Suzanne, Lucie, Liesl, ces amis, ces voisins éparpillés dans la foule. Debout, ensemble, sous le bleu infini du Midi, chantant pour la paix, pour la liberté. Quoi qu'il advienne, elle se souviendrait toujours de cette journée.

— Vive la France ! s'écria-t-elle en brandissant le poing. Vive Carcassonne !

Raoul ne comptait pas se laisser entraîner ni émouvoir, mais la sincérité bon enfant de la foule, les cris, les chants, les coups de Klaxon eurent raison de lui, et il se rendit compte qu'il souriait. Bruno aurait adoré ce spectacle. Il aurait été fier d'y participer. Le vrai Midi, se dressant pour défendre ce en quoi ils croyaient. Les trottoirs débordaient de monde, aussi Raoul grimpa-t-il sur le socle d'un réverbère pour avoir un meilleur point de vue. Il distinguait à présent les traits d'Henri Gout, et entendit son cri de ralliement. Son appel à la foule de combattre pour la France, de résister à l'Occupation dans le nord, de passer outre l'autorité de Vichy. Raoul fourra les tracts qui lui restaient dans la poche de son blouson. Porté par son émotion, il avança vers le cœur du rassemblement, là où il était le plus dense, et grimpa sur un muret. Le cri résonna une dernière fois.

« Vive le Midi ! »

L'orchestre campé sur la terrasse du café du Nord entama un air allègre, un genre de tarantelle endiablée, de celles qui donnent le vertige aux danseurs à la Fête de l'âne et leur font perdre la cadence. Les gens lançaient en l'air leurs chapeaux, bérets, casquettes, canotiers, feutres mous. Carcassonne défendait ses couleurs glorieuses. Drapeaux, pancartes, banderoles et bannières flottaient sur le boulevard Barbès, la place des Armes, dans les ruelles alentour. Hommes et femmes de tous âges et de tous milieux, unis dans la même ferveur.

Un chapeau de paille vola soudain juste devant ses yeux, le manquant de peu, et Raoul leva instinctivement la main pour le rattraper.

Alors tout se tut, il n'entendit plus que le sang pulsant dans ses veines. Son regard engloba le groupe de femmes, l'élégante en robe bleu marine, la grande aux cheveux courts, la jolie blonde, et la jeune fille en robe verte à ceinture blanche, avec sa masse de cheveux noirs bouclés.

Quand elle se retourna pour lui reprendre son chapeau, un rai de lumière s'infiltra dans le cœur engourdi de Raoul.

La jeune fille écarquilla les yeux d'un air interrogateur, comme cherchant à se rappeler d'où elle le connaissait.

— Merci infiniment, dit-elle.

Il descendit de son perchoir, lui tendit le chapeau et, un instant, elle soutint son regard, puis se détourna. Raoul la vit murmurer quelque chose à la jeune femme en bleu, qui le dévisagea. Elle était plus âgée, pâle, avec des cheveux châtains lisses, mais elles se ressemblaient. Des sœurs, peut-être.

Raoul n'osa pas leur parler, de crainte que sa voix ne trahisse son émoi. Il l'avait retrouvée. Ou plutôt, Carcassonne la lui avait rendue.

Partagée entre la prudence et la curiosité, la jeune fille le fixait droit dans les yeux, à présent.

Raoul allait lui sourire, lui parler quand, du coin de l'œil, il vit un groupe de quatre molosses se jeter sur un homme qui avait le poing levé, dans le salut communiste. Il y eut un hurlement et aussitôt l'atmosphère se durcit, changeant du tout au tout.

Un deuxième homme se mit à courir à contre-courant de la foule. Un policier en faction le frappa à la gorge, il tomba. Il y eut des cris. La panique commença à se répandre parmi les manifestants. Alors, on entendit des bruits de verre brisé, de chaises et de tables renversées.

— Je suis content de voir que vous allez bien, lui dit-il en se permettant de lui effleurer le bras. Très content.

— C'est vous, répondit Sandrine.

Mais Raoul avait déjà fait volte-face pour foncer vers le café.

26

Sandrine éprouvait une drôle de sensation, comme si elle se regardait depuis une grande hauteur.

— Max est déjà parti en avant avec Lucie et Liesl, disait Marianne. Nous devrions les suivre… Sandrine, viens, insista-t-elle avec impatience mais, figée sur place, sa sœur regardait le jeune homme s'éloigner.

— C'est lui, dit-elle, un peu hébétée.

— Qui ça ?

— Le garçon qui m'a rendu mon chapeau de paille. C'est lui que j'ai vu près de la rivière.

— Mais tu m'as dit que tu n'avais pas bien vu son visage, fit remarquer Marianne.

— Non, c'est vrai.

— Alors comment sais-tu que c'était lui ? T'en a-t-il parlé ?

— Il m'a seulement dit qu'il était content de voir que j'allais bien. Mais quand j'ai entendu sa voix, je n'ai plus eu aucun doute. C'est lui.

Il y eut un autre cri, puis le hurlement aigu d'une sirène de police. Marianne et Sandrine furent entraînées dans le mouvement de foule qui les poussait en avant. L'aînée prit sa cadette par la main.

— Il faut vite dégager d'ici.

Raoul courut rejoindre César, qui était posté devant le café du Nord, au milieu des tables et des chaises renversées.

— Que s'est-il passé ? demanda Raoul en s'efforçant de ne plus penser à la jeune fille pour se concentrer sur le présent immédiat.

— Dès que Gout et les autres sont partis, les flics sont entrés en scène. Ils ont arrêté quelqu'un. Un type qu'ils avaient à l'œil.

— L'un des nôtres ?

— Un ancien des Brigades internationales, qui travaille avec la Résistance de Narbonne.

— Et les autres, où sont-ils ? s'enquit Raoul en regardant autour de lui.

— Gaston et Robert étaient près de la place de l'Armistice, tout à l'heure.

— Et Revol ?

— Je l'ai vu près du Bastion du Calvaire, il y a une demi-heure.

— Avec Coursan ?

— Celui-là, je ne l'ai pas vu du tout. Et toi ?

— Non plus. Reste aux aguets. Assure-toi que personne d'autre ne se fait prendre.

Raoul remonta le boulevard Barbès. Ébranlés par les brutalités policières dont ils venaient d'être témoins, la plupart des manifestants regagnaient la sécurité des ruelles, derrière la place aux Armes. Raoul aperçut encore Fournier. Cette fois, il était avec deux types qu'il reconnut, deux fascistes membres de la LVF.

Il recula dans l'ombre de l'immeuble.

Sylvère Revol était avec eux. Au début, Raoul crut qu'il venait d'être arrêté mais, en les observant, il vit Revol désigner un homme dans la foule. Les policiers réagirent instantanément et l'un d'eux l'interpella.

— Hé, toi là-bas, arrête-toi !

Leur cible prit la fuite en essayant de se frayer un passage à travers la foule effrayée.

— Arrête ! répéta l'agent. Stop !

Le partisan continua désespérément sa course, englué par tous les corps qui lui faisaient obstacle. Quelqu'un tira en l'air, il y eut un instant de silence, puis ce fut la débandade parmi les manifestants. Certains s'aplatirent au sol, d'autres se mirent à courir en tous sens. Alors le fugitif s'immobilisa. Lentement, il se retourna et posa les mains sur sa tête. Raoul admira sa bravoure. Il y avait parmi la foule paniquée des femmes, des enfants, des vieillards qui risquaient de recevoir une balle perdue s'il ne se rendait pas.

En une seconde, les policiers lui tombèrent dessus et le menottèrent dans le dos en le maintenant ventre à terre. Puis ils le hissèrent sur ses pieds et le firent avancer vers un fourgon cellulaire garé à côté des arbres, sous le Bastion du Calvaire. Au passage, ils croisèrent le groupe de fascistes, et le partisan cracha au visage de Fournier.

Raoul s'adossa au mur un instant, l'esprit en ébullition. Fournier et Revol. Un indic et un infiltré. Le piège se refermait.

Il retourna à l'endroit où il avait vu César pour la dernière fois. Pas trace de lui. Aux aguets, il contourna la foule qui se dispersait et ne vit aucun des autres. Alors il aperçut à nouveau Revol, planté devant le jardin du Souvenir à côté de la cathédrale Saint-Michel. Il tenait quelque chose dans sa main.

Raoul le vit se pencher, puis reculer immédiatement sous le porche ouest de la cathédrale Saint-Michel, comme pour se mettre à l'abri.

La machination lui apparut soudain dans son ensemble, du premier au dernier acte, avec une atroce clarté. Elle ne se bornait pas à l'action de Revol infiltrant leur groupe ; le plan consistait à utiliser la manifestation pour monter les habitants de Carcassonne contre les partisans, en faisant des résistants de dangereux terroristes, des ennemis de la paix qui méprisaient les vies des simples citoyens.

— À terre ! hurla-t-il à pleins poumons. Tout le monde à terre !

Son cri d'alarme se perdit dans l'explosion.

L'espace d'un instant, le temps se figea, les morceaux de maçonnerie, les pans de pierre restèrent comme suspendus en l'air sous le regard malveillant des gargouilles, puis s'effondrèrent. Tout autour, les mêmes tracts que Raoul avait en poche voletaient comme des feuilles soulevées par le vent. Revol les avait dispersés autour du point d'impact pour mieux impliquer le groupe de partisans dans l'attentat.

Alors montèrent des hurlements, des appels à l'aide.

Raoul porta secours à un vieillard étendu à terre, qui se cramponnait toujours à sa pancarte. Un filet de sang coulait sur sa tempe, mais il n'était pas gravement blessé. « Vivre libre ou mourir », lut Raoul, en détachant du manche en bois les doigts du vétéran.

— Vous allez bien, monsieur ?

— Je ne me suis jamais senti mieux, fiston. Ça leur montre qu'on ne se laisse pas faire, *è ?*

Une femme vint s'occuper du vieux. Raoul vit alors un adolescent adossé au mur, soutenant son bras, visiblement sous le choc. Comme il ôtait son blouson pour le lui jeter sur les épaules, quelques tracts tombèrent de sa poche.

— Regardez ! cria une femme accompagnée d'un enfant. C'est lui ! C'est lui qui a fait le coup !

Raoul comprit avec un temps de retard qu'elle le désignait, en montrant les tracts éparpillés sur les marches autour de lui. Identiques à ceux que Revol avait dispersés dans tout le jardin, ils étaient bien reconnaissables à leurs photos en noir et blanc.

Raoul entendit les sons aigus de sirènes qui se rapprochaient.

— Non, protesta-t-il.

Du coin de l'œil, il vit alors Revol sortir du porche pour se glisser dans la foule.

— Non, c'est lui le coupable ! cria-t-il en le montrant du doigt, mais la femme continuait de le désigner lui, en poussant des cris hystériques.

À présent les policiers convergeaient de toutes parts sur le jardin, et la femme criait toujours. Le jeune garçon était d'une pâleur inquiétante. Raoul répugnait à le quitter, mais il ne pouvait plus rien faire pour lui.

— Je vais t'envoyer de l'aide, promit-il, puis il s'enfonça dans le dédale des ruelles derrière le square.

27

— Qu'est-ce que c'était ? dit Sandrine en se tournant en direction du bruit. Des pétards ?

Dérivant dans l'air au-dessus des toits, un hurlement aigu leur parvint, atténué par la distance. Autour d'elles, les gens se figèrent un instant, puis reprirent leur chemin ou leurs activités. Sandrine vit le gérant de la pharmacie Sarcos hésiter, puis lever sa perche à crochet comme s'il n'avait rien entendu pour abaisser le store jaune et blanc qui se déroula en grinçant.

— Pourquoi les gens font-ils comme si de rien n'était ?

— Ne rien voir, ne rien faire, c'est la consigne, petiote, répondit Suzanne en lui tapotant la joue.

— Nous devrions y retourner, dit Sandrine.

À cet instant, un autre cri s'éleva depuis le boulevard Barbès. Avant que Marianne ne puisse l'arrêter, Sandrine se mit à courir en remontant la rue du Chartran à contre-courant de la foule. Marianne et Suzanne la suivirent.

Le boulevard Barbès se vidait à mesure que les manifestants se dispersaient pour regagner à pas vifs la sécurité de la Bastide, les femmes entraînant par la main des enfants effrayés et en pleurs. Au loin retentit la sirène d'une ambulance.

Sandrine arrêta un homme au passage.

— Que se passe-t-il ? Nous avons entendu une explosion…

— Une bombe, répondit l'homme.

— Il y a des blessés ?

— J'ai fichu le camp, au cas où une autre bombe exploserait, répliqua-t-il en dégageant son bras pour vite reprendre sa course.

Malgré son cœur battant, ses muscles noués, Sandrine continua à avancer. Après avoir traversé la rue Voltaire, droit devant, elle découvrit la scène de dévastation. Le jardin du Souvenir ressemblait à une carrière de pierre. Partout les décombres avaient écrasé les arbres, les buissons, les rosiers qui bordaient les allées. La porte ouest de la cathédrale disparaissait dans un nuage de poussière. La façade était intacte mais, sur un côté, la bordure de pierre semi-circulaire et les piliers étaient brisés, arrachés par l'impact de l'explosion.

Stupéfiées, Sandrine, Marianne et Suzanne échangèrent un regard, puis coururent s'occuper des blessés. Sandrine s'accroupit près d'un jeune garçon qui soutenait son bras meurtri.

— Les secours vont arriver, dit-elle.

L'adolescent ouvrit les yeux.

— Mon père va me tuer. Il ne voulait pas que je vienne.

— Ma sœur non plus n'était pas chaude.

— Alors on est deux, répondit l'adolescent avec un pauvre sourire, puis il ferma les yeux. J'ai froid.

En le couvrant de son mieux, Sandrine remarqua que sa chemise était trempée. Elle souleva le blouson et découvrit avec horreur qu'un morceau de métal était fiché dans son flanc. Sous lui, le sang formait une mare sur le trottoir.

— Est-ce que je vais m'en sortir ? J'ai si froid.

— Ne t'en fais pas. L'ambulance va arriver, dit Sandrine en essayant de garder un ton posé.

Elle attendit avec lui en scrutant son visage exsangue, jusqu'à ce qu'enfin les médecins interviennent. À leur expression, elle sut qu'eux non plus n'avaient guère d'espoir à son sujet.

Quand ils l'eurent emmené, Sandrine s'occupa d'autres blessés. Des traînées de sang brunissaient au soleil, çà et là gisaient des objets, sacs, chapeaux, chaussures d'enfant.

Soudain ce qui l'entourait se brouilla, et la chaleur, les couleurs, tout devint gris, puis blanc. Alors elle entendit à nouveau quelqu'un lui murmurer« *Coratge* ». C'était la voix qu'elle avait entendue à la rivière, une voix de jeune fille, et elle ressentit un courant d'air froid sur sa peau. « *Coratge, sòrre.* » Elle fit volte-face, mais il n'y avait personne à proximité.

— Sandrine ?

Le contact d'une main sur son bras la fit sursauter. Clignant des yeux, elle vit Jeanne Giraud qui la regardait.

— Ça va ? Vous êtes blanche comme un linge.

— J'ai cru entendre quelqu'un m'appeler, mais... Oui, ça va, confirma-t-elle en voyant l'inquiétude se peindre sur le visage de Jeanne.

— Je cherche mon beau-père, vous ne l'auriez pas vu par hasard ? Nous nous sommes perdus sur le boulevard Barbès. On l'aurait vu ici, près de la cathédrale, juste avant l'explosion.

— Non, hélas.

— Il oublie qu'il n'est plus tout jeune, soupira Jeanne Giraud avant de s'éloigner pour continuer ses recherches.

Sandrine resta sur place, tandis qu'on transportait les dcrniers blessés dans une ambulance. Puis elle remarqua des voitures de policc garées devant le Bastion du Calvaire, et d'autres encore tout en haut du boulevard.

— Vous a-t-on dit ce qui s'est passé ? demanda-t-elle quand Marianne et Suzanne la rejoignirent.

— Non, les témoignages restent confus, répondit Marianne en s'essuyant les mains avec son foulard.

— Certains accusent les partisans, ajouta Suzanne.

— Tu as bien tenu le coup, ma chérie, remarqua Marianne en esquissant un sourire. Tu as gardé ton sang-froid.

En voyant la fierté sur le visage de sa grande sœur, Sandrine sentit que quelque chose avait changé entre elles et, malgré sa fatigue, elle lui rendit son sourire, en s'efforçant de ne pas penser au jeune garçon, ni à la flaque de sang, par terrc. Une voiture de police passa en trombe dans un hurlement de sirène, puis unc autre.

— Où les blessés ont-ils été transportés ? demanda-t-elle.

— La plupart à l'hôpital, et les plus graves, ici, répondit Suzanne en indiquant d'un signe de tête la clinique du Bastion. Delteil ou Giraud les rafistoleront, sans poser de questions.

28

César n'était pas à l'imprimerie. Raoul hésita, puis se rendit à son domicile. Trop tard. Deux flics enfonçaient la porte d'entrée à coups de pied. Il se dissimula dans le renfoncement d'une porte cochère, juste en face. Le bois éclata et le loquet céda. Les flics se ruèrent à l'intérieur. À peine une ou deux minutes plus tard, ils ressortaient dans le soleil aveuglant avec César, le nez en sang, les mains menottées derrière le dos. Ils le firent monter dans le fourgon, qui s'éloigna.

Raoul attendit que la voie soit libre, puis il traversa à pas vifs le boulevard Marcou pour s'engager dans la rue Voltaire, sans trop savoir que faire ni où aller. Il ignorait où Robert et Gaston Bonnet habitaient, aussi n'avait-il aucun moyen de les prévenir, ni de savoir s'ils avaient déjà été arrêtés. À la lumière de ce qu'il avait appris, il réfléchit à la marche à suivre, et se rendit compte que la seule solution raisonnable, c'était de quitter Carcassonne au plus vite pour tenter d'entrer en contact avec les partisans de la région. S'il ne pouvait plus rien pour César, il devait prévenir les autres au sujet de Revol et leur faire savoir que la bombe n'avait pas été lancée par des résistants.

Raoul remonta en courant la rue du Port vers la cathédrale Saint-Vincent, puis prit à droite le boulevard Omer-Sarraut.

Dans le quartier de la gare, le nettoyage était déjà en cours. Rues et trottoirs étaient jonchés de tout ce que la foule laisse derrière elle : journaux piétinés, drapeaux, papiers, capsules de bouteilles de bière.

Le tram était bondé. Le sifflet retentit, aigu et insistant, dans le vrombissement des machines. Mais une cohorte de voitures de police bloquait le pont Marengo et des agents étaient déployés partout. Les gens se pressaient en nombre devant les portes de la gare principale, montrant tour à tour leurs papiers. Les yeux baissés, ils faisaient profil bas. Leur moment de bravoure était passé.

Raoul n'avait aucune chance d'accéder à un train, aussi continua-t-il sa marche vers l'appartement du quai Riquet, en priant pour que la police n'y soit pas déjà. Les sens exacerbés, le corps en alerte, il grimpa les marches quatre à quatre.

Sa mère était toujours plantée devant l'évier. Il se précipita vers elle et posa les mains sur ses épaules.

— Maman, écoute-moi. Maman ? C'est important.

Un instant, il crut apercevoir dans ses yeux vides un éclair de ce qu'elle était jadis, mais elle murmura juste « Bruno », et il dut se retenir pour ne pas la secouer.

— Bruno est mort, dit-il d'un ton neutre. Il a été tué, il y a quatre ans. Tu le sais.

Il y eut dans le regard trouble un éclair de colère et de chagrin, comme si elle se réveillait, mais vite ses yeux s'embrumèrent.

— Raoul.

— Bien, soupira-t-il. Il faut que tu m'écoutes. Des hommes vont venir ici me chercher. Ils te demanderont si tu m'as vu. Dis-leur que tu ignores où je suis. Ils ne te feront aucun mal. Dis-leur que tu ne m'as pas vu depuis des semaines, tu en seras capable ? insista-t-il en resserrant son étreinte. Tu comprends ? Si la police vient, dis que tu ne sais pas où je me trouve. D'accord ?

Un instant, elle resta sans réagir, puis elle hocha la tête.

— Je dois protéger mes garçons, dit-elle doucement. Protéger Bruno.

Une vague de pitié mêlée de colère le traversa. Il la serra dans ses bras, et fut consterné de sentir ses côtes à travers la blouse en coton. Elle était si maigre, si fragile. Elle resta raide comme un piquet.

— C'est bien, acquiesça-t-il. Veille sur tes garçons.

Il se précipita dans sa chambre, prit ses papiers et de l'argent cachés sous le matelas, saisit le sac à dos de Bruno accroché derrière la porte ainsi qu'une vieille veste de travail, suspendue dans la penderie. Il ouvrit le tiroir de la table de chevet et sortit de dessous une pile de mouchoirs son arme de service et une boîte de munitions. Il les rangea dans le sac à dos, puis retourna à la cuisine. Sa mère avait repris son poste à la fenêtre, guettant un fils qui ne reviendrait jamais.

— Ils arrivent, murmura-t-elle.

Raoul la rejoignit pour vérifier, mais la rue était vide.

— Ils arrivent, répéta-t-elle en se signant. Les fantômes. Je les entends. Ils se réveillent et se mettent en marche.

Raoul ne trouva rien à répondre. Ses inquiétudes s'accusèrent encore, mais sa mère serait plus en sécurité, lui absent. Du moins l'espérait-il.

— Tu ne m'as pas vu, déclara-t-il.

Il trouva une bouteille de vin rouge cachetée, hésita à prendre aussi une miche de pain noir, mais la laissa.

— Je reviendrai, Maman, dit-il avec douceur. Dès que je pourrai, je reviendrai.

Raoul descendit la rue des Études. Un ami à lui habitait non loin de là, qui pourrait peut-être l'héberger quelques heures, au moins jusqu'à la nuit. Une troisième voiture de police passa, sirène hurlante, cette fois en direction de la caserne d'Iéna. La ville grouillait de flics. En traversant, il vit un fourgon en haut de la rue Voltaire. Jetant un coup d'œil derrière lui, il en vit un deuxième garé à l'autre bout.

Il fallait quitter cette rue avant qu'ils ne le repèrent. Vite, il se glissa à travers les grilles en fer forgé du jardin du Calvaire et les referma derrière lui, en espérant trouver asile dans les ombres vertes et profondes du jardin.

29

Les filles mirent moins de dix minutes pour retourner à la rue du Palais. Marianne avait l'air à peu près convenable, mais pas Suzanne, avec ses cheveux courts, hirsutes, et ses genoux noirs de crasse à force de rester accroupie par terre.

En les voyant, Marieta poussa des cris d'orfraie.

— Tout va bien, la rassura Sandrine. Aucune de nous n'est blessée.

— Mais vous êtes couverte de sang ! Regardez-vous !

Sandrine s'aperçut dans le miroir du portemanteau et vit qu'effectivement son visage était maculé de sang.

— Une bombe a explosé devant la cathédrale Saint-Michel, dit-elle. Nous avons secouru les victimes. Mais nous, ça va.

— Pourriez-vous nous préparer un peu de thé avec quelque chose à manger, Marieta ? demanda Marianne. Un peu de pain et de jambon, peut-être ? Ça nous ferait du bien, je crois. Tu restes, hein ? ajouta-t-elle en posant la main sur le bras de Suzanne.

— S'il y en a assez pour tout le monde.

Marieta parut réfléchir un instant, puis hocha la tête et regagna la cuisine à pas pesants.

Marianne et Suzanne entrèrent dans le salon. L'une ôta ses chaussures et s'assit sur le canapé. L'autre s'affala dans le fauteuil, délaça ses lourds brodequins et les envoya valser, révélant des chaussettes quelque peu trouées.

— Et Lucie? Savez-vous l'une ou l'autre ce qu'elle est devenue? demanda Sandrine depuis le seuil de la pièce.

— Non, à un moment, je l'ai perdue de vue. Je pourrais lui téléphoner, dit Marianne.

— J'irai vérifier moi-même un peu plus tard, proposa Suzanne.

Sandrine les observa un instant, puis repartit dans le couloir. Après les bruits, le chaos, la confusion, elle avait envie d'être seule.

Elle entendit Marieta porter le plateau du thé au salon, puis il y eut des remerciements, des explications, et elle s'esquiva par la porte de la cuisine pour gagner le petit jardin derrière la maison. Sa bicyclette était toujours appuyée contre la grille, là où Max l'avait laissée hier matin.

Sandrine s'installa sur l'une des chaises en fer forgé qui entouraient la table, dans le maigre ombrage du figuier, et laissa le calme du jardin l'apaiser comme un baume.

Elle entendit racler la porte grillagée, et vit Marieta apparaître en haut des marches, un verre à la main. La vieille servante descendit lentement l'escalier en se cramponnant à la rampe et vint poser le gobelet de limonade sur la table, devant Sandrine.

À la stupéfaction de la jeune fille, Marieta approcha l'une des chaises en fer et s'assit. Elle avait l'air si grave, si solennelle, que malgré sa fatigue Sandrine se redressa sur son siège.

— Qu'y a-t-il?

— *Madomaisèla*, je dois vous demander quelque chose.

Inexplicablement, Sandrine sentit son cœur battre plus fort.

— Après votre départ ce matin, j'ai entendu claquer les volets dans votre chambre. Je suis montée. Et je n'ai pu m'empêcher de lire ce que vous aviez écrit. Veuillez m'excuser.

Sandrine comprit avec un temps de retard que Marieta parlait de ses notes rédigées au commissariat.

— Oui, j'aurais dû les ranger. J'étais pressée et j'ai remis ça à plus tard. Excusez-moi.

— Non, ce n'est pas ça..., répondit Marieta, cherchant ses mots. Il y a un passage dans ce que vous avez écrit, parlant d'une mer de verre et d'esprits de l'air. Ce sont bien les paroles que le jeune homme a prononcées ?

Malgré la chaleur du jour, Sandrine frissonna à ce souvenir.

— Oui. Il n'arrêtait pas de répéter ces mêmes mots, comme une litanie.

— Et il a parlé de dame Carcas, vous en êtes bien sûre ?

— Certaine, répondit Sandrine, intriguée. Pourquoi ?

— Il vous a aussi demandé de dire à l'Ancien que tout était vrai ?

— Oui, confirma Sandrine en scrutant Marieta. Et il a prononcé un nom, mais impossible de m'en souvenir.

— Essayez, *madomaisèla*, insista Marieta d'un ton pressant.

Sandrine ne l'avait encore jamais vue aussi agitée. Même quand elles avaient appris la mort de leur père, la vieille servante avait contenu ses émotions. Alors qu'elle avait tenté de l'oublier, Sandrine s'obligea à revivre ce moment et ferma les yeux.

— C'est un nom qui fait penser à l'ancien temps. Bailleroux, Brailland, quelque chose comme ça.

— Baillard ? Est-ce que c'était Baillard, *madomaisèla ?*

— Oui, exactement, répondit Sandrine en rouvrant les yeux. Comment le savez-vous ?

— Vous n'en avez pas parlé à la police, n'est-ce pas ? Vous ne leur avez pas donné le nom de M. Baillard ?

— Comment l'aurais-je pu ? Je viens seulement de m'en souvenir.

La vieille soupira de soulagement et se radossa.

— Mais qu'est-ce que tout ça veut dire, Marieta ? Vous me rendez nerveuse, avec vos airs farouches.

Une brise fit frissonner les feuilles du figuier, et des rais de lumière dorée traversèrent la table.

— Marieta ? insista Sandrine.

— Ça remonte à si loin, répondit la vieille en tortillant le bord de sa blouse en coton fermière. Ma mémoire peut me jouer des tours. Mais les fantômes, M. Baillard disait qu'il les entendrait… Et ces paroles, je suis sûre…

— Vous les avez déjà entendues ? demanda Sandrine. Vous savez d'où elles viennent ?

Plongée dans ses pensées, Marieta n'écoutait pas.

— Je vais lui écrire, marmonna-t-elle. Lui demander conseil.

Sandrine lui toucha le bras, ce qui la fit sursauter.

— Qui est M. Baillard ? demanda-t-elle posément.

Le visage de la vieille servante s'éclaira un instant.

— Un brave homme, un brave homme, et un véritable ami. Il connaissait votre père. C'est lui qui m'a recommandée pour entrer à votre service. J'ai fait sa connaissance à Rennes-les-Bains, il y a bien des années. Il rendait régulièrement visite au domaine de la Cade.

À cette mention, la curiosité de Sandrine ne fit que croître. C'était étrange que Marieta n'ait encore jamais parlé de ce M. Baillard, même si elle n'était guère du genre à se confier. Sandrine connaissait un tas d'histoires sur le domaine de la Cade, des histoires glanées au long des vacances d'été à Coustaussa. Comment la maison avait été réduite en cendres le 31 octobre 1897, dans des circonstances mystérieuses. De la propriété, maintenant abandonnée, on disait qu'elle était hantée, et les enfants du village évitaient de s'en approcher, en particulier au moment de la Toussaint.

Elle fit le compte dans sa tête.

— Si vous connaissiez M. Baillard à cette époque, il doit être vieux comme Mathusalem.

— Personne ne connaît son âge véritable, répondit Marieta avec un petit sourire.

Alors, avant que Sandrine ne puisse lui poser d'autres questions, elle se leva, rangea la chaise sous la table, et retourna vers la maison.

— Marieta ? l'appela Sandrine. Où vit-il, ce M. Baillard ? À Rennes-les Bains ?

La vieille ne se retourna pas et continua à monter les marches du perron en se cramponnant à la rampe.

— Marieta ! Qu'est-ce que vous allez lui demander ?

Pour seule réponse, elle entendit la porte grillagée racler à nouveau, puis se refermer en cliquetant.

Dans la solitude du jardin, Sandrine demeura assise, perplexe. Des secrets semblaient voleter tout autour d'elle telles des lucioles. Invisibles, ils scintillaient pourtant dans son esprit.

30

Le bureau de Léo Authié donnait sur le palais de Justice. C'était depuis ce centre de contrôle qu'il avait conduit l'opération d'aujourd'hui, et le lieu témoignait de l'autorité qu'il avait acquise au sein du Deuxième Bureau.

Le mobilier se composait d'un fauteuil et d'un grand bureau en acajou, et les meubles de rangement étaient en bois au lieu des habituels placards métalliques. Les cartes anciennes exposées sur le mur étaient des originaux, non des copies. L'une montrait les frontières de la Gaule au

IVe siècle, époque charnière où la France était devenue pays chrétien. La deuxième, les changements de frontières du Languedoc, des territoires historiques de la Septimanie jusqu'à nos jours. La troisième illustrait l'avancée des croisades médiévales contre les hérétiques cathares dans le Midi.

Authié n'était pas le seul à croire que la défaite de la France en juin 1940 était une conséquence directe de l'incurie des administrations successives, qui avaient tourné le dos aux valeurs chrétiennes traditionnelles. Trop d'immigrants, un regrettable manque de leadership, une dilution corrosive du sentiment patriotique. Cependant, passé le choc d'une reddition aussi rapide qu'humilante, Authié avait compris que l'occupation du nord et la collaboration entre Vichy et Hitler serviraient ses desseins personnels.

Sa main toucha la croix d'argent épinglée au revers de son veston. Comme il l'avait pressenti, Dieu l'avait appuyé tout au long de cette journée. Car sa loyauté allait non pas aux libéraux et socialistes dont le gouvernement impie et calamiteux avait conduit la France à la défaite, mais à l'Église.

Un autre fourgon s'arrêta en face, à la porte du tribunal. Tout avait marché comme sur des roulettes. L'opération avait été un triomphe. Les groupes clandestins et le courant d'opinion qui menaçaient l'autorité de Vichy à Carcassonne avaient été circonscrits, sapés, neutralisés. Déjà, une cinquantaine de résistants étaient en garde à vue. D'ici la fin de la journée, on aurait arrêté les autres. Certes, quelques réseaux se regrouperaient pour former de nouvelles unités, mais Authié croyait avoir porté aux insurgés un coup dont ils ne se relèveraient pas. La bombe avait été efficace. Les journaux et la radio rejetaient la faute de ce chaos sur les partisans. Pour la plupart, les gens du pays seraient moins enclins à les couvrir ou les soutenir, dorénavant. Mais ce qui comptait surtout pour lui, c'était que ces succès lui permettraient enfin de se consacrer à la recherche du Codex.

Authié feuilleta les documents posés sur son bureau, lettres, télégrammes, notes officielles, félicitations de son commissaire divisionnaire, autant de paperasses qu'il écarta pour arriver à l'enveloppe qu'il cherchait. Du papier à lettres de luxe, où apparaissait en filigrane la griffe d'un papetier de Chartres. Sur l'enveloppe, aucun tampon émanant de la censure. La missive était écrite par le chef d'une des plus anciennes et influentes familles catholiques de France. François Cécil-Baptiste de l'Oradore, un homme cultivé, immensément riche. Collectionneur invétéré d'objets d'art religieux anciens, il était prêt à payer une fortune pour les raretés qu'il souhaitait acquérir. Il avait investi des centaines de milliers de francs pour financer des fouilles dans les montagnes de l'Ariège et de l'Aude.

Quand ce monsieur l'avait contacté pour lui demander de collecter pour lui des informations, Authié en avait été flatté et ravi. C'était en travaillant pour de l'Oradore qu'il avait pour la première fois entendu des rumeurs concernant un certain Codex, un texte condamné pour hérésie au IVe siècle, censé avoir échappé aux flammes qui avaient consumé les autres écrits non orthodoxes. Si ces rumeurs étaient fondées, la survie de ce Codex était un affront envers Dieu, une incarnation du mal absolu. Quant à de l'Oradore, son obsession allait aux livres perdus des Cathares renfermant les secrets du Graal.

Les fouilles avaient été interrompues durant la guerre, mais l'armistice aussitôt signé, de l'Oradore les avait relancées, ainsi que les termes de leur accord. Depuis lors, Authié lui avait fourni divers articles archéologiques et renseignements, et il était persuadé que sa rapide ascension au sein du Deuxième Bureau était due à la protection occulte de l'Oradore. Il jeta à nouveau un coup d'œil aux cartes exposées sur son mur, dont chacune était un cadeau pour services rendus.

Authié hésita un instant, puis rompit le sceau de l'enveloppe. L'en-tête dressait en lettres gothiques la liste de toutes les œuvres catholiques dont de l'Oradore était le mécène. Comme prévu, il lui réclamait un compte-rendu sur l'avancement des travaux dans l'Ariège. En dépit des conditions difficiles dont souffrait le Midi, de l'Oradore attendait des résultats, un retour sur investissement et, malgré les termes choisis, la lettre sonnait comme un ultimatum.

Authié se demanda combien de temps encore il pourrait différer sa réponse. Les dernières semaines, il n'avait pas pu consacrer beaucoup de temps à cette question et n'avait rien de nouveau à communiquer. Ses partenaires allemands avaient échoué. Certes, il savait qu'Antoine Déjean était impliqué dans ces recherches, mais il n'avait pas réussi à découvrir à quel point. Pour finir, il n'avait eu d'autre choix que d'autoriser qu'on l'interroge. Non seulement Revol n'en avait rien tiré, mais il avait saccagé le travail et laissé Déjean prendre la fuite.

— Cet idiot a tout foiré, marmonna-t-il entre ses dents.

Plus grave encore, il n'avait eu vent de cette fuite qu'à cause de la présence de Raoul Pelletier à la rivière. Si Pelletier n'avait pas été là à l'instant critique, Sylvère Revol aurait pu s'occuper de la fille et régler au moins ce problème. Quel gâchis.

Un coup frappé à la porte interrompit ses réflexions.

— Entrez.

Un jeune gendarme apparut, la peau rosie par le feu du rasoir. Ses talons claquèrent sur le parquet tandis qu'il traversait la pièce.

— Un télégramme.

Authié tendit la main et en prit connaissance. Au fil de sa lecture, ses traits se durcirent.

— Quand est-il arrivé ?

— Je vous l'ai apporté aussitôt, mon capitaine.

Authié se leva brusquement en renversant son fauteuil. Le gendarme s'empressa de le relever en évitant de regarder Authié, qui chiffonna avec rage le télégramme, puis le fit brûler dans un cendrier.

— Revol est-il dans les parages ?

— Je l'ignore, monsieur.

— Eh bien allez vérifier ! s'écria-t-il. Dites-lui de me rejoindre en bas. Immédiatement. Et préparez une voiture avec chauffeur. Ouste !

Le gendarme salua. En se ruant hors de la pièce, il glissa sur le parquet ciré et faillit trébucher. Authié décrocha le téléphone, dit un numéro à l'opératrice d'un ton peu amène, et attendit qu'elle le mette en relation. Il écouta son interlocuteur parler à l'autre bout de la ligne, la mine de plus en plus sombre.

— Il faut se rencontrer.

Il écarta le récepteur de son oreille.

— Non, c'est inacceptable. Une heure. À l'endroit habituel.

Authié raccrocha violemment, réfléchit un instant, puis remit la lettre de l'Oradore dans son enveloppe, la rangea dans le tiroir de son bureau, dont il sortit ensuite son revolver. Après avoir glissé l'arme dans la poche de son veston, il quitta la pièce et descendit l'escalier jusqu'au grand hall d'entrée.

L'espace résonnait de sons d'origine diverses : crépitements des dactylos tapant courriers et rapports, hauts talons des secrétaires claquant sur le carrelage noir et blanc tandis qu'elles vaquaient d'un bureau à l'autre pour transmettre des messages, conversations étouffées filtrant derrière les portes.

Sylvère Revol l'attendait près de l'entrée principale. Il avait revêtu son uniforme et s'était coupé les cheveux à ras, révélant une zone de peau blanche au bord de sa casquette.

— Pourquoi diable avez-vous confié Déjean à Bauer ?

— C'étaient vos ordres, répondit Revol d'un air confus.

— Je vous avais dit de le tenir sous bonne garde jusqu'à ce que je puisse l'interroger moi-même.

— Alors j'ai dû mal comprendre, convint Revol en croisant son regard. J'ai eu l'impression qu'à cause de la manifestation…

Authié leva la main pour l'interrompre.

— Pas d'excuses, Revol. C'est votre deuxième échec. Je vais de ce pas rencontrer Bauer.

— Ici, à Carcassonne ? s'étonna Revol.

— Où voulez-vous que ce soit ?

Authié dévisagea un instant son adjoint, sans parvenir à interpréter son expression, puis il se dirigea ves les portes vitrées. Dès qu'ils furent au-dehors, la chaleur les assaillit.

— Et ce Pelletier ? Vous l'avez retrouvé ?

— Pas encore, monsieur. Nous sommes allés chez lui, quai Riquet. Il habite avec sa mère… elle est complètement timbrée, ajouta-t-il avec un geste éloquent de la main. Elle n'arrêtait pas de me demander si j'avais vu un certain Bruno…

— Quoi d'autre ? l'interrompit Authié.

Le visage de Revol se durcit.

— J'ai essayé l'hôpital, les cafés habituels en ville. On ne l'a vu nulle part, ni à la gare, ni au tramway, ni à la station des cars.

— Je veux qu'on me le ramène ce soir.

— Des affiches avec sa photo sont en cours d'impression…

— Ce soir, Revol. Et Sanchez ?

— On l'a arrêté cet après-midi.

— Bien… Attendez, se ravisa soudain Authié. A-t-il déjà été inculpé ?

— Pas à ma connaissance, monsieur.

— Dans ce cas, libérez-le.

— Pardon ? s'étonna Revol.

— Sanchez saura mieux que personne où Pelletier aura pu se terrer, répliqua Authié avec impatience. Ils auront peut-être convenu d'un rendez-vous. Faites-le suivre.

— Mais si nous le laissons partir…

— Faites ce que je vous dis, Revol. Si d'ici douze heures, il ne nous a pas conduits à Pelletier, vous pourrez alors le coincer à nouveau et le faire parler. Découvrir ce qu'il sait. Mais pas ici, hein ? Ni au palais ni à la prison. Je ne veux pas d'un rapport officiel d'interrogatoire… N'allez pas encore bousiller cette affaire, ajouta-t-il en pointant son index sur Revol.

— Non, monsieur, répondit Revol d'un air impassible.

— Rien d'autre ?

— J'ai fait suivre la voiture que j'ai vue hier à la rivière, monsieur. Le véhicule est enregistré comme appartenant à M. Magne, le garagiste du boulevard Omer-Sarraut. Magne est membre de la LVF. Il est actuellement dans un camp de prisonniers en Allemagne, mais sa fille a des sympathies gaullistes. Et elle fréquente un Juif nommé Max Blum.

Le chauffeur ouvrit la portière. Authié demeura immobile, une main posée sur le toit de la voiture.

— Était-ce la fille Magne qui conduisait ?

— J'étais trop loin pour le vérifier.

— Elle saurait peut-être qui est la jeune fille.

— Voulez-vous que je parle avec Mlle Magne, monsieur ?

— Non, laissez-moi m'en occuper. Interrogez plutôt ce Blum. Peut-être a-t-il vu Pelletier ou le connaît-il ? Convoquez-le ici.

— Sous quel motif, monsieur ?

— C'est un Juif, Revol, répondit Authié en haussant les sourcils. Vous trouverez bien une raison. Puis il monta en voiture et tapa sur l'épaule du chauffeur. Rue du Cimetière-Saint-Michel, ordonna-t-il.

31

— Laissez-moi y aller, répéta Sandrine en prenant l'enveloppe des mains de Marieta.

La vieille servante avait déjà suspendu sa blouse au dos de la porte de la cuisine, enfilé ses chaussures de ville, mis son chapeau, et elle était sur le point de sortir.

— Ce n'est pas à vous de faire mes commissions, protesta-t-elle, mais Sandrine fourra la lettre dans sa poche et franchit le seuil avant que Marieta ne trouve encore à y redire.

— Je ne serai pas longue, lui lança-t-elle.

L'air vibrait d'une impatience contenue, il régnait une atmosphère étrange, et les rues semblaient attendre que la nuit tombe. Le boulevard Maréchal-Pétain était désert, ainsi que les petites rues transversales de la Bastide. Comme si tous les habitants avaient été prévenus qu'il valait mieux rester enfermé chez soi.

Sandrine appuya sa bicyclette contre le mur et entra dans le bureau de poste quelques minutes avant la fermeture. Un seul comptoir restait ouvert.

— J'aimerais que cette lettre parte par le courrier du soir, dit-elle. C'est urgent.

Le préposé, un homme d'âge moyen aux traits tirés, la regarda par-dessus le bord de ses bésicles.

— Interzone ?

— Non. Dans l'Aude.

— Carte d'identité, exigea-t-il en tendant la main après avoir regardé l'adresse.

— Pourquoi vous la faut-il ?

— Ce n'est pas moi qui fais le règlement.

Sandrine sortit sa carte d'identité de sa poche et la poussa sous la vitre. Il vérifia les informations personnelles indiquées, la détailla du regard, puis la lui rendit.

— Pas très ressemblant, remarqua-t-il.

— Ça fera combien ?

— Cinquante centimes.

Sandrine poussa la monnaie sous la vitre et reçut en retour un timbre rouge qu'elle colla sur l'enveloppe.

— La boîte est à l'extérieur.

— Elle partira ce soir ?

— En principe, répliqua le préposé, puis il abaissa le volet et Sandrine demeura seule devant la vitre aveugle.

Elle sortit dans la rue de la Préfecture, irritée par les façons du préposé. Après avoir glissé la lettre dans la boîte, elle enfourcha son vélo.

La rue était toujours vide et son impression d'être épiée se renforça. Comme si des yeux guettaient derrière les portes, les volets, en attendant ce qui arriverait quand la nuit serait venue. Sandrine s'écartait du trottoir quand soudain, sans prévenir, un piéton déboucha de la ruelle juste devant elle.

— Hé ! faites un peu attention ! s'écria-t-elle.

L'évitant de peu, elle fit un brusque écart et sa roue avant alla heurter le bord du trottoir. Sandrine bascula à moitié en s'éraflant les doigts et se rattrapa de justesse. Furieuse, elle leva les yeux.

— Espèce d'idiot…

Alors elle s'interrompit, se redressa.

— Vous, dit-elle.

Il se tenait immobile, serrant d'une main la bretelle de son sac à dos, l'autre collée contre son flanc. Elle reconnut les cheveux noirs rejetés en arrière, les yeux farouches, et sentit en lui la même tension, comme s'il s'apprêtait à tout instant à prendre la fuite.

— C'était vous, n'est-ce pas ? À la manifestation.

— Oui, répondit-il avec l'ombre d'un sourire.

— Et hier aussi. Au Païchérou.

— Oui, c'était moi.

Sa voix était exactement comme dans son souvenir, ainsi que sa présence. L'effluve de bois de santal, la chaleur… tout lui revenait. Il regarda sa bicyclette, puis ses doigts éraflés.

— J'aurais dû regarder avant de traverser.

— Ça ne fait rien.

Sandrine sentit qu'il la scrutait intensément. On aurait dit qu'il cherchait à graver ses traits dans sa mémoire. Puis il leva la main et lui effleura la tempe, là où l'ecchymose bleuissait. La rue, le jour, la réalité, tout s'effaça.

— Ce n'est pas très grave, dit-elle, consciente du timbre aigu de sa voix qui résonna étrangement, même à son oreille. Ça ne me fait pas mal.

Il recula, laissa retomber sa main contre son flanc. Elle se rendit compte alors qu'elle avait retenu sa respiration.

— Au fait, je m'appelle Sandrine, réussit-elle à dire. Sandrine Vidal.

Il la dévisagea un instant, comme si elle avait parlé dans une langue étrangère, puis se mit à rire.

— Et moi, Raoul Pelletier.

— Jamais deux sans trois. Cette fois, c'est la bonne.

— Oui, acquiesça-t-il en riant encore.

D'un geste machinal, il rejeta ses cheveux en arrière. Un geste dont Sandrine s'aperçut avec trouble qu'il lui était déjà devenu familier.

— Je ne savais pas que vous m'aviez reconnu, sur le boulevard Barbès.

— Pas au début, admit-elle. Enfin, j'avais vaguement l'impression de vous avoir déjà vu, sans savoir exactement où.

— À la rivière, vous teniez quelque chose. Une chaîne. Elle appartient à l'un de mes amis.

— Un de vos amis ? s'étonna Sandrine, mais alors, un bruit de pas se rapprocha, puis ils entendirent des cris, et le hurlement d'une sirène.

Raoul changea de visage. La méfiance reprit le dessus.

— Désolé, je ne peux pas rester…

— Pourquoi êtes-vous parti, à la rivière ? le pressa-t-elle, avec l'angoisse de le perdre à nouveau.

— C'était bien malgré moi.

— Alors pourquoi ?

Il jeta un coup d'œil vers le bas de la rue, puis revint à elle.

— J'ai entendu une voiture arriver, je ne pouvais pas prendre de risque… Vous étiez là aujourd'hui, vous avez vu ce qui s'est passé, vous savez comment c'est…

Une autre sirène. Cette fois, ils tressaillirent tous les deux et Sandrine le regarda.

— Où allez-vous ?

— Je ne peux pas rester à Carcassonne.

— Pourquoi pas ?

— Presque tous mes camarades ont été arrêtés, répondit-il tout bas. D'autres ont disparu. Il y a un mandat d'arrêt contre moi. Mon appartement est surveillé, ainsi que les domiciles de tous ceux que je connais. Si j'allais à l'hôtel, on me demanderait mes papiers et la police viendrait aussitôt m'embarquer.

— Vous pourriez venir chez nous, suggéra Sandrine.

Les mots étaient sortis tout seuls.

— Hein ? fit-il, stupéfait. Bien sûr que non.

— Nous avons largement la place.

— Ce n'est pas le problème.

— Je ne vous dénoncerai pas, si c'est à ça que vous pensez, répondit-elle en relevant le menton, et elle vit un éclair de colère passer dans ses yeux.

— Ce n'est pas du tout ce qui me retient !

— Alors quoi ?

— Je ne vais pas mettre votre famille en danger, objecta-t-il en reculant d'un pas.

— Qui irait s'en douter ? Nous ne sommes pas amis. Il n'y a aucun lien entre nous. Personne ne viendrait vous chercher chez nous.

— Vous ne savez rien de moi.

— Vous m'avez sauvé la vie, répliqua Sandrine en souriant.

— Mais non.

— Mais si, moi, je le sais.

— Écoutez, j'apprécie vraiment votre proposition. Mais je ne peux pas vous mêler à tout ça. Vous ne savez même pas ce dont on m'accuse.

— Êtes-vous coupable ?

— Non, mais…

— Eh bien alors…

Dans la rue adjacente, une voiture pétarada. Sandrine sursauta, regarda en direction du bruit, puis revint à Raoul.

— Plus nous resterons ici, plus vous risquerez de vous faire prendre. Le quartier grouille de policiers, des patrouilles surveillent la gare et toutes les sorties de la ville. Bon, demanda-t-elle en soutenant son regard, alors, qu'en dites-vous ? Quoi ? ajouta-t-elle, comme Raoul la fixait sans un mot.

— Je crois bien n'avoir jamais rencontré une fille comme vous, déclara-t-il, et un sourire imperceptible flotta sur ses lèvres. Vous êtes soit très courageuse soit complètement stupide.

— Têtue comme une mule, dirait ma sœur. Je n'aime pas qu'on me dise non, répliqua-t-elle en souriant à son tour.

Dans ses yeux, elle vit la lutte qui se déroulait en lui. Un mélange d'espoir, de tentation, et autre chose aussi… qu'elle n'aurait su définir.

— Et votre famille ? s'enquit-il.

— Il n'y a que moi, ma sœur, et notre vieille bonne. Elles seront ravies de vous aider. Les amis de ma sœur séjournent chez nous, à l'occasion.

Pendant un moment qui sembla interminable, l'invitation resta suspendue entre eux. En le scrutant, Sandrine vit que sa résistance faiblissait.

— Raoul, s'il vous plaît. Venez.

Enfin, il céda, et ses épaules se relâchèrent.

— Pour une nuit seulement.

— Vous pourrez rester aussi longtemps qu'il le faudra, dit-elle en essayant de réprimer le grand sourire qui lui montait aux lèvres.

— Juste ce soir, répéta-t-il, mais lui aussi souriait.

32

Léo Authié et Erik Bauer se trouvaient sous les cyprès, au milieu du cimetière Saint-Michel. Le dernier soleil frappait les rangées de croix blanches et les croissants de pierre de la section militaire, projetant sur le sol de longues ombres effilées. En chemise blanche fraîchement repassée, Authié semblait ne pas souffrir de la chaleur de cette fin d'après-midi, contrairement à Bauer, qui ne cessait de s'éponger le cou avec un mouchoir, le visage tout congestionné. Sang du sud contre sang du nord, pour l'heure, ces ennemis héréditaires se retrouvaient alliés.

— Il était affaibli.

— Affaibli ! s'indigna Authié. Vous l'avez tué sans avoir rien su en tirer.

— Puis-je vous rappeler, Herr Authié, que vous m'avez confié Déjean après avoir échoué vous-même à le faire parler. Si, au départ, vos hommes avaient su le cuisiner comme il faut, nous n'aurions pas cette discussion. Vous n'êtes pas en position de nous critiquer.

Ne souhaitant pas reconnaître que cet échec était imputable à Revol, Authié ne contesta pas.

— Qu'avez-vous fait du corps ? demanda-t-il.

— Je m'en occuperai.

— Il ne faut pas qu'on le découvre à Carcassonne, insista Authié en plissant les yeux.

— Je m'en occuperai, répéta Bauer.

Pour gagner du temps et réfléchir à la suite, Authié sortit son paquet de cigarettes de sa poche. Il en proposa une à Bauer, qui déclina son offre.

— Je ne fume pas.

— Je m'en serais douté, remarqua Authié avec dédain.

Il alluma sa cigarette et contempla les volutes qui montaient dans l'air. Bauer écarta la fumée d'un geste de la main, et l'anneau qu'il portait au doigt étincela dans la lumière. C'était le Totenkopfring, signe distinctif de l'élite SS. Authié en fut surpris. Certes, tout le monde savait que des milliers de nazis opéraient au sud de la ligne de démarcation mais, en général, ils n'affichaient pas aussi ouvertement leur appartenance.

— Déjean a-t-il parlé de la clef ? demanda Authié.

— Il a admis en avoir connaissance, répondit sèchement Bauer, mais c'est tout. Si Rahn lui a laissé la clef, Déjean ne l'a pas confirmé, en tout cas… Vous êtes bien sûr que vos hommes ont fouillé son appartement à fond ?

— Oui, répondit fermement Authié en soutenant son regard.

— Et aujourd'hui ?

— Nous avons été pas mal occupés aujourd'hui, Bauer, à faire le sale travail pour vous.

Le visage luisant de Bauer s'enflamma à nouveau.

— Nous n'avons pas de juridiction dans le Sud, vous le savez fort bien, Herr Authié.

— Pas d'autorité officielle, mais de l'influence.

— Si j'ai bien compris, quelqu'un a vu Déjean à la rivière, reprit Bauer après l'avoir dévisagé un instant en silence, et Authié dut faire appel à tout son sang-froid pour garder une voix égale.

— C'est lui qui vous l'a dit ?

Bauer ignora la question.

— Une jeune fille. Ils se sont parlé, n'est-ce pas ?

Saisi, Authié se demanda ce que Bauer savait au juste.

— Qui est cette fille, Herr Authié ? Un porteur de message ?

— Non, je ne pense pas. Nous enquêtons. Pas de problème.

— Pourquoi, elle est morte ?

— Allons, Bauer, ne soyez pas ridicule.

— Vous avez laissé un témoin ? Quelle erreur.

— C'est juste une fille qui s'est trouvée au mauvais endroit au mauvais moment. Nous ne sommes pas à Berlin.

Le nazi avança d'un pas, assez près pour qu'Authié voie la salive au coin de ses lèvres.

— C'est du travail d'amateur. Vous avez négligé trop de détails.

— Le vrai problème, c'est que vous n'avez pas réussi à découvrir quoi que ce soit, répliqua Authié en soutenant son regard. Nous avions besoin de savoir pour qui Déjean travaillait et ce qu'il savait avant que la piste ne refroidisse... Nous avons échoué, vous comme moi. Vous m'avez assuré que vous avanciez bien, en Ariège.

— Quand j'aurai des informations à partager, Herr Authié, je vous le ferai savoir, répondit Bauer en fronçant les sourcils.

— Et vous attendez de moi que je me contente de cette assurance ?

— Il est difficile de poursuivre les recherches en ce moment, répliqua Bauer. Ne faites pas semblant de ne pas comprendre.

Les deux adversaires s'affrontèrent du regard, sans chercher l'un comme l'autre à dissimuler leur méfiance et leur antipathie réciproques.

— Déjean en a-t-il dit plus sur Otto Rahn ?

— Rahn était un imbécile, répliqua Bauer, piqué au vif, ce dont Authié se réjouit.

— Mais c'était bien l'un des vôtres, non ? Il avait le même grade que vous, si je ne m'abuse.

— Rahn était un dégénéré, répondit Bauer en s'empourprant.

— Il n'en était pas moins Obersturmführer.

Sans prévenir, Bauer tourna les talons et se dirigea à grands pas vers la sortie. Son brusque départ prit Authié au dépourvu, mais lui donna le temps de rassembler ses pensées. La conversation ne s'était pas déroulée comme il le souhaitait.

Avec un petit temps de retard, il suivit Bauer dans l'allée de gravier qui traversait le cimetière vers la rue du 24-Février. Là, une voiture banalisée attendait.

— Retournez-vous à Tarascon dès ce soir ? demanda-t-il.

Bauer hésita avant de lui répondre.

— Pas directement. Je suis obligé d'aller dans le nord pour quelques jours. Ensuite, oui, je reviendrai en Ariège.

— Je compte être informé, s'il y a lieu, de toute nouvelle avancée des travaux.

— Dès qu'il y aura du nouveau, vous en serez informé.

— Personnellement, insista Authié.

Bauer rougit encore.

— Vous n'êtes pas en position d'imposer vos directives, Herr Authié. Vous semblez oublier que vous travaillez pour nous contre rémunération. Mes supérieurs attendent des résultats. Pour l'instant, votre contribution a été décevante.

— Je pourrais vous retourner la pareille, Bauer, riposta Authié en soutenant son regard. Par ailleurs, je présume que vous n'avez pas rencontré de difficulté avec la police locale, n'est-ce pas ? s'enquit-il avec un petit sourire.

Bauer se figea et resta coi, tandis qu'Authié continuait à le fixer.

— Ni de questions embarrassantes sur votre présence dans la région ?

— Non, reconnut le nazi, manifestement à contrecœur. Je vous en sais gré.

— De rien, répondit Authié d'un ton sarcastique. Donc, comme je disais, vous me tiendrez personnellement informé, s'il y a lieu, de toute nouvelle découverte au cours des fouilles ?

Un instant, il crut que Bauer se butait mais, pour finir, l'Allemand acquiesça, puis monta en voiture et claqua la portière.

Authié regarda la voiture s'éloigner jusqu'à ce qu'elle disparaisse, puis il expira longuement. Son plaisir d'avoir eu le dernier mot fut de courte durée. Certaines choses avaient fait mouche, dans les propos de Bauer. La Résistance faisait de plus en plus appel à des jeunes filles pour porter des messages, des paquets. Il avait supposé que la présence de la demoiselle était fortuite, mais il commençait à en douter. Se pourrait-il que Déjean eût convenu d'un rendez-vous avec elle ?

Authié se mit à remonter vers la Bastide. À l'origine, le tuyau sur l'implication de Déjean dans l'affaire du Codex était venu de Bauer, certes, mais il commençait à se dire que la collaboration était peut-être plus un mal qu'un bien, tout compte fait. Il s'arrêta devant la maison où Déjean avait été incarcéré, une prison officieuse qui s'était révélée utile en plusieurs occasions, puis continua son chemin. Non, personne n'avait pu se douter de la présence de Déjean à la rivière ce lundi matin.

Et Pelletier ? Hier, à la réunion, il n'aurait sans doute pas montré la chaîne de Déjean à tout le monde s'il avait su qu'il lui était arrivé malheur. Et si je l'avais sous-estimé, lui aussi ? se demanda Authié. Si c'était un complot délibéré pour provoquer une réaction ? César avait été plus agressif que d'habitude, à la réunion, or Pelletier et lui étaient amis.

Il regarda de l'autre côté de la place des Armes, vers la cathédrale Saint-Michel, dorée dans le soleil couchant.

Un ruban avait été tendu par la police en travers de l'entrée du jardin du Souvenir, dont deux agents armés gardaient l'accès.

Authié tourna à droite et longea l'arrière de la caserne Laperrine, en retournant tous ces éléments dans sa tête. Pelletier, la fille, Déjean. Y avait-il un lien entre eux ? Et si oui, de quelle nature ?

33

— Venez, lui chuchota Sandrine.

La nervosité de Raoul était contagieuse. Le moindre bruit était chargé de menace, de danger. Les rues désertes qu'elle connaissait comme sa poche ne lui semblaient plus aussi sûres.

— Où allons-nous ? demanda-t-il.

— Rue du Palais, ce n'est pas loin.

Raoul s'arrêta.

— Ce n'est pas le bon chemin.

— C'est un raccourci.

— Nous ne pouvons pas passer devant le palais de Justice. Cet immeuble en face, dit-il en désignant un élégant édifice blanc devant lequel Sandrine était passée un millier de fois, sert de quartier général au Deuxième Bureau, et c'est là que les types de la commission Kundt officient quand ils sont à Carcassonne.

— La commission Kundt ?

— La Gestapo.

— Alors nous prendrons par la rue de Lorraine.

Sandrine le mena par des ruelles et de courts passages, tandis que Raoul traînait la bicyclette endommagée en la

portant à moitié. Ils émergèrent en face du square Gambetta. Entre les fontaines, les lacs, les balustrades de pierre et les arbres, la statue en marbre blanc d'un ange combattant brillait d'un éclat presque translucide, dans la brume du soleil couchant.

— Après la mort de mon père, j'ai pris l'habitude de m'asseoir ici pour la contempler, dit-elle posément. On l'appelle *Y penser toujours*.

— J'ignorais qu'elle avait un nom.

Ils traversèrent le square en silence et entrèrent dans la rue de Lorraine. Raoul s'arrêta pile, fouilla dans la poche avant de son sac à dos, et en sortit une cigarette roulée à la main.

— J'avais oublié qu'il m'en restait une, dit-il en grattant une allumette.

Sandrine le regarda tirer une bouffée, puis exhaler un long nuage de fumée blanche. Il lui tendit la cigarette et, après une petite hésitation, elle accepta.

Elle la coinça entre ses lèvres et aspira la fumée. La chaleur vint frapper le fond de sa gorge, la fumée passa par le mauvais canal, et elle s'étrangla, pliée en deux. Il lui tapa dans le dos jusqu'à ce qu'elle arrête de tousser. Quand elle le regarda à travers ses larmes, elle vit qu'il essayait de se retenir de rire.

— C'est la première fois ?

Incapable de parler, Sandrine hocha la tête et lui rendit la cigarette.

— C'est une sale habitude, de toute façon, dit-il en souriant, puis il redevint grave. Vous m'avez demandé tout à l'heure pourquoi je n'étais pas resté, hier.

— C'est bon, vous ne me devez aucune explication.

Elle eut envie de lui demander s'il avait pris la chaîne, mais elle craignait d'aborder le sujet, ne sachant si l'homme qu'elle avait tenté de secourir était ou non son ami.

— Non, je tiens à m'expliquer… Vous avez dû penser du mal de moi en me voyant m'esquiver. Je n'ai cessé de me le reprocher toute la journée en me demandant si vous alliez bien.

Sandrine lui jeta un petit regard, puis détourna les yeux.

— Vous m'avez embrassée, dit-elle.

— Je m'excuse, je ne sais ce qui m'a pris. Vous m'en voulez beaucoup ?

— Non.

— Ah… tant mieux.

Ils firent encore quelques pas. Arrivé au coin de la rue Mazagran, il s'arrêta, et Sandrine fit de même. Avec l'impression de regarder la scène à distance, elle le vit poser la main sur sa nuque et l'attirer doucement à lui. Toutes ses sensations s'aiguisèrent, son souffle allant et venant, le contact de sa peau contre la sienne, l'empreinte de ses lèvres sur son front, les effluves mêlés de bois de santal et de tabac qui la ramenèrent à cet instant à la rivière.

— Puisque vous ne m'en voulez pas, dit-il.

Il relâcha son étreinte et ils s'embrassèrent encore. Puis ils restèrent immobiles, liés par le calme de ce moment suspendu. Raoul caressa la courbe de son cou, de son épaule, de son bras nu, jusqu'au bout de ses doigts.

— Nous devrions continuer, reprit-il.

Le temps s'accéléra, les rattrapa, obligea Sandrine à redescendre sur terre, de retour à la Bastide. Elle se contenta de hocher la tête et ils finirent de traverser le square pour atteindre le carrefour.

— Nous pouvons entrer par l'arrière, indiqua-t-elle.

Sa voix sortit ténue, haut perchée, même à son oreille, mais Raoul ne sembla pas le remarquer. Il la suivit dans le jardin, puis cala la bicyclette contre le mur. Soudain, il disparut dans l'ombre.

— Raoul ? murmura-t-elle, terrifiée à l'idée qu'il ait pu changer d'avis et disparaître, puis elle distingua sa silhouette.

Il était debout à côté du figuier, à peine visible dans la lumière déclinante.

— Je suis là.

34

Raoul suivit Sandrine dans la maison. À travers une porte grillagée lui parvinrent des bruits de casseroles, le sifflement d'une bouilloire, le son d'une cuillère en bois tournant dans un saladier.

Quand ils entrèrent, un mélange de bonnes odeurs frappa ses narines, thym, estragon, navets, saucisses, et son cœur se serra. Cela lui rappelait la cuisine de sa mère, quand tout allait bien. Une femme âgée se retourna.

— Marieta, je vous présente Raoul, dit Sandrine d'une voix faussement enjouée. C'est lui qui m'a aidée après mon… accident à la rivière.

— Et qu'est-ce qu'il vient faire ici ? demanda la vieille sans aménité.

Raoul ne fut guère surpris de son hostilité, mais il vit que Sandrine était quelque peu désarçonnée.

— Nous nous sommes rencontrés par hasard en ville, devant le bureau de poste, répondit la jeune fille, sur la défensive. Peut-on l'inviter à dîner ?

— *Madomaisèla* Suzanne est encore là, ainsi que *madomaisèla* Lucie.

— Je tiens à ce qu'il reste, insista Sandrine.

— Je ne voudrais surtout pas vous mettre dans l'embarras…, intervint le jeune homme, mais Sandrine s'empressa de l'interrompre.

— Je vous ai invité.

Marieta continua à le fixer d'un regard peu amène, puis elle leur tourna le dos et se dirigea vers la table.

— Dans ce cas, je vais rajouter une assiette.

— Elle ne m'a pas à la bonne, on dirait, chuchota Raoul.

— Au début, Marieta est comme ça avec tout le monde. Ne fais pas attention. Au fond, elle est douce comme un agneau.

— Elle se fait du souci pour toi, dit-il, touché par la sollicitude de Sandrine. Je ne peux pas lui en vouloir.

Ils venaient spontanément de se tutoyer, et ils étaient près l'un de l'autre à présent, assez pour qu'il respire l'odeur de sa peau. Il eut encore un petit serrement de cœur. Marieta ressortit du cellier, portant une planche de bois, un gros morceau de jambon, une miche de pain blanc entamée. Raoul s'avança.

— Puis-je vous donner un coup de main ? proposa-t-il.

— Je me débrouille.

Il se défit de son sac à dos et l'ouvrit.

— J'ai un peu de vin. Ce n'est pas grand-chose, mais…

Il sortit la bouteille et la posa sur la table. Pour la première fois, Marieta le regarda droit dans les yeux. Alors, enfin, elle hocha la tête. Sandrine poussa un soupir de soulagement, et cela suffit pour que Raoul cesse de se faire du mouron.

— Viens, lui dit-elle, je vais faire les présentations.

— Je ne pourrais pas me rafraîchir un peu ? demanda-t-il.

Marieta lui céda la place devant l'évier. Raoul se lava les mains et s'aspergea rapidement le visage. Puis il suivit

Sandrine dans un long couloir qui menait au-devant de la maison.

La dernière lueur du jour filtrait par une grande fenêtre au vitrage coloré située sur le premier palier, illuminant trois petites photographies encadrées. Raoul s'arrêta pour les contempler. C'étaient des paysages de la région : un village perché sur une colline, deux ou trois curieuses petites huttes ressemblant à des igloos de pierre. Et un château en ruine.

— Où ont-elles été prises ? s'enquit-il.

— À Coustaussa, répondit Sandrine en souriant. Nous y avons une maison de vacances.

— Et quelles sont ces étranges constructions toutes rondes en pierre sèche ?

— Nos capitelles, ou castillous, comme les gens du pays les appellent. Elles sont très connues. Des visiteurs viennent de partout pour les photographier… Enfin, ils venaient, avant la guerre.

— Et à quoi servent-elles ?

— D'après mon père, dans le temps, elles servaient d'abris à des bergers lorsqu'en automne ils passaient les montagnes pour emmener leurs troupeaux vers le sud, et en revenaient au printemps, après la fonte des neiges. En vérité, personne ne sait exactement de quand elles datent. Quand nous étions petites, ma sœur et moi, on y jouait à cache-cache, même si c'était interdit.

Dans la pénombre du couloir, leurs doigts se nouèrent. Un instant, Sandrine lui pressa la main, puis la relâcha. Il aperçut fugitivement son reflet dans le miroir. Malgré ses joues creuses, ses yeux cernés, pour la première fois depuis bien longtemps, il avait l'air heureux. Alors il se rappela les événements de la journée, et son regard s'assombrit à nouveau.

Des voix féminines lui parvinrent à travers une porte fermée, à gauche, avec en fond le son d'une radio.

— Viens, l'entraîna Sandrine. Qu'on en finisse.

35

— Arrêtez ! cria Revol dans le long couloir qui menait aux cellules de la prison de Carcassonne, éclairé par une unique ampoule. Vous là-bas, arrêtez !

Cette fois, le garde se retourna. Sylvère le vit détailler son uniforme, son grade, et passer de la perplexité à l'agressivité.

— C'est à moi que vous parlez ?

Le regard de Revol passa au prisonnier. Il avait les mains menottées derrière le dos, les jointures de ses doigts étaient gonflées, violacées, et le pouce de sa main droite saignait. Il leva la tête pour regarder Revol.

— C'est bien Max Blum ?

— Et alors ? répliqua le gardien.

— J'ai besoin de l'interroger.

— Cette prison ne dépend pas de votre juridiction.

Comme Revol avançait vers eux, la main du garde glissa vers son revolver.

— Je n'ai pas reçu l'ordre de vous le confier, lança-t-il d'un air de défi.

— Seul à seul, dans un endroit tranquille.

— Si vous n'avez pas d'ordre écrit, j'emmène le prisonnier pour le coffrer avec les autres, point final.

Revol soutint son regard encore un instant, puis, sans prévenir, il lui décocha un coup de poing dans le ventre. L'autre grogna et se plia en deux, mais il chercha à dégainer. Sylvère lui saisit le poignet et le frappa contre le mur, à deux reprises. Le garde hurla et lâcha son arme, qui glissa sur le sol en béton. Sans lui laisser le temps de récupérer, Revol lui passa un bras autour du cou et lui renversa la tête en arrière d'un coup sec. La casquette du garde tomba à terre, ses yeux se révulsèrent, un faible gargouillis sortit de sa bouche.

— Ça te suffira, en guise d'ordre écrit, hein ? Ou tu en veux encore ? gronda Revol en tirant à nouveau sa tête en arrière.

— Ça va, répondit l'autre, à moitié étranglé.

Revol l'écarta, puis avança pour ramasser le revolver. Il l'ouvrit, ôta les balles du barillet, le referma, et le jeta aux pieds du garde.

— Maintenant, conduis-nous à un endroit tranquille.

Le garde remit sa casquette et se massa la gorge. Le regard fuyant, il fit quelques pas dans le couloir, sortit un jeu de clefs de sa poche et ouvrit une porte. Revol saisit Blum par le bras et le poussa dans la pièce.

— Attends dehors, ordonna-t-il au garde en lui prenant les clefs des mains, puis il referma la porte. Assis, commanda-t-il à Blum, qui ne bougea pas.

— Qui êtes-vous ?

Revol l'entendait parler pour la première fois et il fut surpris du timbre grave de sa voix car, malgré sa haute taille, Blum était plutôt fluet.

— Asseyez-vous, répéta-t-il en obligeant le prisonnier à prendre place dans une des chaises placées de chaque côté du simple bureau en bois.

Revol s'assit sur un coin du bureau, puis se pencha en avant et ôta à Blum ses lunettes. Cette fois, il vit passer un éclair de révolte dans les yeux du prisonnier, qui ne broncha pas.

— Pourquoi m'a-t-on arrêté ? Mes papiers sont en règle.

— Vous êtes myope ou astygmate ?

— Quoi ?

— Répondez à ma question, Blum.

— Myope.

— Et votre sœur, Liesl, où est-elle ce soir ?

Revol vit une lueur d'angoisse passer dans les yeux de Blum, qui se reprit aussitôt et conserva une expression neutre.

— Je ne sais pas.

— Là, je sais que vous mentez, Blum. Parce que selon mes sources…, ajouta-t-il en sortant une liasse de papiers de sa poche qu'il fit mine de consulter, vous ne la quittez pas des yeux. Donc, je vous le redemande, que faisiez-vous dehors ? Pourquoi l'avez-vous laissée seule ?

— Il n'y a pas de couvre-feu, répliqua Blum.

— Il n'y en a pas pour nous, mais pour vous, oui.

Revol le vit se retenir de réagir à la provocation et revint aux papiers qu'il tenait à la main.

— Vous avez déposé cinq ou six plaintes, et pourtant vous laissez votre sœur cadette toute seule ?

— La dernière fois, ces voyous sont restés trois heures durant devant chez nous. À jeter des pierres contre les fenêtres en criant des injures.

— Une bande de gais lurons.

— De criminels.

— La police n'est pas là pour protéger les gens de votre espèce, Blum.

— La police nationale est censée protéger tous les citoyens français, sans exception.

Revol se pencha à nouveau en avant.

— Parlez-moi de Raoul Pelletier.

— Qui ça ? s'étonna Blum, visiblement surpris.

— Vous m'avez entendu. Raoul Pelletier.

— Je ne connais personne de ce nom.

À son expression, Revol fut certain qu'il disait la vérité, mais il lui fallait en être sûr. Soudain il le gifla à tour de bras. La tête de Blum valsa en arrière et il agita les jambes pour empêcher la chaise de se renverser.

— Raoul Pelletier, répéta Revol. Qui est-ce ?

— Jamais entendu parler de lui.

Revol éclata d'un rire moqueur.

— La radio n'a pas cessé de seriner ce nom. Tous les habitants de Carcassonne le connaissent.

— Je vous rappelle que nous n'avons pas le droit de posséder de poste de radio, répondit Blum en luttant pour retrouver son souffle.

Revol prit les lunettes de Blum et les tordit entre le pouce et l'index.

— Ce matin, vous avez participé à la manifestation avec votre sœur et votre, voyons… comment l'appellerons-nous… votre salope.

Enfin il y eut un éclair de colère dans les yeux de Blum.

— C'est vous-même que vous salissez en employant ce mot, répliqua-t-il, et cette fois Revol le frappa durement juste sous l'œil, sur le haut de la pommette, qui éclata.

La joue en sang, Blum hoqueta, mais ne dit rien.

— Une manifestation interdite, poursuivit Revol. Pelletier y était aussi.

— Je vous l'ai dit, je ne connais personne de ce nom-là, rétorqua Blum en se préparant à recevoir un coup, qui ne vint pas.

— Où est Pelletier maintenant ?

— Je ne connais pas de Pelletier.

— Qui était la jeune fille, à la rivière ?

Revol vit le trouble provoqué par le brusque changement de sujet et, pour la première fois, le tressaillement trahissant l'esquive.

— Je ne vois pas de quoi vous parlez.

— Mais si, Blum. Réfléchissez. Nous savons que vous y étiez… Nous sommes remontés jusqu'à vous et votre petite putain grâce à la plaque d'immatriculation. Où avez-vous déposé la fille ?

— J'ignore de quoi vous parlez.

— Comment se fait-il qu'elle connaisse Pelletier ?

Revol vit que Blum s'efforçait de relier entre elles les différentes questions tout en essayant de ne pas se faire coincer.

— Je ne connais pas de Pelletier, répéta-t-il, et cette fois Revol lui donna un coup de poing dans le ventre, juste sous le diaphragme.

Blum grogna, mais il réussit à relever la tête et à soutenir son regard.

— Vous mentez, Blum. Pourquoi Pelletier était-il à la rivière hier ?

La réaction fut si brève qu'elle faillit échapper à Revol. Il eut alors la confirmation que Blum ne connaissait pas Pelletier. Ou du moins qu'il ignorait que Pelletier se trouvait à la rivière. Il passa vite à une autre question avant que Blum n'ait le temps de réfléchir.

— Cette fille est-elle une amie de Mlle Magne ? demanda-t-il avec une pointe d'ironie.

— Je ne vois toujours pas de quoi vous parlez, répondit Max d'une voix que la tension rendait rauque.

— Vous préférez peut-être que je le demande à Mlle Magne en personne, Blum ?

— Laissez-la tranquille. Elle ne sait rien. Et pour cause, puisqu'il n'y a rien à savoir ! s'exclama Blum en se raidissant en prévision du coup qui allait suivre.

Il est plus fort que je ne l'avais escompté, songea Revol en le scrutant, puis il se pencha en avant et remit les lunettes toutes tordues sur le visage meurtri.

— Elle doit en savoir plus que vous, Blum. Peut-être sera-t-elle en mesure de nous révéler le nom de cette jeune fille. Ou bien nous interrogerons votre petite sœur. Elle est plutôt jolie, pour une Juive.

Malgré ses mains menottées, Blum jaillit de sa chaise,

— Ne vous approchez pas d'elle, sinon…

— Sinon quoi ? répliqua Revol en riant. Vous êtes là, elle est dehors. Vous ne pouvez plus la protéger. Ni elle ni votre putain. Vous ne leur servez plus à rien.

Enfin, il vit la peur dans ses yeux.

— Vous ne pouvez pas me garder, dit Blum. Je n'ai rien fait de mal.

— Vous êtes juif, Blum.

— Je suis français.

— Pas pour moi.

— Parisien.

— Pourtant vous êtes ici, à Carcassonne. Et vous avez participé à une manifestation illégale.

— Il y avait des milliers de personnes. Vous n'allez pas arrêter tout le monde.

Revol se leva et ouvrit la porte en grand. Le garde recula d'un bond. Manifestement, il était resté l'oreille collée à la porte.

— Emmenez-le. Mettez-le sur la liste de déportation avec les autres.

— Vous ne pouvez pas faire ça ! protesta Blum. Vous n'avez pas le droit !

— Je peux faire ce qui me plaît, Blum, répliqua Revol en sortant dans le couloir. Vous envoyer où je veux. Personne ne sait même que vous êtes ici. Quant à toi, ajouta-t-il d'un ton cassant en se tournant vers le garde, tu as intérêt à la boucler, si tu ne veux pas te retrouver demain dans le même train que lui.

36

— Marianne, dit Sandrine en introduisant Raoul dans le salon. Voici quelqu'un que j'aimerais te présenter.

Une femme séduisante assise sur un canapé leva les yeux de son livre, qu'elle posa sur ses genoux. Raoul la reconnut pour l'avoir croisée boulevard Barbès. Dans un fauteuil à sa gauche se trouvait une grande femme en pantalon et aux cheveux coupés court. Une jolie blonde décolorée s'occupait de régler le poste de radio. Toutes les trois se figèrent pour le considérer avec un mélange de méfiance et d'intérêt.

— Mesdames, dit-il en regrettant d'avoir la bouche aussi sèche.

— Marianne, reprit Sandrine d'une petite voix crispée, voici Raoul. Il a besoin de trouver un endroit où dormir. J'ai dit que tu n'y verrais pas d'inconvénient.

— Ma chérie, je ne suis pas sûre que ce soit…

— C'est Raoul qui m'a sortie de la rivière hier, poursuivit Sandrine. Sans lui, Dieu sait combien de temps je serais restée là, évanouie. Raoul, ajouta-t-elle en posant la main sur son bras et, à son contact, il sentit combien elle était nerveuse. Voici ma sœur Marianne et nos amies Lucie Magne et Suzanne Peyre. Raoul Pelletier.

Après un temps d'hésitation, Suzanne se leva et lui tendit la main.

— Enchantée.

— Tu as bien dit Pelletier ? s'enquit Lucie.

— Oui, confirma Sandrine. Pourquoi ?

Lucie se pencha en avant et augmenta le volume de la radio. La voix du speaker devint plus forte, quoique entrecoupée de parasites.

« En conséquence, la police de Carcassonne prie toute personne susceptible de lui fournir des renseignements sur les allées et venues du présumé terroriste de la contacter immédiatement. D'après divers objets découverts dans l'appartement occupé par le suspect… »

Raoul sentit l'effroi le gagner. Il savait qu'il était recherché, mais ignorait encore qu'on lui imputait l'attentat.

« … toujours d'après la police, Pelletier est un individu dangereux. On ne doit pas chercher à l'approcher. Le numéro de téléphone sera redonné à la fin de ce bulletin. Nous répétons, il peut être dangereux et on ne doit pas l'aborder. Autres nouvelles du jour, les célébrations de la fête de Saint-Nazaire se dérouleront à Carcassonne malgré les dégâts causés par l'explosion de cet après-midi à la Bastide. D'après les organisateurs… »

Lucie éteignit la radio.

— Ils passent des bulletins toutes les demi-heures.

— Il ne faut pas croire tout ce que raconte la radio, repartit Sandrine en pressant le bras de Raoul. Tu le dis toi-même, Marianne.

Sa situation était encore pire qu'il ne l'imaginait, pourtant, le moral de Raoul monta en flèche quand il vit combien Sandrine prenait sa défense. Il en fut même étrangement ému. Sentant sur lui l'œil scrutateur de Marianne, il cherchait que dire. Comment commencer.

— Monsieur Pelletier ?

Raoul croisa son regard.

— Je n'ai rien à voir avec cette bombe.

— Étiez-vous là ?

— Oui, et… et je sais qui l'a déclenchée, je l'ai vu, même si ça ne sert à rien. Personne ne me croira.

— Il y a eu une victime, remarqua Marianne.

— Un garçon ? s'enquit Raoul en se rappelant le visage livide de l'adolescent.

— Oui.

— Marianne, intervint Sandrine d'une voix contrariée autant que gênée. Raoul m'a dit qu'il avait des ennuis. Je l'ai invité. Il n'est pas obligé de répondre à nos questions.

— Votre sœur a le droit de savoir ce qui s'est passé, dit-il. À sa place, j'en ferais autant.

— Non, rétorqua Sandrine. Tu m'as dit que tu n'avais rien fait et…

— Ma chérie, laisse-le parler pour lui-même.

— Comment le pourrait-il alors que vous l'interrogez comme s'il était au banc des accusés ? s'indigna Sandrine en faisant de grands gestes.

Marianne tapota le coussin du canapé.

— Allons, viens t'asseoir.

Sandrine hésita, puis la rejoignit et s'assit à côté d'elle. Suzanne se renfonça dans le fauteuil. Lucie se percha sur un bras du même fauteuil, en balançant une jambe.

Raoul regarda Sandrine, ses yeux farouches, les deux taches de couleur sur ses joues, les boucles noires encadrant son visage et, à cette vue, il reprit courage. Il sut sans l'ombre d'un doute que s'il devait y avoir quelque chose entre eux, il lui fallait se défaire des habitudes de dissimulation qu'il avait dû adopter par la force des choses et dire la vérité. Faire confiance à Sandrine, à sa sœur, à ses amies. Leur dire ce qui s'était passé, sans rien omettre.

— Puis-je m'asseoir ? demanda-t-il.

— Je vous en prie, répondit Marianne.

Raoul approcha une chaise et la plaça au milieu de la pièce.

— L'homme qui a fait exploser la bombe s'appelle Sylvère Revol. Je le sais, parce qu'il était membre d'un groupe dont je faisais partie. J'ai compris aujourd'hui, trop tard pour pouvoir réagir, qu'il nous avait infiltrés et travaillait pour la police.

— Quel genre de groupe ?

Conscient que les yeux de Sandrine étaient braqués sur lui, il continua de s'adresser directement à Marianne.

— Un groupe de résistants, répondit-il après avoir pris une longue inspiration.

— Et vous, monsieur Pelletier ?

— Vous me demandez si je suis un partisan, remarqua-t-il en soutenant son regard.

— En effet.

Raoul hésita, puis répondit « oui », avec un petit hochement de tête, avec l'impression que ce simple oui allait déclencher une alarme et faire rappliquer la police.

— Je suis un partisan.

Marianne jeta un regard à Suzanne. Il sembla presque à Raoul voir les questions, supputations et non-dits voler en silence à travers la pièce. Il sentit le regard de Sandrine l'attirer comme un aimant, tourna vivement la tête, lui décocha un petit sourire, et reçut en récompense une lueur d'encouragement.

— Mais la situation est compliquée, ajouta-t-il.

— Continuez, l'invita Marianne.

— Les manifestants étaient en général des gens sincères, mais apparemment beaucoup de groupes de résistance agissant dans l'Aude ont été infiltrés par des Vichystes, des membres du Deuxième Bureau, ou encore, comme le mien, montés dès l'origine par des collaborateurs.

— Pour piéger les résistants, observa Suzanne.

— Laissons M. Pelletier continuer, intervint Marianne. Qui était dans ce groupe ?

Donner des noms allait contre toutes les prescriptions, mais à nouveau Raoul sut qu'il n'avait pas le choix s'il voulait les convaincre de sa bonne foi.

— Deux frères, Gaston et Robert Bonnet, Antoine Déjean, et César Sanchez, un ancien des Brigades internationales. Un camarade de mon frère.

Raoul vit un éclair de connivence passer entre Suzanne et Marianne.

— Et votre frère ?

— Bruno a été tué par les nationalistes en Espagne en décembre 1938.

— Je regrette, dit Marianne après un petit silence.

— Les autres membres étaient Revol, et le chef du groupe, un certain Léo Coursan.

— Coursan, je connais ce nom, remarqua Marianne en jetant encore un regard à Suzanne.

Raoul observa tour à tour chacune des femmes. Sandrine semblait juste intéressée et curieuse, ainsi que la blonde. Mais Marianne et son amie ? Il lui semblait de plus en plus évident qu'elles savaient très bien de quoi il parlait.

— J'ai remarqué qu'il y avait des tensions, mais comme je ne connaissais personne à part César, et que les gens sont souvent à cran avant un événement important, je n'y ai pas prêté attention, malheureusement. J'aurais dû suivre mon instinct.

— Avez-vous fait part de vos soupçons à quelqu'un ?

— J'ai essayé d'en parler à César. J'ai bien senti qu'il avait des doutes, mais bêtement, je n'ai pas insisté…

— Où se trouve César, à présent ? l'interrompit Suzanne.

— Il a été arrêté cet après-midi. À son appartement.

Cette fois, Marianne et Suzanne échangèrent un regard entendu, sans prendre la peine de se cacher.

— Vous le connaissez ? demanda-t-il.

Aucune ne répondit.

— Continuez, monsieur Pelletier, dit Marianne.

— J'étais devant l'église Saint-Michel quand la bombe a été déposée. J'ai crié aux gens à la ronde de dégager, trop tard. Revol a laissé sur les lieux une pile de tracts, les mêmes que ceux que nous avions distribués, ou bien il les avait mis auparavant avec la bombe, je ne sais. J'en avais quelques-uns sur moi. Alors que j'essayais d'aider le garçon blessé, des tracts sont tombés de ma poche et une femme l'a vu. Elle s'est mise à hurler en m'accusant et en me montrant du doigt.

— Vous n'avez aucune preuve de tout cela ?

— Marianne ! protesta Sandrine.

— Vous vous êtes borné à distribuer des tracts ? Pas… pas d'autres actions ?

— Non, répondit Raoul en soutenant son regard.

— Et quel était leur contenu ?

— Des photos montrant les conditions d'internement dans les camps d'Argelès et de Rivesaltes.

— Je les ai vues, confirma Sandrine.

Marianne resta un moment silencieuse et Raoul attendit. Il sentait que le vent tournait en sa faveur et ne voulait pas risquer une maladresse.

— D'après vous, Coursan et Revol travaillaient ensemble ?

— Ma foi, je n'en sais rien. J'ai essayé de le découvrir. Je n'ai pas vu Coursan aujourd'hui et j'ignore ce qui lui est arrivé, mais lui et Revol sont proches… C'est difficile à dire, conclut-il avec un haussement d'épaules.

— Y a-t-il autre chose, monsieur Pelletier ? demanda Marianne, comme Raoul se taisait.

— Rien de plus facile pour Revol que de me faire porter le chapeau. J'étais là au moment critique. Par ailleurs, j'avais peut-être déjà été repéré.

— Pourquoi ? demanda Marianne.

— À cause de ce qui s'est passé hier à la rivière.

L'attention de Lucie s'aiguisa.

— Antoine Déjean a disparu depuis plusieurs jours. Vous aviez cette chaîne quand je vous ai trouvée, dit-il doucement à l'adresse de Sandrine, qui était assise, très calme, sur le canapé, les bras croisés sur sa poitrine.

— Elle était dans la poche d'un veston abandonné tout près de l'eau, répondit Sandrine. Mais quand je suis revenue au même endroit, le veston avait disparu, ajouta-t-elle, puis elle regarda Lucie. Je vous ai demandé de le chercher, à Max et à toi. Tu t'en souviens?

– Oui. Je suis désolée. Sur le moment, nous ne t'avons pas crue, dit Lucie. Tout cela paraissait tellement invraisemblable.

— L'homme que Sandrine a secouru à la rivière, s'agissait-il de votre ami, d'après vous? s'enquit Marianne en se penchant vers Raoul.

— Comment en être sûr? Pourtant Antoine n'a toujours pas réapparu, et la description que Sandrine m'en a faite lui correspond bien.

— Je ne voulais pas trop m'avancer de peur de me tromper, intervint Sandrine. Je suis navrée.

Marianne réfléchit un moment.

— Voulez-vous dire que Coursan a attaqué Déjean?

— Non, l'heure ne correspond pas. Il n'a pas pu tirer Antoine sur la berge, trouver un endroit où l'enfermer, puis arriver à la rue de l'Aigle-d'Or à temps pour la réunion. Il y était avant moi.

— Et Revol? dit Marianne.

— Là, c'est plausible. Il est arrivé très en retard. Coursan était furieux, même s'il n'a rien dit en notre présence.

Raoul s'interrompit, soudain las de tout, des jeux de devinettes et de cache-cache. Il avait fait son possible pour gagner leur confiance. Il leur avait donné des noms. Si Marianne ne le croyait toujours pas, tant pis, il ne voyait rien à ajouter.

— Mademoiselle Vidal, vous n'avez que ma parole, je comprends donc que vous en doutiez et que me voir débarquer ainsi avec Sandrine vous paraisse suspect. Je ne vous en veux pas. À votre place, j'aurais les mêmes réticences…

Il jeta un coup d'œil à Sandrine, puis à Lucie et Suzanne, avant de revenir à Marianne.

— Mais je vous ai dit la vérité, ajouta-t-il.

— Moi, je te crois, affirma Sandrine.

En la voyant ainsi prendre son parti sans réserves, Raoul sentit l'angoisse qui lui nouait le ventre se relâcher un peu.

— Ma chérie, tu ne le connais pas, fit doucement remarquer Marianne.

Sandrine se leva et vint se camper à côté de lui.

— J'en sais assez. Raoul m'a sauvé la vie.

— Pour ça, tu n'as que sa parole. Il était à la rivière hier quand tu as été attaquée. D'après toi, c'était par quelqu'un d'autre, mais rien ne prouve que ce n'était pas lui.

Elle leva la main pour interrompre les protestations de Sandrine.

— Et voilà qu'il ressurgit aujourd'hui, à deux reprises, là où tu te trouvais précisément. D'abord à la manifestation, puis dans la rue de la Préfecture.

— Est-ce que tu insinues qu'il m'a suivie ? s'étonna Sandrine. C'est ridicule. Pourquoi me suivrait-on ?

Cette simple question fut pour Raoul la preuve flagrante que Sandrine ne se doutait pas une seconde de l'enjeu véritable qui se cachait derrière ces événements. La blonde non plus n'en avait aucune idée. Mais le fait que Marianne ait depuis le début nourri ce soupçon et l'expression qu'il vit sur le visage de Suzanne confirmèrent à Raoul qu'elles étaient toutes deux aussi engagées que lui.

— Je comprends les motifs de votre méfiance, mais je vous donne ma parole que je l'ignorais, assura-t-il en regardant Marianne dans les yeux.

— De quoi parlez-vous ? demanda Sandrine en considérant tour à tour sa sœur, puis Raoul, puis de nouveau sa sœur. Marianne ?

Toutes les théories, contre-théories, suppositions et justifications restèrent comme suspendues dans l'air.

— Marianne ? répéta Sandrine d'une voix moins assurée.

Raoul passa les mains sur ses cheveux, sentant dans ses épaules endolories la tension accumulée de la journée, et des heures passées dans le jardin du Calvaire, puis il se leva.

— Écoutez, je ne veux pas vous causer d'ennuis. Ni attirer l'attention sur la maison. Je m'en vais.

— Non, pas question, intervint Sandrine. Si Raoul s'en va, je pars avec lui, déclara-t-elle en passant son bras sous le sien. Et ce ne sont pas des paroles en l'air.

Marianne réfléchit. Tous attendaient de voir ce qu'elle allait décider. Le tic-tac de l'horloge sur le manteau de la cheminée parut soudain assourdissant, dans le silence pesant. Enfin, Marianne poussa un soupir.

— D'accord, il peut dormir dans la chambre de Papa. Juste pour une nuit.

Sandrine se précipita sur sa sœur et la serra dans ses bras.

— Merci, je savais que tu comprendrais.

Raoul laissa lui-même échapper un long soupir.

— Merci, mademoiselle Vidal.

— Mais vous devrez partir demain matin à la première heure, monsieur Pelletier, conclut Marianne en le fixant avec insistance.

37

À contrecœur, Sandrine suivit Marianne à l'étage et s'arrêta sur le seuil de la chambre de leur père, tandis que sa sœur allait chercher des draps propres dans la buanderie. Beaucoup de visiteurs avaient occupé cette pièce les deux dernières années, pourtant elle gardait encore l'odeur de leur père : un mélange de brillantine, de vieux livres, et de son eau de Cologne préférée.

— Tu viens ? lui dit Marianne.

— Je ne vois pas pourquoi je devrais t'aider à faire le lit, alors que Marieta voulait bien s'en charger.

— Elle s'occupe du dîner. Tiens, change la taie d'oreiller.

— C'est grossier de laisser Raoul tout seul en bas, remarqua Sandrine en s'exécutant.

— Il n'est pas seul, puisque Suzanne et Lucie sont avec lui.

— C'est chez nous, ici. Il est notre invité, répliqua Sandrine avec humeur. L'une de nous devrait lui tenir compagnie.

Marianne tendit à Sandrine les coins du drap et elles le secouèrent avant de l'étendre sur le matelas.

— Ça fait longtemps que personne n'a couché ici, remarqua Sandrine. Nous avions souvent des hôtes de passage, et beaucoup moins, depuis quelque temps. À quoi est-ce dû ?

Marianne ne répondit pas. Sandrine regarda sa sœur, qui se penchait sur le lit. Marianne était visiblement très fatiguée, pourtant elle avait plutôt bien réagi à l'irruption de l'invité surprise qu'elle lui avait imposé. Sandrine eut soudain honte de son attitude.

— Excuse-moi, je ne veux pas être désagréable, c'est juste que j'ai de l'amitié pour lui.

Sa sœur se redressa en plaquant une main au creux de ses reins.

— Je sais.

— Je veux dire que… je l'aime vraiment beaucoup, Marianne, insista Sandrine en cherchant sa sœur du regard.

— Ça saute aux yeux, ma chérie, répliqua sa sœur en se déridant un peu.

— C'est pour ça que je n'ai pas apprécié que tu le cribles de questions. Je sais que c'est par prudence, mais j'aurais voulu que vous sympathisiez un peu.

— Raoul comprend. Il sait comment vont les choses.

Sandrine finit d'enfiler la deuxième taie et jeta l'oreiller sur le lit.

— Et toi, que penses-tu de lui ? Il te plaît bien, non ?

— Je ne le connais pas, répondit Marianne après un soupir, en lissant le drap.

— Tu ne crois pas à ce qu'il t'a dit, en fin de compte ? la pressa Sandrine.

— Non, ce n'est pas ça.

— Alors quoi ? Je veux savoir ce que tu penses, Marianne.

— Tu en es bien sûre ?

— Oui.

Marianne se redressa.

— D'accord. Ignorant tous les tenants et les aboutissants de la situation, je ne veux pas porter de jugement hâtif, alors ne me saute pas à la gorge, s'il te plaît. Mais le fait est qu'il a pris la fuite en te laissant toute seule à la rivière.

— Mais…

— Laisse-moi finir, l'interrompit Marianne en levant la main. Ses explications tiennent debout, je ne dis pas le contraire. Seulement, pour ce genre de garçon, il faut se demander ce qui viendra en premier. Les gens qui comptent pour lui, ou la cause qu'il défend ?

— Je ne vois pas…

— Je ne veux pas que l'on te fasse du mal, c'est tout, poursuivit Marianne. Les coups de foudre, ce n'est pas la vraie vie.

Sandrine inspira profondément avant de reprendre la parole.

— Je sais, tu vas dire que je ne le connais que depuis quelques heures, et tu auras raison… Mais ses motivations, tout ce que tu évoques, je m'en fiche, je ne vois pas si loin, et ce n'est pas cela qui m'importe…

Sandrine marqua un temps d'hésitation, espérant que sa sœur comprendrait à demi-mot ce qu'elle voulait dire.

— Votre histoire n'a pas d'avenir, décréta Marianne après un silence. Raoul ne peut pas rester à Carcassonne, il doit disparaître. Il n'y a aucune chance que vous puissiez demeurer ensemble.

— J'attendrai.

— Ce n'est pas la question, Sandrine, répliqua Marianne avec lassitude. Il est sous le coup d'une accusation de meurtre. Il ne pourra pas revenir.

— Il prouvera son innocence.

Marianne la contempla un moment, puis soupira.

— Promets-moi juste de faire attention.

— Je te le promets… Voilà, c'est terminé, conclut-elle en tapotant les oreillers. Y a-t-il autre chose à faire à l'étage ?

— Non.

— Puis-je y aller ?

— Bien sûr. Je vous rejoins dans une minute.

Sandrine contourna le lit en se précipitant vers sa sœur et la prit dans ses bras.

— Merci de lui avoir permis de rester.

Puis elle jaillit hors de la pièce, dévala l'escalier, et fonça rejoindre Raoul qui l'attendait au salon.

‡

Codex V

‡

Gaule, plaines de Carsac
Juillet 342 ap. J.-C.

Arinius prit congé des deux soldats, un père et son fils, qui étaient de garde durant la nuit. Ils étaient devenus amis, pendant son séjour à Carcassonne. Eux lui avaient raconté leur existence errante, de villes fortifiées en garnisons, allant à marche forcée d'un point à l'autre de l'Empire en voie d'effondrement. Lui leur avait parlé de son Dieu, à travers des récits de compassion, de grâce, de transformation. Alors qu'ils échangeaient une dernière poignée de main, le père lui donna une paire de sandales en cuir pour son voyage vers le sud, en lui recommandant la prudence.

Arinius regagna son logement. Il partait à regret, mais c'était comme si le temps l'y poussait. Le Codex était toujours là, lové contre sa poitrine. Après avoir réglé sa note à l'aubergiste, il s'en alla.

Le long trajet de Lugdunum jusqu'aux confins de la Gaule l'avait fait vieillir prématurément. Chaque pierre, chaque détour du chemin avait laissé sa marque sur ses os, sur sa peau. Mais son séjour dans la ville fortifiée avait restauré sa santé. Les ampoules de ses pieds avaient guéri, et si la toux qui lui déchirait les poumons depuis les marais salants de la Gallia Narbonensis n'avait pas disparu, elle n'avait pas empiré. La plupart du temps, il passait de bonnes nuits, sans être réveillé par les poussées de fièvre et les suées qui, avant, trempaient sa couche.

— *Pater noster, qui es in caelis*, récita Arinius en attendant l'ouverture des portes de la ville.

Les paroles du Notre Père, la prière que le Seigneur leur avait enseignée, le réconfortaient toujours. Il effleura la fibule que sa mère lui avait donnée. C'était la personne la plus sage, la plus gentille qu'il eût jamais connue. Arinius savait qu'elle aurait été fière de sa force d'âme et aurait compris sa mission. Il sentait auprès de lui sa présence, qui l'encourageait à continuer.

— *Et dimitte nobis debita nostra…*

Et pardonne-nous nos offenses, comme nous pardonnons à ceux qui nous ont offensés.

S'emmitouflant dans sa cape, Arinius parcourut, le cœur serré, les rues d'une ville qu'il était venu à considérer comme sienne. Il était peu problable qu'il y revienne un jour. Dans le silence du petit matin, il entendit la voix de Dieu lui parler. Un murmure, un chuintement sur le vent… Ce fut un instant de grâce. Un signe.

— Amen, murmura-t-il.

Il rejoignit la foule qui se pressait aux portes principales. On entendit le choc des barres en bois qu'on soulevait, le grincement des gonds tandis que les gardes de nuit tiraient les lourds battants, ouvrant une fois de plus le castellum au monde, puis le brusque engouffrement des piétons cherchant à avancer.

Devant lui, sur les plaines de Carsac, l'Atax brillait dans le soleil du matin. Arinius pria pour que Dieu lui donne de la force et le guide jusqu'aux massifs qui séparaient la Gaule de l'Hispanie.

Pas à pas, vers les montagnes de Pyrène.

‡

38

Carcassonne
Juillet 1942

Le soleil montait au-dessus de la cité fortifiée. Des rayons perçaient les nuages en filigrane et mouchetaient la façade de pierre des tours narbonnaises, faisant luire les tessons de tuiles rouges dans la partie romaine des murailles, et peignant la Cité d'ambre et de bronze à la lumière vibrante de l'aube.

La rivière était calme dans l'air brumeux du matin. Si, de l'autre côté de l'Aude, les boutiques et bureaux de la Bastide commençaient à s'animer, la maison de la rue du Palais dormait toujours. Marianne et Marieta étaient couchées dans leurs lits respectifs, Lucie lovée sous une couverture rose sur le canapé du salon, et Suzanne endormie dans le fauteuil, bras croisés, la tête reposant sur sa poitrine.

Quant à Sandrine et Raoul, ils étaient assis sur la terrasse, à l'arrière de la maison. C'est là qu'ils avaient passés la nuit côte à côte, avec leur cardigan et blouson en guise de draps et de couvertures, la tête de Raoul posée sur l'épaule de Sandrine. Ils s'étaient un peu assoupis, mais ils avaient surtout parlé. Échangé des fragments d'autobiographie retraçant par petites touches leur histoire à chacun. Et, tout en discutant, ils s'effleuraient les mains, les bras, de petits gestes timides, à peine esquissés, vite interrompus.

Sandrine jeta un coup d'œil au visage endormi de Raoul, puis revint au jardin. C'était ce même soleil qui l'avait accueillie lundi et mardi, mais il se levait à présent sur un monde différent. Tout avait changé, pour le meilleur et pour le pire, révélant un monde à la fois plus parfait et plus traître. En l'espace des deux derniers jours, Sandrine avait l'impression d'avoir vécu plusieurs vies.

Raoul remua, se redressa, s'étira.

— Bonjour, lui dit-elle, souriante.

— Sandrine…

— J'aimerais bien pouvoir t'offrir du café mais… du thé, ça ira ?

— Très bien.

Sandrine s'empressa de gagner la cuisine, où la bouilloire lui sembla prendre un temps infini avant de siffler, et revint quelques minutes plus tard avec un plateau, une théière en métal et deux tasses.

— J'ai trouvé des biscuits. Ils n'ont pas l'air mauvais.

— Quelle heure est-il ?

— Encore tôt.

— C'est le moment de la journée que je préfère, reprit-il après avoir bu une gorgée de thé. Une fois démobilisé, j'ai vécu sur la côte, près de Perpignan. Nous aidions les réfugiés, les fugitifs à gravir les montagnes jusqu'à la frontière. Nous partions à 3 ou 4 heures du matin, quand il faisait encore nuit, et rentrions d'habitude à Banyuls-sur-Mer juste au lever du soleil. Chaque fois avec le soulagement d'avoir réussi sans se faire prendre…

— Moi aussi j'aime cette heure de la journée. Calme, solitaire.

Raoul posa sa tasse entre ses pieds et sortit de sa poche l'une des cigarettes que Suzanne lui avait données.

— C'est gentil de sa part, remarqua-t-il en inhalant la fumée. Comment se fait-il qu'elle ait du tabac ?

— Elle réclame la ration de son père, je présume. Il ne fume pas.

Sandrine avala une gorgée de thé. Il était bien sucré, brûlant, et elle lui trouva un goût exquis, après leur longue nuit presque blanche.

— Pourquoi es-tu allé à Banyuls en 1940, au lieu de revenir à Carcassonne ?

— À cause de Bruno.

— Mais il était déjà…

— Oui, c'était deux ans après sa mort. En fait, j'étais déjà allé à Banyuls avant la guerre. Je recevais des lettres de Bruno, qui me parlait de ses combats en Espagne. Il luttait pour ses convictions, au risque de sa vie. Je voulais être comme lui. Tu comprends ?

— Oui, acquiesça Sandrine, tout en sachant que, deux jours plus tôt, sa réponse eût peut-être été différente.

— Et donc j'ai arrêté mes études et je suis allé le rejoindre en décembre 1938. Je connaissais un point de passage au sud de Banyuls-sur-Mer, sur la côte, aussi ai-je filé là-bas. Je me suis rendu directement à un bar miteux sur le front de mer, où l'on m'avait dit qu'un guide me retrouverait et me ferait passer les Pyrénées. J'avais cinquante francs en poche pour payer. Toute ma fortune, dit-il en jetant son mégot par terre, sur les dalles de pierre. J'ai attendu longtemps, mais le guide n'est pas venu. Ni ce jour-là ni le lendemain. On m'a juste dit que ce genre de choses arrivait, sans fournir d'autres explications…

Il y eut un silence, et ses yeux se perdirent dans le lointain.

— Une semaine plus tard, j'apprenais qu'une unité de sympathisants républicains français et anglais avait été victime d'une embuscade, trahie par l'un des siens. Bruno en faisait partie. Leurs corps avaient été arrosés d'essence et carbonisés.

Sandrine lui prit la main.

— Des photographies de ce massacre circulèrent en guise de mise en garde, et leurs noms furent publiés. Ce fut un choc terrible. J'avais dix-huit ans, j'étais seul, loin de chez moi. J'ai bu toute la nuit, le lendemain et la nuit suivante, en titubant de bar en bar, jusqu'à ce que l'argent que j'avais économisé pour le passage soit dépensé. Le jour de Noël, je me suis retrouvé sur la jetée de Banyuls, à contempler la mer noire de l'hiver… Je suis resté là deux heures durant, reprit-il après un long soupir. J'étais transi de froid, mais je n'en avais pas conscience. J'essayais juste de rassembler mon courage pour…

Sandrine lui serra les doigts pour l'encourager à continuer.

— Je voudrais pouvoir dire que Dieu m'a retenu, ou l'idée que ma mère resterait seule, que sais-je encore… Mais, en réalité, je n'ai pas eu le cran d'en finir.

— Peut-être en fallait-il plus encore pour rester en vie, suggéra Sandrine en repoussant l'image d'un monde où ils ne se seraient jamais rencontrés. C'est plus dur parfois, de continuer.

— Peut-être, approuva Raoul, et un léger sourire flotta sur ses lèvres. En fin de compte, ce qui m'a retenu, je crois que ce fut le besoin de revanche. L'idée que quelqu'un devait payer pour ce qui était arrivé à Bruno. Je suis retourné au bar, et la femme du patron m'a pris en pitié. Elle m'a offert du café, des croissants, et m'a donné quelques pièces pour me permettre de retourner à Carcassonne. Je n'avais pas envie de rentrer, mais je savais que ma mère supporterait très mal la mort de Bruno, c'était depuis toujours son préféré, et c'était à moi de la lui annoncer.

— Cette préférence, en souffrais-tu ? Étais-tu un peu jaloux de lui ?

— Oh non, pas du tout. Moi aussi, je l'admirais. J'avais trois ans quand notre père est mort, je n'ai aucun souvenir de lui. Bruno était l'homme de la maison, il veillait sur nous. Nous nous reposions sur lui… Il avait des idées si claires sur le bien et le mal, alors qu'à moi les choses ne paraissaient pas aussi tranchées. Pas à ce moment-là, en tout cas.

Sandrine sourit, mais ne dit rien, de peur de le couper dans son élan.

— J'ai toujours eu l'intention de retourner à Banyuls. C'est stupide, mais je me sentais proche de Bruno, là-bas. Alors, la guerre a éclaté et j'ai été mobilisé. Caserne d'Iéna… Le dimanche 3 septembre. Il faisait une chaleur torride, ce jour-là.

— Oui, Marianne et moi sommes allées accompagner Papa, renchérit Sandrine. Nous sommes restées sur le terrain d'exercices pendant des heures sous un soleil de plomb. Et quand tous les bus furent partis, nous sommes allées place Carnot écouter les nouvelles de *L'Indépendant*, relayées par les haut-parleurs. On disait que la ligne Maginot protégerait la France de toute invasion. J'y ai cru. Il ne m'est pas venu à l'idée que Papa ne…

Elle s'interrompit.

— Il te manque beaucoup, dit-il doucement en lui embrassant la paume de la main.

— Pas tout le temps, mais à l'improviste. Quand il m'arrive quelque chose, et que j'ai envie de le lui raconter. Alors, je me rappelle soudain qu'il n'est plus là.

Ils restèrent un moment assis en silence. Sandrine lui lâcha la main pour boire une gorgée de thé.

— Et ensuite, que t'est-il arrivé ?

— Nous sommes restés à la caserne pendant ce qui m'a semblé une éternité. L'impression que je garde le plus de la drôle de guerre, c'est l'ennui. Être confiné dans nos quartiers, avec tous les jours l'entraînement, et ces inspections absurdes des équipements et des armes. Nous passions presque tout notre temps à jouer aux cartes et au football. Les fermiers qui se trouvaient dans mon unité s'inquiétaient plus de la moisson et des récoltes que des balles allemandes.

— Ici aussi, remarqua Sandrine. Cet automne-là, tout le monde a participé aux vendanges. Même les réfugiés espagnols des camps de Couiza et de Bram ont eu la permission d'aider.

— Quand enfin on nous a envoyés au nord, nous nous sommes retrouvés dans un pays étrange, déserté. À traverser des villages évacués, abandonnés aux animaux, avec vaches, chèvres, cochons errant dans les rues vides. Les seuls bruits qui rompaient le silence, c'étaient des sirènes, au loin, et le vrombissement des Stukas dans le ciel.

Ils se turent, entourés des fantômes de leur passé, dans la clarté du matin. Il y avait tant de choses que Sandrine aurait encore aimé lui raconter et apprendre de lui, mais elle sentait déjà se dissiper l'intimité de l'aube. Le ciel se teintait peu à peu du bleu glorieux de l'été. Au-delà du jardin, les contours des arbres et des toits se précisaient.

Et l'atmosphère aussi changeait entre eux. Il n'y avait plus la même aisance, plus de temps pour les souvenirs et les évocations d'un passé révolu.

À l'extérieur du jardin, les cloches de Saint-Michel sonnèrent 6 heures. Raoul soupira.

— Je dois y aller.

— Je sais.

Il ne bougea pas.

— Attends ! dit-elle en bondissant. J'ai quelque chose pour toi.

Elle disparut dans la maison et réapparut quelques minutes plus tard avec un feutre mou et un veston d'été.

— C'était à ton père ?

— Oui. Il n'y verrait pas d'objection, dit-elle en l'aidant à enfiler le veston. Voilà. Il te va parfaitement.

— Si tu le dis, répondit-il en lui touchant la joue. Bon… Dis au revoir à Lucie et à Suzanne. Et remercie ta sœur pour moi. Ça se passe souvent comme ça, la nuit, dans cette maison ? s'enquit-il en souriant. Avec un petit dortoir installé dans le salon ?

Sandrine sourit.

— Non. La nuit dernière, c'était spécial. Lucie est restée parce que Max passait la nuit avec sa sœur et qu'elle était libre. Quant à Suzanne, elle n'obéit qu'à sa loi.

— Elle me plaît. Une femme franche du collier, sur qui on peut compter.

— C'est vrai, acquiesça-t-elle en se rappelant comment Suzanne était intervenue quand M. Fournier l'embêtait. Quant à Lucie, elle est drôle.

— Oui, et elle a l'air gentille.

Le visage de Raoul s'assombrit, et il sembla chercher ses mots.

— Qu'y a-t-il ? s'enquit Sandrine.

— Fais en sorte que Marianne te parle.

— Que veux-tu dire ?

Raoul lui prit la main.

— Parle avec elle, c'est tout.

Derrière eux, il y eut un bruit de casseroles dans la cuisine.

— Quelqu'un est déjà levé. Je dois y aller.

— Ce n'est que Marieta.

— Quand même.

Sandrine se leva sur la pointe des pieds pour redresser son col, puis recula encore.

— Où vas-tu ? demanda-t-elle posément. À Banyuls ?

— N'importe où, pourvu que ce soit loin de Revol et de Carcassonne.

— Jusqu'à ce que ce soit fini.

— Ce n'est pas près de finir, avec cette accusation de meurtre qu'on m'a collée sur le dos.

Alors les mots sortirent de sa bouche sans prévenir, et elle sut que Marianne serait furieuse. Mais elle s'en fichait.

— Si tu es coincé, ou que tu as besoin de te cacher quelque part en urgence, tu pourras aller à notre maison de Coustaussa.

— Non, répliqua-t-il aussitôt, comme elle s'y attendait. Il n'en est pas question. Tu en as déjà trop fait. Je vous ai mises en danger par ma seule présence. Je ne vais pas recommencer.

Sandrine continua comme si de rien n'était.

— La maison est vide. Elle est isolée. Les gens de la vallée sont discrets, ils ne se mêlent pas des affaires des autres.

— Non, répéta-t-il fermement.

— Une fois à Coustaussa, en venant de Couiza, il faut traverser le village, puis prendre la petite route qui mène à Cassaignes. C'est une maison en pierre, avec un perron et une porte d'entrée peinte en jaune. Tout le monde la connaît. Il y a une pancarte à l'extérieur, avec marqué CITADELLE, mais elle est tombée durant un orage, et je ne suis pas sûre qu'on l'ait redressée depuis. Tu trouveras une clef sous le pot de géranium, à l'arrière, sur la terrasse.

— Sandrine, ça suffit, dit-il en la prenant par les épaules.

— Garde ça dans un coin de ta tête, c'est tout.

Il posa un baiser sur son front, puis l'attira contre lui. Sandrine le prit par la taille et le tint serré, comme si sa vie en dépendait.

— Tu trembles, remarqua-t-il.

— J'ai froid, je ne sais pas pourquoi.

Ils restèrent là un court moment, avides de gagner encore quelques secondes. Unis, sans parler, juste sentir le battement de leurs cœurs à travers le fin tissu de leurs vêtements.

Puis il lui prit le menton, inclina son visage vers le sien et lentement, doucement, l'embrassa. Elle sentit la chaleur la traverser tout entière, artères, veines, muscles, et le désir allumer chaque fibre de son être.

La cloche de Saint-Michel sonna le quart. Raoul recula.

— Je n'ai pas envie que tu t'en ailles.

— Je n'ai pas envie de partir, dit-il en se forçant à sourire. Quoi qu'il arrive, les jours, les semaines à venir, le temps que j'ai passé avec toi…

Sandrine le fit taire.

— Chut, n'en dis pas plus.

Il hocha la tête. Les secondes volées s'étirèrent en minutes. Enfin, elle lui lâcha la main.

— Pars, dit-elle, stupéfaite de trouver sa voix aussi posée et déterminée, alors qu'elle avait l'impression de se briser en mille morceaux.

— Ça ira ?

Sandrine se contenta de hocher la tête. Elle le regarda enfiler son sac à dos, ajuster les bretelles sur la veste empruntée, redresser le chapeau.

— Rappelle-toi, dit-elle. À la fin du village, la dernière maison.

Tous les deux échangèrent le même pauvre sourire. Puis il s'éloigna d'elle, descendit les marches, traversa le jardin, et sortit par le portail, pour pénétrer dans la Bastide.

Un moment, Sandrine resta figée, sentant toujours sur sa peau le contact de ses mains. Puis, étourdie de désir et du manque de sommeil, elle s'assit sur le banc et pleura.

39

— Sanchez.

En entendant son nom, César fit volte-face et vit Sylvère Revol émerger d'entre les hangars de chargement. Comme César, il portait les mêmes vêtements que la veille, à part un béret bien enfoncé sur la tête.

— Bon Dieu, Revol, siffla Sanchez, à quoi tu joues, à surgir comme ça de l'ombre comme un diable de sa boîte ?

Revol haussa les épaules en manière d'excuse.

— Et d'abord, qu'est-ce que tu fiches ici, sur les voies de garage ?

— Comme toi, j'imagine. J'attends de partir par le premier train. C'est plus sûr ici que dans la gare, on a moins de chances de se faire repérer. La ville grouille de flicaille.

— Il y a des barrages routiers partout. Ils vérifient les papiers.

— On dirait que ça se calme un peu, ce matin, remarqua Revol.

— Allons attendre à l'intérieur, au moins, dit César avec humeur, gardant rancune à Revol de l'avoir fait sursauter.

Revol entrouvrit la porte coulissante du hangar, juste assez pour qu'ils se glissent à l'intérieur. César trouva deux caisses d'emballage, qu'ils prirent chacun pour siège.

— Un train part à 7 heures.

— Oui, je sais. Tu fumes ? proposa Revol en sortant ses cigarettes.

César remarqua que le paquet était plein, alors qu'à la réunion, hier matin, Revol n'en avait plus, et il se demanda où il se fournissait. Pourtant il accepta. Marché noir ou pas, le goût était le même. Il tira une longue bouffée, savourant la fumée en la retenant un instant dans sa gorge.

— Alors ils ne t'ont pas eu non plus ?

— J'ai eu de la chance, dit Revol. Toi aussi, on dirait ?

— Non, j'ai été arrêté, mais ils m'ont laissé filer.

— Pourquoi ? s'étonna Revol.

— Franchement, je n'en sais rien.

À dire vrai, il n'avait cessé de retourner la question dans sa tête toute la nuit. Il était bouclé avec les autres prisonniers, et voilà qu'on l'avait sorti pour l'escorter *manu militari* hors du commissariat et le jeter dans la rue. L'officier qui l'avait relâché ne paraissait pas davantage que lui en comprendre les raisons. Ça n'avait pas de sens, mais César n'allait pas s'en plaindre.

— Sans doute qu'ils n'avaient pas assez de preuves contre moi pour m'accuser d'autre chose que d'avoir assisté à la manifestation.

— Avec deux mille autres personnes.

César acquiesça. C'était peut-être aussi simple que ça.

— Mais la police a eu les Bonnet, reprit-il. Ils avaient encore des tracts sur eux. Quand je suis sorti, j'ai vu qu'on les embarquait.

— Ah oui ?

Quelque chose dans le ton de Revol agaçait César et l'intriguait aussi. Il essaya en vain de déchiffrer l'expression de son visage. Il n'y avait ni peur ni inquiétude pour ses camarades. Revol semblait seulement plus détendu que d'habitude.

— Et Coursan ? demanda César. Tu as des nouvelles ?

— Non, par contre Pelletier est recherché et la radio diffuse des bulletins le signalant à la population. La police pense que c'est lui qui a lancé la bombe… Et toi, Sanchez, qu'en penses-tu ? Le crois-tu capable de ça ? Un gosse est mort…

César le regarda.

— Pas une seconde. La ville était bondée, avec des civils partout dans les rues. Raoul n'aurait jamais mis des innocents en danger.

— Même pas pour marquer le coup… ?

— Non.

— Il a fait partie des Brigades internationales. Ils étaient plutôt radicaux. Du style, la fin justifie les moyens.

— Pas lui, son frère.

— Toi aussi, tu en as fait partie, ajouta Revol. Et Pelletier, sais-tu où il se trouve ?

— Non. Pourquoi le saurais-je ? s'étonna César en relevant vivement la tête.

— Vous êtes copains, répondit Revol en haussant les épaules. Ce serait naturel qu'il fasse appel à toi en cas de besoin, pour lui trouver une planque.

— Il n'est pas idiot. Il doit déjà être loin, à l'heure qu'il est.

Le vrombissement d'une voiture peinant à monter la colline vers le cimetière Saint-Michel éveilla leur attention, et les deux hommes se turent, aux aguets.

— Tu as fait du bon boulot avec ces tracts, reprit Revol, quand le bruit de moteur se fut éloigné. Ça doit être difficile de trouver un endroit où les imprimer.

— Non, pas vraiment. Le propriétaire n'est jamais là.

— On m'a dit que Robert Bonnet t'avait donné un coup de main, ajouta Revol. C'est vrai ?

— Non, répondit sèchement César. Je ne sais pas qui t'a dit ça. J'ai travaillé seul. Tout seul, répéta-t-il, crispé par la façon dont Revol le scrutait.

C'était un regard froid et fixe, qui lui rappela celui d'un serpent s'apprêtant à mordre sa proie. Il se rendit compte que son cœur battait la chamade et jeta un coup d'œil aux portes coulissantes, pour découvrir que Revol les avait refermées complètement derrière eux.

— Ce n'est pas malin, de rester coincé ici tous les deux, dit-il en se levant. Je rejoins la gare pour tenter ma chance.

En voyant Revol se lever aussi, César se raidit.

— Où as-tu passé la nuit, Sanchez ?

— Ici, répondit-il, puis il jeta encore un coup d'œil à la porte, évaluant la distance.

— Pas dans l'appartement de Déjean ?

César sentit son sang se figer. Comment Revol pouvait-il savoir qu'il s'y était rendu ? C'était impossible, à moins de l'avoir suivi. Cela signifiait également qu'il l'avait suivi depuis le commissariat, or comment savait-il qu'on l'avait relâché ?

La vérité le heurta comme un coup de poing, lui coupant le souffle.

— Tu travailles pour eux, dit-il lentement. Je soupçonnais Coursan, mais…

Revol le contourna, si rapide que César, pris au dépourvu, se retrouva soudain le couteau sous la gorge, la lame appuyée sur sa trachée artère.

— Pourquoi es-tu retourné là-bas ? murmura Revol à son oreille. Dis-le-moi.

— Tu sais pourquoi, répondit César en essayant de se libérer, mais Revol appuya sur le couteau et Sanchez sentit la lame lui entailler la peau.

Un filet de sang lui coula dans le cou.

— Et Pelletier ? Il est resté un long moment dans l'appartement, d'après la concierge. Qu'est-ce qu'il cherchait, Sanchez ?

— Rien. Nous voulions tous les deux retrouver Antoine.

Revol augmenta la pression de la lame.

— Ne te fiche pas de moi, Sanchez. Vous cherchiez la clef.

— La clef ? Je ne vois pas du tout de quoi tu parles.

— Nous pouvons régler ça vite, ou très, très lentement, menaça Revol d'une voix glaciale. À toi de voir. Alors je te repose la question. Pelletier a-t-il trouvé la clef ? Ou bien toi ?

César suffoquait tel un nageur en train de se noyer. Ses yeux se mirent à papillonner. Il se rappela soudain le café Saillan, quand Raoul lui avait montré quelque chose ; mais ce n'était pas une clef.

— Non, répondit-il d'une voix étranglée.

Revol enfonça la pointe du couteau dans la plaie jusqu'à l'os de la mâchoire. Cette fois, César ne put s'empêcher de hurler.

— A-t-il trouvé la clef ?

César ne comprenait rien, sauf qu'il ne devait pas révéler ce que Raoul lui avait montré. Était-ce hier ? Avant-hier ? Quel imbécile, se dit-il. J'aurais dû me confier à Raoul, au lieu de garder pour moi mes soupçons à propos de Coursan. Et surveiller Revol de plus près.

— Où est Antoine ? réussit-il à demander.

— Tu le verras bien assez tôt, répondit Revol. Dernière chance, Sanchez. Dis-moi ce qu'il a trouvé.

César sentit ses yeux se fermer malgré lui.

— Rien, je le jure.

Un instant, Revol relâcha la pression et César bascula en avant, ses jambes trop faibles cédant sous lui. Le sifflet d'un train pénétra dans la pénombre du hangar. Il essaya de relever la tête.

Alors une douleur violente le traversa de part en part quand Revol retira le couteau, suivi d'une atroce sensation de vide et de manque d'air. Tandis qu'il s'effondrait à genoux et luttait pour ne pas perdre connaissance, il sentit les mains de Revol fouiller ses poches, un geste qui lui parut obscène. Puis Revol le traîna jusqu'à un coin du hangar, ses talons raclèrent le sol rugueux, et quand il le laissa choir, sa tête heurta le ciment. Peu après, il entendit le bruit des portes qu'on ouvrait et refermait.

Ensuite, ce fut le silence.

Il essaya de bouger, roula sur le côté, puis se hissa à quatre pattes et tenta de ramper vers la porte. Mais des couleurs, des formes dansaient devant ses yeux, et il n'avait plus aucune force dans les membres.

Il entendit un train siffler et cracher de la vapeur tandis qu'une autre locomotive quittait la gare, et s'effondra à côté d'une pile de cartons et de caisses vides. Sa main droite tressaillit alors qu'il s'efforçait de s'accrocher à la vie, mais il lui devenait difficile de respirer l'air vicié du hangar. Il avait soif, terriblement soif. Il aurait tout donné pour un verre de bière, s'il avait eu encore quelque chose à donner. Ses yeux papillonnèrent. Il s'imagina dans la rivière, à Saissac, nageant dans l'eau glacée descendue de la montagne qui lui coulait sur les bras, le dos, les lèvres, et baignait son visage.

Ses jambes se mirent à tressauter de façon incontrôlable. Il ne nageait pas, il étouffait. J'aurais dû me fier à mon instinct, songea César, tandis que ses yeux se fermaient pour la dernière fois.

40

Marieta regarda par la fenêtre de la cuisine. Sandrine était toujours dehors, assise sur le banc, emmitouflée dans la couverture. Le garçon avait tenu parole, il était parti et elle s'en réjouissait, pourtant, à cette vue, son cœur se serra.

Lorsque, à 6 heures, Sandrine avait fouillé dans la garde-robe de M. Vidal, le bruit l'avait réveillée. Elle avait vu Raoul partir de la maison, puis était sortie dans le jardin en robe de chambre pour essayer de persuader Sandrine de rentrer. La jeune fille avait refusé, mais avait accepté la couverture, ainsi qu'une tasse de tilleul arrosée de cognac.

Soudain un point violent dans sa poitrine lui coupa la respiration et elle s'agrippa à l'évier. Elle appuya sa main contre ses côtes en attendant que le spasme passe. Quelques secondes après, la douleur s'estompa et disparut.

Marieta s'affala lourdement sur une chaise de cuisine et sirota une tasse de tisane agrémentée de saccharine. La lettre devrait arriver à Rennes-les-Bains d'ici un jour ou deux. Depuis toujours, M. Baillard réceptionnait son courrier à la poste restante du village, car il n'y avait jamais eu de distribution au hameau de Los Seres, même avant la guerre. Mais en admettant que la lettre arrive rapidement, on ne pouvait savoir quand il la recevrait en mains propres. Cela pouvait être dans des jours, des semaines. L'angoisse l'oppressa à nouveau.

D'où lui venait tant de crainte ? De ce que M. Baillard lui avait raconté au sujet de la légende de dame Carcas, il y a longtemps ? Ou était-ce l'affaire en cours, qui la ramenait à cette terrible nuit de la Toussaint au domaine de la

Cade où Léonie, sa maîtresse bien-aimée, était morte, en ravivant ses souvenirs… Le hurlement qui avait résonné dans la vallée, le petit garçon en larmes qui s'accrochait à ses jupes, et tous ceux qui étaient morts cette nuit-là. S'y ajoutaient ses inquiétudes pour l'avenir, quand elle songeait à ce que deviendraient Sandrine et Marianne une fois qu'elle ne serait plus là. Marianne, qui prenait tant de risques.

— Ça fait trop…, marmonna-t-elle.

Marieta but une gorgée de tisane, et l'oppression dans sa poitrine s'allégea un peu. M. Baillard trouverait un moyen de la contacter, s'il pensait que ce qu'elle avait à lui dire était important. À l'idée de le revoir, ses traits s'adoucirent et elle reprit courage, malgré les circonstances.

Elle avait rencontré Audric Baillard dans les années 1890, quand il venait régulièrement en visite au domaine de la Cade, situé aux abords de Rennes-les-Bains. Marieta y travaillait alors comme domestique, et c'était une jeune fille aussi curieuse qu'obstinée. Elle avait questionné à son sujet ses amies, pour la plupart engagées comme elle dans de bonnes maisons alentour. Agnès, la servante du vieil abbé Boudet qui était l'un des proches de M. Baillard, lui avait dit que son maître était trop discret pour laisser échapper quoi que ce soit. Une cousine de Marieta connaissait bien les domestiques du *ritou*, le prêtre de Rennes-le-Château, une bourgade avoisinante, mais elle non plus n'avait rien pu découvrir.

D'après Pascal, son défunt mari, il avait servi dans l'armée, même si M. Baillard n'y faisait jamais allusion. Il avait la réputation d'un grand érudit, c'était un auteur respecté, un monsieur. Outre l'occitan et le français, il parlait hébreu, arabe, espagnol, grec, il savait lire le latin, ainsi que déchiffrer les hiéroglyphes des textes araméens et coptes.

Marieta ôta sa résille, tordit ses longs cheveux gris en un chignon serré sur la nuque, qu'elle fixa comme à son habitude avec des épingles tirées de la poche de sa robe de chambre. Elle devrait monter s'habiller avant que quelqu'un ne descende et ne la trouve ainsi assise, mais elle avait une grande fatigue dans les jambes, et le souffle lui manquait.

— On est mercredi, marmonna-t-elle.

La poste n'était guère fiable, à présent. Il recevrait la lettre au plus tôt vendredi. En admettant qu'il la reçoive.

Les pensées de Marieta dérivèrent encore vers le passé. Après l'incendie de 1897 qui avait réduit en cendres le domaine de la Cade, Pascal et elle étaient allés travailler chez M. Baillard à Los Seres. Elle avait alors su pour de bon qu'il ne s'était jamais marié et n'avait pas eu lui-même d'enfants, même s'il avait plus d'une fois joué le rôle de tuteur dans sa vie. Les lettres qu'il recevait de l'étranger l'attestaient.

Marieta savait qu'il avait aimé quelqu'un, bien des années auparavant. Un amour sans lendemain, apparemment, et elle s'était imaginé que la jeune fille avait dû en épouser un autre. Encore aujourd'hui, elle revoyait M. Baillard, assis à la fin du jour, le regard perdu au loin vers les Pyrénées, comme s'il attendait toujours son retour, et elle en avait de la peine.

La vieille servante fit rouler ses épaules en essayant de se libérer des raideurs de son cou et de son bras. Défaire ce nœud d'angoisse au creux du ventre.

— Vendredi peut-être, marmonna-t-elle encore. *Benlèu divendres.*

41

Dans le petit appartement loué de la rue Georges-Clemenceau, Liesl Blum jeta pour la troisième fois un coup d'œil à la pendule. Elle ne comprenait pas pourquoi Max n'était pas rentré la veille au soir, alors qu'ils avaient convenu de souper ensemble. Ni ce matin. C'était ainsi que ça avait commencé, à Paris. Des hommes disparaissaient pendant la nuit ou étaient arrêtés à l'aube. Son père, leurs amis et voisins. Mais ces choses n'arrivaient pas à Carcassonne.

Liesl s'était endormie sur le canapé en l'attendant et, quand elle s'était réveillée, elle était allée vérifier dans la chambre de Max, mais son lit n'était pas défait. Malgré l'effroi niché dans sa poitrine tel un oiseau de malheur, elle s'efforça de vaquer à ses occupations habituelles, en retournant sans cesse regarder à la fenêtre. Comme si par la seule force de sa volonté, elle allait faire apparaître la silhouette dégingandée de son frère sur le trottoir.

Mais Max ne venait pas.

Liesl s'obligea à s'asseoir à la table du salon, déjà encombrée de matériel : colle, papier, ciseaux. Il y avait aussi son appareil photo, même s'il était devenu difficile de faire développer des films car l'encre manquait, ainsi que le papier photo de qualité.

Depuis leur arrivée à Carcassonne, Liesl tenait une sorte d'album où elle consignait tout ce qui s'était passé depuis leur départ de Paris deux ans auparavant, quand les nazis avaient envahi la capitale. C'était fou, en un sens, mais leur père avait toujours insisté sur le fait qu'il était essentiel de tout enregistrer par écrit. Quoi qu'il arrive, en dépit des lois iniques, ils devaient continuer à se comporter comme ils le jugeaient digne dans l'intimité de leur foyer. Liesl s'efforçait de vivre en suivant son exemple. Cet album de photos et de coupures de presse était son petit acte de défi, sa rébellion personnelle.

Elle tourna les pages où figuraient les photos en noir et blanc. Ses yeux s'arrêtèrent sur un portrait de ses parents : son père tenait sa mère par la taille d'un air de propriétaire. Tous les deux très sérieux, très élégants, regardaient droit vers l'objectif. Depuis plus d'un an, Max et elle n'avaient eu aucune nouvelle de leur père, directe ou indirecte. À vrai dire, Liesl avait un peu peur de lui. Aucun de leurs parents n'avait accordé beaucoup d'attention à Max ni à elle, ils confiaient leurs enfants à des voisins pendant qu'eux faisaient campagne et organisaient des meetings.

Pourtant, Liesl avait le sentiment d'entretenir la tradition instituée par son père. Lui avait recours aux mots, elle aux images. C'était un militant antinazi acharné, qui œuvrait sans relâche et ouvertement pour dénoncer le sort des Juifs dans les pays annexés par l'Allemagne. Les arrestations individuelles, puis les rafles de familles entières qu'on parquait dans des ghettos. Ce poison s'était répandu peu à peu, et la France était à présent contaminée.

Elle tourna la page. Cette partie-là de l'album montrait les arrestations en masse de familles juives, les milliers de Juifs envoyés dans des camps. Elle colla une nouvelle coupure, prélevée dans *La Dépêche*. C'était une image ancienne, poignante. À Paris, des étudiants s'étaient mis à porter des « papillons », des badges anti-allemands, et à serrer leurs livres contre leur poitrine, cachant ainsi les étoiles jaunes que les Juifs étaient forcés de porter en zone occupée.

De plus en plus oppressée, Liesl regarda encore l'heure à la pendule. Alors une pierre heurta violemment le mur à côté de la fenêtre du salon, la faisant sursauter.

— Eh, la Juive ! cria une voix haineuse. Putain, on sait que t'es là !

Liesl se retourna. Les garçons n'étaient pas venus la nuit dernière, peut-être parce qu'il y avait trop de police dans les rues, mais elle ne s'attendait pas à les voir ce matin. Des éclats de voix montèrent de la rue en vociférant.

— Hé la Youde, on sait que t'es là !

Une pierre ricocha sur le châssis de la fenêtre. Liesl essaya de s'abstraire. En général, cela ne durait pas. Tout dépendait du courage des passants qui leur diraient d'arrêter.

— Laisse-nous entrer, salope de Juive. T'en meurs d'envie, hein ?

Des rires gras fusèrent dans le silence. Aucune protestation ne s'éleva. Liesl se força à se concentrer sur ce qu'elle faisait. Qu'est-ce qui avait changé ? C'était un jour comme les autres… Pourquoi est-ce que personne n'intervenait ? Il y eut encore des jets de pierre, suivi d'un fracas quand une vitre se brisa. Liesl se dressa d'un bond. Un éclat de verre s'était fiché dans sa joue. Elle sentit le sang perler.

Elle courut à la porte de l'appartement pour vérifier qu'elle était verrouillée. Ce faisant, elle entendit en bas la porte de l'immeuble claquer contre le mur, puis des acclamations. Un instant, elle se figea. Comment étaient-ils entrés ? Quelqu'un avait dû leur ouvrir.

Le bruit de bottes montant l'escalier la fit réagir, elle se rua vers la table et s'efforça de ranger son précieux album. Un coup de poing sur la porte de l'appartement la fit sursauter, les papiers et coupures de presse s'échappèrent de ses mains tremblantes.

— On sait que t'es là, garce, lança la même voix haineuse, juste de l'autre côté de la porte.

Un autre coup de poing contre le bois retentit, suivi d'un coup de pied cherchant à enfoncer la porte, qui branla dans ses gonds. Tout le mur parut en trembler.

Liesl réprima un cri. Elle ne pouvait croire qu'ils aient l'audace de forcer sa porte pour l'agresser en plein jour. C'était impensable. Alors un des panneaux de la porte éclata, et les garçons poussèrent des rugissements de triomphe. Combien étaient-ils, trois, quatre ? Davantage ? Les voix devenaient de plus en plus haineuses et frénétiques.

— On va te donner une leçon, sale juive.

Les coups de pied s'amplifièrent, le verrou ne tiendrait pas. Bientôt, ils seraient là.

Loup y es-tu ? Que fais-tu ? M'entends-tu ? Les paroles d'une comptine scandée dans les cours de récréation tournait dans sa tête. *Je mets ma chemise… J'arrive ! Me voilà !*

Dans un fracas, le bois de la porte vola en éclats, des mains cherchèrent à tâtons à ouvrir le verrou. Puis il y eut des cris de joie quand la porte s'ouvrit en grand, et la bande de garçons se rua dans l'appartement.

42

— Réveille-toi, ma chérie.

Sandrine entendit la voix de Marianne, puis sa sœur la secoua pour la réveiller.

— Quelle heure est-il ? dit-elle en se redressant.

— 10 heures et demie.

Après un moment de bienheureuse insouciance, la mémoire lui revint, et le chagrin s'abattit sur elle.

— Il est parti.

— Je sais, Marieta me l'a dit.

— Je n'avais pas envie qu'il parte.

— Je sais, mais cela vaut mieux. Rentre à la maison. Viens manger quelque chose.

— Je n'ai pas faim.

— Il reste un peu de pain et de beurre.

— Je n'ai pas faim.

— Ne fais pas l'idiote, repartit Marianne en lui tendant la main pour l'aider à se lever.

Sandrine la suivit dans la cuisine et s'affala sur une chaise. Elle avait froid et se sentait nébuleuse à cause du manque de sommeil. Sa sœur prit le pot d'ersatz de café que Marieta avait laissé sur le fourneau, leur en versa une tasse à chacune, puis sortit une assiette et un couteau avant de s'asseoir face à elle, de l'autre côté de la table. Sandrine émergea peu à peu en sirotant son café. Elle prit une tartine de pain qu'elle trempa dans sa tasse, et s'aperçut avec étonnement qu'elle avait de l'appétit, malgré tout.

— Et Lucie et Suzanne ? Elles sont parties ?

— Suzanne, oui, il y a une demi-heure. Lucie ne se sentait pas très bien, alors je l'ai installée dans la chambre de Papa pour qu'elle dorme encore un peu. Puisque le lit n'avait pas servi…

Sandrine rougit.

— Nous sommes restés toute la nuit à parler dans le jardin.

— Je suis contente de l'apprendre, commenta Marianne en la dévisageant avec insistance.

— Je lui ai donné une veste et un chapeau de Papa. J'espère que j'ai bien fait.

— Oui. Autant que ça serve.

— Juste avant de partir, Raoul m'a conseillé de parler avec toi, reprit-elle après un petit silence, puis elle guetta la réaction de Marianne. Il faisait allusion à quelque chose de particulier.

De l'autre côté de la table, sa sœur se figea, et l'atmosphère se chargea soudain de tension.

— Qu'a-t-il voulu dire ? interrogea Sandrine.

Marianne hésita encore un instant, puis elle se leva et alla fermer la porte qui donnait sur le couloir. Une porte qui, d'ordinaire, restait toujours ouverte. Puis elle se retourna, les bras croisés sur sa poitrine, d'un air si déterminé que Sandrine prit peur.

— Qu'y a-t-il ? demanda-t-elle nerveusement.

— Écoute-moi sans m'interrompre. Tu dois me promettre que tu ne souffleras mot à personne de ce que je m'apprête à te dire. À personne.

— Promis, répondit Sandrine, le cœur battant.

Marianne retourna s'asseoir et posa les mains à plat sur la table, comme pour ancrer sa volonté.

— Raoul a deviné. Presque tout de suite. J'ai vu qu'il comprenait.

— Comprenait quoi ? commença Sandrine, puis elle s'interrompit et sentit un calme étrange descendre sur elle.

Elle savait ce que Marianne allait lui révéler. Toutes ces nuits où sa sœur rentrait tard du travail avec de la boue sur ses chaussures, et cette façon de disparaître par moments sans donner d'explication. Les « amis » qui arrivaient après la tombée de la nuit pour repartir avant le lever du jour.

— Toi aussi tu as aidé.

— Tu le savais ? s'étonna Marianne en levant les yeux. Mais tu n'en as jamais rien dit.

— Non. Je l'ignorais, jusqu'à aujourd'hui… Est-ce que tu es la seule, ou bien…

— Suzanne aussi.

— Pas Lucie ?

Un sourire flotta sur les lèvres de Marianne.

— Pour Lucie, il n'y a que Max qui compte. Elle espère qu'en fermant les yeux sur ce qui se passe cela disparaîtra.

— Max ne le sait pas ?

— Personne d'autre ne sait, répondit Marianne.

— Pas même Marieta ?

Marianne hésita.

— En fait, je suis sûre qu'elle sait, mais elle fait comme si de rien n'était. Elle met de côté des objets oubliés.

— J'ai trouvé un rasoir d'homme dans la salle de bains, une fois. Il n'était pas à Papa.

— Marieta mène son train comme d'habitude. Elle poste des lettres pour moi, dépose des choses pour me rendre service. J'essaie de ne pas trop lui en demander… Et moi aussi, je fais comme si de rien n'était, ajouta-t-elle avec un haussement d'épaules. C'est plus sûr.

Sandrine sentit comme un léger vertige. Lui revinrent en foule des tas de petits incidents, dont aucun n'était assez conséquent pour qu'elle y ait attaché de l'importance sur le moment, mais qui, combinés, composaient maintenant un tableau beaucoup plus net et précis.

— Pourquoi ne pas m'en avoir parlé ? Tu ne me faisais pas confiance ?

— J'en ai souvent eu envie, répondit Marianne après un sourpir, mais… je ne voulais pas te mettre en danger, et puis…

— Tu craignais que je ne laisse échapper quelque chose.

— Oui, confirma sa sœur en soutenant son regard. Je regrette. Peux-tu le comprendre ?

Oui, bizarrement, je le comprends, s'étonna Sandrine. Quelques jours plus tôt, elle se serait mise en colère, aurait boudé ou argumenté. Plus maintenant. Après avoir parlé toute une nuit avec Raoul, écouté ce qu'il avait fait, comment il avait été forcé de vivre, elle comprenait.

— Je me sens si stupide de n'avoir rien remarqué.

— J'ai fait de mon mieux pour que tu ne te doutes de rien. Que tu puisses continuer ta petite vie.

— Pourquoi m'en parles-tu maintenant? Es-ce seulement à cause de Raoul?

— Non. J'avais décidé de le faire de toute façon. J'attendais juste le bon moment. Sur le coup, j'étais furieuse, mais à voir la façon dont tu es entrée dans le commissariat, dont tu t'es comportée à la rivière. Puis à la cathédrale, hier… Tu as gardé ton sang-froid, tu n'as pas fait d'histoires. Tu as aidé, et cela m'a fait prendre conscience que…

— J'avais grandi.

Marianne sourit.

— Oui, en quelque sorte.

Malgré son épuisement et toutes les émotions complexes qui se heurtaient dans sa tête, Sandrine ressentit un élan de fierté.

— Merci, dit-elle posément.

Elle resta assise un moment en silence, à laisser les paroles de sa sœur prendre racine dans son esprit. À revoir tout ce qui était arrivé en liant les choses entre elles de manière à former un tout cohérent.

— Ceux pour qui tu travailles, tu les connais?

— Non, nous ne nous rencontrons jamais. Personne ne connaît leur identité à part leur contact immédiat. C'est plus sûr. Si l'un de nous se fait prendre, il ne peut pas en dire trop.

Sandrine sentit le malaise l'envahir à la pensée des risques que Marianne et Suzanne en étaient venues à prendre.

— C'est ce qui a éveillé la méfiance de Raoul, continua sa sœur. Lorsqu'il a mentionné César Sanchez, Suzanne a réagi et il l'a remarqué. Sanchez est aussi un bon ami à elle, et c'est chez lui qu'elle s'est rendue ce matin, afin de découvrir ce qui lui était arrivé.

Sandrine réfléchit un instant.

— Cela fait combien de temps que… tu participes ?

— Je ne me rappelle plus très bien comment ça a commencé. Dès le début, à l'automne 1939 et au printemps suivant, beaucoup d'émigrés allemands et de Juifs dissidents ainsi que quelques membres de la Résistance néerlandaise essayaient de sortir de France. Or nous avions plein de place à la maison… Suzanne m'a demandé si je pouvais de temps en temps en héberger pour la nuit. Ce n'était pas grand-chose, et j'ai accepté. Après la reddition, et l'occupation du nord, tout a changé. Je me suis engagée dans la Croix-Rouge, pour moi une autre façon d'aider. Mais la situation a empiré. En janvier de cette année, les dernières de mes élèves juives ont tout bonnement disparu du jour au lendemain. Et personne n'a pu ou n'a voulu me dire ce qui leur était arrivé. J'étais consternée, et je l'ai dit à Suzanne. Elle a alors admis qu'elle faisait quelques courses pour la Résistance… Aussi ai-je décidé de faire pareil.

— Que veux-tu dire par « courses » ?

— Surtout transmettre des papiers. De faux documents, des sauf-conduits, des cartes d'identité, des carnets et des coupons de rationnement. Déposer des tracts à des « boîtes aux lettres » comme on dit, pour que quelqu'un d'autre les récupère et les distribue.

— Et cela se passe ici, à Carcassonne ?

— Oui, ma chérie, confirma Marianne avec un sourire. Il existe plusieurs endroits à la Bastide, ainsi que dans la Cité.

— Et pourquoi personne ne séjourne plus chez nous ?

— D'abord, parce que Carcassonne est moins qu'auparavant un lieu de passage. Mais surtout, depuis que

Mme Fournier a emménagé chez son frère pour tenir sa maison. Elle ne cesse de nous épier et lui rapporte tous nos faits et gestes.

— Quel sale type, pesta Sandrine en se rappelant combien il s'était montré grossier envers elle et Suzanne.

— Pire, il est dangereux. C'est un informateur.

— Oh.

Visiblement soulagée d'avoir pu lui confier son secret, Marianne se détendit et ses épaules se relâchèrent. Sandrine avait une centaine de questions qui se bousculaient dans sa tête, mais déjà, sa sœur s'était levée.

— Oublie que je t'ai parlé de ça. Je suis sérieuse. Ne dis rien, n'y pense pas. N'aborde pas le sujet, même pas avec Suzanne.

— Non, tu peux compter sur moi.

Marianne rouvrit la porte qui donnait sur le couloir.

— Je vais passer voir si Lucie va bien. Elle a été malade cette nuit. Ensuite je devrai me rendre à la gare pour rencontrer d'autres volontaires de la Croix-Rouge… Tu pourras venir avec moi, si tu veux.

— Vraiment ?

— Oui, à condition de suivre à la lettre ce que je te dirai. Mais nous devrons partir dans dix minutes. Si tu n'es pas prête, je n'attendrai pas.

— Marianne…

— Oui ?

— Je voulais juste te dire que… je suis fière de toi, dit-elle à la hâte, en se trouvant ridicule de faire une telle déclaration à sa grande sœur. Fière que tu puisses être si courageuse, que tu défendes…

Mais Marianne secoua la tête.

— Non. Je ne suis pas courageuse. Je déteste tout ça. Mais on n'a pas le choix.

43

— Où diable étiez-vous passé ? demanda Authié.

— J'interrogeais Blum, répondit Revol, planté devant lui.

— Toute la nuit ?

— Ainsi que Sanchez, monsieur, conformément à vos ordres.

Levant la tête, Authié remarqua que Revol était en civil. D'un geste impatient, il le pressa de continuer.

— Eh bien, Blum sait-il où se trouve Pelletier ?

— Non, je ne crois pas, monsieur.

— A-t-il admis qu'il se trouvait à la rivière ?

— Pour finir, oui, il l'a admis. De même qu'il a admis avoir vu la jeune fille, dont il prétend ne pas connaître le nom. C'est possible, mais à mon avis, nous en apprendrons davantage par la fille Magne. Blum tenait par-dessus tout à la protéger.

— Qu'avez-vous fait de lui ?

— Je l'ai mis sur la liste de ceux qui seront déportés aujourd'hui.

— Au Vernet ?

— Oui, dans un premier temps.

Authié hocha la tête.

— Quoi d'autre ?

— Suite aux bulletins radiophoniques, le standard a reçu une dizaine d'appels de personnes prétendant avoir vu Pelletier à Narbonne, Toulouse, Perpignan. Rien de très crédible. Nous avons fait surveiller la gare en permanence, et des patrouilles ont vérifié les bars, les restaurants, les églises et le cinéma, bref, tous les lieux où il aurait pu se cacher. Il y a eu pas mal de troubles la nuit dernière, pillages, vitres cassées, aussi y avait-il beaucoup de gendarmes dans les rues, mais ils n'ont trouvé aucun individu correspondant à la description de Pelletier. Les affiches sont prêtes et, dès qu'elles seront placardées, il aura plus de mal à passer inaperçu.

— S'il est encore à Carcassonne, ce dont je doute, l'interrompit Authié, d'un ton si sarcastique que Revol, sentant le sang lui monter au visage, dut faire un effort pour cacher son irritation.

— Et Sanchez ?

— Sanchez a été relâché à minuit. Il est allé à l'appartement de Pelletier sur le quai Riquet, n'y est resté que deux minutes, puis il a filé chez Déjean, où il a passé la nuit. Vers 5 heures du matin, il a gagné les voies de garage tout au bout de la gare. Je l'ai rejoint là-bas. Il a dit qu'il ignorait où Pelletier pouvait bien être et a prétendu ne rien savoir sur ce que son copain aurait trouvé chez Déjean… en admettant qu'il ait trouvé quelque chose.

— Rien au sujet de la clef ?

— Non, monsieur.

— Conclusion, Revol : en douze heures, vous n'avez absolument rien appris.

Revol ne répondit pas. Authié sortit une cigarette, la tassa contre le paquet, puis l'alluma.

— Et Sanchez, où est-il à présent ?

— Vous aviez dit de ne négliger aucun détail.

— Que voulez-vous dire ? Que Sanchez est mort ?

— Oui, monsieur.

De saisissement, Authié lâcha la boîte d'allumettes qu'il tenait.

— Vous l'avez tué ?

— Pour l'empêcher de parler.

— Et c'est seulement maintenant que vous me le dites ?

— J'ai répondu à vos questions. Vous m'interrogiez à propos de Blum.

— Êtes-vous sûr que la mort de Sanchez ne risque pas de nous être imputée ? Que la police ne pourra pas remonter jusqu'à nous ?

— L'enquête conclura certainement à une mort par homicide suite à un combat au couteau, un règlement de comptes entre communistes. Il y a beaucoup d'ouvriers espagnols, dans le quartier de la gare.

Lui tournant le dos, Authié fuma un moment en silence, jeta sa cigarette à demi consumée par la fenêtre, et se remit face à la pièce.

— Cela vaudrait mieux pour vous, Revol. Puis il revint à son bureau et ouvrit le tiroir du haut. Mon passage en zone occupée est-il organisé ?

— La voiture sera ici à midi, monsieur.

— Bien.

— Combien de temps serez-vous absent ?

— En quoi cela vous regarde-t-il, Revol ? répliqua Authié en le transperçant du regard.

— Je voulais seulement connaître vos ordres pour les exécuter pendant votre absence.

— Vous savez ce que j'attends de vous. Je veux savoir ce que Pelletier a trouvé chez Déjean.

Authié vit passer une lueur de colère dans les yeux de Revol, aussitôt réprimée.

— Oui, monsieur, répondit-il d'une voix sans timbre. Désirez-vous que je surveille aussi Bauer, ainsi que les opérations prévues à Tarascon ?

Authié hésita. Certes, il souhaitait être tenu au courant des faits et gestes de Bauer mais, ces derniers jours, Revol avait accumulé des erreurs. Or la situation exigeait de la subtilité.

— Non, dit-il. Contentez-vous de retrouver Pelletier.

44

Roullens

Dès que la patrouille fut passée, Raoul sortit du fossé où il s'était caché. Chaque sirène entendue, chaque panier à salade aperçu faisait battre son pouls plus vite. À cette heure, les avis de recherche avec sa photo devaient être placardés partout dans Carcassonne, l'accusant comme meurtrier en fuite. Sa situation était désespérée. Si les flics l'attrapaient, ils l'abattraient à vue, sans hésiter. Il vérifia la route de Limoux dans les deux directions. Lorsqu'il fut bien certain qu'elle était déserte, il se hissa hors du fossé et continua sa marche. L'espoir qui l'animait quand il était avec Sandrine avait disparu. À présent, il se sentait traqué.

À la sortie de Carcassonne, Raoul avait pris par l'ouest un chemin indirect, puis il était revenu sur ses pas. Au cas où quelqu'un le repérerait et le rapporterait à la police, Revol aurait du mal à définir exactement sa destination. En fait, il comptait gagner le village de Roullens, à quelque sept kilomètres au sud-ouest de la ville. L'un des anciens camarades de Bruno du temps des Brigades internationales y avait de la famille, et Raoul espérait qu'elle l'accueillerait pour un jour ou deux. Il pariait que Revol et Coursan escompteraient qu'il tente d'aller le plus loin et le plus vite possible. En restant à proximité de Carcassonne, Raoul souhaitait gagner un peu de temps et pouvoir ainsi réfléchir à ce qu'il allait faire à long terme. Il ignorait si son plan marcherait, mais il n'en avait pas de meilleur en réserve.

La jolie route de campagne qui menait à Roullens était déserte, mais l'air résonnait de chants d'oiseaux, et le soleil était tiède sur son visage. Raoul croisa le bel et imposant château de Baudrigues, son élégante façade blanche encadrée de verdure lui apparut à travers les arbres, et cette vision lui fut agréable, après les rues grises de Carcassonne, remplies de tension.

En continuant sa marche, Raoul se demanda si Sandrine songeait à lui autant qu'il songeait à elle. Il se rappelait sa cascade de boucles noires et soyeuses, ses yeux brillants, sa vivacité. Avait-elle parlé avec sa sœur ? Il haïssait chaque pas qui l'éloignait de la rue du Palais. Il haïssait surtout le fait qu'avec cette accusation de meurtre sur le dos il ne serait jamais en mesure d'y retourner.

Derrière lui, sur la route, il entendit un bruit de moteur. Ses pensées s'éparpillèrent et il se mit immédiatement à couvert, puis regarda le véhicule approcher. C'était une camionnette Simca bleue, qui n'avait rien d'un véhicule militaire. Sûrement quelqu'un du coin, se dit-il. Un pari sûr, un choix sans risque. En espérant avoir raison, Raoul revint sur la route et leva le bras.

45

Carcassonne

Face à la porte ouest de la cathédrale Saint-Michel, Léo Authié passa la main sur la pierre détériorée, en se réjouissant que les dégâts ne fussent pas plus graves. Au moins, Revol avait exécuté ces ordres-là convenablement.

Il entra. Malgré la couche de poussière blanche qui recouvrait les livres de cantiques et les bougies votives suite à l'explosion, la cathédrale conservait sa sérénité.

Authié trempa les doigts dans le bénitier et se signa. Il s'accordait un moment de relative tranquillité d'esprit, loin de ses lourdes responsabilités. Ici, il se sentait investi de sa mission sans qu'aucun doute vienne le tarauder. Ici, tout était clair, sans équivoque, absolu.

— La cathédrale est fermée.

Authié regarda dans la direction d'où venait la voix. Une femme de ménage passait la serpillière sur les dalles de pierre. Sans daigner lui répondre, il remonta la nef, s'arrêta juste le temps d'une génuflexion, puis gagna le confessionnal.

— Hé ! vous êtes sourd ou quoi ? lança la femme dans son dos.

Authié contourna le confessionnal et tira le rideau du côté du prêtre. Il était vide.

— Où est le prêtre ? demanda-t-il d'une voix qui résonna sous les voûtes de pierre.

— Je vous l'ai dit, la cathédrale est fermée. Revenez dimanche.

Authié la rejoignit en faisant claquer ses talons sur les dalles et lui darda un regard acéré, mais elle lui tint tête.

— Sortez, ordonna-t-il.

— Non mais, pour qui vous prenez-vous ? repartit la femme en plissant les yeux. Vous avez vu cette saleté ? Il faut bien que quelqu'un s'occupe de tout nettoyer.

Authié sortit sa carte de police et la lui montra.

— Faites ce que je vous dis.

La femme de ménage regarda la carte, et Authié vit blanchir les jointures de ses doigts, serrés sur le manche du balai. Sans demander son reste, elle souleva son seau et gagna la petite pièce située derrière le chœur.

Authié s'engagea dans la troisième rangée de bancs en partant du devant, du côté gauche. Contraint d'attendre, il laissa son regard errer sur chacune des hautes chapelles latérales. Il contempla les vitraux dédiés à saint Bernard et saint Bénédict, les grands cierges disposés sur l'autel, autant de signes manifestant le pouvoir de Dieu et la magnificence de la grâce.

Les cloches de la tour sonnèrent la demi-heure. Il jeta un coup d'œil derrière lui, mais la porte ouest demeurait close. Or la voiture qui l'emmènerait vers le nord était prévue à midi.

Ses pensées revinrent à Erik Bauer. Authié savait que Bauer n'avait aucun intérêt pour le Codex, sinon celui de complaire à ses maîtres de Berlin. Les ambitions du Reich s'affirmaient dans son besoin irrépressible de tout s'approprier.

Authié considérait puériles autant que vaines les tentatives des nazis d'extirper Dieu de la vie civile. Il croyait en une théocratie. Sa mission était de rétablir Dieu au cœur de la vie quotidienne, de restaurer l'autorité absolue de la loi religieuse et de l'Église. Son Dieu était celui de l'Ancien Testament, Dieu de jugement, de colère et de châtiment envers ceux qui transgressaient les lois, bien éloigné du Dieu de lumière et de tolérance instaurant pour principe l'égalité de tous les hommes.

Le temps était venu pour l'Europe de partir à nouveau en croisade contre les juifs et les musulmans, contre tous ceux qui refusaient d'accepter la seule vraie foi. Ceux qui en avaient détourné leur face, ainsi que ceux qui les soutenaient. Authié avait fait en sorte de placer des prélats partageant ses convictions aux postes clefs du diocèse, sans réussir encore à évincer l'abbé Gau. Il avait empêché les entreprises et commerces juifs de continuer à prospérer, avait fait fermer les écoles d'enseignement coranique. Bref, il s'était ingénié à monter la population locale contre tous ceux qui n'étaient pas prêts à reprendre les armes de l'Église.

Au départ, sa stratégie avait fonctionné. Pour la plupart, les Carcassonnais accordaient volontiers leur confiance à Pétain. Ils n'aimaient pas Hitler ni son parti nazi, mais ils désiraient si ardemment voir leurs fils, leurs maris, leurs frères revenir des camps de travail en Allemagne qu'ils étaient prêts pour cela à accepter que Vichy travaille avec Berlin.

Pourtant, des signes montraient que les simples citoyens s'impatientaient. À mesure que les restrictions dues au rationnement se faisaient plus cruellement sentir et que les prisonniers de guerre rapatriés étaient moins nombreux que prévu, l'opinion se modifiait. Les queues interminables, les contrôles, le manque de liberté empêchant les gens de traverser la ligne ou de communiquer avec leurs parents habitant au nord, toutes ces vexations engendraient des critiques et les citoyens commençaient à douter fortement que la voie de la collaboration œuvre en leur faveur. Les églises étaient encore vides, le temps pressait. Authié savait que le statu quo ne tiendrait guère.

Il lui fallait absolument trouver le Codex, ce texte hérétique et proscrit. Selon l'autorité qu'on attribuait à ses versets, l'homme qui le posséderait pourrait être un Josué moderne, puissant et invincible face aux murailles de Jéricho. Mais Authié refuserait de s'en servir. Sa foi était assez forte pour résister à une telle tentation. Il le détruirait, accomplissant ainsi les vœux de l'Église.

Enfin, Authié entendit la porte grincer et le bois racler sur les marches de pierre. Il ne se retourna pas, mais attendit en écoutant les pas se rapprocher, puis s'arrêter. L'homme s'engagea dans la même rangée et s'agenouilla.

— Je suis venu dès que j'ai eu votre message.

Authié poussa le livre de cantiques sur la rampe en bois. Le bord sépia d'un billet de cent francs dépassait à peine d'entre les pages.

— Fournier, j'ai du travail pour vous.

46

Sandrine traversait le pont Marengo en se dirigeant vers la gare centrale. Pour un matin de semaine, les rues de Carcassonne étaient étrangement tranquilles, comme si la ville attendait de voir ce que la journée lui réservait. Elle était contente que Marianne lui ait permis de l'accompagner. Pourtant, elle avait peur à présent, son inconscience du danger qui la rendait confiante et intrépide l'avait quitée. Elle s'attendait à tout instant à être arrêtée, provoquée.

— Où allons-nous ? demanda-t-elle.

— Contente-toi de faire comme moi, répliqua Marianne.

Les voyageurs étaient rares, cependant des hordes de policiers vérifiaient les papiers de tous ceux qui entraient et sortaient de la gare. Pourvu que Raoul se trouve déjà loin d'ici, à des dizaines de kilomètres de Carcassonne, espérait-elle.

Les officiers vérifièrent leurs cartes d'identité en silence, puis leur firent signe d'avancer pour rejoindre les collègues de la Croix-Rouge qui étaient déjà sur le quai. Elles avaient de la nourriture, des boissons ainsi que des couvertures, des vêtements, quelques paires de chaussures d'homme et, bizarrement, tout un stock de paires de lunettes. Marianne la présenta, Sandrine dit bonjour à la ronde et reçut un accueil amical, quoique discret. Une femme coiffée d'un chapeau de paille à large bord lui rendit son sourire, une autre hocha la tête et lui tendit un seau d'eau avec trois tasses en fer-blanc. Quant à Marianne, elle s'équipa d'un panier contenant du matériel médical : pansements, tampons d'iode et sparadrap.

— Combien en attendons-nous ?

— Au départ, on nous avait parlé de vingt prisonniers devant être déportés aujourd'hui aux camps de l'Ariège, répondit une grande femme en uniforme, au maintien digne et imposant. Mais après les arrestations d'hier, je m'attends à davantage.

Sur le trajet depuis la rue du Palais, Marianne avait expliqué à Sandrine que la Croix-Rouge avait la permission de voir les prisonniers uniquement pour des motifs d'ordre humanitaire. Ces dames n'avaient pas le droit d'intervenir, de leur parler des charges retenues contre eux, ni d'échanger des opinions, politiques ou autres, sinon on leur interdirait tout contact avec eux. Elles ne pouvaient qu'essayer de rendre le séjour de ces hommes moins pénible. Sandrine avait été si surprise que Marianne l'ait autorisée à l'accompagner en ces lieux qu'elle avait refoulé toute appréhension mais, à présent, la nervosité prenait le dessus.

— Dans combien de temps les prisonniers vont-ils arriver ?

Marianne haussa les épaules.

— Ce peut être bientôt, comme pas avant la fin de l'après-midi. La police nous convoque toujours plus tôt que nécessaire.

— Quel intérêt ?

— Celui de nous compliquer la tâche, répondit Marianne avec un sourire las. Les autorités sont tenues de permettre à la Croix-Rouge de contrôler les conditions de détention des prisonniers, mais elles s'y soumettent à contrecœur et font tout pour nous décourager. En nous faisant poireauter pendant des heures, par exemple. Beaucoup de ces femmes ont des enfants et ne peuvent s'absenter aussi longtemps.

Sandrine remarqua les rides de contrariété que sa sœur avait au coin des yeux et, à nouveau, elle se sentit stupide de n'avoir pas deviné à certains signes le fardeau qui pesait sur les épaules de Marianne. Ce n'était pas seulement le travail en lui-même, mais l'effort constant que sa sœur devait faire pour sauver les apparences. Sandrine se demanda si elle aurait le courage de l'imiter, de risquer sa vie pour des gens qu'elle ne connaissait même pas.

— Où vont-ils être emmenés ? s'enquit-elle pour tromper son angoisse.

— Dans des camps d'internement en Ariège et dans le Roussillon, répondit Marianne.

— Et ensuite ? Vont-ils y rester ?

— Tout dépend des charges retenues contre eux. Ceux qui sont classés comme indésirables ou ressortissants d'un pays ennemi seront envoyés de l'autre côté de la ligne, dans des camps dans le nord… Peut-être même en Allemagne, ajouta-t-elle après un instant d'hésitation. Des bruits circulent à ce propos, que nous n'avons pas encore pu vérifier.

L'agent des chemins de fer se mit à crier, interrompant leur conversation. Les deux sœurs se retournèrent et virent le conducteur du train se pencher par la cabine de la locomotive.

— On dirait qu'ils arrivent. Des gardes mobiles les escortent depuis la prison située sur la route de Narbonne, remarqua Marianne. Certains prisonniers essaieront de te donner des lettres ou des breloques sous le manteau, lui glissa-t-elle à voix basse. Nous ne sommes pas censées les prendre, mais tant que les gardes ne le voient pas, ça va. C'est un grand réconfort pour eux. Nous n'avons que quelques minutes pour distribuer des vêtements et des chaussures à ceux qui en ont besoin, et vérifier s'ils sont en état de voyager avant de monter à bord du train, alors ne consacre pas trop de temps à chacun.

— Et si l'un d'eux n'est pas en état de voyager? demanda Sandrine. Que faisons-nous dans ce cas-là?

Marianne ne répondit pas.

La locomotive cracha de la fumée, il y eut un sifflement strident, suivi du grincement des freins et du métal sur les rails, tandis que d'autres wagons de troisième classe étaient ajoutés au convoi. Le cheminot sauta à terre, puis commença à soulever les lourdes chaînes pour relier le nouveau matériel roulant au reste du train. Toutes les vitres des wagons de troisième classe avaient été maculées de peinture afin qu'on ne puisse voir au travers.

Alors Sandrine entendit des cris et des bruits de pas en bordure de la gare, au-dessus du quai Riquet. Quelques instants plus tard, une unité de gardes mobiles apparut, escortant une file de prisonniers qu'elle fit passer par une porte latérale et traverser les rails vers les wagons situés à l'arrière du train.

Les gardes hurlaient systématiquement, sans raison, en poussant les prisonniers à coups de matraque et de crosse de fusil. Sandrine sentit ses doigts se crisper sur l'anse du seau. Quelques dames marchèrent jusqu'au bout de la gare pour aider ceux qui étaient à l'arrière, tandis que Marianne et elle avançaient vers la tête de file.

— Rappelle-toi, dit Marianne, nous sommes là pour leur témoigner de la gentillesse, les rafistoler du mieux possible et aussi vite que possible, puis passer au suivant.

— Mais il y en a tellement, remarqua Sandrine, saisie, en projetant son regard jusqu'au bout du quai.

— Fais ce que tu peux.

En s'approchant, Sandrine vit que les hommes n'étaient pas enchaînés les uns aux autres, mais menottés. Sales, le teint grisâtre, couverts de vêtements crasseux, ils avaient piètre allure. Marianne l'avait prévenue qu'ils étaient détenus dans des conditions pitoyables et un manque total d'hygiène, mais Sandrine fut choquée d'éprouver en premier lieu du dégoût plus que de la compassion.

Alors elle reconnut le frère aîné d'un des élèves de sa classe. Un gentil garçon, tranquille, qui n'était pas du genre à faire des histoires. Elle se précipita vers lui. Il avait une entaille à la tête, du sang séché sur la tempe, et les jointures de ses doigts étaient enflées, tuméfiées.

— Mon Dieu, Xavier, s'exclama-t-elle. Que t'est-il arrivé ?

— Ils sont venus chercher un ami à moi, répondit-il en grimaçant un sourire qui révéla ses dents cassées. Ses papiers n'étaient pas en règle, soi-disant. La police n'a pas apprécié que j'intervienne.

— C'est courageux de ta part, dit-elle en plongeant une tasse en fer dans le seau pour lui donner un peu d'eau, puis elle fit signe à sa sœur pour attirer son attention.

— Et ton ami, qu'est-il devenu ? Où est-il à présent ?

Xavier haussa les épaules.

— Je ne l'ai pas revu depuis notre arrestation. Pourriez-vous essayer de le découvrir ?

— Comment s'appelle-t-il ?

— Marc Filaquier.

— J'essaierai, promis, affirma-t-elle, puis elle fit encore signe à sa sœur d'approcher. Marianne, viens par là.

Marianne accourut, examina les blessures de Xavier, et commença à le soigner.

— Continue, dit-elle à Sandrine. Il y en a plein d'autres qui ont besoin d'aide.

Sandrine se jeta dans l'action, avançant du haut vers le bas de la ligne pour distribuer de l'eau, des biscuits, appeler une aide-soignante à la rescousse en cas de besoin, acceptant des lettres, des bagues, dès que les gardes relâchaient leur surveillance.

— J'allais lui faire ma demande, lui expliqua un jeune gars dont les yeux s'embrumèrent. Mais on s'est disputés, et… je n'ai pas eu l'occasion de me rabibocher avec elle.

— Écrivez-lui un mot, je le lui porterai, proposa Sandrine en lui glissant une feuille de papier et un stylo, mais alors elle remarqua qu'il tenait sa main droite au creux de la gauche. Tout compte fait, non, dites-moi juste votre message, et je le lui répéterai.

— Elle s'appelle Maude Lagarde et habite rue Courtejaire. La porte rouge, juste après le magasin Artozouls.

— D'accord.

— Moi, c'est Pierre-Jacques. Dites-lui que je l'aime et que je lui écrirai. Ils autorisent les lettres, n'est-ce pas, là où on va, lança-t-il en haussant le ton.

Un officier de police approcha et lui enfonça sa matraque dans les côtes.

— Ça suffit. Monte dans le train.

— Il a besoin de soins, intervint Sandrine.

— Vous voulez peut-être me dire ce que j'ai à faire ?

— Non, bien sûr que non, s'empressa de répondre Sandrine en reculant. Mais il a le poignet cassé. Il devrait être à l'hôpital.

— Je vous suggère de dégager et de me laisser faire mon travail, mademoiselle. À moins que vous ne teniez à faire partie du convoi vous aussi…

Sandrine ne put que reculer tandis qu'on forçait Pierre-Jacques à monter dans le train avec les autres. Elle chercha à croiser son regard, mais il resta la tête basse et ne se retourna pas.

— Tu disais qu'ils devaient être en état de voyager, dit Sandrine quand elle eut retrouvé Marianne, mais l'un d'eux a le poignet cassé. On aurait dû le conduire à l'hôpital, pourtant le garde n'en a pas tenu compte.

— Viens, répondit Marianne en lui passant un bras autour de la taille. Nous ne pouvons rien faire de plus.

Sandrine se détourna. Les derniers prisonniers étaient embarqués dans le wagon de queue. La femme au grand chapeau de paille s'avança pour poser une couverture sur les épaules d'un des détenus. Grand, un peu voûté, il lui tournait le dos, mais Sandrine l'aperçut de profil, et son nez aquilin, ses cheveux noirs lui rappelèrent quelqu'un. En bougeant, la femme au chapeau lui cacha la vue, aussi Sandrine s'empressa-t-elle de descendre le quai vers le groupe. L'homme tenait devant lui ses mains menottées, et en le voyant trébucher sur le quai glissant la femme au chapeau essaya de l'aider, mais elle se fit rabrouer par le garde.

Sandrine se mit à courir pour les rejoindre avant que les portières ne se referment, mais Marianne courut à sa suite et la retint. Alors Sandrine vit avec désespoir le gardien lever sa matraque, frapper l'homme sur les épaules, et le faire monter dans le train.

— Non ! s'écria-t-elle, mais la femme au chapeau de paille lui fit signe de se taire.

— Il y a le compte, décréta le gardien en claquant la portière, puis il remonta le quai vers l'avant du train.

Le conducteur hocha la tête et se réinstalla dans sa cabine. L'agent de surveillance du quai tapa sur le flanc de la locomotive, puis donna un coup de sifflet et agita son drapeau. Lentement, le train s'ébranla dans des grincements métalliques, en crachant de la vapeur dans le ciel bleu.

Les femmes restèrent plantées sur le quai à regarder le train disparaître après la courbe de la voie.

— C'est toujours comme ça ? demanda Sandrine.

— Non, c'était particulièrement affreux aujourd'hui, répondit Marianne. Il y avait bien plus de prisonniers que prévu et ils étaient dans un triste état, pire que d'habitude… Tu regrettes d'être venue ?

Sandrine contempla le quai désert, puis les croix blanches et les tombes du cimetière Saint-Vincent, perché sur la colline au-dessus de la gare. Elle songea aux risques que Marianne et Suzanne prenaient chaque jour, à Raoul, luttant contre les injustices criantes qui les entouraient. Puis elle pensa à Xavier et à Pierre-Jacques. Certes, elle n'avait pas fait grand-chose, mais c'était mieux que rien.

— Non, dit-elle. Bien au contraire.

47

Sandrine et Marianne arpentaient le boulevard Omer-Sarraut. Devant elles, à leur droite, se trouvait le café Continental, par tradition un lieu de réunion pour les gens de gauche, et en face, de l'autre côté de la route, le café Édouard, où la LVF et les Jeunes Doriotistes se rejoignaient. Sandrine se rendit compte qu'elle commençait déjà à diviser la Bastide en deux clans, « eux » et « nous ».

— Qu'est-ce que tu as ? demanda Marianne.

— Rien, s'empressa-t-elle de répondre en contemplant la triste collection d'objets, de lettres et de mots qu'elle tenait dans sa main. J'ai promis d'aller les porter.

— C'est gentil de ta part.

— Tu m'as dit que je pouvais, du moment que les gardes ne le voyaient pas.

— Oui, confirma sa sœur en posant la main sur son bras, c'est bien, de le faire. Pour les prisonniers, cela compte énormément.

— Bon. Je te retrouve plus tard à la maison.

— Je t'accompagne, proposa Marianne. Je dois déposer un mot à Max de la part de Lucie. Elle lui avait promis de dîner avec lui, mais elle se sent toujours très mal fichue.

Elles s'engagèrent dans la rue Georges-Clemenceau, vers l'immeuble où habitaient Max et Liesl. Au niveau du magasin Artozouls, Sandrine s'arrêta pour confier un courrier.

— Il n'y avait personne. J'ai glissé le mot sous la porte. J'espère que la jeune femme à laquelle il était destiné le récupérera en mains propres.

Alors qu'elles continuaient leur chemin, Sandrine scrutait les visages des passants. Le cœur de la Bastide grouillait de monde, mais les gens se hâtaient la tête basse, comme pour se fondre dans les murs et surtout ne pas se faire remarquer.

Arrivées à l'immeuble de Max et Liesl, elles découvrirent que la porte qui donnait sur la rue était restée ouverte.

— C'est bizarre, dit Marianne. Ils ont eu des ennuis récemment et, d'après Lucie, ils la tenaient verrouillée.

— Même durant la journée ?

— Oui, je crois bien, mais je me trompe peut-être.

Sandrine pénétra la première dans le couloir sombre et eut une curieuse sensation, comme si quelque chose ne tournait pas rond. Il y avait une odeur fétide dans l'air, une odeur d'égouts bouchés. Elle monta les marches deux par deux, sentant l'angoisse l'envahir, et atteignit l'étage de l'appartement.

— Marianne ! appela-t-elle.

La porte enfoncée pendait, à moitié dégondée, maculée d'empreintes de bottes. Il y avait des éclaboussures de sang sur le montant et des éclats de bois avaient volé partout.

Sandrine se rua dans le salon et s'arrêta net, en plaquant la main sur son nez et sa bouche. Les murs étaient couverts de graffitis, les mots JUIVE, YOUD, JUIF barbouillés avec de la peinture noire, de grossières svastikas, des slogans nazis, des étoiles de David barrées d'une croix. Mais le pire, c'était cette puanteur âcre, un mélange d'excréments et d'urine.

Au centre de la pièce s'entassaient des vêtements mélangés à des éclats de verre et à la bourre des coussins, qui gisaient éventrés sur le canapé. Par terre, elle vit une photographie en noir et blanc, un portrait des parents de Max, dégradé par une svatiska gribouillée dessus. Sandrine se penchait pour la ramasser quand Marianne entra elle-même dans la pièce.

— Mon Dieu, dit-elle.

Soudain elles entendirent du bruit. Se figeant, Sandrine jeta un regard à sa sœur, qui désigna le fond de l'appartement. Sandrine hocha la tête, puis s'y dirigea lentement.

Elle inspecta la première chambre. La fenêtre était ouverte et la pièce saccagée, mais elle était vide. Elle entendit alors à nouveau les bruits, des sortes de frottements accompagnés de craquements, comme un plancher qui grince.

— Ça vient de là, dit-elle en gagnant vite la deuxième chambre.

— Apparemment, ils ne sont pas venus jusqu'ici, constata Marianne en voyant la pièce intacte.

— Écoute. Derrière la table de chevet.

Les sœurs tirèrent le meuble monté sur roulettes, qui s'écarta facilement du mur.

— On dirait qu'une sorte de réserve a été pratiquée dans le mur.

— Y a-t-il une poignée ?

— Non, je n'en vois aucune, dit Sandrine en essayant de glisser ses ongles dans l'interstice, qu'on discernait à peine sur le papier peint rose et blanc. Mais ça sonne creux.

Plus nettement cette fois, le même bruit se fit entendre, puis celui d'un verrou qu'on tire. Lentement la trappe s'ouvrit, et Liesl en sortit.

— Mon Dieu ! s'écria Marianne en la recevant aussitôt dans ses bras. Que s'est-il passé ?

Liesl émergea en clignant des yeux à la lumière, puis se redressa. Blême, hagarde, elle serrait contre elle un album de photographies.

— Liesl, reprit Marianne, regarde-moi. Que t'est-il arrivé ?

Un moment, la jeune fille sembla ne pas avoir entendu. Puis, lentement, elle releva la tête.

— Je me suis cachée, répondit-elle d'un air hébété. Max m'avait dit de me cacher si quelqu'un venait.

— Qui est venu ? Qui a fait ça ? s'enquit Sandrine, mais Liesl continua comme si elle n'avait pas entendu.

— Regardez, il y a un vide, là. Avant que la maison ne soit divisée, il faisait partie d'un couloir, mais ensuite, il n'avait plus aucune utilité, et il est resté entre les deux appartements. Max y a aménagé un compartiment. Il m'a dit de m'y cacher si la police venait. Une fois à l'intérieur, j'ai verrouillé la porte, expliqua-t-elle, puis elle regarda Sandrine comme si elle venait de remarquer sa présence. Où est Max, pourquoi n'était-il pas là ? Où est-il ?

Sandrine tenait toujours la photo et, en la regardant, elle sentit son sang se figer. Elle comprit pourquoi l'homme sur le quai lui avait rappelé quelqu'un. Il avait le même profil aquilin, les mêmes cheveux noirs que son père. Elle n'avait rencontré Max que deux fois dans sa vie et, sur le quai, de loin, sans ses grosses lunettes, elle ne l'avait pas reconnu.

— C'était l'un des prisonniers, murmura-t-elle à Marianne en s'assurant que Liesl n'entende pas.

— Quoi ? Tu en es certaine ?

— Il était à l'autre bout du quai, avec une couverture sur les épaules, et des gens me cachaient la vue. Alors, sur le moment, je ne l'ai pas reconnu, mais maintenant, oui, j'en suis sûre… Mon Dieu, j'aurais dû lui dire quelque chose, lui promettre de passer un message à Liesl et à Lucie, au moins.

— Tu n'y es pour rien. D'ailleurs ce n'était peut-être pas lui. Pour le moment, occupons-nous de Liesl, murmura Marianne, puis elle passa un bras autour des épaules de la jeune fille et haussa la voix. Nous essaierons de découvrir ce qui est arrivé à Max mais, pour l'instant, nous allons te ramener chez nous. Tu ne peux pas rester ici.

Liesl la fixa d'un regard vide, mais elle laissa Marianne la guider jusque dans le salon. Là, elle s'arrêta juste le temps de considérer les dégâts et les murs dégradés, puis continua vers le couloir sans dire un mot.

Sandrine s'accroupit pour ramasser l'un des cardigans de Liesl, qu'elle suspendit au dos d'une chaise.

— Je vais rester ici pour nettoyer.

— D'accord, dit Marianne en baissant la voix. Mais ne tarde pas. Ils risquent de revenir.

48

Tarascon

Le vieux couple était assis à une table du café Bernadac, sur la place de la Samaritaine, à Tarascon.

— S'il te plaît, Achille, répéta Pierre Déjean.

Achille Pujol contempla sa bière d'un jaune légèrement trouble, très appréciée dans la vallée de Vicdessos, puis reposa son bock sur la table. Des gouttes de sueur ourlaient sa lèvre supérieure, prises dans les poils gris de sa moustache. Il avait tout de l'inspecteur de police à la retraite qu'il était. Massif, inébranlable et, en l'occurrence, diablement contrarié.

— Je ne m'occupe plus de ce genre de choses, déclara-t-il.

— Écoute-nous, au moins, c'est tout ce qu'on te demande, insista Mme Déjean. Ensuite, tu prendras ta décision.

Pujol scruta le visage crispé d'angoisse de son ami, puis vida son verre.

— Nous ne pouvons parler ici, dit-il en se levant.

Alors qu'il était en semi-retraite, Pujol avait exercé quelques années en tant que détective privé. C'était juste avant la guerre, et l'expérience n'avait pas été concluante. On n'avait guère fait appel à ses services, sur Tarascon. Les conflits se réglaient généralement à l'ancienne. Son seul client digne de ce nom avait été l'usine d'aluminium Péchiney-Sabart, située à l'entrée de la vallée, quelques kilomètres plus bas, soucieuse de mettre un terme au chapardage. Ensuite, le directeur du plus gros fabricant de produits à base de plâtre de la région l'avait engagé pour enquêter sur des pertes subies par l'usine d'Arignac. Il avait également traité un cas de vol à l'étalage pour l'épicerie Rousse, ici, en ville. Lassé, il s'était résigné au bout de cinq ans à se consacrer à la chasse et au jardinage.

Les Déjean traversèrent le square à sa suite pour gagner une rangée de maisons et entrèrent dans la dernière. Pujol ouvrit la porte d'entrée sur un couloir glacial, malgré la chaleur de l'après-midi, et les invita à pénétrer dans une petite pièce sombre du rez-de-chaussée.

— Elle me servait de bureau, dit-il en manière d'excuse. Asseyez-vous.

Pierre et Célestine Déjean s'installèrent avec raideur, juste au bord des sièges.

— Nous voudrions que tu enquêtes sur la disparition d'Antoine, déclara gravement Pierre en posant ses grandes mains rougeaudes sur ses genoux.

— Qu'est-ce qui vous fait croire qu'il a disparu? s'étonna Pujol, sceptique. Il vous avait prévenus de son arrivée et il n'est pas encore là, voilà tout.

— Il ne nous laisserait pas sans nouvelles, cela ne lui ressemble pas, remarqua Célestine en étreignant son chapeau en feutre.

– Tu sais bien que rien ne marche normalement, ces temps-ci, Célestine, répliqua posément Pujol.

— Il aurait envoyé un message, s'obstina-t-elle.

Son mari se racla la gorge, puis il fixa Pujol d'un air lourd de sens, évoquant leur longue amitié, depuis Verdun, quand ils étaient jeunes soldats, puis en temps de paix, alors qu'ils vivaient en bonne entente à Tarascon, ainsi que dans les vallées de l'Ariège.

Pujol prit son bloc-notes.

— Quand devait-il venir chez vous?

— Le week-end dernier. Il travaille à Carcassonne.

— Et comment gagne-t-il sa vie? Il me semble qu'il se destinait à devenir professeur d'histoire, non? s'enquit Pujol tout en prenant des notes.

— Professeur de latin-grec, rectifia Célestine, d'une voix empreinte de fierté, même si évidemment ce n'est plus à l'ordre du jour.

— Il a un bon métier, assura Pierre. Il est représentant chez Artozouls, un magasin spécialisé en matériel de chasse et pêche. Il nous a dit qu'il devait venir dans notre coin pour son travail, et qu'il en profiterait pour passer nous voir. C'était l'anniversaire de Célestine, dimanche dernier.

— C'est un bon garçon, murmura-t-elle. Il tient toujours parole.

Intérieurement, Pujol s'émerveilla de sa naïveté. Même avec des papiers en règle, tout voyage comportait des aléas susceptibles de le retarder, ces temps-ci. Les bus manquaient souvent de carburant, les horaires des trains n'étaient pas fiables. Mais sait-on jamais… il y avait peut-être autre chose.

— Combien de temps Antoine comptait-il rester ?

— Quelques jours, répondit Pierre. En tout cas, il m'a demandé de vérifier son vieil équipement de randonnée. Cordes, chaussures de marche… Je me suis dit qu'il avait envie de faire une excursion dans les montagnes. Tu sais combien il aime l'escalade.

— Oui, je le sais, répondit sombrement Pujol, en se rappelant les nombreuses occasions où il avait dû dissuader Antoine et ses amis de s'introduire dans les grottes de Lombrives et d'Ussat.

À l'époque, ils rêvaient de chasse au trésor. Il y avait aussi ce garçon allemand, Otto Rahn, avec ses idées saugrenues. Il avait repris l'auberge un moment, se souvint Pujol. Antoine et lui étaient bons amis.

— Je devine à quoi tu penses, Achille, intervint Pierre, mais c'était il y a des années. Il s'est bien conduit, pendant la guerre. Et depuis, il s'en sort comme un chef.

— Je sais, dit Pujol.

— Nous ne nous sommes pas inquiétés en ne le voyant pas arriver. Pas tout de suite, déclara Célestine. Je sais, Achille, tu penses que nous ne prenons pas assez en compte la situation actuelle, mais tu te trompes. Cela fait trois jours maintenant, et toujours pas de message. S'il avait dû remettre son voyage, il aurait trouvé un moyen de nous prévenir. Non, c'est autre chose…, ajouta-t-elle, et ses mains se crispèrent sur le tissu de sa jupe.

Pujol soupira.

— Bon, qu'attendez-vous de moi exactement ?

— Que tu contactes tes relations dans la police pour vérifier dans les rapports qu'il ne lui est rien arrivé. Accident ou autre, répondit Pierre.

En croisant le regard de son vieil ami, Achille devina que Déjean avait envie de lui parler de quelque chose en particulier touchant son fils, mais qu'il ne le pouvait en présence de sa femme.

— Célestine, dit-il avec désinvolture, il y a une bouteille de vin dans la cuisine. Tu veux bien aller la chercher ? Je crois qu'un petit remontant nous ferait du bien à tous les trois.

À regret, elle quitta la pièce et Pujol attendit qu'elle se fût éloignée avant de continuer.

— Qu'est-ce qui se passe, Pierre ?

M. Déjean jeta un coup d'œil vers la porte, puis répondit en baissant la voix.

— Il était impliqué dans quelque chose, Achille. J'ignore au juste ce dont il s'agissait. Mieux vaut ne pas poser de questions, à notre époque. Mais il y a une semaine, un homme a demandé à parler à Antoine. Un étranger. Célestine ne le sait pas.

— Continue, l'encouragea Pujol, soudain en alerte.

— C'était un Allemand, même si son français était excellent. Un ami, soi-disant.

— Il ne s'est pas présenté ?

— Non.

— A-t-il dit ce qu'il voulait ?

Déjean secoua la tête.

— De quoi avait-il l'air ?

— Le teint d'un gars du nord, de taille moyenne. Et il portait une bague, voyante.

— Un SS ? demanda Pujol en plissant les yeux.

— Je ne sais pas. Possible. Une de nos voisines allait à Carcassonne rendre visite à sa fille, aussi l'ai-je priée de prévenir Antoine que quelqu'un était venu fouiner par ici.

— A-t-elle réussi à le voir ?

— Oui, confirma Pierre. Quand elle lui a dit que quelqu'un le cherchait, Antoine a demandé s'il s'agissait d'un homme âgé. Et s'il portait un costume clair...

Pujol arrêta soudain d'écrire.

— Pourquoi a-t-il demandé ça ?

— Elle n'en sait rien. Elle a juste répondu que non, ce n'était pas le cas, et aussitôt Antoine a semblé s'en désintéresser complètement. C'est bizarre, non ?

— Était-il inquiet ?

— Songeur, plutôt. C'est le mot qu'elle a employé.

— Tu lui avais dit de préciser que ce visiteur était allemand ?

— Oui.

Pujol écrivit encore quelques mots sur son bloc-notes.

— Autre chose ?

— Non.

Maintenant que Célestine n'était plus dans la pièce, Pierre ne cachait plus son angoisse. En cinq minutes, il semblait avoir vieilli de vingt ans.

— Je suis inquiet, Achille, avoua-t-il d'une voix rauque, et Pujol sentit la compassion lui étreindre le cœur.

— Antoine est un bon gars, remarqua-t-il.

— Oui, mais c'est une tête brûlée. Il agit sans réfléchir.

— Jusqu'à présent, il s'en est sorti, Pierre, dit Pujol, avec l'envie de le réconforter comme il pouvait, mais, au fond de lui, il n'aimait pas du tout la tournure des événements.

Antoine était bien du genre à s'engager dans la Résistance, ce que Pujol approuvait, par ailleurs. C'était un jeune gars plein de bravoure, fidèle à ses principes, mais qui se croyait par trop invulnérable.

— Je vais me renseigner, conclut-il. C'est d'accord.

Les épaules de Pierre se relâchèrent.

— J'espère que ce n'est pas grave, dit-il, visiblement soulagé. Que nous nous faisons du mouron sans raison, mais…

— Je ne te promets rien, ajouta Achille. Mais je ferai de mon mieux.

La porte s'ouvrit en grand sur Célestine, portant le vin et les verres. Pujol se demanda depuis combien de temps elle écoutait à la porte.

— Vous avez fini de parler derrière mon dos ? dit-elle, sans paraître s'en offusquer.

— Celsie, murmura son mari.

— Tu vas nous aider ? lança-t-elle en regardant Pujol droit dans les yeux.

— Je ferai ce que je pourrai, Célestine.

Elle soutint son regard un instant, puis hocha la tête.

— Alors buvons à la santé d'Antoine.

Après le départ des Déjean, Pujol vida la fin de la bouteille dans son verre et parcourut les notes qu'il avait prises. Il entoura deux fois quelques mots au milieu de la page, d'un air pensif.

Il ne pouvait en être sûr, et c'était peut-être sans rapport, mais il était prêt à parier son dernier sou que le vieux en costume clair décrit par Antoine était Audric Baillard. Il réfléchit un moment, puis arracha une feuille vierge de son bloc-notes, et se mit à écrire une lettre.

49

Carcassonne

Après avoir nettoyé l'appartement comme elle pouvait, Sandrine prépara une valise pour Liesl et s'en alla. En revenant vers la rue du Palais, elle traversa la Bastide et déposa au passage les autres lettres de prisonniers.

Une fois arrivée, elle passa la tête par la porte du salon pour prévenir Marianne de son retour, puis monta à la salle de bains pour se laver et se changer.

— J'ai cru que je n'arriverais jamais à chasser cette odeur, dit-elle, une fois redescendue. Avec seulement de l'eau froide et du mauvais savon, ce n'était pas gagné. Quant aux graffitis sur les murs, impossible de les effacer. Il faudrait passer une couche de peinture. Par contre, j'ai réussi à sauver presque tous les vêtements ainsi que les photographies.

— Bravo, sœurette, approuva Marianne.

— Et Liesl, où est-elle ?

— Elle se repose. Lucie aussi est ici. Marieta m'a dit qu'elle avait dormi presque toute la journée. Une indisposition, due à quelque chose qu'elle a mangé, sans doute.

— Comment va Liesl ?

— Pas si mal, étant donné les circonstances. Elle est plus costaude qu'elle n'en a l'air..., déclara Marianne, puis elle poussa un soupir. Elle a déjà tant subi.

— Lui as-tu dit que je croyais avoir vu Max ?

— Non, j'ai préféré attendre d'être certaine que c'était bien lui. En revanche, j'ai téléphoné à Suzanne pour lui demander d'aller au commissariat. Elle s'y était déjà rendue une fois aujourd'hui, pour découvrir ce qui est arrivé à César Sanchez.

— Et elle a eu du nouveau ?

— Non, rien.

Sandrine réfléchit un instant.

— La police acceptera-t-elle de renseigner Suzanne à propos de Max alors qu'ils n'ont aucun lien de parenté ?

— Dès qu'un train quitte Carcassonne, la police est tenue d'inscrire sur un registre les noms des prisonniers déportés ainsi que leur destination.

— Et elle le fait ?

— Parfois.

— As-tu raconté à Lucie ce qui est arrivé à Liesl ?

— Elle dormait, dit Marianne, et je dois dire que j'en ai été soulagée. Cette nouvelle, si elle se vérifie, va lui porter un rude coup... Veux-tu boire quelque chose ? proposa-t-elle en se levant. Tu as l'air éreintée.

— Oui, volontiers.

Fermant les yeux, Sandrine s'enfonça dans le fauteuil. Malgré la température, elle avait froid. La fatigue, sans doute. Jamais elle ne s'était sentie aussi épuisée.

— Tiens, dit Marianne en lui tendant un verre de vin rouge. Tu l'as bien mérité.

Sandrine but une gorgée de vin, puis une autre, et aussitôt, l'alcool lui réchauffa le sang.

— Je viens d'avoir une drôle de conversation avec Marieta, qui m'a demandé, l'air de rien, si nous comptions aller à Coustaussa cet été, lui raconta Marianne. Tu te rends compte ! Comme si nous pouvions aller et venir à notre guise, ainsi que nous le faisions avant la guerre. Je me demande ce qui lui est passé par la tête.

— Moi, je crois le savoir. Je comptais te rapporter une conversation que nous avons eue hier, mais ensuite j'ai vu Raoul et cela m'est sorti de la tête.

— Tiens donc, ironisa Marianne.

Sandrine sourit en faisant une petite moue, puis lui expliqua ce qui s'était passé dans le jardin.

— En fait, je n'avais encore jamais vu Marieta aussi paniquée. Tout bien réfléchi, je pense qu'elle a finalement décidé d'aller voir M. Baillard en personne plutôt que de se fier à la poste.

— C'est étrange, commenta Marianne. Et tu es sûre que Déjean a parlé de « Baillard » ?

— Pratiquement sûre, oui. Tu as déjà entendu parler de lui ?

— Oui, il me semble que Papa a prononcé son nom une ou deux fois.

Un moment, les deux sœurs restèrent assises en silence. Sandrine sirota son vin et, pour la première fois durant cette longue journée, elle se permit de penser à Raoul.

Après une bouffée d'euphorie, l'idée qu'elle risquait de ne pas le revoir avant des semaines, voire des mois, s'abattit sur elle.

— Tu penses qu'il va s'en sortir ? demanda-t-elle posément.

— Raoul ?

Sandrine hocha la tête.

— Sincèrement, ma chérie, je ne sais pas. Tu as vu aujourd'hui ce qui est arrivé à Liesl. Les choses ne font qu'empirer.

Le bruit d'une porte à l'étage mit fin à leur conversation. Marianne se leva et gagna le couloir.

— C'est Liesl, dit-elle, puis elle porta la voix. Nous sommes là ! Rejoins-nous dès que tu seras prête.

Quelques instants plus tard, la jeune fille apparut. Elle était pâle, avec de grands cernes sous les yeux, mais semblait calme.

— Comment te sens-tu ? demanda Marianne en tapotant le canapé, l'invitant à s'asseoir à côté d'elle.

— Un peu mieux.

— Tu as envie de boire ou de manger quelque chose ?

— Non, rien, merci.

— Tu veux bien nous raconter ce qui s'est passé ? dit Sandrine. Sauf si cela t'est trop pénible.

— Non, ça ne me dérange pas.

Liesl commença son récit d'une voix claire et posée, sans verser à aucun moment dans l'apitoiement. À mesure qu'elle écoutait, Sandrine sentit la colère l'envahir.

— Nous devrions les dénoncer, déclara-t-elle d'un air farouche quand Liesl eut fini.

— Max a essayé à maintes reprises, dit Liesl. La police a toujours prétendu ne rien pouvoir faire.

— Mais enfin, ça ne se résume pas à des jets de pierre et des insultes ! Ils ont forcé votre porte. Ce sont des actes criminels.

— Je les ai entendus tout casser, briser les fenêtres, saccager, mais je ne les ai pas vus. Je ne pourrais pas les identifier.

— Que de telles choses puissent se produire en plein jour, cela semble incroyable, s'indigna Sandrine. Et les voisins ? N'ont-ils rien remarqué ?

À voir l'expression de Liesl, il était évident que les voisins avaient entendu, mais qu'ils avaient préféré ne pas intervenir.

La colère de Sandrine se teinta d'amertume.

— J'ai nettoyé du mieux possible, reprit-elle après un silence. C'était dégoûtant mais, à part les graffitis, les dégâts sont moins graves qu'à première vue. J'ai rapporté ce que j'ai pu.

— Mon appareil photo ? demanda Liesl aussitôt. Max me l'a offert. C'est un Furet.

— Oui, je l'ai pris. Quand ces vandales ont retourné la table, l'appareil est tombé dessous, et ils ne l'ont pas vu. Je vais te le chercher.

Elle sortit dans le couloir. Il y avait du mouvement au premier étage. Elle entendit l'eau couler dans la salle de bains, puis des pas sur le palier, et retint son souffle. Deux ans après, elle s'attendait encore à voir son père planté en haut des marches, tenant d'une main ses lunettes, de l'autre son journal, qu'il trimballait toujours avec lui. À ce souvenir, elle sourit avec tristesse. Enfin elle soupira, prit la valise contenant les affaires de Liesl, et retourna dans le salon.

— Lucie est levée, annonça-t-elle.

— Lucie est là ? Alors elle saura où est Max, dit Liesl avec une lueur d'espoir.

Pâle, les lèvres fendillées, les paupières striées de petites veines bleues, Lucie faisait peine à voir. Elle ne s'était pas coiffée, ses cheveux, ondulés d'ordinaire, pendaient tristement, et sa robe était toute chiffonnée.

— Lucie ! s'exclama Sandrine, malgré elle.

— Je sais, lâcha Lucie en faisant la grimace. J'ai une sale tête, hein ?

— Je vais demander à Marieta d'apporter du thé, dit Marianne.

Lucie lui adressa un sourire las, puis remarqua Liesl, la valise, et elle se figea.

— Que se passe-t-il ? Pourquoi Liesl est-elle ici ? Où est Max ?

— Toi non plus, tu ne le sais pas ? demanda Liesl. Je croyais… j'espérais qu'il était avec toi.

— Que veux-tu dire ? Après la manifestation, il est rentré directement chez vous pour dîner avec toi. Marianne, qu'est-ce qui se passe ? Que faites-vous ici, toutes les trois ?

— Attendons de voir ce que Suzanne nous en dira, intervint Marianne. Inutile de tirer des conclusions hâtives.

— Qu'est-ce que Suzanne a à voir dans tout ça ?

— Nous ignorons où Max se trouve, dit Liesl d'une toute petite voix.

— Tu veux dire qu'il n'est pas rentré chez vous? s'exclama Lucie d'une voix suraiguë. Max a disparu, c'est ce que vous essayez de m'annoncer? Que Max a disparu?

— Viens t'asseoir, dit Marianne. Ne te mets pas dans tous tes états.

— Je ne veux pas m'asseoir, riposta Lucie. Je veux savoir où est Max.

— Nous aussi, dit Sandrine, avec moins de compassion que Marianne.

Comme elle posait une main sur son épaule, Lucie se dégagea.

— Viens t'asseoir, calme-toi, et nous te dirons ce que nous savons, lui intima Sandrine assez rudement.

L'instant d'après, elle s'en voulut, car Lucie sembla sur le point d'éclater en sanglots. Puis elle se ressaisit, et s'effondra dans le fauteuil. Sandrine s'assit à côté d'elle, lui prit la main, et lui raconta ce qui s'était passé à l'appartement.

— Oh mon Dieu! Quelle épreuve pour toi, ma pauvre chérie, s'exclama Lucie en se tournant vers Liesl.

— C'est pour cela, en partie du moins, que Suzanne est allée au commissariat, conclut Marianne.

— Mais Max a dû avoir un accident. C'est l'hôpital qu'il faut appeler, pas le commissariat, affirma Lucie en se levant, puis, voyant l'expression de Sandrine et de Marianne, elle s'immobilisa. Quoi, vous croyez qu'il a été arrêté, c'est ça? Mais pourquoi, pourquoi l'arrêterait-on? Max est prudent, discret. N'est-ce pas, Liesl? Il ne sort jamais sans ses papiers.

— Jamais.

— Il n'y a aucune raison qu'on l'arrête, répéta Lucie comme pour se persuader elle-même et ne pas céder à la panique qui l'envahissait.

Sandrine chercha le regard de Marianne et comprit que sa sœur partageait son avis. Étant donné l'état d'angoisse de Lucie, il ne servait à rien de continuer à garder leurs soupçons pour elles.

— En fait, je crois bien l'avoir vu à la gare, plus tôt dans la journée, commença timidement Sandrine. Il était loin, et une femme me bloquait la vue, mais…

— À la gare ? s'étonna Lucie. Que faisais-tu à la gare ?

— Un groupe de prisonniers a été déporté ce matin, répondit Marianne. Sandrine pense que Max en faisait partie.

Liesl laissa échapper un cri étranglé, et Lucie perdit le peu de couleur qui lui restait.

— Il était loin, répéta Sandrine, mortifiée. Je n'ai pas voulu intervenir sans être sûre que c'était bien lui. Mais les choses se sont précipitées et…

— Ce ne pouvait être Max…, murmura Lucie.

— Suzanne va revenir d'une minute à l'autre, dit Marianne. Attendons de voir. Quoi qu'il en soit, Liesl ne peut retourner chez elle. Les fenêtres sont brisées et la porte doit être réparée.

Dans le couloir, le téléphone sonna. Sandrine regarda Marianne, qui se leva et alla répondre. Dans le salon, personne ne dit mot.

— Était-ce Suzanne ? demanda Sandrine, le cœur battant, quand Marianne revint dans la pièce.

Sa sœur hocha la tête.

— Eh bien ? dit Lucie avec une nuance d'espoir. Son nom n'était pas sur la liste, n'est-ce pas ?

— Je regrette, répondit Marianne.

Il s'en suivit un long silence.

— Où l'ont-ils emmené ? réussit enfin à demander Liesl.

— Cela ne figure pas dans le registre, et ils ont refusé d'en informer Suzanne.

— Qu'allons-nous faire ? gémit Lucie.

— Nous ne savons même pas où il a été emmené ? demanda alors Liesl d'une voix tremblante, incapable de se maîtriser plus longtemps.

Marianne la prit par les épaules et la jeune fille se laissa enfin aller à pleurer. En voyant sa détresse, Lucie se ressaisit.

— Hé, petite. Ça va aller.

Sandrine regarda Marianne avec désespoir, et sa sœur lui fit signe de la suivre dans le couloir afin de laisser un moment Liesl et Lucie seule à seule. Marianne referma doucement la porte.

— La situation se complique. D'après Suzanne, Max était le seul prisonnier de la liste dont la destination n'était pas indiquée.

— Pourquoi voudraient-ils la garder secrète ? s'étonna Sandrine.

— Je n'en sais trop rien. Suzanne a eu l'impression que la police elle-même ignorait où Max avait été envoyé… Nous devons réfléchir sérieusement à ce que nous allons faire de Liesl. Elle peut rester ici pour l'instant, mais elle ne pourra pas retourner chez elle tant que nous ne saurons pas pourquoi Max a été arrêté.

— Mais elle n'a que seize ans. Ses papiers sont en règle.

— Ceux de Max l'étaient aussi, répliqua Marianne en haussant les épaules. Sincèrement, je ne comprends pas du tout ce qui se passe. Est-ce en rapport avec leur père, ou avec tout autre chose ?

Sandrine réfléchit un instant, puis suggéra :

— Et Coustaussa ? Manifestement, Marieta éprouve le besoin impérieux de voir M. Baillard. Liesl pourrait aller avec elle. Au moins jusqu'à ce que nous découvrions où Max a été emmené et pourquoi. Elle sera en sûreté loin de

Carcassonne, et loin de cette fouineuse de Mme Fournier, qui habite juste la porte à côté.

— Ce serait trop compliqué, répondit Marianne en secouant la tête. Il faudrait changer les carnets et coupons de rationnement, les permis de circulation… Je me fais déjà assez de souci pour Marieta. Je ne peux lui demander de prendre tout ça sur elle.

Sandrine eut soudain une illumination. Elle avait dit à Raoul de gagner Coustaussa, s'il se retrouvait coincé. En fait, il y avait peu de chances qu'il recoure à cette possibilité. Il avait certainement cherché à rejoindre Banyuls ou tout autre endroit où des amis à lui pourraient l'aider. Mais s'il n'arrivait pas à descendre aussi bas dans le sud ? S'il n'avait nulle part où aller ?

— Et si je les accompagnais ? proposa Sandrine d'un ton égal, alors que son cœur battait la chamade. Je pourrais m'occuper des formalités avec la mairie de Couiza, ainsi Marieta n'aurait pas à s'en charger… Quant à Liesl, vous pourriez lui obtenir d'autres papiers, Suzanne et toi, non ?

Marianne la dévisagea un instant en silence.

— Oui. Cela prendrait quelques jours, mais nous pourrions arranger ça.

— Bon, très bien alors. Dès que ce sera fait, nous partirons toutes les trois. Je les installerai, puis je reviendrai. L'air de la campagne fera le plus grand bien à Marieta.

Sa sœur demeurait perplexe, un pli lui barrait le front, mais Sandrine sentit que l'idée la séduisait.

— Vrai, ça ne t'ennuierait pas ? finit par dire Marianne. Cela va te demander beaucoup de travail.

— Non, ça ne m'ennuiera pas du tout, assura Sandrine, tout sourire.

À 22 heures, les filles avaient parlé tant et plus en faisant le tour de la situation et en imaginant des solutions.

Marianne avait convaincu Liesl qu'elle ne pouvait rester à Carcassonne, Sandrine avait persuadé Lucie de passer encore une nuit chez elles et de laisser Suzanne découvrir où Max avait été envoyé. Le plan était arrêté : Marieta, Liesl et Sandrine partiraient pour Coustaussa début août, ainsi que la famille l'avait toujours fait par le passé, tandis que Lucie, Marianne et Suzanne resteraient sur place, à Carcassonne.

Il était plus de 23 heures quand Sandrine et Marianne allèrent se coucher. Sa sœur semblait si fatiguée que Sandrine lui proposa de fermer elle-même la maison. Tout en vérifiant les volets du salon, verrouillant les portes et s'assurant qu'aucune lumière ne filtre plus à l'extérieur, elle songeait à quel point sa vie avait été chamboulée, en l'espace de trois jours.

Elle monta l'escalier à pas lents puis, entendant Lucie pleurer dans la chambre de son père, demeura un instant derrière la porte close. Elle faillit entrer pour la consoler, mais se ravisa. Le chagrin était une affaire privée, et Lucie préférait sûrement rester seule. Aucun bruit ne venait du débarras où Liesl dormait.

Sandrine regarda par la fenêtre du palier le ciel de juillet semé d'étoiles. Un instant, elle entendit l'écho d'autres cœurs, d'autres esprits flottant, respirant autour d'elle. Une conscience aiguë l'envahit, celle d'autres vies vécues jadis dans les ruelles de la Cité médiévale et dans la bastide Saint-Louis.

— *Coratge*, murmura-t-elle.

Le moment passa. Tout revint à la normale. Sandrine soupira, puis gagna sa chambre et ferma la porte. La maison sombra dans le silence.

50

La Haute Vallée

Sitôt la transmission terminée, Audric Baillard se mit à démonter l'émetteur radio. Il plaça le petit compartiment en carton brun du récepteur sur la table, puis enveloppa l'antenne dans une veste légère, et cacha les écouteurs au fond d'une grosse chaussette en laine. La police ne s'aventurerait pas aussi haut dans les montagnes, mais sait-on jamais ?

Entre les habituels mots et messages codés de la France libre destinés à leurs camarades de la zone occupée, Baillard avait eu des nouvelles de la manifestation de la veille à Carcassonne, jour de la prise de la Bastille. Le Midi commençait à afficher ses vraies couleurs. Il sourit un instant, puis reprit sa tâche.

Après avoir enveloppé les quatre segments de fil entre les pages d'un vieux numéro de *La Dépêche*, il les rangea au fond d'une valise et empila des vêtements dessus. Son sourire s'effaça. Si les nouvelles de Carcassonne étaient encourageantes, celles venant du nord étaient plus qu'affligeantes. Durant les derniers mois, des familles entières étaient venues de Paris et de Chartres jusqu'à Ax-les-Thermes dans l'espoir de s'échapper en passant en Espagne par les montagnes, pour gagner ensuite le Portugal, puis l'Angleterre ou l'Amérique, même si l'Amérique avait depuis quelque temps fermé ses frontières. Selon la radio, il y avait eu récemment des rafles massives à Paris, opérées cette fois par des milliers de policiers. Par dizaines de milliers, des Juifs, hommes, femmes, enfants, avaient été incarcérés au Vélodrome d'hiver, en bordure de la ville. Il espérait que ces rumeurs étaient exagérées, mais ne se faisait guère d'illusions.

Baillard boucla sa valise. Il se servit un verre de Guignolet qu'il emporta dehors, pour contempler la Lune argentée sur les cimes du Sabarthès, comme il l'avait fait si souvent par le passé. Parfois en compagnie de ceux qu'il aimait et qui l'aimaient. La plupart du temps, seul.

Au départ, il comptait séjourner à Los Seres quelques jours, puis rassembler ses forces pour se préparer à guider le prochain groupe de réfugiés au-delà des Pyrénées. Mais Antoine Déjean occupait beaucoup ses pensées, et les nouvelles diffusées par la radio l'avaient conduit à changer ses plans. Baillard espérait que c'était en raison de la manifestation qu'Antoine n'avait pu livrer le paquet comme promis. Il retournerait à Rennes-les-Bains. Si aucune lettre ne l'y attendait, il conduirait le groupe de régugiés en Espagne comme il s'y était engagé, puis irait aussitôt à Carcassonne à la recherche de Déjean.

Il lui fallait agir. Baillard ne pouvait laisser les choses aller au gré du hasard. Malgré la propagande répandue par les journaux collaborationnistes, la victoire des nazis n'était nullement assurée. Mais si leurs ennemis entraient en possession du Codex, alors plus personne ne pourrait rien faire pour endiguer la marée du mal.

Toute l'Europe tomberait. Et davantage.

Baillard demeura là un moment, laissant l'alcool réchauffer ses vieux os et la vue des montagnes apaiser son esprit. À minuit, il rentra dans la maison, lava son verre, le mit à sécher à côté de l'évier, puis ferma tous les volets et verrouilla la porte d'entrée. Enfin, portant sa lourde valise, il entama sa longue descente nocturne vers la vallée en dessous.

Pas à pas…

II

OMBRES DANS LES MONTAGNES

Août 1942

‡

Codex VI

‡

Gaule, Couzanium
Août 342 ap. J.-C.

Arinius attendit de ne plus ouïr les sabots des chevaux pour sortir de sa cachette. L'air qui semblait quelques instants auparavant chargé de menace l'enveloppa d'une douce quiétude.

La prudence était devenue chez lui une habitude. Cela faisait plus de quatre mois qu'il s'était enfui, et il ne croyait plus que l'Abbé enverrait encore des soldats à sa recherche pour récupérer ce qui lui revenait de droit. Mais on l'avait mis en garde contre les *bagaudes*, ces bandits de grand chemin qui sévissaient dans les contreforts des montagnes. C'étaient surtout des soldats déserteurs. Or il ne pouvait mettre en péril la sécurité du Codex, aussi ne prenait-il jamais aucun risque.

Comme il s'agenouillait au bord de la rivière, le jeune moine sentit les coins du papyrus lui piquer les côtes. Il s'aspergea le visage, puis mit ses mains en coupe et but de l'eau pour apaiser sa gorge irritée. Sa toux avait de nouveau empiré.

Encore une aube dont la blancheur annonçait une autre journée de canicule. Il était fatigué, pourtant il reprit son chemin en suivant le sentier qui longeait l'affluent de la rivière, puis quitta la vallée pour grimper vers le haut plateau sur une des voies ouvertes par César et son armée, une route bordée d'arbres, qui filait vers le sud.

À mesure qu'il s'éloignait de Carcaso, les villages étaient devenus plus épars, plus modestes aussi. Les vallées verdoyantes de l'Atax avaient cédé la place aux ravines de la Salz, à la terre rouge dont on extrayait le minerai de fer, aux forêts immémoriales d'arbres à écorce noire. Là vivaient les communautés oubliées, celles des rochers et des cimes, des tribus qui avaient survécu à chaque occupation celte ou romaine, en conservant les modes de vie et traditions des montagnes.

Ici, dans les hautes vallées où les petits hameaux étaient restés à l'écart de la civilisation, régnaient toujours les anciennes religions, mythologies et légendes : Hercule et sa bien-aimée Pyrène, Abellio et les esprits de l'air… autant d'histoires jamais couchées par écrit, mais transmises de père à fille, de mère à fils. Ici, on ne parlait pas le latin, ni même l'ibère, mais l'étrange dialecte des Volques, aussi râpeux aux oreilles d'Arinius que le parler grasseyant des marins du port de Massilia.

Entendant un bruit de roues derrière lui, il jeta un coup d'œil alentour : ce n'était qu'un chariot conduit par un vieillard à la peau tannée.

— *Salve, mercator*, dit-il en levant la main.

Le vieux tira sur les rênes pour s'arrêter et prévint aussitôt :

— Je ne troque pas, je vends contre du bon argent.

Arinius sourit. De toute façon, il n'aurait pas eu grand-chose à échanger. Plongeant la main dans sa poche, il en retira un denier. Le commerçant descendit alors de son siège, prit la pièce, mordit dedans, puis rejeta les couvertures qui protégeaient ses marchandises pour révéler tout un assortiment de bouteilles en verre et de jarres en terre cuite.

— Pour cette somme, je puis vous servir un bon coup de *posca*. Ou de la *cervesa*. Vous en aurez pour votre argent.

Arinius avait été élevé dans l'idée que la *cervesa* n'était qu'un vulgaire breuvage réservé aux barbares. Personne à Lugdunum ne voulait en boire. Mais, au fil de ses voyages, il en était venu à apprécier l'amertume maltée de la bière. À présent, il la préférait même au *posca*, ce vin coupé d'eau et de vinaigre, si populaire à Carcaso.

— Vous n'auriez pas du vrai vin ? demanda-t-il en tendant une autre pièce.

— Vous n'en aurez guère, pour si peu d'argent.

— Je m'en contenterai, répliqua-t-il.

À Carcaso, il n'avait pas souffert de solitude, mais après ces deux semaines passées à voyager seul sur la grand-route, la communauté de ses frères moines lui manquait. Le goût du vin sur sa langue lui rappellerait leur compagnie.

Le marchand fureta dans l'entassement précaire de bouteilles, de jarres et de miroirs, et finit par en extraire un joli flacon vert d'eau, de forme hémisphérique, orné sur un côté d'une belle iridescence diaprée, rappelant la queue d'un paon. Le goulot long et fin était fermé par un bouchon de liège, et traversé d'une lanière en cuir, qui permettait de le porter autour du cou.

— Il est beau, admira Arinius en souriant au marchand, qui haussa les épaules.

— Vous le voulez, oui ou non ?

Arinius lui tendit l'argent.

— Merci, *frater*. Désirez-vous autre chose ?

Arinius contempla le paysage désert alentour.

— Pourriez-vous m'indiquer la direction du village le plus proche ? Y en a-t-il un, à proximité ?

— Couzanium n'est guère loin d'ici, répondit le marchand. À une demi-journée de marche.

— C'est une ville ?

— Non, juste quelques maisons. Mais il y a un village plus important à l'est de Couzanium, Aquis Calidis. À deux ou trois heures de marche. Ses sources d'eau chaude et froide, salée et douce, alimentent des bains publics. Ils étaient fort appréciés des soldats venus des garnisons d'au-delà du Sinus Gallicus. Maintenant, ils ne sont plus guère fréquentés.

— Peut-être m'y rendrai-je, approuva Arinius.

Le marchand recouvrit ses articles, grimpa sur son siège, et fit aller sa mule d'une tape sur les flancs. Le chariot s'ébranla dans des cliquetis et des tintements de verre.

Arinius tira sur le bouchon, puis but au goulot, laissant la chaleur du vin apaiser sa gorge. Il s'essuya les lèvres du dos de la main, renfonça le bouchon, puis passa la lanière qui retenait le flacon autour de son cou et de son épaule, tout en songeant à l'avance au délice que ce serait de se plonger tout entier dans les eaux chaudes des thermes pour délasser ses membres fatigués.

Il hésita un instant, puis, le flacon rebondissant contre sa hanche, continua sur la voie romaine, vers les vallées vertes de Couzanium.

‡

51

Carcassonne
Août 1942

Sandrine était accoudée à la fenêtre ouverte du wagon de seconde classe. Elle portait l'une des tenues de voyage de sa sœur, veste verte et jupe plissée, et, avec ses boucles noires relevées en chignon, elle paraissait plus mûre. Se sentait plus mûre.

— Ça ne devrait plus tarder, maintenant, dit Marianne.

Sandrine tapota sa poche pour vérifier encore une fois qu'elle avait bien tous les billets et les papiers nécessaires, puis elle revint au petit groupe de femmes qui attendait sur le quai de les voir partir. Malgré elle, son regard retournait sans cesse vers le bout du quai, là où elle avait vu trois semaines plus tôt la police bousculer les prisonniers pour les faire monter dans le train comme du bétail. Max était parmi eux, mais elle s'en était rendu compte trop tard pour lui venir en aide. Suzanne n'avait pu découvrir où on l'avait envoyé, ni pourquoi on l'avait arrêté. Quant à César Sanchez et Antoine Déjean, ils n'avaient toujours pas été retrouvés. Aucune piste, même infime, aucune rumeur n'avait pu leur fournir le moindre indice. Et, puisqu'elles ignoraient où Max était détenu, elles avaient gardé Liesl à l'abri rue du Palais, au cas où la police voudrait aussi l'embarquer.

Les derniers temps, chaque coup frappé à la porte mettait Sandrine sur le qui-vive. Et, chaque matin depuis le départ de Raoul, elle guettait le claquement de la boîte aux lettres, espérant une lettre, une carte postale... Bien sûr, elle se doutait qu'il ne pouvait prendre le risque d'écrire, mais l'espoir l'emportait sur le bon sens. Alors elle avait tenté de s'occuper. Au début, elle avait essayé de comprendre les paroles qu'elle avait entendues à la rivière, ces mots qui avaient tant effrayé Marieta, mais cela ne l'avait menée nulle part. La bibliothèque municipale était fermée pour l'été, d'ailleurs beaucoup des livres qui auraient pu lui être utiles avaient disparu des rayons, et Marieta refusait d'en discuter. Pourtant la vieille servante guettait elle-même chaque matin l'arrivée du courrier, mais c'était la seule trace qui subsistait de leur conversation. Sandrine s'était aussi rendue à la cathédrale pour s'entretenir avec l'abbé Gau, sans réussir à le voir. Entre fin juillet et début août, les journées n'en finissaient pas, traînant leur lot de malaise et de crispation, et elle se languissait de quitter Carcassonne.

Même en cette fin de matinée, la gare était aussi tranquille qu'un dimanche soir. Les dérives de la manifestation du 14 Juillet, plus la féroce chaleur d'août, faisaient que les gens restaient calfeutrés chez eux. Il y avait toujours beaucoup de « policiers d'occasion » dans les rues, des contrôles réguliers, des barrages routiers. Et, même si les émissions de Londres rendaient compte des revers essuyés par les nazis, selon des rumeurs persistantes, Hitler préparait une nouvelle offensive. Contre qui, personne ne pouvait le dire avec certitude, mais ces bruits, fondés ou non, se répandaient à l'envi, et l'atmosphère de Carcassonne devenait irrespirable.

— J'aurais aimé que tu viennes avec nous, dit Sandrine, soudain prise de l'angoisse du départ.

— Tout se passera bien, assura Marianne en souriant. Téléphone-moi de Couiza pour me faire savoir que vous êtes bien arrivées.

— Promis.

L'agent des chemins de fer donna un coup de sifflet. Sandrine envoya un baiser de la main à sa sœur, fit signe à Suzanne et Lucie, puis replongea dans le compartiment tandis que le train s'ébranlait.

Liesl lisait, son précieux appareil photo niché sur ses genoux. Marieta s'était assise en face d'elle. Pour l'occasion, elle s'était coiffée d'un feutre noir, avait mis son manteau d'été gris clair, orné sur le revers d'une aigrette de perles en verre rouge, ainsi que des chaussures de ville, au lieu de ses habituelles galoches. Elle reprisait une paire de chaussettes dont on n'aurait guère besoin avant l'hiver. L'aiguillée de fil gris allait et venait entre ses doigts en remuant comme la queue d'un chaton.

Sandrine regarda par la fenêtre le paysage brun, jaune et vert, en s'efforçant d'ignorer l'impatience qui palpitait au creux de son ventre. Elle appuya sa tête contre la vitre. Le train fredonnait sa berceuse cliquetante et brinquebalante. Au début, il suivit le cours de la rivière, et elle vit de loin défiler Maquens, Leuc, Verzeille, Roullens, autant de bourgs aux noms familiers qu'elle n'avait encore jamais visités.

En août, temps de la moisson, on verrait les ouvriers agricoles travailler dans les champs, aidés de leurs enfants et de leurs femmes. Champs de blé et d'orge dans les plaines, vignes à perte de vue au-delà. À l'approche des vendanges tant attendues, l'air vibrerait d'excitation. Mais, en cette saison, les champs étaient quasi déserts. Un homme en chemise à carreaux et pantalon de velours côtelé poussant une bicyclette sur une petite route de campagne. Deux femmes en chapeaux de paille à larges bords munies de paniers, faisant à pied le long trajet de l'arrêt de bus jusqu'aux fermes isolées, nichées dans les replis du paysage. Des chèvres et des poules, broutant et picorant dans de petits potagers, en bordure de la voie ferrée. Des champs de tournesols. Une charrette, un camion de livraison... Guerre ou pas, ici, le paysage gardait son aspect, immuable.

En zone occupée, Sandrine savait que des soldats inspectaient les trains, en particulier ceux qui passaient près de la ligne de démarcation. Au moins ici, ce n'était pas le cas.

Pas encore. Pas tout à fait.

Le train s'arrêta en tressautant.

« Limoux. Limoux. Cinq minutes d'arrêt. »

À moitié réveillée par l'annonce du chef de gare, Marieta ouvrit les yeux, puis les referma.

— Tu as envie de te dégourdir les jambes, Liesl ? demanda Sandrine.

La jeune fille secoua la tête. Elle semblait sereine, et si Sandrine ne s'y trompait pas, elle préférait rester discrète.

Une fois descendue sur le quai, Sandrine observa les femmes en robes d'été et tailleurs aux couleurs vives, coiffées de foulards ou de coquets chapeaux de paille ornés de rubans. Tout le long du quai les portières s'ouvraient puis se refermaient en claquant, dans un concert mélodieux d'accueils et d'au revoir.

L'agent des chemins de fer donna un coup de sifflet, Sandrine remonta dans son compartiment, et le train repartit, cette fois en roulant plus lentement à mesure qu'il gravissait les collines. On eut le premier aperçu des montagnes. L'air changeait. Même Liesl s'arrêta de lire pour regarder par la fenêtre, surprise par tant de beauté.

Quand le train repartit d'Alet-les-Bains, Sandrine eut, comme toujours, un petit pincement au cœur. L'ascension vers la Haute Vallée commençait. Laissant derrière lui les champs de tournesols, le train se mit à osciller sur les ponts de chemin de fer en pierre grise, hissant et tirant ses wagons. Le paysage se fit plus escarpé, moins clément. Par la vitre ouverte se glissa l'odeur familière du cèdre et du laurier, avec l'humidité de la profondeur des bois.

Le train émergea de l'ombre verte des berges de la rivière. Clignant des yeux dans la lumière, Sandrine aperçut pour la première fois les collines en calcaire, les crêtes déchiquetées, les rochers, les sapins, les chênes verts du plateau de la Salz et, au-delà, les corniches abruptes des contreforts des Pyrénées.

Elle songea aux nombreuses fois où elle avait fait le voyage, à l'aller comme au retour, contemplant ces champs, ces cieux, ces rivières, sentant presque les fantômes de compagnons de voyage en route, comme elle, vers le sud et les Corbières. La voie ferrée, les sifflements et chuintements de la locomotive.

Le murmure des générations passées.

52

Tarascon

Audric Baillard entra dans Tarascon par l'avenue de Foix. Devant lui, perchée sur sa colline, la tour du Castella saluait le voyageur fatigué, comme elle le faisait depuis plus d'un siècle et demi.

Au loin, le pic de Vicdessos dominait la vallée, la ville, les rivières et les bois, rappelant le caractère immuable de ce paysage, bien antérieur à l'humanité, et insensible à ses folies.

Baillard se dirigea vers le Grand Café Oliverot. Situé face au bureau de Poste, il avait été construit au début du siècle sur la rive droite de l'Ariège, et Audric figurait parmi ses premiers clients. C'était autrefois le repaire préféré d'Achille Pujol.

Audric aimait Tarascon. Il se dégageait de la ville et de ses rues pavées une tranquille acceptation de la place qu'elle occupait dans le monde, un attachement à des valeurs anciennes, inaltérables, qui résonnait en harmonie avec sa propre vision du monde. Par ailleurs, la petite ville de montagne semblait plus prospère, plus confiante que lors de sa dernière visite. Le Grand Hôtel de la Poste était repeint de frais. C'était donc qu'il avait des clients… Pourvu que ce ne soit pas des visiteurs allemands, ni des hôtes de Vichy, songea Audric en fronçant les sourcils.

En tournant le coin de la rue, il découvrit droit devant lui son vieil ami, assis à sa place habituelle, au bout de la terrasse qui surplombait l'Ariège et le pont Vieux. Il avait un peu forci et blanchi, mais c'était le même profil au front haut, la même chevelure un peu hirsute.

— *Bonjorn*, Achille, dit-il en approchant.

À sa vue, Pujol se fendit d'un grand sourire.

— Audric Baillard, si je m'attendais ! Alors tu as eu ma lettre ?

Audric confirma d'un petit hochement de tête.

— Comment va la vie, *amic ?*

— Ça pourrait être pire, et ça pourrait aller mieux, répondit Pujol, puis il rapprocha une chaise et l'invita à s'asseoir. Je suis content que tu aies pu venir.

— Ta lettre disait que c'était urgent, dit Baillard une fois assis, en posant son chapeau sur la table. *Qu'es aquo ?*

— Antoine Déjean, répondit Pujol. Tu le connais ?

— Pourquoi, tu as des nouvelles ? s'enquit aussitôt Audric, l'air grave.

Il écouta sans l'interrompre Pujol lui faire un résumé clair et précis de la conversation qu'il avait eue avec Pierre et Célestine.

— Trois semaines qu'ils sont restés sans nouvelles, conclut Pujol. À croire que ce garçon s'est volatilisé. Personne ne sait rien.

— Ainsi donc, *sénher* Déjean a dit que l'homme qui recherchait Antoine était allemand ?

— Oui, confirma Pujol. Tu te rappelles l'époque où ça grouillait d'Allemands, par ici ? Toutes ces équipes venues faire des fouilles, durant le printemps et le début d'été 1939 ?

— Oui, je m'en souviens.

— Il y avait aussi cette drôle de bande, les Polaires, comme ils s'appelaient, soi-disant en quête d'indices prouvant l'existence d'une sorte d'ancienne race supérieure… Et cette équipe française venue de Chartres, financée par… Comment s'appelait ce type, déjà ?

— François Cécil-Baptiste de l'Oradore.

— C'est ça. Tu as une sacrée bonne mémoire, dis donc !

Le regard de Baillard s'assombrit.

— J'ai eu des raports avec cette famille, autrefois. Même si elle a changé de nom, depuis.

— De l'Oradore avait porté plainte contre les Allemands, ce devait être en juillet 1939, ou en août. Quelle ironie, quand on y pense… Sur le motif qu'ils étaient à la recherche du trésor des Cathares. C'est dingue, non ?

Baillard le regarda, mais ne dit rien.

— Mais voici ce qui m'a poussé à te contacter, reprit Pujol. Quand la voisine de Pierre a vu Antoine à Carcassonne, la première chose qu'il lui a demandée en apprenant que quelqu'un était à sa recherche, ce fut, je cite, s'il s'agissait d'un vieil homme en costume clair… J'ai supposé qu'il faisait référence à toi, Audric. J'espérais que tu saurais quelque chose.

— Antoine travaillait pour moi, Achille, expliqua Baillard. Il était censé déposer un paquet à mon intention à Rennes-les-Bains, mais le paquet n'est jamais arrivé. Lui non plus.

— Ah.

— Et je n'ai eu aucune nouvelle.

— Et qu'y avait-il, dans ce paquet ?

— Une carte.

— De quoi, au juste ?

— L'endroit où est caché quelque chose d'une extrême importance. Quelque chose qui pourrait… changer le cours de la guerre.

Pujol haussa les sourcils, mais il perçut dans le ton de Baillard une réserve qui le dissuada de poser d'autres questions.

— Tu te souviens d'Otto Rahn, Achille ? reprit posément Baillard.

— Oui. J'ai appris qu'il s'était supprimé. Avec une surdose de somnifères, c'est ça ?

— *Benlèu*, répondit évasivement Baillard.

Le regard de Pujol s'aiguisa.

— Moi, je ne suis guère surpris qu'il ait fini comme ça, commenta-t-il. Ce n'était pas un gars très équilibré, si tu veux mon avis. Rahn et Déjean étaient toujours fourrés ensemble, à fouiner dans les grottes sans autorisation, en quête de je ne sais quoi. Lombrives, Niaux… il leur arrivait même d'aller jusqu'à Lavelanet, Montferrier,

Montségur. En dégoisant toutes sortes d'absurdités et en se donnant l'un l'autre de drôles de noms.

— *Gottesfreunde*, dit Baillard. L'équivalent allemand de « Bons Homes ». Ceux que les gens appellent communément les Cathares, de nos jours. Rahn a couché ses idées dans deux livres assez bizarres. L'un s'appelait *La Croisade contre le Graal*, et l'autre, plus tardif, racontait son séjour à Montségur, sans pour autant mentionner Antoine par son nom. Ce livre-là fut publié en 1936, année où Rahn fut accepté dans les SS.

— Oui, ils lui ont mis le grappin dessus.

— C'était un jeune homme naïf, influençable. Il s'est senti flatté qu'on le prenne au sérieux, sans comprendre ce qu'ils voulaient vraiment de lui.

— Tu veux dire que tout ce qui s'est passé à cette époque est en rapport avec la disparition d'Antoine ?

— Oui.

Pujol le scruta intensément. Un moment, Baillard entrevit l'inspecteur de police haut gradé qu'il était par le passé. Un homme de principes, intelligent, déterminé.

Pujol se leva et déposa un billet sur la table.

— J'ai une bonne bouteille, à la maison. Nous pourrions continuer à bavarder chez moi. Qu'en dis-tu ? Autant se rentrer avant l'orage, ajouta-t-il en regardant le ciel.

— À mon avis, ce n'est pas pour tout de suite, répondit Baillard, mais oui, volontiers. Mieux vaut en effet poursuivre cette conversation en privé.

53

Couiza

Avec des sentiments mitigés, Sandrine ouvrit la portière du wagon et descendit sur le quai. Elle s'attendait presque à voir son ancien moi l'accueillir, cette ingénue qui, trois ans plus tôt, portait encore des nattes et des chaussettes hautes, en compagnie de son père, en costume d'été, et de Marianne, tout jeune professeur, près d'une pile de valises en vue d'un long mois de baignades et de parties de cartes.

— Peux-tu m'aider à porter les bagages, Liesl ?

Marieta rassemblait ses affaires. Au moins, elle ne change pas, se dit Sandrine en souriant, mais alors, elle aperçut un autre visage familier. Ernest, le chef de gare, lui faisait signe tout en poussant un chariot à bagages le long du quai. Tendu sur son large poitrail, son uniforme semblait sur le point de craquer, et sa moustache noire en guidon de vélo n'avait rien perdu de sa superbe.

— *Madomaisèla* Sandrine, quel plaisir de vous voir ! Nous avons reçu votre message nous prévenant de votre arrivée. Comme vous voilà grandie ! s'exclama-t-il en reculant, puis son visage se fit plus grave. Nous avons tous été profondément peinés d'apprendre la mort de votre père. C'était quelqu'un de bien.

— Oui, merci.

— Et *madomaisèla* Marianne, viendra-t-elle vous rejoindre ?

— Pas dans l'immédiat, répondit Sandrine puis, sentant son ventre se crisper, elle se tourna vers Liesl et ajouta : Mais voici notre cousine, de Paris.

Ernest dévisagea la jeune fille par-dessus ses bésicles. Sandrine s'en voulait de mentir à ce vieil ami de la famille mais, au cours des deux dernières semaines, la situation de Liesl était devenue de plus en plus précaire. Elles ignoraient toujours où Max avait été emmené, et de terribles rumeurs circulaient, selon lesquelles on arrêtait à Paris parents et enfants pour les envoyer dans des camps. Aussi ne pouvaient-elles prendre le moindre risque.

Ernest soutint son regard un instant, puis tapota sa casquette à l'adresse de Liesl.

— Bienvenue, mademoiselle Vidal. Enchanté de faire votre connaissance.

Sandrine poussa un soupir de soulagement. Le premier obstacle venait d'être franchi. Si Ernest était prêt à jouer le jeu, leurs voisins feraient de même, du moins l'espérait-elle.

— Oh, je ne…, commença Liesl en souriant, mais elle pâlit soudain et se reprit juste à temps. Tout le plaisir est pour moi, monsieur. Et je vous en prie, appelez-moi Liesl.

— *Bonjorn!* s'écria Ernest en voyant Marieta, apparue en haut du marchepied, et il lui tendit la main pour l'aider à descendre du wagon. *Bervenguda.*

— *Bonjorn.* Dis donc, tu ne souffres pas trop du rationnement, à ce que je vois, remarqua Marieta en pointant du doigt son imposante bedaine.

Ernest rugit de rire, et même Liesl ne put retenir un sourire. En écoutant les deux vieux amis échanger des nouvelles, Sandrine sentit la tension qui lui nouait l'estomac se relâcher peu à peu.

— Comptez-vous rester longtemps, *madomaisèla* Sandrine? s'enquit Ernest en empilant les valises sur le chariot.

— Une semaine, au minimum. Quant à Marieta et Liesl, elles séjourneront plus longtemps.

— Si vous avez besoin d'aide, le nouveau maire n'est pas un mauvais homme. On peut se fier à lui.

— Oui, il faudra mettre nos papiers et nos cartes de rationnement en règle, soupira-t-elle. Je reviendrai à la mairie plus tard, une fois que Liesl et Marieta seront installées dans la maison.

— Mon frère travaille à l'hôtel de ville, glissa Ernest à voix basse. Si je lui disais que vous irez le voir plus tard dans la semaine ?

— Vous pourriez arranger ça ? demanda-t-elle avec espoir. Je vous en serais si reconnaissante,

— Un jour de plus ou de moins, quelle importance ? Et s'il vous manque quoi que ce soit, n'hésitez pas à me le faire savoir.

— Entendu. Merci, répondit Sandrine avec un grand sourire, puis elle regarda vers l'esplanade de la gare. Croyez-vous qu'il y ait un bus, cet après-midi ?

Avant la guerre, deux bus par jour traversaient la vallée de la Salz, l'un de Couiza à Arques, l'autre de Couiza à Rennes-les-Bains. Coustaussa étant situé au début du trajet, avant la bifurcation, elles pouvaient prendre l'un ou l'autre.

— Ils ne circulent pas tous les jours, mais vous avez de la chance. Il y en a un aujourd'hui. Et Mme Rousset a convenu avec Yves qu'il vienne vous chercher à l'épicerie en bas de Coustaussa pour vous accompagner jusqu'au village.

Sandrine jeta un coup d'œil à Marieta, grandement soulagée d'apprendre qu'elles n'auraient pas à gravir la colline escarpée, chargées de bagages.

— C'est vraiment gentil de votre part d'avoir pensé à nous.

Elle allait prendre sa valise quand Ernest la devança.

— Allons, mademoiselle. Nous avons nos principes. Et ce ne sont pas ces criminels de Vichy qui nous en feront changer.

Il les escorta le long du quai, puis à travers le hall de la gare, et chargea les bagages sur le bus qui attendait juste devant.

— Bon. Le chauffeur ne devrait plus tarder, dit-il en tapotant sa casquette. Surtout, prévenez-moi si vous avez besoin de quoi que ce soit. On peut toujours s'arranger.

— Je n'y manquerai pas, assura Sandrine en retenant avec peine un sourire à l'idée que le brave et honnête Ernest pût s'adonner au marché noir.

Le féroce soleil du Midi les frappa dès qu'elles sortirent de l'ombre de la gare.

— Il fait si lourd, constata Liesl. À votre avis, va-t-il y avoir de l'orage ?

— Pas avant demain, décréta Marieta.

Sandrine devinait combien Liesl devait se sentir dépaysée. Ici, plus encore qu'à Carcassonne, elle avait l'air d'une Parisienne, d'une jeune fille qui aurait dû se promener sur les Grands Boulevards en rivalisant d'élégance, au lieu de se retrouver en pleine garrigue, au cœur du Languedoc.

— Ça va ? lui demanda-t-elle simplement, et Liesl hocha la tête.

Sur la place autour d'elles, les gens vaquaient à leurs occupations. À première vue, tout semblait comme par le passé, pourtant l'atmosphère était différente. Avant la guerre, beaucoup de touristes visitaient la région, l'été. À présent, il n'y avait que des gens du cru. Et on les sentait sur leurs gardes. Comme s'ils ne pouvaient plus se fier à personne.

Le chauffeur sortit du café en avançant d'un pas traînant, une serviette encore coincée dans son col de chemise, une cigarette fichée au coin de la bouche, un journal plié sous le bras. Quelques minutes plus tard, les passagers avaient tous réglé leur ticket pour s'installer dans le bus, au milieu d'un fouillis de paquets et de bagages. On abaissa les vitres autant que possible, mais il y régnait encore une chaleur suffocante.

Le bus sortit de la gare en éructant et bientôt, ils filèrent vers l'est, sur la route de Coustaussa bordée de platanes à l'ombre bienfaisante, plantés lors du passage de Napoléon. Chacun commença à bavarder avec son voisin, un enfant geignard reçut une gifle et se mit à pleurnicher, un vieil homme ronfla doucement en berçant dans ses bras un bidon d'huile d'olive.

Sandrine sourit. On avait peine à imaginer que quelque chose puisse un jour troubler la tranquillité de ces lieux ancestraux.

‡

Codex VII

‡

Gaule, Couzanium

Août 342 ap. J.-C.

Arinius arriva au village de Couzanium en milieu d'après-midi. Il installa un campement de fortune près de l'Atax, cette rivière qui coulait aussi à travers les plaines de Carsac. Ôtant ses sandales, il trempa ses pieds dans l'eau, laissant le courant frais apaiser sa peau boursouflée d'ampoules. Puis il rinça son mouchoir, mais ne put en effacer complètement les taches de sang.

L'heure et la date de son trépas étaient entre les mains de Dieu. Arinius ignorait combien de temps il lui restait à vivre. Il avait vu des hommes succomber rapidement au mal dont il souffrait, et d'autres survivre quelques mois, rarement plusieurs années. Il ignorait également combien de temps le texte précieux devrait rester caché. La durée d'une vie, ou d'un millier de vies ? En vérité, s'il ne faisait pas en sorte que le Codex puisse être retrouvé en temps voulu, cela reviendrait au même que s'il avait été jeté aux flammes, dans la communauté de Lugdunum. Il lui fallait donc vivre assez longtemps pour veiller à accomplir jusqu'au bout sa mission.

Il étala le mouchoir sur un rocher pour le faire sécher au soleil, puis s'installa pour manger. Il ne lui restait pratiquement plus de vin, mais il mangea un talon de jambon séché, quelques amandes, puis partit explorer le petit groupe de maisons.

Attiré par le bruit, Arinius se dirigea vers le cœur du village, et y découvrit une sorte de petit marché. Des marchands itinérants venaient commercer même dans cette contrée reculée, et ils avaient installé leurs étals à l'ombre du pont. Arinius en fit le tour : fourrures, tissus, lapins, herbes, colliers de perles rouges…

Il savait ce qu'il cherchait. D'abord, un coffret en bois de cèdre. Il lui faudrait l'envelopper dans de la fourrure ou du tissu avant de l'enterrer dans un endroit sec, à l'abri de l'air et de l'humidité. Il espérait que ce serait suffisant. Par ailleurs, il savait comment préparer de l'encre et façonner une plume. Il eut la surprise et la satisfaction de trouver tout ce dont il avait besoin. Au lieu de papyrus ou de parchemin qu'il ne pouvait se permettre d'acheter, il opta pour un carré de laine long comme son bras, clair comme du lait de chèvre, et finement tissé. Sur la laine, le dessin tiendrait mieux et plus longtemps que sur de la cire ou du bois, matériaux susceptibles de casser, de se gauchir ou de brûler.

Ces heures passées au marché lui furent agréables, elles lui rappelèrent l'époque où, tout jeune garçon, il accompagnait souvent sur leur demande des moines plus âgés au forum de Lugdunum, pour les aider à cheminer et à porter leurs charges. Ses achats effectués, Arinius retourna à la rivière, rassembla ses affaires et rejoignit le carrefour.

Il hésitait entre deux destinations. Devant lui, les montagnes. Derrière lui, Carcaso. De chaque côté, de vertes collines et de grands espaces. Il repensa aux bains d'Aquis Calidis dont lui avait parlé le marchand qu'il avait rencontré sur la route. Comme ces eaux curatives soulageraient ses membres endoloris… Qui sait, peut-être feraient-elles aussi du bien à ses poumons ? Certes, il ne guérirait pas, il s'y était résigné, mais cette cure pourrait ralentir l'avancée de sa maladie.

Décidé, Arinius prit à l'est. La route suivait la vallée de la rivière entre de hautes collines couvertes de pâturages, de forêts de hêtres, de chênes verts, de noisetiers et de noyers. Sur sa droite, il repéra un petit oppidum perché sur un austère escarpement. Pierre grise sur ciel bleu, au milieu d'un paysage strié de minerai de fer rouge, de veines de calcaire.

— Un lieu de toute beauté, dit-il, reprenant soudain courage. Et, si Dieu le veut, un lieu sûr.

‡

54

Coustaussa
Août 1942

— Nous y sommes, annonça Sandrine quand le bus s'arrêta.

Coustaussa était un joli hameau perché à flanc de côteau, au-dessus de la rivière Salz. Il comptait une petite mairie et un monument aux morts, ainsi que les ruines d'un château fort du XIIe siècle édifié sur des vestiges romains, qui gardait autrefois la vallée. La vue s'étendait jusqu'à Rennes-le-Château, anciennement Rhedae.

En arrivant par la grand-route, c'étaient les ruines du château que le visiteur apercevait en premier. Puis, en approchant, il découvrait les maisons et la petite église du XVIIe siècle. Il n'y avait pas de café, pas de boulangerie. Le crieur public annonçait encore l'arrivée du cordonnier, du rémouleur ou du boulanger.

Si le nom de Coustaussa avait quelque notoriété, c'était uniquement dû à la fin violente du prêtre du village, Antoine Gélis, assassiné dans son presbytère en 1897, une veille de Toussaint. Marieta se souvenait de lui, du temps où elle était en service à Rennes-les-Bains et, parmi les anciens de Coustaussa, un ou deux en parlaient comme d'un homme solitaire, qui vivait en reclus et participait peu à la vie du village. Un homme hanté par on ne sait quels fantômes, qui semblait avoir peur de son ombre.

Le chauffeur ouvrit les portes en accordéon. Sandrine sauta lestement du bus, Liesl lui passa les bagages, puis aida Marieta à descendre.

Yves Rousset attendait auprès d'une charrette tirée par l'âne de sa grand-mère. Sandrine leva la main pour le saluer, en espérant qu'il ne s'en offusquerait pas. Elle ne l'avait point revu depuis un baiser maladroit échangé dans les champs, trois étés plus tôt.

— Bonjour, dit-elle d'un ton enjoué. Comment vas-tu ?

— Pas trop mal, merci, répondit Yves en fuyant son regard.

— Je te présente Liesl, une cousine de Paris.

Yves s'étonna visiblement du manque de ressemblance, mais ne fit pas de commentaire.

— Et Mme Rousset, comment va-t-elle ? s'empressa de demander Sandrine.

— Couci-couça, dit-il en hissant la première valise dans la charrette.

Lentement, l'âne tira son chargement en remontant le chemin de terre. Yves tenait les rênes, Marieta était montée sur la charrette, tandis que Sandrine et Liesl suivaient à pied. En bas, près de la rivière, la vallée restait verdoyante, mais ici l'herbe était brune, desséchée par manque de pluie, et les lourdes roues de la charrette faisaient voler des cailloux, des brindilles, des feuilles entre les rayons.

Leur maison était sise sur un terrain situé un peu en dessous du village, orienté vers le sud-est. C'était l'une des plus grandes, bâtie en pierre de taille récupérée dans les ruines du château, quelque quatre-vingts ans plus tôt. Trois étroites marches menaient à une porte d'entrée jaune, ornée en guise de heurtoir d'une tête de gargouille grimaçante qu'elle détestait, étant enfant. Sur les appuis des fenêtres de part et d'autre de la porte, les géraniums avaient bien triste mine. Quant au panneau, il était toujours cassé, coupant en deux le mot qui y figurait : CITADELLE. En ramassant les morceaux, Sandrine se promit de demander à Yves de le réparer.

Tandis que Liesl et Yves déchargeaient les bagages, Sandrine hésita un instant au bas du perron, taraudée par les souvenirs de l'été précédent. Puis elle gravit les marches, déverrouilla la porte et entra. Aussitôt, l'odeur familière de la cire d'abeille à laquelle se mêlaient des relents d'humidité venant du cellier et de la cuisine lui étreignit le cœur, et elle revit son père, frottant ses lunettes en souriant tandis que Marieta s'affairait en se plaignant de la plomberie, du fourneau qui fumait, du mauvais pain que faisait le boulanger espagnol.

Yves apporta les bagages dans le couloir.

— Merci, dit Sandrine, encore un peu mal à l'aise.

Il croisa son regard un instant, puis se tourna vers Marieta.

— Ma mère vous invite à passer la voir, une fois que vous serez installées.

— Dites à Mme Rousset que je n'y manquerai pas, répondit Marieta de façon un peu guindée.

Laissant Liesl et Marieta un moment, Sandrine pénétra plus avant dans la maison. Elle voulait se réaccoutumer en douceur à toutes les sensations propres à cet endroit, si évocatrices.

Un escalier central montait à trois petites chambres et à une salle de bains encore plus petite, aménagée récemment. Quand son grand-père avait acquis la maison, il n'y avait ni eau courante ni électricité. Maintenant, elle était équipée, même si le groupe électrogène tombait souvent en panne, de sorte qu'on avait régulièrement recours aux lampes à pétrole et à un vieux poêle à bois pour chauffer de l'eau, qu'on bourrait de ceps de vigne et de tailles d'aubépines, et qui s'éteignait trop facilement. Marianne et Marieta s'en plaignaient. Mais, pour Sandrine, ces incommodités participaient au charme romantique des étés à Coustaussa. Et elle n'y voulait rien changer.

La salle à manger et la cuisine se trouvaient de part et d'autre du couloir, à l'avant de la maison. Pressée d'en finir, Sandrine ouvrit les deux portes et regarda dans chacune des pièces la place où son père s'asseyait d'habitude.

Le cœur serré, elle inspira profondément. L'absence de son père résonnait cruellement en ces lieux, pourtant son plaisir de les retrouver l'emporta sur sa peine. Elle ôta son manteau, son chapeau, secoua ses cheveux, puis regagna le couloir.

Le salon tenait tout l'arrière de la maison, face au nord, vers le Camp Grand et les huttes en pierre des bergers. Elles étaient délabrées, mais Marianne et elle aimaient y jouer quand elles étaient enfants. Un moment, elle se revit avec Raoul rue du Palais, au crépuscule, contemplant les photographies en noir et blanc. Viendrait-il un jour ici, à Coustaussa, pour voir en vrai les capitelles ? Comment pouvait-elle l'espérer ? C'était même ridicule d'y penser…

Cette pièce aussi était imprégnée de l'odeur de son père, ce mélange d'eau de Cologne, de tabac et de brillantine. Sandrine ferma les yeux un instant pour mieux évoquer son visage, son sourire, son rire, la façon dont il fronçait les sourcils quand il lisait. Puis, d'un pas décidé, elle s'approcha des fenêtres et les ouvrit en grand, laissant entrer la lumière.

Au loin, le tonnerre grondait dans les collines.

‡

Codex VIII

‡

Gaule, Couzanium
Août 342 ap. J.-C.

Arinius se massa les tempes pour tenter de chasser la migraine qui sourdait derrière ses yeux. Telle une bête sauvage lancée à ses trousses, l'orage grondait de plus en plus fort, tandis que les nuages filaient dans un ciel toujours plus menaçant.

La route se déroulait à perte de vue. Si le marchand avait bien évalué la distance entre Couzanium et Aquis Calidis, Arinius risquait fort d'être surpris à découvert par la tempête quand elle se déchaînerait. Le calme et le contentement qu'il avait ressentis plus tôt s'étaient évanouis. Il n'y avait rien à craindre de l'orage, du moins s'en persuadait-il, pourtant il accéléra le pas tout en cherchant des yeux un coin où il pourrait trouver refuge, et il se mit à réciter le Notre Père, scandant les mots en rythme avec les battements précipités de son cœur.

Sur sa gauche, au faîte d'une colline, Arinius repéra quelques modestes habitations aux murs bas et aux toits de chaume. Était-ce un village, un poste de guet surveillant la route, un temple ? D'en dessous, c'était difficile à dire. Dans les replis de cette vallée verdoyante, les anciens dieux des Romains et des Volques restaient les maîtres, on vouait des temples et des autels à Minerva, Pyrène, Jupiter, Abellio, et sa foi chrétienne n'y avait aucune emprise.

Arinius tourna son visage vers le ciel assombri. Un autre grondement de tonnerre fut suivi de la fourche dorée d'un éclair fendant les nuées noires. Quelques secondes plus tard, la première goutte tomba et, bientôt, la pluie cribla les pavés de la route, de plus en plus drue, si bien qu'il abaissa sa capuche sur sa tête. Il fallait vite trouver un abri. Arinius quitta la route et se mit à grimper, aussi vite qu'il le put, vers les bois et le petit groupe de huttes et de *villae* nichées dans les arbres au-delà.

‡

55

Coustaussa
Août 1942

Sandrine et Liesl aidèrent Marieta à débarrasser la table du souper, composé du plat de légumes frais accompagné de riz que Mme Rousset leur avait apporté, puis elles se retirèrent au salon. Le tonnerre grondait sourdement dans les collines, et l'air avait nettement fraîchi.

— Vous êtes bien sûres que l'orage ne va pas éclater? demanda Liesl avec angoisse. On dirait qu'il se rapproche.

— Ne t'en fais pas. Cette maison résiste depuis une centaine d'années aux plus violentes tempêtes du Midi, répondit Sandrine.

La soirée se déroula tranquillement et, à 21 heures, elles allèrent se coucher.

— Je vais m'occuper de fermer la maison, Marieta. Vous pouvez monter, dit Sandrine.

— Inutile d'insister, rétorqua Marieta. Débarrassez-moi le plancher, je n'ai pas envie de vous avoir dans les pattes, alors…

— Ce qui reste à faire peut attendre demain matin, répondit fermement Sandrine. Nous aurons toute la journée devant nous. Je ne veux pas vous entendre vous agiter en bas jusqu'à point d'heure.

— Je ne serai pas longue, *madomaisèla*.

— Bon. Viens, Liesl, je vais te montrer ta chambre.

Laissant Liesl défaire ses bagages, elle gagna la chambre de son père. Après avoir mûrement réfléchi, Sandrine avait décidé d'y dormir. Cette pièce ne devait pas devenir une sorte de sanctuaire. En franchissant le seuil de la maison, elle avait compris qu'aucune pièce ni recoin ne devait devenir tabou, si elle voulait conserver leur éclat aux merveilleux souvenirs de tous les étés passés ici, sans que la tristesse les ternisse.

Elle prit une profonde inspiration, puis ouvrit la porte et entra dans la chambre. La veste d'été de son père était pendue à une patère. Elle effleura la commode, la courtepointe jetée sur le lit, la collection d'objets rares et de bibelots glanés par son père au cours de ses voyages. Une canne appuyée dans un coin, une broche ancienne trouvée dans les ruines du château, une statue de Jeanne d'Arc en papier mâché qu'elle avait façonnée à l'école…

Puis elle se déshabilla et se mit au lit. Un moment, elle resta allongée les yeux ouverts, à contempler le plafond en écoutant le silence. Le brouhaha de la ville lui manquait, les trains de marchandises brinquebalant dans la nuit, les camions de livraison circulant au petit matin, les péniches voguant sur le canal du Midi.

L'air fraîchit un peu, le vent tomba, et Sandrine s'endormit. Ce soir, au lieu de cauchemars, elle rêva d'antiques batailles, d'armées d'hommes et de femmes aux longs cheveux brandissant des épées et des enseignes, dans un admirable paysage qui ne lui était ni familier ni tout à fait inconnu. Des visages radieux lui apparurent, de gens qu'elle ne connaissait pas : une femme en robe verte et cape rouge, un moine avec une pèlerine grise jetée sur ses frêles épaules, tenant dans ses mains un ancien manuscrit où les lettres ressemblaient à des oiseaux noirs, et une jeune fille à la longue chevelure cuivrée. Ombres, fantômes de gens connus, et pourtant inconnus. Ossements remuant dans la terre, mouvement des morts revenant à la vie.

Comme le vent apportait en sifflant un peu de bruine dans son sillage, Sandrine s'éveilla à demi et songea à Raoul. Les mêmes questions la tourmentaient toujours. Où était-il ? Au moins, était-il en sécurité ? Pensait-il à elle comme elle pensait à lui ?

Au fil des heures, bercée par la pluie, elle finit par plonger dans un sommeil profond, réparateur.

‡
Codex IX
‡

Gaule, Couzanium

Août 342 ap. J.-C.

Arinius n'avait jamais ouï une telle colère se déchaîner au-dessus de sa tête. Dans les cieux déchirés d'éclairs résonnaient des coups de tonnerre suivis de grondements féroces, semblables à ceux d'une bête sauvage. La tempête le cernait, elle arrivait sur lui de tous côtés, chargée d'une pluie drue qui s'abattait sur sa nuque. Il avait beau ramener sa capuche sur son front, la force du vent ne cessait de la rejeter en arrière. Il s'efforçait d'accélérer le pas, mais ses jambes ne voulaient pas suivre. Plusieurs fois, il glissa et se rattrapa de justesse.

Les paroles de l'Apocalypse selon saint Jean lui revinrent en mémoire. Au milieu d'une telle tempête, qui pouvait encore douter de l'antique combat entre les ténèbres et la lumière ? Sceaux rompus apportant chacun la guerre, la famine, la mort, la victoire. Quatre cavaliers, sept trompettes sonnant, sept coupes se déversant sur la terre. Mers changées en sang, poissons suffoquant sur le rivage. Os blanchis des morts sur le champ de bataille. Cieux noirs, terre verte réduite en poussière. Montagnes s'effondrant dans les océans morts.

Rempli d'effroi, Arinius se mit à prier en s'efforçant d'élever la voix par-dessus la tempête, les hurlements du vent, les battements de son cœur. La pluie s'acharnait sur lui, déjà des ruisseaux couraient sur le flanc de la colline et le tonnerre grondait toujours.

Alors, dans le chaos de la tempête, il entendit craquer une branche et remuer dans les fourrés, tout près. Une nouvelle crainte le saisit et il retint son souffle. Ces bois regorgeaient sûrement d'animaux. Qu'était-ce ? Un sanglier ? Un lapin, un serpent ? Dieu fasse que ce ne soit pas un loup.

Il se figea, guettant le souffle d'une bête prête à fondre sur sa proie, mais ne perçut rien tant la tempête faisait rage. La pluie engendrait sur la colline des torrents de boue charriant des feuilles et des branches, pourtant Arinius continua à psalmodier les paroles du Seigneur, y mêlant à présent des bribes d'histoires, d'anciennes légendes, en une incantation censée le protéger de toutes les bêtes féroces qui hantaient ces bois.

Il perdit l'équilibre et, entraîné par la pente, glissa, roula, en cherchant désespérément une prise à laquelle s'accrocher qui lui permette de se relever. Ses vêtements étaient tout trempés d'eau et de boue mais, Dieu merci, le Codex était en sécurité sous sa tunique, et le flacon toujours passé en bandoulière, pendant à sa lanière de cuir. Pourtant Arinius comprit qu'il risquait de se blesser gravement. Il devait trouver un abri et y attendre que l'orage passe.

Courbant la tête contre les assauts de la pluie et du vent, Arinius ceignit un arbre de ses bras. Cramponné au tronc tel un marin au mât d'un navire ballotté par les flots, il perdit toute notion du temps, tellement les frontières entre l'obscurité du jour et la noirceur de la nuit se confondaient.

Peu à peu, le tonnerre s'apaisa, puis cessa. Au vacarme de la pluie et du vent se mêlèrent les hurlements des loups, dans les collines, au loin. Le cri d'une chouette effraie revenant de la chasse, le raffut des geais nocturnes.

Enfin, il cessa de pleuvoir, et Arinius s'effondra par terre. Dans un sommeil précaire, il rêva de délivrance et de paradis, de silhouettes blanches devant des portes triomphantes, tenant à la main une épée ou un rouleau de parchemin. Avec, au centre, une seule et unique figure, éclairée par le soleil et la lune.

Argent et or.

‡

56

Tarascon
Août 1942

— Monsieur ? Monsieur Audric, réveillez-vous.

En entendant cette voix d'enfant l'appeler, Baillard sentit son cœur tressaillir de joie. Un instant ramené dans un lointain passé, il oublia où il se trouvait, qui il était.

— Bertrande ?

— Non, c'est Aurélie, monsieur.

En ouvrant les yeux, Baillard reconnut la plus jeune des filles Saint-Loup. Debout au pied du lit, elle tenait une chandelle. La déception traversa ses vieux os telle une douleur aiguë. Ce ne pouvait être Bertrande, bien sûr. Elle était morte depuis tant d'années.

— Quelle heure est-il, *filha ?* s'enquit-il doucement. Il fait encore sombre.

— 4 heures passées, monsieur. C'est ma sœur Eloïse qui m'envoie. Elle dit que vous devriez venir.

Aussitôt, Baillard se redressa.

— Qu'est-il arrivé ?

— Ils ont trouvé quelque chose.

— Quelque chose ou quelqu'un ? s'empressa-t-il de demander.

— Eloïse a juste dit que vous deviez venir sans tarder. Je n'en sais pas plus. Une carriole vous attend.

Vite, Baillard se prépara, prit son manteau et son chapeau, et suivit Aurélie à travers la maison endormie.

— Et l'inspecteur Pujol, est-il prévenu ?

— Je n'ai pas réussi à le réveiller, monsieur.

Baillard s'arrêta pour écouter derrière la porte close de la chambre de Pujol.

— Pas étonnant, remarqua-t-il, car les ronflements qu'il entendit étaient d'une puissance impressionnante.

Cinq minutes plus tard, Pujol les rejoignait dans le couloir, et ils gagnèrent la porte d'entrée. Pujol avait la migraine, et une odeur de sueur rance se dégageait de lui. À cause du manque d'exercice et de l'abus de tabac et d'alcool, il avait le souffle court, la démarche poussive.

— Comment est-elle entrée ? grommela-t-il en se frottant les yeux.

— Vous avez laissé une fenêtre ouverte à l'arrière de la maison, monsieur l'inspecteur, répondit Aurélie en ajoutant, avec une impertinence qui fit rire Baillard : Vous devriez être plus prudent.

Dans la rue, l'air matinal revigora un peu Pujol en apaisant sa migraine.

— Mon oncle nous attend près du pont, précisa Aurélie en ouvrant la marche.

Baillard entendit des chiens aboyer dans les collines au sud de la ville. Pujol lui lança un regard, et ils se mirent tous deux à accélérer le pas à travers les rues endormies, où il faisait encore nuit noire. Le cœur battant, Baillard discerna devant lui les contours d'un âne et d'une carriole.

Même si beaucoup de véhicules réquisitionnés par l'armée en 1939 avaient été rendus à leurs propriétaires, on manquait de carburant, et, dans la Haute Vallée, les gens se déplaçaient de village en village à l'ancienne mode, chars à bœuf, voitures à cheval. En approchant, Baillard vit que leur guide était un jeune homme grand et costaud, au visage tanné par le vent et le soleil. Les deux Ariégeois se saluèrent, puis Pujol fit les présentations.

— Audric, voici Guillaume Breillac. C'est le mari d'Eloïse Saint-Loup.

— J'ai entendu parler de vous, *sénher* Baillard, dit Guillaume en tapotant son chapeau.

— Son père et moi avons combattu ensemble durant la Grande Guerre, raconta Pujol. Avec Déjean, nous nous sommes engagés tous les trois en septembre 1914. Au fait, comment va ce vieux bandit ? demanda-t-il en s'adressant à Breillac fils. Toujours en forme ?

— Toujours, monsieur l'inspecteur. Il n'a pas changé d'un poil. Mon frère et lui vous attendent au-dessus de la route de Larnat.

— Que fait donc Pierre là-haut à cette heure-ci ? s'enquit Pujol, intrigué. Il chasse, sans doute ?

— Ce n'est pas facile, pour lui, répondit Guillaume en haussant les épaules.

— Il a pris un éclat d'obus en mai 1940, expliqua Pujol en se tournant vers Baillard. Il s'en est sorti mais, depuis, il fuit un peu la compagnie.

— Quel dommage, compatit Baillard.

— Quant à Guillaume, c'est une sorte de héros, dans la région, continua Pujol. Il y a dix ans, il a participé à la découverte d'un charnier dans des grottes, non loin d'ici. Vous en avez sûrement entendu parler. Des centaines de cadavres, enfouis là depuis quelque sept cents ans. Vilaine affaire, commenta Pujol en secouant la tête. Mais, à présent, il n'y a plus de fantômes dans les collines, *è*, Guillaume ? Ce vieux Breillac soutient mordicus que les montagnes sont hantées, ironisa Pujol en tapant à nouveau Guillaume sur l'épaule, avant de gagner l'arrière de la carriole.

Pendant ces échanges, Baillard avait observé le visage honnête et intelligent de Guillaume. Le regard du jeune homme s'aiguisa, et Audric perçut chez lui une émotion bien différente. Si Guillaume supportait de bon gré les taquineries de Pujol, le dédain affiché de l'inspecteur pour ces histoires de bonnes femmes, comme il les appelait, était loin de lui plaire.

— Oui, j'en ai entendu parler, dit Audric en regardant Guillaume avec une certaine intensité.

Avec un petit temps de retard, Guillaume lui adressa un bref hochement de tête, un geste d'une discrète connivence, confirmant entre eux des secrets partagés, et Baillard sourit. Ils se comprenaient.

Pujol se hissa à grand-peine sur la carriole qui oscilla dangereusement sous son poids, faisant glisser les pelles et le matériel d'escalade sur le plancher. Il laissa choir sa lourde carcasse sur l'étroit banc en bois transversal, puis se poussa pour faire de la place, en soufflant fort. Baillard grimpa lestement et s'assit à côté de lui, svelte silhouette en costume clair, avec un mouchoir jaune dépassant à peine de la poche de poitrine, sous son imperméable. Guillaume fit avancer l'âne d'une petite tape sur le flanc avec un claquement de langue, en tirant un peu sur les rênes, et l'âne, baissant la tête, se mit en marche.

C'était un moment hors du temps. Au loin, les premières lueurs de l'aube mouchetaient le ciel de blanc et d'argent, dans l'air fleurant bon la résine de pin. L'âne trottinait sur le sentier en soufflant par les naseaux, tandis qu'autour d'eux la forêt résonnait du chant matinal des oiseaux.

Enfin Guillaume arrêta la carriole. Baillard regarda vers le haut du chemin, et des souvenirs d'autres excursions de ce genre l'assaillirent. Ascensions vers le sommet de Montségur, le mont d'Alaric, dominant les plaines à l'est de Carcassonne, le pic de Saint-Barthélemy.

— À partir d'ici, il faut continuer à pied, déclara le jeune homme.

— C'est loin ? demanda Pujol.

— Environ dix minutes pour monter au plateau. Mon père et mon frère nous y attendent.

Guillaume attacha l'âne à un arbre. Baillard regarda avec compassion le visage en sueur et tout congestionné de son ami.

— Je me demande pourquoi je me suis encore laissé entraîner par toi dans cette aventure, Audric, grommela Pujol. Deux vieillards comme nous, partir à l'ascension des sommets comme des écoliers.

— Courage, mon bon ami, dit Baillard. *Coratge*.

Pujol haletait péniblement quand ils arrivèrent sur la corniche. Baillard discerna les points des lampes de poche, à peine visibles sur le ciel pâlissant de l'aube, et les trois hommes qui regardaient la ravine, en contrebas.

— Breillac, dit Pujol en tendant la main, et le vieux se retourna.

La vivacité de ses yeux bleus ressortait dans le visage tanné, sillonné de rides. Il avait une cigarette fichée au coin de la bouche. Après avoir répondu à Pujol par une poignée de mains, il se tourna vers Audric.

— *Peyre*, voici M. Baillard, présenta Guillaume dans le dialecte des montagnes. Et voici mon frère, Pierre.

— *Bonjorn*, répondit Baillard.

Le vieillard resta à le fixer comme s'il le connaissait de réputation, mais ne dit rien. Quant au jeune Pierre, il hocha la tête en guise de salut.

— Qu'est-il arrivé, Breillac ? s'enquit Pujol.

— Il y a à peu près une heure, Pierre a entendu du bruit.

— Et que faisait-il ici de si bonne heure ? demanda Pujol.

Les deux lapins pendus à sa ceinture et la lame luisante de son couteau rendaient cette question superflue.

— Tu es à la retraite maintenant, *amic*, intervint Baillard en posant une main sur le bras de Pujol.

— Nous ne voulons pas d'ennuis, répliqua Breillac, d'une voix grasseyante de fumeur et de buveur.

— Nous comprenons, acquiesça Baillard.

— Pierre posait des pièges. Il a cherché à débusquer les lapins de leur terrier.

— Ah oui ? Par quel moyen ? demanda Pujol, mais un coup d'œil incisif de Baillard suffit à le dissuader d'insister.

— Au début, Pierre n'a rien remarqué d'anormal, reprit posément Breillac. Et puis il a vu quelque chose, en bas, ajouta-t-il en pointant le doigt vers la ravine. Un corps, semble-t-il. Pierre est venu me chercher, et j'ai envoyé Guillaume vous trouver.

— Vous avez bien fait, *sénher* Breillac, approuva Baillard avec empressement, et Pujol confirma d'un hochement de tête.

— Voyons ça, intima Pujol, et Breillac fit alors signe à ses fils.

Pierre avait un rouleau de corde sur l'épaule, Guillaume sortit un piolet de son sac à dos. Sans mot dire, ils approchèrent du bord du précipice.

Les trois hommes plus âgés regardèrent les garçons descendre en silence.

— *Aqui*, lança Guillaume d'en dessous. Un homme.

— Vivant ? s'enquit Baillard.

— Non, *sénher*.

Quelques instants plus tard, Guillaume réapparut en haut de la corniche. Enroulant le bout d'une corde autour de sa taille, il se cala en s'appuyant contre un rocher puis, avec l'aide de son père et de Pujol, se mit à hisser le corps le long de la falaise.

— Dieu nous vienne en aide…, dit Pujol en se signant.

Baillard aida à descendre le cadavre des épaules de Guillaume, et ils l'allongèrent par terre. En s'efforçant de contenir sa colère, il posa la main sur le front d'Antoine Déjean.

— Regarde, Audric, marmonna Pujol en désignant les brûlures sur les poignets d'Antoine, puis son ventre et son visage tuméfiés. La chute n'en est pas cause.

— Non.

Baillard se mit à réciter une vieille prière montagnarde accompagnant le passage d'une âme dans l'autre monde.

— *Peyre Sant, Dieu…*

Encadré de ses fils, le vieux Breillac inclina la tête en contemplant le corps brisé du jeune homme.

— Amen.

Baillard posa son mouchoir jaune sur le visage d'Antoine, puis se tourna vers Pujol.

— Pourquoi le corps s'est-il retrouvé ici, Achille ?

— C'est évident : quand Pierre a fourré sa charge dans l'un des terriers, il a mal évalué sa puissance, et l'explosion a provoqué un glissement de terrain. Regarde, dit-il en désignant un peu plus loin une portion du sentier qui s'était effondrée. Les arbres sont tombés.

— Ce n'est pas ce qui m'intéresse. Ma question, c'est pourquoi enterrer le corps aussi haut dans les collines. Des tas d'autres endroits plus accessibles auraient pu convenir aussi bien. Antoine n'aurait pas été retrouvé avant des mois… Ce lieu a-t-il quelque chose de particulier, Achille ?

Pujol allait répondre par la négative, quand il se ravisa.

— Il n'est pas très loin de l'endroit où de l'Oradore a établi son campement. Cela pourrait-il avoir un rapport ?

— Oui, ça se pourrait…, murmura Baillard.

— Que vais-je dire à Célestine et à Pierre ? s'enquit Pujol d'un air recueilli.

— La vérité, *amic*. Que leur fils est mort et que nous ignorons pourquoi, répondit Audric, puis il poussa un soupir. Mais peut-être vaudrait-il mieux faire passer sa mort pour un malheureux accident d'escalade. Si ceux qui l'ont tué pensent que l'affaire est close, ce sera plus facile pour nous.

— Plus facile pour quoi faire ?

— Découvrir ce qui s'est passé sans qu'on nous mette des bâtons dans les roues.

Pendant ce temps, les Breillac s'étaient entretenus calmement, à voix basse. Leurs lampes-tempête éteintes étaient posées par terre, à côté de la corde.

— Ils tiendront leur langue, dit Pujol.

— Oui, confirma Baillard. Breillac m'a tout l'air d'un homme taciturne, et son fils Pierre également. Quant à Guillaume, il comprend bien des choses, dirais-je, plus que la plupart des gens.

Pujol resta un moment à le regarder.

— Je ne vois pas ce que tu veux dire par là, mais l'essentiel, c'est que toi, tu le saches, je suppose, dit-il, puis il fit signe à Breillac. Nous allons le descendre.

Guillaume et Pierre transportèrent Antoine jusqu'au bas du chemin. Là, ils couchèrent le corps supplicié dans la carriole, Baillard ôta son manteau et l'en couvrit. Puis, marchant lentement, l'étrange convoi funèbre regagna Tarascon, dans la pâle lueur du petit matin.

‡

Codex X

‡

Gaule, Couzanium

Août 342 ap. J.-C.

Arinius se réveilla, raide et glacé. Les premières lueurs de l'aube commençaient tout juste à redonner forme au paysage : le contour noir des arbres à l'horizon, la silhouette violette des collines, les fleurs sauvages piquetant la garrigue de couleurs vives composaient une ode matinale, dédiée à la beauté de la création. Il avait grimpé plus haut qu'il ne l'aurait cru et se trouvait en fait bien plus près du sommet de la colline que de la vallée en dessous. Les forces déchaînées de la tempête et de la pluie avaient refaçonné le paysage, des torrents de boue avaient creusé le flanc de la colline en mettant à nu les racines des arbres, le sol était jonché d'amas de feuilles et de branches, et le vent violent avait tordu les taillis en leur donnant d'étranges formes.

Arinius se mit à grimper vers le village. Quand il parvint au sommet de la colline, il s'aperçut que les édifices arrondis qu'il avait aperçus de la route n'étaient pas des maisons, mais un ensemble de huttes en pierre, dont chacune avait un toit en dôme et une unique ouverture.

Il baissa la tête pour entrer dans la première. Le plafond s'était effondré. Il essaya la seconde, elle était inondée. Mais la troisième était sèche et spacieuse. Il sortit ses affaires de son sac, le coffret de cèdre ainsi que le matériel pour écrire, et les déposa par terre. Tout était intact, mais il ne voulait pas risquer que l'humidité les gâte. Puis il étala sa pèlerine et sa tunique sur le sommet arrondi de la hutte. L'air était frais, mais sec, et il se réchaufferait peu à peu.

Enfin Arinius s'assit pour contempler la vallée bleue et verte en attendant le lever du soleil.

57

Tarascon
Août 1942

Audric Baillard et Achille Pujol traversèrent à pied la place de la Daurade et s'arrêtèrent devant la petite maison mitoyenne où habitaient les Déjean. Pujol frappa à la porte, qui s'ouvrit.

— Célestine, dit-il en ôtant son chapeau. Puis-je entrer ?

— Vous avez des nouvelles ?

— Si nous entrions, répondit Pujol.

La lumière s'effaça du visage de Célestine. Elle recula pour les laisser passer.

— Voici Audric Baillard, un vieil ami, annonça Pujol.

Baillard sentit le regard de Célestine le détailler et s'arrêter sur le mouchoir jaune glissé dans sa poche de poitrine. Avec stupeur, il comprit qu'elle attendait sa visite.

— Et Pierre est-il là ? s'enquit Pujol, mais comme elle hochait la tête sans détacher son regard de Baillard, il ajouta : Célestine, s'il te plaît. Va le chercher.

Célestine les conduisit au bout du couloir et les invita d'un geste à entrer dans le petit salon. Les murs étaient couverts de photographies encadrées : un petit garçon joufflu en short, tendant vers l'objectif deux soldats de plomb ; Antoine en costume du dimanche avec ses parents, le jour de la Fête-Dieu, célébrée avec faste à Tarascon ; Antoine en tenue d'alpiniste, une corde jetée sur l'épaule, levant le pouce en signe de victoire ; puis, sur une autre photo, brandissant avec un grand sourire son fascicule de mobilisation, en 1939. Baillard échangea un regard avec Pujol. La pièce faisait déjà penser à un sanctuaire.

— Regardez celle-ci, Audric, dit Pujol en décrochant une photo du mur. Là, c'est moi, ajouta-t-il en lui désignant un soldat en uniforme, debout à l'arrière d'un groupe de huit jeunes hommes.

Il était mince, avec d'épais cheveux bruns sous la casquette réglementaire, mais incontestablement, c'était Pujol.

— Et voici Pierre Déjean, devant Un photographe faisait la tournée des villages, ce jour-là.

— Je m'en souviens.

— Nous étions si jeunes. Nous sommes partis le nez au vent et la fleur au fusil, fiers comme Artaban. Les femmes nous acclamaient comme si nous étions des héros. Nous avions la tête farcie de ces fadaises patriotiques… Tout ça pour aboutir à ce désastre, cette boue, ces arbres déchiquetés… Je n'avais jamais vu une telle désolation… Pierre Déjean et moi sommes les seuls à en être revenus. Dire qu'on croyait rentrer à temps pour Noël, tu te souviens ? ajouta-t-il en replaçant doucement le cadre, puis il soupira. Cette fois, c'est différent.

— Hélas, confirma Baillard.

Juste après, Pierre entrait en trombe dans la pièce.

— Vous avez des nouvelles d'Antoine ?

Baillard vit Pujol reprendre aussitôt son ancien rôle, la nostalgie cédant la place à une autorité calme, rassurante.

— Vous l'avez retrouvé, dit Célestine d'une voix éteinte.

— Oui. Je regrette.

Pierre s'effondra sur une chaise et resta prostré un instant.

— Où ? demanda-t-il.

— Dans les montagnes. Pas loin de Larnat.

— Il est tombé ?

— C'est trop tôt pour le dire.

— Toutes mes condoléances, *sénher* Déjean, *na* Déjean, intervint Baillard. Je connaissais votre fils. C'était un homme courageux.

— Où est-il ?

— Guillaume Breillac a mené sa dépouille à l'église.

Pierre hocha la tête, sans lever les yeux. Quant à Célestine, malgré son chagrin, elle chercha le regard de Baillard, qui comprit qu'elle avait quelque chose à lui révéler. Et également qu'elle ne le ferait pas devant son mari ni Pujol. Il se leva, s'inclina.

— Nous allons vous laisser à votre peine.

Surpris, Pujol lui lança un coup d'œil, mais l'imita. Tandis qu'ils s'apprêtaient tous les quatre à quitter la pièce, Audric réussit à prendre Pujol à part.

— J'ai besoin de parler seul à seul avec Célestine.

Pujol lui lança un regard intrigué, mais il acquiesça et, se rapprochant de Pierre, le prit par l'épaule.

— Je regardais la photo où nous étions tous réunis, dit-il en l'obligeant avec douceur à retourner en arrière.

Par courtoisie, Pierre se laissa faire à contrecœur, et Baillard put quitter la pièce avec Célestine.

Au lieu de tourner à gauche vers la porte d'entrée, celle-ci tourna à droite et lui fit signe de la suivre dans la cuisine. Puis elle ferma la porte derrière eux.

— Vous avez quelque chose pour moi ? s'enquit Baillard avec des picotements dans la nuque.

Célestine confirma d'un hochement de tête.

— Il m'avait avertie de votre venue. Un homme en costume clair, avec une pochette jaune. En me disant que je devais vous remettre la chose en mains propres, sans en parler à personne, même pas à son père.

— Continuez.

— Pierre est un brave homme, mais il ne voit pas plus loin que le bout de son nez. Il croit que j'ignore tout des agissements d'Antoine, expliqua-t-elle, avec un petit sourire si triste que le cœur de Baillard se serra.

Depuis le jour où son fils n'était pas arrivé pour son anniversaire, trois semaines plus tôt, Célestine s'était préparée au pire.

— Comme si cela ne me rendait pas fière de lui, ajouta-t-elle.

— Il avait un grand sens de l'honneur, dit simplement Baillard.

— Il m'a raconté qu'il travaillait pour vous, monsieur Baillard. Oh, il n'a pas cité votre nom, bien sûr, mais il vous a décrit. S'il lui arrivait quelque chose…, commença-t-elle, mais sa voix se brisa, et elle dut se ressaisir pour continuer. S'il lui arrivait quelque chose, je devais vous donner ça.

Célestine alla à l'évier, releva le tissu qui dissimulait l'étagère en dessous et en sortit une caisse en bois contenant des ustensiles et des produits ménagers. Brosses, boîte de cirage, bouteilles de vinaigre et d'ammoniaque.

— Pierre n'aurait jamais pensé à regarder là-dedans. C'est l'endroit qui m'a semblé le plus sûr.

Plongeant la main dans la caisse, elle en sortit une enveloppe blanche qu'elle tendit à Baillard, puis rangea la caisse à sa place, sous l'évier.

Baillard ouvrit l'enveloppe avec soin en n'osant espérer qu'il s'agirait de la carte elle-même. Aussitôt, la déception l'envahit. C'était un simple mot, visiblement gribouillé à la hâte.

— Quand Antoine vous a-t-il confié ce mot ?

— Il y a un mois. Il m'a dit qu'il savait maintenant où regarder, répondit-elle en baissant la tête.

— A-t-il expliqué pourquoi il n'était pas venu me voir en personne ?

— Il se croyait surveillé. Il ne voulait pas risquer de les amener jusqu'à vous.

La culpabilité étreignit le cœur de Baillard.

— Merci, Célestine, dit-il, puis il la vit hésiter, et se décider.

— Antoine a été tué, n'est-ce pas ? Ce n'était pas une chute accidentelle.

Baillard la dévisagea. Outre le chagrin et la résignation, il vit passer dans son regard fier une lueur vive comme l'acier.

— Monsieur Baillard, insista-t-elle, avec du reproche dans la voix.

— Oui.

Elle porta la main à son cœur, luttant visiblement pour contenir sa peine.

— A-t-il souffert ? s'enquit-elle, déchirée, voulant savoir et le redoutant à la fois.

Baillard aurait tant voulu l'épargner, garder pour lui l'horreur des derniers instants de son fils. Mais il savait, pour l'avoir éprouvé, combien la vérité, si douloureuse soit-elle, vaut mieux que le doute. Le doute est un poison lent, un acide qui dévore l'âme et vous ronge le cœur.

— Votre fils était un homme de courage. Il n'a pas trahi ses amis.

Croisant son regard calme, Célestine dit simplement « merci », et Baillard lui posa la main sur l'épaule.

— *Desconsolat*, répondit-il, empli de compassion.

Célestine hocha la tête, puis elle recula et releva le menton.

— Faites qu'il ne soit pas mort pour rien, monsieur Baillard. Vous m'entendez ? Faites que sa mort ait servi à quelque chose. C'est seulement à ce prix que nous pourrons la supporter.

58

— Et Célestine, que te voulait-elle ?

Sous le ciel noir, ils s'empressaient de traverser la place en remontant leurs cols pour se protéger du vent. Baillard observa les nuages chargés de menace qui rasaient les montagnes d'en face.

— Antoine lui avait confié un mot à mon intention.

— Pourquoi diable ne m'en a-t-elle rien dit il y a deux semaines ? s'étonna Pujol.

— Elle lui avait donné sa parole de n'en parler à personne, pas même à son mari, sauf s'il lui arrivait quelque chose.

— Et que disait-il, ce mot ?

— Qu'il pensait être suivi… Les écrits de Rahn étaient souvent obscurs, délibérément ambigus, reprit Baillard après un silence, aussi, quand il évoqua une clef passe-partout, on supposa que c'était une allusion d'ordre symbolique, allégorique même. Or Déjean a, semble-t-il, déclaré qu'elle était bien réelle, afin de fourvoyer ses ennemis.

— Tu veux dire qu'il a été tué pour quelque chose qui n'existe même pas ? demanda Pujol, l'air sombre.

Un moment, les deux hommes restèrent silencieux. Dans leur dos, des nuages d'orage violine filaient à travers le ciel obscurci.

— Dans quelle église as-tu fait porter le corps d'Antoine ? demanda Baillard.

— La Daurade. Mme Saint-Loup va s'occuper de le préparer en le rendant… aussi présentable que possible pour Célestine et Pierre. Sans que la police vienne s'en mêler. On ne sait à qui se fier, *è ?*

Ils firent encore quelques pas, puis Pujol s'arrêta à nouveau.

— Ce qui m'échappe, c'est pourquoi Antoine t'a contacté en premier lieu, Audric.

— C'est moi qui suis entré en contact avec lui. Certains événements appartenant au passé, à un très lointain passé, m'ont conduit à surveiller de près ces montagnes, depuis bien des années. Lombrives, le pic de Vicdessos et, plus à l'ouest, Montségur ainsi que le pic de Soularac. J'ai pu ainsi observer ce qu'y faisaient Rahn et Antoine. Quand Rahn est parti, Déjean est entré à l'université et il ne s'est plus passé grand-chose. Pourtant, une fois démobilisé, il a maintes fois refait le trajet jusqu'aux montagnes.

— Tu penses que Rahn lui avait envoyé quelque chose avant de mourir ?

— Oui, ou du moins une information qui a réveillé l'intérêt d'Antoine pour une chose qu'il avait négligée, répondit Baillard. Étant donné son amitié pour Rahn, je devais m'assurer qu'Antoine ne s'était pas laissé séduire par les mêmes idées pernicieuses. Quand j'ai été certain de ses sympathies, je suis entré en contact avec lui. C'était un gars intelligent, qui savait déchiffrer le latin et le grec. Il m'a parlé de la carte, en me disant qu'il croyait savoir où elle se trouvait.

— Mais il ne te l'a pas révélé ?

— Il aimait garder ses secrets pour lui, répondit Baillard en souriant avec indulgence. Je lui ai posé la question plusieurs fois, mais il a toujours répondu qu'il m'apporterait la carte dès qu'il l'aurait récupérée… Je l'ai encouragé dans cette voie, Achille, et je le regrette amèrement, conclut-il d'un air sombre.

— Tu ne dois pas t'en vouloir, Audric. Il savait à quels risques il s'exposait.

— Je me sens responsable.

— Les responsables, ce sont ceux qui l'ont tué, rétorqua vivement Pujol. Sais-tu de qui il s'agit ?

— Non… Mais je le découvrirai.

Ils firent les derniers mètres qui les séparaient de la maison en marchant vite et en silence. Pujol sortit de sa poche la clef de la porte d'entrée.

— Oui, Audric. Trouve qui l'a tué. Je suis sérieux, dit-il d'une voix rauque de colère. Découvre qui lui a fait subir cette mort atroce.

Le vent était tombé, mais des grondements de tonnerre avant-coureurs résonnaient à plusieurs minutes d'intervalle en se répercutant entre les montagnes et les creux des vallées. Baillard leva les yeux vers le pic de Vicdessos.

— Tu vois, ce n'est pas si difficile de croire aux fantômes du *sénher* Breillac, déclara-t-il.

59

Carcassonne

— Des fantômes ? s'étonna Léo Authié en tapant son rasoir contre la cuvette avant de le reposer sur l'étagère en verre.

Puis il s'épongea le visage avec la serviette, caressa ses joues lisses. Il n'appréciait pas les interrogatoires qui puaient la peur et la stupidité et se sentait sali dès qu'il franchissait le seuil de la prison.

— Oui, monsieur, confirma la voix de Revol depuis l'autre pièce.

Authié rajusta son nœud de cravate et sortit du petit cabinet de toilette aménagé dans son bureau.

— Vous dites que les opérations ont été suspendues à cause d'une histoire de fantômes ?

— Oui, monsieur.

Authié n'était de retour à Carcassonne que depuis vingt-quatre heures, mais déjà la chaleur l'indisposait. À Chartres, la température était agréable, et son séjour là-bas, en tant qu'invité de François-Cécil de l'Oradore, s'était révélé fructueux et riche d'enseignements. Pour ceux qui étaient prêts à s'accommoder des nouvelles réalités, la vie quotidienne sous l'Occupation était plutôt confortable. Entre de l'Oradore et ses amis allemands, une alliance s'était établie tout naturellement. Ils partageaient les mêmes points de vue, les mêmes positions.

Durant son séjour, Authié en avait appris davantage sur l'intérêt de De l'Oradore pour le Languedoc. Un intérêt virant à l'obsession, qui se focalisait sur une trilogie d'ouvrages médiévaux dont on disait qu'ils avaient été sortis clandestinement par les Cathares de la citadelle de Montségur, au XIIe siècle. De l'Oradore possédait déjà l'un des trois livres, et il était prêt à dépenser une fortune pour acquérir les autres. Le reste lui importait peu.

En convoquant Authié à Chartres, de l'Oradore cherchait de toute évidence à consolider sa position au sein des nouvelles structures chargées de faire régner l'ordre et respecter la loi. Authié lui servant d'yeux et d'oreilles dans le Languedoc, il ne souhaitait pas le perdre. C'était sur son instigation qu'Authié s'était rendu à la préfecture de police de Paris pour y rencontrer les membres des Brigades spéciales, qui avaient pour mission de briser les réseaux et les organisations de la Résistance, et ils l'avaient éclairé sur les méthodes à employer pour faire la guerre aux terroristes, ou partisans.

Authié avait eu le sentiment que l'ordre était restauré, à Paris comme à Chartres. Bien sûr, au départ, c'était quelque peu déconcertant de voir les panneaux routiers en allemand et la svastika flotter sur les monuments officiels, au lieu du drapeau tricolore. Voir parader aussi ouvertement les uniformes verts et gris de la Gestapo et de la Wehrmacht. Mais les rafles de juillet et la déportation en masse de familles juives avaient fait place nette, le calme et la discipline régnaient à présent dans les rues. Chaque chose, chaque individu était à sa place. Les églises pleines, les synagogues vides. Paris s'était adapté. Les Parisiens s'étaient adaptés. Pas tous, mais la plupart.

Il était revenu à Carcassonne plutôt confiant en l'avenir, mais presque aussitôt les mauvaises nouvelles étaient tombées. Même si Fournier avait agi conformément à ses ordres, un incendie au poste de police avait entraîné la destruction de toutes les affiches de recherche concernant Pelletier. Certes, elles avaient été depuis réimprimées et diffusées, mais on avait perdu trois précieuses semaines. Résultat, depuis juillet, toujours aucune trace de Pelletier.

En déroulant les manches de sa chemise, Authié remarqua qu'il restait une tache de sang sur sa manchette.

— Vous me dites que Bauer a suspendu les fouilles à l'extérieur de Tarascon, parce que ses hommes refusaient de continuer à travailler ?

— Temporairement oui, mon capitaine, répondit Revol. D'après eux, les montagnes seraient hantées. Bauer attend l'arrivée de nouveaux ingénieurs venant de Munich.

Authié prit sa veste, qui était pendue au dos de son fauteuil.

— C'est ridicule, commenta-t-il en l'enfilant, puis il jeta un coup d'œil au rapport que Fournier lui avait remis et le fourra dans sa poche. Je serai absent une heure tout au plus.

— Souhaitez-vous que je vous accompagne, monsieur ?

— Non. Ce que je souhaite, c'est de la délicatesse. Ayez la main légère, compris ?

Il se retrouva à marcher sur le boulevard Maréchal-Pétain et s'arrêta un instant face au palais de Justice. En contemplant le bâtiment imposant sous le soleil d'après-midi, il se rendit compte qu'il était content d'être rentré et reprit sa marche, à l'ombre des platanes. Puis il tourna à gauche pour s'engager sur le boulevard Omer-Sarraut et continua jusqu'au garage Magne.

Un mécanicien travaillait sous le châssis d'une voiture montée sur des briques, d'où n'émergeaient que ses jambes. Authié gagna directement l'appartement attenant à l'atelier, et frappa à la vitre.

En l'entendant, Lucie hésita à répondre. Épiant par la fente à côté du cadre, elle vit un type d'âge moyen, plutôt chic, avec son chapeau et son complet gris bien coupé. Elle était certaine de ne l'avoir jamais vu.

— Mademoiselle Magne ?

— Oui ?

— Puis-je m'entretenir un instant avec vous ?

— Qui êtes-vous ?

— Police, dit-il.

Un frisson la parcourut.

— Dans ce cas, montrez-moi votre insigne.

Il brandit sa carte et la retira aussitôt, sans lui laisser le temps de la lire.

— Pourrais-je entrer, maintenant, mademoiselle ? insista-t-il, sans hausser le ton et en gardant le sourire, pourtant Lucie se sentit incapable de refuser.

Elle faisait peine à voir et le savait. Les yeux rougis, pas coiffée, pas maquillée, elle portait un vieux cardigan par-dessus la robe d'été qu'elle avait déjà pour accompagner Sandrine, Liesl et Marieta à la gare.

— Excusez-moi, dit-elle en se touchant les cheveux, mais je ne m'attendais pas à une visite.

— Y a-t-il un endroit où nous pourrions parler ? demanda-t-il en ôtant son chapeau.

Lucie jeta un coup d'œil vers la cuisine, où sa mère et une voisine discutaient de la libération prochaine de leurs maris, prisonniers dans des camps en Allemagne. Le train devait arriver d'un jour à l'autre. Qu'importe ce que lui voulait cet homme, elle préférait que sa mère n'en sache rien.

— Allons dans l'atelier, proposa-t-elle.

Ils traversèrent la maison jusqu'au garage à l'arrière, puis Lucie fit coulisser la lourde porte de l'atelier et se retourna, bras croisés, comme pour s'armer en prévision de ce qui l'attendait, la bouche sèche, le cœur battant à tout rompre.

— Pourrions-nous nous asseoir ? demanda-t-il en indiquant le long banc en bois qui longeait l'un des murs du garage.

— Je préfère rester debout, monsieur…

— Authié. Capitaine Authié.

— Mais je vous en prie, mettez-vous à l'aise.

— Merci.

Lucie se détendit un peu. S'il était venu l'arrêter, il ne serait pas aussi poli. Et il ne serait pas venu seul.

— J'ai une ou deux questions à vous poser, si cela ne vous dérange pas.

Bien sûr que ça me dérange, eut envie de hurler Lucie, qui garda pourtant un visage impénétrable.

— Le lundi 13 juillet, vous rouliez en voiture près du Païchérou vers 10 heures du matin, si je ne m'abuse.

C'était avant que Max ne soit… pensa-t-elle, mais les mots ne franchirent pas ses lèvres. À présent, le temps était divisé en deux : il y avait un avant et un après l'arrestation de Max, un après qui semblait n'avoir pas de fin.

— Dans une Peugeot 202, ajouta-t-il en jetant un coup d'œil vers le fond de l'atelier, où la voiture était bien visible.

— En effet.

— Je ne m'intéresse nullement à ce que vous faisiez là, ni avec qui vous étiez, mademoiselle Magne. Je veux simplement connaître le nom de la jeune fille que vous avez prise avec vous.

— C'était il y a trois semaines, répondit-elle.

Un instant, Lucie vit passer une lueur de colère dans les yeux du policier, mais il s'empressa de masquer son irritation et poursuivit du même ton désinvolte. Plongeant la main dans sa poche, elle en sortit un paquet de cigarettes, une boîte d'allumettes, mais, quand elle voulut allumer sa cigarette de ses mains tremblantes, la boîte lui échappa en déversant son contenu sur le sol. Comme elle se penchait pour ramasser les allumettes, Authié s'avança en lui tendant un briquet.

— Tenez, lui dit-il.

Lucie essaya d'en rire.

— Désolée, je ne sais pas ce que j'ai. Je ne dors pas bien ces derniers temps…, ajouta-t-elle en tirant sur la cigarette.

— Donc, ce matin-là, vous passiez devant Païchérou en voiture et vous avez pris une passagère, n'est-ce pas ?

— C'est bien possible.

— Allons, mademoiselle, fit-il d'un air amusé.

Elle croisa les bras sur sa poitrine, sentant ses côtes sous le fin coton de la robe.

— Bon, en effet.

— Et comment s'appelle cette jeune fille ?

— Je ne le lui ai pas demandé, répondit-elle en haussant les épaules, et Authié la dévisagea d'un air intrigué.

— Vous avez aidé une jeune fille, l'avez raccompagnée chez elle, tout cela sans même lui demander son nom ?

— Ça ne me regardait pas.

— D'accord. Pouvez-vous me dire où vous l'avez déposée, au moins ?

— Je… Je ne m'en souviens pas très bien. Ça remonte à presque trois semaines.

Lucie se sentit rougir sous son regard scrutateur. Elle tira une bouffée mais, au lieu de l'aider, la fumée lui donna encore plus mal au cœur. Après avoir éteint la cigarette sur le bord du banc, elle la rangea dans sa poche.

— Vous n'étiez pas seule ce jour-là, n'est-ce pas ? demanda-t-il posément.

Lucie sentit le sol se dérober sous ses pieds et ne répondit pas.

— Vous n'aimeriez pas savoir où se trouve le jeune homme qui vous accompagnait, mademoiselle Magne ? susurra-t-il.

Ce fut à son tour de le scruter. Cet homme pourrait-il lui dire ce qui était arrivé à Max, alors que Suzanne n'avait pas réussi à le découvrir ? N'étant ni l'épouse ni la parente de Max, elle n'était pas en droit de s'informer sur son sort. Oui, cet Authié pourrait l'y aider.

— Savez-vous où il est ? demanda-t-elle en oubliant toute prudence. Je suis folle d'inquiétude, et personne ne veut rien me dire.

— Nous avons des raisons de croire que la jeune dame que vous avez secourue a été victime d'une agression, poursuivit Authié après un petit temps. Certes, je comprends votre discrétion. Je dirais même que je l'approuve. Mais, récemment, des femmes ont été agressées à deux reprises. C'est fâcheux. Si cette jeune fille a vu quelque chose, cela pourrait nous aider à capturer l'agresseur.

Lucie porta la main à son ventre. Et si elle ne découvrait jamais où Max avait été emmené ? Si même il était encore en vie ? D'ailleurs Sandrine s'était rendue au commissariat de son propre chef. Quel mal y aurait-il à donner son nom ? Lucie ne ferait que transmettre une information que la police détenait déjà.

— Elle est allée porter plainte au commissariat le jour-même, dit-elle. Tous les détails la concernant figurent certainement dans le dossier.

Un instant, elle crut voir passer un éclair d'étonnement dans les yeux du policier, qui reprit aussitôt contenance.

— Hélas, les informations prennent toujours du temps avant de remonter jusqu'à nous, expliqua Authié avec désinvolture, vous savez ce que c'est. Et si je suis ici aujourd'hui, c'est justement pour faire avancer l'enquête.

— Je comprends.

— Quant à M. Blum, je ne peux rien vous promettre, sinon faire mon possible pour accélérer les procédures. En résumé, conclut-il en s'adossant contre le bord de l'établi, c'est un nom contre un autre. Le marché me paraît équitable, non ? Alors… Êtes-vous certaine que le nom de cette jeune fille ne vous revient pas ?

Sa raison lui dictait de ne rien dire. De laisser le capitaine Authié découvrir les choses par lui-même. Mais son cœur lui soufflait autre chose. Depuis le jour de la manifestation, elle dormait à peine. Dès qu'elle posait la tête sur l'oreiller, son esprit s'emplissait d'images de Max menotté, battu, embarqué de force dans un train pour une destination inconnue.

Pire, elle se sentait coupable. Coupable d'être restée chez Marianne et Sandrine le soir où il avait été arrêté, de s'être endormie sur le canapé après avoir trop bu. Si elle avait su plus tôt ce qui s'était passé, elle aurait tout tenté pour le faire relâcher.

— Mademoiselle Magne ?

Le capitaine Authié lui donnait une chance de découvrir où Max avait été emmené. Alors, enfin, elle pourrait lui écrire. Entreprendre de le faire sortir, rectifier ce malentendu. Il rentrerait chez lui.

— Elle s'appelle Vidal, dit-elle. Sandrine Vidal.

60

Un instant, les mots restèrent comme suspendus dans l'air, entre eux.

— Vous avez dit un nom contre un autre, dit Lucie avec désespoir.

— Je suis un homme de parole, mademoiselle Magne.

— Bien sûr, répondit Lucie en rougissant. Désolée, je ne voulais pas mettre en doute votre honnêteté… Je vous en prie.

— Blum a fait partie d'un convoi de prisonniers envoyé au Vernet le 15 juillet.

Sous le choc, Lucie vacilla et s'appuya au banc pour se redresser. De tous les camps, Le Vernet était réputé le pire.

— Ses papiers sont en règle, dit-elle dans un souffle. Pourquoi l'a-t-on arrêté ?

— Je n'ai pas encore tous les détails.

— Mais que vais-je faire ? s'écria-t-elle. Je n'en peux plus !

— Si M. Blum n'a rien à se reprocher et que ses papiers sont en règle, il n'a rien à craindre. Ni vous non plus, mademoiselle Magne.

— Si seulement…

— Je pourrais même faire en sorte que vous puissiez le voir.

— Vraiment ? dit Lucie, n'osant y croire.

— En échange d'un peu d'aide, mademoiselle Magne.

— Je vous ai déjà donné le nom de Sandrine.

— J'aimerais parler à Mlle Vidal. Certes, son adresse figure dans le registre du commissariat, mais si vous la connaissez, cela nous ferait gagner un temps précieux.

— Rue du Palais, dit-elle. Elle vit avec sa sœur et leur femme de charge. La maison aux tuiles colorées.

À nouveau, ces mots de Judas résonnèrent dans l'air, entre eux.

— Vous voyez ? dit-il d'un air enjoué. Ce n'était pas si difficile.

— Et Max, le pressa-t-elle. Pouvez-vous faire en sorte que je le voie ?

— Je vais me renseigner, répondit Authié en mettant son chapeau. Je vous contacterai si j'ai des nouvelles.

— Quand ? s'enquit-elle avec empressement, inquiète de le voir partir sans avoir eu de raison d'espérer, mais déjà il faisait coulisser la porte.

— Merci pour votre aide, mademoiselle. Inutile de me raccompagner.

Lucie écouta ses pas résonner dans le couloir, puis la porte d'entrée s'ouvrir et se refermer. Alors elle s'affala sur le banc. Elle se sentait vide et faible, même si, pour la première fois depuis trois semaines, il y avait un espoir.

Sortant de sa poche la cigarette à moitié consumée, elle réussit à l'allumer. Cette fois, la fumée lui fit du bien, elle calma les battements de son cœur, tandis qu'elle se répétait en boucle qu'elle n'avait rien fait de mal. De toute façon, le nom de Sandrine figurait déjà dans les rapports de police.

Lucie réfléchit encore un instant, puis entra dans la maison pour téléphoner. Elle devait au moins prévenir Marianne de ce qui s'était passé. Depuis le départ de Sandrine, elle n'était pas retournée rue du Palais et n'avait revu ni l'une ni l'autre des deux sœurs.

Elle composa le numéro. La ligne était occupée. Lucie ferma les yeux en essayant d'évoquer le visage de Max. Le capitaine Authié était venu sans escorte, il ne l'avait pas menacée. Et il avait promis. Enfin, presque.

— Un nom contre un autre, murmura-t-elle en refaisant le numéro.

Cette fois, la ligne était libre, mais personne ne répondit. Si elle ne parvenait pas à joindre Marianne par téléphone, il lui faudrait se rendre rue du Palais, et elle n'en avait guère envie. Marianne réagirait vivement, comme d'habitude, elle monterait sur ses grands chevaux. Elle ne comprendrait pas que retrouver Max était la priorité absolue. Et il faisait si chaud, et Lucie se sentait si mal.

Elle porta la main à son ventre. Il lui fallait penser au futur.

61

Authié se rendit aussitôt du boulevard Omer-Sarraut au commissariat pour vérifier les rapports de police. Il n'y avait rien sur Sandrine Vidal. En revanche, il découvrit un dossier consistant sur sa sœur, Marianne Vidal.

Professeur au lycée de filles du square Gambetta : son nom figurait sur une liste d'enseignants qui avaient refusé d'appliquer le nouveau programme scolaire. Elle avait continué à prendre des élèves juives dans sa classe, en s'opposant à exercer tout contrôle à leur encontre. Des auteurs indésirables tels que Brecht, Zweig et Heine figuraient toujours dans la bibliothèque de sa salle de classe. Le père et la mère Vidal étaient tous deux décédés. Seule une vieille femme de charge au service de la famille depuis des années habitait avec les deux sœurs.

Authié ressortit dans la lumière du soleil et consulta sa montre. Il lui restait largement le temps de rendre visite aux sœurs Vidal avant le coup de fil de Bauer. Cinq minutes plus tard, il se trouvait devant la rue du Palais et contemplait la façade de la maison. Manifestement, le père Vidal n'avait pas laissé ses filles dans le besoin. Ce genre de grande demeure était susceptible d'abriter toutes sortes d'activités clandestines.

Authié monta les marches et frappa à la porte. Il entendit des voix étouffées, puis des pas. Une femme lui ouvrit, grande, en pantalon, les cheveux coupés très court.

— Mademoiselle Vidal ?

— Non, répondit-elle en croisant les bras.

— Mlle Vidal est-elle chez elle ?

— Qui la demande ?

Authié sortit son insigne de police. La femme la lut, hésita, puis recula pour le laisser entrer.

— Qui est-ce ? s'enquit une voix depuis l'intérieur de la maison.

— La police, répondit la femme, et tandis qu'elle refermait la porte d'entrée, Authié entra dans le salon sans qu'elle puisse le retenir.

Une jeune femme mince et brune était assise sur un canapé sous la fenêtre, et elle se leva aussitôt.

— Marianne Vidal ?

— Oui.

— Et votre amie ?

— Une invitée, répondit-elle. Que puis-je faire pour vous, monsieur… ?

— Authié. Capitaine Authié. Votre invitée s'appelle… ?

— En quoi cela vous concerne-t-il, capitaine Authié ?

Il sentit son intérêt se raviver. La plupart des gens étaient nerveux en présence de la police, mais elle était manifestement sur ses gardes. Il devait y avoir une raison.

— Ne faites pas d'obstruction, mademoiselle Vidal.

— Désolée, je ne voulais pas vous donner cette impression.

— Suzanne Peyre, répondit l'autre femme, comme il se tournait vers elle pour l'interroger du regard.

— Que puis-je faire pour vous, capitaine Authié ? reprit Marianne.

— C'est avec votre sœur Sandrine que j'aimerais parler. Est-elle là ?

Une lueur passa dans les yeux de Marianne Vidal, qu'Authié ne manqua pas de remarquer.

— Non, elle n'est pas ici.

— Et combien de temps sera-t-elle absente, d'après vous ?

— Désolée, mais je n'en sais rien, répondit-elle en souriant obligeamment, et le regard d'Authié se durcit.

— Où est-elle, mademoiselle Vidal ?

Marianne ne se laissa pas intimider.

— À vrai dire, je l'ignore. Elle est partie très tôt ce matin, avant que je ne me sois levée.

— Peut-être votre femme de charge le saura-t-elle… Allez donc la chercher, je vous prie.

— J'y vais, intervint Suzanne, puis elle quitta la pièce avec un certain empressement.

Marianne laissa passer un silence.

— Puis-je savoir pourquoi vous désirez parler à ma sœur ?

— J'ai des raisons de croire qu'une jeune femme nommée Lucie Magne et son ami, un Juif soit dit en passant, ont secouru votre sœur après qu'elle eut été victime d'une agression…

— Je vous demande pardon ?

— Vous êtes au courant, je présume. Votre sœur a été attaquée il y a trois semaines. Le lundi 13 juillet.

— Mais non, capitaine Authié, objecta-t-elle posément. Elle est juste tombée de vélo.

— Mlle Magne m'a dit qu'elle avait été attaquée.

— Eh bien Mlle Magne se trompe.

— D'après le rapport de police, votre sœur a prétendu qu'on l'avait agressée.

— Il est vrai que ma sœur s'est rendue au commissariat juste après, capitaine Authié, mais, franchement, j'étais en colère contre elle d'avoir dérangé la police pour si peu. J'ai cru, et je le crois toujours, que sa blessure était accidentelle.

Malgré lui, Authié était impressionné par le cran et le sang-froid de cette femme.

— Vous croyez donc qu'elle a tout inventé ?

— Je pense plutôt que son accident lui a brouillé les idées.

— C'est donc que vous n'êtes pas au courant des agressions perpétrées récemment contre des femmes à Carcassonne, mademoiselle Vidal.

— J'ai surtout eu l'impression que, les victimes étant toutes juives, la police ne prenait guère ces affaires au sérieux, repartit Marianne en soutenant son regard.

— Serait-ce là une critique contre la police, mademoiselle Vidal ? demanda Authié en haussant les sourcils.

— Non, une simple constatation, capitaine Authié.

Il laissa passer un silence.

— Votre sœur n'a rien dit à propos de son agresseur ?

— Elle a dit toutes sortes de choses que je n'ai pas prises au sérieux, comme je viens de vous l'expliquer. Je ne me rappelle pas précisément tous les détails de notre conversation. C'était il y a presque trois semaines.

— Elle n'aurait pas mentionné le nom de Raoul Pelletier, par hasard ?

Il vit encore passer une lueur dans ses yeux, fugitive, mais qui lui confirma qu'elle connaissait ce nom.

— Marieta a dû sortir faire des courses, annonça Suzanne Peyre en réapparaissant sur le seuil du salon.

Authié dévisagea tour à tour les deux femmes.

— Décidément, je n'ai pas de chance, ironisa-t-il. Je vais donc devoir repasser plus tard, en espérant que votre sœur sera rentrée. Ou bien je retournerai parler avec Mlle Magne. Elle s'est montrée très coopérative. Peut-être se rappellera-t-elle autre chose.

Soulevant son chapeau, il prit congé et sortit de la maison sans leur laisser le temps de répondre. Quand il eut traversé la rue, Authié se retourna pour regarder la façade. Et si la jeune fille avait été délibérément éloignée ? C'était étrange qu'elle et la bonne soient toutes les deux absentes de la maison. Et cette Suzanne Peyre, qu'avait-elle fait après avoir quitté la pièce ? Elle avait mis bien du temps à revenir… Il était impatient de retourner au bureau pour vérifier s'il y avait aussi un dossier sur elle.

Il se sentit observé et vit un rideau retomber sur une des fenêtres de la maison voisine de celle des Vidal. Il reconnut pourtant le visage à peine entrevu de la femme qui l'épiait. L'un de ses informateurs vivait dans le quartier du Palais, et il se rendait compte seulement maintenant que c'était là son adresse. Aussitôt il gagna le devant de la maison, monta les marches du perron, et sonna.

— Madame Fournier, dit-il quand elle lui ouvrit la porte. Pourrais-je abuser de votre temps ?

62

Tarascon

Erik Bauer s'épongea le cou avec son mouchoir. Son sang nordique supportait mal le soleil d'août. Il s'éventa avec son chapeau, car il n'y avait pas un souffle d'air, puis le remit sur sa tête.

Bauer était fier d'appartenir à l'Ahnenerbe. Petit garçon, il avait lu les récits de Wolfram von Eschenbach sur le Graal, ainsi que les grandes légendes germaniques chantées par les *Minnesingers*. Comme le Führer, Bauer avait contemplé la Lance de Longinus dans sa vitrine du Hofburg Museum de Vienne. Lorsque, après l'Anschluss, les Trésors des Habsbourg avaient été transférés d'Autriche à Nuremberg, Bauer avait postulé pour entrer dans la société pour la Recherche et l'Enseignement sur l'Héritage ancestral, autrement dit l'Ahnenerbe, sous l'égide du Reichsführer Himmler, et il avait fini par y être admis. Il figurait parmi les milliers de scientifiques et historiens qui recherchaient de par le monde des objets pouvant étayer l'existence d'une race aryenne supérieure, preuves à l'appui. Les livres des Cathares sur le Graal, le trésor perdu retiré du temple de Salomon après la prise de Jérusalem, et d'autres objets d'Antiquité, dont on disait qu'ils étaient cachés dans les montagnes du Languedoc. Il méprisait Rahn, ce dégénéré, et avait fait partie de ceux qui l'avaient dénoncé comme tel, néanmoins ses écrits l'avaient fasciné. Bauer espérait trouver la clef, ou mieux encore, le Codex, et se faire ainsi remarquer des membres les plus éminents du parti.

Il était persuadé que le réseau de grottes qui s'étendait entre Niaux et Tarascon ne recelait rien d'intéressant. Elles avaient été explorées de fond en comble avant la guerre, sans aucun résultat notable. Pourtant, il ne voulait pas que d'autres que lui puissent y accéder, au cas où il se tromperait. Or, sitôt son équipe partie, les gens du pays accourraient sur le site pour fouiner partout.

— Obersturmführer ? s'enquit l'ingénieur-chef, un homme massif au cou de taureau, qui attendait ses ordres.

— *Beginnen Sie*, confirma Bauer en hochant la tête.

Le contremaître ordonna donc à ses hommes de placer des charges de dynamite à intervalles réguliers le long de l'entrée de la grotte, un peu en hauteur. Quand ce fut fait, l'un d'eux grimpa au-dessus et plaça trois charges le long du bord supérieur de la paroi rocheuse. Bauer voulait s'assurer qu'il n'y aurait pas de points faibles permettant à quelqu'un d'accéder aux grottes.

Le chef d'équipe déroula les câbles qui menaient au détonateur, puis transporta le dispositif aussi loin que possible de l'entrée des grottes.

— *Ist es bereit?* s'enquit Bauer, et le contremaître hocha la tête.

Ils allèrent se mettre à couvert, puis le chef d'équipe enfonça la poignée. La dynamite fit son œuvre. Il y eut une détonation, suivie d'une explosion dont la force se répercuta en ondes à travers la terre. Après un instant de silence suspendu, la roche éclata, se fissura, et l'entrée de la grotte s'effondra sur elle-même.

Bauer attendit pour émerger de sa planque que les nuages de poussière soient retombés dans l'air brûlant. Alors il contempla l'entrée, complètement bloquée, et approuva d'un hochement de tête.

— *Gut gemacht*, dit-il en s'épongeant la nuque de son mouchoir trempé de sueur. Dites à vos hommes de tout remballer et de plier bagages. Nous partons ce soir pour le nord.

63

Carcassonne

Marianne jeta les derniers faux papiers d'identité dans l'évier, y mit le feu, regarda les flammes les consumer, puis ouvrit le robinet. La cuisine était emplie d'une odeur de cendres humides.

— Et voilà, conclut-elle. Quel gâchis.

Suzanne hocha la tête. Ses mains étaient tachées de noir à force d'avoir transporté chaque amas de cendres mouillées jusqu'à un petit coin de terre sous la fenêtre de la cuisine pour y enfouir le tout, qu'il n'en reste aucune trace. Là, elle était cachée de la maison Fournier grâce à l'avancée du balcon. Elle retourna à l'évier pour se laver et se frotter les mains.

— Que vas-tu faire maintenant ? dit-elle en les secouant pour les sécher.

— Envoyer un télégramme à Sandrine pour la mettre en garde contre Authié.

— Et Lucie ?

— Je n'arrive pas à croire qu'elle ait pu faire une chose pareille, répondit Marianne, les traits crispés.

Suzanne posa la main sur l'épaule de son amie.

— Et si j'allais chez elle, pour voir ce qu'elle en dit? Mais d'abord, il faut que je trouve Robert Bonnet pour l'informer qu'on a dû se débarrasser de tout le lot.

— Quand je pense aux efforts que cela t'a demandé, soupira Marianne.

— Pas de regrets. Mieux vaut prévenir que guérir, repartit Suzanne en lui donnant une petite tape amicale sur la joue. Bon. Je reviens le plus vite possible.

Marianne verrouilla la porte après son départ, puis alla vite prendre son sac à main, son chapeau et ses gants. Le silence semblait résonner dans le vide. À vrai dire, quand les autres étaient parties pour Coustaussa, elle en avait été soulagée et avait goûté à cette paix. Liesl était facile à vivre, mais sa tristesse jetait une ombre sur la maison. Sandrine, elle, ne tenait pas en place, elle courait chaque matin vérifier le courrier, puis elle allait à la bibliothèque, à la cathédrale, faisant mille choses à la fois. Quant à Marieta, elle était renfermée et semblait anxieuse. Pourtant, à présent, ce calme lui pesait terriblement. Et elle se sentait de jour en jour plus fatiguée, incapable de gérer cette tension permanente. Sans la présence de Suzanne, elle aurait déjà craqué.

Un coup frappé à la porte d'entrée la fit sursauter. Un instant, elle fut tentée de ne pas répondre, mais elle entendit la voix de Lucie.

— Il faut que je te parle, murmurait-elle.

— Ce ne serait pas plutôt pour t'excuser? marmonna Marianne.

— S'il te plaît.

Avec un soupir, elle ouvrit la porte et Lucie entra. Marianne fut saisie : Lucie était blême, avait les traits tirés, et ses cheveux blonds décolorés étaient sombres aux racines.

— Ton capitaine Authié vient juste de repartir, lui lança Marianne d'un air peu amène.

— Il est déjà venu ici ? s'étonna Lucie.

— Qu'est-ce que tu crois ? Tu aurais au moins pu nous téléphoner pour nous prévenir que tu avais bavé sur nous, remarqua-t-elle avec acrimonie.

Lucie rougit.

— J'ai essayé, mais la ligne était occupée.

— Tu n'as pas beaucoup insisté.

— Eh bien me voilà, non ? rétorqua Lucie en relevant le menton.

— Mais qu'est-ce qui t'a pris ? s'indigna Marianne en perdant son habituel sang-froid. Authié est de la police. Du Deuxième Bureau, vraisemblablement.

— Et alors ? Tu parles comme si j'étais censée être au courant, mais ce n'est pas le cas. Ce genre de choses ne m'intéresse pas. Tout ce que je sais, c'est qu'il a été poli avec moi. Il m'a assuré qu'il pourra m'aider à retrouver Max.

— T'aider ? répéta Marianne, incrédule. Ne sois pas si naïve.

— Arrête de t'en prendre à moi, c'est insupportable, riposta Lucie. C'est Sandrine qui est allée au commissariat, en premier lieu. C'est elle qui a fait un rapport, pas moi. Je l'ai même suppliée pour l'en dissuader, ce n'est pas ma faute.

Marianne inspira profondément pour tenter de se calmer, consciente que Lucie n'avait pas tout à fait tort, et que sa colère était aussi dirigée contre elle-même.

— Bon, d'accord, admit-elle en levant les mains.

— Il sait où Max a été emmené, reprit Lucie, d'une voix bien près de se briser. Je n'en peux plus, Marianne. Après toutes ces semaines sans aucune nouvelle. Je n'aurais pu le supporter plus longtemps.

Marianne soupira, puis choisit ses mots avec soin.

— Je comprends que tu sois désespérée. Suzanne et moi, nous avons fait de notre mieux pour le découvrir, sans aucun résultat, je le reconnais. Pourtant, tu sais très bien qu'il faut laisser les autorités en dehors de tout ça. D'ailleurs, c'est pour cette raison que tu as toi-même déconseillé à Sandrine de se rendre au commissariat.

— Eh bien, le capitaine Authié a dit que ce qui était arrivé à Sandrine était en rapport avec d'autres attaques commises contre des femmes. C'est seulement pour cela qu'il désire lui parler.

— Tu n'y crois pas, j'espère ?

— Et pourquoi n'y croirais-je pas ? repartit Lucie. Ce type m'a semblé correct. Je ne vois pas pourquoi il faudrait se méfier de tout le monde.

Le regard de Marianne s'aiguisa.

— Que lui as-tu dit d'autre ?

— Rien. Seulement le nom de Sandrine, ainsi que votre adresse, mais elle l'avait déjà donnée à la police, de toute façon.

— Tu n'as pas dit qu'elle était partie pour Coustaussa ?

— Mais non, voyons ! lança Lucie avec un éclair de colère dans les yeux. Ah, je vois ! Je suppose que tu ne vas plus rien me dire, ni me faire confiance, maintenant ?

— Et tu aurais le culot de me le reprocher ? Non, je ne te fais pas confiance. Ça t'étonne ?

— Je suis venue ici pour te mettre au courant, s'écria Lucie. Je me suis inquiétée toute la journée, même si au départ ce n'est pas moi qui ai commencé. Si Sandrine avait été arrêtée et emmenée quelque part sans que tu saches où, tu ferais pareil. Tu ferais n'importe quoi pour la retrouver.

— Eh bien non, justement, Lucie, répondit posément Marianne. Je ne trahirais pas mes amis.

Lucie la toisa un instant, puis elle s'enfuit de la maison en claquant la porte derrière elle. Marianne s'affala sur la banquette de l'entrée et se prit la tête dans les mains. Lucie croyait n'avoir rien fait de mal. Elle n'avait rien dit à la police que Sandrine n'ait déjà déclaré. Mais tous les flics n'étaient pas à la solde de Vichy. Certains étaient gaullistes, pas pétainistes. Oui, elle avait été trop dure avec elle. Lucie n'avait jamais montré le moindre intérêt pour ce qui l'entourait : la politique, le conseil municipal, les lois, les règlements, tout cela lui passait au-dessus de la tête. Ce n'était pas nouveau.

Mais, cette fois, Marianne avait peur, vraiment peur, à en être glacée jusqu'aux os. La situation était hors de contrôle. Le pire, c'est qu'elle ignorait comment arrêter cette spirale infernale. Si seulement elle était à Coustaussa, elle aussi. Au moins, elle saurait que Sandrine allait bien. Là-bas, elle pourrait oublier la réalité, retrouver les choses telles qu'elles étaient avant. Jouer aux cartes, écouter la TSF. Des choses banales, ordinaires.

Elle aurait tant voulu se sentir à nouveau en sécurité.

64

Coustaussa

Sandrine ouvrit les volets sur un autre matin humide et couvert. Des nuages gris filaient en rasant les collines et le vent charriait une sourde menace. L'orage allait peut-être enfin éclater, un bon orage, d'où l'air sortirait purifié.

Les trois derniers jours avaient été si bien remplis qu'elle n'avait pas eu le temps de se languir, ni de Raoul ni de Marianne. Elle avait rendu visite à tous les voisins et reçu leurs condoléances, souvent accompagnées d'offrandes de nourriture, renouant ainsi avec la vie de Coustaussa. Elle leur avait présenté Liesl, et si certains s'étaient étonnés de cette cousine de Paris tombée du ciel, aucun n'avait fait de commentaire.

À elles trois, elles avaient rouvert la maison, regarni autant que possible le cellier, nettoyé les sanitaires et fait la chasse aux araignées. Sandrine avait aussi changé la disposition du salon en déplaçant le fauteuil préféré de son père, afin qu'il ne soit plus dans son champ de vision dès qu'elle entrait dans la pièce. Dans la petite maison, elle se sentait à nouveau chez elle.

Déjà vendredi. Elle ne pouvait plus différer sa visite à Couiza. Le jour de leur arrivée, Ernest avait téléphoné à Marianne pour lui faire savoir que leur voyage s'était bien passé, et il avait parlé à son frère, qui travaillait à la mairie. Mais Sandrine devait s'y présenter en personne avec les papiers en règle, car elles avaient besoin de cartes de rationnement temporaires, et il y avait des formulaires de toutes sortes à remplir et à faire tamponner. Elle appréhendait les queues interminables, la chaleur, la mauvaise humeur. Mais ce qui la contrariait surtout, c'était que, ce matin, Marieta semblait plus fatiguée que de coutume.

— Je ne sais pas si nous devrions vous laisser, répéta Sandrine. Vous n'avez pas l'air bien.

— Il y a encore beaucoup à faire et je ne veux pas vous avoir dans les pattes, répliqua Marieta selon sa formule habituelle. D'ailleurs, mieux vaudrait vous presser de partir, *madomaisèla*. L'orage va éclater.

— Vous en êtes sûre ? demanda Liesl en scrutant le ciel lourd. C'est comme ça depuis notre arrivée.

— Le vent souffle du sud, décréta Marieta avec une assurance que Sandrine ne contesta pas.

— Bon, d'accord, soupira-t-elle. Nous reviendrons aussi vite que possible mais, en attendant, promettez-moi de vous ménager.

Accompagnée de Liesl, elle gagna l'appentis au fond du jardin pour en sortir les vélos, et remarqua que la jeune fille portait en bandoulière l'appareil photo que Max lui avait offert, protégé par un étui en cuir.

— Ce n'est pas trop lourd ? Tu es sûre de vouloir l'emporter ?

— Il me fait penser à…, commença Liesl, puis elle s'interrompit et ajouta plus posément : J'aime bien l'avoir sur moi, au cas où j'aurais envie de faire une photo.

— J'appellerai Marianne de Couiza, dit Sandrine avec empressement. Je suis sûre qu'elles auront eu des nouvelles, depuis notre départ.

Liesl garda le silence.

Lorsqu'elles arrivèrent en ville un quart d'heure plus tard, elles étaient à bout de souffle, tant le temps était lourd.

— Tu as ta nouvelle carte d'identité? demanda Sandrine quand elles furent devant la mairie, et Liesl le lui confirma pour la troisième fois.

Elles rejoignirent la longue queue de ceux qui piétinaient depuis déjà un bon moment. Suzanne avait obtenu à Liesl des faux papiers, et c'était la première fois qu'elles devraient s'en servir. Et si le fonctionnaire remarquait quelque chose de suspect ? Sandrine ne pourrait que tenir bon en espérant que Liesl fasse de même, mais elle n'en était pas moins angoissée et ne cessait de tout revérifier.

— Bonjour, dit-elle d'un air enjoué quand elles arrivèrent devant le guichet, puis elle tendit à l'employé de mairie l'ensemble des papiers.

— Vous n'êtes que deux, fit remarquer le fonctionnaire en les scrutant par-dessus ses bésicles.

— Oui, Marieta Barthès est restée à Coustaussa. Elle est âgée, et Ernest nous a dit que ce n'était pas la peine…

— Ah, vous êtes mademoiselle Vidal, l'interrompit l'employé avec bonhommie.

— En effet. Sandrine Vidal.

— Et voici donc l'autre demoiselle Vidal, ajouta-t-il en jetant un bref coup d'œil à Liesl, puis à la photographie figurant sur sa carte.

Il tamponna aussitôt les documents, puis leur rendit les papiers.

— Troisième porte à gauche, indiqua-t-il.

Certes, le frère d'Ernest facilita leurs démarches, néanmoins cela leur prit du temps, car on les envoya de bureau en bureau, et elles durent répondre encore et encore aux mêmes questions, présenter les papiers de Marieta, expliquer qu'elle était trop vieille pour faire le trajet, avec chaque fois la même angoisse au cœur.

Enfin, trois heures après, elles ressortaient, munies de carnets de rationnement temporaires et de permis de séjour.

— On a réussi, souffla Sandrine en pressant la main de Liesl. Et si on allait déjeuner ? Moi, je meurs de faim.

— Je ne dis pas non, reconnut Liesl en souriant.

Situé sur le pont près de la gare, le Grand Café Guilhem servait à déjeuner des tomates, du pain noir, du fromage de chèvre et du jambon cru. Liels laissa le jambon de côté, mais elle se laissa tenter pour finir par une glace à la cerise. Quand elle y goûta, Sandrine lui trouva un goût de saccharine qui lui déplut.

— Je vais essayer de joindre Marianne pour savoir où en sont les choses à la maison et lui dire que de notre côté, tout va bien, annonça Sandrine à la fin du repas. Ça risque de me prendre un bout de temps. Ça ne te fait rien de rester seule un moment ?

Elles convinrent de se retrouver une heure plus tard devant le bureau de poste et se séparèrent. Liesl se dirigea vers la rivière avec son appareil photo et Sandrine s'apprêta à refaire la queue. La tramontane soulevait des nuages de poussière, l'air était de plus en plus oppressant.

La file progressait lentement. Les trois clients qui précédaient Sandrine désiraient établir des communications interzones, et l'opératrice s'efforçait de les satisfaire. Les autres perdaient patience, car plus la queue avançait, plus ils craignaient de ne pas obtenir ce dont ils avaient besoin. Il y eut quelques prises de bec, coups de coude et coups de panier.

Tout en avançant, Sandrine songeait à Marieta. Comment la convaincre de ne pas travailler aussi dur, à longueur de temps ? Et Raoul, où pouvait-il bien être à présent ? Certes, il lui manquait, mais elle ne pouvait se permettre ce genre de regret. Il y avait trop à faire. Par moments, des bribes de conversations venaient rompre ses réflexions.

— Neuf mille policiers et gendarmes, disait une femme qui rejoignait son mari dans la queue. Ils les ont tous parqués dans un vélodrome, au nord de Paris, paraît-il. C'était dans le journal.

— Vous parlez du Vélodrome d'hiver ? s'enquit un client.

— Ça, je n'en sais rien.

— La piste de course de vitesse est formidable. J'y étais, le jour où Antonin Magne a remporté son Grand Prix.

— Ving-cinq mille Juifs, vous vous rendez compte ? Tous entassés là-dedans.

— C'est arrivé il y a trois semaines, ajouta une femme d'âge mûr vêtue d'une blouse aux couleurs criardes. Le lendemain du 14 Juillet, d'après les journaux.

— C'étaient des étrangers, pas vrai ?

— Sûrement. Ils ne feraient pas ça à des Français, quand même !

— Si ce sont des étrangers, alors je suis pour, commenta l'homme. On devrait tous les renvoyer chez eux. La France en a assez, de cette racaille. Tous des voleurs !

Sandrine s'aperçut qu'elle serrait les poings. Elle s'était habituée à entendre ce genre de propos à Carcassonne, mais elle avait espéré qu'ici ce serait différent.

La queue avança. Soudain, elle vit Raoul, qui la regardait droit dans les yeux. Son visage était placardé sur un poteau, une photo en noir et blanc, avec ses nom et prénom et un seul mot, en capitales : RÉCOMPENSE.

Sandrine s'était préparée à voir ces affiches à Carcassonne, car Raoul lui en avait parlé. Pourtant les semaines avaient passé sans qu'elle en vît aucune, aussi avait-elle espéré que les recherches avaient été abandonnées.

Le choc la fit chanceler, et elle resta comme aveuglée par cette image. Alors elle sentit une légère poussée dans son dos.

— C'est à vous, insista la femme derrière elle.

— Mademoiselle ? répéta l'opératrice.

— Pardon, dit Sandrine en détachant avec peine ses yeux de l'affiche. Veuillez m'excuser.

En proie à un malaise grandissant, elle s'avança vers le guichet. S'il y avait une affiche à Couiza, cela signifiait qu'elles étaient placardées dans toutes les villes et tous les villages de la région. Raoul n'avait aucune chance de passer au travers.

— Que puis-je pour vous, mademoiselle ?

Tous ces yeux qui épiaient… avec tout cet argent à la clef. Quelqu'un le verrait forcément, et tenterait d'obtenir la récompense.

— Mademoiselle, répéta l'opératrice, un peu plus vivement.

Sandrine s'efforça de se reprendre, posa son sac à main sur le comptoir et en ressortit une fois de plus ses papiers.

— Je voudrais passer un appel à Carcassonne.

65

Coustaussa

Marieta regarda autour d'elle. Elle avait passé la matinée à faire le ménage, mais il y avait encore de la poussière partout. Comme si la maison prenait sa revanche sur le fait d'avoir été abandonnée depuis deux ans. Elle déplaça le vase posé sur la crédence de l'entrée et repassa du cirage pour effacer le rond qui restait sur le plateau. Les rampes de l'escalier aussi auraient besoin d'un nouveau coup de chiffon.

L'orage approchait. Elle aurait dû vérifier que tous les volets étaient bien accrochés, mais elle était si lasse.

— *Apuèi*, murmura-t-elle.

Pourquoi n'avait-elle eu aucune nouvelle de M. Baillard, aucune réponse à sa lettre ? Cela faisait trois semaines. Et puis il y avait ces questions que Sandrine ne cessait de lui poser, auxquelles elle ne pouvait répondre. Marieta s'affala sur la chaise du couloir, qui gémit sous son poids. Il faisait si lourd qu'elle avait du mal à respirer. Son front était couvert de sueur. Le peu qu'elle savait lui pesait de plus en plus. Elle ne pouvait plus attendre. Il n'était pas envisageable pour elle de se rendre à pied à Rennes-les-Bains, sur ses mauvaises jambes. Et si Mme Rousset demandait à Yves de l'y emmener en carriole ?

Elle sortit sa Bible de la poche de sa blouse et la mit sur la table. La nuit dernière, alors que la tramontane s'engouffrait en mugissant entre les collines et qu'elle était couchée dans la mansarde qui lui servait de chambre, elle avait commencé à lire l'Apocalypse selon saint Jean, à la lueur d'une bougie. Marieta aimait et craignait à la fois ce dernier livre du Nouveau Testament. Pourtant ces mots lui avaient procuré une certaine paix.

Une rafale de vent fit tomber quelque chose dehors, sur la route, et ce bruit lui fit redresser la tête. Un pot de fleurs, peut-être ? Pourvu que ce ne soit pas une tuile tombant du toit. Alors elle se rendit compte que quelqu'un frappait à la porte.

— Monsieur Baillard, dit-elle, prenant ses désirs pour des réalités.

En se levant, elle ressentit une vive douleur dans tout le bras gauche, mais cela ne l'empêcha pas de se hâter vers la porte d'entrée.

— *Perfin*…

Quand elle découvrit Geneviève Saint-Loup sur le perron au lieu du visiteur tant espéré, la déception la submergea.

— *Bonjorn*, Marieta, j'ai appris que vous étiez de retour à Coustaussa, dit Geneviève en lui souriant. Sandrine est-elle ici ?

— Non…, dit Marieta en reprenant son souffle. Elle n'est pas ici.

— Vous allez bien, Marieta ? Vous êtes pâle comme la mort.

— Oui, je vais bien… *Madomaisèla* Sandrine est allée à Couiza pour mettre en règle notre permis de séjour.

Geneviève était l'amie d'enfance de Sandrine, pourtant Marieta n'osait lui en dire davantage.

— Le nouveau maire est quelqu'un de bien, fit remarquer Geneviève, toujours inquiète de voir à Marieta une aussi mauvaise mine.

— Tant mieux.

— J'ai un télégramme de Marianne pour Sandrine. Elle voudrait qu'elle lui téléphone le plus tôt possible.

— Pourquoi ? Y aurait-il des soucis à…, commença-telle, mais un nouvel élancement la fit s'interrompre. À Carcassonne ?

— Vous êtes sûre que ça va ? Que puis-je faire pour vous soulager ?

— Rien, c'est juste l'humidité qui ne réussit pas à mes vieux os. J'irai mieux dès que l'orage arrivera, et il ne va pas tarder.

— Bon, fit Geneviève, visiblement peu convaincue. Vous direz à Sandrine que vendredi est mon jour de congé. Le reste de la semaine, elle me trouvera au bureau de poste de Rennes-les-Bains.

— Le bureau de poste ? s'enquit aussitôt Marieta en saisissant Geneviève par le bras.

— Oui, voilà six mois que j'y travaille.

— J'ai envoyé une lettre de Carcassonne au bureau de poste de Rennes-les-Bains, reprit Marieta d'un ton pressant. Pour M. Baillard. Est-elle arrivée ? C'était il y a trois semaines.

— Il a bien reçu une lettre à peu près à cette époque, mais elle venait de Tarascon. Aucune n'est arrivée de Carcassonne. Je regrette.

— Vous en êtes sûre ?

— Tout à fait sûre. J'ai veillé au grain… Il est venu en personne réclamer son courrier.

— Vous l'avez vu ?

— Oui. C'était aux alentours du 14 Juillet, et encore quelques jours plus tard. Il a dit qu'il allait dans le sud, puis à Tarascon.

Marieta poussa un long soupir de soulagement.

— Et il vous a semblé bien ?

— Oui, en pleine forme, étant donné son âge... S'il revient au bureau de poste, voulez-vous que je lui dise que vous demandez à le voir ?

— Oui, oui. Dites-lui... Dites-lui que c'est urgent. Vous n'oublierez pas ?

— Non, vous pouvez compter sur moi. Mais... vraiment vous ne semblez pas bien, *na* Marieta. Si j'allais vous chercher un verre d'eau ?

— Je vais peut-être m'allonger un petit moment, répondit-elle, pressée à présent que la jeune fille s'en aille. Vous devriez rentrer avant la tempête, *è*. Merci de votre visite.

Marieta s'obligea à rester sur le perron pour faire signe à Geneviève qui s'éloignait et, dès que la jeune femme eut disparu au bas de la colline, elle rentra dans la maison. Savoir que M. Baillard allait bien et qu'il n'était pas loin d'ici lui redonnait courage. Ce qu'elle avait pu s'inquiéter pour lui ! Elle s'en rendait compte à présent. Elle craignait qu'il n'ait été blessé, ou même capturé, comment savoir ? Mais maintenant, maintenant elle n'avait plus à s'inquiéter. Geneviève dirait à M. Baillard qu'elle était ici, et il viendrait à Coustaussa.

— *A la perfin*, murmura-t-elle.

Pressant sa main contre sa poitrine, Marieta s'affala sur la même vieille chaise fatiguée au pied de l'escalier. Une rafale de vent s'engouffra en hurlant sous la porte. Pourvu que Marianne pense à fermer les fenêtres de la cuisine, si jamais la tempête remontait jusqu'à Carcassonne. Elle se souvint alors qu'elle n'avait toujours pas vérifié si les volets à l'arrière de la maison étaient bien accrochés, mais elle n'avait pas la force de bouger. Retrouvant sa Bible posée sur la crédence dans l'entrée, elle reprit sa lecture du Livre de l'Apocalypse.

« *Voici ce que dit celui qui a les sept esprits de Dieu et les sept étoiles : Je connais tes œuvres. Je sais que tu passes pour être vivant, et tu es mort.* »

Certains des mots écrits par Sandrine lui rappelaient ces antiques versets. Comment était-ce possible ? Sûrement M. Baillard saurait le lui expliquer. Elle avait en lui une confiance totale.

Il y eut un autre grondement de tonnerre. La tempête ne tarderait guère. Pourvu qu'elle ne surprenne pas les filles à découvert. Son bras la faisait tant souffrir qu'elle avait du mal à tenir sa Bible.

— *Puis je vis le ciel ouvert*, récita-t-elle. *Le ciel ouvert…*

Marieta ressentit une douleur aiguë dans la poitrine, à un point très précis. Elle essaya de se concentrer sur sa lecture, mais la Bible lui échappa des mains et tomba. Les fins feuillets de l'Apocalypse voletèrent dans le vent, telles les ailes d'une phalène prise au piège qui se cogne contre la vitre en cherchant à s'échapper.

66

Couiza

Liesl attendait devant le bureau de poste quand Sandrine en sortit.

— Tu as pu la joindre ?

Encore sous le choc, Sandrine resta un moment sans répondre, comme assommée.

— Non, je suis désolée, dit-elle enfin. Personne n'a décroché.

— Alors, toujours pas de nouvelles, conclut Liesl d'une toute petite voix.

— Je réessaierai demain. De toute façon, il faut que je parle à Marianne, ça ne me dérangera pas de revenir.

Liesl se détourna en faisant mine d'ajuster la lanière de son appareil photo. En voyant les efforts qu'elle faisait pour dissimuler son chagrin, Sandrine sentit son cœur se serrer.

— Et si on s'offrait encore une glace pour prendre des forces avant de remonter la colline ? proposa-t-elle.

— Je n'ai pas faim.

— Alors une boisson fraîche. Le chemin du retour sera plus fatigant que l'aller. J'ai toujours regretté que ce ne soit pas l'inverse.

— On devrait peut-être rentrer pour Marieta, non ?

Sandrine jeta un coup d'œil au ciel menaçant, puis revint à Liesl.

— Je n'ai pas envie d'être à découvert quand l'orage éclatera. Peut-être vaut-il mieux attendre ici qu'il soit passé, puis rentrer. Une demi-heure de plus ou de moins ne changera pas grand-chose.

Elles retournèrent au Grand Café Guilhem et, alors qu'elles calaient leurs vélos contre un mur, l'orage éclata. Elles s'abritèrent sous l'auvent du café, mais le vent arrivait de toutes parts et elles furent vite trempées jusqu'aux os. À l'intérieur, les lumières vacillaient à chaque coup de tonnerre. Sandrine s'apprêtait à entrer quand elle remarqua deux policiers, plantés devant le comptoir en zinc. Liesl était déjà assez nerveuse. Si jamais ils leur demandaient leurs papiers, elle risquait de commettre un impair en laissant échapper son vrai nom.

— Ça ne te fait rien de rester dehors ?

— Non, assura Liesl en blêmissant, comprenant sa décision.

— Tu n'as pas eu de soucis pendant que j'étais au bureau de poste ?

— Personne n'a fait attention à moi.

— Bon… Alors, Carcassonne ne te manque pas trop ? Tu penses que tu te plairas ici ?

— Jusqu'à ce que Max revienne, oui, répondit Liesl, mais un soudain coup de tonnerre la fit tressaillir.

— Nos voisins de Coustaussa sont gentils. Enfin, presque tous, s'empressa d'ajouter Sandrine pour essayer de lui changer les idées. M. Andrieu, que nous avons rencontré mercredi, possède presque toutes les terres au nord, ainsi que la grande ferme blanche aux abords du village. On ne s'en douterait pas tant c'est un homme modeste. Quant à M. Sauzède, c'était le meilleur ami de mon père. C'est un vieux monsieur à l'ancienne mode, un peu collet monté, mais, tu verras, son sens de l'humour est irrésistible.

— Ton père te manque ? lui demanda Liesl en la regardant.

— Oh oui, tout le temps, répondit-elle avec un long soupir, avant de poursuivre. Ernestine Cassou, c'est autre chose. Elle habite la dernière maison de la rue de l'Empereur avec son père. Faut toujours qu'elle se plaigne de quèqu'chose, comme dirait Marieta.

— Elle ne m'a pas semblé très sympathique, admit Liesl.

— Ma meilleure amie, c'est Geneviève Saint-Loup. Elles sont quatre sœurs. Geneviève habite à Rennes-les-Bains. J'espère que vous ferez connaissance ce week-end. Quand nous étions petites, nous passions notre temps à Coustaussa, à jouer à cache-cache dans les ruines du château avec les garçons du village.

— Comme ce jeune homme que nous avons rencontré à notre arrivée ?

— Yves Rousset ? Oui, lui, son frère aîné, et tous leurs copains. Pierre Rousset a été tué au début de la guerre.

— Yves a l'air gentil.

— Il l'est, confirma Sandrine en percevant dans la voix de Liesl une pointe d'enjouement, si rare chez elle. On peut compter sur lui. Les Rousset sont des gens bien. En cas de besoin, ils sont toujours prêts à rendre service, sans jamais se mêler des affaires des autres.

Un torrent d'eau noire déferlait dans la rue pour se jeter dans les égouts pluviaux et se déverser dans la rivière. Il y eut un autre coup de tonnerre, suivi juste après d'un éclair. En voyant la terreur dans les yeux de Liesl, Sandrine continua à lui parler pour tenter d'atténuer sa peur.

— Quand j'étais petite, Marieta me disait que les coups de tonnerre, c'était le bruit que Dieu fait en changeant ses meubles de place, et les éclairs se produisent quand les anges allument et éteignent les lumières.

L'orage était à présent juste au-dessus de leur tête. La pluie battante frappait la route tel un marteau sur une enclume. À chaque nouvel assaut, Liesl scrutait le ciel furieux, tremblant comme une feuille.

— L'orage est au plus fort. Bientôt, il ira plus au nord et le pire sera passé.

— À Carcassonne ?

— Peut-être. À Limoux, en tout cas.

Elles restèrent silencieuses. Loin d'avoir peur, Sandrine appréciait la fraîcheur de la pluie après ces journées étouffantes. Voir le visage de Raoul avait fait ressurgir des sensations et des souvenirs enfouis. La caresse de sa main sur sa peau. Ce moment où ils avaient contemplé ensemble le lever du soleil sur la Cité. Elle soupira. Et lui, regardait-il l'orage comme elles ? Ou était-il à des kilomètres de là, sur la côte Vermeille, à Banyuls ou à Perpignan ?

Avec le recul, elle ne comprenait pas pourquoi la récompense offerte était si importante. Il n'était pas rare ces temps-ci de voir placardés partout, sur les réverbères, les murs, les panneaux d'affichage, des avis de recherche proposant de l'argent en échange d'informations. Mais cinq cents francs ?

C'était beaucoup trop.

Un nouveau coup de tonnerre éclata. Folle de terreur, Liesl se cramponna à elle en balbutiant des mots sans suite. Sandrine l'entoura de ses bras et la serra contre elle.

67

Tarascon

Aurélie Saint-Loup attendait sur le perron, l'air contrarié.

— Ça fait des heures que je vous attends, se plaignit-elle.

— Qu'y a-t-il, *filha* ? demanda Baillard en s'agenouillant au niveau de la petite fille.

— Ma sœur Geneviève a téléphoné de Rennes-les-Bains.

— Pour m'avertir qu'un paquet était arrivé ? s'enquit-il avec empressement, car il espérait encore qu'Antoine avait réussi à mettre l'objet en lieu sûr avant d'être capturé.

— Un paquet ? s'étonna la petite. Ça, je n'en sais rien. Marieta Barthès est à Coustaussa. Ma sœur m'a envoyée vous prévenir qu'elle vous réclame.

Baillard se releva et jeta un coup d'œil à Pujol, qui les rejoignit. Son ami paraissait fatigué, après des jours passés à enquêter et à poser des questions sans obtenir de résultat. Célestine tenait le coup, mais Pierre s'effondrait, et Pujol avait l'impression de laisser tomber son vieil ami.

— Marieta Barthès..., dit Baillard en souriant à l'idée de la revoir. Elle est venue avec la famille ?

— Je sais pas, fit Aurélie en haussant les épaules. Mais ma sœur m'a dit que c'était important, et que Mme Barthès n'allait pas bien... En fait, Geneviève avait une drôle de voix, au téléphone.

— Ça te dirait, Achille ? demanda Baillard.

Pujol mit un moment à comprendre, puis il changea d'expression.

— Tu n'envisages pas sérieusement d'aller à Coustaussa maintenant, Audric ? La tempête se dirige justement par là. Les routes seront impraticables, tu sais comment sont ces vallées.

— Marieta n'est pas le genre de femme à faire des histoires pour un rien... Et si en plus elle est malade...

Pujol le considéra un instant, puis poussa un soupir résigné.

— Je vais voir si je peux nous procurer une voiture. Et assez d'essence pour faire l'aller-retour.

Une heure qu'ils roulaient... Tout au long du trajet, Baillard avait songé à la jeune fille qu'il avait aimée dans sa jeunesse. Qu'il aimait toujours. Les étendards, les couleurs, les tours de la Cité. Il contempla ses mains, plia les doigts. Il sentait presque dans sa main le métal tiède de son épée.

À l'époque, le Midi avait perdu la bataille. Et maintenant ?

— *E ara ?*

— Comment, Audric ? s'enquit Pujol en scrutant la route à travers le pare-brise trempé de pluie.

— Rien, mon ami. Je me parlais à moi-même.

— Que veux-tu ? Trois nuits de suite à crapahuter sur ces collines à 4 heures du matin, deux vieux croulants comme nous… Je n'arrête pas de te dire que ce n'est plus de notre âge, mais on dirait que je parle à un mur.

— Où sommes-nous ? demanda Baillard en regardant par la vitre.

— On vient juste de passer Espéraza. Les routes sont pires que je le craignais.

Les ravages provoqués par la tempête étaient visibles partout. Branches cassées, flaques et mares de boue couleur pain d'épice, là où les eaux pluviales avaient déferlé le long de la colline. Audric sentait le pays respirer tel un être vivant. Un géant endormi, ramené à la vie par les murmures et les ossements remuant sous la terre dans les montagnes de la Haute Vallée, là où aucune pierre ni stèle ne marquait l'endroit où les guerriers étaient tombés.

— Les morts glorieux se sont réveillés, chuchota-t-il.

Et si c'était vrai ? De telles choses pouvaient-elles vraiment advenir ? Le mal venant du nord se rapprochait chaque jour un peu plus. *Malfança*…

Ils entrèrent dans Couiza. Pujol attaqua la montée qui menait à Coustaussa, et Baillard s'agrippa au tableau de bord. Au cours de sa longue existence, il avait affronté bien des situations périlleuses, mené bien des batailles au nom de la foi et de la tolérance, survécu à des sièges, à des tortures, mais tandis que Pujol négociait assez gauchement les virages en épingle à cheveux sur la route glissante, jonchée de feuilles et de débris de branches, la peur qui lui étreignait le ventre n'était pas moins aiguë.

— Traverse le village, lui indiqua-t-il. C'est la dernière maison, tout au bout.

Un petit chien blanc leur aboya dessus, puis s'écarta quand ils se garèrent devant la maison. L'orage avait malmené les géraniums qui fleurissaient la façade en éparpillant leurs pétales rouges sur l'appui de fenêtre.

— Curieux objet, remarqua Pujol en désignant le heurtoir en cuivre de la porte d'entrée.

— François Vidal m'a raconté que c'était la reproduction de l'une des gargouilles figurant au-dessus de la porte nord de la cathédrale Saint-Michel, à Carcassonne.

— De quoi faire fuir les visiteurs, grommela Pujol. C'est peut-être voulu, qui sait ?

Une fois descendu de voiture, Baillard gagna le perron et frappa trois fois. Il attendit, son panama blanc à la main, sachant que Marieta prenait son temps. Au bout d'une longue minute, il frappa de nouveau. Rien ne remua dans la petite maison. La sourde appréhension qui l'avait tourmenté tout l'après-midi se mua en angoisse, et il tourna la poignée. Alors il découvrit droit dans son champ de vision Marieta, assise sur une chaise au pied de l'escalier, tête pendante, avec la Bible gisant par terre, à ses pieds.

— Pujol ! s'écria-t-il. Vite, par ici !

Saisissant le poignet de Marieta, Baillard poussa un soupir de soulagement. Son pouls battait, faiblement, mais il battait. Au contour bleu de ses lèvres, et à la façon dont sa poitrine se soulevait par à-coups, il comprit ce qui lui était arrivé. Il ouvrit le col de sa robe et essaya de la redresser.

— C'est son cœur, déclara-t-il quand Pujol apparut derrière lui.

— Est-elle… ?

— Non, mais elle est très faible.

Ensemble, ils allongèrent Marieta sur le sol. Baillard posa la paume de sa main sur sa poitrine, plaça dessus son autre main et noua ses doigts. Alors, pesant de tout son poids, il commença à appuyer.

— Un, deux, trois…

Au bout d'un moment, il s'arrêta. Il appuya son oreille sur les côtes de Marieta, comme il avait vu son vieil ami Harif le faire, et écouta. Rien. Il s'arrêta, puis colla sa bouche sur la sienne et lui insuffla de l'air dans les poumons. Il l'observa, guettant désespérément des signes de changement. Rien. Replaçant ses mains sur sa poitrine, il continua à appuyer.

— Que fais-tu, Baillard ? s'étonna Pujol.

— C'est une chose qu'on m'a apprise il y a bien des années. Une technique utilisée par les Égyptiens, m'a-t-on dit, et qui s'est perdue dans la nuit des temps, expliqua-t-il, puis, jetant un coup d'œil à son ami, il vit son air sceptique. Mais si tu pouvais aller chercher un médecin, ce serait bien, ajouta-t-il d'un ton pressant. Mme Rousset, la maison bleue au coin de la rue de la Condamine. Elle saura qui prévenir.

— J'y vais, répondit Pujol.

Baillard continua à exercer des pressions régulières sur la poitrine de Marieta en comptant chaque battement de son cœur. Il en avait mal aux bras, aux épaules, mais pas question de renoncer. Il songeait à Harif, qui lui avait enseigné bien des années plus tôt comment sauver une vie de cette manière. Dix, onze, douze. Il songeait à sa grand-mère, Esclarmonde, qui lui avait appris comment panser une blessure. Dix-huit, dix-neuf, vingt. À Alaïs, la meilleure guérisseuse que le Midi ait jamais connue. Trente-sept, trente-huit, trente-neuf. Harif, Esclarmonde, Alaïs, il les garda tous trois auprès de lui en continuant à travailler sans relâche. Cent trois, cent quatre, cent cinq…

Enfin la respiration de Marieta changea. Les halètements rauques et saccadés cédèrent la place à un rythme régulier, à mesure que son cœur retournait à la normale.

— *Peyre*…, marmonna-t-il en s'affalant par terre à côté d'elle. Tu es de retour parmi nous. Bienvenue, *amica*.

Baillard demeura quelques instants assis en silence à côté de son amie, devenue une vieille femme. Il se rendit compte que le vent était tombé. On n'entendait plus le bruit de la pluie battant contre les carreaux.

Puis il se releva, gagna le salon et ouvrit les volets pour laisser entrer la lumière du jour.

68

Coustaussa

Sandrine et Liesl appuyèrent leurs vélos au portail derrière la maison. Elles avaient mis du temps pour revenir de Couiza, car même si la pluie avait cessé, les routes escarpées étaient glissantes, couvertes de feuilles et de débris de branches cassées.

En approchant de l'arrière de la maison, Sandrine vit que les volets n'étaient pas accrochés et qu'ils claquaient au vent, ce qui lui parut étrange. Inquiète, elle courut aussitôt jusqu'au perron, Liesl à sa suite.

— Coucou, Marieta ! appela-t-elle.

— On dirait qu'il n'y a pas de courant, remarqua Liesl, après avoir tenté d'allumer le plafonnier.

— C'est le groupe électrogène. Il tombe souvent en panne, mais il se répare facilement, répondit Sandrine, qui s'efforçait de garder son calme.

Entendant du bruit dans le couloir, elle s'y précipita.

— Marieta ? lança-t-elle, soulagée, mais elle s'arrêta net en découvrant la vieille servante allongée par terre, ainsi qu'un inconnu, penché au-dessus d'elle.

Sans réfléchir, elle se rua sur l'intrus, un gros homme aux joues flasques.

— Que lui avez-vous fait ? s'écria-t-elle en l'écartant avant de s'accroupir auprès de Marieta qui gisait, inconsciente.

— Mademoiselle, calmez-vous, lui intima l'homme.

— Marieta, qu'est-il arrivé ? s'enquit Sandrine avec angoisse.

— Léonie ? répondit faiblement la vieille en remuant un peu.

— C'est moi, Sandrine.

— Léonie ? répéta Marieta, les yeux dans le vague.

— Qui est cette Léonie ? murmura Liesl, qui avait suivi Sandrine dans le couloir.

— Je ne sais pas.

Alors seulement, Sandrine remarqua que la tête de Marieta reposait sur un oreiller et qu'un plaid la recouvrait.

— Elle s'en remettra, *madomaisèla*, dit dans son dos une voix rassurante.

Faisant volte-face, Sandrine vit un autre homme en costume de lin clair, qui sortait du salon.

— Qui êtes-vous ? lança-t-elle.

— Monsieur Baillard, répondit Marieta en essayant de se redresser. Je m'excuse, j'aurais dû…

— Baillard ?

Sandrine se tourna vers Marieta, son angoisse se muant en colère.

— Je vous l'avais assez dit, pourtant, de ne pas vous surmener. Et voilà le résultat. Vous êtes contente, hein ?

— C'est vous qui me grondez, maintenant ? remarqua Marieta avec bonhommie.

— *Madomaisèla*, elle nous a fait peur, c'est vrai, mais tout va bien, intervint posément l'homme en costume clair. Notre Marieta est solide. Son heure n'a pas encore sonné.

Sandrine lui lança un regard furibond, puis fondit en larmes.

— Son état est stabilisé, déclara le médecin. Quelqu'un peut-il rester à son chevet ?

— Nous ne bougerons pas d'ici, confirma Baillard.

— Bien, dit-il en rangeant ses instruments dans la sacoche. Elle a eu de la chance que Geneviève Saint-Loup se soit inquiétée pour elle et ait cherché à vous joindre, monsieur Baillard. Vous êtes arrivé à point nommé. L'issue aurait pu être fatale.

— C'est une crise cardiaque ?

— Oui, mais sans gravité. Plutôt un avertissement. Il faudra lui faire passer une radio pour en être certain mais, à mon avis, Mme Barthès avait des symptômes depuis quelque temps.

— Quel est votre pronostic à long terme ?

— Elle serait mieux à l'hôpital mais, en principe, elle devrait se rétablir complètement.

— Les docteurs, les hôpitaux, Marieta n'a jamais le temps pour ça, remarqua Sandrine.

— C'est typique des villageois de cette région, répliqua le médecin, un peu sèchement. Néanmoins, je viendrai demain pour une visite de contrôle. Avez-vous les cartes de rationnement et les papiers nécessaires ? Marieta ne sera sûrement pas en état de voyager avant un bout de temps.

— Oui, confirma Sandrine. Nous sommes en règle.

— C'est déjà ça.

— Je vais vous ramener à Couiza, docteur, proposa obligeamment Pujol.

Baillard regarda la voiture s'éloigner, puis il rentra dans la maison.

— Maintenant, *madomaisèla*, si vous n'êtes pas trop fatiguée et si Liesl peut veiller sur Marieta un moment, nous pourrions peut-être avoir une petite conversation, tous les deux.

— Elle ne sait pas se ménager, dit Sandrine en jetant un coup d'œil dans le salon, où Marieta dormait paisiblement sur la banquette-lit, les yeux fermés, les mains croisées sur le drap. Nous avons beau le lui répéter, il n'y a pas moyen de lui faire entendre raison.

— Eh non, ce n'est pas dans sa nature, confirma Audric avec un sourire indulgent.

Sandrine le regarda.

— Vous la connaissez depuis longtemps, monsieur Baillard.

— Elle vous en a parlé ?

— Oui. Enfin, elle ne s'est guère étendue sur le sujet.

— Marieta vous avait-elle informée qu'elle cherchait à me joindre ?

— Je savais qu'elle vous avait écrit, car j'ai porté moi-même la lettre au bureau de poste il y a trois semaines, mais j'ignore tout de son contenu. Depuis notre arrivée ici, elle n'a cessé de guetter le courrier.

— La lettre ne m'est pas parvenue.

— Ah bon ?

À présent qu'elle pouvait l'observer de plus près, elle se rendait compte que M. Baillard était plus âgé qu'elle ne l'avait imaginé d'après la description de Marieta. Un halo de cheveux blancs, un visage sillonné de rides profondes, une peau presque translucide, mais des yeux clairs, d'une vive intelligence.

— Non, aussi est-il temps que vous découvriez pourquoi Marieta se faisait tant de souci. Pourrions-nous aller dans un endroit plus calme, sans risquer de déranger la malade, ni votre amie ?

Machinalement, Sandrine allait corriger en disant « ma cousine », mais elle se ravisa, jugeant bien inutile de mentir à M. Baillard. Elle lui sourit.

— Aimeriez-vous boire quelque chose ?

— Auriez-vous du vin ?

— Oui, dit-elle en l'invitant à la suivre dans la cuisine. La cave de mon père est restée intacte.

Après avoir opté pour une bouteille de rouge de Tarascon, Sandrine servit deux verres, puis s'assit face à lui.

— Je viens seulement d'apprendre la mort de votre père, déclara Baillard. C'était un brave homme.

— J'ignorais que vous le connaissiez.

— À peine, hélas, et surtout de réputation. Nous avons dû converser une ou deux fois seulement. Nous avions en commun la même passion pour l'architecure et les bâtisses anciennes… Il vous manque, conclut-il posément, et Sandrine hocha la tête.

— Cela s'atténue un peu, avec le temps. Mais ici, j'ai du mal à croire que je ne vais pas le voir assis dans son fauteuil, plongé dans l'un de ses opuscules d'histoire locale, un verre de whisky à portée de main, ajouta-t-elle en riant. Il y a pris goût, après son séjour en Écosse. Une sale habitude, dirait Marieta.

Un moment, ils restèrent assis en silence. Sandrine ne savait que dire, ni si c'était à elle de commencer. Les minutes s'écoulèrent, rythmées par le tic-tac de l'horloge sur le dessus de la grande cheminée.

— Ainsi vous ignorez pourquoi Marieta vous a écrit ? dit-elle.

Aussitôt l'atmosphère changea dans la pièce, et la nostalgie qui y régnait se mua en tout autre chose. Baillard posa son verre sur la table.

— Peut-être pourriez-vous commencer par me dire ce qui l'a poussée à m'écrire, en premier lieu ?

Sa façon de parler un peu surannée, mais précise et élégante, ainsi que sa voix calme et posée avaient sur elle un effet apaisant, et Sandrine sentit la tension se relâcher un peu dans sa poitrine.

— Il est arrivé tant de choses, depuis.

— Les histoires changent de forme et de caractère, *madomaisèla*. Selon le narrateur, elles prennent différentes nuances et couleurs. Pourquoi ne pas me raconter ce qui est arrivé comme les choses vous viendront, tout simplement.

Elle but une gorgée de vin, puis inspira profondément.

— C'était la veille de la manifestation à Carcassonne. Le lundi 13 juillet…

69

Coustaussa

Au-dehors, au fil du récit de Sandrine, les bruits de la campagne avaient peu à peu changé. Après l'orage, des odeurs montaient de la terre et des herbes mouillées, effluves verts de romarin, de menthe et de thym. Les martinets commençaient leur ballet vertigineux, et, aux abords du village, les hêtres et les lauriers projetaient de longues ombres horizontales.

Lorsque Sandrine eut terminé, elle but une gorgée de vin et regarda M. Baillard, qui ne bougea ni ne dit mot.

— Tout s'est enchaîné si vite, reprit-elle. Trouver Antoine dans la rivière, rencontrer Raoul, apprendre ce que Marianne et Suzanne faisaient, essayer de protéger Liesl…

Baillard hocha la tête.

— J'ai le regret de vous dire qu'on a retrouvé Antoine Déjean, déclara-t-il.

— Vivant ? s'enquit Sandrine, sans grand espoir.

— Non, hélas.

— Où a-t-on découvert son corps ?

— Dans les montagnes voisines de Tarascon.

Abattue par cette nouvelle, Sandrine demeura un instant silencieuse.

— C'était affreux, avoua-t-elle. À l'instant où il a ouvert les yeux sur moi, j'ai compris que je ne pouvais rien faire. Je me suis sentie totalement impuissante. Il avait été torturé.

Baillard respecta son silence, puis reprit la parole.

— Il existe un lien entre les vivants et les morts si fort que tout ce qui est advenu auparavant paraît insignifiant. Les anciens appelaient gnose, ou connaissance, ce moment unique d'illumination. L'espace d'un instant, tout paraît clair, et le motif parfait, ineffable se révèle à vous le temps d'un battement de cœur. Vérité et esprit s'unissent entre ce monde et l'au-delà.

Sandrine prit conscience de son pouls qui battait fort, du sang qui bouillonnait dans ses oreilles.

— Ce jeune homme, Raoul Pelletier, poursuivit Baillard. Il est venu à votre secours à la rivière, et vous l'avez recueilli chez vous. Puis vous l'avez aidé à s'enfuir. Pourtant il est recherché par la police, et sous le coup d'une grave accusation.

— Il s'est fait piéger.

— Vous avez confiance en lui?

— Oui. Marianne ne comprenait pas pourquoi j'étais si sûre de moi. Je le connais peu, c'est vrai, et j'ignore où il se trouve en ce moment même. Mais oui, j'ai confiance en lui.

— Une confiance totale?

— Totale, assura-t-elle sans la moindre hésitation. J'en jurerais sur ma vie.

Baillard joignit le bout de ses doigts et la considéra un moment d'un air pensif.

— C'est un nom illustre que celui qu'il porte. Et très ancien.

Sandrine l'observa, attendant qu'il en dise davantage. Immobile, il contemplait la garrigue assombrie et le pourtour du village par la fenêtre, comme s'il avait oublié sa présence.

— Monsieur Baillard, murmura-t-elle. Qu'est-ce qui a tant effrayé Marieta? J'ai essayé de le découvrir, mais elle n'a pas voulu me le dire.

Elle attendit encore, mais il resta plongé dans le silence.

— Pourquoi Antoine a-t-il été tué? demanda-t-elle alors.

Il soupira, et il sembla à Sandrine que ce seul soupir contenait tout le savoir du monde, des civilisations, de ce qui était advenu et adviendrait encore.

— Antoine a été tué parce qu'il tentait de retrouver, pour la protéger, une chose très ancienne et très puissante, dit-il. Une chose capable de changer le cours de la guerre.

— Une arme?

— Non, du moins pas comme vous l'entendez, *filha*.

— Alors quoi ?

— Il avait découvert une carte indiquant le lieu où repose un ancien texte religieux, un Codex. Il devait me remettre cette carte en personne il y a quelques semaines, mais il n'est jamais venu.

— Où se trouve la carte maintenant ?

Baillard leva les mains pour signifier qu'il l'ignorait, puis les laissa retomber.

— Même si vous retrouviez la carte, êtes-vous certain que le Codex aura subsisté jusqu'à nos jours ?

— Mon instinct me dit que oui, bien que je n'en aie aucune preuve.

— Comment Antoine pouvait-il connaître le contenu du Codex si personne ne l'a jamais vu ?

— On en connaît des fragments. Selon moi, certains versets étaient…

— Écrits sur la carte elle-même, intervint-elle, puis elle rougit. Pardon, je ne voulais pas vous interrompre.

Baillard sourit.

— J'en suis moi-même venu à la même conclusion, dit-il avec une étincelle dans les yeux. Antoine savait le latin et le grec. Je suis certain qu'il a trouvé la carte, ou du moins qu'il l'a vue. C'est la seule explication valable.

— J'ai essayé de faire des recherches, dit Sandrine, mais ça ne m'a pas menée très loin. À force de la harceler, j'ai fait avouer à Marieta que les mots que j'ai entendus lui rappelaient certains versets de l'Apocalypse. Elle n'a rien voulu dire de plus. Je me suis rendue à la bibliothèque municipale de Carcassonne pour vérifier, mais elle était fermée pour l'été… À cette seule évocation, Marieta semblait terrifiée, monsieur Baillard. A-t-elle des raisons de l'être ?

Il ne répondit pas directement à la question.

— Le Codex est un texte gnostique, condamné pour hérésie au IVe siècle. La paternité en est inconnue, pourtant, comme Marieta vous l'a dit, les versets auraient quelque similitude avec le seul texte gnostique de la Bible, l'Apocalypse.

— Existe-t-il d'autres livres qui auraient pu être inclus dans la Bible, mais qu'on a laissés de côté ?

— La Bible n'est pas un seul et unique texte linéaire, mais un recueil de différents écrits.

— Mais non, voyons…, protesta Sandrine, et Baillard se permit un léger sourire.

— Durant les premiers siècles de sa mission, l'Église chrétienne était en butte à des attaques, ne fût-ce qu'en raison de l'occupation romaine en Terre Sainte, expliqua-t-il. Aussi le besoin de renforcer et d'unir les fidèles était-il fondamental, et il importait pour cela d'établir un livre saint incontestable, reconnu. La question de savoir quels textes devaient être considérés comme légitimes ou non engendra des débats enflammés. Les textes choisis pour former la Bible furent uniformisés en grec, puis traduits dans d'autres langues. En Égypte, par exemple, ce fut en copte, la langue des premiers chrétiens égyptiens. À mesure que se développaient les communautés, monastères et lieux de culte, d'autres textes clefs furent traduits et diffusés. Souvent écrits sur du papyrus, ils étaient protégés par des reliures de cuir et connus sous le nom de codices. Le camp des orthodoxes l'emporta. Une certaine interprétation du christianisme triompha. Malgré cela, le principe d'égalité inhérent à la foi chrétienne ne disparut jamais complètement, même si l'on tenta de le mettre sous le boisseau…

Il s'interrompit, et un tendre sourire éclaira son visage.

— Dans le passé, j'ai eu beaucoup d'amis qui étaient de foi albigeoise, des Cathares, comme on les appelle aujourd'hui. Certains les considèrent comme des gnostiques et défendent l'idée qu'ils sont les descendants naturels de ces premiers chrétiens.

Tandis qu'ils conversaient, la nuit était tombée sur Coustaussa. Sandrine se leva pour fermer les volets, puis alluma la vieille lampe à pétrole en cuivre, comme elle avait vu Marieta le faire un millier de fois. La flamme crachota un peu, puis nimba la pièce d'un halo de lumière jaune en l'éclairant dans ses moindres recoins. Lançant un coup d'œil à son invité, elle comprit qu'il s'était retiré en lui-même, en compagnie des fantômes de ses amis perdus.

— Continuez, monsieur Baillard, l'encouragea-t-elle.

Il releva les yeux et hocha la tête.

— Les batailles entre les pensées gnostique et orthodoxe durèrent deux siècles environ, mais l'époque qui nous intéresse est le IVe siècle, qui vit la destruction de nombreux textes gnostiques. Nous n'avons aucun moyen de savoir combien de ces œuvres sans prix périrent dans les flammes. En tout cas, une somme considérable de connaissances fut perdue.

— Et comment leur existence nous est-elle connue ?

— Bonne question. En 367 ap. J.-C., Athanase, le puissant évêque d'Alexandrie, sortit un édit stipulant que les textes hérétiques devaient être brûlés. Cependant, la menace avait précédé cet édit de quelques années. Athanase était un personnage controversé, aux idées plus ou moins bien accueillies, et les chefs chrétiens s'étaient ingéniés bien avant cet édit à dévaster leurs propres bibliothèques.

— Et donc les gnostiques avaient déjà pris des mesures pour cacher et protéger les textes qu'ils croyaient en danger, dit Sandrine.

— Oui. D'après des registres de l'époque, il y eut des autodafés massifs en 342 à Lyon, Lugdunum en ce temps-là, mais certains textes purent être sauvegardés et passés clandestinement. En Égypte, en Jordanie, où ils furent cachés… Or, tout récemment, il est apparu que le Codex considéré par l'abbé comme le plus dangereux de tous les textes proscrits n'avait peut-être jamais quitté ces rivages.

— Et Antoine en est mort, conclut Sandrine. Tout ça pour un livre.

— Même pas un livre, dit-il. Une unique feuille de papyrus contenant sept versets.

— Étant donné la situation actuelle, cette histoire semble… non pas sans importance, mais disons… sans rapport.

Baillard la scruta intensément.

— Pujol est de cet avis. Mais on dit du savoir contenu dans ces sept versets qu'il est aussi puissant, aussi terrifiant que toutes les prophéties qui figurent dans l'Ancien Testament et dans l'Apocalypse.

Se penchant en avant, Sandrine croisa son regard.

— De quel savoir s'agit-il ? demanda-t-elle, surprise de s'entendre parler si posément alors que son cœur battait la chamade.

— Les chrétiens pensent que, au jugement dernier, nous serons tous réunis lors d'un unique moment d'apocalypse, ou révélation. Ce credo fondamental est commun à bien des croyances. Pour nos esprits modernes, c'est une étrange idée qu'on rejette dans le domaine de la magie, de la superstition et des contes de fées. Mais pour ceux qui nous ont précédés sur cette terre, au fil des générations, une telle confluence entre ce monde et l'au-delà allait de soi et était considérée comme naturelle.

— Mais qu'annonce le Codex, exactement ? insista-t-elle.

— Qu'en des temps d'épreuves et de grand besoin, une armée d'esprits pourra être appelée pour intervenir dans les affaires des hommes.

— Quoi, vous parlez de fantômes ? Mais c'est impossible !

— Les morts sont tout autour de nous, Sandrine, dit Baillard de sa voix douce et mesurée. Vous le savez. Ici même, vous sentez votre père tout proche, n'est-ce pas ?

— Oui, mais c'est différent…

— Vraiment ?

Elle eut besoin de rassembler ses idées. Était-ce différent ou pas ? Ses rêves étaient emplis de fantômes, de souvenirs. Parfois elle pensait voir son père au tournant de l'escalier, deviner sa silhouette dans son fauteuil près de la cheminée.

— Et cette… armée, reprit-elle en hésitant. Est-elle déjà intervenue par le passé ?

— Oui, une seule fois, répondit Baillard. En ce pays. À Carcassonne.

L'espace d'un instant, Sandrine crut entendre les mots au-delà des mots, sentir la présence d'un système de croyance très ancien, sous le monde tangible qui l'entourait.

— Les esprits de l'air…, murmura-t-elle. Dame Carcas ?

Alors qu'elle avait parlé sans réfléchir, elle fut saisie au même moment d'une soudaine illumination et comprit : passé et présent entrecroisés formèrent l'ineffable motif des choses en couleurs vives, nettes et précises. Mais l'instant de grâce passa sans qu'elle ait pu le saisir. Levant les yeux, elle vit que Baillard la scrutait.

— Vous comprenez, dit-il doucement.

— Je ne sais pas, un moment, j'ai cru que oui…, hésita-t-elle. Mais même si le Codex a survécu et qu'il est ici, quelque part, attendant qu'on le découvre… Nos ennemis sont bien réels, et cela…

Ce fut au tour de Baillard d'hésiter.

— La guerre est loin d'être finie, déclara-t-il. Ici en France, et au-delà de nos frontières, le pire est encore à venir, je le crains. Des décisions sont prises, des mesures appliquées, qui échappent à l'entendement humain. Pourtant… le mal n'a pas encore gagné. Nous n'avons pas encore franchi le point de non-retour. Si nous parvenons à trouver le Codex, à comprendre les paroles qu'il contient, et à les mettre au service de nos besoins, alors il reste peut-être une chance.

Sandrine le regarda avec désespoir.

— Certes, l'Angleterre continue le combat, mais nous, nous avons perdu, monsieur Baillard. La France est vaincue. Et même à Carcassonne, à Coustaussa, les gens semblent prêts à s'y résigner.

Baillard parut vieillir d'un coup. Sur son visage émacié à la peau presque tranlucide se reflétèrent soudain toutes les choses qu'il avait vues, et faites.

— Ils croient qu'ils n'ont pas le choix, dit-il. Mais, à mon avis, Hitler et ses collaborateurs ne se satisferont pas de ce qu'ils ont, malgré tous les compromis proposés par Pétain. Et c'est alors, *filha*, que la vraie bataille commencera.

— Les nazis franchiront la ligne. Ils occuperont le Midi.

Baillard hocha la tête.

— Ce statu quo ne tiendra plus très longtemps. Alors la possession du Codex pourrait faire, fera la différence, en bien ou en mal. Entre un échec certain, et la plus infime possibilité de victoire.

— Une armée fantôme, murmura Sandrine.

— Oui. Une armée en marche, sortant d'une immobilité qui dure depuis plus d'un millier d'années.

‡

Codex XI

‡

Gaule, Couzanium
Août 342 ap. J.-C.

Arinius sortit de son abri de pierre. Encore une matinée parfaite. Une douce brise murmurait dans un ciel d'un bleu pur et infini. Tout autour de lui, l'été se peignait de couleurs vives. Trois jours avaient passé depuis la tempête et il n'y avait pas un nuage dans le ciel, même s'il sentait dans l'air le retour prochain de la pluie.

Il se tourna face au soleil. Arinius ne s'agenouillait plus pour prier, il se levait bras écartés, visage levé vers les cieux. Songeant à ses frères moines qui devaient au même moment assister aux Laudes dans la salle froide et grise du monastère de Lugdunum, il ne leur enviait pas leur enfermement.

— En ce matin, Seigneur, ma prière monte vers Toi.

Il n'avait plus besoin d'entendre la cloche sonner dans le forum pour se rappeler ses obligations. Après tous ces mois passés en la seule compagnie du Seigneur, Arinius priait selon son cœur, en trouvant ses propres mots quand il s'adressait à Lui. Il rendit grâces : pour le jour nouveau, pour être sorti sain et sauf de la tempête, pour le sanctuaire que lui offrait ce pays clément et hospitalier. « Amen », conclut-il en faisant le signe de croix de la main droite.

L'office terminé, Arinius retourna chercher son sac. Il rompit le jeûne avec les victuailles achetées à Couzanium :

une miche de pain de blé et de millet concassé et quelques noix, le tout arrosé d'un peu de *posca*. Tout en buvant au flacon iridescent que le soleil allumait de reflets verts et bleus, il songea avec nostalgie au bon vin qu'il avait contenu, depuis longtemps épuisé.

Le jeune moine s'assit pour contempler les collines striées de minerai de fer rouge, ainsi que les prairies et les bois qui s'étendaient de l'autre côté de la rivière. Ce pays regorgeait d'arbres fruitiers de toutes sortes et, si l'on oubliait la tempête de la nuit précédente, il ressemblait à un havre de paix. Arinius pourrait s'y reposer un moment tout en préparant la dernière étape de son voyage dans les montagnes.

Tandis que le soleil montait dans le ciel, Arinius entreprit de réunir tout ce qu'il lui fallait pour écrire. Il n'avait pas envie d'emporter ses outils dans les montagnes, seulement ce qu'il lui faudrait pour le voyage. Il sortit donc le coupon de laine tissée qu'il avait acheté au marché ambulant de Couzanium, étala par terre le fil écru puis, saisissant son couteau de chasse par le manche en fer, il commença à découper le tissu en carrés de taille égale.

C'était un travail pénible, répétitif. À force, les muscles de son bras et de ses épaules le faisaient souffrir et il était trempé de sueur. Régulièrement, un nouveau carré de laine tissée venait s'ajouter à la pile, à mesure que le coupon diminuait.

Quand enfin il eut terminé, il se leva pour étirer ses jambes et fit jouer ses doigts engourdis. Puis il but le reste de *posca*, mangea un peu de pain, et prit son panier pour partir en quête des éléments dont il aurait besoin pour l'étape suivante de l'opération. Au sein de la communauté de Lugdunum, Arinius avait appris à préparer une encre avec du sel de fer et de la noix de gale, mélangés à une gomme extraite de la résine de pin. Il espérait trouver dans cette vallée tous les ingrédients nécesaires. L'encre obtenue était bleu foncé au moment où l'on écrivait, mais elle virait rapidement au brun pâle. Il lui fallait aussi trouver la bonne sorte de plume. Par le passé, il avait essayé des plumes de corbeau et d'oie pour découvrir, après moult erreurs et tâtonnements, que les plumes de merle étaient les plus faciles à utiliser.

Le Codex toujours glissé sous sa tunique, son sac en cuir passé en bandoulière, Arinius partit explorer la vallée en quête de ce dont il avait besoin.

‡

70

Coustaussa
Août 1942

Sandrine prit la liste de courses de M. Baillard et redescendit à Couiza en vélo. Il faisait bon. À peine quelques nuages, le feuillage des arbres brillant d'un beau vert vif, comme vernissé après avoir été lavé par la pluie, sur un ciel d'un bleu infini. Le genre de journée dont on se souvient.

Marieta semblait plutôt bien se remettre de son malaise, mais Sandrine voulait malgré tout en informer Marianne. Vers 10 heures, elle faisait à nouveau la queue au bureau de poste. Le téléphone sonna bien rue du Palais, mais personne ne décrocha. Il lui faudrait réessayer.

En gagnant la sortie, elle s'arrêta devant l'affiche. Les yeux de Raoul la fixaient sans la voir. Surtout, ne t'approche pas d'ici, pensa-t-elle, alors que peu de temps auparavant elle rêvait qu'il vienne se réfugier à Coustaussa.

— Quelle sale tête ! commenta une femme.

— Vous trouvez ? répliqua Sandrine d'un ton désinvolte, sans se départir de son calme.

Elle fit le tour des boutiques, puis rentra en pédalant péniblement tant elle était chargée, le long de jardins potagers protégés par des grilles et gardés par les vieilles du village. Personne ne faisait plus pousser de fleurs, seulement des légumes. Il fallait avant tout penser à manger. Elle croisa la sous-station électrique. Par la porte entrouverte, elle aperçut en hauteur les capuchons en porcelaine des isolateurs protégeant les connecteurs, telle une rangée de vases renversés.

Il faisait plus chaud à présent, et la partie la plus escarpée de la colline manquait d'ombre. Sandrine retournait dans son esprit ces choses que M. Baillard lui avait racontées. Tandis qu'il lui parlait, elle avait admis tout ce qu'il disait sans poser de questions. Mais, à la vive clarté d'un matin d'été, toute cette conversation ressemblait à un rêve.

Une armée fantôme ?

Évidemment qu'elle n'y croyait pas, comment l'aurait-elle pu ? Mais lui, y croyait-il vraiment ? Ils n'avaient fait connaissance que depuis quelques heures, pourtant elle comprenait d'instinct que M. Baillard accordait le même crédit à des histoires remontant aux temps anciens qu'à des événements datant d'hier ou d'avant-hier. Qu'il y croie ou non, ce qui était sûr, c'était que cette chasse au Codex avait des conséquences bien réelles.

Elle franchit la crête de la colline, puis s'arrêta et projeta son regard alentour. Rennes-les-Bains au sud-est, Couiza à l'ouest, les tours et tourelles de Carcassonne à des kilomètres plus au nord, hors de vue. Et, droit devant, Coustaussa. D'ici, tout semblait comme d'habitude. Elle était allée une fois à Paris, ainsi qu'à Toulouse et Narbonne, jamais plus loin. C'était sur ces fondations que sa vie était construite.

Si M. Baillard avait raison et que les nazis franchissaient la ligne de démarcation, la tranquillité de la vallée et de l'Aude tout entière serait à jamais perdue. Mais non, elle ne le permettrait pas. Elle lutterait pour empêcher que cela n'arrive.

— Vivre libre ou mourir, dit-elle en se rappelant le panneau que le vieux vétéran portait à la manifestation du 14 Juillet.

Cela semblait si loin. Sandrine comprenait maintenant ce qui était en jeu. Elle comprenait ce que « résister » signifiait. Ici, à Coustaussa, à Carcassonne, avec Marianne et Suzanne. Avec Raoul, où qu'il se trouve.

La veille au soir, elle avait écouté et encore écouté ce bon M. Baillard. À présent, son esprit bourdonnait de questions, comme des mouches enfermées dans un bocal. Une en particulier l'obsédait. Selon M. Baillard, le Codex avait déjà été invoqué une fois par le passé. Plus de mille ans auparavant.

Était-ce vrai ? Et dans ce cas, qu'était-il advenu du Codex pendant toutes ces années ? Avait-il été perdu à nouveau ? Devait-on le retrouver ? Malgré la chaleur de midi, Sandrine en avait la chair de poule.

— Vivre libre ou mourir, répéta-t-elle.

71

Limoux

Machinalement, Raoul Pelletier se passa la main sur le menton. Il n'avait pas l'habitude de porter la barbe et, par cette chaleur, cela l'incommodait. Depuis son départ de Carcassonne, il ne s'était pas rasé, cela afin de camoufler du mieux qu'il pouvait les traits de son visage. D'autant qu'il avait vu un avis de recherche à son effigie, offrant une énorme récompense. En fait, il s'y attendait depuis des semaines, il s'était même étonné de ne pas en voir plus tôt. Pour autant qu'il sache, depuis la fin juillet, la radio n'avait diffusé aucune nouvelle information sur lui.

Il était assis au café des Halles de Limoux, avec vue sur l'entrée de l'hôtel Moderne et Pigeon. Des résistants du coin utilisaient cet hôtel comme lieu de repli, et on lui avait dit que quelqu'un pourrait de là l'emmener plus au sud. Ce quelqu'un était un Espagnol, un camarade de Ramón, chez qui il avait séjourné à Roullens, trois semaines plus tôt.

Il avait acheté l'édition du matin de *La Dépêche*, un journal pétainiste, qui n'en contenait pas moins de précieuses informations, si l'on savait les décrypter. Il le feuilletait tout en jetant des coups d'œil à la porte de l'hôtel, qui demeurait obstinément close. Soudain, sur la dernière page intérieure, une brève attira son attention.

TRAGIQUE ACCIDENT D'ESCALADE

Le corps d'un homme de la région, identifié comme étant celui de M. Antoine Déjean, originaire de Tarascon, a été retrouvé dans une ravine, au nord du village de Larnat, en Ariège.

Raoul sentit son sang se figer. Depuis l'instant où il avait découvert Sandrine tenant entre ses doigts la chaîne d'Antoine, à la rivière, il s'y attendait. Mais ce fut un choc de lire la nouvelle noir sur blanc, dans sa dure réalité.

Le corps de M. Déjean a été découvert par un braconnier, qui a alerté les autorités. D'après M. Pujol, inspecteur à la retraite de la gendarmerie de Foix, le jeune homme aurait basculé dans le vide en perdant l'équilibre. Au vu de la gravité de ses blessures, il serait mort sur le coup, et l'accident aurait eu lieu quelques semaines plus tôt. À la question de savoir si M. Déjean explorait les grottes illégalement

> et dans un but inavoué, l'inspecteur Pujol a répondu par la négative. « Si les grottes de Lombrives et de sites voisins sont en effet devenues la cible de chasseurs de trésors et autres fanatiques sans scrupule (ce que nous déplorons), rien ne prouve que M. Déjean faisait partie de l'un de ces groupes. »

Raoul jeta à nouveau un œil à l'hôtel. Comme il n'y avait aucune allée et venue, il poursuivit sa lecture.

> M. Déjean, célibataire, résidait à Carcassonne et travaillait chez Artozouls, le magasin de fournitures pour chasse et pêche. Les obsèques se dérouleront à 10 heures le mercredi 19 août, à Tarascon, église de la Daurade. Ni fleurs ni couronnes.

Raoul serra les doigts sur le flacon qu'il avait trouvé chez Antoine et qu'il gardait dans sa poche, enveloppé d'un mouchoir. C'était devenu un geste rituel, comme un talisman.

Enfin, la porte de l'hôtel s'ouvrit sur un homme très brun, correspondant à la description de celui qu'il attendait. Raoul reposa le journal, s'empressa de traverser la rue pour lui emboîter le pas, et murmura tout bas le mot de passe.

— *Le temps est bouché à l'horizon.*

L'autre lui répondit par un imperceptible hochement de tête.

— Où as-tu besoin d'aller, *compañero* ? s'enquit l'Espagnol sans ralentir le pas.

— À Banyuls, répondit Raoul, puis il se ravisa, car l'article qu'il venait de lire changeait la donne.

À présent, il était convaincu que Léo Coursan, avec l'aide de Revol, était responsable de l'enlèvement et de la mort d'Antoine. Cela signifiait que Sandrine était en danger. Au départ, il avait décidé de garder ses distances, afin de ne pas lui faire courir de risques. Mais la situation avait radicalement changé.

— Non, à Coustaussa, tout compte fait, rectifia-t-il.

— Je peux t'emmener jusqu'à Couiza. Ensuite, c'est à deux kilomètres.

— *Sí, gracias.*

— *Bueno*, confirma l'autre en hochant la tête. La camionnette rouge au bout du passage, avec BONFILS marqué sur le flanc. Nous partons dans un quart d'heure.

Carcassonne

— Étiez-vous au courant, Revol ? dit Authié en poussant vers lui le numéro de *La Dépêche*.

— Oui, je l'ai lu, monsieur.

— Mais à quoi diable joue ce Bauer ? Comment peut-il avoir été assez négligent pour qu'on ait retrouvé le corps aussi vite ?

— Il y a eu des intempéries dans la Haute Vallée, qui ont dû provoquer un glissement de terrain.

Authié se rendit compte que l'endroit où l'on avait découvert le cadavre se trouvait tout près des fouilles entreprises par de l'Oradore, trois ans plus tôt. Était-ce voulu, ou encore le fait d'une malheureuse coïncidence ?

— Et Bauer, qu'en dit-il ?

— Je n'en ai pas parlé avec lui, répondit Revol sans se départir de son calme, malgré le ton cinglant de son chef.

Percevant néanmoins quelque chose sous ce flegme apparent, Authié considéra un instant son adjoint, puis revint au journal.

— Et cet inspecteur Pujol, qui est-ce ?

— Un policier de la région à la retraite.

— L'un des nôtres ?

— Au contraire, monsieur, répondit Revol. Ses sympathies vont aux partisans.

— Pourquoi a-t-on fait appel à lui plutôt qu'à un policier en service ?

— Les gens du cru le considèrent comme l'un des leurs et lui font davantage confiance qu'aux autorités. C'est souvent le cas, dans de petites villes comme Tarascon.

— Nous sommes en plein Moyen Âge. C'est ridicule, répliqua Authié avec hargne. L'article attribue la mort à un accident d'escalade. Pensez-vous que les gens croient à cette version des faits ?

— Oui, d'après ce que j'en sais. Voulez-vous que je retourne à Tarascon pour m'en assurer, monsieur ?

Authié réfléchit un moment.

— Tout compte fait, ce n'est pas une mauvaise idée. Je vais charger un autre homme de surveiller la maison Vidal en votre absence. Au fait, rien de nouveau de ce côté-là ?

— Non, monsieur. Toujours le même train-train. La grande, Suzanne Peyre, est souvent là. Quant à Mlle Vidal, elle passe le plus clair de son temps rue de Verdun, au centre de la Croix-Rouge, puis rentre le soir chez elle. Aucune trace de la plus jeune, ni de la vieille femme de charge.

— Et Lucie Magne ?

— Je ne l'ai pas revue.

— Partez dès aujourd'hui pour Tarascon, Revol, conclut Authié en se replongeant dans le journal. Et revenez me faire un rapport dès que possible. J'ai l'intention de m'y rendre mercredi, mais je veux des informations d'ici là.

— Mercredi ?

— Pour les obsèques, répliqua-t-il avec impatience. Ce sera une bonne occasion de me rendre compte par moi-même de la situation… Quant à Bauer, reprit-il après un petit temps, je considère que notre arrangement touche à sa fin. Attendons mercredi, mais ensuite, j'aurai besoin que vous passiez à l'action. Vous me comprenez ?

— Oui, monsieur, confirma Revol en croisant son regard.

Couiza

Quand Raoul entra dans Couiza, la tramontane faisait voler la poussière devant la gare. Il ne vit aucun policier vérifiant les papiers, mais il ne voulut pas risquer d'entrer dans la gare pour demander la direction de Couiza. Or tous les panneaux routiers avaient été supprimés depuis 1939, et il n'avait pas le temps de chercher la bonne direction. Il remarqua que le tabac de l'autre côté de la place était ouvert.

Le client devant lui se plaignait de la lenteur des queues, au bureau de poste. En se retournant, il faillit se cogner à Raoul, puis le dévisagea, et échangea aussitôt un regard de connivence avec le buraliste. Après lui avoir jeté un coup d'œil peu amène, il se hâta vers la sortie. Raoul se raisonna en s'obligeant à ne rien y voir d'inquiétant. Dans ce genre de bourgades, on considérait tous les inconnus avec méfiance.

— Vous avez des cigarettes ? demanda-t-il.

— Seulement contre des coupons de rationnement.

— Je ne peux pas vous en acheter, tout simplement ?

— Non, désolé.

— Bon, alors donnez-moi une boîte d'allumettes, dit-il en lui tendant un billet. Pouvez-vous m'indiquer la direction de Coustaussa, s'il vous plaît ?

— Vous êtes nouveau par ici? s'enquit le buraliste en le scrutant.

— De passage, répondit Raoul, et l'autre sortit de derrière son comptoir.

— Prenez juste en face la longue route bordée d'arbres. Vous verrez Coustaussa sur la colline, à gauche.

Le buraliste resta sur le seuil, et Raoul sentit son regard sur sa nuque. Lorsqu'il se retourna, il vit l'homme afficher la pancarte FERMÉ sur la porte du bureau de tabac, puis s'empresser de traverser la place dans la direction opposée.

Raoul regrettait déjà d'avoir parlé de Coustaussa, mais il refusait de se laisser entraîner par son imagination. Il trouva un mauvais sentier partant vers l'est, parallèle à la route. D'après les traces de pneus montant vers le village, quelqu'un avait dû l'emprunter à vélo un peu plus tôt. Il n'avait pas vu une seule patrouille, mais il serait moins facilement repérable dans ce quartier tranquille entre ville et campagne, fait de petites maisons avec jardins, que sur la route.

Raoul tenta d'évoquer le visage de Sandrine. Depuis trois semaines, elle était sa compagne de tous les instants, et il gardait en tête une suite d'images de leur temps passé ensemble, qu'il chérissait telles les photos d'un précieux album. Mais, aujourd'hui, ça ne marchait pas. La peur qui lui nouait le ventre l'emportait sur ses souvenirs. Et si Coursan était déjà remonté jusqu'à Sandrine, à Carcassonne? Ce serait sa faute. Et si elle se trouvait ici même, à Coustaussa, et le voyait avec horreur débarquer sans prévenir? Trois semaines avaient passé depuis qu'elle lui avait fait cette proposition, elle avait eu le temps de la regretter, et il pouvait s'être passé tant de choses, depuis.

Au loin, Raoul entendit le ronronnement d'un moteur. Aussitôt, il fut sur le qui-vive. Une voiture roulait dans la même direction que lui. Ses supputations sur l'avenir cédèrent à l'urgence du présent, et il chercha autour de lui un endroit où se cacher. Mais il n'en vit aucun, pas d'arbres, seulement des jardins, et le sentier à découvert. Alors il aperçut un peu plus loin le petit bâtiment trapu d'une sous-station électrique.

Accélérant le pas, il couvrit les derniers mètres et se cacha dans l'ombre du bâtiment, juste avant qu'une voiture de police n'apparaisse derrière lui. Les pneus crissaient en faisant voler des graviers, et le véhicule disparut dans un nuage de poussière sur la route qui montait à Coustaussa. Raoul s'appuya au mur blanchi à la chaux, le cœur battant à tout rompre, en se rappelant l'œil scrutateur du client, au bureau de tabac, et le regard qu'il avait échangé avec le buraliste. L'avaient-ils reconnu, ou avaient-ils simplement signalé la présence d'un étranger arrivé en ville ? Il faut dire qu'il avait une mine patibulaire, avec ses vêtements tout poussiéreux, sa barbe hirsute.

Devait-il continuer ? La voiture de police allait dans la même direction. Serait-ce de la lâcheté d'envisager de s'en retourner, ou juste de la prudence ?

Perplexe, il regarda derrière lui les maisons aux abords de Couiza, puis revint à la route déserte. Il restait un peu de poussière dans l'air, dans le sillage de la voiture. Alors Raoul se souvint du moment où Sandrine et lui étaient assis l'un près de l'autre, dans le jardin de la rue du Palais. Lorsqu'il lui avait raconté cet instant où, sur la jetée de Banyuls, il avait été trop lâche pour sauter. Elle lui avait dit alors que, selon elle, il fallait plus de courage pour continuer que pour abandonner.

Il reprit sa marche.

72

Coustaussa

— Comment vous sentez-vous ? demanda Sandrine en rejoignant M. Baillard et Marieta sur la terrasse.

— Je me sentirais mieux si vous cessiez tous de me tourner autour, répliqua Marieta.

— Ordres du médecin, décréta Sandrine en souriant. Nous ne vous laisserons pas lever le petit doigt.

— Et qu'est-ce qu'ils en savent, les docteurs ? protesta-t-elle d'un ton bourru. Alors, est-ce que vous avez pu joindre *madomaisèla* Marianne ?

— Non, toujours pas, répondit Sandrine, sans plus sourire. Il n'y a personne. Je réessaierai plus tard. Elle n'est même pas au courant de ce qui vous est arrivé et… j'aimerais être certaine que tout va bien, là-bas.

— Et pourquoi ça n'irait pas ? riposta Marieta.

— Pour rien, c'est juste bizarre que personne ne réponde jamais, voilà tout. Et Liesl, où est-elle ? demanda Sandrine en la cherchant du regard.

— Elle est allée rendre visite à Mme Rousset, répondit Baillard. Son fils… Yves – c'est ça ? – est venu la chercher.

— Tiens donc, répondit Sandrine avec une petite moue ironique, puis elle posa son panier sur la table. J'ai tout ce que vous m'aviez demandé, monsieur Baillard. Ainsi que le paquet que la libraire avait mis de côté pour vous, comme convenu. Les commerces étaient mieux achalandés que je n'aurais cru. Pas comme à Carcassonne.

Baillard coupa la ficelle avec un couteau et ouvrit le paquet, puis il hocha la tête avec satisfaction.

— Oui, ça fera l'affaire.

— Qu'est-ce que c'est ?

— Un stock de papier qu'elle me réservait. Il est loin d'être assez ancien, mais en le modifiant un peu, je pense que ça passera.

— La libraire a dit qu'elle vous le gardait depuis quelque temps, mais comment se fait-il que…

— C'est gentil à elle de s'en être souvenue, dit Baillard en devançant la question de Sandrine, puis il posa la main sur l'épaule de Marieta. Avez-vous besoin de quelque chose, *amica?* Autrement, si vous voulez bien nous excuser, *madomaisèla* Sandrine et moi avons à nous entretenir.

— Faites, faites, je vous en prie, répondit-elle avec un sourire en les chassant d'un geste de la main. Ne vous inquiétez pas pour moi.

Sandrine prit son panier et suivit Baillard dans la maison. Là, ils déballèrent les achats sur la table. En plus des provisions et des feuilles de papier tissé couleur crème, il y avait une grosse bouteille de sirop, un flacon d'encre de Chine, et un pinceau-brosse en crin de cheval.

— Alors vous savez qui a tué Antoine, monsieur Baillard?

— Non, pas avec certitude. Durant les vingt dernières années, il y a eu beaucoup d'activités aux alentours des grottes de Lombrives et du pic de Vicdessos. À la déclaration de guerre, les permis d'exploration furent résiliés, mais après la signature de l'Armistice, plusieurs expéditions y retournèrent, dont une équipe française financée par un certain de l'Oradore, le chef d'une grande famille de Chartres. Pourtant, d'après le père d'Antoine, l'homme qui recherchait son fils était un Allemand, alors…

— Aucune équipe allemande n'est tolérée par ici, j'imagine?

— Officiellement non, mais à mon avis il doit en exister une. La question est de savoir si les deux équipes collaborent l'une avec l'autre ou si elles travaillent séparément… L' Ahnenerbe est présente dans la région, c'est un fait acquis.

— L'Ahnenerbe ?

— C'est une organisation ayant pour vocation de trouver des preuves validant les croyances nazies en une race aryenne, expliqua Baillard, et ses traits se durcirent. À cette fin, les nazis envoient des archéologues dans le monde entier en quête d'objets d'art antiques et de textes religieux pouvant appuyer cette thèse.

Il s'interrompit, et Sandrine vit une ombre passer dans ses yeux d'ambre, comme si quelque autre histoire plus puissante réclamait son attention, mais d'un geste de la main, il parut chasser ses souvenirs.

— Antoine avait pour ami un certain Otto Rahn, qui vécut quelque temps à Montségur. C'était un jeune Allemand idéaliste, en quête de sens, et il crut avoir trouvé réponse à sa quête ici, en Pays d'Oc. Puis, flatté d'être invité à entrer dans les SS, il fut contraint de fournir des informations à Berlin, résuma Audric Baillard, en plissant le front. J'ai l'intention de faire de même, sauf que les informations que nous leur fournirons seront fausses.

Sandrine regarda le vieux papier, puis comprit soudain l'étrange liste de courses que Baillard lui avait confiée.

— Vous allez fabriquer une contrefaçon.

Il sourit, ravi qu'elle ait deviné aussi vite.

— Et annoncer sa découverte afin de débusquer les assassins d'Antoine…, poursuivit-elle. Ce qui vous laissera en outre le champ libre pour chercher le vrai Codex en toute tranquillité. C'est ça ?

— C'est cela même, confirma-t-il.

— Donc vous croyez que le Codex a subsisté. Je n'en étais pas certaine, murmura-t-elle, avant de contempler, pensive, les articles étalés sur la table. Mais saurez-vous fabriquer quelque chose d'assez convaincant pour tromper un expert ?

— Oui, je pense me débrouiller assez bien pour parer au plus pressé. Pourquoi le corps d'Antoine a-t-il été retrouvé ? Était-ce délibéré ou fortuit ? Je l'ignore. Mais, en conséquence, les choses vont s'accélérer. J'ai un contact à Toulouse qui m'aidera, un expert français de premier ordre en anciens manuscrits et documents du Languedoc. Il confirmera son authenticité.

— Mais si vous avez raison et que c'est bien l'argent des nazis qui est derrière tout ça, ou un mélange de fonds français et allemands, ils enverront sûrement leurs propres experts, non ? Et malgré toute votre adresse, le support de ce faux ne sera manifestement pas du parchemin, ni du papyrus, en tout cas pas la matière ayant servi de support au Codex véritable.

— En effet, ils finiront certainement par envoyer le faux à l'Ahnenerbe. Mais ils ne voudront pas prendre le risque d'éveiller l'intérêt du Reichsführer Himmler avant de s'être assurés de son authenticité. Ce qui nous donne un peu de temps.

Sandrine réfléchit un moment, mais elle se rendit vite compte qu'elle était prête à adhérer inconditionnellement à tous les plans et projets de M. Baillard. Aussi se rassit-elle docilement en croisant les bras sur la table.

— Qu'attendez-vous de moi ?

Baillard la dévisagea avec intensité.

— Ce n'est pas un jeu, *madomaisèla*, déclara-t-il d'un air sévère. Ne vous faites aucune illusion. Si vous vous impliquez dans cette tromperie, vous vous mettrez en danger. Le comprenez-vous ?

Sandrine songea au visage désespéré d'Antoine, au poids de son corps tandis qu'elle le tirait vers la berge, aux paroles qu'il avait eu tant de mal à prononcer.

— Je suis déjà impliquée, monsieur Baillard. Alors dites-moi ce que je peux faire, répondit-elle posément, et elle vit ses yeux se radoucir. Quoi ?

— Rien, *filha*, répondit-il en souriant. C'est juste que vous me rappelez quelqu'un.

— Léonie ? Marieta a dit ce prénom hier, en revenant à elle. Elle m'a prise pour cette jeune fille, je crois.

— Non, je ne pensais pas à Léonie.

— À qui, alors ?

Un moment, elle crut qu'il n'avait pas entendu tant il demeura immobile, les mains posées à plat sur la table. Puis un long soupir lui échappa.

— Alaïs, finit-il par dire. Elle s'appelait Alaïs.

73

Tarascon

Les deux hommes se retrouvèrent devant la gare de Tarascon, à côté de la voiture de Bauer. La moto de Revol était garée un peu plus loin, à l'ombre des arbres. À cause des trains de marchandises circulant ce jour-là, la gare était plus animée que d'habitude. Personne ne fit attention à eux.

Revol tendit à Bauer le dossier concernant Marianne Vidal, ainsi que des informations complémentaires sur Lucie Magne et Sandrine Vidal, puis il lui rapporta ce qui s'était passé depuis la dernière rencontre de Bauer avec Authié, au cimetière Saint-Michel.

— Pelletier a la clef ?

— Sanchez n'en savait rien, répondit Revol en haussant les épaules.

— D'après ce que m'en a dit Herr Authié, la jeune fille était dans le coup, constata l'Allemand en baissant les yeux sur le dossier. M'a-t-il raconté des mensonges ?

— Non, il le pensait sur le moment. Depuis, il a changé d'avis.

— Vous êtes certain qu'elle ne pourra vous identifier ?

— Oui.

— Pensez-vous que Déjean lui ait confié quelque chose ? s'enquit Bauer en le scrutant.

— Je l'ignore.

— Vous avez parlé à cette fille ?

— Non. Dès que nous l'avons identifiée, nous avons mis la maison de Carcassonne sous surveillance. Sa sœur y est, mais pas elle. Authié tente de la retrouver.

— Et ce Pelletier ?

— Nous sommes toujours à sa recherche.

— Venons-en au Juif et à sa petite amie.

— Blum est au Vernet. Lucie Magne est à Carcassonne. C'est grâce à elle que nous avons identifié Sandrine Vidal.

— En mon absence, deux de mes hommes ont été arrêtés et emmenés là-bas eux aussi, dit Bauer en fronçant les sourcils d'un air mécontent. Que savez-vous sur cet incident ?

— Je n'étais pas à Tarascon quand c'est arrivé, Herr Bauer.

— Voyons, Revol, vous en avez bien entendu parler, répliqua Bauer avec un geste d'impatience.

— D'après le peu que j'en sais, ils ont manqué de discrétion et ont été mêlés à une bagarre dans un bar, à propos d'une fille. Ignorant leur statut, la police locale les a arrêtés.

— Je compte sur Authié pour les faire relâcher au plus vite.

— Je m'en assurerai, acquiesça Revol.

Il voyait bien que Bauer suspectait quelque manigance, mais jusqu'où exactement allaient ses soupçons ?

— Herr Authié est-il rentré à Carcassonne ?

— Oui, mardi, confirma Revol. Il se méfie.

— De vous ?

— Non, de vous, Bauer. Il pense que vous avez volontairement fait en sorte que le corps de Déjean soit découvert.

— C'est absurde. A-t-il des raisons de le penser ? s'enquit Bauer, les pupilles légèrement dilatées.

— Pas venant de moi, en tout cas, répondit Revol en soutenant son regard. Quant à vos hommes, je ne peux m'en porter garant.

— Ils savent tenir leur langue.

— Les gardiens du camp du Vernet peuvent se montrer persuasifs.

— Ils ne parleront pas.

Revol laissa passer un silence.

— Avez-vous fait exprès que le corps de Déjean soit découvert, oui ou non ?

— Bien sûr que non, répliqua Bauer d'un ton mordant, en épongeant la sueur de son cou. Un braconnier s'est servi de dynamite pour débusquer du gibier. C'est ce qui a provoqué un glissement de terrain.

— Et c'est sans doute par coïncidence que vous avez enfoui le corps dans la zone de fouilles de l'équipe française… Avouez que, pour Authié, c'est un peu dur à avaler, ajouta Revol, comme Bauer ne répondait pas.

— Cela ne vous concerne pas, Revol, riposta Bauer, avec de la salive au coin des lèvres. Votre tâche se borne à acheter et vendre des informations. Point final, conclut-il en sortant une enveloppe de sa poche de poitrine. Tenez, la somme convenue.

Revol ouvrit l'enveloppe à l'aide de son couteau pliant à manche d'os et compta les billets. Il n'était pas mécontent de la situation. C'était on ne peut plus facile d'attiser les soupçons de Bauer à propos d'Authié. Moins ils se feraient confiance, plus lui-même en profiterait, à long terme. Rengainant son couteau, il s'aperçut que Bauer l'observait.

— Moi non plus, je n'ai pas confiance en Authié, et guère de sympathie pour lui, mais, au moins, je le comprends, déclara Bauer. Quant à vous, Revol, vos motivations ne me semblent pas claires.

— Il n'y a rien à comprendre, Herr Bauer. Vous prétendez agir par devoir envers vos maîtres à Berlin, en suivant leurs ordres. Authié, lui, prétend agir par foi. Vous invoquez tous deux des motifs supérieurs pour justifier vos agissements. Tortures, assassinats, vous êtes prêts à tout pour obtenir ce que vous voulez. Moi, au moins, je ne suis pas un hypocrite, conclut Revol en fourrant l'enveloppe dans sa poche.

74

Coustaussa

En entendant frapper à la porte, Sandrine et Audric levèrent les yeux, aussitôt en alerte. Leurs outils et produits étaient étalés sur la table, bien visibles : un bol rempli d'huile de ricin et de teinture pour cheveux, de l'encre, des chandelles, une boîte d'allumettes.

Sandrine ne s'attendait pas à avoir des problèmes ici, à Coustaussa, pourtant son cœur bondit dans sa poitrine.

— Voulez-vous que j'aille ouvrir ? proposa Liesl depuis la terrasse.

Elle était revenue de sa visite chez les Rousset de très bonne humeur.

— Non, j'y vais, cela vaut mieux, répondit Sandrine en se levant.

Sans hâte, Baillard rassembla le matériel et le transporta jusqu'à un placard que Sandrine lui ouvrit. Elle fit de la place puis l'aida à tout ranger hors de vue.

— Je vais tenir compagnie à Marieta, annonça-t-il.

— C'est sans doute un voisin, dit Sandrine, qui remonta pourtant le couloir avec appréhension.

Dans le temps, la porte d'entrée était toujours ouverte, mais on la gardait fermée, à présent. La Bible de Marieta était toujours posée sur la crédence. Elle passa les doigts sur la couverture en cuir usée par le temps, puis sursauta en entendant trois coups sonores frappés à la porte.

— C'est bon, on arrive ! marmonna-t-elle en s'en voulant d'être aussi nerveuse, puis elle ouvrit la porte, plus brutalement qu'elle n'en avait l'intention.

— Mademoiselle.

Sandrine sentit l'air lui manquer. Un quart de seconde, elle lutta pour reprendre sa respiration en découvrant les uniformes, ainsi que la voiture de police garée dans la rue derrière. Que voulaient-ils ? Que faisaient-ils ici ? Elle ne reconnut aucun des deux agents, alors qu'ils devaient venir de Couiza.

— Que puis-je pour vous, messieurs ? demanda-t-elle en s'obligeant à sourire, d'une voix qui lui sembla suraiguë.

Eux ne parurent pas le remarquer.

— Nous avons des raisons de croire qu'un fugitif est dans les parages et qu'il se dirige vers Coustaussa, dit le plus jeune. Nous sommes ici pour prévenir les habitants.

— Avez-vous vu des inconnus dans le village ? demanda le plus âgé avec autorité. C'est votre devoir de signaler toute chose suspecte.

Sandrine dissimula à grand-peine son soulagement. Les policiers n'étaient pas venus pour Liesl, ni pour l'interroger au sujet des faux-papiers. Cela ne les concernait pas directement.

— Non, désolée, répondit-elle. Je n'ai vu personne.

— L'homme en question a les cheveux noirs, une barbe, et il porte un feutre mou marron.

Une lueur passa dans ses yeux, qui n'échappa pas au plus âgé.

— Avez-vous vu quelqu'un correspondant à cette description, mademoiselle ?

— Non. Il fait si chaud. Nous sommes restés tout l'après-midi à l'intérieur.

— Nous ?

Devait-elle mentionner M. Baillard ? Liesl ? Marianne lui avait conseillé de s'en tenir le plus possible à la vérité, tout en ne disant que le strict minimum. Sandrine se décida vite.

— Notre femme de charge, Marieta, est ici. Elle a la soixantaine, et elle a eu une attaque, il y a deux jours. Le médecin lui a ordonné de se reposer. L'un de ses plus vieux amis est avec elle, et il y a également ma cousine, c'est tout. C'est gentil de nous avertir, poursuivit-elle sans leur laisser le temps de demander à les voir. Comment avez-vous su que cet homme cherchait à gagner Coustaussa ?

— Il a demandé la direction du village au tabac de Couiza. Le buraliste lui a trouvé un air suspect et il nous en a informés.

— Je vois, répondit Sandrine, en se promettant d'éviter le tabac désormais. Heureusement qu'il veillait au grain, ajouta-t-elle.

— Verrouillez bien vos portes, mademoiselle, lui conseilla le plus jeune.

— Et si quelqu'un de chez vous voit quelque chose de suspect, contactez-nous aussitôt. Ne vous approchez pas de lui. Ce Pelletier est dangereux.

Sandrine sentit le sol se dérober sous ses pieds. Elle chancela et s'appuya contre le chambranle de la porte.

— Ça va, mademoiselle ?

— Oh, c'est juste cette chaleur..., dit-elle en s'éventant de la main. Et puis c'est effrayant de penser qu'un malfaiteur rôde si près de chez nous. Nous sommes très isolés, ici.

Elle s'obligea à rester immobile tandis qu'ils la saluaient, redescendaient les marches du perron, remontaient en voiture, et attendit encore de les voir démarrer, puis s'éloigner en retournant vers Cassaignes. Comme au ralenti, elle recula, rentra à l'intérieur, referma la porte.

Alors ses jambes flageolantes plièrent sous elle et Sandrine s'adossa au mur, le cœur galopant, prise de sueurs et de tremblements. La police traquait Raoul. Quelqu'un l'avait dénoncé. Des nouvelles terribles, affolantes. Mais elles signifiaient aussi qu'il était en vie, et libre. Ce qu'elle désespérait de savoir depuis trois semaines.

Et il était ici. En chemin vers Coustaussa.

Raoul s'arrêta. Un soleil écrasant régnait sans répit sur la campagne. En haut de la colline, le vent frémissait à travers les champs de blé en faisant bruire les épis desséchés. Il sortit de son sac une bouteille d'eau, en but juste assez pour étancher sa soif, puis s'aspergea le visage et le cou avec ce qui restait.

En atteignant le sommet de la colline, il reconnut les huttes de bergers en pierre qu'il avait vues en photographies, rue du Palais. Il s'arrêta. Au loin, un bruit de moteur indiquait qu'une voiture traversait la vallée. Était-ce la police qui revenait ? Il se réfugia à l'ombre d'une capitelle et attendit que le bruit s'éloigne en sens inverse. Il scruta derrière lui le trajet déjà parcouru, jusqu'à la route en contrebas. Rien ni personne, aussi loin que portait le regard.

Quand il eut regagné la route, il entendit à nouveau un bruit, appartenant cette fois à une époque plus ancienne. Se mettant en retrait, il vit apparaître en haut de la colline un jeune gars qui menait un âne et une carriole. Brun, en chemise ouverte sur un foulard rouge noué autour du cou et pantalon de velours côtelé, il n'avait l'air ni d'un mouchard ni d'un policier.

Raoul hésita, puis se décida à risquer le coup. S'il traînait autour du village à la recherche de la maison, il attirerait davantage l'attention. Mieux valait saisir l'occasion. Il s'approcha et lui fit un signe de tête en guise de salut.

— Je cherche la maison Vidal. Vous la connaissez ?

— Qui êtes-vous ?

— Un ami, répondit Raoul avec désinvolture. Pouvez-vous me dire où elle se trouve ?

Le jeune gars continua à le jauger du regard. Impassible, Raoul lui laissa le temps de se décider.

— Continuez jusqu'en bas du village, indiqua enfin le jeune homme, prenez la rue de la Condamine, puis c'est tout droit. Elle est un peu en retrait.

Raoul allait le remercier, mais l'autre avait déjà repris sa marche.

Il trouva la maison assez facilement, repérant la porte peinte en jaune et son heurtoir en forme de gargouille. Raoul s'enfonça dans l'ombre d'une grange, de l'autre côté de la route, et attendit. Il n'y avait aucun signe de vie et rien n'indiquait que quelqu'un montait la garde, mais il devait s'en assurer.

Il rassemblait son courage. Pour l'instant, il y avait encore de l'espoir. Que Sandrine soit là, à Coustaussa, et qu'elle se réjouisse de le voir. Dès qu'il frapperait à la porte, il serait fixé pour de bon.

Il inspira profondément, puis, tête baissée, marcha à pas rapides de l'ombre de la grange jusqu'au perron de la maison où habitait Sandrine.

Sandrine, Liesl, Marieta et Baillard étaient sur la terrasse à l'arrière lorsqu'ils entendirent le coup frappé à la porte.

— C'est eux ? s'enquit Liesl avec de la panique dans la voix. Ils sont revenus ?

— Mais non, voulut la rassurer Sandrine. Il n'y a pas de raison qu'ils reviennent aussi vite. D'ailleurs, même si c'était le cas, tu n'as pas à t'inquiéter. Ce n'est pas toi qu'ils cherchent, Liesl. Je te le promets.

— Je monte au premier, dit Liesl en courant se réfugier dans la maison.

— Laissez-la faire, intervint M. Baillard. Rien ne saurait la rassurer. Mieux vaut qu'elle se sente à l'abri.

— Oui, bien sûr, répondit Sandrine en essayant de ne pas se laisser gagner par la même panique.

Pour la deuxième fois en une heure, elle traversa la maison, les nerfs à vif, et ouvrit la porte.

Alors son cœur cessa de battre et tout se figea, comme l'obturateur d'un appareil photo imprimant un instant précis, unique…

Il avait la peau bronzée, une barbe, et ses cheveux avaient poussé, mais c'était lui.

— Raoul, dit-elle. Raoul.

Ces deux mots et le sourire radieux qui les accompagnait suffirent amplement. Sandrine vit l'anxiété s'effacer du visage de Raoul, et il lui fit ce même petit sourire en coin qu'elle gardait chaque jour en gage depuis son départ, tout près de son cœur.

— Tu m'avais dit de venir, si j'étais coincé, dit-il en écartant les bras, et en les laissant retomber. Alors me voilà.

75

N'en croyant pas leurs yeux, ils demeurèrent un instant immobiles, puis Sandrine lui prit la main, sentit la réalité charnelle de ses doigts noués aux siens.

— Te voilà, dit-elle en retrouvant l'usage de la parole.

— Sur le chemin, je n'ai cessé de me répéter qu'il n'y avait aucune raison que tu sois ici. Pourtant c'est drôle…

Sandrine le contempla et vit se refléter sur son visage le sentiment délicieux qu'elle éprouvait elle-même. Ils restèrent à se sourire, un peu béats, se repaissant l'un de l'autre, mais soudain elle se rendit compte de leur stupidité à tous deux, l'attira vite à l'intérieur, et referma la porte.

— Deux gendarmes sont venus ici. Ils te cherchaient.

— Ici ? Mais pourquoi ?

— Il faisaient le tour de toutes les maisons pour prévenir les gens contre toi. Quelqu'un t'a repéré à Couiza.

— J'ai entendu la sirène il y a une heure, mais j'espérais que… J'espérais que ça suffirait, dit-il en frottant sa barbe hirsute.

— Ça me plaît bien, déclara Sandrine avec enjouement, puis, le tenant toujours par la main, elle recula d'un pas. Et toi, comment as-tu deviné que j'étais ici ? C'est Marianne qui te l'a dit ?

— Non, j'ai juste tenté ma chance.

— Et si je n'avais pas été là, qu'aurais-tu fait ?

— Je ne sais pas. D'ailleurs je n'aurais pas dû venir…

— Où étais-tu durant tout ce temps ? l'interrompit-elle. Que s'est-il passé ? Raconte !

– Attends un peu, dit-il en l'attirant contre lui.

Elle sentit ses lèvres sur les siennes, le goût salé de sa peau, et le souvenir du temps passé sans lui s'évanouit dans la brume du jour.

— Viens, dit-elle en se glissant doucement hors de ses bras. Allons rejoindre les autres.

— Quels autres ?

— Marieta, bien sûr, ainsi que Liesl, la sœur de Max, et un vieil ami de Marieta… Elle n'est pas bien du tout, ajouta Sandrine dans un souffle, et elle lui raconta rapidement ce qui était arrivé.

— Mais elle va se remettre, non ?

— Oui, d'après le médecin, pourvu qu'elle ait la sagesse de se reposer.

— Et Liesl, comment s'en sort-elle ?

— Pas trop mal, après les épreuves qu'elle a traversées, répondit Sandrine en jetant un coup d'œil vers la porte close de la chambre où la jeune fille s'était réfugiée. Je vais aller la chercher. Suzanne a essayé de découvrir où Max avait été emmené, mais elle s'est heurtée à un mur. Quant à César Sanchez, aucune nouvelle. Lui aussi doit se terrer quelque part… À moins que tu ne saches où il se trouve ?

— César a été arrêté après la manifestation, répondit Raoul, l'air grave, mais à cette nouvelle Sandrine secoua la tête d'un air de doute.

— Quand Suzanne s'est rendue au commissariat, puis au palais de Justice, ils ont tous prétendu n'avoir aucune information à ce sujet, expliqua-t-elle.

— Mais je les ai vus l'emmener.

— Oui, je me rappelle que tu m'en as parlé, pourtant son arrestation ne figure dans aucun registre de police. Ce n'est pas tout… Je regrette d'avoir à te l'annoncer. Antoine a été retrouvé mort, dans une ravine non loin de Tarascon.

— Je le savais déjà, dit-il en sortant de son sac à dos l'exemplaire de *La Dépêche*. C'est ce qui m'a poussé à venir te trouver. Je voulais t'avertir.

— M. Baillard pense que cette découverte va faire bouger les choses.

— M. Baillard ?

— Il était avec l'inspecteur Pujol lorsque le corps d'Antoine a été retrouvé. Quant à moi, autant que je sache, personne n'a essayé de retrouver ma trace.

— Qui est M. Baillard ? répéta-t-il.

— Viens, je vais te le présenter, proposa Sandrine en souriant. Il pourra tout t'expliquer, bien mieux que je ne saurais le faire.

Elle poussa la porte grillagée et sortit sur la terrasse. Assis à l'ombre, Audric contemplait la garrigue.

— Monsieur Baillard, dit Sandrine, voici Raoul. Il a lu l'article sur la mort d'Antoine dans *La Dépêche*.

— Est-il dans vos habitudes de vous fier à ce que vous lisez dans ce journal ? s'enquit Baillard en se levant.

— Non, monsieur. Pas d'ordinaire.

Tandis que les deux hommes se serraient la main, Sandrine remarqua avec quelle attention M. Baillard dévisageait Raoul, comme s'il était en quête de quelque chose, une ressemblance, un air de famille.

— C'est un nom de la région très estimé que vous portez là, jeune homme, remarqua Audric.

— Oui, l'intendant de Raymond-Roger Trencavel, et son homme lige, s'appelait en effet Bertrand Pelletier, confirma Raoul. Mon frère me racontait souvent des histoires à ce sujet. Le vicomte de Trencavel, Guilhem du Mas, Sajhë de Servian, entre autres. Les grandes figures du Midi, comme il les appelait.

Une lueur passa dans les yeux d'ambre de Baillard et ce fut comme si, fugitivement, une fenêtre s'ouvrait sur une autre histoire, pour se refermer aussitôt.

— Mon père me désignait toujours le nom des rues, quand j'étais petite, intervint Sandrine. Il avait à cœur que les hommes illustres de la région se rappellent à notre mémoire de façon visible et concrète. Non seulement le vicomte de Trencavel, mais aussi Courtejaire, Cros-Mayreveille, Riquet, Jean Jaurès. Il trouvait que c'était là le plus sûr moyen de garder le passé vivant dans nos esprits.

-- Mon frère était du même avis, renchérit Raoul, pourtant cela prête à confusion, quand les rues sont trop souvent rebaptisées.

— Tu ne diras pas ça quand ton nom sera inscrit sur un mur en hommage à ta bravoure. Là, tu seras d'accord, le taquina Sandrine, ce qui les fit rire tous les deux, mais laissa Baillard de marbre.

— Votre père avait raison, acquiesça-t-il. Nous devrions nous souvenir des morts, surtout de ceux qui ont donné leur vie pour d'autres. Ces contrées ont souffert plus que leur part de violences et d'occupations successives. Si ceux qui ont disparu avant nous tombent dans l'oubli, nous sommes voués à répéter les mêmes erreurs. À traverser le temps en aveugle.

Sa voix les dégrisa, et le ton de la conversation se fit plus grave.

— Mieux vaut regarder en avant, non ? remarqua Sandrine.

— Parfois oui, *filha*. Mais l'histoire est toujours à mettre en perspective. Quand ceux qui viendront après nous considéreront l'époque où nous avons vécu, la situation leur apparaîtra clairement. Il leur semblera évident de discerner lesquelles de nos décisions furent bonnes, lesquelles ne le furent pas. Mais dans le feu du combat, il est parfois difficile pour de braves gens d'agir pour le mieux.

— Seulement quand on ne sait pas distinguer le bien du mal, rétorqua Sandrine.

Son aplomb amena l'ombre d'un sourire sur les lèvres d'Audric.

— Certains ont la chance de voir le monde en noir et blanc, remarqua-t-il. D'autres peuvent percevoir la situation de la même façon, mais sentir néanmoins que leurs actes doivent être guidés par d'autres considérations… Par exemple, certains voient en les partisans des combattants pour la liberté, ajouta-t-il en jetant un coup d'œil à Raoul, des hommes et des femmes courageux, ayant le sens de l'honneur et refusant de collaborer avec l'occupant. Pour d'autres, les partisans sont des terroristes, qui empêchent la France de jouir de la paix.

— Mais c'est ridicule. Personne ne peut croire ça.

— Hélas, vous savez bien que si, *filha*.

— Je n'accepte pas qu'il y ait toujours deux faces à la même réalité, repartit Sandrine en secouant la tête d'un air têtu. Ce qui est arrivé à Liesl, comment on a forcé les prisonniers à monter dans le train, c'était mal. Ce qui arrive à Paris, partout, c'est mal. Il faut choisir.

— Croyez-vous que les choses soient aussi simples, *madomaisèla* ? s'enquit Baillard en inclinant la tête.

— Oui, affirma Sandrine en relevant le menton.

Baillard lui sourit, puis se tourna vers Raoul.

— Et vous, *sénher* Pelletier ?

— La plupart du temps, oui, je trouve aussi, répondit Raoul après une légère hésitation.

Les yeux de Baillard s'attardèrent un moment sur lui, puis il hocha la tête.

— Bien. Il est bon d'être ferme et décidé dans son jugement. Espérons qu'en temps utile votre conviction vous servira et qu'elle servira notre cause à tous.

76

Un moment, la phrase de Baillard resta suspendue en l'air, entre eux. Puis il hocha la tête et, lorsqu'il reprit la parole, ce fut avec un ton beaucoup plus prosaïque qui les ramena au présent, après cette incursion dans une dimension plus vaste et mystérieuse.

— *Sénher* Pelletier, je suis bien content de vous savoir sain et sauf. Et *madomaisèla* Sandrine aussi, à n'en pas douter.

— Où es-tu allé depuis ton départ ? enchaîna Sandrine en rougissant.

— J'ai réfléchi : Coursan supposerait sans doute que je filerais au plus vite vers le sud. Aussi ai-je choisi au contraire de demeurer près de Carcassonne. D'abord à Roullens, puis à Montclar, Cépie, et Limoux.

— Si près d'ici, soupira-t-elle. Moi qui t'imaginais dans les montagnes, ou sur la côte.

— J'ai eu du mal à ne pas faire demi-tour, convint-il. Ce fut même le plus dur.

— Y a-t-il une raison de croire que la police connaît votre lien avec cette maison, monsieur Pelletier ?

— Non, en tout cas pas de mon fait, monsieur… Sandrine m'a dit que vous étiez présent lorsqu'on a découvert le corps d'Antoine.

— Oui. Il est mort en brave.

Raoul hocha la tête sans faire de commentaire.

— Vous a-t-elle dit également qu'Antoine travaillait pour moi ? reprit Audric.

— Je n'en ai pas eu l'occasion, intervint Sandrine, puis elle se tourna vers Raoul. Antoine était censé transmettre quelque chose à M. Baillard… Quoi ? le pressa-t-elle en voyant Raoul changer d'expression. Tu sais ce que c'était ?

— *Sénher* Pelletier ? insista Baillard en s'avançant sur son siège.

— Non, mais j'ai trouvé ceci.

Raoul ouvrit son sac à dos et en sortit le mouchoir blanc devenu grisâtre. Les yeux de Baillard brillèrent d'un fol espoir. Raoul déplia le mouchoir et déposa le flacon en verre iridescent dans la paume du vieil homme.

— Est-ce cela que vous attendiez, monsieur Baillard ? s'enquit Sandrine avec ardeur.

— C'est possible, répondit Baillard dans un souffle.

— Où l'as-tu trouvé ?

— Dans l'appartement d'Antoine. Comme il n'arrivait pas à notre rendez-vous, je suis allé chez lui. Le flacon était caché dans le réservoir de la chasse d'eau ; j'en ai déduit que ce devait être important. Certes, il est joli, et sans doute précieux, mais ça n'explique pas tout. En fait, il contient quelque chose.

Baillard retourna le flacon dans ses mains.

— À première vue, cet objet pourrait dater du IVe siècle de notre ère. Au fil du temps, on a retrouvé beaucoup de vestiges et d'indices sur l'occupation romaine de cette région. Pendant les labours, quand on retournait la terre, ou encore à force de planter et de replanter des vignes dans les champs.

— Il y a des années, j'ai moi-même trouvé une vieille broche dans les ruines du château fort, raconta Sandrine.

J'en ai fait cadeau à mon père. D'après lui, elle était romaine. Il m'a dit qu'on devrait en faire don à un musée. Mais plus tard, j'ai découvert qu'il l'avait gardée, ainsi que le papier d'emballage et le ruban.

— Les hommes ont l'habitude d'occuper et de réoccuper les mêmes lieux, au cours des âges. Ils construisent des maisons sur l'emplacement de temples antiques, des autels dédiés à des saints chrétiens sur des sites consacrés aux anciennes divinités romaines, le long des routes les plus fréquentées… Imaginez toutes les mains par lesquelles ce petit objet a dû passer, conclut Baillard en levant le flacon à la lumière.

— Peut-être ne furent-elles pas si nombreuses, intervint Sandrine, si le flacon a été caché durant tout ce temps.

— C'est juste, reconnut Baillard en souriant.

— Pourquoi est-il si important ? s'enquit Raoul.

— À cause de ce qu'il contient, *sénher* Pelletier.

— Pourquoi n'as-tu pas essayé d'en extraire le contenu ? s'étonna Sandrine en s'adressant à Raoul. Moi, je n'aurais pas hésité.

— J'ai été tenté moi aussi, mais j'ai craint de l'abîmer. Et puis sans doute avais-je envie de croire que je serais en mesure de le remettre en mains propres à Antoine…

Baillard hocha la tête, puis se tourna vers Sandrine.

— *Madomaisèla*, auriez-vous une pince à épiler ?

Sandrine fonça en chercher une, ses pas résonnèrent sur les marches en bois, et elle revint presque aussitôt.

— Voilà.

Baillard saisit avec la pince le tampon de tissu gris enfoncé dans le goulot de la bouteille et l'en sortit lentement, délicatement.

— De la laine, constata-t-il. La laine était couramment utilisée, surtout dans les territoires les plus froids situés à l'ouest de l'Empire romain. La texture en est épaisse, c'est sans doute un morceau de cape ou de pèlerine.

— Comment se fait-il qu'il n'ait pas pourri, depuis tout ce temps ?

— Tout dépend de l'endroit où il était conservé.

Baillard renifla le flacon, au cas où il contiendrait encore du parfum ou quelque liquide, puis il le renversa dans la paume de sa main. Rien. Il le tendit plus près de la flamme de la bougie, en essayant de voir dans l'étroit goulot.

Sandrine le regarda resserrer les deux pointes de la pince et les enfoncer d'une main sûre dans le goulot. Puis il relâcha un peu la pression pour saisir ce qui se trouvait à l'intérieur, et réussit enfin à ressortir la pince du col de la bouteille.

— *Aqui*, murmura-t-il, avant de reposer le flacon avec précaution.

Ensuite il tira son mouchoir jaune de sa poche de poitrine, l'étala sur la table, et posa dessus le morceau de tissu, avec un soin extrême.

— Il va se fragiliser au contact de l'air, après être resté tout ce temps confiné, dit-il. Nous devons faire très attention.

— Est-ce la carte ? demanda Sandrine.

Baillard ne répondit pas.

— C'est aussi de la laine, mais d'un tissage beaucoup plus fin, observa-t-il. Peut-être un morceau de linge de corps.

Doucement, coin après coin, il déplia le carré de tissu à l'aide de la pince. Sandrine se pencha pour mieux voir. Sur la laine d'un blanc terne, jaunie par endroits et brune le long des plis principaux, figuraient des images, simples comme un dessin d'enfant. Audric poussa un long soupir.

— Est-ce ce que vous attendiez, monsieur Baillard ?

— Oui, je le crois, répondit-il doucement. Regardez, le soleil et son ombre pour indiquer la direction, des arbres identifiés par des feuilles délicatement dessinées à côté, chêne, frêne, pin, sorbier… Et ici, une double croix.

— Même en supposant que la carte soit authentique, le paysage aura tellement changé après tout ce temps qu'il sera impossible de le reconnaître. Peut-elle servir à quelque chose ?

— Certes, *filha*, la roche est exploitée, les rivières changent de cours, les forêts sont décimées pour le bois de chauffage et de charpente… Mais les montagnes, elles, ne changent guère de forme, ajouta Baillard. Les Pyrénées sont à peu près telles qu'elles étaient jadis. Voyez, là, désigna-t-il avec la pince. À mon avis, ce pourrait être le pic de Vicdessos, près de Tarascon. Et regardez ici et là cette suite de stries figurant des crêtes, des arêtes. Cette combinaison de zones boisées et d'affleurements rocheux, avec la grotte en dessous, est très particulière.

— Possible, dit Sandrine d'un air dubitatif.

— Quelqu'un d'autre sait-il que vous aviez ceci en votre possession, *sénher* Pelletier ?

— Non. Enfin, j'ai montré le flacon à César, mais il n'a guère paru intéressé.

— En aurait-il parlé à quelqu'un ?

— Non, je ne crois pas, répondit Raoul, l'air soucieux, en se rappelant que César aussi avait disparu, d'après ce que Sandrine venait de lui apprendre. J'espère que non.

Baillard étudia la carte un moment, puis leva les yeux.

— Je vous suis grandement redevable, *sénher* Pelletier. Nous le sommes tous.

— Qu'allons-nous faire, maintenant ? demanda Sandrine.

— Mettre notre plan à exécution, répondit Baillard.

— Mais nous devrions tout de suite commencer à chercher le Codex, non ?

— Pas à pas, murmura-t-il. Nous avons tout intérêt à continuer sur le chemin que nous nous sommes fixé. À cette différence près que maintenant que nous avons vu la carte, nous pouvons disposer notre leurre en un autre coin des montagnes... Savez-vous manier un fusil, *madomaisèla* ? ajouta-t-il après un petit temps d'hésitation.

— Pardon ? s'étonna Sandrine, puis elle se rendit compte qu'il était on ne peut plus sérieux. Oui, je crois. Enfin, j'ai déjà tiré avec un fusil de chasse. Et avec un pistolet, une fois. Pourquoi ?

— Le moment est venu d'apprendre pour de bon, décréta Baillard en se tournant vers Raoul. Avez-vous votre arme de service, *sénher* Pelletier ?

— Oui.

Sandrine regarda Raoul, puis revint à M. Baillard.

— Mais enfin, c'est de la folie ! s'exclama-t-elle. Quelqu'un va sûrement nous entendre. Et si la police est toujours dans les parages ? C'est trop risqué.

— Voulez-vous aider, oui, ou non ?

— Oui, mais...

— Dans ce cas, vous devez être capable de vous défendre.

— Mais si quelqu'un nous entend et voit Raoul, il peut le dénoncer. Non, je ne veux pas prendre ce risque.

— M. Baillard a raison, intervint Raoul en posant la main sur le bras de Sandrine. Il faut que tu apprennes à te servir d'une arme. Nous serons prudents. C'est la bonne heure, les gens restent chez eux pour se protéger de la chaleur. D'ailleurs, si quelqu'un nous entend, il se dira que c'est un fermier tirant des lapins. Il doit y avoir des tas d'endroits tranquilles, par ici.

— Raoul, la police est venue tout à l'heure ici, à Coustaussa. Ce n'est pas un jour comme les autres. C'est trop dangereux. Nous devrions attendre.

— Nous n'avons pas le temps d'attendre, intervint Baillard. L'occasion ne se représentera pas.

— Pourquoi ? s'enquit-elle vivement. Quand comptez-vous partir ?

— Raoul partira dès l'aube. Moi, plus tard dans la matinée.

La détresse l'envahit. Elle savait que Raoul ne pourrait rester, mais elle avait espéré qu'ils auraient plus d'une journée devant eux. Elle les regarda tour à tour, puis fit un bref hochement dc tête, et se leva.

— D'accord, puisque vous pensez tous les deux que c'est un risque à prendre. Mais à une condition.

— Laquelle ? demanda Raoul.

Sandrine lui tendit la main.

— Viens. Marieta va nous aider.

77

Carcassonne

— Puis-je entrer ?

Marianne détailla Lucie du regard. Malgré son aspect soigné, son maquillage impeccable, ses cheveux blonds oxygénés de frais, ce n'était plus qu'une pâle copie de la jeune fille vive et enjouée qu'elle avait connue. Et elle portait une valise.

— Oh, Lucie, soupira-t-elle avec lassitude. Je n'ai pas envie de discuter.

— S'il te plaît, Marianne, je n'ai nulle part où aller.

Lucie avait fait de son mieux pour cacher qu'elle avait pleuré. Mais ses yeux étaient rouges et gonflés, et le fard à joues ne réussissait pas à masquer sa pâleur. Marianne lui en voulait toujours, pourtant leurs années d'amitié faisaient jouer la corde sensible. Avec un soupir, elle se pencha, lui prit la valise des mains et la fit entrer.

— Qu'est-il encore arrivé ? dit-elle.

— Mon père est de retour.

— Ah, fit Marianne en posant la valise au pied de l'escalier, puis elle la prit par le bras. Allons dans la cuisine, dit-elle. J'ai de la compote de pommes sur le feu.

— Des pommes ? Comment as-tu fait pour t'en procurer ?

Marianne ne répondit pas.

— Assieds-toi. J'ai bientôt terminé.

— Ce que ça sent bon ! s'exclama Lucie en ôtant ses gants et son chapeau.

— J'ai trouvé un peu de cognac pour cuisine que Marieta avait mis de côté au fond du cellier, dit Marianne en continuant à remuer la compote avec la cuillère en bois.

Lucie attendit patiemment qu'elle retire la casserole du feu, la couvre avec un torchon, puis la transporte sur le buffet.

— Alors, raconte-moi, reprit Marianne. Ton père…

— Lui et six autres prisonniers de guerre sont arrivés à Carcassonne hier. J'avais oublié ce que c'était, d'être sans arrêt sur le qui-vive à la merci de ses humeurs.

— Que s'est-il passé ?

— À l'heure du déjeuner, il est allé retrouver certains de ses vieux copains de la LVF au café Édouard. Sûrement pour fanfaronner en racontant quel dur à cuire il était, comment il avait survécu à la prison et tenu tête aux gardiens.

— Je vois ça d'ici.

— Alors évidemment, tout le monde a voulu lui payer un coup à boire, et tu devines la suite…, conclut Lucie en haussant les épaules.

— Quelqu'un lui a parlé de Max ?

— Oui, ton obligeant voisin. Comment s'appelle-t-il déjà ?

— Fournier.

— C'est ça. Au cours de la discussion, Fournier lui a dit combien mon père devait avoir honte… Enfin, tu vois le genre. Il est rentré à la maison comme une furie en exigeant que ma mère lui dise si c'était vrai.

— Mon Dieu, s'exclama Marianne, et elle lui prit la main.

— Ma mère a essayé de le calmer, de lui dire que j'étais sortie, mais il n'était pas d'humeur à écouter. Elle s'est entaillé la tête contre le coin du placard, mais elle a tenu bon et m'a défendue… pour une fois. Elle lui a affirmé que ce n'étaient que des commérages. Que je n'étais pratiquement pas sortie de la maison depuis des semaines… Et quand il a voulu savoir où j'étais, elle a dit que j'étais allée au marché.

— Et il l'a crue ?

— Je ne sais pas. Il tenait à peine debout tellement il était ivre. Je l'entendais se cogner contre les meubles. Je suis restée enfermée dans la salle de bains en priant pour qu'il ne soit pas capable de monter jusqu'au premier. Je savais qu'il finirait par s'écrouler. Dès que je l'ai entendu ronfler, je suis sortie sur la pointe des pieds et ma mère m'a dit de partir avant qu'il ne se réveille…, conclut Lucie en regardant Marianne, les larmes aux yeux. J'ai fait ma valise et je suis venue ici.

— Tu veux dire qu'elle t'a mise à la porte pour de bon ?

— C'est lui ou moi. Et ce depuis toujours. Que veux-tu qu'elle fasse ?

— Oh, Lucie.

— Je sais que tu ne veux pas m'accueillir chez toi, que tu me détestes. Mais je ne savais pas où aller.

— Je ne te déteste pas, petite idiote. C'est juste que…

Elle s'interrompit. À quoi bon revenir là-dessus ?

— J'ai vraiment essayé de te joindre pour te prévenir de la visite du capitaine Authié, assura Lucie. Ce n'était pas un mensonge. Et je te jure que je ne lui ai rien dit d'autre. Il va m'aider, je sais qu'il tiendra parole.

Comprenant que Lucie s'accrochait désespérément à la seule chance qu'elle croyait avoir de retrouver Max, Marianne se retint de soupirer. Elle alla dans le cellier et leur servit deux verres de vin rouge.

— Alors toujours pas de nouvelles ? s'enquit-elle.

— Non. Que veux-tu ? Je n'ai aucun droit. Je ne suis ni son épouse ni une parente. Personne ne veut rien me dire. Le capitaine Authié est la seule personne qui m'ait proposé son aide. Et je dois savoir comment va Max. Savoir que tout va s'arranger.

— Mais oui, répondit Marianne machinalement, peu convaincue au fond, car les nouvelles empiraient chaque jour. Cela prendra peut-être un peu de temps, mais nous finirons bien par découvrir ce qui lui est arrivé.

— Seulement voilà, dit Lucie avec désespoir. Je n'ai pas le temps.

— Voyons, je sais combien c'est terrible d'attendre, mais quelques jours de plus ou de moins n'y changeront rien. Nous trouverons pourquoi Max a été arrêté, et alors, tu pourras au moins lui écrire.

— Tu ne comprends pas, rétorqua Lucie en secouant la tête.

— Quoi donc ?

— Je suis enceinte, avoua-t-elle dans un souffle.

— Ah, fit juste Marianne en se rasseyant.

— Nous avons pourtant fait attention. Je ne comprends pas comment c'est arrivé.

— Et Max, le sait-il ?

— Non. Je voulais que ce soit lui qui l'apprenne en premier. Nous voulions nous marier, tu le sais, mais… il ne voulait pas me mettre en danger.

— Crois-tu que ta mère l'a deviné ?

— J'ai eu des nausées épouvantables.

— Peut-être a-t-elle aussi voulu te protéger, tout compte fait.

— Peut-être.

Elles entendirent la porte de la cuisine s'ouvrir, et Suzanne entra, revenant du jardin. Elle regarda Lucie avec surprise, puis posa la main sur l'épaule de Marianne.

— Tout va bien ?

— Lucie est enceinte, dit Marianne.

— Quoi ?

— Son père est rentré, et Fournier lui a dit qu'on l'avait vue fréquenter Max. Elle s'est réfugiée ici pour lui échapper.

Suzanne croisa les bras et s'adossa au buffet.

— Tu ne peux pas rester ici, décréta-t-elle. Fournier habite juste à côté, et sa sœur ne cesse de nous épier par la fenêtre. Ce sont deux mouchards.

— Mais que vais-je faire ?

Marianne et Suzanne échangèrent un regard. Suzanne haussa les épaules.

— À toi de voir, dit-elle à Marianne.

— Lucie, écoute, reprit Marianne après un petit temps de réflexion. Je n'ai eu aucune nouvelle de Sandrine, ce qui ne lui ressemble pas. Or il faut qu'elle sache qu'on la recherche. J'ai envoyé un télégramme, mais nous envisagions d'aller sur place vérifier que tout va bien.

Un instant, Lucie parut blessée.

— Vous alliez partir sans m'en parler ?

— Tu nous le reproches ? lança Suzanne d'un ton mordant.

— Non, je ne vous le reproche pas… Quand comptez-vous partir ?

— Aussitôt que possible, répondit Marianne. Tu ferais mieux de venir avec nous. Tu seras plus en sécurité avec Liesl et Marieta jusqu'à ce que…

Un instant, Lucie parut soulagée, mais son inquiétude reprit le dessus.

— Si je quitte Carcassonne, comment le capitaine Authié pourra-t-il me joindre quand il m'obtiendra un permis de visite pour voir Max ? dit-elle d'une voix crispée par l'angoisse. Non, je ne peux pas partir.

— Lucie, arrête, lui asséna Marianne. Il faut que tu t'enfonces ça dans le crâne : tu ne dois pas faire confiance à Authié. S'il t'a fait cette promesse, c'est seulement pour te pousser à parler de Sandrine. Il n'est pas de notre côté. Et sûrement pas du côté de Max.

— La politique, ça ne m'intéresse pas, protesta Lucie. Je ne cherche pas d'ennuis. Je veux juste continuer ma vie avec Max, c'est tout.

— Ce n'est plus de saison, Lucie. L'Occupation affecte tous nos faits et gestes, qu'on le veuille ou non.

— Il doit y avoir un moyen, s'obstina Lucie en laissant enfin couler ses larmes.

— Tu dois penser à toi, dorénavant, déclara Marianne avec fermeté. À toi et au bébé. C'est ce que Max voudrait.

— Tu en es à combien ? s'enquit Suzanne, avec sa brusquerie habituelle.

— Trois mois.

— Alors il naîtra en janvier… As-tu consulté un médecin ?

— Mais non, voyons. Je ne suis même pas mariée. Il exigerait de savoir qui est le père. Je ne peux pas.

— Ça ne se voit pas, remarqua Suzanne.

— Ça fait des semaines que je ne peux rien garder de ce que je mange.

— Raison de plus pour que tu te retires à la campagne, conclut Marianne. Quelques semaines de la cuisine de Marieta, et tu seras requinquée. Pendant ce temps, nous nous occuperons de découvrir ce que Max est devenu, sans l'aide d'Authié. Tu ne dois plus t'en inquiéter.

Partagée, Lucie tirait machinalement sur un fil dépassant de sa manche. Marianne sourit en l'observant. Lucie avait toujours été comme ça. Une vraie girouette, capable de défendre avec fougue un point de vue pour faire tout le contraire l'instant d'après.

— Qu'en dis-tu ? lui demanda-t-elle.

Lucie releva la tête. Elle avait séché ses larmes.

— Et si je nous procurais une voiture, ça serait utile ? demanda-t-elle.

Marianne la regarda, puis, passant à Suzanne, elle éclata de rire.

78

Coustaussa

Sandrine et Raoul étaient dans les bois, après la ferme Andrieu, équipés de six bocaux en verre, du revolver de service de Raoul et de quelques munitions. Elle avait relevé ses cheveux et portait une vieille chemise, ainsi qu'un pantalon retenu par une ceinture en cuir. Raoul avait les cheveux courts grâce aux bons soins de Sandrine qui les lui avait coupés dans la salle de bains, et il avait rasé sa barbe. Certes, il ressemblait davantage au visage de l'affiche, mais plus du tout au signalement qu'avait reçu la gendarmerie de Couiza.

— Plie les genoux et écarte les pieds à la largeur de tes épaules, dit-il. Première règle de l'adresse au tir : affermir sa position et sa prise pour servir de soutien à l'arme. Tu es bien campée sur tes deux pieds ?

— Je crois.

— Lève ton arme, droit devant toi. Le revolver doit viser la cible naturellement. Autrement, le recul te fera vaciller.

— Ça me semble correct.

— Bon. Maintenant, ferme l'œil gauche, et vise avec le droit. Regarde au bas du barillet, par le viseur. Astreins-toi à respirer de façon calme et régulière, habitue-toi à la position.

— Je peux tirer ?

— Un peu de patience ! s'exclama-t-il en riant. Il ne s'agit pas de tirer un lapin avec un fusil, comme tu as appris à le faire avec les garçons du pays. Pour bien atteindre la cible choisie, il faut de la précision et de la patience.

— Je suis patiente, protesta Sandrine, ce qui le fit rire à nouveau.

— Bon, maintenant, lentement, très lentement, appuie ton doigt en le ramenant vers toi et exerce une pression douce sur la détente, sans à-coup. Garde l'œil sur la cible. Alors, seulement, quand tu es prête, tire.

Sandrine sentit un calme étrange l'envahir. Le battement régulier de son sang dans ses oreilles, l'impression que chacun des muscles de son cou, de son bras, était relié à l'extrémité de son index droit posé sur la détente. Elle oublia Raoul, oublia qu'il l'observait, souffla puis, lentement, appuya. Au dernier moment, le barillet remonta d'un coup et la balle alla trop haut.

Déçue, elle laissa retomber son bras.

— Je ne comprends pas, pesta-t-elle, en colère contre elle-même.

— C'est toujours comme ça, au début. Et c'est très différent que de tirer avec un fusil.

— Mais je me suis aussi exercée avec le revolver du père d'Yves, un vestige de la guerre…

— Qui est Yves ?

— Un garçon du village, répondit-elle, un peu vite. C'était il y a longtemps, ajouta-t-elle en croisant le regard de Raoul.

— Bon. Le tir doit s'effectuer sans que la position bouge d'un millimètre. Tu as anticipé le coup, ce qui fait qu'à la dernière seconde tu as perdu ta cible.

— Mais non.

— Mais si. C'est une erreur fréquente. On cligne de l'œil, le bras bouge, la balle rate son but.

Raoul s'approcha, se mit juste derrière elle, contre son épaule, son coude, et lui fit un peu lever le bras. Sandrine sentit son souffle sur sa joue, la douce odeur de savon et de tabac qui émanait de lui, et rougit malgré elle.

— Voilà, dit Raoul, satisfait de sa position. Réessaie, maintenant.

Sandrine visa. Décidée à bien faire, elle compta dans sa tête, comme lorsqu'elle nageait dans la partie la plus profonde de la rivière à Rennes-les-Bains, inspirant et expirant sur un rythme lent, régulier. Cette fois, elle appuya sur la détente et imagina la trajectoire de la balle à travers le canon. Et, cette fois, le bocal explosa.

Elle poussa un cri de triomphe et se tourna face à lui.

— Pas mal, convint-il. On finira par faire de toi un bon tireur.

— Je me suis assez entraînée, non ? Ça me rend nerveuse d'être ici.

— Il n'y a personne alentour, dit-il en souriant.

Raoul se pencha en alignant son bras au sien. Collé à elle et l'épousant comme son ombre, il plia sa main sur la sienne, l'aida à lever le revolver. La chaleur envahit Sandrine, peau contre peau, son souffle sur sa nuque.

— Vas-y, essaie encore, lui chuchota-t-il.

Quand les ombres commencèrent à s'allonger, Raoul et Sandrine rentrèrent.

Elle pointa la tête dans le salon. Liesl et Marieta jouaient au 21. Marieta avait repris un peu de couleur, et Liesl semblait s'être remise de sa crise de nerfs.

— Je ne vois pas M. Baillard, dit Raoul en apparaissant au bout du couloir. Je voulais lui parler des progrès de ma brillante élève, ajouta-t-il en lui prenant la main.

— Qu'y a-t-il ? demanda-t-elle, sentant en lui une sorte de fièvre.

— Je devenais fou à l'idée de ne plus te revoir.

Sandrine lui caressa la joue, et tous les mots, dits et non dits, scintillèrent dans l'air, entre eux. Ils entrevirent tous deux la vie qu'ils auraient pu avoir, en d'autres temps. Telle une vision inaccessible d'un bonheur à deux, au long des années, et le sourire s'effaça de ses lèvres.

— S'il t'arrivait quelque chose, je ne pourrais pas le supporter, dit-elle.

— Il ne va rien m'arriver.

— Tu ne peux pas l'assurer.

— Je ferai attention.

Sandrine s'assit en bas des marches.

— Quand tu emmenais des réfugiés de l'autre côté de la frontière et que tu risquais ta vie pour des gens que tu ne connaissais même pas, des gens que tu ne reverrais sans doute jamais, à quoi pensais-tu ?

Il s'assit à côté d'elle.

— Dans ces cas-là, on ne pense qu'à l'endroit où l'on va dormir, à trouver de quoi manger, et à la présence de gendarmes ou de patrouilles dans les environs.

— Tu avais peur ?

— Bien sûr, tout le temps, répondit-il en riant. C'est grâce à la peur qu'on survit. Elle t'oblige à rester sur tes gardes, elle te protège. On vit au jour le jour, conclut-il en passant ses doigts dans les siens.

— Et si l'Occupation continuait indéfiniment ?

— Les choses changeront forcément. Nous continuerons à nous battre, de plus en plus de gens adopteront notre point de vue et passeront de notre côté… Tu verras, ça s'arrangera.

Sandrine scruta son visage grave et fier, ses yeux inquiets ressortant sur sa peau hâlée, puis elle le prit par la taille. Sentant un changement en elle, Raoul en fut soudain gêné.

— Quoi ? s'enquit-il, un peu nerveux.

Sandrine se leva et monta quelques marches.

— Vivre au jour le jour… C'est bien ce que tu as dit.

— Oui…

— Nous ne savons pas ce qui nous attendra demain, quand le soleil se lèvera.

Elle se défit de ses sandales, qui tombèrent au pied de l'escalier, puis elle se retourna et monta les marches étroites en sentant son regard sur elle. En fait, elle ne savait pas très bien ce qu'elle comptait faire. Mais une voix dans sa tête insistait, disant combien ils avaient peu de temps devant eux.

Sandrine s'arrêta, se retourna, le regarda. Elle vit Raoul se passer la main dans les cheveux, visiblement perplexe, et jeter un coup d'œil aux sandales qui gisaient, éparses, comme une invite.

Elle lui sourit. Il se mit à monter les marches lentement, comme au ralenti, puis plus vite, et finit par les grimper quatre à quatre pour la rejoindre.

— Au jour le jour, répéta-t-elle.

79

Le soleil plongeait vers la terre, nimbant la garrigue d'une lumière dorée. Les contours des arbres, des collines, ressortaient avec netteté sur le ciel pâlissant.

Audric Baillard se tenait à côté de la plus grande des capitelles, la main posée sur la pierre encore tiède de la chaleur du jour. Il suivit des yeux le muret bas qui courait le long du sentier descendant vers Coustaussa, dépassant le vieux chêne vert, les murs blancs des dépendances de la ferme Andrieu, le cimetière.

À l'ouest, les ruines du château fort. À l'est, Arques et Rennes-les-Bains, cachés dans les replis des bois. Devant, de l'autre côté de la vallée, le village de Rennes-le-Château, quelques maisons vertes, avec les tours et tourelles rouges de l'antique château des seigneurs d'Hautpoul. Les Wisigoths avaient construit au sommet de la colline la capitale de leur empire en extension, sur d'anciens vestiges. Les tours carrées et les hautes fenêtres en ogive du château plus récent rappelaient les parties les plus anciennes des murailles de la Cité médiévale de Carcassonne.

Baillard sortit de sa poche le fragile coupon de laine enveloppé de lin et le tint devant lui. Il n'arrivait toujours pas à croire à la suite de hasards qui l'avait apporté dans ses mains. Malgré le caractère sommaire du dessin, Audric était certain que le plus haut des sommets qui y figuraient était le pic de Vicdessos. Il suivit de l'œil la ligne menant à l'emplacement de la cachette, au centre. Sans échelle de grandeur, c'était difficile à dire mais, à vue de nez, elle devait être à trois ou quatre kilomètres plus au nord. La zone ainsi délimitée n'en était pas moins large, remplie de grottes et de fissures labyrinthiques. Jadis, les pentes les plus basses devaient être presque toutes couvertes de forêts. Aujourd'hui, les bois étaient beaucoup plus clairsemés, interrompus par de grands espaces à découvert.

— *A la perfin*, murmura-t-il.

Enfin.

Baillard inspira profondément, puis se mit à lire à haute voix les quelques phrases écrites en latin sur la carte. Il répéta les mots plusieurs fois, en espérant entendre les voix l'appeler des profondeurs de la terre. Il ferma les yeux.

— Alors viendront…

Cette fois, même si le son restait indistinct, confus, déformé, Baillard sentit les os remuer dans la terre. Il y eut un courant d'air froid, la lumière passa du rose à l'argent et au blanc. Il retint son souffle. Bruits de métal et de cuir, épées, pas de marche. Bannières et étendards aux couleurs de la bataille scintillant comme un reflet dans un miroir. Les héroïnes de l'Antiquité, Pyrène et Bramimonde, la reine de Saragosse, Esclarmonde de Servian et Esclarmonde de Lavaur. Le chant des morts qui s'éveillent.

— … les esprits de l'air.

Harif, Guilhem du Mas et Pascal Barthès, tous ceux qui ont donné leur vie afin que d'autres survivent. Les Francs et les Sarrasins, les batailles menées par la chrétienté contre une foi nouvelle. Des histoires de traîtrise et de trahison, au VIIIe comme au IVe siècle, la Septimania conquise, soumise et occupée, une fois de plus. La force des bras, le heurt des croyances.

— Une mer de verre…

En imagination, Baillard revoit les murs de Carcassonne. L'armée de Charlemagne campée sur la plaine verdoyante, le long de la rivière Atax. Et, survolant les plaines de Carsac, la veuve du roi Balaak, unique survivante de la Cité assiégée. Les soldats de paille, placés le long des remparts pour protéger Carcas, la reine sarrasine, du puissant Saint Empereur romain. Il ne reste aucun homme pour aller parlementer. On brûle le peu de bois qui reste pour se chauffer.

— Une mer de feu.

Baillard ferme les yeux, tandis que la légende prend forme dans son esprit. L'histoire est connue de tous les écoliers. Comment Dame Carcas donna les derniers grains de blé qui subsistaient dans la Cité affamée à un pourceau, puis jeta l'animal par-dessus la muraille. De son ventre ouvert sortit le grain pas encore digéré, et cette ruse suffit à persuader Charlemagne que la Cité avait assez d'eau et de nourriture pour résister encore longtemps. Il leva le siège et le camp. Alors le son du cor retentit, le faisant se retourner, et la tour Pinte s'inclina en hommage à la volonté de Dame Carcas.

D'où le nom de la ville, *Carcas sonne*.

Une histoire pour expliquer comment Carcassonne obtint son nom. Un conte de fées à propos d'une femme courageuse et d'une armée de mannequins de paille vainquant la puissante armée du Saint Empereur romain. Un mythe, rien de plus.

Et pourtant.

Baillard inspire profondément. Si improbable que fût la légende de Carcas, la Cité elle-même ne tomba jamais aux mains de Charlemagne. Qu'est-ce qui avait sauvé Carcassonne ? Se pourrait-il que derrière cette légende se cache une vérité différente, autrement plus profonde ?

— Alors viendront les armées de l'air.

L'espace d'un infime instant, entre deux battements de cœur, Baillard croit deviner l'empreinte transparente de ceux qu'il a aimés. Fantassins des rangs miroitants de l'armée fantôme, qui commence à respirer et à prendre forme. Le vicomte de Trencavel et les seigneurs du Midi, de Mirepoix et de Fanjeaux, Saissac et Termenès, Albi et Mazamet. Et plus en arrière, en rangs serrés, les cavaliers aux côtés desquels il a combattu, jadis.

Il retient son souffle. Se pourrait-il qu'il voie les cheveux cuivrés de Léonie, tel un écheveau de flamme ? La chanson de geste, datant d'avant *La Chanson de Roland*, d'avant même la *canso* de Guilhèm de Tudèla, un poème que Baillard a lui-même terminé. Et elle, la jeune fille en cape rouge et robe verte qu'il attend depuis huit cents ans. Pourrait-il la voir ?

— Alaïs, murmure-t-il.

Baillard prononce les mots une fois de plus, mais l'atmosphère n'est plus la même. Les frontières entre ce qui est advenu et ce qui pourrait advenir ne parviennent plus à se confondre. C'est un *diminuendo*, les voix faiblissent, les contours s'estompent en gris.

Il ouvre les yeux. Ne lui reste que la promesse d'un possible avenir, rien de plus. Il comprend. Les bribes de paroles qu'il a prononcées ne suffisent pas pour une telle tâche. Il serre le poing. Ces temps ont été prédits par Ezéchiel et Enoch. Par l'Apocalypse. Mers changées en sang, cieux obscurcis, poissons mourant sur le rivage et arbres morts, montagnes arrachées de la terre en signe de protestation. En ce XXe siècle, d'antiques prophéties vieilles de milliers d'années vont enfin se réaliser.

Baillard sait qu'il doit trouver le Codex. Non seulement parce que c'est la seule chose qui pourrait servir leur cause et changer leur présent. Mais aussi parce qu'en lui réside sa seule chance de salut. S'il le trouve et récite les versets qui y sont inscrits, au lieu de quelques fragments, alors l'armée viendra. Alaïs viendra peut-être. Il se sent incapable de continuer à vivre sans elle.

Chaque mort gardée en mémoire…

Les minutes passent. L'air devient immobile. Le pays entonne son refrain habituel. Les cigales, le vent dans la garrigue, les sifflotis mélodieux des oiseaux.

Peu à peu, Baillard revient au présent. Il n'est plus le soldat qu'il fut jadis, mais de nouveau un vieil homme, debout, dans les champs au-delà de la ferme Andrieu. Le soleil s'enfonce dans la terre. De l'autre côté de la vallée, les ombres se pourchassent à travers les collines. Il soupire, puis revient à la carte qu'il tient dans ses mains. Raoul et Sandrine n'ont sans doute pas remarqué la signature apposée en bas, sur le coin gauche. Sept lettres et un emblème, sorte de marque, après le nom. Il l'examine de plus près. C'est une croix aux quatre branches égales, un symbole qui rappelle davantage les images romaines du soleil et de la roue que la croix chrétienne.

Preuve, sans doute, que le Codex a été sorti clandestinement de la grande bibliothèque de Lugdunum. Par un membre de la communauté, sûrement. Il regarde à nouveau la signature un peu grossière, en orientant la carte vers la lumière, et réussit à lire le nom écrit dans le coin : Arinius.

‡
Codex XII
‡

Gaule, Aquis Calidis
Août 342 ap. J.-C.

Arinius se réveilla à l'aube après une nuit agitée. Il devrait bientôt quitter son sanctuaire de pierre. La fin du mois d'août approchait, la température se faisait plus clémente. Il était temps pour lui de reprendre la route. Il ne pouvait se permettre de demeurer plus longtemps en ces vallées tranquilles.

Toute cette dernière semaine, il avait bien dormi. Mais cette nuit, les suées étaient revenues, ainsi que des quintes de toux persistantes qui lui déchiraient la poitrine. Il y avait des taches de sang sur ses vêtements, sa respiration était oppressée, et la fatigue le pénétrait jusque dans la moelle épinière.

Le sentier menant en bas de la colline était agréable, il suivait le cours sinueux de la rivière à travers des bois profonds. Arinius se ragaillardit un peu. Une douce brise soufflait, des nuages blancs effilochés voilaient la face du soleil. Il n'y avait personne alentour, aucun bandit, rien qui puisse perturber sa sérénité. Depuis Couzanium, il n'avait pas vu âme qui vive.

La confluence des rivières d'eaux salées et d'eaux douces faisait d'Aquis Calidis un site idéal pour l'établissement de thermes, et les conquérants romains de la région ne s'y étaient pas trompés. Des sources d'eau chaudes et froides, riches en sels minéraux, jaillissaient naturellement de la roche ferrugineuse. Autrefois, lui avait-on dit à Couiza, des visiteurs venant de toute la Septimanie empruntaient la Via Domitia pour se rendre jusqu'à ce village. Des sénateurs, des généraux, les descendants des familles de la Dixième Légion, qui avaient colonisé le pays lorsque la Gaule avait été intégrée à l'Empire romain par César. Mais les temps avaient changé. Aujourd'hui, la plupart de ces anciennes stations thermales étaient désertes, en décrépitude, et leurs rues autrefois animées ne résonnaient plus que des échos du passé.

À l'entrée de la ville, Arinius s'arrêta pour contempler les bâtiments des thermes. Comme la ville elle-même, ils avaient connu des jours meilleurs, mais n'en gardaient pas moins leur élégance d'antan. Il admira les colonnes ioniennes, les caryatides en marbre blanc, les plafonds voûtés de l'atrium, l'harmonie d'une rangée de fenêtres en ogive et d'ouvertures en forme de losange, parfaites de proportion. C'était un monument d'une beauté classique, niché dans le flanc verdoyant de la colline.

Il scruta la pénombre au-delà. Il n'y avait aucun gardien en faction et, comme il ignorait le fonctionnement des lieux, Arinius n'aurait su dire si c'était à cause de l'heure matinale ou parce que les bains n'ouvraient plus de façon régulière. Rien n'indiquait la présence d'un unctuarium ni d'un gymnasium. Les sols en mosaïque du tepidarium étaient ternes et ébréchés.

Arinius était déçu, pourtant il s'y était préparé. Car aux dires du marchand, les voyageurs qui venaient jusqu'aux thermes se faisaient rares, et les gens du pays, petits- et arrière-petits-enfants des autochtones, s'étaient peu à peu détournés des usages imposés par les Romains pour revenir à ceux de leurs ancêtres.

Renonçant à son idée première de profiter des bains, il suivit les panneaux qui indiquaient les sources chaudes, accessibles par un étroit sentier descendant vers la gorge taillée par le flot de la rivière. Il avança le long de l'eau, puis découvrit les sources chaudes, situées sur la berge opposée. Arinius ôta ses sandales en cuir, sa cape, sa tunique et ses sous-vêtements, qu'il laissa pliés sur un rocher, et enleva le flacon qu'il avait autour du cou. Puis il entra dans les eaux brûlantes couleur de rouille et s'y prélassa agréablement.

Levant les yeux vers les frondaisons vertes et purpurines qui tapissaient le flanc de la colline, il se demanda ce que dirait l'archevêque de la communauté de Lugdunum s'il le voyait.

Arinius avait conscience que, durant ses mois de solitude, il s'était un peu éloigné du mode de vie étroit qu'on lui avait inculqué. Il ne considérait plus les restrictions et privations comme obligées et essentielles pour une meilleure compréhension de Dieu. Pour lui, à présent, Dieu résidait davantage dans le monde naturel que dans l'espace restreint d'un bâtiment, que ce soit une église, un autel, ou tout autre édifice fabriqué par les hommes. La nuit, il voyait la main de Dieu dans les étoiles, entendait Son souffle dans le chant des oiseaux et la musique de la rivière. Quand les forces lui revenaient, Arinius sentait Dieu bouger dans son sang, ses os, ses muscles. C'était là l'essence de sa foi. Non dans le prosélytisme, ni dans le mouvement qui cherchait à soumettre les autres croyances considérées comme hérétiques, mais dans un engagement intime et personnel. Arinius s'allongea dans l'eau, une pierre sous sa tête en guise d'oreiller, et ferma les yeux.

Il avait perdu toute notion du temps quand la voix fit irruption, rompant brutalement le silence.

— *Salve.*

Ouvrant les yeux, il découvrit un homme d'âge moyen, large d'épaules, avec d'épais cheveux grisonnants et une poitrine velue.

— Ça ne vous dérange pas que je me joigne à vous ?

Arinius ne parvint pas à reconnaître son accent et fut aussitôt sur ses gardes, pourtant il l'invita d'un geste de la main.

— Je vous en prie.

Le nouveau venu s'enfonça dans l'eau en grognant et soupirant d'aise. Au début, il se contenta de rester ainsi en silence. Aux cicatrices et aux marques qui zébraient son torse, à son nez cassé, Arinius se doutait qu'il avait devant lui un ancien soldat.

— D'où êtes-vous, l'ami ? demanda l'homme.

Arinius doutait que l'abbé le poursuive encore, après tous ces mois et aussi loin dans le sud, pourtant il préféra répondre en brouillant les pistes.

— De Carcaso, répondit-il. Un castellum à quelque deux cent cinquante lieues au nord d'ici.

— Je connais, confirma l'étranger.

— Et vous, *amice* ?

— De Tolosa, répondit-il.

Le nom de cette ville lui était connu. Il savait qu'elle abritait une grande communauté chrétienne. Il dévisagea l'inconnu avec un intérêt plus vif, en se demandant s'ils étaient de la même foi.

— Vous êtes bien loin de chez vous, constata-t-il avec désinvolture.

— Vous aussi, répliqua l'homme en le regardant droit dans les yeux.

Arinius hocha la tête, mais ne dit rien de plus. Ils restèrent ainsi encore un moment, dans une étrange proximité, leurs pieds se touchant presque. Jetant un coup d'œil aux vêtements que l'homme avait empilés sur la berge, Arinius repéra, posé sur une épaisse tunique brune, un poignard dont la pointe dépassait du fourreau. Sa quiétude avait disparu, laissant place à une vive anxiété : le

Codex était là, dans le coffret en cèdre rangé dans son sac. Il n'avait pas voulu le laisser sans protection dans son abri, mais l'homme n'avait qu'à tendre la main pour le trouver. Arinius avait envie de sortir de l'eau, mais il craignait d'offenser son compagnon, et il ne voulait surtout pas s'attirer d'ennuis.

Il demeura donc assis là, mal à l'aise, conscient que l'homme l'observait, jusqu'à ce que, n'y tenant plus, il se lève et sorte des eaux chaudes en s'excusant aimablement. Il s'éloigna de quelques pas, se sécha et s'habilla aussi vite qu'il le pût sans paraître trop pressé, puis rejoignit la route.

Il attendit d'avoir remonté le chemin, d'être sorti de la gorge, et de se retrouver près des thermes pour se retourner Mais de l'homme, il n'y avait plus trace nulle part, ce qui ne le rassura guère.

‡

80

Coustaussa
Août 1942

Aube. Les premiers oiseaux commençaient à chanter. La lumière redonnait forme à la chambre, à l'armoire imposante, aux objets glanés au fil des ans, au long d'une vie.

Sandrine et Raoul étaient allongés côte à côte dans la chambre de son père à l'arrière de la maison, tels les deux reflets d'une même image, cheveux noirs mêlés, épaule contre épaule, peau contre peau.

— Ça te fait peur de penser à ce qui pourrait arrriver ?

— Plus maintenant.

— Non, je suis sérieuse, dit-elle.

— Moi aussi, répondit Raoul en souriant.

Sandrine se redressa. Ils étaient couchés sur le drap. Elle regarda vers la fenêtre et les volets restés ouverts pour laisser entrer le jour nouveau, sidérée de ne pas éprouver la moindre gêne. Elle lui jeta un coup d'œil, puis détourna les yeux. Avait-il déjà passé la nuit avec une fille ? Probablement.

— Ça va ? Tu préfères que je m'en aille ? dit-il.

— Non. Reste.

Une petit voix dans sa tête se demandait ce que Marianne et Marieta en auraient dit, mais elle ne se sentait pas coupable. Ils ne faisaient rien de mal.

— Tu es certaine que ça va ? lui demanda-t-il encore.

Sandrine enserra ses genoux de ses bras nus.

— Je réfléchis, c'est tout… À ton avis, reprit-elle après un silence, le plan de M. Baillard va-t-il marcher ?

— Nous le découvrirons bien assez tôt.

— Tu ne peux pas te rendre à Tarascon. Ton portrait est affiché partout.

— Moi, ça ira, c'est pour toi que je m'en fais. C'est toi qui vas prendre des risques.

— M. Baillard sera là. Ainsi que Geneviève et Eloïse.

— L'idée que ce Coursan, ou quel que soit son nom, puisse t'approcher…

— Mais non, ça ira. Ne t'inquiète pas.

D'en bas montèrent les bruits des préparatifs du petit déjeuner, s'immisçant dans leur intimité.

— On ferait mieux de s'habiller, dit-elle.

Elle enfila un short et une chemise sans manche, puis dévala l'escalier et entra dans la cuisine. Assise dans le fauteuil, Marieta reprisait un torchon. Liesl lisait un livre sur la photographie, emprunté à la bibliothèque de son père. M. Baillard était à table. Si l'un d'eux avait compris que Raoul et elle avaient passé la nuit ensemble, aucun n'y fit allusion.

Sandrine se versa une tasse d'ersatz de café, puis rejoignit M. Baillard à la table. Elle regarda la feuille de papier, transformée en un papyrus à la texture veinée, couvert de lettres noires géométriques aux angles aigus.

— Vous avancez, monsieur Baillard ?

— L'âge du papier ne trompera pas un expert, il est beaucoup trop récent, mais je pense qu'après ces ajustements cela devrait suffire à abuser un œil non averti. Du moins pour un temps.

— Quelle langue est-ce là ?

— Du copte. Les premiers écrits chrétiens étaient en grec à l'origine, mais ils furent souvent traduits en dialectes locaux. Or en Égypte, à cette période, le copte était la langue de la théologie et de la pensée.

— M. Baillard parle et lit beaucoup de langues anciennes, il comprend les hiéroglyphes, le latin médiéval, l'arabe, l'hébreu…, intervint Marieta avec une fierté non dissimulée, mais M. Baillard l'interrompit gentiment.

— Voyons, Marieta, dit-il en levant les mains avec embarras.

Sandrine sourit, soulagée de voir la vieille servante retrouver la forme. Elle entendit des pas, puis Raoul apparut sur le seuil. Elle sentit le regard de Marieta sur elle et s'inquiéta soudain qu'elle puisse deviner, comme toujours, ce qui se passait.

— Vous allez bien, *madomaisèla?* lui demanda-t-elle tout bas.

Sandrine lui sourit, puis hocha la tête.

— Je suis heureuse, dit-elle.

Marieta soutint son regard un moment, puis se tourna vers Raoul.

— *Sénher* Pelletier, j'espère que vous avez bien dormi. Il y a du café chaud sur le fourneau.

81

Carcassonne

Lucie les attendait dans la Peugeot 202 bleue, au coin de la rue Mazagran. Marianne apparut sur le seuil de la maison, munie de son habituel panier à commissions, tandis que Suzanne sortait par l'arrière avec les bagages. Elles ne voulaient pas que Mme Fournier les repère.

Marianne et Lucie étaient toutes deux en tenue d'été, robes à manches courtes, chapeaux de paille. Si on les arrêtait, elles auraient l'air de jeunes filles en route pour une partie de campagne. Quant à Suzanne, elle portait ses habituels chemise et pantalon.

— Comment as-tu fait, pour la voiture ? demanda Marianne en rangeant ses affaires dans le coffre.

— Hier soir, mon père est retourné au café Édouard. Ses compagnons de beuverie l'ont ramené à la maison ivre mort. J'ai attendu de l'entendre ronfler, puis je me suis glissée dans l'atelier et j'ai pris la clef et la voiture. Quand il émergera, nous aurons déjà dépassé Limoux.

— Et l'essence ? Comment t'en es-tu procuré ? s'enquit Suzanne en regardant les trois jerricans posés par terre, à l'arrière de la voiture.

— Aux pompes, par les voies officielles, tout simplement, répondit Lucie. J'ai prétendu que c'était pour mon père, qu'il rentrait tout juste du camp de prisonniers, etc.

Elles prirent la route de Toulouse en direction de Montréal. Quelques kilomètres plus loin, elles virent le premier barrage routier. Devant elles, une voiture était garée, portières et capot ouverts, et la police semblait procéder à une fouille en règle.

— Si on changeait de trajet ? proposa Marianne.

Lucie fit demi-tour pour prendre une route secondaire qui filait vers le sud.

Elles arrivèrent à Couiza peu après midi. Lucie éteignit le moteur, puis s'affala ostensiblement dans son siège.

— Je sais, ce n'est plus très loin, mais il faut que la voiture refroidisse un peu. Je dois mettre de l'eau froide dans le radiateur, sinon elle ne montera pas la colline. Vous m'avez bien dit que la route qui monte à la maison est très raide ?

Marianne confirma d'un hochement de tête et descendit de voiture, tandis que Suzanne passait en grimpant par-dessus le siège.

— Ce qu'il fait chaud, se plaignit-elle, puis elle alluma une cigarette, sortit et s'éloigna de la voiture.

Lucie fit rouler son cou pour détendre ses épaules, puis elle prit dans la boîte à gants sa poudre compacte, son rouge à lèvres, et orienta le rétroviseur.

— J'ai une tête à faire peur, constata-t-elle en retouchant son maquillage. Comment Suzanne s'arrange-t-elle pour ne jamais manquer de tabac ?

— Elle réclame la ration de son père, je crois, répondit vaguement Marianne, sans préciser que c'étaient bien plus souvent des gens que Suzanne et elle avaient aidés qui lui en procuraient. Il va falloir attendre combien de temps avant de repartir ? J'ai hâte d'arriver.

— Dès que j'aurai rempli le radiateur, ce ne sera pas long.

Les filles se rendirent au Grand Café Guilhem, sur le pont. Une ou deux personnes reconnurent Marianne et lui firent un petit signe de tête mais, en général, les gens restaient distants. Elles s'installèrent à une table à l'ombre, près de l'entrée, et commandèrent trois verres de vin.

— Tu crois que nous sommes en sécurité, ici ? demanda Suzanne à Marianne, qui haussa les épaules, puis se tourna vers Lucie.

— Ça va, tu tiens le coup ?

— En pleine forme, répondit Lucie avec une ironie enjouée, que détrompait son regard inquiet.

Sous le soleil écrasant, rien ne bougeait. Elles finirent leurs verres, payèrent, et repartirent dans la chaleur torride. Lucie s'éventait avec son chapeau, Marianne parcourait du regard les repères familiers qui l'entouraient, quand soudain, ses yeux s'arrondirent.

— Non mais, je rêve !

— Quoi ? dit Suzanne.

— Regarde qui va là.

De l'autre côté du boulevard, Sandrine avançait dans leur direction, accompagnée d'un vieil homme en costume clair.

82

Au début, Sandrine crut halluciner. Mais elle mit sa main en visière, et reconnut sans doute possible les trois femmes assises en terrasse : les cheveux blonds de Lucie, ceux de Suzanne, coupés court, et la robe bleue, la préférée de sa sœur.

— Marianne ! s'écria-t-elle en se mettant à courir. Ça alors !

Elle la prit dans ses bras, puis embrassa Suzanne et Lucie.

— Je n'arrive pas à y croire. Que faites-vous là ? Et surtout, comment avez-vous fait pour réussir à venir jusqu'ici ? À cause de la tempête, la ligne est toujours fermée à Alet-les-Bains. Ça fait des jours que les trains ne circulent pas.

— Lucie a emprunté l'une des voitures de son père, dit Marianne en appuyant avec ironie sur le mot « emprunté ». Comme tu n'appelais pas, et que tu n'as pas répondu au télégramme que j'ai envoyé… Suzanne et moi avons pensé qu'il valait mieux venir vérifier nous-mêmes si tout allait bien.

— Un télégramme, tu dis ? Non, je n'ai rien reçu, mais qu'importe. Marieta sera si contente de vous voir. Je suis si contente de vous voir.

— C'est agréable de sortir un peu de Carcassonne, avoua Marianne. Et vous ? Tout s'est bien passé ?

— Au début, c'était un peu bizarre, sans toi et Papa, et puis..., commença-t-elle, mais alors, elle marqua un petit temps d'arrêt pour choisir ses mots avec soin avant de continuer. Il n'y a plus à s'inquiéter, parce qu'elle se remet bien, mais Marieta est tombée malade juste après notre arrivée.

— Malade ? s'enquit Marianne, alarmée.

— Une crise cardiaque. Enfin, plutôt une alerte qu'une vraie crise, s'empressa-t-elle d'ajouter en voyant Marianne s'affoler.

— Mon Dieu !

— Franchement, elle va de mieux en mieux. Mais sur le moment, on a eu très peur. Le médecin est confiant, il assure qu'elle va se rétablir complètement, à condition de se ménager et de nous laisser nous occuper de la maison.

— Et comment le prend-elle ?

— Pas très bien. Mais Liesl a été merveilleuse. Et sans M. Baillard, eh bien... Au fait, laissez-moi faire les présentations, dit-elle en se tournant vers Audric, qui se tenait un peu à l'écart, son chapeau à la main. C'est l'ami auquel Marieta avait écrit, tu te souviens ? Elle travaillait chez lui à Rennes-les-Bains quand elle était jeune, et c'est pour le voir qu'elle avait tellement hâte de venir à Coustaussa. Monsieur Baillard, puis-je vous présenter ma sœur Marianne.

— *Madomaisèla* Vidal, dit-il en tendant la main.

— C'est un plaisir de vous rencontrer, monsieur Baillard.

— Tout le plaisir est pour moi, répondit-il, un peu cérémonieusement, puis il se tourna vers Sandrine. Vous êtes décidée, *filha ?* Il est encore temps de changer d'avis.

— Non. J'y tiens.

— Très bien. Alors à mercredi. *Dimècres.*

— Promettez-moi de veiller sur Raoul, monsieur Baillard, lui chuchota Sandrine. Qu'il ne lui arrive aucun mal.

— Je ferai de mon mieux.

Il souleva son chapeau en signe d'adieu, puis s'éloigna en traversant lentement la place vers la route d'Espéraza. Sandrine le regarda partir la gorge nouée, car il y avait en lui un calme rassurant qui lui rappelait son père. Elle soupira.

— Que doit-il se passer mercredi ? demanda Marianne.

— C'est l'enterrement d'Antoine Déjean à Tarascon.

— Oui, nous avons vu dans le journal qu'on a retrouvé son corps. Pourtant je ne suis pas certaine que…

— Antoine travaillait pour M. Baillard, l'interrompit Sandrine.

Marianne jeta un coup d'œil perplexe à la frêle silhouette en costume clair qui s'estompait tel un fantôme à l'autre bout de la place.

— À quel titre ?

— Je te l'expliquerai quand nous serons rentrées à la maison, dit Sandrine en baissant la voix. C'est Raoul qui va l'aider, maintenant.

— Il t'a contactée ? demanda Marianne en plissant les yeux.

— Mieux, répondit sa sœur avec l'ombre d'un sourire. Il est venu en personne.

— Comment savait-il que tu étais ici ?

— Il n'en savait rien, mais il a tenté le coup. Il s'inquiétait pour moi, craignant que Coursan ne cherche à nouveau à me retrouver, après la découverte du corps d'Antoine… Franchement, j'ignore si ses craintes sont fondées.

— Coursan…

— Coursan, si c'est bien son nom… L'homme qui a organisé ce coup monté contre Raoul.

— Authié, dit Marianne. Il s'appelle Authié.

— Ah bon ? Et comment le sais-tu ?

— J'ai fini par le découvrir en recoupant les descriptions que m'en ont faites différentes personnes. Il est affecté au Deuxième Bureau.

— Bon, mais je suis sûre qu'il n'y a pas lieu de s'inquiéter, remarqua Sandrine sans se laisser émouvoir. Si cet Authié voulait me retrouver, il le pourrait sans difficulté. Tout le monde sait que nous avons une maison ici. Et comme Lucie l'a dit, c'est moi qui ai donné des détails à la police, au départ. Ce n'est pas sa faute.

Marianne allait protester, puis elle décida de tenir sa langue.

— Où est Raoul, à présent ? s'enquit-elle. Toujours à Coustaussa ?

— Non. Il est parti ce matin avec Geneviève. Elle l'emmène quelque part au sud de Belcaire, où Eloïse ira à sa rencontre pour l'emmener à son tour à Tarascon. Il ne peut pas voyager à découvert, il y a des affiches de lui partout.

— On les a vues, intervint Suzanne. Désolée de vous interrompre, mais si on y allait ? Le serveur veut qu'on libère la table, et Lucie a besoin de se reposer.

— Pourquoi ? Qu'est-ce qu'elle a ? demanda Sandrine.

— Viens, conclut Marianne avec un soupir. Nous avons encore des tas de choses à te raconter.

‡

Codex XIII

‡

Gaule, Aquis Calidis

Août 342 ap. J.-C.

Arinius marchait vite à travers bois. Il était essoufflé, oppressé, mais il gardait l'allure, malgré la chaleur. Il ne voyait personne, n'entendait aucun bruit suspect, juste la débandade d'un lapin dans les fourrés, un oiseau prenant son envol, la stridulation des criquets dans les herbes sèches. Des bruits anodins, chargés pourtant d'une menace diffuse. Le flanc de la colline était désert. Alors pourquoi se sentait-il surveillé ?

Dans les profondeurs des bois, il s'arrêta. Faible, mais indéniable, il l'entendit. Le craquement d'une brindille, un bruit de pas sur les broussailles desséchées, indiquant une présence, sur les pentes en contrebas. Était-ce un animal, sanglier, cerf, ou quelqu'un ? Arinius demeura immobile, tendant l'oreille, mais dans le bois autour de lui ne régnait que le silence.

Une ou deux minutes plus tard, il repartit en accélérant le pas, tout en se retournant par moments pour scruter dans les ombres et le feuillage des arbres. Son ancienne peur le reprit, il la sentit le talonner, prête à mordre, et se mit à courir.

Brusquement, il trébucha et fit un vol plané, sa houppelande l'étrangla, et la broche de sa mère, cédant sous la pression, vola dans les fourrés, tandis que ses pieds se dérobaient sous lui. Arinius tenta de se raccrocher à une racine ou un tronc d'arbre pour ralentir sa chute, mais il continua à dévaler la pente en culbutant.

Enfin il s'immobilisa et resta un moment étalé sur le versant escarpé, tout étourdi, à regarder le ciel bleu à travers le feuillage. Quand son vertige fut passé, il roula sur le flanc, puis se redressa en position assise. Touchant sa jambe, il vit qu'elle saignait, et que ses mains aussi étaient tout égratignées.

Regardant en arrière vers l'endroit où il avait glissé, il aperçut une corde tendue entre deux arbres : c'était elle qui l'avait coupé dans sa course. Sans doute un piège de trappeur, du moins l'espérait-il. Sinon, il avait de quoi s'inquiéter.

Alors il entendit à nouveau ce bruit. Pas de doute, quelqu'un avançait sur le sentier qu'il avait pris lui-même un peu plus tôt, quelqu'un qui s'efforçait de marcher à pas de loup, sans se faire repérer.

Paniqué, Arinius regarda autour de lui et se rendit compte qu'en fait sa chute lui avait peut-être sauvé la mise. À moins de quitter le sentier pour descendre dans les épais fourrés qui couvraient la pente, son poursuivant ne le verrait pas. Le plus discrètement possible, avec d'infinies précautions, Arinius se glissa entre deux buissons de lauriers très serrés, et s'enveloppa dans sa cape. De sa cachette, il avait vue sur le sentier et, au-dessus et sur sa gauche, sur le piège de trappeur.

Les pas se rapprochèrent. Arinius retint son souffle, craignant presque que les battements violents de son cœur ne trahissent sa présence. À travers le feuillage, il vit des jambes, une main posée sur le manche d'un couteau de chasse, de larges épaules, et une tignasse de cheveux grisonnants. Il s'y attendait, pourtant ce fut un choc de voir ses soupçons confirmés. L'homme l'avait suivi depuis Aquis Calidis.

Soudain Arinius sentit sa gorge le gratter, un signe familier qui précédait fatalement la quinte de toux. Voulant à tout prix la réfréner, il avala sa salive, mit sa main sur sa bouche, s'efforça de calmer sa respiration comme il avait appris à le faire et, peu à peu, l'irritation disparut. Arinius se signa, pour rendre grâces en silence.

Puis il vit l'homme se pencher pour vérifier la corde, espérant sans doute trouver des indices sur le passage de sa proie, puis se redresser, marcher dessus, et continuer à monter jusqu'à l'endroit où le sentier bifurquait. Le chemin de gauche menait aux huttes de bergers. Celui de droite retournait vers les villages situés à l'est d'Aquis Calidis.

Se félicitant de n'avoir laissé au camp que des choses sans valeur, Arinius colla son sac contre son flanc.

Le temps passa au point qu'il en perdit le fil, pourtant il ne bougea pas de son refuge de verdure. Il entendit encore le craquement de feuilles sèches, une pierre délogée qui roulait sur le chemin, puis les pas s'estompèrent et ce fut à nouveau le silence.

L'homme avait dû prendre la direction opposée. Malgré sa conviction, il attendit encore. L'entaille de sa jambe le piquait, mais elle ne lui faisait pas vraiment mal. Les ombres s'allongèrent à mesure que le soleil tournait, changeant une fois de plus l'or des feuilles en vert, dans la lumière de fin d'après-midi.

Enfin, quand il fut certain que la menace était passée, Arinius sortit de sa cache, s'étira, joua de ses orteils et de ses doigts engourdis. Toujours sur ses gardes, il remonta jusqu'à l'endroit de sa chute et chercha à tâtons à retrouver la broche de sa mère dans les feuilles sèches. En vain. Malgré sa peine d'avoir perdu le seul objet au monde auquel il tenait, il lui fallait reprendre la route sans plus de délai. Il n'aurait jamais dû séjourner dans la vallée aussi longtemps. Il avait privilégié ses envies au détriment de sa mission.

Dès qu'il vit son abri de pierre, il s'arrêta pour scruter les alentours. Rien n'indiquait que le camp avait été découvert, et lorsqu'il pénétra prudemment dans la hutte, tout était exactement dans l'état où il l'avait laissé.

Songeant déjà avec nostalgie à son bienheureux séjour en ce pays, il emballa quelques affaires en laissant sur place tout ce qui ne serait pas indispensable à la dernière étape de son voyage.

Arinius laissa planer son regard sur la garrigue, la prairie décolorée, presque blanche dans la chaleur du jour, en se demandant s'il reverrait un jour le soleil se coucher sur ces collines. Les chances étaient minces, aussi posa-t-il la main sur la pierre encore tiède pour en garder l'empreinte dans la chair de sa paume. Puis il jeta un dernier regard alentour, à l'ouverture arrondie de la hutte, au carré de terre juste derrière où il aurait pu, en d'autres circonstances, planter des blettes, des choux, des carottes. Cultiver son jardin.

La gorge nouée, Arinius entama la dernière étape de son périple. Porter le Codex en son lieu de repos, dans les montagnes de Pyrène.

‡

83

Belcaire
Août 1942

Raoul était assis dans les bois au sud de Belcaire, les genoux remontés sous le menton, avec son pistolet dans sa poche et le sac à dos entre les jambes. Pour être plus à son aise, il avait déboutonné sa veste et défait les lacets de ses godillots, et il attendait.

Ils n'avaient pas perdu de temps. Geneviève Saint-Loup lui avait fait traverser le pays par Quillan et Lavelanet, en contournant la route qui menait de Montségur à Belcaire, où sa sœur Eloïse prendrait le relais pour le guider jusqu'à destination.

— T'en veux ? proposa-t-il en tendant sa cigarette au garçon qui était venu le prévenir qu'Eloïse serait en retard.

Le jeune avait le teint mat et les cheveux noirs typiques des gens des vallées de Tarascon. Il accepta, tira quelques bouffées, puis lui repassa la cigarette.

— D'où es-tu ?

— Des environs, répondit le jeune, à qui on avait manifestement conseillé de ne pas trop en dire. Et toi ?

— À l'origine, de Carcassonne.

— Tu es bien loin de chez toi.

— Ce n'est plus vraiment chez moi, répondit Raoul avec amertume, en songeant à son frère.

Le chagrin céda aussitôt la place à la culpablité, car il n'avait guère pensé à sa mère, ces derniers jours. Il avait bien envisagé de lui écrire, mais la maison était sûrement sous surveillance... De toute façon, prostrée dans sa léthargie, sa mère n'aurait même pas ouvert la lettre.

— Où étais-tu, en garnison ? demanda le garçon, ramenant Raoul au présent.

— Au début, sur la ligne Maginot, dans le secteur fortifié de Faulquemont. Et toi ? ajouta-t-il, même si le garçon paraissait trop jeune pour avoir été mobilisé.

— Je n'en étais pas. Maintenant, je me rattrape, ajouta-t-il en jetant un petit coup d'œil à Raoul.

— C'est plus important maintenant, répondit Raoul, et le garçon rougit un peu, sensible au compliment. Deux ou trois mois plus tard on m'a envoyé aux Ardennes. En mars 1940.

— Tu as participé à beaucoup de combats ?

— Non, guère. J'ai passé presque tout mon temps à être envoyé d'un endroit à un autre.

— Et tout ça pour quoi ?

— À toi de me le dire, répondit Raoul en haussant les épaules. C'était n'importe quoi. L'état-major agissait en dépit du bon sens.

Le garçon tendit sa gourde à Raoul, qui but une gorgée et cligna des yeux tant le rhum était fort. Il essuya le goulot avant de la lui rendre.

— Tu fréquentes ? demanda-t-il, et le jeune fouilla alors dans sa poche de poitrine pour en sortir une photo de vacances écornée qu'il tendit à Raoul, entre deux doigts sales, tachés de nicotine.

— Elle s'appelle Coralie, déclara-t-il avec fierté. On n'a pas les moyens de se marier, mais dès que j'aurai de quoi acheter une bague, un machin en argent, quelque chose de chic, je lui ferai ma demande.

Sur la photo, une jeune fille potelée tenait un chaton qui se débattait dans ses bras. C'était le portrait craché de Geneviève.

— Elle est drôlement jolie, commenta Raoul. Et elle en a, de la chance.

— Merci, répondit le garçon en rangeant précieusement la photo. Et toi, tu es marié ?

— Non.

— Tu veux pas qu'on te passe la corde au cou, c'est ça ?

Cette façon naïve qu'il avait de chercher à avoir une conversation entre hommes fit sourire Raoul, qui lui repassa la cigarette.

— Non, ce n'est pas ça. J'ai quelqu'un.

— T'as pas une photo ?

— Si, là, tu vois ! fit-il en se tapotant le front.

— Coralie et moi, on se connaît depuis qu'on était hauts comme trois pommes. Elle trépigne, elle voudrait se marier tout de suite. Les quatre sœurs, elles se ressemblent tellement que quand t'en as vu une, tu les a toutes vues. C'est l'aînée, Eloïse, qui va venir.

— J'ai déjà rencontré Geneviève, confirma Raoul en souriant.

— Quand on est bien avec quelqu'un, faut s'accrocher, déclara sentencieusement le garçon.

— C'est bien mon intention. Peut-être que je devrais prendre exemple sur vous.

— Mais oui, à quoi bon attendre ? Je vais te dire, c'est ce que veulent toutes les filles. Se marier, tenir coquettement sa maison, avoir un ou deux gosses.

Raoul dissimula un sourire, car il se doutait que Sandrine désirerait davantage. Pourtant, dans sa simplicité, cette vision l'attendrit. Il l'imagina sur le seuil de la maison, lui faisant au revoir de la main quand il partirait au travail le matin, et l'accueillant à son retour. Un monde inaccessible.

Il éteignit sa cigarette, rangea le mégot dans sa poche, puis s'adossa à un arbre pour contempler le vert profond des bois, les montagnes au-delà, et attendit la tombée de la nuit. Une longue attente en perspective.

84

Coustaussa

Sandrine, Marianne, Suzanne et Lucie étaient assises à la table de la cuisine. Pendant que les sœurs discutaient, Suzanne avait fait une incursion dans la cave de M. Vidal. Geneviève était venue à vélo de Rennes-les-Bains pour prévenir Sandrine que Raoul était bien arrivé à Belcaire, et elle était restée pour aider Liesl à préparer un repas de fortune, sous les ordres précis de Marieta.

Deux heures plus tard, la table était couverte de plats, d'assiettes, et de bouteilles de vin vides. Suzanne fumait, assise au coin de la cheminée sans feu. Lovée comme un chat dans un fauteuil, Lucie tirait distraitement sur une cigarette en secouant sans cesse la cendre dans un cendrier. Geneviève et Liesl faisaient la vaisselle. Quant à Marieta, elle était allée s'allonger.

L'atmosphère, conviviale et bon enfant, se fit plus grinçante lorsque Sandrine eut exposé à Marianne ce que M. Baillard avait en tête. Pourtant, craignant la réaction de son aînée, elle avait gardé pour elle certaines informations concernant le Codex, et s'était bornée à n'expliquer que le plan lui-même.

— C'est ridicule, répéta Marianne.

Sandrine jeta un coup d'œil à l'horloge.

— Si tout se passe comme prévu, demain à cette heure-ci, Raoul aura tendu le piège… Ensuite, nous verrons.

— Supposons que tout se passe comme prévu. Que ces gens, quels qu'ils soient, tombent dans le panneau. Et après ? Si Authié vous pourchasse Raoul et toi à cause de ce Codex, il viendra certainement ici à ta recherche. Et s'il s'agit d'autres gens financés par des fonds allemands, Raoul et toi faites des cibles faciles. Vous jouez avec le feu.

— Nous avons bien réfléchi à tous les aspects, reprit Sandrine après un soupir. Nous essayons seulement de faire gagner du temps à M. Baillard afin qu'il trouve le vrai Codex, tout en détournant l'attention de nous-mêmes. Dès que M. Saurat, à Toulouse, aura confirmé…

— Et s'ils découvrent la supercherie, et si ça se retourne contre lui ?

Sandrine jeta un coup d'œil à sa sœur. Elle aurait voulu que Marianne arrête ses objections systématiques. Elle était déjà assez terrifiée comme ça. Inutile de pointer tout ce qui pouvait mal tourner.

— Quand ils… Quand Authié se rendra compte que c'est un faux, il n'y a aucune raison pour qu'il me croie impliquée dans la supercherie, repartit Sandrine. J'aurai fait passer l'information en toute bonne foi. Il prendra ça pour de simples commérages, des histoires de bonnes femmes… Ne comprends-tu pas que c'est le seul moyen pour qu'il nous laisse tranquilles, Marianne ? Le problème ne va pas se résoudre tout seul.

— Ce que tu es naïve ! riposta Marianne d'une voix amère. Vous êtes tous tellement naïfs.

Geneviève, qui était à l'évier, se retourna.

— M. Baillard ne permettra pas qu'il arrive quelque chose à Sandrine, souligna-t-elle.

— Comme il a empêché qu'il arrive du mal à Antoine Déjean ? répliqua Marianne d'un ton mordant. Excuse-moi, s'empressa-t-elle d'ajouter en voyant que Geneviève rougissait. C'était déplacé. Je suis à cran, c'est tout.

— Antoine n'a pas suivi d'assez près les instructions de M. Baillard, répondit posément Geneviève. Mais Sandrine et Raoul feront attention.

Marianne resta silencieuse un moment, puis elle jeta un coup d'œil à Suzanne et reprit la parole.

— Je sais, vous pensez toutes que je vous mets des bâtons dans les roues. Mais je trouve absurde de se mettre délibérément en danger pour une… fantasmagorie. Il y a du vrai travail à faire, des personnes qui souffrent tous les jours.

Elle s'interrompit et soudain, toute agressivité sembla la quitter. Liesl aussi se retourna pour la regarder. Une sorte de gêne pesante plana sur la cuisine. Suzanne s'avança pour serrer la main de Marianne, puis se rassit. Geneviève observait Sandrine. Seule Lucie, qui s'était rendue à la salle de bains en s'excusant, ne sembla pas percevoir le malaise qui y régnait quand elle revint dans la cuisine.

— J'ai réfléchi, annonça-t-elle.

— À quoi ? enchaîna aussitôt Sandrine, heureuse de cette diversion.

— Au moyen de faire parvenir une lettre à Max. Nous ne sommes pas très loin du Vernet. Si nous nous y rendions ? Du moins jusqu'au village. Voir si quelqu'un ne pourrait pas se charger de lui transmettre une lettre.

Sandrine jeta un coup d'œil à sa sœur, qui considérait Lucie d'un œil incrédule.

— Au nom du ciel, mais qu'est-ce que vous avez, toutes ? s'écria Marianne. Tu ne peux pas te pointer comme une fleur au Vernet ! C'est de la folie ! Tu te ferais arrêter.

— Mais on parle sans arrêt de messages passés clandestinement, dans les deux sens. Raoul te l'a dit, Sandrine, n'est-ce pas ? Il t'a raconté que les femmes se postaient à l'extérieur du camp et passaient des lettres à leur mari à travers le grillage.

— Oui, mais c'était avant la guerre.

— Et alors, en quoi est-ce différent ?

— C'est devenu un camp de prisonniers, pas de réfugiés, lança Marianne.

— Mais d'après Suzanne, il est toujours sous contrôle français, répliqua Lucie. Et la Croix-Rouge a le droit d'y pénétrer, tu me l'as dit toi-même, Marianne. Les infirmières disribuent des colis de nourriture, des lettres.

— C'est impossible, trancha Marianne.

Lucie la regarda, puis décida de ne pas discuter plus avant. Suzanne ouvrit une autre bouteille de vin et entraîna Marianne à l'écart. Geneviève et Liesl finirent d'essuyer et de ranger la vaisselle. Quant à Lucie, elle hésita, puis vint s'asseoir à côté de Sandrine.

— Comment te sens-tu ? lui demanda Sandrine.

— Couçi-couça. Un peu mieux le soir que le matin.

— Et ça te fait quel effet ? Tu es contente ? demanda-t-elle en considérant le ventre plat de Lucie.

— Je n'arrive pas encore à bien réaliser.

— Ça se comprend.

— Ce n'est pas une si mauvaise idée, reprit Lucie à voix basse, peu après. Je ne peux pas rester assise ici sans rien faire. Je dois le lui dire. Max doit savoir qu'il a une famille qui l'attend, et qu'il la retrouvera dès qu'il aura été libéré.

— C'est vrai, l'accès au camp n'est pas totalement interdit. En tout cas, le village ne l'était pas. Raoul connaît d'anciens détenus. Mais comment savoir si les conditions n'ont pas changé, soupira Sandrine.

Lucie la regarda.

— Tu viendrais avec moi ?

— Moi, pourquoi moi ?

— Parce que, de toute évidence, Marianne ne voudra pas. Elle essaiera de m'en empêcher. D'ailleurs, quoi qu'elle en dise, elle est encore fâchée contre moi. J'y ai réfléchi toute la journée, poursuivit Lucie en baissant encore la voix. Je vais y aller, que tu m'accompagnes ou non. Je préférerais juste ne pas être seule.

Sandrine fut impressionnée par le cran de Lucie. À cet instant, Liesl, qui avait manifestement tendu l'oreille pendant leur conversation, les rejoignit.

— Si j'écris une lettre aussi, tu l'emporterais, Lucie ? Je sais que je ne peux pas y aller, mais si je pouvais faire savoir à Max que je vais bien. Que vous êtes toutes si gentilles avec moi…

— Hé ! Attends un peu, intervint Sandrine. On n'a encore rien décidé.

— Bien sûr que je lui ferai passer ta lettre, confirma Lucie.

— Vous allez prendre la voiture ?

— Nous sommes presque à court d'essence, et puis la voiture attirerait l'attention. Mon père a dû signaler sa disparition.

— Le train, alors. Quelle ligne dessert Le Vernet ?

— Celle qui va de Toulouse à Foix, répondit Geneviève en se mêlant à la conversation. La station après Pamiers. Cette partie de la voie ferrée n'a pas été endommagée par la tempête, mais c'est une très petite ligne. Pas très fiable.

— Qu'est-ce qui n'est pas fiable ? demanda Marianne en saisissant les derniers mots.

Sandrine n'avait pas envie que la dispute reprenne. Elle voyait combien sa sœur semblait épuisée, et souhaitait l'épargner.

— On parlait de tout et de rien, dit-elle, mais Lucie répondit :

— La voie ferrée qui va au Vernet.

— C'est une idée absurde, dit Marianne avec lassitude. Tu seras arrêtée bien avant d'arriver à proximité du camp.

— D'accord, elle ne pourra pas se présenter aux portes du camp, intervint Sandrine. Mais si nous allions au village, nous pourrions au moins découvrir comment les autres parents ou amis réussissent à entrer en contact avec les détenus.

— Il doit y avoir un moyen de payer les services de quelqu'un pour faire passer la lettre. Un gardien, peut-être, suggéra Geneviève.

— Aucune chance, sanctionna Marianne.

— Eh bien je suis prête à tenter le coup, décréta Sandrine en gardant son calme. Au moins à aller au village, puis nous verrons.

— Moi aussi je veux bien y aller, si je puis être utile, renchérit Geneviève.

— Personne n'ira nulle part. Vous ne comprenez donc rien ? lança Marianne, et à sa grande stupéfaction, Sandrine vit des larmes briller dans ses yeux.

— Hé, dit Suzanne du ton bourru qui lui était habituel. Tout va bien.

Sans rien ajouter, Marianne se leva, rangea sa chaise sous la table, et sortit sur la terrasse. La porte racla en se fermant derrière elle. Pendant un moment, aucune des filles ne bougea. La pièce elle-même semblait retenir son souffle. Suzanne allait suivre Marianne, quand Sandrine se leva.

— J'y vais, dit-elle.

85

Assise sur le banc de bois, Marianne contemplait le crépuscule. De longues ombres s'étiraient sur la garrigue et les derniers vestiges du jour s'effaçaient dans le ciel.

— Nous n'avons pas voulu te contrarier, dit Sandrine en s'asseyant à côté d'elle. Nous ne faisions que penser à voix haute, en essayant de trouver un moyen d'aider Lucie…

Voyant que sa sœur n'écoutait pas, elle s'interrompit. Marianne demeurait immobile, les mains posées sur ses genoux.

— Je ne voulais pas te contrarier, répéta Sandrine.

— Je sais, dit Marianne.

— Mais Lucie est si désespérée qu'elle essaiera de se rendre là-bas toute seule, si aucune de nous ne l'accompagne… Par ailleurs, Suzanne et toi, vous venez sans arrêt en aide à de parfaits inconnus. Vous prenez des risques. Est-ce vraiment si différent ?

— Nous ne nous mettons jamais volontairement en danger. Mais là n'est pas le problème.

— Alors quel est-il ?

Marianne secoua la tête, comme si aucun mot ne pouvait suffire. Jamais Sandrine n'avait vu sa sœur dans un tel état, abattue, indécise. Elle, toujours si pleine de flegme et d'assurance.

— Qu'est-ce que c'est, Marianne ? Dis-le-moi.

Marianne resta un moment sans réagir, puis elle poussa un long soupir.

— C'est juste que je ne pense pas pouvoir continuer comme ça. Je suis trop fatiguée, je… je suis à bout de forces, et à bout de nerfs, conclut-elle en haussant les épaules.

— Ça se comprend, observa Sandrine.

— Je n'en peux plus de me faire du souci pour tout le monde, devoir régler tous les problèmes. Payer les factures, avoir de quoi manger. Je suis épuisée et je voudrais…

Sandrine lui prit la main, mais elle était inerte, froide, sans vie.

— Parfois je voudrais regarder ailleurs, comme d'autres y parviennent. Ne pas sentir que c'est à moi de m'occuper des choses, de tout arranger…

— Mais tu étais déjà comme ça quand nous étions petites, remarqua gentiment Sandrine. Papa le disait toujours, il t'appelait la redresseuse de torts.

— Cette situation avec Lucie, de même que cette histoire avec M. Baillard, c'est à moi qu'il revient de dire non. D'essayer de vous protéger toutes, même si cela vous met en colère, et que Lucie se fâche contre moi. Je comprends bien pourquoi elle veut tenter de se rendre au Vernet et pourquoi tu veux l'accompagner. Mais c'est mon rôle de recommander la prudence. De veiller au grain… Et puis j'ai peur, tu ne le vois donc pas ?

— Toi, peur ?

— Tout le temps. Je suis terrifiée à l'idée d'entendre des coups frappés à la porte au milieu de la nuit quand la police viendra nous prendre. Qu'adviendra-t-il de toi, de Marieta ? C'est trop d'angoisse. Je n'en peux plus.

Sandrine hésita un instant avant de prendre la parole.

— Je suis assez grande pour veiller sur moi. Je suis capable de prendre mes propres décisions, quitte à me tromper. Tu en as assez fait… J'accompagnerai Lucie, je l'empêcherai de s'attirer des ennuis. Je le lui dois, tu sais. Pour n'avoir rien fait quand j'ai vu Max se faire embarquer dans ce train. Tu me trouves peut-être idiote, mais c'est ce que je ressens… Ne crains rien, le temps de dire ouf, et nous serons de retour. Tu n'auras pas le loisir de t'inquiéter.

Un moment, Sandrine crut que Marianne n'avait pas bien entendu. Elle la prit par l'épaule et la serra contre elle.

— Allons, tu n'as plus à veiller sur tout le monde.

— Ce n'est pas si simple, répliqua Marianne avec un petit rire qui sonna creux. Je ne peux pas juste cesser de me faire du souci comme on ferme un robinet, alors que j'ai passé ma vie à ça.

— Je sais bien. Mais, à partir d'aujourd'hui, tu n'es plus la grande sœur et moi le bébé. Nous serons juste deux sœurs. D'égale à égale.

— Juste deux sœurs, répéta Marianne en regardant Sandrine, puis elle lui tendit la main. D'accord, marché conclu.

— Tope-là, répondit Sandrine. Mais tu ne renonceras pas pour autant, n'est-ce pas ? Tu continueras à agir avec Suzanne ?

— Évidemment. Il faut bien que quelqu'un s'y colle.

Les jeunes filles restèrent encore un moment à contempler le paysage de leur enfance, la maison qui les protégeait depuis si longtemps. De l'intérieur fusa le rire de Suzanne, les voix de Liesl et de Geneviève bavardant gaiement, le bruit des cartes claquant sur le plateau de la table, suivi d'un cri de triomphe poussé par Lucie.

— Quel drôle de mélange, cette Lucie, remarqua Marianne avec une petite moue ironique. Elle peut être aussi coriace que du vieux cuir, et à d'autres moments naïve au possible. Une vraie autruche.

— A-t-elle toujours été comme ça ?

— Toujours. Elle ne s'est jamais intéressée à ce qui l'entourait. Avant Max, tout ce qui comptait, c'étaient les magazines, Hollywood, les derniers films. Elle pouvait discourir sans fin sur la mode, les stars de ciné. Et la voilà avec un bébé en route, conclut Marianne en soupirant.

— Tu ne trouves pas ça bien ? l'interrogea Sandrine, très désireuse d'avoir son avis. Marieta désapprouve.

— Parce qu'ils ne sont pas mariés, tu veux dire ?

— Oui.

— Certes, ils auraient dû faire plus attention, mais moi, je n'y vois rien de mal.

— Lucie voulait se marier. S'ils n'ont pas pu, ce n'est pas leur faute.

— Je sais bien. Mais, même si par miracle Max était un jour relâché, en attendant, Lucie ne peut retourner chez elle. Elle n'a pas d'argent. Comment va-t-elle subsister ?

— Il lui faudra rester ici, non ?

— Oui, je ne vois pas d'autre solution. Elle ne peut pas retourner à Carcassonne, maintenant que son père est rentré… Tu es vraiment décidée à aller au Vernet ? reprit-elle après un petit temps de réflexion.

— Lucie l'est, et je ne conçois pas de la laisser y aller seule.

— Est-ce que cela ne contrariera pas ce dont tu as convenu avec M. Baillard ?

— Non, répondit Sandrine après une petite hésitation. Je n'ai rien de particulier à faire avant d'aller à Tarascon mercredi. Et je préfère autant m'activer au lieu de rester là à attendre et à m'inquiéter pour Raoul ou pour la bonne marche du plan. Cinq jours. C'est largement suffisant pour aller et revenir du Vernet.

Marianne réfléchit encore un moment.

— Puisqu'elle est décidée, dis à Lucie de ne pas parler explicitement du bébé dans la lettre, insista-t-elle en retrouvant son esprit pratique. Elle doit trouver un moyen d'en informer Max sans le dire expressément. Que le bureau de censure ne l'apprenne pas.

— Serait-ce si grave ?

— Ce bébé aura du sang juif dans les veines, Sandrine. Si personne ne soupçonne son existence, il sera à l'abri. Quoi qu'il advienne de Max.

Sandrine frissonna soudain, en s'en voulant de ne pas y avoir pensé plus tôt.

— Et contentez-vous d'aller au village, poursuivit Marianne. Trouvez quelqu'un qui prenne la lettre et la porte au camp. Je téléphonerai à Carcassonne pour voir si la Croix-Rouge a eu récemment l'autorisation d'y entrer.

— Lucie t'en sera tellement reconnaissante.

— Il y a de quoi, répliqua Marianne en retrouvant son ancienne impatience, puis elle se leva et lissa sa jupe.

— Tu te sens un peu moins mal ? lui demanda Sandrine.

— C'est drôle, mais oui. Je me sens mieux. Viens, allons rejoindre les autres.

Dans la cuisine, à la fumée de cigarette qui stagnait dans l'air se mêlait une bonne odeur de bougie à la citronnelle. Sur la table, la nouvelle bouteille de vin rouge était à moitié vide, le cendrier en porcelaine blanche rempli de cendres et de filtres tachés de rouge à lèvres. À leur entrée, la partie de cartes s'interrompit, et tous les yeux se braquèrent sur elles.

— Ça va ? demanda Suzanne.

— Oui. Ça va mieux, confirma Marianne.

— Un verre ? proposa Suzanne en levant la bouteille de vin.

— Volontiers.

— Sandrine ?

— Juste un fond.

Lucie s'approcha de Sandrine, tenant encore une cigarette entre ses ongles vernis de rouge.

— Alors ? murmura-t-elle.

— C'est bon. Nous irons. Mais au village, pas au camp, précisa Sandrine, et Lucie soupira de soulagement.

— Tu as réussi à la persuader, merci.

— Non, dit Sandrine, prenant le parti de sa sœur. Ce n'est pas ça du tout. Marianne comprend ce que tu ressens, Lucie. Elle s'efforce juste de nous empêcher de nous attirer de graves ennuis.

— Comme tu veux, mais merci quand même, petite. J'avais de toute façon l'intention d'y aller, mais autant que ce soit avec la bénédiction de Marianne.

— Écoute, insista Sandrine en posant la main sur son épaule. Nous essaierons de trouver quelqu'un qui remette la lettre à Max. Mais il n'y a aucune chance que tu le voies. Entends-tu… ? Lucie, je parle sérieusement.

— Je sais, je comprends.

Sandrine s'aperçut que sa sœur la considérait avec affection, d'un air amusé auquel se mêlait une pointe de regret, lui sembla-t-il. Elle lui sourit à son tour, puis leva son verre à la ronde.

— Portons un toast. Pour une fois que nous sommes toutes réunies, lança-t-elle.

— Attends, je prends mon appareil, dit Liesl. Ça y est, je suis prête.

— À la nôtre, dit Sandrine.

Geneviève, Suzanne et Lucie l'imitèrent. Marianne trinqua avec elles.

— À notre santé, les filles ! clama Sandrine, à l'instant du flash.

86

Tarascon

Baillard gagna rapidement Tarascon et se rendit aussitôt chez Pujol, pour lui expliquer ce qu'il avait l'intention de faire avec l'aide de Sandrine et de Raoul.

— Ce Pelletier, tu lui fais confiance ? demanda Pujol.

Baillard s'était sérieusement posé la question. Raoul lui rappelait des hommes qu'il avait connus par le passé, un en particulier. C'était le même mélange de bravoure, de loyauté et de certitude, doublé parfois d'un manque de jugement. Cet homme s'était révélé être un vrai chevalier du Midi. Ils étaient rivaux. Aux dernières heures de sa vie, il était devenu pour lui, sinon un ami, du moins un allié sûr.

— Oui, répondit-il.

— Tu n'as pas l'air sûr de toi, Audric, remarqua Pujol en le scrutant.

— Oh, de vieux souvenirs qui remontent à ma mémoire, rien de plus.

— Ce garçon est sous le coup d'une accusation de meurtre, grogna Pujol. Est-il coupable ?

— Non.

— Victime d'un coup monté ?

— Apparemment, oui.

— Et où est-il, en ce moment ? demanda Pujol en remplissant son verre à ras bord.

— Geneviève Saint-Loup l'a accompagné jusqu'à Belcaire, et sa sœur Eloïse devrait l'escorter de là jusqu'au site.

— Pourquoi n'avez-vous pas voyagé ensemble ?

— C'est plus sûr ainsi. Et puis les gens ont moins de chances de remarquer un jeune homme accompagné d'une jeune fille, *è ?*

— Où as-tu choisi de cacher le faux ?

— Au col de Pyrène. C'est assez loin du site véritable, mais encore dans la zone où les fouilles ont eu lieu. Nous ne pouvons être certains des informations qu'Antoine a été forcé de leur donner.

— Non. Je suppose que le jeu en vaut la chandelle, mais pourquoi se donner tout ce mal en se livrant à ce tour de passe-passe ? Pourquoi ne pas simplement te concentrer sur le vrai Codex et tenter de le retrouver, maintenant que tu as la carte ?

— Il nous faut leur jeter de la poudre aux yeux, Achille, créer des écrans de fumée, leur donner quelque chose afin qu'ils arrêtent de chercher. S'ils croient détenir le texte, cela nous laissera les mains libres sans crainte d'être dérangés. C'est aussi le seul moyen pour que Pelletier et *madomaisèla* Sandrine perdent tout intérêt à leurs yeux.

— Possible, dit Pujol, puis il se versa un autre verre de vin. Où Antoine a-t-il trouvé la carte ? Rahn la lui avait-il envoyée ?

— Non. Dans ce cas, Antoine aurait agi plus tôt. Or il y a un intervalle d'environ deux ans entre la mort de Rahn en mars 1939 et la démobilisation d'Antoine, lorsqu'il s'est mis à fouiller sérieusement les montagnes.

— Oui, tu as raison.

— Et toi, as-tu récolté quelque chose sur les personnes dont je t'ai donné les noms ? s'enquit Baillard.

Pujol sortit un papier de sa poche et mit ses lunettes.

— J'ai posé des questions à droite et à gauche, mais je crains que les nouvelles ne soient mauvaises… César Sanchez a été tué à coups de couteaux près de la gare de Carcassonne, un ou deux jours après la manifestation du 14 Juillet. On a déguisé ce crime en règlement de comptes entre ouvriers espagnols. Personne n'a réclamé le corps. Pas de famille, d'après ce qu'en sait la police, pourtant mon contact m'a assuré qu'une femme avait demandé après lui.

Baillard se rappela alors ce que Sandrine lui avait dit.

— Ce devait être Suzanne Peyre. Elle et Marianne, la sœur de Sandrine, sont actives à Carcassonne. Sanchez était de leurs amis.

— Pelletier le savait-il ?

— Non, il a vu César se faire arrêter. Quelqu'un a dû intervenir pour le faire relâcher.

— J'ai vérifié dans les rapports de police. Il n'est fait mention nulle part de l'agent ayant procédé à son arrestation, affirma Pujol en consultant ses notes. Gaston et Robert Bonnet ont tous deux été arrêtés puis relâchés sans qu'aucune charge soit retenue contre eux. Tu sais qu'il y a près de sept mille hommes détenus au Vernet à présent ? ajouta-t-il en scrutant Baillard par-dessus ses bésicles. Communistes, partisans, tziganes. Il faudra des camps immenses, à ce train-là. Apparemment, les prisonniers juifs sont déplacés dans d'autres camps, à l'Est.

— Aucun n'en revient, Achille, déclara posément Baillard.

— Que dis-tu là, Audric ?

— *Tuez-les tous*…, cita Audric.

Des paroles infâmes, dont on disait qu'elles avaient été prononcées au début du génocide perpétré contre les Cathares du Languedoc, sept siècles plus tôt. Eux aussi avaient été forcés de porter des bouts de tissu jaune épinglés sur leurs capes, leurs robes.

— Ce mal-là est d'un autre ordre, dit Baillard. C'est pourquoi nous ne devons pas échouer.

Pujol resta silencieux un moment.

— Veux-tu que je vienne avec toi, Audric ? proposa-t-il à son ami, dont les traits s'adoucirent.

— Ne le prends pas mal, Achille, mais je crois que nous progresserons plus vite chacun de notre côté, répondit-il, ce qui fit rire Pujol.

— Pour quand attends-tu Pelletier ?

Baillard leva les yeux vers le crépuscule.

— *Dins d'abòrd*, répondit-il.

Bientôt.

Belcaire

— Il n'y a pas de truites dans le ruisseau.

Raoul se leva d'un bond, et répondit.

— D'après mon cousin, la pêche sera meilleure à la fonte des neiges.

Une jolie brune apparut entre deux arbres et marcha à sa rencontre, avec au bras un panier contenant des fleurs sauvages. Elle portait une robe d'été bleu pâle imprimée de minuscules fleurs blanches, dont Raoul se dit aussitôt qu'elle irait à merveille à Sandrine. Avoir ce genre de pensées en un pareil moment… Il sourit de lui-même.

— Monsieur Pelletier ?

— Raoul, dit-il en lui serrant la main.

— Eloïse. Je m'excuse d'être en retard. J'ai été retenue.

— Des ennuis ?

— Non, aucun. Et vous ?

— Non plus. Rien à signaler.

— Tant mieux.

— Je vous suis reconnaissant pour votre aide. Combien de temps faudra-t-il pour arriver là-bas ?

— Deux heures environ. M. Baillard est arrivé à Tarascon cet après-midi. Il vous rejoindra à la grotte.

— Entendu.

Raoul mit en bandoulière son sac à dos, chargé des outils qu'il avait empruntés dans l'appentis de Coustaussa.

Eloïse le mena vers l'ouest par des sentiers sinuant dans la campagne entre Belcaire et Tarascon. Ils ne causaient guère. De temps à autre, entendant une voiture, ils se mettaient à couvert et attendaient qu'elle passe avant de reprendre leur chemin à travers le sombre pays de l'Ariège. Raoul avait envie de lui poser des questions sur Sandrine. Il avait bien tenté d'interroger Geneviève un peu plus tôt mais, sans doute par loyauté envers son amie, elle avait esquivé toutes ses questions.

— Sandrine m'a dit que vos deux familles se connaissaient depuis toujours.

— En effet.

— Geneviève et elle sont très proches, tandis que Marianne et vous êtes du même âge.

— Oui. Nous sommes vaguement cousines, du côté de notre mère.

— Ah oui ?

Raoul avait envie de savoir comment Sandrine était enfant, à quoi elles occupaient leur temps durant les longs étés à Coustaussa, avant la guerre. Il avait aussi envie d'en savoir plus sur Yves Rousset. Lorsque Sandrine avait parlé de lui, il s'était senti absurdement jaloux.

— D'après Sandrine..., commença-t-il.

— Mieux vaut ne pas trop parler, monsieur Pelletier, l'interrompit Eloïse posément mais fermement, et Raoul crut déceler dans sa voix une pointe d'amusement.

‡

Codex XIV

‡

Gaule, pic de Vicdessos
Août 342 ap. J.-C.

Arinius hurla.

Il peina à se redresser tout en jetant les bras en avant et en balayant l'air de ses mains pour chasser les démons, ces horribles visions de crânes aux orbites creuses, d'ossements, de membres décharnés auxquels pendaient encore des lambeaux de peau.

Sang, feu et verre.

Tombant à genoux, il pria en restant les yeux ouverts pour lutter contre ces créatures volantes et rampantes qui l'assaillaient de toutes parts, le frôlant, effleurant sa tête et ses jambes, présence palpable bien qu'invisible.

Son cœur battait à tout rompre, comme pour tenter de se frayer un passage à travers la carapace qui lui enserrait la poitrine. Il percevait une chose puissante, malveillante, dont il ignorait la nature. L'odeur âcre de la peur imprégnait sa peau moite. Ses lèvres murmuraient machinalement des prières, des paroles sacrées afin de dissiper la noirceur de ses pensées.

— *Libera nos a malo, amen*, s'écria-t-il en faisant le signe de croix. Seigneur, sauve mon âme !

Il continua à prier jusqu'à en a voir la gorge sèche, brandissant telles des armes toutes les incantations qu'il avait apprises pour chasser le démon qui menaçait de l'engloutir. La parole de Dieu, pour parer les tentations du diable.

Enfin, alors qu'à bout de force il était incapable de combattre plus longtemps, Arinius sentit la menace se retirer comme un animal regagnant sa tanière. Peu à peu, son pouls ralentit. Peu à peu, les bruits de la clairière autour de lui revinrent à sa conscience, le chant des oiseaux, le petit appel d'une chouette, au lieu de ces hurlements à l'intérieur de sa tête qui le mettaient à l'agonie.

Assis sur les talons, Arinius sentit sous ses jambes l'herbe humide et la terre, douces sous ses mains. Alors il rit. Un seul éclat de rire. Comme les grandes batailles narrées dans les livres de Tobie, d'Enoch, et l'Armageddon annoncé dans le livre de l'Apocalypse, Arinius sut qu'il avait été mis à l'épreuve. Et qu'il n'avait pas démérité.

Épuisé, mais gagné par une légèreté d'esprit qu'il n'avait pas éprouvée depuis des jours, il se releva. Avec précaution, il ouvrit le coffret de cèdre, en sortit le papyrus et contempla les sept versets, contant chacun une histoire pour lui indéchiffrable.

Gardant à l'esprit le souvenir encore vivace de l'ombre du mal, il s'interrogea. S'était-il fourvoyé ? L'abbé avait-il eu raison d'ordonner la destruction de telles œuvres ? Savait-il que le pouvoir contenu dans le Codex était tout bonnement trop fort, trop lourd à porter pour les humains ? Que c'étaient là des paroles qui, loin de sauver le monde, le détruiraient ?

Pour la première fois depuis des semaines, le réconfort que procurent les offices chrétiens lui manquait. Agenouillé, il pria pour être éclairé sur la voie à suivre. Alors, guettant dans le silence la parole de Dieu, il connut un instant de gnose, d'illumination, qui chassa tous ses doutes.

Il fit le signe de croix, se releva, et vit son pantalon couronné aux genoux de deux auréoles d'humidité, dues à la rosée. Conforté dans ses pensées, il savait à présent que ce n'était pas à lui de décider ni de juger. Il n'était qu'un messager. La connaissance ne devait pas être détruite.

Arinius rangea le Codex dans le coffret, le coffret dans le sac. Il avait confiance : d'autres résisteraient à de telles attaques, comme lui-même avait résisté. Dans la pleine et certaine promesse dc la résurrection et de la vie à venir.

Il toussa, mais cette fois ne cracha pas de sang. Inspirant profondément, il emplit ses poumons d'air frais, puis reprit sa route. Le ciel blanc virait doucement au bleu pâle. Couzanium était à des lieues en arrière. Tout près, le pic de Vicdessos le guidait telle une étoile vers sa dernière destination, à la frontière du monde qui lui était connu.

‡

87

Lombrives
Août 1942

Peu avant l'aube, alors que le ciel blanc virait doucement au bleu pâle, Raoul vit une silhouette solitaire gravir la colline.

Baillard ne portait plus son costume clair, mais la tenue habituelle des vieux villageois tarasconnais : une large chemise ouverte blousant sur un pantalon de toile bleue. Toutefois, à sa chevelure blanche et à son maintien, il était aisément reconnaissable.

Il n'y avait personne à la ronde, pourtant Raoul ne révéla pas tout de suite sa présence, au cas où Baillard serait suivi. Il guetta et attendit en silence à mesure que le vieux progressait sur le flanc de colline à pas réguliers, soutenant l'allure d'un homme moitié moins âgé que lui.

— *Bonjorn*, *sénher* Pelletier.

— Monsieur Baillard.

— Nous avons deux heures devant nous avant qu'il ne fasse assez clair.

— Je suis prêt, confirma Raoul avec un hochement de tête.

Ils se trouvaient au sud de Tarascon, dans les vallées profondes descendant vers Andorre. Raoul suivit Baillard, et ils traversèrent une ravine sur un sentier caillouteux en croisant au passage plusieurs petites grottes ouvrant sur de sombres tunnels.

— Avez-vous en tête un endroit précis, monsieur Baillard ?

— Oui, un lieu dit le col de Pyrène.

Dix minutes plus tard, ils arrivèrent sur un plateau. Baillard s'arrêta. Raoul discerna un cercle de gros blocs de pierre formant une protection naturelle, ainsi que des buissons de genièvres. Au-delà, les bois.

— C'est ici ? demanda-t-il d'un air de doute.

Baillard lui fit signe de le suivre. Quand ils parvinrent au sommet, Raoul découvrit qu'il y avait une fente étroite dans le rocher. Invisible d'en dessous, elle semblait ne mener nulle part. Mais en y regardant de plus près, il repéra une brèche, entre deux éperons rocheux.

— Voilà qui sera facile à décrire.

— Exactement. Nous devons compter sur Sandrine pour qu'elle leur transmette l'information sans en avoir l'air. Elle devra leur désigner l'endroit, sans indiquer aucune coordonnée ni référence cartographique.

Raoul se pencha.

— C'est en effet un lieu très caractéristique, monsieur Baillard, mais justement, cela ne pose-t-il pas un problème ? Il paraît peu vraisemblable qu'un objet caché ici, quel qu'il soit, puisse le demeurer longtemps. Sans parler de milliers d'années. Les gens du cru doivent connaître cette partie des montagnes.

— Vous allez voir, se contenta de répondre Baillard.

Il sortit une torche électrique de sa poche. Raoul fit de même et le suivit en se faufilant par l'étroit passage. Le sol en pente descendante obligea Raoul à baisser la tête. Plus ils avançaient, plus la fraîcheur les saisissait, mais l'air restait pur.

Quelques minutes plus tard, le tunnel déboucha sur une grande salle d'environ quatre mètres de diamètre, avec une voûte haute et des fissures dans la roche dont les arêtes semblaient étinceler.

Raoul projeta le faisceau de sa torche tout autour de lui.

— J'avais entendu parler de la Tombe de Pyrène à Lombrives, et du Salon noir de Niaux, mais jamais de cet endroit.

— Les Bons Homes se réfugiaient dans ces montagnes, dit Baillard. Il existe des centaines de cachettes qui n'apparaissent pas dans les guides touristiques, même si elles y figureront sans doute un jour…, ajouta-t-il en avançant jusqu'au centre de la grotte, tandis que sa torche projetait de longues ombres dansantes sur le sol. Mais voici ce qui nous intéresse.

Raoul découvrit alors au centre un long gouffre cylindrique qui s'enfonçait, comme un trou de sonde.

— Est-ce naturel ou creusé par l'homme ?

— C'est un puits creusé par l'eau, dû à l'érosion du calcaire. Mais la terre a bougé. Celui-ci est asséché depuis des millénaires. Si je ne me trompe, le site choisi par Arinius lui ressemblera par bien des aspects. Dans la zone allant d'ici jusqu'au pied du pic de Vicdessos, un certain nombre de grottes ont ce genre de fissures, remarqua Baillard en dirigeant sa torche vers l'obscurité sans fond. C'est pourquoi ce lieu convient à notre but. Voyez cette saillie étroite formant rebord. Si vous pouviez l'élargir juste assez pour qu'elle contienne ceci, ce serait idéal, n'est-ce pas votre avis ? dit Baillard en sortant un coffret de sa poche.

— S'agit-il aussi d'une contrefaçon ?

— Oh non, répondit Audric d'un ton léger. Ce coffret date du IVe siècle.

Raoul se demanda comment diable Baillard avait pu acquérir un objet datant de l'Antiquité en l'espace de vingt-quatre heures.

— Il est en noyer, un bois communément utilisé en Ariège autrefois. J'ignore si Arinius a lui-même rangé le Codex dans un coffret de ce genre mais, en attendant, il servira bien notre dessein.

— C'est incroyable qu'il soit encore intact, après tout ce temps, s'étonna Raoul.

— C'est un bois très sec, conservé à température constante. Bien des choses subsistent dans leur état d'origine, plus qu'on ne le croit. Maintenant, *sénher* Pelletier, si vous voulez bien, le temps presse.

Raoul ouvrit son sac à dos pour en sortir le matériel que Sandrine avait emprunté dans la cabane à outils de son père. Un marteau, un burin, et une clef. Le puits était assez étroit pour qu'il puisse s'y tenir en s'arc-boutant sur ses jambes. Puis il prit une pierre qu'il lâcha dans le noir, et compta jusqu'à l'instant où elle atterrit au fond.

— Dix mètres environ, estima-t-il.

Il s'assit, allongea les jambes, plia les genoux, et s'enfonça dans le gouffre. Relativement lisse, la roche ne lui meurtrissait pas trop les épaules. Il se soutint en bandant les muscles de son dos et de ses cuisses.

— C'est bon, dit-il en tendant sa main droite, et Baillard lui passa le marteau et le burin. Merci.

Lentement, Raoul descendit ainsi dans le puits en s'appuyant en travers de l'ouverture jusqu'au niveau de la saillie. Il trouva une prise pour son pied gauche, puis coinça sa jambe et son genou droits dans le rocher, ce qui lui laissa une bonne marge de manœuvre. Il commença à tailler dans la cavité au-dessus de la saillie pour élargir peu à peu l'espace, assez pour contenir le coffret. Puis il lança les outils à Baillard qui les rattrapa aisément et les mit de côté.

Allongé sur le ventre, Baillard lui tendit le coffret en étirant le bras au maximum, et Raoul fit de même pour l'atteindre.

— Encore un peu. Je l'ai presque.

Baillard avança en rampant sur le ventre tout en écartant les jambes pour ne pas tomber.

— Ça y est, je l'ai, confirma Raoul.

Il déposa le coffret dans la cavité, puis ramassa un peu de poussière caillouteuse au creux de sa main et en couvrit le couvercle.

— C'est fait? s'enquit Baillard d'un ton un peu pressant.

— C'est fait.

Quand il eut rejoint la surface, plus vite qu'il n'était descendu, Raoul s'essuya les mains sur son pantalon, brossa ses vêtements, et rangea les outils dans le sac à dos.

En silence, les deux hommes remontèrent le tunnel. Raoul s'arrêta à l'entrée, s'attendant presque à être reçu par une rangée de soldats fusils en joue, mais la campagne était aussi tranquille que tout à l'heure.

Il soupira de soulagement et s'alluma une cigarette.

— Voulez-vous que je protège la grotte? demanda-t-il.

— Non. Quand *madomaisèla* Sandrine dira qu'Antoine avait trouvé le Codex, elle laissera entendre qu'il s'agit là d'une nouvelle cachette choisie par Antoine, et non du lieu d'origine. En fait, je crois qu'il ne se passera pas grand-chose avant les funérailles d'Antoine. *Madomaisèla* Eloïse répand déjà dans Tarascon des rumeurs sur la découverte d'un objet précieux. Voulez-vous bien rester ici pour faire le guet? demanda-t-il en regardant Raoul. Ça risque de durer un moment.

— Je suis autant en sécurité ici que n'importe où ailleurs. Mais comment vous envoyer un message en cas de besoin ?

— *Madomaisèla* Eloïse s'arrangera pour vous faire porter de quoi boire et manger. Chaque après-midi à 15 heures, un messager vous attendra au carrefour de la route d'Alliat…, précisa-t-il en indiquant la crête au-dessus du plateau. Le mot de passe sera : « Le jardin de Cazaintre est une vraie forêt vierge. » Et votre réponse : « M. Riquet va s'en occuper. »

Raoul se demanda si le choix du mot de passe était une coïncidence. Comment M. Baillard pouvait-il savoir que le 14 Juillet il s'était caché de la police dans le jardin du Calvaire, conçu par Cazaintre, et que sa maison se trouvait quai Riquet ?

— D'accord, répondit-il.

Baillard regarda le ciel.

— Merci du fond du cœur, *sénher* Pelletier. À présent, si vous voulez bien m'excuser, je dois vous quitter. Il vaut mieux que je sois rentré avant qu'il ne fasse plein jour et que la ville ne commence à s'éveiller.

Comme il s'apprêtait à partir, Raoul lui toucha l'épaule.

— Faites en sorte qu'il ne lui arrive rien, hein, monsieur Baillard ?

— Elle m'a fait exactement la même recommandation à votre sujet, répondit gentiment Audric. Mais Sandrine est tout à fait capable de veiller sur elle-même. C'est une des raisons pour lesquelles vous pouvez vous permettre de l'aimer.

— Me permettre ?

— On a toujours le choix, remarqua Baillard en souriant doucement. Vous avez choisi de revenir à la vie, n'est-ce pas ?

Raoul le dévisagea en essayant de comprendre comment ce vieil homme pouvait ainsi voir en lui.

— Protégez-la, s'il vous plaît.

— *Si es atal es atal*, répondit Audric. À bientôt, *sénher* Pelletier.

Raoul le regarda descendre la colline jusqu'à ce qu'il soit hors de vue. Alors, l'effroi au cœur, il se retourna et grimpa dans les bois au-dessus de la grotte pour se mettre à couvert et commencer sa veille. Tout ce temps, les paroles d'adieu de M. Baillard ne cessaient de tourner dans sa tête comme la rime d'une chanson à moitié oubliée.

Des paroles qui ne lui procuraient aucun réconfort. Il essaya de se rassurer. Pour l'instant, Sandrine était avec Marianne, Marieta et les autres à Coustaussa. Aujourd'hui c'était samedi, il restait donc quatre jours avant qu'elle n'aille à Tarascon mettre en œuvre le plan de M. Baillard.

— Qui vivra verra, répéta-t-il.

88

Le Vernet

Maquillée avec soin, vêtue d'une robe bleue et blanche faite sur mesure, avec de hauts talons bleus et un sac à main assorti, Lucie ressemblait à une jolie figure de mode et ne semblait guère à sa place dans cet environnement. On l'aurait mieux vue assister à un concert dans le grand salon de l'hôtel Terminus. En comparaison, Sandrine se sentait miteuse, en simple robe d'été et sandales, les cheveux retenus par un ruban blanc.

Le voyage fut long et pénible. Elles gagnèrent d'abord le sud en allant de Couiza à Quillan, traversèrent la campagne jusqu'à Foix, où elles mirent la voiture à l'abri dans un garage appartenant à un vieil ami de Marieta, puis elles montèrent à bord d'un train, qui ne cessait de s'arrêter. Personne ne vérifiait les papiers des passagers, mais il n'y avait pas d'horaires précis affichés, et elles passèrent presque toute la matinée à parcourir de courtes distances d'une ligne secondaire à une autre.

Plus elles approchaient de leur destination, plus Sandrine percevait une pesanteur, une malveillance insidieuses qui sourdaient de la campagne environnante. Enfin, le train s'arrêta devant la gare du Vernet, un bâtiment modeste blanchi au lait de chaux. Une route bordée de conifères et de bouleaux partait vers le village.

— Enfin nous y voici ! claironna Lucie d'une voix enjouée en se levant.

Elle semblait résolue, mais ses traits tirés révélaient la tension qui l'habitait et qui n'échappait pas à Sandrine.

Elles descendirent dans la chaleur accablante de midi, qu'atténuait une brise agréable venue des montagnes, chargée d'effluves odorants. Cet air frais et parfumé irrita presque Sandrine comme une fausse note. Le village gardait une apparence de beauté tranquille, malgré ce qu'il recelait dans les plis de ses collines.

Quelques autres passagers descendirent également. Des paysannes en jupes de grosse laine avec des châles noués autour de la taille. Un vieux tenant une oie morte la tête en bas, dont les yeux vitreux semblaient la fixer. Deux types en costume sombre, des hommes de loi, pensa-t-elle, ou peut-être des membres de l'administration militaire, qui semblaient connaître le coin.

Sandrine regarda les voitures qui avaient été ajoutées à Foix. Un agent des chemins de fer venait de les découpler, pourtant personne n'en sortait. Elle vit que les vitres étaient obstruées et comprit qu'il y avait des prisonniers à l'intérieur. Se rappelant les visages tuméfiés et les mains menottées des hommes qu'on avait forcés à monter dans les wagons à Carcassonne, elle jeta un coup d'œil à Lucie. Malgré son angoisse, son regard brillait d'espoir, et, à cette vue, Sandrine reprit courage. Quoi qu'il advienne aujourd'hui, elles auraient au moins tenté quelque chose. Indubitablement, c'était mieux que de ne rien faire.

Aux abords du village, le vieux et son oie bifurquèrent vers une rangée de petites maisons modestes avec jardins. Les deux paysannes prirent une route sur la droite, qui semblait mener à un parc un peu plus loin, sur les berges de l'Ariège.

Les jeunes filles suivirent instinctivement les hommes de loi vers l'intérieur du village. Des bribes de leur conversation parvenaient à Sandrine, comme des miettes de pain tombées sur le chemin. Ils évoquaient des tableaux qui avaient été brûlés dans la Galerie nationale du Jeu de Paume, dont des œuvres de Picasso et Dalí… « De l'art juif… dégénéré. »

La flèche d'une église apparut au-dessus des tuiles rouges des maisons. Sans doute le centre du village, supposa Sandrine.

— Il faut demander notre chemin à quelqu'un. Inutile d'errer au hasard plus longtemps.

— Si on allait là ? demanda Lucie en désignant un café orné d'un auvent rayé jaune et blanc.

Il faisait sombre à l'intérieur du café. Trois ou quatre clients étaient accoudés au bar, à boire du Pastis, avec des mégots éparpillés par terre à leurs pieds. Ils levèrent les yeux à leur entrée. L'un d'eux marmonna quelque chose qui fit rire les autres.

— On s'asseoit là ? proposa Sandrine en choisissant une table avec vue sur la rue, aussi loin du bar que possible.

Elles restèrent assises en silence, Lucie tenant son sac à main sur ses genoux. Sa joie de vivre semblait l'avoir abandonnée. Sandrine posa son paquet sur le tabouret à côté d'elle.

La serveuse, une brune aux yeux noirs comme du charbon, sortit de derrière le bar.

— *Hola señoritas*, que prenez-vous ?

— Avez-vous du vin ? demanda Sandrine.

— Du rouge uniquement.

— Lucie, ça te va ?

— Peu m'importe. Y a-t-il des toilettes ?

La serveuse désigna une porte au fond du café.

Quand Lucie se fut éloignée, la serveuse se pencha vers Sandrine.

— Votre amie a quelqu'un là-bas ? s'enquit-elle d'un air compatissant.

— Vous voulez dire, au camp ? Oui. Mais comment avez-vous deviné ?

— Je ne vous avais encore jamais vues, et elle s'est mise sur son trente et un. C'est souvent ce qu'elles font.

Sandrine jeta un coup d'œil vers la porte pour vérifier que Lucie ne pouvait les entendre, puis revint à la serveuse.

— Nous espérons le voir.

— Vous aurez de la chance si vous y arrivez, répliqua la serveuse d'un air dubitatif. À moins d'avoir des amis ici, dans l'administration… ou un laissez-passer donnant un droit de visite ?

— Non. Vous savez comment ça marche ?

— Et pour cause, je vis ici depuis cinq ans.

— Vous avez dû en voir, des changements.

— Mon grand-père se rappelle la construction du camp, durant l'été 1918. Au départ, c'était une caserne pour accueillir les troupes coloniales françaises. Ensuite, les bâtiments furent utilisés pour enfermer les prisonniers de guerre allemands et autrichiens. Après leur libération, ils restèrent vides un moment, puis on en fit un camp d'accueil pour les réfugiés espagnols, des républicains fuyant l'armée de Franco. C'est là que je suis arrivée, en 1938.

— Et vous êtes restée.

— La famille, fit-elle en haussant les épaules. Ces derniers mois, on a construit de nouveaux baraquements dans toutes les sections pour y enfermer des prisonniers. Il en vient sans cesse, même si les Juifs sont expédiés ailleurs à peine arrivés.

— Où sont-ils envoyés ?

— Dans des camps à l'Est, dit-on. En Pologne, en Allemagne. Vichy coopère avec Hitler pour livrer tous les Juifs étrangers capturés dans la région.

— Et les Juifs français ?

— En principe, ce ne sont que les étrangers, dit la fille en baissant la voix, mais chacun sait que Vichy a des quotas à remplir. C'est plus un camp de transit qu'autre chose…

En voyant l'expression de Sandrine, la serveuse se mordit la lèvre.

— Pourquoi, votre ami est juif ?

— Oui.

— Sotte que je suis, j'aurais dû m'en douter avant de jacasser comme une pie.

— Mieux vaut que nous connaissions la situation telle qu'elle est, répondit Sandrine.

— Après l'armistice, tout le monde attendait que les Allemands prennent la direction du camp, mais non. Il est toujours dirigé par « notre » police, pourtant les conditions sont épouvantables. Elles sont déjà mauvaises dans les sections A et B, réservées aux droits communs, mais la C… Même si vous parveniez à y accéder, je ne suis pas sûre que cela ferait du bien à votre amie de voir ça.

— D'après vous, avons-nous une chance de pouvoir remettre un paquet en mains propres ?

— Non, à moins d'avoir un permis officiel des autorités.

— Pouvons-nous l'obtenir ici ?

— Impossible. Cela prend des mois. La préfecture de Toulouse dit que ces affaires-là sont du ressort de la Sûreté nationale, la Sûreté prétend qu'elles reviennent aux autorités militaires, et on vous renvoie pour finir vers la préfecture. Pourtant, il arrive que quelqu'un se pointe ici, à la mairie, en espérant tenter sa chance.

— Et ça marche ?

La serveuse fit la moue.

— Parfois, mais c'est rare. Le camp est sous la juridiction du Deuxième Bureau. Avant l'armistice, on pouvait au moins déposer une demande de permis de visite. Maintenant, le camp est fermé à tout le monde sauf au personnel militaire, et à l'occasion à quelqu'un de la Croix-Rouge, qui y entre pour voir un prisonnier en particulier.

— Mon amie a envoyé une lettre mais n'a pas reçu de réponse. Elle ignore si elle est parvenue à son destinataire.

— Théoriquement, il y a une distribution deux fois par semaine, moins souvent pour les paquets… Tout dépend de l'agent en service. Certains sont relativement corrects. D'autres prennent ce qui leur plaît et ne transmettent pas le courrier. Bon, je vous apporte ça, dit la serveuse en voyant Lucie revenir du fond du café.

Elle était encore pâle, mais une lueur de détermination brillait à nouveau dans ses yeux.

— Rien de tel qu'un peu de peinture de guerre, lança-t-elle en souriant, puis elle ôta sa veste et s'assit sur le tabouret le plus proche, en croisant les jambes.

Sandrine lui donna une version expurgée de ce que la serveuse lui avait rapporté. Lucie ne cessait de croiser et recroiser les jambes, et Sandrine sentait le regard lourd des clients accoudés au bar.

— Ne faites pas attention, commenta la serveuse en revenant leur porter leurs consommations. Ça fait un bout de temps qu'ils n'ont pas approché une femme.

— Qu'allons-nous faire ? demanda Lucie d'une voix crispée. Vous voulez bien nous aider ?

— Lucie…, intervint Sandrine.

— Ça va, dit la serveuse en posant leurs verres de vin sur la table. Si vous donnez la lettre à l'un des gardes, peut-être qu'il la passera, moyennant finances…, ajouta-t-elle en frottant ses doigts de façon éloquente.

— Nous avons de l'argent, dit Lucie, qui se mit aussitôt à fouiller dans son sac.

— Je ne les connais pas tous, mais il y a un sous-lieutenant qui a un petit faible pour les blondes.

— Vous croyez que ça vaut le coup d'essayer ? demanda Sandrine.

— Franchement ?

— Oui, franchement.

— Non. Mais qui ne risque rien n'a rien, pas vrai ? D'ailleurs vous n'avez pas le choix. Vous ne trouverez personne qui soit prêt à monter là-haut.

— Comment y arrive-t-on ? intervint Lucie.

— À pied. Ce n'est pas loin. Peut-être accepteront-ils une lettre au poste de garde, si vous vous pointez toutes les deux.

Lucie écrasa sa cigarette dans le cendrier et se leva.

— Après avoir fait tout ce chemin, je trouve qu'on doit tenter le coup, déclara-t-elle.

Sandrine se leva aussi. Certes, elle avait promis à Marianne de ne pas pousser plus loin que le village, mais elle ne pouvait s'empêcher de s'imaginer à la place de Lucie. Si Raoul était détenu là-bas, et qu'elle se trouvait aussi près, elle ferait tout pour parvenir à le voir.

Sur le seuil du café, la serveuse leur montra un sentier qui s'enfonçait dans les bois.

— Vous ne pouvez pas le manquer.

Lucie ramassa le paquet, mit son sac en bandoulière, puis considéra ses hauts talons.

— J'aurais dû prévoir qu'on aurait à marcher, dit-elle d'un air dépité, qui les fit rire toutes les trois.

Plongeant la main dans la poche de son tablier, la serveuse en sortit un bloc-notes, un crayon, et gribouilla quelque chose.

— Voici le numéro de téléphone du café. Si vous repassez par ici, donnez-moi des nouvelles.

— Café de la Paix, lut-elle.

— Une idée de mon beau-père. Il l'a rebaptisé en 1918, à son retour du front.

— Merci, lui dit Sandrine en souriant. Combien vous devons-nous ?

— Offert par la maison.

— Je ne puis accepter.

— Vous paierez le prochain coup. Bonne chance, *compañeras*.

89

C'était l'heure du déjeuner, tout était tranquille, il n'y avait personne alentour. En remontant le sentier, elles entendirent à l'occasion un bruit de moteur d'automobile ou de camion, au loin sur la route, les cloches de l'église, sonnant sur la place et, tout près, dans les sous-bois remplis de chants d'oiseaux, les glissements furtifs de lapins ou de petits rongeurs dans les taillis d'herbes sèches. Dix minutes plus tard, un cri rompit le calme ambiant, un ordre lancé d'un ton dur : « Avancez ! »

— Tu as entendu ? fit Sandrine en s'arrêtant, puis elle gagna vite le bout du sentier, là où il rejoignait la route, et découvrit une colonne d'hommes de tous âges, chargés de valises, de cartons, avec des couvertures jetées sur les épaules.

— Avancez ! répéta l'un des gardes armés en poussant ceux qui se trouvaient à l'arrière.

Lucie la rejoignit.

— Les prisonniers du train, constata tristement Sandrine, et elles demeurèrent immobiles, à les regarder progresser.

Vers l'arrière, un vieux lâcha sa valise et s'arrêta, visiblement à bout de forces. Comme le garde lui criait dessus, le vieux leva la main pour demander un peu de patience, quelques secondes de répit. Le garde se mit à hurler en frappant le vieux au visage avec le manche d'une cravache.

Le vieux cria et tomba à genoux en sanglotant. N'y tenant plus, Sandrine avança, mais Lucie la retint.

— Tu ne peux rien y faire, petite. Ne t'en mêle pas.

Le garde leva à nouveau sa cravache. Cette fois, un jeune homme brun s'avança et, s'interposant entre le garde et sa victime, il prit la force du coup sur les épaules. Sandrine le vit tressaillir sous la douleur, mais il ne plia pas. Sans un mot, il aida le vieux à se relever, ramassa la valise, et l'encouragea à continuer sur la route poussiéreuse.

— Voilà donc comment ça se passe, constata Lucie.

La gorge nouée, Sandrine devina sans mal qu'elle songeait à Max et à ce qu'il devait endurer.

Une fois sur la route, les jeunes filles approchèrent lentement du camp. Sandrine commençait à espérer qu'elles ne pourraient en franchir les portes. Max n'était au Vernet que depuis quelques semaines, mais comment cet homme doux et sensible, ce musicien, l'aurait-il supporté ?

Soudain, entendant des pas de course, elle tira instinctivement Lucie en arrière pour se cacher dans l'ombre d'un bosquet de bouleaux.

— Un-deux, un-deux ! scandaient les gardes, obligeant la troupe d'une trentaine d'hommes à garder l'allure.

Tous avaient la tête rasée et portaient une bêche. Dépenaillés, chaussés de pantoufles, de godillots troués d'où sortaient leurs orteils, ou encore pieds nus dans des couvre-chaussures en caoutchouc, ils avaient tous sur le visage la même expression d'apathie et de défaite. On aurait dit des forçats.

— Un-deux, un-deux !

Le rythme des pas cadencés résonnait tandis qu'ils montaient la colline, couvrant celui de la colonne des prisonniers.

— Et si notre venue ne faisait qu'aggraver les choses, pour Max ? s'inquiéta Lucie à voix basse.

— Comment savoir ? Ce ne doit plus être très loin, répondit Sandrine.

Elle serait bien volontiers repartie, mais elle savait que Lucie ne se le pardonnerait pas. Elle non plus, d'ailleurs.

Peu après, la route fit un coude et le camp apparut devant elles. Un grand portail central, une barrière, avec un poste de garde et une guérite sur le côté. Des barbelés à n'en plus finir entouraient l'enceinte, ponctués de hautes tours de guet. Au-dessus du portail, un panneau : CAMP DU VERNET. Trois rangées de fil de fer séparaient le camp du monde extérieur, ainsi que les différentes sections intérieures.

Et derrière les barbelés, des hommes étaient massés, d'une maigreur à faire peur, tous la tête rasée, et le même regard vide que la cadène de forçats qui était passée devant elles sur la route.

À perte de vue s'alignaient des rangées de baraques en bois aux toits plats enduits de goudron, telle une image réfractée dans un palais des glaces de fête foraine. Longs, étroits, construits en planches avec un genre de bâche imperméable en guise de toit, les baraquements ressemblaient à des abris pour animaux. Ils étaient apparemment sans fenêtres, avec juste des rectangles découpés dans les planches pour servir de volets.

Plus elle se rapprochait, plus Sandrine redoutait d'entendre quelqu'un leur hurler dessus, et elle avait presque envie d'agiter un mouchoir blanc. Lucie, en revanche, se mit à faire la coquette en tapotant ses cheveux et en balançant les hanches alors qu'elles parcouraient les derniers mètres sous le regard des soldats et des gardes. Il y eut des sifflets, des hurlements de loup, l'un d'eux l'interpella en lui réclamant un baiser. Sidérée, Sandrine vit Lucie leur faire un petit clin d'œil. Des miaulements et des commentaires lascifs accompagnèrent leur marche jusqu'à la guérite.

— Vous vous êtes perdues, mesdames ? dit le garde en les lorgnant.

— En fait, nous sommes ici à bon escient, lieutenant, répondit Lucie en lui décochant un sourire éblouissant. Nous avons fait tout le trajet depuis le village.

D'un regard appuyé, il les considéra l'une et l'autre, puis revint à Lucie.

— Et pourquoi, mademoiselle ?

— J'ai un paquet à livrer.

Incrédule, le garde se tourna vers son collègue, et ils se mirent à ricaner.

— Vous ne pouvez pas débarquer ici comme une fleur pour demander à livrer un colis, répliqua-t-il.

— Eh bien, ce n'est pas tout à fait le cas. Dans le train, nous avons voyagé avec deux hommes de loi, des Parisiens. Ils nous ont assuré que si je l'apportais en personne, vous le prendriez certainement. Que ce genre de décision entrait dans vos responsabilités, expliqua Lucie d'une voix onctueuse, en minaudant. Il s'agit juste d'un colis accompagné d'une lettre… Je suis certaine que c'est vrai et que votre autorité va bien au-delà, lieutenant, ajouta-t-elle en penchant un peu la tête. Vous pouvez l'ouvrir si vous le désirez, je n'y vois pas d'inconvénient. Je n'ai rien à cacher, vous savez, conclut-elle avec un air candide plein de sous-entendus, qui fit rougir le soldat jusqu'aux oreilles.

Sandrine eut du mal à réprimer un sourire.

— Sincèrement, j'aimerais pouvoir vous aider, mademoiselle. Mais avec cette arrivée de prisonniers, nous sommes tous sur la brèche. Et on attend des visiteurs de Carcassonne d'une minute à l'autre.

Dans le camp derrière eux, un garde cria, et celui qui leur faisait face se mit soudain au garde-à-vous. Se retournant, Sandrine vit une Citroën noire, qui remontait lentement la route criblée de nids-de-poule.

— Les visiteurs de Carcassonne, souffla-t-elle.

Quand la voiture s'arrêta devant la guérite, le garde salua, et le chauffeur lui tendit par la vitre ouverte un laissez-passer. Il n'y avait qu'un passager sur la banquette arrière.

— Le Commandant nous attend, dit le chauffeur.

Le lieutenant hocha la tête et fit signe à son collègue resté à l'intérieur de la guérite d'ouvrir la barrière, en frappant dans ses mains pour presser le mouvement. Lucie et Sandrine reculèrent, la voiture les dépassa, mais alors, brusquement, elle pila. Le garde se précipita et se pencha à la vitre du chauffeur, avec qui il échangea quelques mots, puis il se tourna pour regarder les deux femmes, tandis que la Citroën reculait jusqu'à leur niveau.

— Que se passe-t-il ? murmura Lucie.

— Je ne sais pas.

La portière arrière s'ouvrit et un homme en complet gris descendit de voiture. Sandrine ne le connaissait pas, mais elle sentit Lucie retenir une exclamation.

— Capitaine Authié, dit Lucie en s'avançant. Quelle coïncidence.

Le cœur de Sandrine se mit à tambouriner dans sa poitrine. L'homme qui avait promis à Lucie de l'aider, et qui était à sa recherche. L'homme responsable de tout ce qui était arrivé à Raoul, si les soupçons de Marianne étaient fondés. Un individu très dangereux.

— Mademoiselle Magne, quelle surprise de vous voir ici.

— Je suis là pour remettre une lettre à mon fiancé, répondit Lucie avec aplomb.

— Je vois… Et vous êtes ? ajouta-t-il en se tournant vers Sandrine.

— Sandrine Vidal, répondit-elle en lui tendant la main, ne sachant que faire d'autre.

Il resta impassible, pourtant son regard s'aiguisa.

— C'est bien plus qu'une coïncidence, dit-il.

— Ah oui ? s'étonna Sandrine d'un air ingénu en se forçant à lui sourire.

— Mademoiselle Magne et votre sœur vous ont certainement informée que j'avais cherché à plusieurs reprises à m'entretenir avec vous, à Carcassonne. Et vous voilà.

— Vous m'avez promis de m'aider, lui rappela Lucie.

— Je suis là, mademoiselle Magne.

— Alors vous n'avez pas oublié ? Eh bien, puisque nous aussi sommes ici, vous serait-il possible de me permettre de le voir ? Je vous en serais si reconnaissante, capitaine Authié.

— Ou du moins faire en sorte que le colis de Mlle Magne soit remis en mains propres à M. Blum, intervint Sandrine.

Les yeux gris glissèrent sur elle, et elle réprima un frisson.

— Je vais voir ce que je peux faire, répondit-il. Mesdames, si vous voulez bien m'accompagner.

Sans hésiter, Lucie monta à l'arrière de la voiture, tandis que Sandrine restait immobile. Des sonnettes d'alarme retentissaient dans sa tête, mais avait-elle le choix ?

— Mademoiselle Vidal, dit Authié en lui tenant la portière, deux mots qui tombèrent comme un ordre.

Sandrine se sentit liquéfiée de l'intérieur, mais comment éviter de monter en voiture sans provoquer les soupçons d'Authié ? Elle s'installa donc à côté de Lucie.

Authié claqua la portière, s'assit à l'avant, le chauffeur redémarra, ils pénétrèrent dans le camp, et les portails métalliques se refermèrent avec fracas derrière elles.

90

Au centre du camp, dans un large espace à découvert, des centaines d'hommes à la tête rasée creusaient en silence la terre poussiéreuse, munis d'une pioche ou d'une pelle. Torses nus, ils avaient pour la plupart les épaules brûlées par le soleil implacable. Des gardes mobiles et des policiers les encerclaient d'un air maussade, armés de cravaches en cuir.

Quant à Lucie, elle bavardait avec le capitaine Authié en déployant tous ses charmes. Au lieu de parler de Max, elle feignait de s'intéresser à lui, posant des questions sur la fonction qu'il occupait, ce qu'il avait fait avant la guerre… Authié écoutait et répondait assez complaisamment. Lucie avait-elle vraiment confiance en cet homme, ou était-ce encore de la comédie? se demandait Sandrine, rentrant malgré elle ses ongles dans la chair de ses paumes. Car elle était terrifiée à l'idée que Lucie puisse révéler d'où elles venaient, en dépit de ses mises en garde répétées, et priait pour qu'elle n'en dise pas trop, emportée par son discours.

— Eh bien, quelle expédition, s'exclamait Authié. J'espère que votre fiancé appréciera vos efforts.

— Oh oui, confirma Lucie. Et il vous sera reconnaissant de votre aide.

Ils s'arrêtèrent devant ce qui paraissait être un bâtiment officiel, construit en briques, avec une porte encadrée de fenêtres. Les deux hommes en faction se mirent au garde-à-vous. Le chauffeur ouvrit la portière à Authié et le suivit à l'intérieur, laissant Lucie et Sandrine à l'arrière de la voiture.

— Quelle chance extraordinaire, dit Lucie.

— Espérons-le, répondit Sandrine à voix basse, mais restons prudentes. Je ne crois pas un instant que le capitaine Authié soit là pour Max.

— Moi non plus, convint Lucie, mais c'est quand même une sacrée veine de tomber sur lui.

Elles attendirent. La porte du bureau demeurait close. L'air résonnait des coups de pioche sur la pierre et la terre desséchée, au-dessus des baraques qui s'étendaient à perte de vue, cernées de trois rangées de fils barbelés séparées par des tranchées. L'enfer sur terre, voici comment Raoul lui avait décrit les camps de Rivesaltes et d'Argelès. Et dire qu'elle avait cru qu'il exagérait.

— J'ai besoin d'air, dit-elle en ouvrant la portière.

Elle descendit de voiture et resta plantée à côté de la Citroën, à regarder autour d'elle. Derrière le bâtiment administratif, des hommes alignés attendaient aussi en silence, et Sandrine reconnut les prisonniers du train aux bagages et couvertures qu'ils portaient. Malgré l'ardeur du soleil, elle croisa les bras sur sa poitrine pour s'armer contre le froid qui la pénétrait.

Lucie aussi descendit de voiture. Elle était à nouveau très pâle, et Sandrine espéra qu'elle n'allait pas vomir. Enfin, alors qu'elle n'y croyait plus, la porte s'ouvrit, et un soldat leur fit signe d'entrer. Sandrine pressa la main de Lucie, elles montèrent les marches et pénétrèrent dans une pièce équipée en tout et pour tout d'un bureau en bois, de deux placards métalliques et de trois chaises. Authié en occupait une, mais il se leva à leur entrée, contrairement au gros homme en uniforme qui resta assis de l'autre côté du bureau. Sur le mur derrière lui était affichée une grande carte du camp, distinguant par couleur les différentes sections.

— J'expliquais votre situation au commandant, déclara Authié. Malgré le fait que votre présence ici soit parfaitement irrégulière, ainsi que votre requête, il a gentiment accepté de faire une exception. Il vous permettra de voir M. Blum, mademoiselle Magne. Cinq minutes, pas plus. Quelqu'un est allé le chercher.

— Capitaine Authié, je ne saurais dire à quel point je vous en suis reconnaissante, dit Lucie, les yeux brillant de gratitude.

— Ce n'est pas moi que vous devriez remercier, remarqua Authié en souriant au commandant. Ah oui, à la condition que j'assisterai à votre entretien. J'espère que cela ne vous causera pas trop de gêne.

— Puisque le commandant considère que c'est nécessaire, je n'ai qu'à m'incliner, répondit Lucie.

— C'est la procédure, en ces circonstances exceptionnelles, pour reprendre l'expression du capitaine Authié, déclara le commandant.

Sur son bureau, le téléphone sonna, il décrocha, acquiesça en hochant la tête, raccrocha.

— Blum est ici. Dans la pièce à côté.

— Merci, dit Authié en se levant. Mademoiselle Vidal, si vous voulez bien avoir l'obligeance d'attendre dans la voiture. Nous souhaitons éviter au commandant tout embarras superflu.

Il y eut un coup frappé à la porte, un agent de police entra dans la pièce et salua. Le commandant se leva en s'extrayant avec peine de sa chaise.

— À vous de jouer, Authié. Cinq minutes, pas davantage.

— Mademoiselle Magne, dit Authié en ouvrant la porte pour inviter Lucie à franchir le seuil.

Elle paraissait si vulnérable… Sandrine lui sourit pour tenter de lui insuffler du courage, et elle la suivit du regard jusqu'à ce qu'elle disparaisse de sa vue. Puis elle sortit, comme on l'en avait priée.

Certaine de devenir folle si elle restait enfermée dans la voiture, chargée de l'odeur du cuir surchauffé et des relents de tabac, elle demeura à côté de la portière ouverte.

Le chauffeur était à moitié assis sur le capot. Il s'alluma une cigarette, et une traînée de fumée blanche dériva vers elle.

Si elle s'inquiétait pour Lucie, Sandrine se félicitait d'avoir un peu de temps à elle pour remettre de l'ordre dans ses pensées. Le plan de M. Baillard consistait à répandre une rumeur, puis ce serait à elle d'entrer en jeu en évoquant le faux Codex à l'enterrement d'Antoine. Le raisonnement était le suivant : s'ils n'étaient pas déjà à Tarascon, les meurtriers d'Antoine assisteraient certainement à la cérémonie. Authié, celui que Raoul connaissait sous le nom de Léo Coursan, y serait sans aucun doute, ainsi que les autres. S'il en existait d'autres. M. Baillard était persuadé que deux groupes rivaux au moins étaient à la recherche du Codex.

Et voici qu'à présent, au camp du Vernet, se présentait à elle une occasion inespérée, celle de mettre en œuvre la partie du plan qui lui incombait, quatre jours plus tôt que prévu. Sandrine réfléchissait intensément. Si, comme prévu, Raoul et M. Baillard avaient déjà caché le faux Codex, alors elle pourrait leur faire parvenir un message pour les informer d'être sur leurs gardes dès à présent, et tout se passerait bien.

Mais s'il y avait eu un hic, ou un contretemps ? Elle avait su par l'intermédiaire de Geneviève qu'Eloïse avait escorté sans encombre Raoul au lieu de rendez-vous. Mais si M. Baillard n'y était pas venu ? Ou si l'endroit qu'ils avaient choisi s'avérait ne pas convenir en fin de compte ?

Sandrine jeta un coup d'œil au poste de garde. Avait-elle vraiment le choix ? Authié allait lui poser des questions, elle n'y couperait pas. Si elle prétendait ne rien savoir à propos du Codex, puis quatre jours plus tard avouer qu'elle détenait à ce sujet de précieuses informations, cela paraîtrait louche, et tout le plan tomberait à l'eau.

En regrettant que Marianne ne soit pas là pour la conseiller, Sandrine s'efforça de décider d'une marche à suivre, tout en se posant certaines questions. Pourquoi Authié était-il venu au Vernet ? Et quelles étaient exactement sa mission, sa fonction ?

Le chauffeur alluma une deuxième cigarette. Cette fois, il lui tendit le paquet, mais Sandrine refusa en secouant la tête. L'écho des coups de pioche frappant la terre ingrate continuait à vibrer alentour, et le soleil à darder implacablement ses rayons sur les têtes nues des prisonniers. Soudain la porte s'ouvrit en grand, et un jeune officier qu'elle n'avait encore jamais vu apparut sur le seuil du poste de garde.

— Le capitaine Authié désire vous voir, mademoiselle Vidal, lui lança-t-il. Il y a eu un incident. Venez vite.

91

Au comble de l'angoisse, Sandrine cligna des yeux pour ajuster sa vision à la pénombre et suivit le garde au bout d'un couloir jusqu'à une petite pièce réservée aux entretiens et autres interrogatoires. Assise sur une chaise au centre de la pièce, Lucie pressait un mouchoir contre son visage. Sa robe était maculée de taches de sang.

— Mon Dieu, s'écria Sandrine en s'accroupissant à côté d'elle. Que s'est-il passé ?

— Ce n'est rien.

— Qu'est-il arrivé ? lança-t-elle à l'adresse du garde. Où est le capitaine Authié ? Où est Max ?

Le jeune agent parut embarrassé, mais il ne répondit pas. Sandrine revint à Lucie.

— Raconte-moi, demanda-t-elle en baissant la voix. Tu as vu Max ?

— Oui. Ils l'ont remmené.

— Comment va-t-il ?

Elle étouffa un gémissement en pressant toujours le mouchoir sur son visage.

— J'ai eu du mal à le reconnaître. Il est tellement maigre, le visage émacié, les yeux creux… On ne lui a pas permis de garder ses lunettes… Quand il m'a vue, il n'arrivait pas à y croire, Sandrine. Je… je sais que tu ne l'apprécies guère, mais le capitaine Authié a été très correct. Il a fait mine d'être appelé à l'extérieur pour nous laisser seuls un moment.

— Alors tu le lui as dit ? Tu as pu lui apprendre la nouvelle ?

— Oui. Tu aurais dû le voir, Sandrine, il était si heureux… et puis… j'ai perdu la tête, avoua Lucie. Quand le garde est revenu pour remmener Max, je me suis jetée sur lui. J'ai essayé de les arrêter.

— Le garde t'a frappée ? demanda Sandrine, incrédule.

— Non, il m'a repoussée, j'ai perdu l'équilibre, et je me suis cognée à la porte.

— Oh, Lucie. Et où est donc le capitaine Authié ? s'enquit Sandrine en jetant un coup d'œil vers la porte restée ouverte.

— Il tente d'apaiser la fureur du commandant, répondit Lucie en s'affaissant un peu plus sur sa chaise. Je n'ai fait qu'empirer les choses, pour Max, n'est-ce pas ?

— Mais non, sûrement pas, la rassura Sandrine en lui pressant le bras.

Le hurlement soudain d'une sirène les fit tressaillir.

— Qu'est-ce que c'est ? demanda Sandrine en jetant un coup d'œil au garde.

— L'appel. Quatre fois par jour. Pour vérifier que tout le monde est là.

— Comme si on pouvait sortir d'ici, marmonna Sandrine, mais à cet instant, la voix d'Authié l'interpella.

— Mademoiselle Vidal, puis-je vous voir un moment, s'il vous plaît ?

À sa grande surprise, il la prit par le coude et l'escorta dans le couloir.

— La conduite de votre amie est inqualifiable…, commença-t-il.

— Je m'en rends bien compte, acquiesça Sandrine, mais il ne daigna pas l'écouter.

— … et elle n'aidera sûrement pas M. Blum. Le commandant a ici un pouvoir absolu, comprenez-vous ? S'il a permis à Mlle Magne de voir son fiancé, même si j'ai quelque doute sur la réalité de ce lien, c'est uniquement pour me faire une faveur. Rien ne l'y obligeait.

— Lucie en a conscience. Elle était bouleversée, mais elle regrette profondément de vous avoir causé autant d'embarras.

— Vraiment ?

Un moment, ils se toisèrent. Sandrine s'obligea à ne pas détourner les yeux. Elle savait qu'il était dangereux. Pourtant, il les avait aidées. Si elle doutait de ses réelles motivations, Sandrine sentait en lui une grande force de caractère. Elle comprenait comment Raoul avait pu le suivre un temps, et Lucie lui faire confiance.

— Que pouvons-nous faire pour remédier à la situation, capitaine Authié ?

— J'ai réglé le problème, répliqua-t-il.

— Cela aggravera-t-il la situation de M. Blum ?

— Je regrette mais, à ce niveau, je n'ai aucune influence.

À nouveau, un instant, Sandrine crut voir tomber le masque. Quelque chose dans sa voix suggérait qu'il ressentait l'injustice de ce qui se passait ici, dans le camp, et avait conscience de la barbarie qui régnait en ces lieux. Elle voulut le faire sortir de ses retranchements, qu'il oublie un instant les obligations de sa fonction pour insuffler un peu de chaleur dans l'air glacial du couloir.

— La plupart de ceux qui sont détenus ici ont-ils vraiment fait quelque chose de mal ? s'enquit-elle, mais alors Authié changea d'expression.

— Allons-y, dit-il.

Sandrine aida Lucie à se relever, elles prirent le couloir en sens inverse pour se retrouver dehors, et remontèrent en voiture, tout cela en silence. Authié s'assit à l'avant. Un soldat en uniforme avait remplacé le chauffeur. Sandrine et Lucie se blottirent l'une contre l'autre. Comme ils traversaient le camp vers la sortie, Sandrine vit des files de prisonniers se former sous le soleil brûlant, des hommes squelettiques, au regard vide. Les voix des gardes faisant l'appel tombaient comme des couperets.

Lorsque la voiture franchit le portail pour rejoindre la route qui menait au village, elle ne put s'empêcher de se retourner et garda les yeux rivés sur le camp du Vernet, qui rapetissa, puis disparut derrière le virage.

92

Lucie était comme hébétée. Sandrine se renfonça dans son siège et lui pressa la main.

— Je regrette, mais je ne retourne pas à Carcassonne, leur déclara Authié en se retournant. Je suppose que c'est de là que vous venez ?

— Si vous pouvez nous déposer au village, nous nous débrouillerons, répondit Sandrine, grandement soulagée, en esquivant la question.

Après s'être repoudré le nez et appliqué un peu de rouge à lèvres, Lucie s'alluma une cigarette, tandis qu'Authié cherchait à en savoir plus.

— Vous êtes venues au Vernet en train ?

— En effet, répondit Sandrine en soutenant son regard.

— De Carcassonne ?

— J'ai dit au capitaine Authié que tu avais quitté la ville depuis quelque temps, intervint Lucie.

— Pour séjourner où ? Sans doute pas ici, au Vernet ?

— Certes non, répondit-elle en essayant de décider au plus vite ce qu'il valait mieux dire.

Dans le rétrovisieur, elle vit qu'il la scrutait.

— Où étiez-vous donc, mademoiselle Vidal ? Je suis passé chez vous à Carcassonne plusieurs fois durant la semaine dernière, et vous n'étiez jamais là.

— J'étais à Tarascon, dit-elle, incapable de trouver mieux.

— Une ville charmante, mais peu distrayante, à mon avis. Le genre d'endroit qui attire les partisans et ceux qui cherchent à troubler l'ordre public.

— Ah oui ? Je l'ignorais. Elle m'a semblé plutôt agréable.

— En tout cas, maintenant que je vous ai retrouvée, continua-t-il, j'aimerais en profiter pour vous poser quelques questions. Vous n'y voyez pas d'objection, je présume ?

— Non, aucune.

Manifestement, le chauffeur ne perdait pas une miette de leur conversation et, en le regardant mieux, Sandrine lui trouva un air étrangement familier. Toutefois, elle ne voyait pas du tout où elle aurait pu le rencontrer.

— ... selon vos propres termes, mademoiselle Vidal, disait Authié.

— Pardon ?

— Le lundi 13 juillet, vous avez été agressée au bord de la rivière à Carcassonne, près du Païchérou.

La bouche sèche, elle jeta un coup d'œil à Lucie en espérant que son amie n'avait pas donné à Authié plus d'informations qu'elle ne l'avait reconnu.

— En effet, confirma-t-elle. Je me suis rendue au commissariat. Un agent a recueilli ma déclaration.

— Il vaut toujours mieux entendre un témoignage de vive voix, mademoiselle Vidal.

Les minutes qui suivirent, malgré le ton poli et courtois qu'il employait, Authié la soumit à un interrogatoire en règle, et sous chacune de ses questions, Sandrine craignait qu'il se cache des pièges, des sous-entendus. Ce fut un exercice épuisant pour elle d'en dire juste assez, mais pas trop, et de glisser l'air de rien au fil de la conversation les informations que M. Baillard voulait faire passer.

— Et l'homme qui vous a aidée, il ne vous a rien dit de particulier ?

— Si, mais ses propos n'avaient ni queue ni tête, et je n'y ai pas fait attention.

— Essayez de vous en souvenir, mademoiselle Vidal, insista Authié, et il se retourna pour mieux l'observer.

Sortant un paquet de cigarettes de sa poche, il en proposa une à Lucie, qui accepta, puis à Sandrine, qui refusa. C'était le moment ou jamais.

— Il a parlé d'un livre, je crois, même si ce n'était pas le mot qu'il a employé…, commença-t-elle, puis elle s'interrompit d'un air pensif. Ah oui, ça me revient. Il s'agissait d'un Codex, un objet de grande valeur, caché quelque part.

— Cet homme a-t-il dit qu'il avait vu ce Codex ? s'enquit Authié posément, pourtant Sandrine perçut de l'avidité dans sa voix.

— Je crois bien, oui. Il a dit qu'il était caché en lieu sûr, mais je n'ai pas fait attention. Je voulais trouver de l'aide. À vrai dire, j'avais peur.

— A-t-il parlé d'une clef ?

— Une clef ? Non.

— Ou d'un lieu en particulier.

— Oui, quelque chose en rapport avec Pyrène, dit-elle lentement. Le col de Pyrène, je crois…

— Connaissez-vous cet endroit, mademoiselle Vidal ?

— Non.

— Et pourtant vous vous souvenez de son nom, dit-il en plissant les yeux.

— C'est qu'il n'a cessé de le répéter, précisa-t-elle, alors il est normal que je m'en souvienne. Il l'a même décrit, parlant d'une roche qui semblait recouverte de verre, ou quelque chose comme ça. Mais j'ai peut-être mal compris… Vous l'auriez vu, capitaine Authié. Il était dans un triste état. Comme s'il venait d'avoir un accident, comprenez-vous. J'avais du mal à suivre ses propos tant ils étaient décousus. Comme je l'ai dit, ils paraissaient n'avoir aucun sens.

Authié la scruta intensément de ses yeux gris acier. Sandrine craignit d'avoir un peu trop forcé le trait en jouant la jeune fille crédule, naïve, et pourtant si peu curieuse… Un long frisson la parcourut, et elle s'agrippa au côté de son siège.

— Alors j'ai glissé sur un rocher, s'empressa-t-elle de continuer, et je me suis bêtement cogné la tête. En fait, l'homme ne devait pas être aussi mal en point que je le croyais, car quand je suis revenue à moi, il avait disparu.

— Vous êtes certaine, tout à fait certaine, de n'avoir vu personne d'autre à la rivière ?

— Sûre et certaine, assura Sandrine en soutenant son regard.

— Vous ne vous rappelez pas que quelqu'un vous est venu en aide ?

— Si, bien sûr. Lucie et Max, dit-elle, l'estomac noué, le cœur battant à tout rompre. Quelle chance j'ai eue qu'ils passent justement par là, autrement, je ne sais comment je m'en serais sortie.

— Avant leur intervention, insista Authié, implacablement.

— Non, mentit-elle.

Lucie prit le relais.

— Nous avons cherché, mais il n'y avait personne. Et sur le moment, je l'avoue, nous avons pensé que tu avais tout inventé, ajouta-t-elle avec une petite moue.

— Je sais, dit Sandrine en lui adressant un petit sourire de gratitude. Je devais avoir l'air d'une folle. Je regrette de ne pouvoir vous aider davantage, capitaine Authié, conclut-elle en se tournant vers lui.

Il ne répondit pas. Dans le rétroviseur, Sandrine le vit échanger un regard avec le chauffeur. La voiture ralentit. Le cœur serré, Sandrine craignit soudain qu'ils ne les lâchent au beau milieu de nulle part, pour se dire aussitôt que cela vaudrait sans doute mieux. À présent qu'elle avait rempli son rôle, elle avait terriblement hâte de fausser compagnie à Authié. Il lui fallait aussi envoyer au plus vite un message à M. Baillard, pour l'informer que le plan était déjà en action.

Arrivée au croisement, la voiture tourna au ralenti. Authié se pencha pour s'entretenir à voix basse avec le chauffeur. Alors, au lieu de prendre la direction du village Le Vernet, ils prirent la grand-route direction Tarascon. Un nouveau frisson d'angoisse la saisit.

— Vous deviez nous déposer à la gare, intervint-elle. Un train partira en fin de journée.

— Vous savez comme ces lignes fonctionnent mal, mademoiselle Vidal. Je me ferai un plaisir de vous ramener à Tarascon.

— Je ne veux pas vous déranger plus longtemps, rétorqua-t-elle en essayant de trouver comment diable elles allaient rejoindre Foix où leur voiture les attendait, planquée dans un garage.

— Aucun problème. C'est sur notre chemin, dit-il, puis il laissa passer quelques secondes de silence. Je me demandais si votre présence à Tarascon est de près ou de loin liée à cette affaire, mademoiselle Vidal ?

— Quel rapport ? s'étonna-t-elle ingénument, en fronçant les sourcils. J'accompagne juste notre femme de charge qui voulait rendre visite à des amis. Sa santé laisse à désirer, et elle ne peut voyager seule.

— Ces derniers temps, la plupart des gens évitent de voyager à moins d'y être obligés.

— On voit que vous ne connaissez pas Marieta, répliqua-t-elle en se forçant à sourire.

Le visage d'Authié restait indéchiffrable.

— Il faudra me donner votre adresse sur place.

— Bien sûr, répondit vivement Sandrine, en se demandant ce qu'elle allait faire quand ils arriveraient à Tarascon.

93

Tarascon

Lucie dormait. Le soleil formait un halo autour de sa tête blonde appuyée contre la vitre.

— Nous y sommes, murmura Sandrine, l'estomac noué. Réveille-toi.

Lucie tressaillit, puis se redressa aussitôt.

— Où séjournez-vous, mademoiselle Vidal ? s'enquit Authié.

Prise de court, Sandrine se rappela soudain le nom d'un hôtel de la ville.

— Au Grand Hôtel de la Poste, répondit-elle avec un petit temps de retard. Mais je dois retrouver une amie au café Bernadac en fin d'après-midi. Merci, capitaine Authié, vous nous avez fait gagner du temps. Vous pouvez nous déposer, nous nous rendrons à pied au centre-ville.

— Vous aussi, vous séjournez ici, mademoiselle Magne ?

Sandrine jeta un coup d'œil à son amie en craignant qu'elle ne soit incapable de jouer le jeu. Mais Lucie fit un effort sur elle-même et donna la réponse adéquate.

— Oui. Pour une nuit.

— Vous retournez toutes les deux à Carcassonne demain ?

— Moi, oui, mentit Lucie. Quant à Sandrine, je ne sais pas, c'est à elle de le dire.

Comme la voiture ne s'arrêtait pas, les jeunes filles échangèrent un regard.

— Vraiment, nous pouvons continuer à pied, insista Sandrine en se penchant vers Authié.

— Je ne peux consentir à vous laisser marcher par cette chaleur.

— Très bien, dans ce cas, c'est place de la Samaritaine, dit-elle en luttant pour conserver un ton calme et posé. C'est trop aimable à vous.

— Vous connaissez, Revol ? lança Authié à l'adresse du chauffeur, et Sandrine sentit son sang se figer.

Sylvère Revol… l'homme qui avait posé la bombe en faisant accuser Raoul de son forfait. Elle ne put s'empêcher de le fixer dans le rétroviseur et croisa son regard au même instant. Avec un coup au cœur, elle sut qu'il avait remarqué sa réaction et s'exhorta au calme. Jusque-là, tout s'était déroulé comme prévu, avec même de l'avance sur le plan initial. Elle devait garder son sang-froid, et surtout ne pas se trahir maintenant.

Revol manœuvra dans les rues étroites, puis, arrivé à la grande place, se gara devant les arcades des Halles. Sandrine descendit de voiture et regarda vers l'auvent du café situé de l'autre côté. En fond, derrière les bâtiments, la boucherie et le tabac du coin, se découpaient les reliefs du Vicdessos et le roc de Sédour. Tels des châteaux flottant dans le ciel, songea-t-elle.

Authié descendit également de voiture et considéra les tables en terrasse.

— Voyez-vous votre amie, mademoiselle Vidal ?

Sandrine fit mine de la chercher du regard.

— Pas encore, mais grâce à vous, je suis très en avance. Vous pouvez nous laisser sans vous attarder plus longtemps, maintenant que nous voici arrivées à bon port.

Elle le vit hésiter.

— Quand comptez-vous rentrer à Carcassonne avec votre femme de charge, mademoiselle Vidal ? Vous ne l'avez pas précisé.

— Après le week-end, répondit-elle. Lundi ou mardi, cela dépendra des trains, évidemment… Merci encore de votre gentillesse, capitaine Authié, conclut-elle.

Mais au lieu de lui serrer la main qu'elle lui tendait, il se tourna vers Lucie.

— Et vous, mademoiselle Magne ?

— Je vous l'ai dit. Demain, répondit Lucie avec lassitude.

— Ah, c'est vrai…

Sandrine jeta un coup d'œil à son amie. Sous la poudre, elle était blême, et semblait sur le point de défaillir. Des gouttes de sueur perlaient sur son front.

— Viens, Lucie, allons nous asseoir, dit doucement Sandrine.

Mais Authié s'incrustait. Sandrine ne put que s'asseoir à la table la plus proche en priant pour qu'il ne les rejoigne pas. Il resta planté devant elles, masquant le soleil. Alors, à son grand soulagement, elle aperçut Eloïse Saint-Loup, de l'autre côté de la place.

— La voilà ! s'exclama-t-elle en lui faisant signe. Eloïse, par ici !

En les voyant, Eloïse changea aussitôt de direction pour se diriger vers le petit groupe. Sandrine bondit de sa chaise et courut à sa rencontre.

— Grâce au capitaine Authié, nous sommes arrivées plus tôt que prévu, s'exclama-t-elle. Tu ne nous attendais pas si tôt, n'est-ce pas ? Merci encore de nous avoir accompagnées, ajouta-t-elle en se tournant vers lui.

— À qui ai-je l'honneur ? s'enquit Authié en scrutant Eloïse, qui lui répondit sans détourner le regard.

— Eloïse Saint-Loup.

Authié regarda l'heure à sa montre, puis adressa un petit signe de tête à Revol.

— Si j'ai besoin de m'entretenir à nouveau avec vous, mademoiselle Vidal, je passerai vous voir à Carcassonne.

— Faites donc, si vous en voyez l'utilité, dit-elle.

Authié s'inclina courtoisement, puis remonta en voiture. Revol claqua la portière, monta lui-même et démarra.

Sandrine resta debout jusqu'à ce que la voiture disparaisse, puis elle s'affala sur la chaise, les jambes flageolantes, en poussant un long soupir.

— Jamais je n'ai trouvé le temps aussi long.

— Mais à quoi rime tout cela ? Je ne vous attendais pas avant mercredi, remarqua Eloïse, et Sandrine lui expliqua ce qui s'était passé.

— C'est pourquoi ce fut un heureux hasard que tu passes justement par là au moment opportun, conclut-elle. Je craignais que le capitaine Authé n'insiste pour m'accompagner à l'hôtel et ne demande à consulter le registre… Son chauffeur, Sylvère Revol, tu le connais ?

— Non, je ne crois pas. Pourquoi ?

— Oh, pour rien. Il m'a semblé qu'il te regardait avec insistance…, dit-elle, puis elle jeta un coup d'œil à Lucie, qui paraissait plus vannée que jamais. Ça va ?

— Ça pourrait aller mieux.

— Normal, avec cette chaleur. Un peu de repos ne te ferait pas de mal…

Elle s'interrompit en se rendant compte qu'elle parlait de plus en plus à la manière de Marianne, ce qui la fit sourire.

— Notre voiture est à Foix, reprit-elle en revenant à Eloïse. Mais je dois voir M. Baillard pour lui raconter ce qui s'est passé. C'est terriblement important. Tout se précipite par rapport au plan initial.

— Il séjourne chez l'inspecteur Pujol, dit Eloïse. Je peux t'y emmener, si tu le souhaites.

Les mots montèrent tout seuls à ses lèvres.

— Y a-t-il quelqu'un avec lui ?

— Non, répondit Eloïse en souriant avec compassion. Raoul est resté sur le site pour veiller au grain. Il va bien. Tout marche comme sur des roulettes. Mon mari sert de messager entre M. Baillard et lui.

Sandrine savait enfin que Raoul avait pu gagner Tarascon sans être inquiété. Qu'il était en sécurité.

— Merci, dit-elle posément.

— Il a l'air sympa, commenta Eloïse. Sauf qu'il n'a pas cessé de me poser des questions.

— À quel propos ? demanda aussitôt Sandrine.

— À ton avis ? répondit Eloïse en riant de bon cœur.

‡
Codex XV
‡

Gaule, pic de Vicdessos
Août 342 ap. J.-C.

Au cœur de ces montagnes séparant la Gaule de l'Hispania, Arinius avait l'impression d'avoir atteint le versant du monde. Il marchait depuis trois jours, sans but précis, sinon trouver un lieu propice et abrité, où l'aspect et le relief demeureraient inchangés au cours des siècles à venir. Il avait écarté l'idée d'une cachette dans les bois en dessous, car les forêts pourraient être coupées, brûlées, ou même inondées en cas de crue. Le feu, l'épée, l'eau. Seules les montagnes y résisteraient.

Il s'arrêta, le temps de reprendre son soufffle. Les derniers rayons du soleil glissaient sur la roche avant de plonger derrière les sommets. Arinius envisagea de faire halte pour ne reprendre sa route que le lendemain matin, mais il n'avait pas envie de se reposer. Trois jours avaient passé depuis sa mise à l'épreuve, sa vision, comme il l'appelait en pensée, mais il était encore plein de vigueur. Et si près du but, à présent.

Le sentier poussiéreux était glissant, les contreforts plus escarpés qu'il ne l'avait escompté, ce qui rendait cette montée pénible. Mais Arinius avait peu toussé ces derniers jours, et il soufflait une brise agréable. Enfin, au-dessus de lui, il découvrit une série de grottes, toutes face à l'ouest et nichées au creux des pins et des chênes de la forêt ancestrale. Grimpant encore, il trouva ce qu'il cherchait. Une grotte isolée, ceinte d'un cercle de rochers et de crevasses. Il sourit en contemplant au-dessus de lui cette suite naturelle de dolmens et de stèles, et la façon dont la lumière tombait sur la montagne, projetant le signe de la croix sur la façade du rocher.

– *In hoc signo vinces*, dit-il.

L'empereur Constantin avait-il vraiment prononcé cette phrase comme le disait la légende ? Arinius savait seulement que la croix, synonyme autrefois de persécution et d'exil, en était venue à symboliser la force. Même avant qu'on ne commence à brûler les textes anciens, Arinius avait vu avec crainte les changements qui s'opéraient dans l'Église. De secte persécutée, elle devenait elle-même persécuteur. Or il ne souhaitait pas que les restrictions et les indignités subies jadis par les chrétiens, de braves gens tels que sa mère Servilia, soient infligées à d'autres. Il redoutait de voir maltraiter des amis juifs, des sages issus des anciennes tribus. Son Dieu prêchait la paix, l'accueil et l'amour envers tous les hommes, pourtant il constatait déjà combien les paroles de l'Écriture, simples et douces, étaient déformées, transformées en armes, et manipulées pour servir les désirs d'hommes avides de pouvoir, plutôt que de grâce.

Arinius continua son ascension. En approchant, il vit que l'ombre projetée par la lumière rose n'était pas juste une croix, mais un double crucifix. Une ligne verticale et une ligne horizontale, avec une deuxième branche horizontale plus courte sous la première. Il se demanda si ce phénomène se produisait souvent. Était-ce seulement au crépuscule ? Au mois d'août, ou tout au long de l'été ? Ou bien la configuration du pays, des bois et de la lumière était-elle assez constante pour que le soleil projette cette ombre sur les montagnes en toute saison ?

Il croisa des buissons de genièvres en bordure du chemin, puis avança entre deux rangées de chênes, pour enfin parvenir au plateau, devant la grotte au crucifix, comme il la dénommait déjà en pensée. Arinius s'accorda quelques instants, le temps de reprendre son souffle. Il toucha la simple épingle qui nouait sa cape sur son cou, en remplacement de la broche de sa mère perdue durant sa chute, au retour d'Aquis Calidis.

Plus près, la lumière jouait différemment, de sorte que les contours de la croix n'étaient plus aussi nets. C'était à présent un motif oblique de lignes sombres entrecroisées, comme le dessin d'un coup de pinceau. Le ciel était strié d'orange et de rose sur fond mauve. Les nuages blancs effilochés se fondaient dans la façade grise de la roche, de l'autre côté de la vallée, dorée par le soleil couchant.

Arinius regarda derrière lui l'allée bordée de chênes, les frênes et les bouleaux puis, au-dessus, le cercle de pierres qui semblait encadrer l'entrée de la grotte, et il sut alors que c'était l'endroit idéal.

Toute lassitude le quitta. S'accroupissant, il sortit de son sac en cuir le matériel qu'il avait emporté de Carcaso : planchette, baguette et ficelle pour former un arc à feu. Il avait hérité de l'adresse de sa mère, qui lui avait beaucoup appris durant leur neuf années de vie commune. Il sortit le combustible, un mélange de paille et d'écorce de noisetier bien sèches, et le plaça de manière que la braise créée par la friction puisse l'enflammer. Enfonçant la pointe de la baguette dans le trou pratiqué dans la planchette, il l'enveloppa avec la ficelle, bien serrée, pour qu'elle ne glisse pas. Puis il posa à terre le genou droit, tout en maintenant la planchette du pied gauche et, assurant sa prise, se mit à frotter la baguette en la faisant tourner dans son axe de plus en plus vite, sentant la chaleur se répandre dans ses mains. Il avait des crampes dans les cuisses et dans les épaules, mais la douleur ne le gênait pas dans son travail. Il continua ainsi sur un rythme régulier, afin de créer une friction constante entre la planchette et la baguette. Dans le creux ainsi pratiqué, la sciure de bois s'amassait, et une infime lueur surgit, une étincelle, une flamme minuscule.

Soufflant dessus, Arinius réussit à enflammer le mélange de paille et d'écorce qui lui servait de combustible. La cendre et la poussière coincées dans sa gorge le firent tousser, mais la brise de montagne vint à son secours et, peu après, il fut récompensé de ses efforts par la lueur rouge qui commençait à se répandre.

Assis sur les talons, il se délassa un moment pour reposer ses membres douloureux, puis se remit au travail. Sortant de son sac un vieux chiffon trempé de poix, il l'enroula autour d'un manche de bois, et tendit la torche ainsi faite vers le feu. Le chiffon commença à fumer en crachotant et s'enflamma.

Il se leva. Après avoir lancé un dernier regard vers la beauté du ciel, ici, au sommet du monde, il se retourna puis, portant sur son dos le coffret en bois de cèdre contenant le Codex bien à l'abri dans un sac, il entra dans la pénombre de la grotte.

Tenant d'une main la torche devant lui tout en tâtant de l'autre le mur de la grotte pour se guider, Arinius avança lentement. Le passage descendait et se rétrécissait, tant et si bien qu'il dut baisser la tête. Il faisait plus froid à mesure qu'il s'enfonçait, mais l'air restait pur et frais. Il savait qu'il ne courait aucun danger.

Le passage accédait à une petite caverne. Dans ce monde souterrain, la flamme projetait des ombres dansantes sur les murs et la voûte du plafond. Il resta immobile un instant, puis remarqua un trou devant lui, dans le sol. Avançant prudemment, il vit qu'il s'agissait d'un puits naturel, un tunnel qui s'enfonçait vers le centre de la terre, guère plus large que la longueur de son bras. Il lâcha une pierre dans le trou et écouta. L'écho qui se reverbéra dans la caverne lui indiqua que le puits était à sec. Il servirait d'autant mieux son dessein.

Pour libérer ses mains, Arinius ramassa quelques gros cailloux, les empila et y coinça le manche de la torche. Puis il revint au bord du puits et s'agenouilla. Tendant le bras dans le trou, il chercha à tâtons un creux, un renfoncement qui puisse abriter le coffret. Il n'y avait rien d'assez large, aussi dut-il s'allonger sur le ventre et s'étirer encore dans le noir. Alors il trouva ce qu'il cherchait, une fissure dans la pierre, assez large pour contenir le coffret.

Il se redressa, puis sortit le coffret du sac et le posa sur ses genoux. La tentation fut forte de contempler une dernière fois le Codex. Pourtant, il gardait à l'esprit ce qui lui était arrivé, cette épreuve à laquelle il avait failli succomber, aussi se contenta-t-il de porter le coffret à ses lèvres. Il l'embrassa, puis l'enveloppa dans son mouchoir. Cette mince couche de coton ne changerait sans doute rien, mais il voulait faire tout son possible pour protéger le Codex du passage du temps.

Couché sur le ventre, Arinius se pencha dans le gouffre et tâtonna pour retrouver la fissure. Lentement, avec un soin infini, il y enfonça le coffret aussi profondément qu'il le put, puis vérifia plusieurs fois qu'il était bien calé et ne risquait pas de tomber.

Quand ce fut fini, il se redressa. Au lieu de la fierté et de la satisfaction du devoir accompli, Arinius se sentait démuni, presque mutilé. C'était comme s'il venait de laisser dans la grotte la part la plus essentielle de son être. Un morceau de son âme, qu'il ne regagnerait jamais sur cette terre. Un sentiment de complète solitude s'abattit sur lui, le même qu'il avait ressenti étant enfant, quand on l'avait arraché à sa mère pour le confier aux soins de la communauté.

Assis sur les talons, il pencha la tête et joignit les mains pour prier. Cette fois, ce ne fut pas le Notre Père, qui le soutenait depuis si longtemps, qu'il récita, mais des versets tirés de l'Apocalypse de Jean. Le seul texte gnostique qu'Athanase n'avait pas désapprouvé.

— Un ciel nouveau et une terre nouvelle.

Ici, au cœur de la montagne, Arinius croyait en la véracité de telles prophéties. Après la peur qu'avait engendrée en lui sa vision terrifiante, un sentiment de paix l'habitait. Le calme qui suit la tempête.

Il se tenait pour inculte, pourtant il comprenait maintenant ce que signifiait l'Écriture. Il comprenait le fondement de la foi. La promesse de l'alliance et du jugement.

— Je suis le vivant, murmura-t-il. J'étais mort ; et voici, je suis vivant aux siècles des siècles. Amen.

‡

94

Col de Pyrène
Août 1942

Léo Authié et Sylvère Revol passèrent devant le Grand Café Oliverot, sur la route de Foix.

— Nous ne pouvons nous permettre de perdre du temps, Revol, râla Authié avec hargne.

— Désolé, monsieur. Je n'avais pas prévu le détour par Tarascon.

— Où se trouve le garage le plus proche ?

— Environ à une heure de route, monsieur. Juste avant Foix.

Authié tapa avec impatience sur le tableau de bord, même s'il devait admettre qu'ils n'avaient pas le choix, puisqu'il leur fallait de l'essence. Or il y avait bien quelques fournisseurs officiels en Ariège, mais aucun entre Limoux et Carcassonne. Avoir le Codex à portée de main et être forcé d'attendre lui était intolérable, tant il brûlait du désir de voir de ses propres yeux le texte hérétique. Le tenir enfin entre ses mains, pouvoir vérifier si les rumeurs au sujet de son pouvoir étaient fondées. Puis, être celui qui le détruirait. Il toucha le crucifix épinglé à sa boutonnière.

— Comment savez-vous où se trouve le col de Pyrène, Revol, puisqu'il ne figure dans aucun guide ?

demanda-t-il après qu'ils eurent roulé un moment en silence.

— Il est bien connu des gens du coin, répondit platement Revol.

— Dans ce cas, pourquoi n'avons-nous pas déjà exploré ce site ?

— Il y a eu des fouilles avant la guerre, monsieur. Elles n'ont rien donné.

— Pratiquées par qui ?

— Le prédécesseur de Herr Bauer, je crois. Et par une équipe française.

— Et Bauer, est-il au courant ? demanda Authié en se tournant sur son siège pour faire face à Revol.

— Je l'ignore, monsieur.

— Cela n'a pas de sens.

— Se pourrait-il que Déjean ait trouvé le Codex en un autre endroit, puis qu'il ait préféré le cacher au col de Pyrène par précaution plutôt que de le garder sur lui, justement parce qu'il savait que le site avait déjà été fouillé et abandonné ?

Authié ne répondit pas, pourtant il devait admettre que la théorie de Revol était pertinente.

— Plus vite, ordonna-t-il.

Tarascon

— Il n'y a personne ici, conclut Sandrine après avoir bien observé la maison de Pujol.

— Il faut que je m'asseoie, sinon je vais tomber, dit Lucie, qui semblait effectivement bien près de défaillir.

— Il y a une terrasse derrière, intervint Eloïse. Tu pourras t'y reposer.

Sandrine et Lucie suivirent Eloïse. Elle contourna la maison, puis monta une volée de marches étroites menant à une petite terrasse en pierre. Une vieille table et deux fauteuils en fer forgé étaient orientés vers le soleil d'après-midi.

— Assieds-toi, dit Sandrine. Je vais voir si je peux au moins te trouver quelque chose à boire.

D'ordinaire, Sandrine n'aurait pas pénétré ainsi chez quelqu'un sans y être autorisée, surtout pas chez un policier, mais Lucie avait la mine défaite. On aurait dit que toute vie l'avait quittée. Après la montée d'adrénaline que lui avaient value toutes ces émotions à la suite, réussir contre toute attente à entrer dans le camp, puis voir Max, la situation réelle de l'homme qu'elle aimait l'avait frappée dans toute son horreur, et elle ne s'en remettait pas.

— Cette fenêtre est entrouverte, lança Eloïse.

Elle cala le fauteuil en fer forgé contre le mur, puis Sandrine monta dessus, passa la main par la petite ouverture en haut de la fenêtre, poussa un peu de l'épaule et, tendant la main pour atteindre la clenche, le visage collé contre la vitre, elle réussit à l'ouvrir. Ensuite, il lui fut facile de grimper sur le rebord, sauter pour atterrir dans la cuisine, et déverrouiller la porte.

— J'espère que l'inspecteur Pujol ne nous en voudra pas trop, dit-elle en tendant un verre d'eau à Lucie, qui le but d'un trait.

— Qu'allons-nous faire, maintenant ? s'enquit Lucie d'une toute petite voix.

— Toi, rien. Juste rester tranquillement assise, répondit Sandrine.

— Je vais voir si je puis rejoindre Guillaume, dit Eloïse. Il doit savoir où se trouvent M. Baillard et l'inspecteur Pujol. Je dois les prévenir au sujet d'Authié et de Revol.

— Je t'accompagne, déclara Sandrine. Nous aurons plus de chances à deux. Ça ira ? ajouta-t-elle en posant la main sur le bras de Lucie. Je reviendrai dès que possible.

— Oui, ça ira.

Eloïse et elle retournèrent en ville. Sandrine se demandait s'il n'aurait pas été plus raisonnable de rester sur place. Mais elles auraient risqué d'attendre des heures.

— Moi, je vais par là, dit Eloïse en désignant un escalier étroit qui s'enfonçait dans le vieux quartier. À ta place, je commencerais par le Grand Café Oliverot, sur la route de Foix. L'inspecteur Pujol y est souvent.

Sandrine se rappela avoir croisé ce café quand ils étaient entrés dans Tarascon.

— Il y a aussi un autre café qu'il aime bien, près de la gare… Et un bar comme on n'en fait plus, sous la tour Castella, sur l'autre rive. Retrouvons-nous chez Pujol dans une heure, d'accord ?

Sandrine avança à pas rapides vers le café Oliverot en espérant apercevoir M. Baillard, repérable à son costume clair et son panama. De l'autre côté du pont Vieux, elle remarqua un homme massif, coiffé d'un chapeau démodé. Et si c'était l'inspecteur Pujol ? À cet instant, une voix d'homme l'interpella :

— Puis-je vous dire un mot ?

Son cœur s'arrêta de battre. Elle avait regardé droit devant elle, sans remarquer l'homme qui se tenait dans l'ombre, sur le seuil d'une épicerie. Au premier coup d'œil, elle fut certaine de ne pas le connaître.

— Désolée, je suis terriblement pressée. Si vous voulez bien m'excuser, dit-elle en essayant de le dépasser, mais il lui bloqua la voie en se plaçant devant elle.

— Ce ne sera pas long, *Fräulein*.

Une autre voix, derrière elle. Sandrine fit volte-face et découvrit avec un coup au cœur qu'un deuxième homme lui barrait aussi le passage.

— Juste une question, dit-il avec un fort accent allemand.

Était-ce un civil, ou occupait-il une fonction au sein des services spéciaux ?

— Très bien, résolut-elle en s'exhortant au calme.

— Nous avons entendu par mégarde votre conversation, tout à l'heure. Vous avez mentionné un ami à nous.

— Ah oui ? s'étonna-t-elle en s'efforçant frénétiquement de se rappeler ce qu'elle avait dit à Eloïse et de deviner ce que ces hommes voulaient.

— Sylvère Revol. Vous le connaissez ? s'enquit le premier.

Son soulagement qu'il ne s'agisse pas de Raoul fut de courte durée. M. Baillard lui avait dit que d'autres, allemands autant que français, pouvaient être à la recherche du Codex.

— Nous avons hâte de lui parler, *Fräulein*, renchérit l'autre.

— En fait, je le connais très peu, dit-elle en se demandant s'ils l'avaient vue avec Revol et Authié, ou s'ils l'avaient juste entendue en parler avec Eloïse.

— Savez-vous où il est ?

Le cœur battant, elle s'efforça au calme et décida de leur transmettre les informations qu'elle avait données à Authié un peu plus tôt. Le piège fonctionnerait aussi pour eux, du moins l'espérait-elle.

— Il me semble qu'il devait se rendre au col de Pyrène, d'après ce que j'ai entendu dire. Je n'en sais pas plus, messieurs.

Les Allemands échangèrent un regard, puis l'homme devant elle s'écarta et lui fit signe de passer.

— *Danke schön.*

Tenant à peine sur ses jambes tremblantes, Sandrine attendit qu'ils aient disparu, puis elle se reprit et courut pour traverser le pont. L'homme au chapeau avait disparu, de sorte qu'elle retourna en arrière vers le café Oliverot. Il devenait de plus en plus urgent de joindre M. Baillard.

Et Raoul ? Lui aussi, elle devait le prévenir.

Col de Pyrène

— Pressez-vous, dit Authié.

Revol poussait la voiture aussi vite qu'il le pouvait sur la route de montagne, tandis qu'Authié repassait sans cesse dans sa tête la conversation qu'il avait eue avec Sandrine Vidal. Durant les deux dernières heures, des soupçons lui étaient venus. Quelque chose dans la candeur avec laquelle elle lui avait rapporté ce que Déjean avait dit à la rivière ne collait pas avec la maîtrise dont elle faisait preuve par ailleurs. Avait-elle involontairement laissé échapper cette information sur la grotte ? Était-elle vraiment inconsciente de son importance, ou son manque d'intérêt était-il feint ? Au vu du dossier sur sa sœur, se pouvait-il qu'elle soit aussi naïve et innocente ?

— Dès que nous aurons protégé le site, nous retournerons à Tarascon, Revol. Je veux m'entretenir encore avec Sandrine Vidal.

— Très bien, monsieur. Au fait, je voulais vous faire part d'un détail. La fille avec laquelle Sandrine Vidal avait rendez-vous a donné un faux nom. Saint-Loup est son nom de jeune fille. Elle s'appelle maintenant Eloïse Breillac.

— Pourquoi mentirait-elle ? s'enquit Authié en lui lançant un coup d'œil.

— Elle est mariée à Guillaume Breillac, une autre famille bien connue de la région, comme les Saint-Loup. Or les sympathies de cet homme vont aux partisans, même si nous n'avons encore rien pu retenir contre lui.

— Alors il faudra m'entretenir également avec Mme Breillac, dit Authié.

Revol quitta la route pour s'engager sur une piste de plus en plus défoncée où il roula aussi vite qu'il le put jusqu'à leur arrivée sur le site. Devant eux, sous les arbres, un camion Opel-Blitz brun apparut, à peine visible. Manifestement, on avait écarté les branches pour permettre au véhicule de s'y glisser pour mieux le camoufler.

— Bon sang, qu'est-ce que c'est ? ragea Authié, et Revol alla aussitôt se renseigner.

Authié descendit de voiture et attendit, tandis que son lieutenant regardait par la vitre de la cabine, puis examinait le plateau non bâché et les plaques d'immatriculation, avant de revenir.

— Des plaques civiles, monsieur. Il y avait ceci sur le siège avant.

C'était un exemplaire du *Der Stürmer*, le plus antisémite et anticatholique des journaux nazis. Parmi les hauts dignitaires du parti, beaucoup le taxaient de propagande pornographique, mais d'autres, tels que Himmler, l'approuvaient et apparaissaient souvent sur ses pages. Authié fronça les sourcils. Il s'était toujours douté que Bauer était un ennemi de l'Église. Il rendit le journal à Revol en le lui jetant presque.

— Quand vous avez parlé aux hommes de Bauer, au Vernet, ont-ils dit quelque chose ?

— Non.

— Auraient-ils pu garder ces informations pour eux, dans ces circonstances ?

Revol soutint son regard.

— Je n'y suis pas allé de main morte, monsieur. S'ils avaient su quelque chose, ils auraient choisi de me le dire.

Authié hocha la tête. Il avait vu dans le passé les résultats des interrogatoires musclés de Revol.

— Dans ce cas, comment diable Bauer nous a-t-il précédés ici ?

— Étant donné la facilité avec laquelle la fille Vidal s'est ouverte à vous, elle a dû en parler à d'autres gens. Tarascon est petit. Les rumeurs vont vite.

— Vous croyez qu'elle a dit la vérité ?

— D'après moi, elle n'avait pas conscience de l'importance de ce qu'elle révélait.

Authié sortit son revolver de sa poche.

— Prenez ce qu'il nous faut.

Revol sortit du coffre un lourd fourre-tout en toile.

— Est-ce que je cache la voiture ?

— Contrairement à Bauer, nous avons tous les droits d'être ici, répliqua sèchement Authié. Mais laissons-les faire le gros du travail.

— Vous n'allez pas à sa rencontre ?

Quelque chose dans le ton de Revol intrigua Authié.

— Non. Bauer n'a pas jugé bon de me communiquer les informations sur le col de Pyrène, répondit-il lentement, en observant le visage de son lieutenant, et donc je n'ai pas l'intention de lui donner l'occasion de s'expliquer. Du moins, pas pour l'instant.

Authié suivit Revol sur le chemin l'arme au poing, aux aguets du moindre bruit. Quand ils eurent grimpé à travers bois, ils se trouvèrent à découvert, mais il n'y avait personne alentour. Ils virent alors des buissons de genévriers et une paroi rocheuse, lisse en apparence.

— L'entrée ne se voit pas d'ici, mais la voilà, dit Revol.

— C'est l'unique accès ?

— Oui, à ma connaissance… Nous entrons, monsieur ?

Authié réfléchit un instant.

— Non, je ne veux pas perdre l'avantage. Attendons un peu de voir ce qu'ils font.

Ils se dissimulèrent derrière un petit affleurement rocheux. Revol sortit du sac deux Mauser K98, un modèle de fusil couramment utilisé par la Wehrmacht. Authié avait opté pour des armes qu'on ne pourrait attribuer à des opérations françaises. Il voulait faire passer tout cela pour une affaire strictement allemande. Il attendit, tandis que Revol chargeait les fusils et les verrouillait.

Authié hésitait encore, mais il était prêt à tuer Bauer. Tel un guerrier de Dieu. Sa main toucha à nouveau la croix épinglée à sa boutonnière, puis il plia les doigts, sentant dans sa main le poids de son fusil.

Couché à plat ventre, Raoul vit Sylvère Revol et Léo Coursan se dissimuler derrière l'escarpement. Il s'obligea à respirer sur un rythme régulier pour réfréner sa colère. Cela le démangeait d'appuyer sur la gâchette, mais il ne devait pas révéler sa position. Pourtant, avoir Coursan en joue sans pouvoir le descendre lui était presque insupportable.

Les nazis étaient dans la grotte depuis deux heures. Raoul avait entendu le moteur du camion peu après 16 heures, puis les bruits du matériel qu'on déchargeait, ponctués de bribes d'allemand. Eloïse lui avait dit que la présence de la Wehrmacht et des SS dans la région était connue à Tarascon, même si chacun faisait mine de l'ignorer. Certains, parce qu'ils en tiraient profit. D'autres, parce qu'ils ne savaient pas si les Allemands avaient ou non le droit d'être en zone nono. Pourtant, ce fut un choc pour lui d'entendre parler allemand si ouvertement.

Ils étaient cinq. L'un d'eux, en costume et chapeau, souffrait visiblement de la chaleur alors que le soleil était encore bas. Les quatre autres, en vêtements de travail, transportaient le matériel, dont des lampes-tempête, un treuil, un palan, des pioches et des pelles. Raoul avait réussi à se rendre au point de rendez-vous avec Guillaume Breillac, de sorte que Baillard devait à présent être au courant de la présence allemande. Il ne comprenait pas comment l'équipe avait pu arriver si tôt, alors que Sandrine ne devait se rendre à Tarascon que mercredi ; pourtant les rumeurs s'étaient manifestement répandues. Mais il ne voyait aucun moyen d'informer Baillard des derniers développements sans quitter son poste d'observation, ce qu'il ne souhaitait pas faire.

Il jeta un coup d'œil à sa montre : 18 heures. Breillac ne reviendrait pas avant 21 heures. La main sur son revolver, Raoul garda les yeux fixés sur Coursan.

95

— Monsieur, murmura Revol, et Authié hocha la tête.

Quatre hommes venaient d'émerger de la grotte. Avec l'air satisfait du devoir accompli, ils s'étirèrent en clignant des yeux, éblouis par le soleil de fin de journée, après l'obscurité souterraine. On voyait à leurs vêtements maculés d'huile et de poussière qu'ils avaient travaillé dur.

Le plus costaud des quatre sortit un paquet de cigarettes de sa poche et le tendit à la ronde. Suivit une conversation en allemand qu'Authié parvint sans mal à comprendre. L'un confirma qu'ils partiraient dès ce soir pour gagner Pau, traverser en zone occupée, puis gagner la côte Atlantique. Ensuite ils rentreraient chez eux, loin de cette chaleur infernale. Suivirent quelques plaisanteries lubriques sur la bonne bière et les petits plaisirs qui les attendaient, ponctuées de gros rires.

Authié réfléchit. Si Bauer se préparait à partir cette nuit, cela confirmait qu'il avait trouvé quelque chose qui valait d'être rapporté à ses maîtres de Berlin. Donc, il pourrait aborder Bauer et tenter de négocier avec lui. Ou s'emparer de sa trouvaille par la force. Il fallait ne rien laisser au hasard. Il avait donné des instructions à Revol afin de réagir face aux deux éventualités, et s'y était préparé lui-même.

Un moment, il ferma les yeux pour prier, soupesant le pour et le contre, et lorsqu'il toucha du doigt le crucifix épinglé à sa boutonnière, son contact froid emporta sa décision. Quatre contre deux… Si les négociations tournaient mal, ce serait en leur défaveur. Le seul avantage que Revol et lui avaient, c'était la surprise. Mieux valait frapper les premiers.

Il se tourna vers Revol, et hocha la tête. Revol se mit en position. Authié leva le Mauser 98K. Il coinça la crosse contre sa clavicule droite, cala son coude gauche contre la pierre pour assurer sa prise, et se concentra sur sa cible. Les bruits venant du groupe d'hommes qui bavardaient en piétinant sur place, le chant des cigales dans les hautes herbes en dessous, tout s'atténua. Tête baissée, il aligna sa cible à travers le viseur puis, lentement, pressa sur la détente. Se dilatant, le gaz chargé dans la réplique exerça la pression sur la culasse mobile, et la détonation éclata, assourdissante, accompagnée d'un éclair.

Sur le sentier en dessous, la balle frappa en emportant la moitié du crâne de la victime, dans un jaillissement de sang, de cervelle et d'os. Un instant, les trois autres restèrent figés, mais leurs réflexes de soldats entraînés reprirent le dessus.

— *In Deckung!* cria le chef. À terre!

L'un se jeta derrière un rocher, un autre roula dans les buissons de genévriers en bordure du chemin pour se mettre à couvert. Le troisième hésita un quart de seconde, la main posée sur l'épaule de son ami mort, et offrit à Revol une cible parfaite. Il l'atteignit en pleine poitrine. Le corps alla heurter le tronc d'un hêtre.

Abaissant sa carabine, Authié rechargea, se remit en position, et tira encore. Cette fois, il manqua son coup. Les survivants ripostèrent, mais leurs pistolets, sans doute des Lugers ou des Walthers P38, ne convenaient pas à la portée et ne pouvaient rivaliser avec la puissance de son arme.

L'Allemand posté derrière le rocher tira plusieurs fois en vain, faisant éclater des branchages cinq mètres plus bas que la position de Revol. Comme il s'arrêtait pour recharger, Authié en profita pour viser et appuyer sur la détente, dans un autre éclair de gaz propulseur. Trois sur quatre.

Courbant la tête, le dernier courut en zigzaguant pour gagner les bois. Revol ne parvint pas à ajuster son tir. L'homme disparut dans les arbres.

Faisant signe à Revol de le couvrir, Authié sortit de sa cache et avança jusqu'à la grotte. Soudain, il fut saisi d'effroi à l'idée que Bauer n'y était pas. Qu'il était déjà parti.

Il lui fallait entrer pour le vérifier.

Derrière lui, un autre coup de feu éclata. Authié courut à travers les taillis jusqu'à l'entrée de la grotte. Il jeta un coup d'œil aux cadavres. Leurs armes étaient des Lugers 9 mm, de nouveaux modèles. Il en ramassa un, vérifia que la chambre était pleine, et se colla conre la paroi de la grotte.

— Bauer ? cria-t-il.

Seul l'écho de sa voix lui répondit. Revol tira encore. Authié posa la carabine, trop lourde pour un combat rapproché, et pénétra dans l'obscurité de la grotte.

Comme le silence l'enveloppait, une montée d'adrénaline le gagna. Voilà des années qu'il ne s'était pas engagé dans des combats. Il dirigeait depuis trop longtemps les opérations de derrière un bureau, au lieu de mener des hommes sur le terrain. Cela faisait du bien d'être à nouveau dans la peau d'un soldat, un chevalier chrétien.

— Bauer, vous êtes là ? Sortez, et nous pourrons parler.

Il tendit l'oreille, mais n'entendit rien. Aucun bruit de pas ni d'activité. Son cœur battit plus vite. Si Bauer était ici, pourquoi ne se montrait-il pas ? Se cachait-il ? Ou bien était-il descendu si profondément qu'il n'avait pas entendu les tirs ?

Le silence persistant le persuada que Bauer n'avait pas d'autres hommes avec lui, à l'intérieur. Revol lui avait rapporté que l'équipe allemande en comptait six. Deux se trouvaient actuellement au Vernet. Les quatre autres étaient neutralisés.

Revol le rejoignit. Lui aussi avait abandonné sa carabine en faveur d'un Luger.

— C'est réglé ?

— Oui, répondit Revol. Et Bauer ?

Authié secoua la tête, puis fit signe à Revol de passer devant. Ils avancèrent dans le tunnel. Des lampes-tempête avaient été disposées à intervalles réguliers le long du passage, éclairant la voie.

Il toucha l'épaule de Revol pour lui intimer de s'arrêter et, dans le silence, un bruit leur parvint, celui d'un objet métallique heurtant la roche. Serrant son Luger, il ordonna à Revol d'avancer. Une lueur apparut devant eux. Le tunnel débouchait sur une salle baignée de lumière grâce à des lampes posées sur de hauts trépieds métalliques. Erik Bauer se tenait debout, à côté d'une structure en bois rudimentaire équipée d'un vilebrequin et d'un seau en métal suspendu à une corde, qu'on avait érigée au-dessus d'une sorte de puits.

Authié observa la scène un moment, en vérifiant qu'il n'y avait personne d'autre. Bauer avait renvoyé ses hommes pour qu'ils ne voient pas ce qu'il avait découvert, comprit-il. Apparemment, il n'était pas armé, et n'avait à sa portée que des outils de creusage.

— Bauer, dit-il en sortant de derrière la roche.

L'Allemand fit volte-face, et Authié vit son étonnement virer aussitôt à l'horreur.

— Qu'avez-vous trouvé ? lui lança-t-il tandis que Bauer portait la main à sa poche, mais alors un coup de feu éclata en résonnant contre les parois de la salle, frappant Bauer à la poitrine.

— Cessez le feu ! cria Authié.

L'ordre se perdit dans le fracas d'un second coup, qui toucha cette fois Bauer à l'épaule. Il vacilla sur ses pieds, puis s'effondra sur le côté.

Authié le rejoignit en quelques foulées. Bauer gisait dans une mare de sang. Un morceau d'os éclaté pointait à travers la chemise en coton. Quand Authié poussa le corps du pied pour le renverser, un flot de sang jaillit de la poitrine perforée de Bauer. Pourtant ses yeux restaient ouverts. Authié se baissa pour extirper de la main de l'Allemand un petit coffret en bois.

— Vous comptiez m'en parler ?

— Allez au diable, réussit à dire Bauer.

Authié s'accroupit et appuya le canon du pistolet sur sa tempe.

— Qui vous a dit de chercher ici ?

— *Meine Ehre heifst Treue*, répliqua Bauer, une écume sanglante moussant au coin des lèvres.

Honneur et loyauté, la devise des SS. Même si Revol n'avait pas tiré, Bauer n'aurait rien voulu lui dire, Authié en était certain. Il appuya sur la détente, le corps de Bauer tressaillit violemment, puis s'affala, inerte.

— J'ai cru qu'il sortait son arme, expliqua Revol.

— Non, voilà ce qu'il tenait, répondit Authié en montrant le coffret.

— C'est le Codex ? demanda Revol, mais Authié ne daigna pas répondre.

Après un instant d'hésitation, il souleva le couvercle du coffret, et une vague de triomphe le parcourut à la vue du papyrus qu'il contenait. Il le sortit, le déroula. Friable au toucher, la surface jaunie était couverte de signes anguleux de couleur brune : des lettres. Sept courts versets, une œuvre hérétique malgré le symbole de la croix, et qui lui inspirait autant de crainte que de répulsion. Crainte, à l'idée du pouvoir que ce texte proscrit était censé posséder. Répulsion, face à l'hérésie qu'il représentait.

— *Hostem repellas longius, pacemque dones protinus*... Que sous ta prévenante conduite, nous évitions tout mal et toute erreur.

Le cri de bataille des croisés catholiques lorsqu'ils triomphaient de l'hérésie cathare à Béziers, Carcassonne, Montségur. Des paroles qui ne convenaient guère à l'occasion, mais Authié ressentait le besoin d'être protégé. Il rangea le rouleau dans le coffret et ferma le couvercle.

— Monsieur ?

— Apportez les autres corps à l'intérieur, puis fermez la grotte, ordonna-t-il.

Se penchant, il fouilla les poches de Bauer sans rien trouver de notable. Il contempla un instant la bouillie de cheveux, de sang et de cervelle, puis ôta le Totenkopfring du doigt de l'Allemand pour le glisser dans sa poche. Enfin, muni du précieux coffret, il regagna la surface.

Revol traînait le dernier corps dans la grotte.

— Les charges sont prêtes ? demanda Authié.

— Dans deux minutes, elles le seront, monsieur.

Authié alla se mettre hors de portée de l'explosion. De là, il regarda Revol sortir deux petites mines de son sac à dos, en placer une à chaque extrémité de l'entrée, se mettre lui-même à couvert, et appuyer sur la poignée du détonateur. Les deux charges explosèrent à quelques secondes d'intervalle sans faire grand bruit, grâce aux parois de la grotte qui étouffèrent le son. Des nuages de fumée et de poussière grises émergèrent en tournoyant dans le paysage verdoyant, suivi du fracas de la roche s'effondrant sur elle-même. C'était ainsi que les Allemands « protégeaient » chacun des sites qu'ils avaient fouillé. En scellant la grotte, Authié espérait éviter tout problème. Malgré ses relations, cinq cadavres tués par balles auraient été difficiles à dissimuler, et il ne voulait pas être impliqué dans une enquête approfondie.

Revol ramassait les deux carabines ainsi que les cartouches usagées.

— Et le camion, que voulez-vous en faire, monsieur ?

Authié réfléchit un instant.

— Mieux vaut le laisser sur place. Il est bien camouflé. En espérant que personne ne le trouve dans les deux jours à venir. Ou que ceux qui le découvriront préféreront ne pas s'en mêler.

Revol ouvrit la portière, la lui tint, puis monta à l'avant et démarra.

— Retournons-nous à Tarascon, monsieur ? Vous désiriez parler de nouveau à Sandrine Vidal.

Assis à l'arrière, Authié tenait le coffret sur ses genoux. Un long soupir lui échappa.

— Elle attendra. Filons vers Toulouse.

‡

Codex XVI

‡

Gaule, pic de Vicdessos
Août 342 ap. J.-C.

Lorsque Arinius émergea de la grotte, ses yeux ravis embrassèrent un ciel mauve lumineux teinté de rose, des feuilles vertes et argentées dansant dans la brise, un soleil dardant ses rayons dorés sur la terre. Il se sentait allégé d'un grand poids, mais aussi privé. Était-ce cela qu'éprouvaient les femmes quand elles accouchaient après avoir porté un enfant durant des mois ? Un sentiment de vide, d'abandon, de solitude.

Il contempla l'antique forêt en dessous. Jamais il ne s'était senti aussi proche de son Dieu entre les murs de pierre de la communauté. Le souvenir des *liturgia horarum* s'estompait dans sa mémoire. Lorsqu'il avait célébré pour la dernière fois la présence de Dieu à chacune des heures du jour, c'était le temps de la Passion.

Ici, au sommet du monde, dans ces antiques terres qui bordaient le ciel, Arinius se savait proche d'un état de grâce qu'il ne connaîtrait jamais plus, et qu'il n'avait jamais connu. Ni dans sa ville natale de Lugdunum, longeant l'arc de la rivière Saône, ni sur les quais de Massilia quand, agitant la main, il avait dit adieu à ses amis. Ni alors qu'il voyageait sur la Via Domitia, ni lorsqu'il priait dans la simple chapelle de la ville fortifiée de Carcaso. Ni même durant son dernier voyage vers le sud à travers les vignobles et les plaines de Septimanie.

Devrait-il rester ici pour veiller sur le Codex ? Vivre en ermite, comme Paul de Thèbes. Élire domicile dans les grottes de Gaule et d'Hispania en attendant que les temps changent et que la vraie parole de Dieu puisse être entendue. Tels Moïse, Abraham ou Enoch. Un patriarche chrétien, passant sa vie dans la méditation et le silence.

Mais non. Sa mission n'était pas encore accomplie. Il ne pourrait renoncer à la civilisation qu'après s'être assuré que ceux qui viendraient longtemps après lui auraient les moyens de retrouver le Codex.

Après cette dure journée de labeur, il ne pouvait se permettre de se reposer, malgré sa fatigue. Ses os lui faisaient mal, et il ressentait dans sa poitrine cette pression menaçante qui présageait souvent une crise violente. Il n'avait pas de temps à perdre.

Luttant contre ses courbatures, Arinius se pencha pour ramasser son matériel à feu, à présent refroidi, et le rangea dans son sac. Il versa la cendre grise sur la terre, éparpilla les quelques brindilles qui n'avaient pas brûlé derrière les rochers encadrant l'entrée de la grotte. La torche, il l'avait laissée à l'intérieur de la grande salle.

Une fois installé sur le plateau en dessous, il regarda alentour pour évaluer la distance entre le buisson de genévriers et l'entrée cruciforme de la grotte, observa l'allée formée par les deux rangées de chênes, ainsi que les jeux de lumière sur la face du rocher. Pris d'une quinte de toux, il appuya le plat de sa main sur ses côtes en s'efforçant de réguler son souffle. Puis il déballa son matériel : les carrés de laine écrus, un bol en terre, un flacon d'huile, ainsi que l'encre qu'il avait fabriquée.

Il toussa encore et cette fois la quinte dura un peu plus longtemps. Tout en luttant pour retrouver sa respiration, Arinius versa un peu d'huile qu'il mélangea à l'encre. Avec la pointe de plume de merle qu'il avait taillée à cet effet, il s'exerça jusqu'à obtenir les bonnes pression et épaisseur de trait. À son grand soulagement, il découvrit que la laine était un support de dessin parfait et qu'elle ne bavait pas.

Pour calmer sa toux, il but un peu de bière d'orge. Ces temps-ci, il manquait d'appétit, mais la bière lui faisait toujours du bien. Puis il prit un autre carré de laine et, trempant la plume dans l'encre, se mit à dessiner une carte de la vallée.

Arinius travaillait vite en levant les yeux de temps en temps pour revenir à son ouvrage qui prenait forme dans ses mains. Enfin, ce fut fini. Il signa de son nom, apposa à côté le signe de la croix. Puis il mit la carte à sécher bien à plat, en la maintenant en place avec une pierre à chaque coin.

À présent, il avait du mal à respirer et il sentait dans sa gorge l'irritation familière qui précédait la montée d'une mauvaise quinte de toux. Il essaya de la réfréner, en vain. Quand il chercha à inspirer de l'air, ce fut comme si ses poumons se retournaient sur eux-mêmes, écorchés vifs. Il avait un goût métallique dans la bouche et, baissant les yeux, il découvrit que tout le devant de sa tunique était constellé de taches de sang. Alors la toux le reprit, si forte, si insistante qu'il en fut étourdi. Croisant les bras sur ses côtes, il tenta de réprimer la douleur, mais rien n'y fit. Ses forces le quittaient. Il eut beau essayer de reprendre son souffle, de rester debout, il ne put tenir plus longtemps sur ses jambes et tomba à terre. De désespoir, il tendit la main vers la carte, mais elle était hors de portée.

— Mon Dieu, épargne-moi. Seigneur, délivre-moi, murmura-t-il dans un râle.

Les mots moururent sur ses lèvres.

‡

96

Toulouse
Août 1942

Léo Authié parcourut le labyrinthe de ruelles constituant la partie la plus ancienne de la ville, en direction de la place du Capitole. Dans les années 1930, c'était un quartier bohème, rempli de bars à jazz, de cafés excentriques, de caveaux dédiés à la poésie. C'était à présent un ramassis de taudis où des familles entières s'entassaient dans une seule pièce, avec des chômeurs traînant à chaque coin de rue, des enfants mendiant, pieds nus.

Il descendit la rue de la Tour, trouva enfin la rue des Pénitents-Gris et s'y engagea. Au milieu se trouvait une librairie spécialisée dans les livres anciens. Aucun nom ni numéro en devanture, mais les livres exposés en vitrine confirmèrent à Authié qu'il était à la bonne adresse : Bertold Brecht, Walter Benjamin, Einstein, Freud, Engels, Gide, Zola, Stefan Zweig, Heinrich Heine, Arthur Koestler, autant d'auteurs interdits par le régime de Vichy, en accord avec Berlin. Le libraire était connu de la police de Toulouse pour être un ardent socialiste, qui diffusait des journaux radicaux. Il avait été arrêté plusieurs fois.

Authié appuya sur la poignée et pénétra dans la boutique en faisant tinter une clochette. Il s'avança, marchant d'abord sur une natte de jonc rustique, puis sur du parquet, et le silence et l'immobilité l'enveloppèrent. Ôtant son chapeau et ses gants, il les posa sur le comptoir et tapa sur la sonnette.

Un homme d'une soixantaine d'années émergea du fond de la boutique. Vêtu de noir, il avait d'épais cheveux blancs, un visage très peu ridé, mais la peau flasque du cou et des mains laissait penser qu'autrefois il devait être plus enveloppé.

— Monsieur Saurat ?

L'homme acquiesça, l'œil méfiant. Il n'avait pas l'allure de l'érudit médiéviste qu'Authié avait pensé trouver.

— Vous êtes Saurat ? insista-t-il et, cette fois, l'homme daigna lui répondre.

— Oui, c'est moi.

Authié était partagé. Ce type était douteux, il le savait d'après le rapport de police établi sur son compte, mais il faisait autorité dans son domaine.

— J'ai du travail pour vous, déclara-t-il en sortant le coffret de la poche intérieure de son veston, sans prendre la peine de dissimuler l'étui de son revolver. Je voudrais savoir de quelle époque date ce document.

Il ouvrit le couvercle, révélant le rouleau de papyrus, et vit Saurat écarquiller les yeux.

— Monsieur, dit le libraire d'une voix haut perchée. Le contact graisseux de vos doigts pourrait causer d'irréparables dégâts… Puis-je ?

— Faites.

Saurat mit des bésicles en forme de demi-lunes, sortit de sous le comptoir une paire de gants en coton blanc qu'il enfila, et s'occupa en premier lieu du coffret, qu'il examina en le tournant et le retournant.

— Du bois de coudrier, décréta-t-il. Communément utilisé, en particulier aux IIIe et IVe siècles. Ce coffret est en bon état. Je présume qu'il provient d'un musée ?

— Le coffret ne m'intéresse pas, Saurat. Que pouvez-vous me dire du manuscrit ?

Sans un mot, Saurat posa le coffret sur le comptoir et se concentra sur le papyrus.

— Vous l'avez déroulé ?

— Oui.

Saurat glissa à nouveau la main sous le comptoir, pour en retirer cette fois une grosse loupe. Il approcha son visage de la feuille, et lut lentement chaque ligne.

— On m'a dit que vous étiez un expert, intervint Authié avec une certaine impatience. Dans quel domaine en particulier ?

— Textes médiévaux en latin, grec, ancien français, occitan. Celui-ci est écrit en copte, et ne date pas de la période dont je m'occupe… Est-il à vendre ? s'enquit-il, les yeux brillant de convoitise derrière ses bésicles.

— De quand date-t-il ? insista Authié.

Sous son regard scrutateur, Saurat revint au document.

— Je ne puis me prononcer de façon catégorique, mais il semble dater également du IVe siècle. Puis-je vous demander où vous vous l'êtes procuré, monsieur ?

— Tout ce que je désire savoir, c'est s'il est authentique ou non.

Saurat reposa la loupe sur le comptoir.

— Sans effectuer des tests préablables sur le papyrus, il est impossible de le dire. Vous feriez mieux de le porter à l'université.

Authié le considéra froidement.

— Je veux juste un oui ou un non, Saurat. Je ne vous demande pas de le traduire, ni de faire quoi que ce soit d'autre, seulement me donner votre opinion éclairée quant à son authenticité.

Saurat ôta ses bésicles.

— Je persiste à vous recommander de le faire analyser comme il se doit. Ceci dit, dans la limite de mes connaissances concernant cette période et cette sphère géographique, Égypte, Syrie et Perse, je dirais sans trop de doute que ce document doit dater du IIIe ou IVe siècle.

— Merci, dit Authié. Rangez-le dans le coffret.

Saurat s'exécuta, referma le couvercle, puis il poussa le coffret sur le comptoir.

— Est-il à vendre, monsieur? Je vous en donnerais un bon prix.

— Croyez-vous donc que les gens ne pensent qu'à l'argent? repartit Authié avec un rire ironique.

— Les affaires sont les affaires, répliqua Saurat en croisant son regard.

— Il n'est pas à vendre, Saurat. Et il ne le sera jamais.

— Dommage, répondit-il d'un ton doucereux. Son acquisition aurait fait de moi un heureux.

Tout en remettant le coffret dans sa poche, Authié sentit les yeux du libraire suivre jalousement chacun de ses mouvements. Il prit son chapeau et ses gants et s'empressa de gagner la sortie mais, avant de franchir le seuil, il se retourna pour toiser froidement le libraire.

— Il serait dans votre intérêt de garder pour vous cette conversation. Suis-je assez clair? Le choix des livres que vous avez exposés en vitrine suffirait déjà à vous attirer pas mal d'ennuis.

La porte se referma sur un tintement de clochette.

Saurat demeura quelques instants immobile, dans le silence. Sûreté, police secrète, Deuxième Bureau, comment savoir? Mais cet homme ne lui inspirait rien de bon. Quand il fut certain qu'Authié ne risquait pas de revenir, il verrouilla la porte d'entrée et abaissa le store. Puis il alla téléphoner. L'opératrice mit quelques minutes à passer l'appel.

— C'est fait…, dit Saurat, sans se présenter. Oh oui, il m'a cru… Quoi ? Oui, c'était un Français.

Il raccrocha, puis se servit une bonne rasade de cognac, en espérant que l'information parviendrait à destination.

Trois heures plus tard, le téléphone sonnait dans une petite maison de l'Ariège. Un gros homme se leva péniblement de son fauteuil sur la terrasse, et rentra à l'intérieur pour décrocher.

— Pujol, s'annonça-t-il… Oui, je le lui dirai.

‡

Codex XVII

‡

Gaule, pic de Vicdessos
Août 342 ap. J.-C.

— Je vous ai cru mort.

Ces mots furent prononcés dans un dialecte qu'Arinius ne connaissait pas, aussi dut-il faire un effort pour en comprendre le sens. Ouvrant les yeux, il découvrit une jeune fille de quinze ou seize ans qui le contemplait dans la semi-obscurité du crépuscule.

— Ou très malade, ajouta-t-elle.

Il avait dû rester inconscient durant des heures, car la lumière avait déserté la montagne, et les bois alentour étaient noirs à présent. Arinius scruta le joli visage rond de la jeune fille. Elle portait une tunique bleue à larges manches. À son teint clair et aux cheveux châtains qui pendaient librement, il devina qu'elle était une descendante des Volques ou des Tertelli qui vivaient dans les vallées avant l'arrivée des Romains.

— Je ne suis pas mort, dit-il en se redressant, même s'il en avait douté un instant en ouvrant les yeux, tant elle ressemblait à un ange.

— Je le vois bien. Vous êtes souffrant ?

Arinius baissa les yeux et se rappela sa crise, ainsi que la panique qui l'avait saisi tandis qu'il perdait connaissance. Il jeta un coup d'œil au rocher et vit que la carte était toujours à la même place.

— Je suis fatigué, soupira-t-il. Je voyage depuis un bon bout de temps.

— D'où venez-vous ?

— Et vous ? répliqua-t-il en la regardant dans les yeux, amusé par le franc-parler de la jeune fille.

— J'ai demandé la première, riposta-t-elle, ce qui le fit rire.

— Vous n'avez pas peur toute seule ici, perdue dans ces montagnes ?

— Pourquoi le devrais-je ?

— Il fait presque nuit.

Mais le visage de la jeune fille était dénué de toute peur, juste empreint d'une certaine assurance et d'un vif intérêt. Il rit encore et, cette fois, fut récompensé par un sourire.

— Que faisiez-vous ? demanda-t-elle en regardant son matériel d'écriture éparpillé autour de lui, ainsi que son sac et les carrés de laine. On n'y voit goutte, à cette heure.

— C'est qu'il faisait grand jour quand j'ai commencé.

Elle le dévisagea avec une curiosité non dissimulée.

— Pourquoi être venu ici pour peindre, ou faire je ne sais quoi ?

— Eh bien… c'est un endroit qui en vaut un autre, répondit-il évasivement, à défaut de trouver une réponse plausible à sa question.

— Mais non, voyons ! Ce n'est vraiment pas un endroit fréquentable. Il y a des bêtes sauvages qui rôdent dans le coin, figurez-vous ! Plus bas, chez nous, vous auriez pu vous mettre à une table, ce serait bien plus pratique pour travailler. Après tout, ça vous regarde, si vous préférez faire l'homme des bois…

Rejetant en arrière ses longs cheveux châtains, elle ramassa son panier et lui tourna le dos.

— Non, attendez ! appela-t-il, désirant ardemment profiter encore de sa compagnie. J'ignorais qu'il y avait un hameau près d'ici. Si j'avais su… Pourriez-vous me montrer le chemin ?

Elle le considéra un moment, puis hocha la tête.

— Si vous voulez.

Sous le regard perçant de la jeune fille, Arinius rassembla ses affaires et rangea le tout dans son sac. Récupérant la carte, il l'enroula, puis l'introduisit dans le flacon.

— Que dessiniez-vous ?

— Rien de très intéressant, répondit-il en souriant.

— La plupart des gens évitent de venir par ici, dit-elle, changeant soudainement de sujet. C'est pourquoi j'ai été surprise d'y voir quelqu'un. Vous, en l'occurrence.

— Pourquoi les gens évitent-ils cet endroit en particulier ?

— Des légendes courent sur cette vallée. La vallée des Trois Loups, comme on l'appelle.

— Quel genre de légendes ?

Elle le scruta avec attention.

— Vous avez entendu parler d'Hercule ? On dit que lorsqu'il abandonna Pyrène, sa bien-aimée et fille du roi Berbyx, elle tenta de le suivre et fut dévorée par des bêtes sauvages en ces lieux. Des loups, évidemment.

— Évidemment.

Croyant qu'il se moquait d'elle, la jeune fille le scruta d'un air soupçonneux, mais Arinius lui sourit et elle poursuivit son récit.

— Quand Hercule trouva sa dépouille, il devint à moitié fou de chagrin. Il fendit la terre de ses mains, et c'est ainsi que se formèrent les montagnes… Je ne crois pas que ce soit une histoire vraie, ajouta-t-elle en fronçant les sourcils. Mais c'est d'elle que me vient mon nom.

— Et puis-je savoir comment vous vous appelez ?

Un moment, il crut qu'elle refuserait.

— Lupa, dit-elle enfin, et Arinius sourit, car elle avait en effet quelque chose du loup, dans son allure vive et décidée, et la longue chevelure qui lui tombait dans le dos. Et vous ?

— Arinius.

— D'où venez-vous ?

— J'ai parcouru bien des chemins. Disons que c'est à Carcaso que je me sens le plus chez moi.

En entendant le nom de cette ville, ses yeux s'agrandirent, mais alors elle haussa les épaules, comme pour dire que des lieux si lointains ne l'intéressaient pas. Sans prévenir, elle se mit soudain à dévaler le sentier forestier, et il fut forcé de presser le pas pour la rattraper.

Pourtant, il la surprit à le regarder du coin de l'œil, l'air de rien, comme pour vérifier qu'il existait bien en chair et en os.

— Vous êtes souffrant ? lui redemanda-t-elle, d'un ton grave cette fois. Il y a du sang sur votre tunique.

Arinius se rappela combien il avait souffert en suffoquant à moitié. Il avait cru sa dernière heure venue, mais Dieu l'avait épargné, pour quelque raison connue de Lui seul.

— Oui, dit-il. Mais je me sens mieux, à présent.

Lupa le scruta un instant.

— Bien, dit-elle brusquement, puis elle reprit sa course folle en dévalant encore plus vite la pente de la colline.

Il faisait presque nuit quand ils arrivèrent au petit cercle d'habitations et de huttes, tout au bout d'une immense prairie piquetée de fleurs des champs bleues, roses et jaunes, d'où émergeaient de grands coquelicots dont le rouge sang ressortait sur le vert.

— Nous y voilà, dit-elle.
— Comment s'appelle-t-il, ce village ?
— Il n'a pas vraiment de nom.
— Bon, sourit-il. Et vous, comment l'appelez-vous ?
— Tarasco.

‡

97

Tarascon
Août 1942

— Ton plan a marché, dit Pujol en ressortant sur la terrasse. Authié a apporté le faux à Saurat qui l'a authentifié, comme tu l'avais prévu, Audric.

Raoul émit un sifflement approbateur, et Baillard opina du chef.

— Merci à vous tous, surtout à vous, *madomaisèla*, dit-il en se tournant vers Sandrine. Grâce à votre courage et votre esprit vif, nous avons avancé plus vite que nous n'aurions osé l'espérer.

— Ce fut un plaisir, répondit Sandrine en pressant la main de Raoul.

— Et merci à vous, *madomaisèla* Lucie.

Lucie hocha la tête, mais ne dit rien. Elle resta le regard perdu vers les petits jardins qui entouraient les maisons, presque invisibles à présent dans la lumière déclinante. Quand Sandrine lui toucha le bras, elle tressaillit, puis se ressaisit. Sandrine aurait voulu lui dire que tout allait s'arranger, mais elle ne pouvait se résoudre à lui donner de faux espoirs.

Baillard, Pujol et Raoul étaient tous arrivés en même temps à la maison où les attendaient les jeunes filles.

Après que Breillac leur eut transmis le message de Raoul disant qu'une équipe allemande était sur les lieux, Baillard et Pujol s'étaient mis en chemin vers le col de Pyrène. Raoul était descendu de la montagne et les avait rejoints pour les informer des derniers événements : la fusillade, l'explosion de la grotte, et le fait que Coursan, ou plutôt Authié, comme il s'efforçait de l'appeler à présent, était entré en possession du leurre.

Certes, Sandrine était ravie de voir Raoul, mais furieuse contre lui qu'il ait pris le risque de descendre en ville. Quant à Raoul, il avait été horrifié d'apprendre l'expédition au camp du Vernet et leur confrontation avec Authié et Revol. Cependant, sa colère avait vite cédé la place à la fierté en découvrant comment elle avait conservé son sang-froid et su utiliser les circonstances pour leur tendre le piège.

— Existait-il un vrai Léo Coursan ? demanda-t-elle.

— Je pense que oui, répondit Raoul. C'est ce qui a alerté César en premier lieu... Si seulement il s'était confié à moi à ce moment-là, soupira-t-il, puis il s'adressa à Baillard : Croyez-vous qu'Authié soit responsable du meurtre de César ?

— Oui, même si j'imagine que c'est Revol qui l'a exécuté.

— Ainsi qu'Antoine, reprit Raoul, dont les traits se durcirent. Dire que je les avais tous les deux dans ma ligne de mire et que j'aurais pu les descendre.

— Tu étais pieds et poings liés, remarqua Sandrine. Il fallait que tu les épargnes pour que le plan fonctionne.

— La prochaine fois, en tout cas, je n'hésiterai pas.

Elle le considéra un instant, puis se tourna vers M. Baillard.

— Que va-t-il se passer, désormais ?

— Je vais surveiller ce que le capitaine Authié va faire du faux, maintenant que *sénher* Saurat l'a authentifié. Certes, Bauer est mort, et grâce à vous, Pujol, nous connaissons l'identité de ces hommes. Mais rien ne prouve qu'Authié ne soit pas en sous-main financé par les nazis.

— Et que va-t-il faire, selon vous ?

— Il y a plusieurs possibilités. Authié peut proposer le faux à l'Ahnenerbe de Berlin, ou encore au Weltliche Schatzkammer Museum de Vienne. Il peut aussi consulter ses propres experts à Paris, pour avoir un deuxième avis.

— Ou encore le garder ? demanda-t-elle.

— En effet, confirma Baillard.

— Et les cadavres, qu'allons-nous en faire ? demanda Raoul.

— Les laisser pourrir sur place, dit Pujol.

— Achille…, désapprouva Baillard.

— Je sais, je sais, fit Pujol en levant les mains. Tu voudrais qu'on leur donne une sépulture, pas vrai, Audric ? Mais si nous rouvrons la grotte, Authié finira par l'apprendre.

En soupirant, Baillard se rendit à ses raisons.

— Je comprends. Mieux vaut lui laisser croire que rien n'a été découvert.

— Allez-vous rester à Tarascon, monsieur Baillard ? demanda Sandrine.

— Non, je ne le puis. Je suis attendu à Ax-les-Thermes pour aider un nouveau groupe de réfugiés. Une promesse de longue date, que je me dois de tenir. Ensuite, en septembre, quand les choses se seront un peu apaisées à Tarascon, je me mettrai en quête du véritable Codex… Un travail qui, grâce à vous, *sénher* Pelletier, sera maintenant infiniment plus facile, conclut-il en inclinant la tête vers lui.

— N'hésitez pas à faire appel à moi si vous avez besoin d'aide, répondit Raoul. Je pourrai revenir dans quelques semaines.

— Volontiers.

Un moment, ils restèrent silencieux. Lucie s'était assoupie dans son fauteuil. Pujol tapotait les cendres de sa cigarette sur les dalles de la terrasse.

— Sandrine est-elle toujours en danger, monsieur Baillard ? demanda Raoul.

— Nous le sommes tous, d'une façon ou d'une autre, intervint Sandrine, qui n'avait pas envie d'y penser.

— Sandrine, s'il te plaît, dit Raoul en posant la main sur son bras, et il revint à Baillard, qui laissa passer un petit silence avant de répondre.

— D'après moi, *madomaisèla* Sandrine est moins en danger qu'auparavant. Le capitaine Authié n'a plus besoin d'elle, il sait déjà ce qu'il y avait à en tirer. En outre, il possède le Codex, du moins le croit-il.

— J'espère que vous avez raison, dit Raoul en serrant Sandrine contre lui.

— Votre rôle dans cette histoire est terminé, *madomaisèla*, déclara Baillard. Vous devriez rentrer à Coustaussa demain, puis décider de la suite.

— J'ai déjà décidé, monsieur Baillard. Liesl restera ici avec Marieta, comme c'était prévu. Geneviève habite tout près. Elles se connaissent bien à présent… Et Eloïse et l'inspecteur Pujol sont ici, en cas de problème, ajouta-t-elle en regardant l'ancien policier.

— Je veillerai au grain, confirma-t-il en hochant la tête.

— J'ignore les intentions de Lucie mais, quant à moi, je rentrerai sans tarder à Carcassonne avec Marianne et Suzanne. Inutile d'attendre, décréta-t-elle en croisant le regard de Baillard. Je vais les aider. Travailler avec elles.

— Je ne trouve pas que ce soit une bonne idée, objecta Raoul. Moi, je préfererais que tu restes à Coustaussa.

— Non, *madomaisèla* Sandrine a raison, intervint M. Baillard avec l'ombre d'un sourire. Le plus sage, c'est de rentrer chez vous, de faire comme d'habitude. Ainsi le capitaine Authié n'aura aucune raison de se méfier. En disparaissant, vous risqueriez de le faire s'interroger sur ce que vous avez encore à cacher. Mais soyez prudentes, toutes les trois. Très prudentes et circonspectes sur ce que vous choisirez de faire.

— Entendu, répondit-elle, en frissonnant sous son regard insistant.

Lucie s'étira et se redressa sur son fauteuil. Sandrine se demanda depuis combien de temps elle était réveillée.

— On ne peut rien faire pour Max, à part continuer à lui écrire, continuer à espérer que nous pourrons le faire sortir, constata-t-elle. Il m'a dit que les prisonniers juifs sont emmenés en train vers l'est. Même lorsqu'ils sont français…, ajouta-t-elle, puis elle s'interrompit, luttant visiblement pour ne pas céder à la peur. Si on l'envoie au loin, je ne le reverrai jamais plus. Il ne connaîtra jamais son enfant.

Sandrine se leva, l'entoura de son bras, et sentit toute la tension qui l'habitait. Elle ne trouva rien à dire pour la rassurer.

— Est-ce vrai? demanda Lucie en s'adressant à M. Baillard. Ces trains spéciaux existent-ils?

— C'est ce qu'on dit.

Lucie le considéra un moment en silence, hocha la tête comme si elle venait de prendre une décision, puis se tourna vers Sandrine.

— Si tu es d'accord, et si c'est possible, je resterai à Coustaussa. Au moins jusqu'à la naissance du bébé.

— Bien sûr.

— Excusez-moi de vous importuner, dit Lucie en se levant, mais pourrais-je m'allonger une heure ou deux quelque part ? Nous devons retourner à Foix pour récupérer la voiture, si nous voulons être de retour à Coustaussa dans la matinée.

— Seulement si tu es en état de conduire, souligna Sandrine.

— Ça ira. Une ou deux heures de repos, et je me sentirai d'attaque.

Pujol se hissa péniblement hors du fauteuil.

— J'en ai pour un petit moment, déclara-t-il d'un ton bourru. Je me suis servi de la chambre comme garde-meuble.

En passant, Lucie posa la main sur l'épaule de Sandrine.

— Merci pour tout, petite. Pour m'avoir accompagnée, pour avoir supporté tous ces tracas. Marianne et toi, vous êtes merveilleuses. De vraies amies, sur lesquelles on peut compter.

Un instant après son départ, ils restèrent assis en silence.

— Et toi ? s'enquit doucement Sandrine en s'adressant à Raoul.

— Ma seule chance de ne pas me faire prendre, c'est d'être toujours en mouvement. Ce qui s'est passé aujourd'hui ne change pas la donne, en ce qui me concerne.

— J'avais cru…

— Il est recherché pour meurtre, *filha*, et pour insurrection, intervint Baillard. Il ne peut pas rentrer à Carcassonne.

— Non, acquiesça Sandrine, la gorge nouée, en regardant Baillard, puis Raoul. J'espérais juste que…

— J'enverrai un message dès que je le pourrai, lui glissa doucement Raoul. Si l'occasion se présente, je viendrai te rejoindre.

Sandrine lui pressa la main. Ils savaient tous deux que ce n'étaient pas des paroles en l'air.

De l'intérieur de la maison, on entendit Pujol pousser et tirer des meubles afin de préparer un lit pour Lucie. Une porte se referma.

— Vous devriez vous reposer, *madomaisèla*, décréta Baillard. Et vous aussi, *sénher* Pelletier.

— J'ai trop de choses qui me tournent dans la tête, je ne pourrais pas dormir, dit Sandrine, puis elle regarda vers le pic de Vicdessos, voilé par la nuit. Vous croyez que le Codex est toujours là-bas ?

— Oui, je le crois.

— Et… vous le croyez capable de soulever l'armée fantôme ?

Baillard sourit.

— Ne les entendez-vous pas ? Les ombres dans les montagnes.

Sandrine le scruta un moment, puis elle ferma les yeux. Elle inspira profondément, en essayant de se détacher du monde réel, de ce qu'elle pouvait voir, toucher, sentir, pour écouter les échos plus anciens que gardait la mémoire du pays.

Alors, en un instant fulgurant, elles lui apparurent nettement. Non pas des ombres ni des échos, mais deux jeunes filles, dont les visages rayonnaient sur le fond noir de la nuit. L'une avait de longs cheveux cuivrés, relevés haut sur la tête. L'autre, plus radieuse encore, portait une longue robe verte, et ses cheveux noirs pendaient librement sur ses épaules.

— Ne les entendez-vous pas, ces ombres ? répéta Baillard. Elles attendent qu'on les appelle.

98

Coustaussa

Le mercredi 19 août, jour des funérailles d'Antoine Déjean, Sandrine montait à bord d'un train filant vers le nord, de Couiza à Carcassonne. Cette fois, Suzanne et Marianne étaient assises dans le compartiment avec elle, et il n'y avait personne sur le quai pour leur dire au revoir. Elles avaient fait leurs adieux à Liesl, Lucie et Marieta à la maison. Geneviève et Eloïse étaient à Tarascon avec l'inspecteur Pujol, pour rendre un dernier hommage au défunt. M. Baillard était parti pour Ax-les-Thermes.

Quant à Raoul, il avait passé deux jours avec elle à Coustaussa, puis il était parti le mardi pour Banyuls-sur-Mer, avec dans son sac à dos de faux papiers et un rouleau de billets serré par un élastique pour payer le passeur qui guiderait le prochain groupe de réfugiés et de soldats alliés à travers les montagnes jusqu'en Espagne, afin de gagner le Portugal. Sandrine était fière de lui.

— À bientôt. Je viendrai te rejoindre dès que possible, lui avait-il murmuré en partant, et elle avait fait mine de le croire.

Le train quitta la gare. Chaque secousse brinquebalante du vieux tortillard agrandissait la distance entre eux.

— C'est mieux comme ça, Marieta veillera sur elles, dit Marianne en se méprenant sur son air chagrin, et Sandrine revint au présent.

— Oui, je crois que Lucie va remonter la pente, approuva-t-elle. Maintenant qu'elle a appris la nouvelle à Max, toute son attention va se porter sur le bébé à naître.

— Avec Lucie, c'est tout l'un ou tout l'autre. Elle a toujours été excessive.

— Elle craint que tu ne lui aies toujours pas pardonné d'avoir parlé de moi à Authié, commença Sandrine, et elle vit aussitôt le visage de sa sœur se fermer. Nous en avons un peu discuté, poursuivit-elle néanmoins. Elle a paniqué. Elle ne voulait pas mal faire, elle a cru sincèrement que cela ne pourrait me nuire.

— Je lui ai pardonné, comme tu dis, mais je ne puis l'oublier. Nous avons tous des choix à faire pour protéger au mieux ceux que nous aimons, et c'est parfois difficile.

— Elle n'a pas réfléchi. Et je ne veux pas être un motif de rancune entre vous. Vous êtes amies depuis si longtemps.

Marianne soupira.

— Tout le monde fait des compromis. Chacun essaie de s'en sortir, chacun se dit : « Oh, ce n'est pas grave de baver sur un voisin, ou de donner un tuyau à la police, ma famille en bénéficiera. Ce n'est pas ça qui changera grand-chose… » Mais les petites trahisons mènent à de plus grandes, le sens moral en prend un coup. Quels que soient les avantages, les menaces, le principe est simple. On ne trahit pas ses amis, un point c'est tout.

— Marianne, allons. Le mot est trop fort. Elle ne m'a pas trahie.

— Elle a vendu des informations pour obtenir une faveur, c'est ce qu'elle a cru sur le moment, rétorqua Marianne d'une voix égale, en regardant sa sœur dans les yeux. Le fait que la police détenait déjà ces informations n'entre pas en ligne de compte. Donc, même si j'ai encore pour elle beaucoup d'amitié, je ne puis faire comme s'il ne s'était rien passé. Je l'aiderai en souhaitant qu'elle s'en sorte le mieux possible. Mais je n'oublierai pas.

— Je ne savais pas que tu lui en voulais autant.

— Mais si, tu le savais, au fond. Elle sait très bien quant à elle que tu t'en veux de n'avoir rien fait pour Max à la gare, alors que tu n'avais aucune marge de manœuvre. Et je trouve qu'elle joue un peu trop là-dessus.

— Non, elle n'y a jamais fait allusion. Mais c'est vrai, je m'en veux terriblement. Je sais que c'est idiot.

— En effet, dit Marianne, puis elle jeta un coup d'œil à Suzanne et, un instant, son visage se détendit, mais son sourire s'effaça vite. Nous avons tant à faire à Carcassonne, avec tous ces gars en prison, reprit-elle. Il va falloir travailler deux fois plus dur, en faisant gaffe à Authié, en plus. La seule solution, c'est de continuer comme si de rien n'était en espérant qu'il te laissera, nous laissera tranquilles. Et en restant plus que jamais sur nos gardes.

Sandrine se rendit compte qu'elle appréhendait de rentrer à la Bastide, avec Mme Fournier la porte à côté, toujours à les espionner.

— Alors tu comprends, Lucie est le cadet de mes soucis, conclut Marianne.

Sandrine appuya sa tête contre la vitre du compartiment et offrit son visage au chaud soleil d'après-midi. Le train fredonnait sa berceuse en jouant sur les rails parallèles à la rivière. Où Raoul dormirait-il cette nuit ? Dans combien de temps se reverraient-ils ? Deux semaines, deux mois ? Davantage ?

Et si la guerre ne finissait jamais ?

Pourvu qu'il y ait un grain de vérité dans la légende, souhaita-t-elle en fermant les paupières. Pourvu que, à la manière de Dame Carcas vainquant les armées de Charlemagne, l'armée fantôme se soulève cette fois encore pour bouter les nouveaux envahisseurs hors de France. Quand ils seraient libérés de l'Occupation, alors seulement Raoul et elle pourraient espérer vivre ensemble. Elle jeta un coup d'œil à sa sœur, à Suzanne, et sourit.

En attendant que M. Baillard trouve le Codex, elles feraient tout ce qu'elles pourraient. Elles tiendraient leur rôle.

99

La Haute Vallée

À première vue, tout semblait comme d'habitude. Les larges drailles étaient désertes, et il n'y avait pas eu de passage depuis un bon moment, apparemment. Pourtant, Baillard était anxieux. D'abord, le groupe était plus important qu'il ne l'avait escompté, or il était plus sûr d'accompagner les gens par deux ou trois pour franchir le Roc Blanc. Trois de ces hommes étaient silencieux et à cran, comme souvent : un aviateur anglais qui ne parlait pas français, un Hollandais, et un universitaire, juif dissident. Leurs visages marqués par les épreuves montraient une expérience durement acquise. Le quatrième, un Français, était nerveux lui aussi, mais il ne cessait de jeter des coups d'œil par-dessus son épaule et de regarder l'heure à sa montre.

— Je me demande juste dans combien de temps nous arriverons au sommet, dit-il quand il remarqua que Baillard l'observait.

— Encore un peu de patience.

— Où sommes-nous à présent ?

— Que vous importe, *sénher ?* s'enquit doucement Audric.

— Oh, simple curiosité, s'empressa de répondre le Français.

Marchant à gauche du torrent, Baillard mena le groupe vers la pinède qui s'étendait entre l'étang de Baxouillade et les plaines précédant l'étang du Laurenti. Au moins, dans les bois, ils seraient moins exposés. Il s'aperçut que le Français traînassait à l'arrière.

— *Sénher*, il faut vous presser.

— J'ai dû m'arrêter… Un caillou dans ma chaussure.

Baillard scrutait le paysage devant lui. L'un des passeurs les plus dévoués avait été pris la semaine précédente, c'est pourquoi il avait accepté d'escorter le groupe plus haut dans les montagnes que d'habitude. Mais il n'y avait encore nulle trace du guide espagnol qui devait leur faire passer la frontière.

Le Français les rattrapa et marcha au même rythme. Les soupçons de Baillard allaient croissant et, en échangeant un regard avec le Hollandais, il comprit que ce dernier les partageait. Il enfonça la main dans sa poche, tâta son pistolet, ôta le cran de sûreté, puis resta le doigt sur la gâchette, prêt à agir au besoin.

— Haut les mains !

La sommation vint des bois. Une rangée de policiers armés de fusils semi-automatiques sortit du couvert des arbres. Baillard se jeta aussitôt à terre.

— Lâchez vos armes ! hurla l'un des agents.

L'Anglais tenta de fuir. La police ouvrit le feu. Une rafale de mitrailleuse le faucha dans sa course en lui arrachant la poitrine. Les deux autres mirent immédiatement leurs mains sur leur tête.

— Tu n'as aucune chance, le vieux, lui glissa l'indic en se penchant vers lui.

Baillard sortit son arme, tira, mais manqua son coup. Il vit l'autre lever la main, puis un éclair de douleur foudroyant l'atteignit à la tempe. Tandis qu'il sombrait, il sentit qu'on lui ramenait les mains derrière le dos.

Lorsqu'il revint à lui, Baillard se trouvait à l'arrière d'un fourgon de police. Le Hollandais et l'universitaire étaient là eux aussi, avec plusieurs autres hommes. Certains avaient été tabassés, d'autres avaient dû se faire arrêter chez eux ou sur leur lieu de travail.

Le fourgon était à l'arrêt. Il faisait une chaleur suffocante puant le sang et la saleté, l'odeur âcre de la peur. Baillard essaya de bouger, mais les menottes se tendirent sur ses poignets en lui mordant la peau. La force du coup semblait encore vibrer dans sa tête.

— Depuis combien de temps sommes-nous là-dedans ? s'enquit-il.

— Deux ou trois heures, répondit le Hollandais.

— Qu'est-ce qu'ils attendent ? demanda l'universitaire.

— Que le dernier lot arrive. Il y a eu cinq descentes aujourd'hui, toutes après dénonciation, dit le Hollandais. Je les ai entendus en causer.

La portière du fourgon s'ouvrit soudain en grand, et deux gardes apparurent. Ils scrutèrent les détenus à travers la grille métallique.

— Audric Baillard, réclama l'un d'eux.

Personne ne répondit.

— Un vieux. Arrêté aujourd'hui.

Le Hollandais et l'universitaire changèrent imperceptiblement de position pour masquer Baillard à la vue des policiers.

— Ce lot-là a été arrêté dans les montagnes, intervint l'agent le plus jeune. Si ce Baillard est aussi âgé qu'on le dit, il n'aura sûrement pas pu grimper jusque là-haut.

La portière se referma en claquant. Un moment, personne ne parla. Puis Baillard poussa un long soupir de soulagement.

— Messieurs, je vous dois une fière chandelle.

— C'est bien le moins que je puisse faire, dit le Hollandais. Vous vous êtes montré si gentil.

— Quant à moi, je connais votre travail et vos recherches, monsieur Baillard, renchérit l'universitaire. C'est un honneur de vous rencontrer, même en de pareilles circonstances. Je regrette de ne pas m'en être rendu compte plus tôt.

— C'était préférable.

Il y eut un coup frappé sur le flan du fourgon, le chauffeur démarra et le fourgon s'ébranla. Baillard ferma les yeux en songeant aux épreuves du passé. À ce jeune homme assassiné dans le donjon du château Comtal, plusieurs siècles auparavant. À ceux qu'on avait torturés dans les cloîtres de Saint-Étienne et de Saint-Sernin au nom de la religion. À ceux qu'on envoyait aujourd'hui dans des camps, à l'Est. À ce cycle perpétuel de persécutions et de morts, qui semblait parfois ne jamais devoir finir.

S'il mourait maintenant, il aurait enduré tout cela en pure perte. Les guerres qu'il avait menées, les revers qu'il avait essuyés, la tâche interminable et toujours à recommencer de rendre justice aux humiliés et aux vaincus en dénonçant ce que la nature humaine avait engendré de pire. Baillard songea aux êtres qu'il n'avait pu sauver par le passé, et à ceux qu'il tentait d'aider maintenant. Où l'emmenait-on, d'où connaissaient-ils son nom? Il l'ignorait. Il savait seulement que sa vie ne pouvait finir là. Il devait trouver un moyen de s'échapper, de survivre jusqu'au dénouement final.

L'histoire n'était pas terminée.

— *A la perfin,* murmura-t-il.

III

LA DERNIÈRE BATAILLE

Juillet 1944

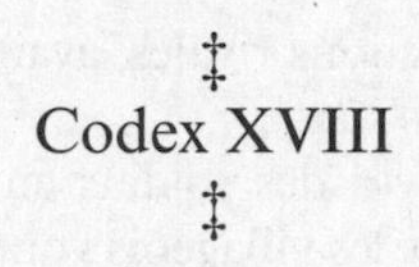

Codex XVIII

Gaule, Tarasco
Juillet 344 ap. J.-C.

— S'il te plaît, Lupa, l'implora Arinius. Le moment venu, promets-moi de gagner les montagnes avec les autres en emmenant notre fils avec toi.

Sa femme le toisa d'un air buté en croisant les bras.

— Je ne veux pas te laisser.

Lupa était une femme à présent, une mère, une personne très estimée de leur communauté de chrétiens en pleine expansion. Arinius voyait toujours en elle la jeune fille résolue qui l'avait trouvé inconscient sous le pic de Vicdessos et recueilli dans la maison de son père. Celle qui l'avait soigné après qu'il se fut acquitté de sa pesante mission, lui avait rendu la santé, avait veillé sur lui et, à son infinie gratitude, l'avait aimé. Quelques-uns parmi ses frères de la communauté de Lugdunum se refusaient à prendre femme pour mieux consacrer leur corps et leur âme au Seigneur. Mais c'était rare. Arinius savait que l'amour qu'il éprouvait pour Lupa était un reflet de tout ce qui était bon sur cette terre, une manifestation de la grâce de Dieu envers sa création.

Les deux dernières années avaient été les plus heureuses et les plus sereines de sa vie. Mais c'était fini. La paix fragile qui s'était maintenue dans les régions limitrophes à l'Hispania et à la Gaule, tandis que le reste de l'Empire se décomposait en factions rivales, avait fini par se rompre. Tarasco n'était plus sûr.

— On dit qu'il y a des soldats en bas dans la vallée, reprit Arinius. Tous les villageois vont se réfugier dans les grottes. Je t'en supplie, emmène Marcellus et pars avec eux.

— Ce ne sont que des rumeurs, s'entêta Lupa. Les *bagaudes*... ces bandits dont j'entends parler depuis toujours et dont je n'ai jamais vu la couleur. Non, je ne te laisserai pas, conclut-elle en campant sur ses positions.

— Ce ne sera pas pour longtemps.

— Je ne partirai pas.

Arinius se tourna pour contempler leur fils, couché sur le dos à l'ombre d'un bouleau argenté. Comme pour atteindre le ciel, il agitait ses bras et ses jambes dont la peau mate ressortait sur la couverture claire. Marcellus était un bébé joyeux, heureux. À peine s'il lui arrivait de pleurer, songea Arinius en souriant avec fierté, puis il redevint grave.

— On parle de plus de cent hommes en route vers le sud. Une armée en marche.

Il souleva son fils dont le visage rayonna de plaisir. Marcellus avait juste un peu plus d'un an, mais Arinius était certain qu'il avait hérité du doux caractère de son père. Il n'y avait rien de farouche dans ce garçon. S'ils avaient des filles, à n'en pas douter, elles hériteraient de l'esprit combatif de leur mère.

— Ces hommes ne sont pas de simples bandits, dit-il. Ils viennent de plus loin que Lugdunum, peut-être même d'au-delà du grand fleuve de l'Est. Couzanium a été incendié, Aquis Calidis pillé. Les villageois massacrés sur place.

— Est-ce bien sûr? demanda Lupa en rejetant sa longue tresse derrière son épaule.

Arinius se rappela le messager épuisé, hagard, ensanglanté qui avait traversé la forêt en courant sans relâche pour apporter ces nouvelles terrifiantes. Les horreurs dont il avait été le témoin l'avaient presque rendu fou.

— Oui, confirma-t-il posément.

— Bon, admettons. Mais Couzanium est à des lieues d'ici. Au moins à deux jours de marche. Il n'y a pas de raison pour qu'ils s'aventurent aussi loin.

— Lupa, tu serais d'un grand réconfort pour les autres si tu les accompagnais, dit-il, irrité par son entêtement, mais fier malgré tout de son courage. Tu connais les montagnes mieux que personne. Tu sais quels sont les endroits les plus sûrs pour se cacher jusqu'à ce que les soldats repartent. Tu aiderais à protéger les enfants… Tu pourrais m'être très utile. Prier pour notre délivrance.

Il vit qu'elle réfléchissait et, espérait-il, fléchissait. Sous certains aspects, la foi de Lupa était plus forte que la sienne. Dans les vallées entourant Tarasco, où le christianisme n'avait encore jamais pénétré, les gens avaient une tendance naturelle à reconnaître la présence d'un Dieu unique en tout ce qu'ils voyaient dans le monde alentour. Dans les rochers, le ciel, la mélodie de l'eau descendant des montagnes, les cultures abondantes poussant sur les adrets.

— Ce ne sont que des rumeurs, répéta-t-elle, cette fois avec moins d'assurance. Que viendraient-ils donc chercher ici d'aussi loin ?

Arinius reposa Marcellus sur sa couche.

— L'Empire est divisé et en voie d'effondrement, Lupa. En Orient, un nouvel ennemi a déjà conquis presque tout le territoire revendiqué autrefois par Rome. Ces gens-là obéissent à des lois différentes et n'ont aucun respect pour les régions dont ils s'emparent.

— Mais, d'après toi, ce sont des chrétiens comme nous, répliqua Lupa. Ils partagent notre foi. Pourquoi nous feraient-ils du mal ?

— C'est une guerre de conquête. Il n'est pas ici question de foi, mais de pouvoir.

— Ceux qui prennent l'épée au nom de Dieu ne sont pas de vrais chrétiens, tu le dis toi-même.

— C'est ce que je crois, confirma Arinius après un soupir.

— Cela va à l'encontre de la Parole et des préceptes de l'Écriture. Comment est-ce possible ?

Arinius tourna la tête pour regarder vers le pic de Vicdessos et la grotte où le Codex était bien à l'abri des tourmentes du siècle. Les textes qui prêchaient la paix et la tolérance avaient été détruits, et l'esprit qui les inspirait, chassé de l'Église. Ses craintes se trouvaient confirmées. Ceux qui vivaient en état de grâce étaient réduits au silence, et ceux qui recherchaient la foi par l'épée avaient triomphé.

— Ce n'est pas à nous de mettre en question la façon dont Dieu œuvre dans le monde, dit-il.

— Cela, je ne puis l'accepter, répliqua Lupa en relevant le menton. Pourquoi ne pourrais-je penser par moi-même ?

Arinius savait qu'elle essayait de le détourner du sujet initial.

— Quand le moment viendra…

— S'il vient, l'interrompit-elle.

— Lupa, tu dois me promettre que tu partiras avec les femmes et les enfants en emmenant Marcellus. Et tu devras emporter ceci, ajouta-t-il en ôtant le flacon pendu à une lanière de cuir autour de son cou, pour le passer sur l'épaule mince et brune de sa femme.

Lupa contempla le verre iridescent. En deux ans, jamais Arinius ne l'avait quitté des yeux. C'était ce qu'il possédait de plus précieux, et ce qui l'avait amené ici, à Tarasco.

À présent, elle comprenait combien il prenait la situation au sérieux, au point de craindre le pire.

— Non, murmura-t-elle, les yeux remplis de larmes.

Durant quelques secondes, quelques minutes, ils restèrent à se regarder en excluant tout le reste du monde, puis elle se tourna et contempla la vallée.

— Je ne puis croire que Dieu laisse quoi que ce soit nous atteindre et nous faire du mal. Pas ici, dans un monde aussi beau. Il nous protégera.

— Que Dieu t'entende, répondit Arinius, et il vit à l'expression de sa femme qu'elle avait changé d'avis. Alors tu partiras, n'est-ce pas ?

Lupa serra entre ses doigts le flacon irisé.

— Quand viendront-ils, d'après toi ?

Il soupira de soulagement, pourtant l'idée d'être privé de sa compagnie et séparé de son fils l'attristait.

— Je l'ignore.

— Bien. Le moment venu, je partirai.

Arinius se pencha pour l'embrasser sur le front, et elle l'enlaça. Un instant ils restèrent ainsi pour puiser du réconfort l'un dans l'autre. Alors Marcellus poussa un petit gémissement.

— Il a faim, dit Arinius en la libérant.

— Il a un rude appétit, confirma-t-elle en souriant. C'est bien le fils de son père.

‡

100

Carcassonne
Juillet 1944

Sandrine leva son Walther P38 et visa. Une fraction de seconde plus tard, elle entendit le verre de la lampe marquant l'entrée du tunnel de Berriac exploser, et la voie ferrée fut plongée dans le noir.

Elle fonça se remettre à couvert dans les fourrés en bas du talus abrupt qui bordait la voie. Silence. Personne ne se manifesta. Pourtant, elle resta encore un moment en position. De sa planque, elle distinguait les contours des maisons du village, à peine visibles environ un kilomètre au nord, et à l'ouest, un peu plus loin, les lumières plus vives des cafés de Trèbes sur le canal du Midi, fréquentés avec assiduité par les petits gradés nazis.

Le tunnel de Berriac était d'une grande importance stratégique. La ligne qui reliait Carcassonne à Narbonne faisait partie du réseau ouest-est, clef de l'approvisionnement allemand. Munitions et produits alimentaires étaient transportés des entrepôts de la vieille usine à chapeaux de Montazels aux troupes SS et de la Wehrmacht stationnées sur la côte. Toutes les anciennes stations balnéaires étaient devenues des garnisons. Il y avait eu deux tentatives de sabotage le mois dernier, dont l'une avait provoqué la fermeture du tunnel pendant vingt-quatre heures. Ce train-là était spécial, il ne figurait pas sur le tableau des horaires, et Sandrine était bien décidée à l'arrêter. Pour l'instant, elle n'avait vu aucun garde français ni allemand sur la voie.

Elle regarda vers la petite chapelle, où les bougies seraient allumées à une fenêtre pour lui faire signe d'agir quand le convoi approcherait, et rangea son arme dans son ceinturon en espérant ne plus avoir à s'en servir cette nuit.

Sandrine détestait le pénible compte à rebours qui précède une opération. Là, elle cessait d'être Sandrine Vidal, sœur de Marianne, fille du défunt François Vidal, pour devenir Sophie, résistante se livrant au sabotage, une parmi tant d'autres partisans qui luttaient encore et toujours contre l'occupation allemande de l'Aude.

Elle menait cette double vie depuis que les nazis avaient franchi la ligne de démarcation le 11 novembre 1942 pour prendre le contrôle du reste de la France. À Carcassonne, Marianne, Suzanne et elle-même, aidées par les frères Bonnet et par Raoul, les rares fois où il se risquait à descendre en ville. À Coustaussa, Geneviève, Liesl et Yves Rousset. À Tarascon, Eloïse et Guillaume Breillac. Ensemble, ils formaient le réseau appelé « Citadelles », même si personne à part eux n'utilisait ce nom. Jusqu'à présent, ils ne s'étaient pas fait prendre.

Sandrine jeta un coup d'œil à sa montre : 22 h 45.

Il y avait toujours une première fois.

Cette dernière demi-heure où la peur prenait le dessus, avec la crainte que, cette fois, leur chance ne tourne court, était la pire. Tout son corps frémissait d'impatience et d'appréhension, des orteils aux racines de ses cheveux.

Elle espérait que Marianne gardait le moral. Sa sœur était dans la chapelle à l'extérieur du village, les cheveux couverts par un foulard de paysanne et la silhouette dissimulée sous un manteau de grosse toile. Quand Marianne entendrait le train approcher, elle allumerait les quatre bougies et sortirait par la porte principale, laissant un panier bourré d'explosifs et d'amorces près de la porte en bois au fond du chœur, pour que Suzanne le récupère et l'apporte jusqu'à la petite sous-station électrique située près de la voie ferrée, cinq mètres avant l'entrée du tunnel. Suzanne amorcerait le dispositif, puis se replierait là où Robert Bonnet attendait, sur la route de Villedubert. Ensuite, Sandrine devrait attendre le moment optimal pour allumer la mèche, puis dégager avant que la bombe n'explose.

Le plan de Sandrine consistait à faire du même coup sauter le courant et bloquer l'entrée du tunnel. Il y avait d'importants entrepôts de munitions de la Wehrmacht à Lézignan, à mi-chemin de Narbonne, où les troupes allemandes étaient aussi cantonnées. Si elle réussissait, les opérations nazies seraient sérieusement compromises, au moins pendant un jour ou deux. Mais c'était le genre d'actions qu'elle détestait le plus, car tant de facteurs entraient en ligne de compte et pouvaient mal tourner : Robert n'arriverait peut-être pas à temps au rendez-vous pour prendre Marianne et Suzanne, l'un d'eux pouvait se faire repérer, l'engin pourrait ne pas fonctionner ou exploser trop tôt. Sandrine inspira profondément plusieurs fois pour calmer la nervosité qui lui nouait le ventre. Suzanne excellait en ce domaine comme en bien d'autres mais, durant les dernières semaines, plusieurs partisans avaient été blessés, ou tués, par leurs propres bombes artisanales.

Ça va marcher, se dit-elle en déliant ses épaules et ses doigts crispés.

22 h 55.

Soudain Sandrine vit une lueur trembloter à travers le vitrail transparent de la chapelle. Vingt minutes d'avance.

Elle attendit d'être certaine que c'était bien le signal, et vit les petites flammes grandir une fois que Marianne eut allumé les quatre bougies. Pas d'erreur possible.

Alors elle se leva, très calme à présent, les sens en alerte, mue par une montée d'adrénaline qui lui fit gravir sans effort le talus abrupt. Elle traversa le terrain à découvert en courant tout en se courbant pour rejoindre la sous-station. Le réseau principal était à l'étage supérieur du petit bâtiment rectangulaire, à environ trois mètres au-dessus du sol. Les isolateurs en porcelaine protégeant les connecteurs brillaient d'un blanc spectral dans le noir de la nuit.

Le panier était bien là. Sandrine s'accroupit et souleva la serviette à carreaux rouge et blanc qui le recouvrait. Sans rien toucher, elle repéra la mèche dans le fouillis de fils entremêlés et entendit au même instant les vibrations des rails et les cliquètements métalliques du train qui approchait. Retenant son souffle, elle écouta pour évaluer la vitesse du train, puis sortit une boîte d'allumettes de sa poche. La flamme grésilla en crachotant, mais s'éteignit. Sandrine glissa l'allumette brûlée dans sa poche pour ne pas laisser d'indices, puis en sortit une autre qu'elle frotta sur le grattoir. Cette fois, la flamme persista.

D'une main experte, elle se pencha pour allumer la mèche qui émit un sifflement familier. Elle compta deux secondes pour s'assurer que la mèche avait bien pris, puis souffla sur l'allumette, rangea la boîte dans sa poche et courut se mettre à couvert.

Les rails vibraient plus fort, à présent. Bientôt leur bourdonnement serait couvert par le bruit de tonnerre de la locomotive. N'ayant pas le temps de regagner sa cache initiale, Sandrine s'abrita derrière le premier taillis venu. Comme elle se jetait à bas du talus, elle entendit un petit éclatement guère plus sonore qu'un coup de fusil dans les champs au mois d'août. Puis une énorme déflagration déchira l'air dont elle sentit la force la pousser alors qu'elle dévalait la pente, roulant et volant à moitié.

Une seconde plus tard, avide de voir le résultat, elle regarda en l'air, les oreilles sifflant encore à cause de l'explosion. Alors elle entendit le hurlement des freins, le crissement aigu du métal sur le caoutchouc et le ciment, le fracas de la collision et du déraillement dans la campagne silencieuse. Levant la tête, elle sentit de la chaleur sur son visage et vit un nuage de flammes incandescent s'élever dans le ciel. Il y eut des éclairs blancs quand les câbles électriques sifflèrent et crépitèrent, tels les feux d'artifice qui prenaient d'assaut les murailles de la Cité le 14 Juillet, avant la guerre. Avant l'Occupation.

Avant cette vie.

Sandrine souffla en expirant longuement, vidée, comme insensible. Puis l'instinct de conservation prit le dessus. Forçant sur ses jambes fatiguées, elle s'enfuit et ne s'arrêta qu'après avoir atteint le couvert des bois. Le sac contenant ses vêtements de rechange était là où elle l'avait laissé. Elle enfila une simple robe d'été à la place de la chemise et du pantalon, mit un foulard de femme au lieu du béret noir. Seules ses chaussures à semelles de caoutchouc dénotaient encore un peu. Elle roula les vêtements en boule, déplia un filet à commission sorti de sa poche et les fourra entre deux serpillières et un chiffon à poussière. Tant qu'elle ne serait pas arrêtée et fouillée, on la prendrait pour une femme de ménage rentrant chez elle après son service du lundi soir.

Ce ne fut qu'en voyant apparaître au loin les tours de la Cité que Sandrine entendit la première des sirènes. De l'aire de la Pépinière où elle se trouvait, elle suivit des yeux un camion de pompiers suivi d'un autre de la Feldgendarmerie et d'une traction-avant Citroën noire, le véhicule préféré de la Gestapo, qui filaient à toute blinde sur la route de Narbonne, vers Berriac.

Quand elle eut repris son souffle, elle s'empressa de rentrer chez elle par des quartiers résidentiels censés être moins surveillés, en évitant les postes de contrôle de la Wehrmacht sur le pont Neuf, et les cloches sonnaient une heure lorsqu'elle arriva à la Bastide. Elle prit la rue de Lorraine au lieu de la rue du Palais, afin de regagner la maison par l'arrière, croisant les doigts, comme toujours après une opération, pour que les autres soient aussi rentrées à bon port.

Sandrine ouvrit discrètement le portail en lançant un coup d'œil vers la maison voisine des Fournier pour vérifier qu'aucun guetteur nocturne ne les épiait. Les fenêtres étaient sombres, les volets clos. Elle traversa le jardin, monta les marches du perron en courant et s'arrêta pour écouter derrière la porte avant d'entrer.

Le soulagement l'envahit en entendant les voix de Marianne et de Suzanne, mais elle demeura sur ses gardes, car il s'y mêlait une voix d'homme. Or Robert Bonnet ne venait jamais chez elles. Elle hésita encore, puis ouvrit la porte grillagée.

Saisie, elle retint son souffle. Cela faisait huit semaines. Huit longues semaines. Elle ne s'attendait pas à le voir. Souriante, le cœur battant, elle ôta le foulard, secoua ses cheveux et entra dans la cuisine.

— Salut, lança-t-elle d'un ton léger.

— Salut, ma belle, répondit Raoul en se levant.

101

Chartres

— Par ici, monsieur, le guida la domestique, et Léo Authié la suivit dans le grand hall d'entrée aux boiseries d'acajou, passant devant les tapisseries et les vitrines d'exposition à l'éclairage tamisé.

Un escalier en bois monumental montait vers les appartements privés du premier étage. Sous la cage d'escalier, une petite porte menait à une grande cave à vin en sous-sol, dont Authié savait qu'elle était bien pourvue en grands crus et n'avait pas souffert de la guerre car, ces deux dernières années, il avait été invité en plusieurs occasions à la rue du Cheval-Blanc.

Dehors s'offrait aux yeux le triste spectacle de rues éventrées et jonchées de décombres, après des mois de bombardements incessants. L'aéroport était détruit, la menace d'une avancée des Forces alliées entrant en France par l'ouest depuis la Normandie se profilait. Mais ici, à l'ombre de la cathédrale, rien n'avait changé.

— M. de l'Oradore vous rejoindra bientôt, l'informa la domestique en l'introduisant dans la bibliothèque.

— Merci, dit-il en ôtant son chapeau.

Il ne portait pas l'uniforme de la milice et préférait rester en civil, comme du temps de son service au sein du Deuxième Bureau.

La bibliothèque ressemblait à un club très sélect pour gentlemen fumant le cigare, avec son large canapé en cuir placé sous la fenêtre, ses deux fauteuils encadrant la cheminée. Les volets étaient clos et les rideaux tirés en raison du couvre-feu. Une unique lampe projetait une flaque de lumière jaune sur une desserte. Les rayons de livres couraient du sol au plafond sur trois murs de la pièce, équipés d'échelles fixées par des rails métalliques dans le parquet en chêne.

— Ah, Authié, dit François Cécil-Baptiste de l'Oradore en entrant dans la pièce, main tendue. Pardonnez-moi de vous avoir tiré du lit à une heure aussi indue.

— Je n'étais pas encore couché, monsieur.

Malgré la cordialité que son hôte lui témoignait, il n'avait jamais été question entre eux d'amitié. Les deux hommes étaient du même âge, environ trente-cinq ans. Authié était de taille moyenne, bien découplé. Quant à de l'Oradore, c'était un homme de haute stature, très mince. Ses cheveux noirs striés de gris rejetés en arrière découvraient un grand front, un visage aux pommettes saillantes. Il était toujours très élégant, et sortait manifestement d'un dîner mondain : chemise de soirée, boutons de manchettes en argent, ceinture violette. Comme Authié, il portait un crucifix épinglé au revers de sa veste de smoking. Il invita Authié à s'asseoir, et lui offrit obligeamment un cigare.

— Non, merci. Que puis-je pour vous, monsieur de l'Oradore ? s'enquit Authié en songeant que ce devait être sérieux pour qu'il le convoque ainsi à 1 heure du matin.

Son hôte s'installa sur le canapé en allongeant un bras sur le dossier.

— La situation à Chartres est, disons, préoccupante.

— Mais Montgomery et ses troupes ont raté leur avance, dit Authié.

— Oui, et je suis persuadé que les Panzerdivisionen sont tout à fait capables de les contenir, confirma de l'Oradore avec un geste de dédain. Cependant, ce qui me préoccupe, c'est la sauvegarde de ma collection, qui compte comme vous le savez un grand nombre d'œuvres inestimables et irremplaçables, en particulier des livres et manuscrits datant du XIIIe siècle.

Authié savait qu'en plus de la cave à vin, d'autres salles s'étendaient sous la maison. En mai, il y avait eu une tentative de cambriolage. Deux officiers de la Waffen-SS qui dînaient chez de l'Oradore ce soir-là avaient abattu les intrus. On avait chargé Authié de se débarrasser des cadavres.

Il n'avait jamais visité ces salles souterraines, mais il savait que de l'Oradore possédait l'une des plus importantes collections privées de France : joaillerie, tapisseries, manuscrits médiévaux, ainsi que les objets rapportés d'Égypte lors des expéditions napoléoniennes et acquis par sa famille à la fin du XVIIIe siècle, qui en formaient le cœur. S'y étaient ajoutées récemment des œuvres provenant, entre autres musées, de la Galerie nationale du Jeu de Paume, ou confisquées aux déportés et artistes juifs.

— Vos salles de conservation ne vous semblent-elles pas assez sûres ? remarqua prudemment Authié.

— Non, s'il s'avérait que les troupes alliées entrent dans la ville.

Authié resta silencieux. Il ne croyait pas la situation si critique. Certes, grâce à la fonction qu'il occupait, ses informations sur l'équilibre des forces en présence étaient fiables. Mais les services de renseignement de De l'Oradore sur les avancées de l'Axe et des Forces alliées l'étaient encore davantage.

— Y a-t-il des raisons de l'envisager dans un proche avenir ?

Ce fut au tour de De l'Oradore d'observer un silence.

— Selon certaines rumeurs, des troupes américaines débarqueront en masse sur la côte nord, finit-il par répondre d'une voix qui ne recelait aucune peur ni inquiétude, si ce n'est celles de l'homme d'affaires veillant à ses intérêts. La menace est sûrement exagérée mais, par précaution, j'ai l'intention de mettre en lieu sûr certains objets entreposés à Chartres jusqu'à ce que la situation s'éclaircisse.

— À Berlin ?

— Non, en Amérique.

— Je vois…

— Je compte donc fermer la maison. Je souhaiterais par ailleurs que vous retourniez à Carcassonne afin de reprendre les recherches pour lesquelles je vous avais engagé en premier lieu, ajouta-t-il en lui lançant un regard pénétrant.

Authié n'en laissa rien paraître, mais il en fut surpris. De l'Oradore avait renoncé à sa quête du trésor des Cathares après que les nazis étaient passés en zone libre, sans explication. Depuis près de deux ans, il n'y avait jamais fait la moindre allusion. Qu'est-ce qui avait pu ranimer son intérêt ?

— Je croyais que vous ne jugiez plus utile de continuer à fouiller la zone autour de Montségur ou Lombrives ? s'étonna-t-il.

— Il semblerait qu'un érudit languedocien, qui fait autorité en matière d'histoire locale, détienne des informations susceptibles de nous guider dans nos recherches. Je voudrais que vous trouviez cet homme, Authié. Afin de vérifier si ces rumeurs sont fondées.

— Comment cette nouvelle information vous est-elle parvenue ?

— Par votre libraire, Saurat.

Authié se rappela cet homme étrange à la voix de fausset, et la boutique obscure qu'il tenait à Toulouse.

— Saurat ? Me serait-il possible de m'entretenir directement avec lui ?

— Non, désolé. Il nous a quittés… Soupçonné d'aider les partisans, il a été arrêté à Lyon. Il s'est montré très coopératif, et ses révélations semblent crédibles.

Authié n'était guère convaincu, mais il resta impassible. Il connaissait la réputation de Klaus Barbie, le chef de la Gestapo à Lyon. Les suspects étaient prêts à dire n'importe quoi pour mettre fin à leur interrogatoire.

— Il existe une transcription de la conversation, ajouta de l'Oradore, sentant peut-être le scepticisme d'Authié. Si cela peut vous être de quelque utilité.

— Oui, merci, répondit Authié, sachant qu'il n'avait rien à gagner à exprimer son opinion ni à contester les ordres de De l'Oradore. Cet érudit dont Saurat a parlé, dépend-il de l'université de Toulouse ?

— C'est un auteur indépendant plus qu'un universitaire, je crois.

— Et avez-vous un nom ? Une adresse ?

De l'Oradore sortit une enveloppe de sa poche.

— Il s'appelle Audric Baillard. En fait, j'avais déjà entendu parler de lui. C'est un spécialiste de l'Égypte ancienne. Il a écrit une biographie de Champollion… Baillard habite un hameau perdu des Pyrénées, Los Seres, ajouta-t-il en tendant l'enveloppe à Authié. Tenez, tout est là. Il ne devrait pas être difficile à trouver, c'est un vieillard, à en juger par la date de publication de ses ouvrages. Il se pourrait aussi qu'il détienne des informations sur un livre que je désire ardemment acquérir. Pour compléter ma collection médiévale, vous comprenez. Comme signe distinctif, le symbole d'un labyrinthe figurerait sur la couverture de ce livre. Mais j'ai fait préparer ces notes pour vous aider dans vos recherches… J'apprécierais grandement tout élément nouveau à ce sujet, quels que soient les moyens que vous jugerez bon d'employer pour en obtenir.

Vous me comprenez, Authié? conclut-il en le scrutant avec insistance.

— Je comprends, confirma Authié en rangeant l'enveloppe épaisse dans sa poche de poitrine.

— Bien. J'ai parlé à votre officier supérieur, qui est prêt à vous libérer dès aujourd'hui. J'ai organisé votre départ pour le Sud vendredi. Un 14 Juillet. Cela tombe à pic, selon moi. L'annonce a déjà été donnée aux stations de radio, qui la diffuseront.

— Quelle annonce?

— Vous prenez le relais dans la lutte contre la Résistance. Rien de mieux qu'un homme du pays pour s'en occuper, n'est-ce pas? Revol travaillera avec vous. Félicitations pour votre promotion, commandant Authié, dit-il en se levant et en lui adressant un léger sourire.

Authié se leva également, impressionné. Décidément, de l'Oradore avait le bras long.

— J'espère être à la hauteur de la confiance que vous m'accordez, dit-il.

— Je l'espère aussi… j'ai appris que vous aviez fait plusieurs visites dans le Sud, ces dernières semaines, Authié.

— En effet.

— Satisfaisantes?

— Efficaces, oui.

— Alors vous serez content d'y retourner pour de bon, je présume?

Authié croisa son regard froid, calculateur. Ils savaient tous deux qu'il n'avait pas le choix et que ses envies n'entraient pas en ligne de compte. Mais il choisit avec soin les termes de sa réponse.

— J'ai vivement apprécié mon séjour à Chartres, mais je serai heureux de faire ce qui servira le mieux notre cause, cela va sans dire.

— Très bien, approuva de l'Oradore avec un sourire.

Peut-être pour souligner la nouvelle fonction d'Authié, il l'escorta jusqu'à la porte, plutôt que de le faire raccompagner par la domestique.

— Tenez-moi informé par les voies habituelles, Authié. Naturellement, je voyagerai, mais vos messages me parviendront, même avec un peu de retard.

— Vous pouvez y compter. Je vous remercie de votre soutien, monsieur, répondit Authié en mettant son chapeau.

De l'Oradore ouvrit la porte d'entrée sur la rue assombrie que n'éclairait aucun réverbère. Après des mois de bombardements nocturnes sur la base aérienne de la Luftwaffe située à Champhol, au nord-est de Chartres, le black-out était rigoureusement observé. Les deux flèches jumelles de la cathédrale se profilaient sur le ciel, à la seule lumière de la lune.

— Au fait, ajouta de l'Oradore, Saurat a dit quelque chose d'intéressant avant de mourir… Sur ce supposé texte du IVe siècle que vous m'aviez apporté. Le Codex.

— Supposé, vous dites ? s'enquit Authié en sentant son sang se figer.

— C'était un faux, semble-t-il, poursuivit de l'Oradore avec désinvolture. Saurat a admis qu'il le savait, alors même qu'il l'avait authentifié. L'Ahnenerbe l'a confirmé. De très grande qualité, mais faux tout de même… Bonne nuit, commandant Authié. Donnez-moi de vos nouvelles dès vendredi, une fois que vous serez installé.

La porte se referma avant qu'Authié n'ait eu le temps de réagir. Il resta un instant prostré, conscient que de l'Oradore avait délibérément choisi ce moment pour lui parler du Codex, le mettant ainsi au défi de trouver Audric Baillard pour compenser en partie son erreur avec Saurat.

Depuis deux ans, Authié n'avait cessé de regretter d'avoir remis le Codex à de l'Oradore. Il avait imaginé qu'il détruirait ce texte hérétique, peut-être après avoir vérifié l'étendue réelle du pouvoir qu'on lui prêtait. En fait, de l'Oradore l'avait aussitôt confié à la garde de l'Ahnenerbe, où il était demeuré depuis.

Ainsi le véritable Codex restait à trouver. Il s'en chargerait, en faisant cette fois passer sa loyauté envers l'Église avant toute autre, comme il aurait dû le faire dès le début.

À mesure qu'il avançait à pas rapides dans la rue du Cheval-Blanc, une rage froide l'envahit. Saurat était hors-jeu, mais pas Raoul Pelletier. Ni Sandrine Vidal. Quelqu'un avait forcément caché le faux dans la grotte du col de Pyrène. Était-ce Pelletier ? Et la Vidal… lui avait-elle parlé de la découverte de bonne foi, en toute innocence ? Où l'avait-elle mené en bateau ? Qu'importe. Il serait bientôt fixé.

Devant la grande cathédrale, il s'arrêta et leva les yeux vers les trois arches du portail royal. Un livre de pierre, comme on l'appelait, composé d'images de rédemption et de foi issues du Nouveau Testament, mais aussi de récits plus anciens parlant de jugement et de vengeance, tirés de l'Ancien Testament.

Il réfléchit à ce que de l'Oradore lui avait dit à propos du livre médiéval. Si ce Baillard avait des informations sur cet ouvrage ainsi que sur le vrai Codex, il parviendrait sans mal à les lui soutirer.

Dieu était à ses côtés. Il accomplissait Sa volonté.

Authié leva les yeux vers la rosace ouest montrant le Jugement dernier, le Christ revenant pour condamner tous ceux qui s'étaient détournés de la vraie foi et sauver ceux qui s'étaient conformés aux préceptes de l'Église. À la faible lueur de la lune, le rouge et le bleu du vitrail, couleurs de sang et de mort, se distinguaient à peine.

Il s'attarda encore un peu, mais s'obligea à reprendre sa marche. S'il restait un très petit nombre de résistants encore actifs au centre de Chartres, après la descente fructueuse de la semaine dernière, son visage était connu, et un seul tireur embusqué suffirait pour… Authié pressa le pas vers la rue des Changes.

C'était le moment de retourner dans le Midi. Il trouverait Audric Baillard pour de l'Oradore. Puis il traquerait Pelletier et la fille Vidal pour son propre compte.

102

Carcassonne

— Il faut y aller, dit Sandrine.

— D'accord. Hé ! mon petit bonhomme, s'exclama Lucie en se penchant sur le landau. On va acheter du pain. Tu aimes bien aller acheter du pain avec Maman, hein, mon petit J.-J. ?

Jean-Jacques la regarda d'un air endormi, surpris de se retrouver dehors à une heure si matinale, pourtant il lui sourit. C'était sans doute trop tôt pour le dire, mais il ne semblait pas avoir hérité de la myopie de son père.

Pendant que Lucie le bordait avec soin en s'assurant que, sous les couvertures, les feuilles de papier blanc cachées sous le matelas ne pouvaient se voir, Sandrine lança un coup d'œil vers la fenêtre de sa chambre, où Raoul dormait toujours. Depuis la dernière fois où elle l'avait vu, en mai, il avait encore maigri et, comme eux tous, il était épuisé. Récemment, plusieurs parachutages alliés avaient échoué, et les armes dont ils auraient eu grand besoin ne leur étaient pas parvenues. Il y avait eu aussi beaucoup d'arrestations. Ce matin, Sandrine avait dû se faire violence pour laisser Raoul et suivre le programme prévu. Mais il était vital de répandre la nouvelle de l'attaque du tunnel de Berriac avant que la machine de propagande nazie et milicienne n'entre en action. Et puis Raoul avait besoin de dormir. Ils auraient le temps de se parler à son retour.

Lucie n'a pas l'air tranquille, ce matin, se dit Sandrine en la voyant vérifier une nouvelle fois avec angoisse les couvertures. Elle se pencha pour embrasser son filleul sur le sommet de la tête. Jean-Jacques plissa le nez en chassant l'air de sa main potelée.

— Je sais, ça pue, hein ? lui murmura Sandrine. Mais ça tiendra à distance les méchants soldats, alors on s'en fiche, pas vrai, J.-J. ?

Dans son panier, Sandrine transportait un morceau de poisson pourri enveloppé dans du papier journal, pour dissuader même la plus zélée des patrouilles de la Wehrmacht de pousser plus loin sa fouille. Sous le poisson se trouvait un rouleau de pellicule que Liesl avait donné à Raoul, ainsi que l'article écrit par Sandrine sur le sabotage du tunnel de Berriac.

— Pan, pan ! répondit Jean-Jacques en gigotant.

— Je me demande ce que son père dirait, fit remarquer Lucie.

Elle faisait toujours comme si Max était avec eux. Depuis leur passage au camp du Vernet en août 1942, elle ne l'avait pas revu, mais elle lui écrivait chaque semaine. La serveuse du café de la Paix qu'elles avaient rencontrée au village leur envoyait des nouvelles du camp lorsqu'elle le pouvait. Cela peinait Lucie de ne pas pouvoir parler à Max de son fils ni de ses progrès. Mais elle tenait un journal pour qu'il puisse un jour lire tous les détails des premiers pas de J.-J. dans la vie, quand il rentrerait à la maison. C'était comme si, pour elle, son retour ne faisait pas le moindre doute.

Lucie y croyait-elle vraiment, ou faisait-elle bonne figure ? Sandrine n'aurait su le dire. Depuis l'invasion de la zone nono et l'arrivée des soldats allemands dans les rues de la Bastide, les déportations des Juifs détenus dans les camps de l'Ariège s'étaient accélérées. Pour on ne sait quelle raison, peut-être son don pour les langues, ou les enquêtes régulières menées par les collègues de Marianne à la Croix-Rouge, Max avait jusqu'à présent été épargné. Sandrine soupçonnait Lucie d'attribuer cette chance à l'intervention d'Authié, même si elles n'en parlaient jamais.

Ces dernières semaines, les débarquements des troupes alliées dans le nord de la France en juin prouvaient que le cours des choses tournait en leur faveur contre les forces de l'Axe, malgré ce que les journaux prétendaient. En réaction, le nombre des prisonniers juifs déportés du Vernet à Dachau augmentait. Ce camp de Bavière était, paraît-il, construit sur le site d'une ancienne usine de munitions, et personne n'en revenait jamais. Elle ignorait comment Lucie réagirait si le nom de Max était ajouté sur la liste.

Lucie était restée à Coustaussa avec Liesl et Marieta jusqu'à la naissance de Jean-Jacques. Mais la vie à la campagne ne lui convenait guère et, à l'été 1943, elle était rentrée à Carcassonne dans l'état de fille-mère, suite à une aventure d'une nuit avec un soldat… C'était du moins l'histoire qu'elle avait choisi de faire courir. Une situation difficile à assumer mais, en gardant secrète l'identité du père de Jean-Jacques, elle protégeait son fils. Comme Suzanne vivait rue du Palais la majeure partie du temps,

Lucie s'était installée chez la mère de Suzanne et travaillait dans une mercerie près de la gare, tenue par une des amies de Mme Peyre. Ses cheveux décolorés avaient retrouvé leur châtain d'origine, et elle s'habillait sobrement. Une fois, elle était tombée sur son père dans la Bastide. Il avait vaguement froncé les sourcils, mais ne l'avait pas reconnue.

— Prête pour la balade ? demanda Sandrine.

— Prête, confirma Lucie, et Sandrine lui sourit.

Lucie n'était pas vraiment engagée mais de temps à autre comme ce matin, elle faisait volontiers une course. Elle avait le sentiment que la meilleure façon d'aider à la sécurité de Max, c'était de suivre les règles et ne surtout rien faire qui puisse attirer l'attention. Elle ne se doutait pas que Sandrine, Marianne et Suzanne s'adonnaient à des activités autres qu'imprimer un journal clandestin.

Jean-Jacques babillait à qui mieux mieux, essayant de nouveaux sons, de nouveaux mots. Lucie lui tendit une croûte de pain rassis et posa un doigt sur ses lèvres.

— Maintenant, chut…, J.-J.

Sandrine fit de même en soufflant comme pour éteindre une bougie sur un gâteau d'anniversaire, et le petit garçon les imita.

Elles gagnèrent le boulevard Antoine-Marty, la roue avant du landau grinçant horriblement dans le silence de ce début de matinée. Leurs chaussures aussi faisaient du bruit car, comme tout le monde, il leur fallait se contenter de semelles en bois pour remplacer le cuir usé.

— Qui devons-nous retrouver ? demanda Lucie.

— Gaston. Suzanne viendra plus tard, quand les journaux seront prêts à être distribués.

Cette feuille hebdomadaire, c'était Sandrine qui en avait eu l'idée, inspirée par la presse clandestine du nord de la France. Après que les Allemands eurent envahi le

Sud, elle avait sorti le premier numéro de *Libertat*, le mot occitan signifiant « liberté ». Elle écrivait les éditoriaux, les articles sur les atrocités commises par la milice, dénonçait les collaborateurs, transmettait les informations sur les actes de résistance qui avaient réussi. De temps en temps, des photographies illustraient les numéros. Geneviève ou Eloïse passaient en douce à Carcassonne les pellicules de Liesl : photos de dépôts de munitions, de mouvements de troupes, d'officiers supérieurs SS ou de la Gestapo, plans des prisons. Suzanne était chargée de l'imprimerie, Marianne de la distribution, Robert et Gaston Bonnet transmettaient les journaux à leurs courriers. Quant à Lucie, elle entretenait les machines en bon état de marche. Grâce à son enfance passée dans le garage de son père, elle avait de bonnes connaissances en mécanique.

Le but de Sandrine était de dénoncer les crimes toujours plus odieux de Vichy et de montrer au grand jour la barbarie nazie. *Libertat* était un journal partisan parmi d'autres tels que *Combat, Libération, L'Humanité,* le *Courrier du témoignage chrétien, Libérer* et *La Vie ouvrière,* qui tentaient de contrer les propagandes collaboratrice et nazie, toujours plus hystériques. Chaque semaine, des exemplaires étaient découverts dans une valise sous un banc à la gare de Lézignan, poussés sous les portes des cafés du centre de Limoux durant la nuit, ou laissés au dépôt d'autobus de Narbonne.

Sandrine réservait ses critiques les plus dures à la milice, ces Français qui travaillaient avec zèle pour l'occupant. Formée au début de 1943, la milice était un amalgame de divers groupes de droite. À Carcassonne, elle était restée sous le contrôle d'Albert Kromer jusqu'en février, quand la Résistance avait enfin réussi à le supprimer. M. Fournier, leur voisin, avait été tué durant la même attaque.

Le père de Lucie en était membre, comme la plupart des anciens de la LVF, qui se retrouvaient au café Édouard.

Carcassonne était ainsi en guerre contre elle-même. Pour Sandrine, qui menait depuis deux ans une double vie, la Bastide se divisait à présent en lieux fréquentables ou non. La Feldgendarmerie, sous le commandement du chef Shröbel, occupait l'immeuble en stuc blanc au coin du boulevard Maréchal-Pétain, qui donnait sur le palais de Justice où le Deuxième Bureau avait ses quartiers. L'Abwehr, le bureau du contre-espionnage, s'était établi sur le boulevard Barbès. La caserne Laperrine, où jadis les mères de Carcassonne avaient dit adieu à leurs maris et fils partis au front en 1914, était maintenant le quartier général des SS, tandis que celui de la Gestapo se trouvait sur la route de Toulouse. De tous les commandants de l'Aude, le chef Eckfelner et le sous-chef Schiffner étaient les plus vicieux dans la traque aux partisans.

Ce n'était pas juste leur avenir et leur présent qu'on leur enlevait, mais aussi leur passé, car les Vert-de-gris occupaient la Cité médiévale. Ce haut-lieu de fierté locale et de renommée internationale était à présent fermé aux simples citoyens. Aucun n'avait le droit de franchir la porte Narbonnaise sans permis de travail. Parfois, quand Sandrine contemplait de l'autre côté de la rivière les tours et tourelles majestueuses, elle était presque soulagée que son père ne soit plus là pour voir les Vert-de-gris arpenter le réseau des ruelles, boire du cognac dans le salon de l'hôtel de la Cité, s'exhiber sur les remparts où le vicomte de Trencavel avait jadis exhorté ses hommes à tenir bon contre les croisés venus du nord, et où Dame Carcas avait trompé Charlemagne grâce à son habile stratagème.

Presque soulagée.

Durant quelque temps, Sandrine avait eu l'impression que leur petit groupe travaillait en solitaire. Puis, le 27 janvier 1943, le jour de la naissance de Jean-Jacques, les groupes disparates de partisans avaient fusionné pour devenir les MUR, Mouvements Unis de Résistance, sous le haut commandement de Jean Moulin. La zone sud avait été divisée en six, l'Aude étant R3 et l'Ariège R4. Une structure de commandement et de contrôle avait été établie. Sandrine entendait murmurer des noms de code tels que Myriel, Bels, Frank, Le Rouquin, Robespierre et Danton. Elle n'aurait reconnu aucun de ces individus si elle les avait croisés dans les rues, et inversement.

Son nom de code à elle était Sophie, celui de Suzanne Andrée, et celui de Marianne, Catherine ; des prénoms usuels, contrairement à leurs homologues masculins. À part Raoul et Robert Bonnet, personne ne les connaissait. Ce n'était pas par manque de confiance envers Liesl, Geneviève, Eloïse ou Guillaume Breillac qu'elles les tenaient secrets, mais par simple bon sens. Moins ils en savaient, moins on pourrait les forcer à parler. Jean Moulin était mort six mois après avoir fondé les MUR, après un mois de tortures dans la tristement célèbre prison de Lyon. Sans rien révéler ni dénoncer personne.

— Ça va ? Tu as l'air fatiguée, constata Lucie, interrompant ses réflexions.

— Je n'ai pas beaucoup dormi, répondit Sandrine en rougissant.

— Chuut ! fit le petit garçon en portant un doigt à ses lèvres. J.-J. dodo.

— Oui, Jean-Jacques. Tout le monde fait dodo, murmura Sandrine. Il ne faut pas les réveiller.

— Dodo ! s'exclama-t-il, et Lucie s'empressa de le faire taire gentiment.

— Il ressemble tellement à Max par moments, remarqua-t-elle, comme son fils d'un an et cinq mois la regardait en écarquillant ses yeux marron. Tu ne trouves pas ?

— Si, confirma Sandrine, qui se rappelait à peine les traits de Max.

Même après tout ce qui s'était passé depuis, un reste de culpabilité la rongeait quand elle songeait à lui. À cette matinée à la gare de Carcassonne, quand elle avait accompagné sur le quai l'équipe de la Croix-Rouge. Sans doute était-ce vain, mais c'était plus fort qu'elle. Et cela lui rendait encore plus pénible le fait de cacher des choses à Lucie.

Les roues du landau faisaient un bruit de ferraille en roulant sur le trottoir. Elles continuèrent à pénétrer plus avant au cœur de la Bastide. On entendait les carrioles des laitiers et des boulangers faire leurs livraisons à la garnison allemande de l'hôtel Terminus.

– Tu as appris qu'on avait fait sauter la voie ferrée de Berriac, hier soir ? lui lança Lucie, et Sandrine fut tentée un instant de se confier à elle.

Mais le bon sens l'emporta. Il valait mieux pour elle comme pour eux tous que Lucie ne sache rien.

— La Résistance, je suppose, poursuivit Lucie. Et cela confirme ce que j'ai entendu dire à la radio.

— Que disait-on à la radio ? s'enquit Sandrine en lui lançant un coup d'œil.

— Oh, je n'écoutais pas vraiment. Alors j'ai peut-être mal compris. Le commentateur disait que depuis l'assassinat du chef de la milice de Carcassonne… Je ne me rappelle pas son nom.

— Albert Kromer, dit Sandrine.

— Oui… Il paraîtrait que depuis qu'il a été tué en janvier, le nombre d'attaques contre la milice a augmenté.

— C'est vrai, confirma Sandrine.

Les unités du Maquis et de la Résistance, dont Citadelles, avaient pris de l'audace après avoir revendiqué le meurtre d'une cible aussi importante que Kromer. Deux semaines plus tôt, avec l'aide de Suzanne, Sandrine était entrée par effraction dans les bureaux de la milice, place Carnot, pour brûler leur stock d'affiches de recrutement. À peine posées dans les rues, ces affiches étaient dégradées par les partisans qui y dessinaient ou y peignaient en grand des croix de Lorraine. Mais c'était encore mieux de détruire toute leur réserve. En représailles, la milice avait fait une descente dans un café de la rue de l'Aigle-d'Or.

— Et donc, poursuivit Lucie, le bulletin d'information disait aussi que même si la milice et les Allemands gagnent la bataille contre les insurgés…

— Qu'ils disent ! intervint Sandrine avec humeur.

— Je te répète juste leurs propos, répliqua Lucie, sur la défensive. Donc je continue… Même si les Allemands gagnent, les gens de la région sont de plus en plus nombreux à soutenir les partisans.

Cette fois, Sandrine acquiesça. En effet, le nombre de maquisards ne cessait de croître depuis que le Service du travail obligatoire avait été mis en place en février 1943. Faisant au départ appel à des volontaires, il était très vite devenu coercitif et envoyait les hommes travailler dans des usines d'armement ou dans des fermes en Allemagne pour soutenir l'effort de guerre nazi. L'aide aux maquisards se manifestait sous diverses formes : nourriture, abris, messages, voiture remplie d'essence avec les clefs sur le contact… tous les moyens dont des hommes et des femmes ordinaires pouvaient disposer. Les dernières semaines, des soldats de la Wehrmacht avaient même déserté pour rejoindre le maquis.

Mais le coût était lourd, et les représailles toujours plus dures. Deux jours plus tôt, une unité allemande, soutenue par la milice locale, avait lancé une attaque sur le maquis Villebazy en planque dans la forêt à l'est de Limoux. On avait donné l'alerte et les maquisards avaient pu s'enfuir, mais les troupes s'étaient alors retournées contre les villages environnants. Des hommes avaient été arrêtés, des otages emmenés, des maisons pillées. Il y avait eu un mort.

— En conséquence..., reprit Lucie après un soupir, un commandant en chef est dépêché du nord dans l'Aude pour mener l'offensive contre les insurgés.

Sandrine réfléchit aux dernières rumeurs. Des villages entiers avaient été pris pour cible. En juin, près d'une centaine de personnes avaient été tuées à Tulle, et près de sept cents à Oradour-sur-Glane, non loin de Limoges. Dans un secteur plus proche, on parlait de prises d'otages et d'exécutions sommaires, tout récemment à Chalabre, à l'ouest de Limoux. Les autorités niaient que de telles atrocités aient pu être commises.

— Sandrine ? s'enquit Lucie d'un air anxieux.

— Oui, excuse-moi, dit Sandrine en s'obligeant à ne plus penser à ces choses qui la faisaient se sentir tellement impuissante. Je t'écoute.

— Ils ont prononcé son nom, tu comprends, et c'est ce qui a fait tilt.

Soudain, l'impatience de Sandrine se mua en effroi. Car elle comprit aussitôt où Lucie voulait en venir depuis le début, et pourquoi elle avait tant de mal à l'exprimer.

— De qui s'agit-il ? demanda-t-elle, connaissant déjà la réponse.

Lucie releva la tête et la regarda dans les yeux.

— Léo Authié.

103

— De capitaine, il est passé commandant, précisa Lucie.

Sandrine resta un instant le regard fixe, puis se reprit.

— Le bulletin d'information disait-il quand il prendrait ses fonctions ?

— Non.

— Et s'il serait établi à Carcassonne, au quartier général de la milice, place Carnot ?

— Ce n'était pas précisé. Désolée.

Sandrine demeura silencieuse. Authié était toujours tapi dans un recoin de son esprit telle une présence malveillante, même si la peur qu'il lui inspirait s'était atténuée au fil des mois et des années, comme rien ne se passait.

Lorsqu'elle était rentrée à Carcassonne en août 1942, Sandrine s'attendait à tomber sur Authié ou sur Revol, son adjoint, à chaque coin de rue. Elle redoutait d'entendre des coups frappés à la porte. Puis en octobre, Raoul put confirmer que, après avoir consulté M. Saurat à Toulouse, Authié s'était rendu à Chartres et y était resté. Aucun rapport ne parlait de son retour dans le Midi.

Pourtant durant l'automne et l'hiver suivants, Sandrine évitait encore de passer devant le quartier général du Deuxième Bureau sur le boulevard Maréchal-Pétain, et elle guettait les rumeurs, écoutant même l'odieuse Radio Paris. Mais elle n'avait rien entendu à son sujet. Pas un murmure.

Puis en novembre, les Allemands franchirent la ligne de démarcation et tout changea. Le quartier général du Deuxième Bureau fut occupé par la Feldgendarmerie. L'ennemi était partout présent, régnant sur les rues de la Bastide et de la Cité. Il y avait tant à faire que Léo Authié passa au second plan.

Depuis lors, Sandrine n'était tombée que deux fois sur son nom. La première, c'était dans un journal pronazi, en novembre 1943. Une classe du lycée où Marianne travaillait avait organisé une marche de protestation lors du premier anniversaire de l'invasion du Midi : les élèves avaient fait le tour de la cour en brandissant des banderoles et en chantant *La Marseillaise*, bannie depuis l'Occupation. Les filles, des gamines pour la plupart, furent suspendues quinze jours, mais elles avaient atteint leur but. En traversant le square Gambetta plus tard cet après-midi-là, Sandrine avait trouvé un exemplaire du *Matin* posé sur un banc. En le feuilletant, elle avait eu la surprise de découvrir Léo Authié en photo, en compagnie de deux officiers SS-Obergruppenführer. Elle avait jeté le journal dans la première poubelle venue, comme salie par son seul contact.

La deuxième fois, c'était il y a huit semaines. Marianne lui avait montré un article dans *L'Écho* louant les efforts conjugués de la milice de Chartres et de ses « invités allemands » à déjouer une attaque visant un musée privé de la ville. Authié n'avait pas changé, juste un peu forci, mais il affichait toujours cet air condescendant, arrogant, qu'elle avait en horreur. Il recevait les félicitations du haut commandement nazi pour avoir dirigé une série d'expéditions punitives contre, selon les termes de l'article, les « agitateurs, saboteurs et terroristes ». Ces mots, Sandrine se les rappelait encore, mais elle gardait surtout en mémoire le soulagement qu'elle avait éprouvé en apprenant qu'Authié demeurait toujours dans le nord, à Chartres, et non à Carcassonne.

— Tu comprends, disait Lucie, je donnais son petit déjeuner à Jean-Jacques, alors je n'écoutais la radio que d'une oreille. C'est juste en entendant son nom que j'ai fait plus attention.

Prise d'une impulsion, Sandrine se retourna pour regarder dans la direction d'où elles venaient. La rue vide s'étirait au soleil du petit matin. Et si Authié était déjà de retour à Carcassonne ? Elle n'eut soudain plus qu'une envie, rentrer au plus vite à la maison où Raoul dormait encore, et lui dire de s'en aller tant qu'il le pouvait encore. Avant qu'Authié ne vienne le cueillir.

— Tu te rappelles ce tour en voiture le jour de notre visite au camp du Vernet ? demanda Lucie. Ce lieutenant d'Authié qui ne cessait de nous fixer. Il me donnait la chair de poule… Tu ne penses pas que… tu ne penses pas que, si Authié découvre l'existence de Jean-Jacques, il fera le rapprochement ?

— Mais non, voyons, s'empressa-t-elle de répondre en s'en voulant de ne songer qu'à elle et à Raoul. Il n'y a aucune raison pour que tu tombes sur lui. Et puis c'était il y a longtemps. On ne voyait même pas que tu étais enceinte… Ne t'inquiète pas, ajouta-t-elle en posant la main sur celle de Lucie, qui poussait le landau.

— Parce que si on essayait de me l'enlever, je…

— Personne ne te prendra Jean-Jacques, lui assura Sandrine. Sois tranquille.

Elles poursuivirent leur chemin par la rue Antoine-Marty avec le soleil levant dans le dos et le grincement du landau résonnant dans le silence. Jean-Jacques babillait tranquillement en se parlant à lui-même.

Elles tournèrent à droite, puis à gauche dans la ruelle parallèle à la route Minervoise. Le petit garçon poussa un cri de ravissement en voyant un pigeon posé sur le rebord d'une fenêtre. Pour la plupart, ils avaient été attrapés et mangés.

— Zoziau ! s'écria-t-il.

— Jean-Jacques, tais-toi ! ordonna Sandrine.

Le petit garçon la regarda, choqué, et elle s'en voulut aussitôt. Non seulement d'avoir élevé la voix contre lui, mais d'avoir laissé Authié pénétrer insidieusement sous sa peau. Elle se pencha sur le landau.

— Pardon, J.-J., mais il ne faut surtout pas faire de bruit, d'accord ? Regarde, l'oiseau fait dodo. Chuuut… Excuse-moi, ajouta-t-elle en s'adressant à Lucie.

Elles firent le reste du trajet jusqu'à l'imprimerie en silence. Après le meurtre de César, l'atelier était resté inoccupé quelque temps. Suzanne avait découvert qu'il était toujours en état de marche et, à eux tous, ils l'avaient remis en route.

Sandrine frappa à la porte latérale qui donnait sur la ruelle. Trois coups brefs, suivis d'un silence et de trois autres coups brefs. Elle entendit des pas, puis le bruit rassurant de la chaîne et de la clef tournée dans la serrure. Gaston Bonnet apparut sur le seuil.

Elle ne l'aimait pas beaucoup, car il buvait et se permettait des réflexions douteuses, mais Robert se portait garant pour son frère et, d'après Marianne, on avait toujours pu compter sur lui pour distribuer *Libertat* à leurs courriers. Aussi Sandrine prenait-elle sur elle.

Elle rejeta la couverture du landau, Lucie releva le matelas, et elles passèrent la ramette de papier à Gaston.

— Ça ne fait pas beaucoup, remarqua-t-il.

— C'est tout ce que j'ai pu trouver en si peu de temps, dit Sandrine.

— On fera avec.

Il était devenu difficile de se procurer assez d'encre et de papier. Yvette, la bonne amie de Robert, faisait des ménages au quartier général de la Gestapo, et elle volait en petite quantité du papier qu'elle dissimulait entre ses ustensiles ménagers. Mais une gastro-entérite l'avait clouée au lit, aussi les réserves étaient-elles au plus bas.

— Alors on y va, mon petit bonhomme ? lança Lucie en recouvrant J.-J. avec la couverture. On va voir les bateaux et dire bonjour à l'éclusier ?

— Merci, lui dit Sandrine. Et rappelle-toi, J.-J. ne risque rien.

Lucie lui fit un petit salut. Sandrine la regarda s'éloigner par la ruelle qui menait au canal du Midi, puis suivit Gaston à l'intérieur et verrouilla la porte.

— Pouah ! Qu'est-ce qui pue comme ça ? demanda-t-il en grognant de dégoût, et elle sortit de son panier le poisson enveloppé de papier journal.

— C'est pour cacher une pellicule que je dois développer. Que personne ne soit tenté d'y mettre le nez, expliqua-t-elle.

— Suzanne est dans la chambre noire. Je vais descendre ça et préparer l'impression, dit-il en montrant la ramette de papier.

Sandrine lui sourit en guise de remerciement et descendit au sous-sol. Elle frappa à la porte pour prévenir Suzanne de son arrivée.

— C'est bon, tu peux entrer, lui lança Suzanne de l'intérieur.

La chambre noire était éclairée par une unique ampoule rouge au plafond, diffusant très peu de lumière. Les réserves s'épuisaient et les longues étagères à lattes étaient presque vides : une seule bouteille de liquide de développement, un agrandisseur et un sécheur pour impression. Suzanne avait quitté la maison avant l'aube, malgré le couvre-feu, pour faire les préparatifs. Elle jeta un coup d'œil à Sandrine.

— Tout va bien ? Tu as l'air vannée.

— Ça va, répondit Sandrine, puis elle baissa la voix. Lucie a entendu dire à la radio que Léo Authié revenait en poste à Carcassonne.

— Quand ça ? s'enquit Suzanne en se raidissant.

— Elle l'ignore.

— Que vas-tu faire ?

Sandrine fit une petite moue indécise. Pour la première fois depuis longtemps, elle songea à M. Baillard. Comme elle aurait aimé lui demander son avis. Elle n'avait plus entendu parler de lui depuis cette nuit à Tarascon deux ans plus tôt, quand ils avaient caché le faux dans les grottes du col de Pyrène. Elle ne voulait pas croire qu'il puisse être mort.

— Quand nous aurons fini, j'irai me renseigner auprès de Jeanne Giraud, proposa Suzanne. Son mari apprend souvent les choses avant tout le monde. Certains des résistants parlent sous l'effet de l'anesthésie.

— Oui, ce serait bien de savoir au moins combien de temps il nous reste.

— Bon, reprit Suzanne l'air de rien, après l'avoir scrutée un instant. Et ton article, il est prêt pour l'impression ?

En s'efforçant de chasser Authié de ses pensées, Sandrine sortit la pellicule de son panier.

— Oui, mais tu veux bien développer ça ? Raoul l'a rapportée hier soir de la part de Liesl.

À la lueur rouge, Sandrine regarda Suzanne préparer la cuve à bonne température et remuer le fluide pour que la pellicule se développe de façon homogène. Elle sortit le rouleau de son étui et le plongea dans la solution le temps nécessaire au développement. Sandrine se lava les mains dans l'évier en essayant de se débarrasser de l'odeur de poisson.

Dès que les négatifs furent prêts, Suzanne les suspendit sur le fil au-dessus du comptoir et attendit qu'ils sèchent. Elles regardèrent les images atroces se révéler peu à peu. Dix photos en tout, montrant l'exécution de partisans. Sur l'une, cinq hommes étaient couchés face contre terre, morts, et un milicien posait le pied sur le dos du cinquième pour lui donner le coup de grâce. Sur une autre, deux résistants étaient pendus, mains liées et têtes encapuchonnées, assez bas sous un pont pour que les véhicules qui passent leur cognent les pieds. En voyant leurs orteils gonflés, leurs pieds brisés, les os des chevilles saillant à travers la peau boursouflée, Sandrine serra les mâchoires.

— Où Liesl a-t-elle pris ces clichés ? demanda posément Suzanne.

— À Chalabre, je pense. Les autorités nient tout ce qui s'est passé. Voici les preuves dont nous avons besoin… Peux-tu m'accorder un quart d'heure, le temps d'écrire quelque chose ?

— Et le rapport sur Berriac ?

— Il faudra de la place pour les deux articles. C'est aussi important, sinon plus.

Sandrine s'assit au comptoir. Elle réfléchit un moment, puis écrivit le titre : *POUR ARRÊTER LES CRIMES DE GUERRE DE LA GESTAPO ET DE LA MILICE.*

Elle regarda encore les images, repérant nettement la botte d'un soldat posée sur la jambe d'une morte. Suzanne passait les négatifs à l'agrandisseur pour tirer les épreuves.

— Sandrine, viens voir ça, dit-elle à voix basse, puis elle fit le point. Là, regarde. Dans le coin droit en haut du cliché. Le responsable.

Sandrine se pencha. L'officier détournait la tête, et son visage était en partie caché par l'ombre de son chapeau, mais il n'y avait aucun doute.

— C'est lui, n'est-ce pas ? dit Suzanne.

Le froid la saisit. Un long frisson, non de peur, mais de colère.

— Oui, acquiesça-t-elle. C'est Authié.

104

Banyuls-sur-Mer

Quand le fourgon cellulaire freina brusquement, la secousse projeta Audric Baillard contre le prisonnier assis à côté de lui. Il voulut s'excuser, mais son compagnon ne réagit pas. Il était d'une maigreur squelettique, et Baillard reconnut le regard vide de celui qui déclare forfait après avoir survécu à des années de mauvais traitements et de privations.

— Il faut tenir, cela ne va plus durer longtemps, murmura Audric, en se doutant que c'était en pure perte.

Ils voyageaient depuis deux jours, sans couvrir beaucoup de distance, dans une chaleur étouffante puant le vomi et le désespoir. Samedi matin, il faisait encore nuit quand on les avait réveillés pour leur dire que le camp où ils étaient détenus, qui dépendait du camp de Rivesaltes, était évacué. Tous les prisonniers devaient être tranférés ailleurs, dans d'autres camps ou dans des usines en Allemagne.

Baillard avait été parmi les derniers à partir dans un convoi de huit camions à bestiaux, au lieu de camions militaires. Comme lui, ses compagnons étaient tous des vieillards affaiblis par des mois de famine et de travaux pénibles, trop vieux pour qu'on les considère comme dangereux. On les avait menottés, mais pas enchaînés, et les gardes leur permettaient de descendre quand les camions s'arrêtaient.

Le convoi faisait route vers le sud sans s'éloigner de la côte, ce qui ne manquait pas de le surprendre. De Rivesaltes à Argelès, d'Argelès à Collioure, où ils avaient passé la nuit, et enfin, ce matin à l'aube, de Collioure à

Port-Vendres, près de la frontière espagnole. On leur donnait un peu d'eau, mais rien à manger. Les miliciens qui les escortaient au départ les avaient livrés aux Allemands, et voilà que Baillard entendait à nouveau les gardes parler français… Tout cela n'avait aucun sens.

Le prisonnier assis à côté de lui avait fermé les yeux. Baillard devina qu'il se mourait à la veine bleue qui pulsait faiblement dans son cou.

— *Payre sant*, murmura-t-il en priant pour le salut de son âme, puis il porta ses mains menottées à ses lèvres fendillées, et la rage brûla dans ses yeux d'ambre.

Il songeait à d'autres morts, à ses amis incarcérés dans les donjons de la Cité et de Saint-Étienne à Toulouse, bien des années plus tôt. À Montluc. Aux trains qui partaient de Gurs et du Vernet vers les camps de la mort : Auschwitz, Belsen, Buchenwald, Dachau. Des noms de lieux qu'il n'avait jamais vus.

Il expira longuement comme pour expulser le poison de ses poumons, puis secoua la tête. Il ne pouvait se permettre de songer au passé, de laisser la colère troubler son jugement. Seul comptait le moment présent. Car sa vie ne pouvait finir ici, avec tout ce qui lui restait à accomplir, le vœu qu'il avait fait dans sa jeunesse, les promesses qu'il s'était efforcé de tenir.

Dehors, il entendit des voix, le grattement d'une allumette. Le soleil commençait à monter dans le ciel, transperçant l'air fétide de flèches de lumière. En s'arc-boutant contre le flanc du camion, Baillard réussit à se mettre debout. Il risqua un coup d'œil par l'ouverture et vit deux gardes postés à deux mètres, à l'ombre d'un arbre. L'oreille collée au bois, il s'efforça de saisir leur conversation, et les sons inintelligibles formèrent bientôt des mots.

— C'est quoi la prochaine étape ?

— Banyuls-sur-Mer.

— Pourquoi là-bas?

— Parce que c'est à l'écart.

Les voix des soldats redevinrent indistinctes. Baillard regarda de nouveau par la fente et vit qu'ils avaient tourné le dos au camion. Ils écrasèrent leurs mégots dans la poussière et rejoignirent le véhicule. Les portières claquèrent et quelques secondes plus tard, le moteur redémarrait en trépidant.

Il se rassit pour ne pas être déséquilibré par les cahots. Il comprenait maintenant. Personne ne voulait se charger d'eux. À Argelès, l'appel avait été fait, mais pas à Collioure. Il aurait dû deviner ce qui se préparait. Il ne devait rester aucun registre les concernant. À quoi bon? Ces prisonniers-là étaient trop vieux pour servir à quelque chose et remplir les quotas de travailleurs exigés par les nazis. Mais comme aucun ordre n'avait été donné sur leur destination, il ne restait d'autre solution que de tous les supprimer.

Baillard se radossa et se mit à réfléchir à un plan. Quand ils arrivaient à destination, il y avait toujours un moment où les gardes relâchaient leur attention. À part l'appel, qui n'avait plus lieu d'être, la routine était toujours plus ou moins la même. Le convoi s'arrêtait. On tirait les loquets, les portières étaient ouvertes et les prisonniers autorisés à descendre. Les gardes se relayaient pour aller se soulager dans les buissons, s'étirer, fumer. Les chauffeurs bavardaient, certains que leurs armes suffisaient à décourager toute tentative d'évasion ou de résistance.

Si Baillard voulait s'échapper, ce serait durant ces quelques minutes de battement.

Il regarda ses compagnons autour de lui, en cherchant à savoir qui parmi eux pouvait avoir la même idée. Le régime en vigueur au camp était dur. Celui qui désobéissait aux ordres était sévèrement puni. Isolement cellulaire, trois jours sans eau ni nourriture, corvées pénibles. Certains étaient courageux, mais la plupart avaient perdu toute volonté. Pourtant, il fallait tenter le coup.

— Au prochain arrêt, nous devrons courir notre chance, murmura-t-il. Ce sera peut-être la dernière.

Personne ne réagit. Une vague de pitié et de colère le traversa quand il vit combien ces hommes en étaient réduits à attacher si peu d'importance à leur vie.

— Nous devons essayer, insista-t-il malgré tout. Nous sommes plus nombreux qu'eux.

— Ils sont armés, pas nous, que pouvons-nous faire ? dit une voix venant du fond. Mieux vaut ne pas chercher les ennuis. Peut-être que le prochain camp sera moins pire.

— Il n'y aura pas de prochain camp, ils n'ont pas l'intention de nous laisser en vie, déclara Baillard.

— Qu'en savez-vous ?

Attristé, Baillard se rendit compte que ses efforts étaient vains. Se tournant, il regarda par la fente. Ils suivaient maintenant la grande route côtière qui filait vers le sud. Il connaissait bien cette portion du trajet. Au loin se dressaient les contreforts des Pyrénées, gris dans la lueur de l'aube, avec plus bas les pentes verdoyantes où les stries bleues du sulfate de cuivre séparaient les rangées de vignes. L'une des plus belles vues de la côte Vermeille, qu'il aurait appréciée en d'autres circonstances.

Il fit un rapide calcul. Entre Port-Vendres et Banyuls-sur-Mer, il y avait quatre ou cinq kilomètres. S'ils ne rencontraient pas de barrages anti-tanks tels qu'il s'en dressait souvent aux croisements, et si rien ne les retardait, Baillard estimait que le trajet ne prendrait guère plus d'un quart d'heure. Il ne lui restait pas beaucoup de temps pour se décider.

Il inspira profondément et s'aperçut alors que l'Espagnol assis de l'autre côté du camion le regardait fixement.

C'était Garcia, un ancien membre des Brigades internationales, un homme aux fortes convictions, qui avait consacré sa vie à lutter contre les fascistes et dont Baillard connaissait la bravoure. Leurs regards se croisèrent, puis l'autre fit un infime hochement de tête, et il sut qu'il pouvait au moins compter sur un allié. Peut-être que le moment venu, les autres trouveraient le courage de les imiter.

Le convoi s'arrêta deux fois sans qu'on coupe le moteur, peut-être pour laisser passer d'autres véhicules, mais bientôt les courbes de la baie apparurent avec quelques rares habitations, et la roche grise se détachant sur le bleu de la Méditerranée.

Ils traversèrent la ville, puis le chauffeur tourna à droite, en s'éloignant de la mer vers l'intérieur des terres inhabitées du Puig-del-Mas. Le bitume céda la place à un chemin pierreux troué de nids-de poule. Baillard sentit grandir en lui une montée d'adrénaline et une bouffée d'espoir qui lui fouettèrent le sang. Car il connaissait cette partie du pays. Il y a très longtemps, il était passé par là en se dirigeant vers Portbou, sur le versant espagnol de la frontière. Leurs chances étaient minces, mais cela aurait pu être pire.

— Ne voyez-vous donc pas le sort qu'ils nous réservent ? insista-t-il.

Croisant à nouveau son regard, Garcia fit une grimace, manière de confirmer que les craintes de Baillard étaient justifiées. Pas un des autres ne réagit, ils continuèrent à osciller avec le mouvement du camion, prostrés dans le silence.

Ils roulèrent encore une dizaine de minutes. Alors, sans prévenir, le chauffeur freina et tous les prisonniers furent projetés en avant, glissèrent, tombèrent, puis s'efforcèrent de se remettre en position assise. Tous, sauf l'homme à côté de Baillard, qui resta couché par terre.

Le chauffeur coupa le moteur. Les yeux des sept prisonniers se tournèrent vers les portières, ils guettèrent le bruit de la chaîne et du loquet qu'on tirait. L'air frais pénétra dans le camion avec la lueur d'un pâle soleil.

— Dehors, ordonna le garde en brusquant le premier prisonnier de sa Mauser K98, une carabine fournie par les Allemands.

Encore une preuve, s'il en fallait, de ce qui avait été convenu entre la milice et les Waffen-SS, se dit Baillard.

Chacun obéit. Il courba la tête en feignant d'avoir les jambes et les bras raides et sentit Garcia se placer sur son flanc alors qu'ils avançaient pour rejoindre les autres prisonniers. Huit camions, une cinquantaine de loques humaines.

Baillard remercia leur chance en silence. Ils étaient dans une clairière qu'il reconnut. Sur trois côtés, des taillis et des arbres. Il y avait une ancienne piste de contrebandiers à travers les bois, qu'il connaissait bien. Or sur les trois camions du convoi, le leur en était le plus proche.

— *A la izquierda*, murmura-t-il.

L'Espagnol jeta un coup d'œil sur la gauche, repéra le sentier et hocha la tête. Certes c'était risqué, mais c'était leur seule chance de salut.

— J'ai dit tout le monde dehors ! cria le garde vers le fond du camion.

Baillard le vit grimper à l'intérieur, donner un coup de pied au prisonnier qui gisait à terre, puis se retourner.

— Hé, vous autres ! Venez me donner un coup de main, lança-t-il à l'adresse de ses collègues.

Comme les deux autres gardes s'avançaient vers le camion, Baillard et l'Espagnol saisirent leur chance. À petits pas, ils commencèrent à reculer vers les arbres, sans savoir si leurs compagnons de misère allaient comprendre ce qu'ils tentaient, chercher à les imiter, ou au contraire les en empêcher.

Les miliciens sortaient le corps du camion.

— Ça en fait un de moins, dit l'un des gardes en balançant le cadavre par terre.

Baillard gardait les yeux rivés sur le camion et la masse des prisonniers. Aucun ne réagissait ni ne cherchait à prévenir les gardes. Dès que Garcia et lui eurent atteint la lisière des bois, ils se retournèrent et s'enfoncèrent vite dans l'ombre des fourrés. S'ils réussissaient à avancer jusqu'à la première fourche du sentier sans se faire repérer, ils auraient une bonne chance de s'en sortir. À l'embranchement, le sentier de gauche descendait en pente raide vers ce qui semblait un cul-de-sac, alors que celui de droite, plus large, montait vers le plateau et les prairies. Si les soldats les poursuivaient, ils opteraient selon toute logique pour le second.

Soudain des coups de feu éclatèrent et ils se figèrent sur place. Baillard se retint de se retourner et continua pour gagner au plus vite le croisement. Il y eut encore des tirs nourris, mais aucune des rafales qu'ils entendirent ne visait les bois…

Combien de morts ? Vingt ? Trente ?

Baillard désigna dessous la falaise un rebord plat, une brèche étroite. L'Espagnol se mit à plat ventre et se glissa à l'intérieur en se tortillant. Les armes s'étaient tues. Baillard hésita, puis le suivit. Alors, une explosion déchira la paix des montagnes, suivie d'une autre. Quelques minutes plus tard, des panaches de fumée noire poussés par la tramontane traversèrent le ciel en passant devant leur cachette.

— *Los despósitos de combustible*, dit Baillard. Les réservoirs à carburant.

L'Espagnol se signa. Baillard ferma les yeux en priant pour qu'aucun des prisonniers n'ait été brûlé vif. Il avait vu bien des fois des gens mourir par le feu, à Toulouse, Carcassonne, Montségur, et ces images ne l'avaient jamais quitté, ni les hurlements des suppliciés, l'odeur de chair carbonisée.

Il pencha la tête, regrettant de n'avoir pas réussi à convaincre ses compagnons d'infortune de tenter leur chance, de n'avoir pu les sauver. Tant de vies perdues. Puis il sentit une tape sur son bras, ouvrit les yeux et vit l'Espagnol lui tendre la main.

— *Gracias, amigo*, dit Garcia.

105

Carcassonne

Lorsque Sandrine s'éloigna du café des Deux Gares en laissant à Gaston le soin d'emballer les exemplaires de *Libertat* pour la distribution, il était presque 10 heures. En ce lundi matin, la Bastide vaquait à ses occupations quotidiennes. Suzanne retournait de son côté à la rue du Palais, et elle informerait Raoul et Marianne de son prochain retour.

Car Sandrine avait encore une dernière chose à régler avant de rentrer, et chaque minute lui semblait interminable. Pourvu que Robert soit là à l'heure, espérait-elle en passant devant la brasserie Terminus. Elle était épuisée, physiquement et nerveusement. C'était sans doute dû au manque de sommeil, et aux photos que Liesl avait prises, des atrocités perpétrées à Chalabre. Mais il y avait aussi dans l'air une tension palpable. Chacun semblait sur le qui-vive, comme pressentant quelque trouble à venir.

Elle traversa le boulevard Omer-Sarraut en réfléchissant à ce qui pouvait en être la cause. La nouvelle qui se répandait du sabotage du tunnel de Berriac ? La nomination d'Authié dans la région, annoncée à la radio ? Même pour les gens qui ignoraient son nom, l'arrivée d'un commandant en chef dépêché du nord signifiait un durcissement, et l'entrée dans une nouvelle phase de la bataille.

Sans ralentir le pas, Sandrine regarda au passage par la vitre du café Continental. Robert Bonnet n'était pas encore là, aussi continua-t-elle à avancer dans la rue Georges-Clemenceau. Elle irait jusqu'au croisement de la rue de Verdun, puis reviendrait sur ses pas.

À l'extérieur du magasin Artozouls, un groupe d'hommes marchait dans sa direction en occupant toute la largeur de la rue, ce qui obligeait les autres piétons à s'écarter pour leur laisser le passage. Ils parlaient fort, tous en même temps, d'un ton belliqueux. Sandrine repéra Magne, le père de Lucie, et détourna le visage, même si elle doutait qu'il puisse la reconnaître.

— On dit que c'est l'Amazone qui a fait le coup, disait l'un des vétérans quand ils la croisèrent.

Sandrine se réfugia sous le porche de la première boutique venue, une quincaillerie, et fit mine de regarder les rares ustensiles de cuisine exposés en vitrine.

— Tu rigoles ? C'est juste une invention des partisans pour nous saper le moral, répliqua un autre. De la propagande, pour faire croire que la milice n'est qu'un ramassis de branleurs entubés par une gonzesse…, ajouta-t-il, déclenchant de gros rires. Non, vous verrez ce que je dis, Berriac, c'est un coup des communistes.

Sandrine attendit qu'ils soient tous entrés dans le café Édouard pour regagner la rue. Elle savait qu'elle avait plusieurs surnoms. L'Amazone était l'un des plus polis; il y en avait d'autres, moins flatteurs, tels que putain, gousse, romanichelle. Arrivée au croisement, elle fit demi-tour et revint sur ses pas. Elle détestait l'admettre, mais bien des hommes de son bord partageaient les préjugés misogynes exprimés par les membres de la LVF. Beaucoup de partisans voyaient d'un mauvais œil un réseau composé uniquement de femmes. Pour eux, la guerre était une affaire d'hommes, et cela offensait leur sens de l'honneur. Travail, Famille, Patrie… ils s'accrochaient encore à une vision pétainiste du monde. Des hommes tels que Raoul, Yves Rousset, Guillaume Breillac, même Robert et Gaston Bonnet, qui appartenaient pourtant à l'ancienne génération, étaient une minorité.

— L'Amazone, marmonna-t-elle en se permettant un sourire furtif.

Tant que les gens refuseraient de croire à l'existence d'un réseau féminin, ce serait pour elles un gage de sécurité. En échange, quelques insultes et grossièretés, ce n'était pas cher payé.

Elle aperçut Robert Bonnet qui se hâtait depuis le haut de la rue, lui laissa le temps d'entrer dans le café, puis y retourna à pas lents.

Accoudé au comptoir, il buvait une bière. Elle alla se poster à l'autre bout et commanda un café.

Avant la guerre, une jeune femme non accompagnée qui aurait commandé un café au bar se serait fait remarquer, mais plus maintenant. Tout le monde faisait profil bas. Sandrine resta silencieuse jusqu'à ce que le patron lui serve son café.

— Merci, dit-elle en posant sur le comptoir un billet plié.

Dedans se trouvait une liste des endroits où Robert devrait récupérer les exemplaires de *Libertat*, dès que

Gaston aurait emballé le lot et que Marianne aurait prévenu les courriers.

Le patron prit le billet, l'encaissa en tapant sur sa caisse enregistreuse, puis alla à l'autre bout du comptoir remettre la monnaie, et la liste, à Robert. Une fois revenu au centre, il se mit à essuyer des verres.

— Désirez-vous autre chose, mademoiselle ?

— Non, ça ira, merci, répondit Sandrine en buvant d'un trait le mauvais ersatz à la chicorée.

— Alors à demain ? On sera mardi, jour de marché.

— Oui, à demain, confirma-t-elle en haussant un peu la voix pour que Robert l'entende.

Peut-être que les choses se passeraient bien, après tout, se dit-elle en poussant un soupir de soulagement.

106

Il n'y avait personne quand Sandrine rentra rue du Palais. Elle laissa son panier puant le poisson dehors, devant la porte de derrière, se lava à nouveau les mains avec de la poudre à lessive que Marianne avait échangée contre des allumettes, puis monta et ouvrit discrètement la porte de sa chambre.

La lumière matinale filtrait, grise, à travers les persiennes. À mesure que ses yeux s'habituaient à la pénombre, les contours des choses se précisèrent : le bureau en acajou contre le mur, entre les deux fenêtres, le divan tapissé de soie chinoise vert d'eau et la jardinière en bambou, à droite de son lit. En face, près de la porte, les étagères de la bibliothèque étaient bien dégarnies, car Marianne et elle avaient caché dans la cave certains livres interdits, et avaient fait brûler ceux auxquels elles tenaient le moins pour alimenter le feu, durant les rudes hivers précédents.

Étalé de tout son long dans le petit lit à une place, Raoul dormait encore. Ses cheveux non gominés étaient tout ébouriffés sur l'oreiller, et son torse, bien découplé malgré sa maigreur, émergeait du drap qui le recouvrait jusqu'à la taille.

Il fallait le réveiller. Pourtant elle le laissa dormir en paix encore un moment. Avant que les Allemands ne franchissent la ligne de démarcation, l'accusation de meurtre lancée contre lui l'empêchait de revenir à Carcassonne. Mais, deux ans plus tard, tant d'hommes étaient à présent recherchés pour des crimes divers que Raoul, noyé dans le tas, se retrouvait plus libre de ses mouvements et pouvait la rejoindre de temps en temps, jamais toutefois pour plus d'un jour ou deux.

Sandrine s'assit sur le lit à côté de lui et lui caressa le bras, dont la peau foncée tranchait sur la pâleur du torse. En se rappelant comment ils avaient passé les heures entre le crépuscule et l'aube, elle rougit malgré elle.

Deux ans après, la force de ses sentiments la bouleversait toujours autant. Cette façon dont son cœur bondissait quand elle le voyait sans s'y attendre, dont son sourire la faisait chavirer. Cette intensité se serait-elle atténuée s'ils avaient passé leur vie ensemble, comme mari et femme ? se demandait-elle parfois. Était-ce juste parce qu'ils se voyaient rarement et pour de si courtes périodes qu'ils étaient toujours malades de désir quand ils se retrouvaient ? Comment savoir…

Ils vivaient tous dans le présent. Pourtant, Sandrine se laissait aller à rêver d'un temps où Raoul et elle auraient la possibilité de se lasser l'un de l'autre. Quand la guerre serait finie et qu'ils n'auraient plus à vivre cachés. Quand ils pourraient devenir un vieux couple englué dans le quotidien, comme n'importe quel autre.

— Sandrine Pelletier, murmura-t-elle pour essayer. M. et Mme Pelletier.

Elle soupira, car étrangement, cela ne lui allait pas, ne leur allait pas. Ça faisait trop adulte, trop rangé. Sandrine croisa les bras sur sa poitrine, et sentit avec regret ses côtes saillantes sous ses doigts. Elle aussi avait maigri, comme eux tous. Cela allait bien à Lucie et à Marianne, qui avaient les traits fins, mais elle se sentait disgraciée, tout en bras et en jambes, de nouveau dans la peau d'un garçon manqué, comme Marieta l'appelait quand elle était petite.

Dans le lit, Raoul remua et changea de position, sans se réveiller pour autant. Sandrine le contempla, étonnée de voir combien son visage paraissait ouvert et confiant dans le sommeil, malgré tout ce qu'il avait vu ou fait, et malgré sa vie de reclus dans les montagnes.

— Mon *còr*, murmura-t-elle, et ces mots doux suffirent à le réveiller.

Aussitôt sur le qui-vive, il chercha l'arme qu'il avait cachée sous le lit mais, découvrant Sandrine, il changea d'expression et lui sourit.

— Te revoilà, dit-il en se redressant pour s'adosser à la tête de lit. Quelle heure est-il ?

— 10 heures passées.

— Tu es déjà rentrée ? dit-il en voyant qu'elle avait ses chaussures de ville aux pieds.

— Oui.

— Et les photos prises par Liesl, vous avez pu en utiliser ?

— Oui. Elles étaient horribles à souhait, répondit-elle avec amertume.

— Alors vous avez fait le tirage ?

— Oui, tout est imprimé et prêt à être distribué ce soir.

— Donc, pour toi, le boulot, c'est fini pour aujourd'hui ? conclut-il en posant la main sur sa taille, avec ce petit sourire en coin qui la faisait toujours fondre, et elle se mit à rire.

— Si seulement, répondit-elle, redevenant grave. J'ai quelque chose à te dire, quelque chose que je viens d'apprendre.

— Ça attendra, dit-il en défaisant le premier bouton de sa robe.

— C'est important..., protesta-t-elle, faiblement.

— Ça aussi, répliqua-t-il en continuant à ouvrir les boutons, découvrant sa simple chemise de corps blanche.

— Au moins, laisse-moi fermer la porte.

Le loquet s'enclencha bruyamment. Sandrine ôta sa robe qui s'étala à ses pieds, avança vers lui, enleva sans se presser sa chemise, puis sa petite culotte.

— Bonjour, dit Raoul en soulevant un coin du drap pour qu'elle le rejoigne dans le lit.

Sandrine se lova contre lui et ils restèrent un moment ainsi, sans bouger. Elle sourit en l'entendant soupirer de bien-être et d'impatience, tandis que ses pieds froids se réchauffaient au contact de son corps tiède. Puis Raoul se pencha sur elle et Sandrine, haletante, sentit son souffle effleurer sa peau comme une brise d'été, ses lèvres, sa langue glisser sur ses seins, sa bouche happer ses tétons, les mordiller.

Comme Raoul se redressait sur un coude et tendait la main vers son pantalon, posé sur le fauteuil près du lit, Sandrine l'arrêta.

— Non, ce n'est pas la peine.

— Tu es sûre ? dit Raoul, surpris et ravi à la fois.

— Oui.

Il se rallongea et la caressa en murmurant « Mon *còr* » à son tour, en écho, puis il se mit doucement sur elle. Alors qu'il la regardait dans les yeux, elle le fit basculer sans prévenir, et se retrouva juchée sur lui.

— Je préfère la vue d'ici, dit-elle pour le taquiner, ce qui le fit rire.

Il lui prit la taille et elle se pencha en laissant ses seins frotter contre sa poitrine, puis elle le fit entrer en elle petit à petit, et quand ils furent unis, ils restèrent un moment immobiles.

Se penchant à nouveau, elle l'embrassa sur les lèvres, puis au creux de la gorge. Une chaleur lourde s'infiltrait dans ses membres, jusque dans sa tête bourdonnante. Le temps et l'espace n'existaient plus. Il n'y avait que Raoul et le soleil s'insinuant par les fentes des persiennes. Elle se sentait invincible. Lentement, elle commença à bouger.

— Sandrine, gémit-il.

Elle noua ses doigts aux siens, l'embrassa encore, et cette fois sentit sa langue se glisser entre ses lèvres, brûlante, vorace, cherchant la sienne. Il respirait plus fort, mû par le même désir qu'elle, ils bougeaient plus vite, en rythme, et dans sa tête, le bruit s'intensifia, devint un rugissement occultant toute pensée, jusqu'à ce que son sang afflue et qu'une vague de plaisir la traverse. Accrochée à lui, elle l'entendit crier son nom, frémir, puis retomber.

Peu à peu, le calme revint dans sa tête et se fondit dans le silence de la chambre. Sandrine resta un moment la tête sur la poitrine de Raoul, à écouter le rythme de son cœur ralentir et revenir à la normale. Alors elle s'affala sur le dos à côté de lui et, sans même s'en rendre compte, ils glissèrent dans le sommeil.

Dehors le soleil montait à l'assaut du ciel du Midi. Bien en sécurité dans les bras l'un de l'autre, eux dérivaient, inconscients des heures qui passaient et de la vie qui continuait en bas, dans la maison. Leur univers était circonscrit entre les quatre murs de la chambre, la porte close, les persiennes en bois, à l'écart du monde.

107

Coustaussa

Liesl jeta un coup d'œil par-dessus son épaule. Tôt le matin, elle avait porté de la nourriture au Maquis, puis était redescendue de la garrigue à Couiza. L'homme était toujours posté sous la porte cochère, à fumer une cigarette. Il n'y avait aucune raison de penser qu'il la surveillait, elle ou quelqu'un d'autre. Mais il dénotait dans le paysage, avec son costume foncé trop élégant pour cette bourgade écartée. Il n'était sûrement pas du coin, et Liesl n'aurait su dire si elle l'avait déjà vu ailleurs… En tout cas, il lui inspirait une vive inquiétude.

Elle souleva le torchon à carreaux bleu et blanc qui recouvrait son panier. Il ne contenait rien de compromettant : juste des cerises enveloppées dans un grand mouchoir, une récolte tardive qu'Yves Rousset lui avait donnée à partager entre Marieta et sa mère. Liesl avait promis de les apporter elle-même à Mme Rousset. Par ailleurs, elle avait sa carte d'identité, son carnet de rationnement et, n'ayant plus de pellicule, elle avait laissé son appareil photo à la maison.

Le type était toujours là, à griller sa cigarette, et il regardait dans sa direction. Aussitôt elle adopta les procédures usuelles en cas de filature. Malgré le fait qu'elle n'avait pas de coupons, elle entra dans l'épicerie, puis en sortit et se rendit au bureau de tabac. L'établissement avait changé de gérant, car l'ancien propriétaire, un informateur bien connu, avait été retrouvé mort dans la rivière six semaines plus tôt, en représailles. Liesl ignorait qui avait pu le liquider. Ni Citadelles ni aucun maquisard de Couiza. Ce n'était pas leur mode opératoire.

Elle bavarda un moment avec le nouveau gérant et acheta un carnet de timbres à un franc. Quand elle ressortit dans le soleil, elle traversa la place et entra dans la poste, dont la grande porte à deux battants n'était pas visible de la route. Si l'homme la suivait, il serait obligé de se déplacer.

Elle passa dix minutes à faire la queue à l'intérieur, prétendit avoir oublié à la maison la lettre qu'elle voulait poster et ressortit. La tramontane commençait à souffler en faisant tournoyer la poussière. Elle lança à nouveau un coup d'œil vers la porte cochère. L'homme avait disparu.

Liesl souffla en espérant s'être inquiétée pour rien. Geneviève, Eloïse et elle voyaient partout de la menace, et c'était dur de distinguer un réel danger des fruits de leur imagination.

Elle s'arrêta, le temps que les battements de son cœur se calment, puis se dirigea vers le Grand Café Guilhem, où elle devait retrouver Geneviève. Liesl était un peu en retard, mais restait dans le créneau dont elles étaient convenues. Alors qu'elle marchait à longues foulées élégantes, quelqu'un la siffla. Elle se retourna et un homme, plutôt agréable à regarder, lui décocha un coup d'œil admiratif. Liesl ne le reconnut pas, mais elle continua son chemin avec un petit sourire, sans s'offusquer pour si peu.

En deux ans, l'adolescente grave et renfermée s'était transformée en une jeune femme gracieuse et sûre d'elle. Elle était grande et très élancée, mais sa minceur rehaussait encore sa beauté, et elle suscitait l'admiration. Elle aurait pu jeter son dévolu sur n'importe lequel des rares jeunes gens qui restaient à Couiza, si elle avait voulu. Seuls quelques proches savaient combien de temps Yves Rousset et elle passaient ensemble. C'était devenu plus difficile, mais ils s'arrangeaient pour se retrouver dès qu'ils le pouvaient. Comme ce matin. Elle sourit à ce souvenir.

Liesl s'assit à la table habituelle sur la terrasse, celle qui avait la meilleure vue du pont et de la route. Elle aperçut son reflet dans la vitre et se demanda, comme souvent, si Max l'aurait reconnue aujourd'hui. Cela faisait si longtemps qu'ils ne s'étaient pas vus.

Personne à Coustaussa ni à Couiza n'avait jamais mis en doute la parenté de Liesl avec les Vidal. Dans ces montagnes, tout le monde était cousin de près ou de loin. Sandrine et Marianne, par exemple, étaient des cousines éloignées des filles Saint-Loup. Par ailleurs, elle avait rarement dû montrer ses papiers et n'avait jamais eu d'ennuis. Les faux documents que Suzanne lui avait obtenus passaient toujours. Mais la nécessité de garder secrètes ses origines véritables faisait que Liesl avait très peu de nouvelles de son frère. Les rares informations qu'elles recevaient leur venait de la serveuse du café de la Paix qui téléphonait du Vernet à Sandrine, qui elle-même les transmettait à Coustaussa par l'intermédiaire de Raoul. Quant à son neveu, le petit Jean-Jacques, Liesl ne l'avait pas vu depuis un an.

— Qu'est-ce que je vous sers ? lui demanda le garçon de café.

Liesl regarda dans son porte-monnaie et découvrit qu'il était presque vide.

— En fait, j'attends une amie, répondit-elle. Nous commanderons quand elle sera là.

— Un café…

— Non, vraiment, ça ne me dérange pas d'attendre un peu.

— … offert par la maison, précisa-t-il.

— Oh, c'est très gentil. Volontiers, accepta-t-elle.

Elle scruta la route en se demandant où Geneviève pouvait bien être. Malgré le mal qu'on avait à se déplacer, cela ne lui ressemblait pas d'être en retard. Hier elle s'était rendue à Limoux pour passer un rouleau de photos à Raoul, qui le confierait ensuite à Sandrine, mais elle aurait dû être de retour depuis un bon moment.

Le garçon lui apporta l'ersatz de café qu'elle sirota aussi lentement que possible. L'estomac noué, elle regarda encore l'heure à sa montre. La règle était la suivante : lorsqu'un contact avait plus d'une demi-heure de retard, il fallait partir. On ne devait prendre aucun risque. Le fait que le contact soit Geneviève, sa meilleure amie, n'entrait pas en ligne de compte.

Il était temps.

Liesl se leva, lissa les plis de sa robe, prit son panier et descendit les marches pour se retrouver sur la route. Elle regarda en direction de Limoux en souhaitant de toutes ses forces voir apparaître Geneviève, mais la route était déserte.

Elle accrocha son panier sur le devant de sa bicyclette, puis se mit à rouler vers la maison. Ce ne fut qu'en passant devant la boulangerie du coin qu'elle revit l'homme. Elle pédala plus vite pour qu'il ne puisse pas se dresser en travers de son chemin, mais il ne fit aucune tentative en ce sens, se contentant de la fixer avec insistance. En roulant vers Coustaussa, Liesl sentit ses yeux vrillés dans son dos.

Elle fit un grand détour au cas où l'homme aurait réussi à la suivre en moto ou en voiture, et arriva enfin à Coustaussa, épuisée, en nage. Une fois entrée dans la cuisine, elle tendit les cerises à Marieta.

— Le reste est pour Mme Rousset. Je les lui porterai dès que j'aurai pu souffler un peu.

— Pourquoi, qu'est-il arrivé? s'enquit Marieta en la voyant toute congestionnée par la chaleur et l'émotion.

— J'ai été suivie. Du moins j'en ai eu l'impression, dit Liesl en se servant un verre d'eau, puis elle vint s'asseoir à la table. Je n'ai pas voulu prendre de risque.

Le regard de Marieta s'aiguisa.

— Suivie, vous dites? À partir de quel endroit? demanda-t-elle d'une voix égale en versant les cerises dans une passoire.

— De Couiza. Pas avant. Il y a une heure environ. Je devais retrouver Geneviève au café, mais elle n'est pas venue. J'étais un peu en retard, alors je l'ai peut-être manquée. Pour finir, j'ai décidé qu'il valait mieux rentrer… Juste au cas où, ajouta-t-elle en croisant le regard de Marieta, qui hocha la tête.

— Peut-être que *madomaisèla* Geneviève est allée directement à Tarascon?

— Pourquoi aurait-elle changé de programme alors que nous avions rendez-vous?

— Un vieil ami de *na* Saint-Loup est mort ce week-end, dit Marieta d'un air soucieux. Pierre. Certes il était âgé, mais quand même. Geneviève aura préféré tenir compagnie à sa mère, c'est sûr.

— Oui, ça se comprend, acquiesça Liesl, un peu réconfortée par cette explication.

— Il n'y a aucune raison de s'inquiéter, alors arrêtez de vous faire du mauvais sang, la tança Marieta.

Elle soutint un instant le regard de Liesl, puis désigna la bouteille vide sur l'égouttoir.

— Vous pouvez me passer ça?

Liesl se leva, la lui tendit, puis se rassit. Elle regarda Marieta verser les cerises dans le goulot étroit, puis les enfoncer avec le manche d'une cuillère.

— Que faites-vous ?

— Un genre de Guignolet, répondit Marieta en prenant une petite bouteille de cognac qu'elle versa sur les cerises. C'est la liqueur préférée de M. Baillard.

Liesl allait s'en étonner, mais elle se ravisa.

— Où vous êtes-vous procuré du cognac ? demanda-t-elle.

— On en a donné à *madomaisèla* Geneviève.

— Tout le monde l'adore.

— Elle a bon caractère, confirma Marieta.

Liesl dissimula un sourire, car plus que son bon caractère, c'était son joli visage et sa silhouette de rêve que les maquisards appréciaient chez Geneviève, qui n'avait pas perdu ses courbes généreuses et semblait plus épanouie que jamais.

— Quand M. Baillard reviendra, je veux l'accueillir dignement, reprit Marieta avec un léger tremblement dans la voix, quand elle eut versé le demi-litre de cognac.

— Bien sûr, répondit Liesl, soudain émue de compassion. Il sera si content.

Certes Sandrine et Marianne manquaient à la vieille domestique, ainsi que le petit Jean-Jacques. La maison avait semblé si calme après son départ. Mais c'était surtout de son vieil ami que Marieta se languissait, et Liesl l'avait oublié.

Le silence s'installa, rompu par le seul bruit de la cuillère tapant contre le verre. Liesl regarda Marieta enfoncer la capsule de métal sur la bouteille, la visser, retourner la bouteille plusieurs fois comme on fait d'un sablier, puis gagner le cellier à pas lents pour ranger le Guignolet sur une étagère.

— Voilà, dans une ou deux semaines, ce sera bon, dit Marieta. Enfin, buvable, disons.

Elle s'affala sur une chaise en poussant un soupir et rangea des mèches grises échappées de son chignon.

— Alors d'après vous, on vous a suivie. Y a-t-il une raison spéciale pour qu'on vous ait suivie justement aujourd'hui, *madomaisèla?*

— Que voulez-vous dire ?

— Vous le savez très bien.

Marieta était au courant des livraisons de nourriture et d'armes aux maquisards que les filles assuraient. Mais elle savait aussi qu'elles commettaient de petits actes de sabotage pour semer du désordre, et que Liesl prenait de gros risques en photographiant les atrocités commises par la milice et les forces d'occupation, quand elle parvenait à se procurer de la pellicule.

— Non. J'ai juste fait un tour dans les collines.

— Rien de prévu de particulier ?

Liesl hésita, ne sachant trop ce que Geneviève voudrait qu'elle dise. En fait, il y avait bien quelque chose de prévu, mais la guérilla entre les maquisards et la Gestapo devenait de jour en jour plus acharnée, et personne n'était à l'abri. C'est pourquoi elles ne disaient à Marieta que le strict minimum, en restant dans le vague par souci de sa sécurité.

— Non, répondit-elle en évitant de la regarder dans les yeux. *Si es atal es atal*, comme vous dites si bien, conclut-elle en se forçant à sourire, mais Marieta resta de marbre.

— Bon. Mais mieux vaut ne pas descendre en ville ces jours-ci. Vos amis pourront se passer de vous un jour ou deux, compris ?

Saisie, Liesl la dévisagea. Marieta ne perdait jamais son calme. La voir aussi grave la troubla plus qu'aucune remontrance ne l'aurait fait.

— Attendons le retour de Geneviève et d'Eloïse, dit Marieta, ensuite nous verrons, *è?*

108

Carcassonne

— Sandrine?

Il y eut un coup bref frappé à la porte. Sandrine cligna des yeux, s'étira, sans bien comprendre ce qui avait troublé son sommeil. Les coups discrets recommencèrent.

— Sandrine, tu es là?

Alors elle ouvrit les yeux, surprise d'entendre la voix de Lucie et, jetant un coup d'œil au réveil, elle fut horrifiée de voir qu'il était presque 14 heures. Elle se dégagea doucement de l'étreinte de Raoul, enfila sa robe de chambre, la ceintura, puis ouvrit la porte et sortit dans le couloir.

— Pardon de te déranger, lui chuchota Lucie, mais Marianne voudrait que tu viennes… Rejoins-nous dans la cuisine.

Sandrine hocha la tête, rentra dans la chambre, et réunit vite les vêtements éparpillés sur le sol. Elle contempla Raoul, heureuse de le voir si paisible. Il avait du sommeil à rattraper. Cela faisait un mois qu'il n'avait pas dormi dans un vrai lit.

— À bientôt, murmura-t-elle, puis, résistant à l'envie de l'embrasser, elle se glissa hors de la chambre et descendit.

Marianne, Lucie et Suzanne étaient assises à la table de cuisine. La porte qui donnait sur le jardin était fermée et il faisait une chaleur étouffante dans la pièce, malgré les fenêtres entrebâillées pour laisser pénétrer un peu d'air frais.

— Pardon, je ne pensais pas qu'il était si tard, dit Sandrine en entrant, mais elle se tut aussitôt pour écouter Suzanne.

— Ils ont dû me relâcher. Ils n'avaient aucun motif pour me retenir. Aucune preuve.

— Est-ce qu'ils t'ont dit pourquoi ils t'avaient arrêtée ? s'enquit Marianne.

— Je n'ai pas été arrêtée, rectifia Suzanne d'un ton bourru.

Sandrine prit place à la table.

— Quand est-ce arrivé ? dit-elle.

— Je venais de quitter le café des Deux Gares. Deux types en civil.

— La Gestapo ?

— Non. Des flics, mais pas du coin. Je les aurais reconnus.

— Ils t'avaient suivie ?

— Non, je ne crois pas. Ils m'ont emmenée au commissariat vers 10 h 30, et j'en suis sortie il y a un quart d'heure.

Sandrine lança un coup d'œil à Lucie, puis à sa sœur.

— Et comment Lucie l'a-t-elle su ?

— Gaston Bonnet les a vus, répondit Lucie d'elle-même. J.-J. et moi avions passé la matinée près du canal à regarder les bâteaux, puis au jardin des Plantes. Quand il a vu que j'étais encore là, il m'a demandé de prévenir Marianne.

— Merci, lui dit Sandrine, car si Lucie était disposée à faire quelques courses à l'occasion, elle se tenait à l'écart la plupart du temps par souci de protéger Jean-Jacques.

— De rien, petite. C'est bien naturel.

Marianne paraissait en plein désarroi et elle avait triste mine, avec de grands cernes d'un noir d'encre.

— Ils ne t'ont pas malmenée ? demanda-t-elle.

— Non, répondit Suzanne. Ils m'ont juste posé des questions.

— Au sujet de *Libertat* ? demanda Sandrine.

— Pas au début. Ils y sont allés à tâtons, m'ont d'abord questionnée sur mes amis, mes fréquentations en me citant des noms, tous des résistants arrêtés récemment. Léri, Bonfils, Lespinasse... Sans résultat. Ensuite ils m'ont interrogée à propos de la manifestation des élèves organisée en novembre dernier.

— Et qu'as-tu répondu ? demanda Marianne.

— J'ai admis que nous étions amies, ce n'est pas un secret. J'ai dit que tu étais fiancée à mon cousin.

Soudain elles entendirent Jean-Jacques pleurer dans le salon.

— Il fait ses dents, dit Lucie en se levant. Je reviens tout de suite.

— Ils m'ont parlé de Marianne et du fait qu'elle avait été suspendue pour avoir refusé d'enlever des livres d'écrivains juifs de la bibliothèque de la classe, poursuivit Suzanne.

— Ça remonte à loin. C'était il y a dix-huit mois, remarqua Sandrine.

— Je sais bien. Je leur ai dit que je n'étais pas au courant. Que tu étais un vrai rat de bibliothèque, ajouta-t-elle en regardant Marianne. Et que ton refus n'avait rien de politique.

Marianne sourit sans faire de commentaire.

— C'est bizarre que des policiers posent des questions là-dessus. Ce n'est pas de leur ressort..., fit remarquer Sandrine. Qui a mené l'interrogatoire ?

— Ils ne se sont pas présentés, répondit Suzanne avec une ironie désabusée.

— Oui, ma question est idiote, reconnut Sandrine en se forçant à sourire, car elle comprenait que Suzanne essayait de dédramatiser pour ne pas inquiéter Marianne outre mesure.

— Ils sont restés courtois, mais je suis certaine que quelqu'un écoutait dans une autre pièce, reprit Suzanne. Il y avait un miroir. Peut-être sans tain.

— As-tu entendu parler allemand ?

— Oui, dans le couloir, répondit Suzanne, puis elle tira une longue bouffée de sa cigarette. Au bout d'une heure seulement, ils ont commencé à m'entretenir sur *Libertat*. Ils m'ont juste demandé si je le lisais... J'ai dit que je l'avais déjà vu circuler à Carcassonne, mais que je ne le lisais pas.

— Ils n'ont rien demandé d'autre ?

— Non.

— Rien sur la nuit dernière ? insista Sandrine en guettant des bruits annonçant le retour de Lucie.

— Non.

— C'est déjà ça..., remarqua-t-elle, soulagée. Alors que cherchaient-ils, d'après toi ?

— Vraiment, je ne vois pas. Ils sautaient du coq à l'âne, sans changer de ton. Quand j'ai dit que j'avais vu le journal circuler dans Carcassonne, mais que je n'avais déjà pas le temps de lire les quotidiens, encore moins des journaux clandestins, j'ai cru qu'ils insisteraient, mais non, après ça, ils m'ont interrogée sur la Croix-Rouge. Puis ils m'ont demandé si j'étais membre du Parti communiste. Ils doivent bien savoir que je ne le suis pas.

— Et ils ne t'ont posé des questions que sur Marianne ?

— Oui.

— Sur personne n'autre ? Ni moi ni les Bonnet ? Ni sur ceux de Coustaussa ?

— Non, personne.

— Il ne nous reste plus qu'à espérer que Citadelles n'a rien à voir avec ça. Que c'est juste Mme Fournier qui a déblatéré sur nous sans fournir de vraies informations, conclut Sandrine.

— Oui, ça se pourrait bien, intervint Marianne. Elle m'a arrêtée hier sur le pas de la porte pour me demander combien de personnes vivaient ici.

— Si ce n'est que ça, alors ça va, dit Sandrine en essayant de s'en convaincre elle-même. Les flics ont ton signalement, Suzanne. Ces deux-là t'auront repérée et décidé de t'interpeller, à tout hasard.

— Nous sommes très souvent ensemble toi et moi, renchérit Suzanne à l'adresse de Marianne. Même si nous nous efforçons de ne pas procéder deux fois de suite de la même façon, et de ne pas nous servir trop souvent du même réseau de distribution pour *Libertat*, d'autres fouineurs que Mme Fournier nous observent du coin de l'œil, en espérant se faire un petit extra, ajouta-t-elle en se frottant les doigts.

— Alors que devrions-nous faire, à votre avis ? demanda posément Marianne. Attendre de voir venir ?

— Tout est en cours pour sortir l'édition de ce soir, répondit Sandrine. Il serait plus risqué d'arrêter que de continuer comme prévu.

— Je suis d'accord, confirma Suzanne.

— Ensuite, ce serait effectivement une bonne idée de faire le mort une semaine ou deux. Laisser les choses se tasser un peu, proposa Sandrine.

— Tu ne penses pas que ce soit lié à Authié ? demanda Suzanne en croisant son regard.

Aussitôt, cette même sensation de froid prit Sandrine au creux du ventre. Elle avait réussi à chasser Authié de son esprit pour se concentrer sur l'action en cours. Et puis elle était rentrée retrouver Raoul, et elle avait tout oublié… Visiblement, Suzanne n'avait pas non plus eu le temps d'en parler à Marianne.

— Qu'est-ce qu'Authié vient faire là-dedans ? s'enquit Marianne avec angoisse.

— Il y a eu un bulletin d'information à la radio parlant de son retour à Carcassonne. Lucie l'a entendu, répondit Sandrine en posant sa main sur celle de sa sœur.

Entendant du bruit venant du couloir, elles s'interrompirent et regardèrent vers la porte de la cuisine. Au lieu de Lucie, ce fut Raoul qui apparut sur le seuil. Malgré la tension qui lui nouait le ventre, Sandrine ne put s'empêcher de lui sourire.

— Je vous dérange ?

— Non, pas le moins du monde, dit Sandrine en l'invitant à entrer d'un geste de la main.

Raoul salua Suzanne et Marianne, puis posa un baiser sur la tête de Sandrine avant de s'asseoir.

— Je n'avais pas aussi bien dormi depuis… des siècles.

— Nous parlions d'Authié, intervint Marianne.

Aussitôt, Raoul devint grave. Brièvement, Sandrine les mit tous deux au courant mais, à son air, elle comprit que Raoul l'était déjà.

— Tu le savais ?

— Juste des rumeurs. J'espérais qu'elles étaient sans fondement.

— Authié était sur l'une des photos envoyées par Liesl, sans doute prises à Chalabre, dit Sandrine. Au fait, ces photos, les a-t-elle prises elle-même ? demanda-t-elle à Raoul.

— Je n'en sais rien. J'ai juste retrouvé Geneviève à Limoux, qui m'a confié le paquet de sa part pour toi.

— Et si Authié était déjà à Carcassonne ? s'enquit Marianne d'une voix rauque.

Depuis quelques jours, Sandrine voyait bien que sa sœur était au bout du rouleau, et elle craignit soudain que ces mauvaises nouvelles successives, l'interpellation de Suzanne, puis l'arrivée d'Authié, ne la fassent craquer pour de bon.

— Non, je ne crois pas. Ce qui est arrivé à Chalabre remonte à plusieurs semaines. S'il était resté dans le Midi depuis, nous l'aurions appris. En tout cas, le fait que les autorités annoncent sa nomination à la radio montre qu'elles ne veulent pas la tenir secrète, mais au contraire mettre le maximum de gens au courant.

— J'allais justement rendre visite à Jeanne Giraud pour lui demander si son mari en avait entendu parler, quand les deux types m'ont cueillie, dit Suzanne.

— Et la bonne amie de Robert Bonnet ? Yvonne ? intervint Raoul.

— Yvette, rectifia Sandrine.

— Oui, Yvette. Elle travaille au quartier général de la Gestapo sur la route de Toulouse, non ? Elle doit forcément être au courant.

— Oui, mais elle n'était pas bien ce week-end, alors elle n'est pas allée travailler, répondit Sandrine.

— Elle va mieux, d'après Gaston, dit Suzanne avec un petit sourire en coin. Lui aussi a un petit faible pour Yvette.

— Et si on t'arrête à nouveau ? hasarda Marianne.

— Mais non, ça va aller, la rassura Suzanne en lui pressant la main.

Durant un moment, chacun resta silencieux, enfermé dans ses pensées. Puis Sandrine se leva et alla fermer la porte pour éviter que Lucie n'entende par mégarde ce qui allait suivre.

— Il nous faut des informations fiables, dit-elle en les regardant tour à tour. Sur l'arrivée d'Authié, sur l'endroit où il se trouve actuellement, sur celui qui lui servira de base quand il sera installé à Carcassonne. Tant que nous resterons dans le vague, impossible d'agir.

Tous les trois en convinrent en hochant la tête.

— Donc, Suzanne, va trouver Jeanne pour voir si elle en sait plus. Marianne, peux-tu voir avec Robert si Yvette va reprendre son travail, et dans ce cas, organiser une rencontre plus tard entre elle et Raoul ?

— D'accord. Où ça ?

— Au bar habituel sur le canal du Midi, près de la rue Antoine-Marty, répondit Raoul. Bonnet le connaît. Le mot de passe est : « M. Riquet n'est pas bien. » La réponse : « Son ami, M. Belin, a le remède qu'il lui faut. » C'est bon ?

Presque tous les mots de passe que Sandrine inventait s'inspiraient de personnalités carcassonnaises, architectes, ingénieurs, artistes, industriels. L'histoire locale que son père lui avait enseignée trouvait ainsi un usage pratique.

— Oui, confirma sa sœur. Mais nous ne pouvons plus rester ici, ajouta-t-elle d'une voix tendue à l'extrême. Nous devons quitter cette maison. C'est là qu'ils fouilleront en premier.

— Nous n'en sommes pas encore là, objecta Sandrine. Il faut aussi contacter Liesl et Geneviève. Voir si elles ont appris quelque chose de leur côté, et surtout comment Liesl s'est procuré ces photos. Comme elles n'ont aucune raison de nous appeler, le mieux serait que Suzanne et toi, vous y alliez en personne, dès que vous aurez terminé ce que vous avez à faire ici. Partez à Coustaussa. Loin de M. Fournier et de son nez de fouine.

Marianne parut tellement soulagée que Sandrine sut qu'elle avait pris la bonne décision. Si sa sœur était arrêtée maintenant, elle ne tiendrait pas le coup.

— Et toi ? Tu es celle qui court le plus grand danger si Authié revient, remarqua-t-elle.

Sandrine vit Suzanne et Raoul échanger un regard. Ils avaient la même idée qu'elle. C'était à eux de frapper les premiers, sans laisser à Authié le temps de nuire.

Marianne surprit leur regard entendu.

— Que comptez-vous faire ? s'enquit-elle à voix basse. Sandrine ?

Sandrine hésita, puis inspira longuement avant de répondre.

— La seule solution, c'est de le supprimer.

109

Les heures qui suivirent passèrent vite.

Suzanne fila vers l'autre rive de l'Aude rue de la Gaffe, située à l'ombre de la Cité médiévale, où Jeanne Giraud habitait avec son mari et son beau-père. Lorsqu'elle traversa le pont Vieux, les Vert-de-gris lui demandèrent ses papiers, sans lui prêter aucune attention particulière.

Sa visite fut un coup d'épée dans l'eau, car Jeanne n'en savait pas davantage sur le retour d'Authié à Carcassonne. Son mari, Jean-Marc, était à Roullens, où il soignait deux survivants du maquis du Mas-Saintes-Puelles, mais son retour était imminent.

M. Giraud, le beau-père de Jeanne, avait envie de bavarder.

— Je me rappelle Authié, dit-il en se retournant pour cracher par terre avec mépris. C'est lui qui m'a interrogé à l'hôpital, après l'attentat à la bombe du 14 Juillet qui a endommagé la cathédrale Saint-Michel. Il a usé de menaces contre nous, vous vous souvenez, Jeanne ?

— Oui, je m'en souviens.

— Autrefois, le 14 Juillet, il y avait de ces feux d'artifice…, évoqua-t-il avec nostalgie. Tout le ciel flamboyait, on aurait dit que les pierres de la Cité étaient en flammes… C'était il y a longtemps.

— Vous verrez, il y en aura d'autres, de beaux feux d'artifice, quand tout ça sera fini.

Le vieux se contenta d'opiner du chef et rentra dans la maison.

— Il perd courage, dit Jeanne à voix basse. Ça dure depuis trop longtemps… Quand mon mari reviendra, je lui demanderai s'il a appris quelque chose concernant Authié. Dans ce cas, je ferai passer le message à Sandrine ou à Marianne. Sont-elles toujours rue du Palais ?

— Pour l'instant, dit Suzanne.

— Pourquoi, il y a du changement dans l'air ?

— Ça se pourrait bien.

En retournant sur ses pas par la rue de la Gaffe, Suzanne sentit des yeux l'épier derrière les volets clos. Arrivée rue Barbacane, elle fit la queue sous le soleil brûlant en attendant qu'on l'autorise à retraverser le pont. Une fois de plus, elle montra ses papiers au poste de contrôle de la Wehrmacht, et cette fois encore, on la laissa passer.

Deux soldats Waffen-SS posaient fièrement devant la Cité fortifiée pendant qu'un autre les prenait en photo. Suzanne résista à l'envie stupide qui la prit de se mettre devant l'objectif.

Marianne arpentait la Bastide en quête de Robert Bonnet. Elle essaya d'abord le café Continental, sans succès. Puis, passant devant l'ancien immeuble où Max et Liesl habitaient, elle leva les yeux vers la fenêtre du premier étage. Une autre famille vivait à présent dans l'appartement, d'où toutes traces des anciens occupants avaient été effacées. En croisant la rue de l'Aigle-d'Or, elle ne put s'empêcher de lancer un coup d'œil vers l'entrée de service du café. Il y avait eu une descente la semaine passée, sans doute en représailles du sabotage du bureau de recrutement de la milice, commis par Sandrine et Suzanne.

La peur familière lui noua les entrailles, et elle dut se retenir pour ne pas se mettre à courir. Ces derniers jours, elle était à bout de nerfs et cédait vite à la panique.

Marianne finit par trouver Robert au café Saillan, près du marché couvert. Comme d'habitude, les hommes faisaient la queue au tabac d'en face, les femmes devant les boulangeries et l'épicerie. Elle était la seule à pénétrer dans le café sombre et enfumé, mais elle avait tellement hâte de s'acquitter de sa mission pour se préparer à partir pour Coustaussa qu'elle s'approcha de la table sans autre précaution.

— Robert, j'ai un message pour toi.

Il la dévisagea avec surprise, jeta des coups d'œil anxieux à la ronde, puis se leva et l'escorta vers la rue en la tenant par le coude.

— Que fais-tu ici ? Et Suzanne, ils l'ont laissée partir ?

Elle hocha la tête, puis expliqua ce que Sandrine voulait de lui.

— Yvette pourra faire ça ?

— Oui, c'est entendu, elle y sera, confirma Robert.

Elle s'apprêtait à lui donner le mot de passe quand Robert l'arrêta.

— Pas la peine, j'y serai aussi. Je lui désignerai Raoul.

— Je le lui dirai.

Marianne allait s'en retourner lorsque Robert lui posa une main sur le bras et la dévisagea d'un air soucieux.

— Est-ce que tu vas bien, Marianne ?

Marianne faillit répondre sincèrement, pour une fois, mais elle se retint et se contenta de hausser les épaules.

— Je suis juste très, très fatiguée, Robert.

— Sois prudent.

— Promis, répondit Raoul en souriant.

Sandrine rajusta la cravate et lissa les épaules du veston en lin de son père. Cela faisait des années qu'il pendait dans la garde-robe. Ainsi vêtu, Raoul faisait plus âgé, c'était un bon déguisement. Mais le voir dans le costume d'été préféré de son père l'émouvait plus qu'elle n'aurait voulu. Ils se seraient appréciés, s'ils avaient eu la chance de se connaître.

— Hé, dit-il tendrement. Tout va bien se passer. Je serai vite de retour, ne t'inquiète pas.

— Je vais vérifier si la voie est libre.

Elle se glissa dans le salon. Lucie s'était endormie sur le canapé, avec Jean-Jacques dans les bras. Scrutant la maison voisine par la fenêtre, Sandrine distingua la silhouette familière postée derrière la vitre. Elle laissa retomber le voilage, puis retourna vite à la cuisine où Raoul attendait.

— Mme Fournier guette sur le devant. Tu peux filer.

Il l'embrassa et, lorsqu'elle le vit s'éloigner dans son costume d'emprunt, Sandrine eut une impression de déjà vu. Au moins cette fois, elle savait qu'il reviendrait.

Depuis le seuil de la cuisine, en le regardant traverser le jardin et franchir le portail, elle se demanda quand cela s'arrêterait. Car il lui arrivait encore, quatre ans après, d'apercevoir son père dans la rue, au tournant de l'escalier, ou assis devant son vieux bureau, la tête penchée sur quelque conférence ou opuscule qu'il rédigeait. Alors le sol se dérobait sous ses pieds, car l'espace d'un instant, follement, elle y croyait, elle était persuadée qu'il était encore en vie. Avec le temps, elle pensait que son chagrin s'émousserait. Or il était toujours aussi vif, aussi profond.

Rentrant dans la cuisine, elle se servit un verre d'eau et jeta un coup d'œil à l'horloge. Marianne et Suzanne étaient parties depuis deux heures. Raoul, depuis deux minutes, et elle était déjà aux cent coups. Et même si c'était elle qui avait décrété qu'elles ne devaient jamais s'éloigner de la maison toutes en même temps, Sandrine détestait rester cloîtrée.

Elle s'assit à la table de cuisine, se releva. Prit le verre sur l'égouttoir et, cette fois, alla se servir un doigt de vin rouge. Elles essayaient de le faire durer, et il était un peu tôt pour en boire, mais elle avait besoin de se calmer les nerfs.

Sandrine s'obligea à inspirer profondément, puis à expirer lentement. Elle avait appris à toujours paraître confiante, rester maîtresse d'elle-même, être plus dure que les hommes. Elle savait combien c'était important pour les autres qu'elle ne semble jamais en proie au doute ou à l'indécision. Mais, quand elle se retrouvait seule, ce n'était plus la même chanson. Elle n'avait plus à faire la brave. Et la vérité, c'était que l'idée de commettre un meurtre de sang-froid la rendait malade, même si c'était pour éliminer une vermine comme Authié. Chaque action menée par Citadelles visait des biens, des bâtiments, des moyens logistiques. Elles s'étaient toujours efforcées de ne pas faire de victimes, fût-ce même des agents de la Gestapo ou de la milice. Certes, les pertes en vies humaines étaient parfois inévitables. Il y avait peu de chances, par exemple, pour que le conducteur du train de Berriac ait survécu à l'explosion. Mais planifier une exécution, c'était autre chose.

Les résistants pensaient que, parce qu'elles étaient des femmes, elles répugnaient à commettre un meurtre. Sandrine n'était pas d'accord. En fait, les attentats contre les personnes conduisaient généralement à des représailles extrêmes, prises d'otages, exécutions, arrestations de masse, et finissaient très mal pour ceux de leur bord.

Quinze mois plus tôt, l'une des premières actions directes du réseau Citadelles avait pris pour cible un café fréquenté par la Gestapo. Elles avaient attendu pour frapper qu'il n'y ait personne. C'était plus une tentative de déstabilisation servant d'avertissement qu'un véritable attentat. Il était 3 heures du matin, les lieux auraient dû être déserts. Or ils ne l'étaient pas. Un officier supérieur SS, un sous-lieutenant, avait été tué. Sandrine avait eu beau se dire qu'il le méritait, elle avait été horrifiée d'avoir sacrifié une vie humaine. Quand elle avait appris que ce type était connu parmi les prostituées de la Bastide pour ses penchants sadiques, elle s'était raisonnée en se disant que c'était une bonne chose de les en avoir débarrassées. Le Untersturmführer Zundel, car elle avait tenu à connaître son nom, était sa première victime. Il y en avait eu d'autres depuis. Mais elle n'avait jamais prémédité un meurtre comme elle s'apprêtait à le faire pour Authié.

Sandrine finit son verre et se versa encore une rasade de vin rouge, puis elle alla s'adosser au montant de la porte et contempla le jardin désert. Dommage, le figuier n'avait pratiquement pas de fruits, cette année. Elle détestait les figues pour en avoir trop mangé les étés précédents, mais c'était mieux que rien.

Qu'est-ce que M. Baillard penserait de moi en voyant la femme que je suis devenue? songea-t-elle en faisant tourner le vin dans son verre. Serait-il fier, ou déçu de voir avec quelle facilité elle avait franchi la frontière entre la compassion et la vengeance? Sandrine pensait souvent à lui en évaluant ses décisions à l'aune de ce qu'il aurait fait en de semblables circonstances. Dire qu'ils ne s'étaient rencontrés qu'à de rares occasions. C'était difficile à croire. Et encore plus difficile de croire qu'il puisse être mort.

Renversant la tête en arrière, Sandrine vida son verre d'un trait. Peut-être qu'Authié les laisserait en paix… Mais elles ne pouvaient prendre le risque de voir venir en restant les bras croisés. Il n'y avait aucune raison de penser que sa présence avait un rapport avec le Codex. L'explication officielle de son retour à Carcassonne était en soi suffisante. Il avait bien réussi dans sa lutte contre la Résistance dans le nord, aussi l'envoyait-on à Carcassonne réitérer ses prouesses.

Quand elle songeait maintenant à ce premier été et au pouvoir de libération que M. Baillard prêtait au Codex, elle était sidérée d'avoir pu croire aussi facilement à une pareille histoire, digne d'un conte de fées. Après deux années de lutte, elle savait maintenant qu'aucun preux chevalier ni aucune Jeanne d'Arc ne viendrait les sauver.

Il n'y aurait pas d'armée fantôme.

Leur petit groupe ne devait compter que sur lui-même. Ils étaient seuls contre la milice, la Gestapo, la puissance de l'occupant. Et même si les nazis envoyaient encore des équipes fouiller les montagnes autour de Tarascon et de Foix, M. Baillard n'était plus là pour lui parler de l'ancien esprit du Midi se levant pour les mener à la victoire.

Sandrine soupira. Tant de choses reposaient sur ses épaules qu'elle ne rêvait même plus. La peur, la dureté de cette vie qui leur était imposée les avaient réduites au silence.

Personne ne viendrait les aider. Tout reposait sur eux. Sur elle.

110

Jeudi au petit matin, Yvette attendait que l'officier de la Gestapo en service lui ouvre les portes. Ce n'était pas une mince affaire d'entrer et de sortir d'ici, toutes les issues étaient gardées, verrouillées, et l'on vous contrôlait dès que vous passiez d'un endroit à un autre. Enfin, elle se retrouva dehors, dans la cour, puis, une fois franchi le portail extérieur, sur la route de Toulouse.

— Bonsoir, dit-elle aux deux gardes en faction, qui ne daignèrent pas même lui lancer un regard.

Elle ne les connaissait pas, car ce n'était pas sa tranche horaire habituelle. À cause de l'indisposition qui l'avait clouée au lit, elle avait dû rattraper les heures perdues la semaine précédente. Visiblement, ils se considéraient bien trop importants pour se montrer courtois envers une simple femme de ménage.

Yvette descendit vers la gare. Elle devait retrouver Robert dans un bar clandestin ouvert tard le soir sur le canal du Midi, mais elle était en retard. Au quartier général de la Gestapo, on manquait de personnel, et elle avait dû effectuer deux services de suite pour rattraper le travail. Pourvu qu'il ne soit pas rentré chez lui. Elle avait envie d'un verre et d'un peu d'amusement en bonne compagnie. Robert était un brave gars.

Malgré ses pieds endoloris par toutes ces heures passées à monter les escaliers, chargée de seaux et de balais, elle marchait vite, en silence, dans le réseau de ruelles qui s'étendait derrière la gare. La porte d'entrée quelconque, dépourvue d'enseigne ou de panneau, semblait celle d'une maison particulière, et aucun bruit n'en filtrait. Pourtant Yvette appuya sur la sonnette, quelqu'un fit coulisser une tirette pratiquée dans la porte et, la reconnaissant, la fit entrer.

— Tu arrives bien tard ce soir, remarqua le portier.

— Tu sais ce que c'est, répondit-elle en lui glissant une petite pièce. Faut bien travailler.

Yvette défit son foulard, le fourra dans sa poche, puis suspendit le manteau à un cintre, sur la tringle qui longeait le mur de gauche.

— Il y a du peuple, ce soir ? s'enquit-elle.

— Non, guère, répondit-il, en regrimpant sur son haut tabouret situé près de la porte.

Elle avança dans le couloir à peine éclairé, poussa la porte et entra dans une grande salle sans cloisons. La chaleur l'assaillit, avec l'air vicié aux effluves d'alcool, de tabac et de sueur.

Trois ampoules étaient pendues au plafond, une rouge, une blanche et une bleue, dont la peinture s'écaillait. L'unique grande fenêtre qui faisait toute la largeur de la salle était masquée de tissu noir, et la vitre obscurcie renvoyant les lumières aux couleurs patriotiques à travers la fumée de cigarette brouillait la vision.

Yvette jeta des coups d'œil à la ronde. Il y avait six tables entourées de chaises dépareillées, ainsi que deux tables de jeu recouvertes de feutre vert au fond, dans un coin. Des ouvriers de tous âges bavardaient en jouant au bésigue, deux vieux jouaient aux dominos. À première vue, elles n'étaient que deux femmes dans toute l'assemblée, et l'autre n'était pas mieux lotie qu'elle, avec ses boucles d'oreilles fantaisie, son corsage beaucoup trop ajusté.

Pas de Robert en vue… Résignée à se payer son premier pot, Yvette gagna le bar, un comptoir en bois où des bouteilles et des verres étaient disposés devant un miroir. D'après Robert, il avait été récupéré au café Industriel, quand les militaires avaient réquisitionné tous les bâtiments situés à l'arrière de la caserne d'Iéna. Temporairement, soi-disant, mais cela faisait au moins trois ans que le bar n'avait pas bougé.

— Qu'est-ce que je te sers ? demanda le barman.

— Comme d'habitude, répondit Yvette en posant un billet sur le comptoir. Robert n'est pas là ?

— La dernière fois que je l'ai vu, il discutait avec un jeune gars dans un coin tout au fond, répondit-il en posant un bock de bière devant elle.

Elle regarda mieux et, cette fois, le repéra, assis dos à la salle. Plongé dans une conversation animée, il ne la vit pas approcher et elle resta plantée debout, devant lui.

— Tu parles d'un accueil, lança-t-elle avec une ironie gouailleuse.

Robert s'interrompit et, levant les yeux, la reconnut.

— Ça va, trésor ? dit-il en se dressant, avec un grand sourire. Je vais te chercher une chaise.

Elle dévisagea le jeune homme qui lui tenait compagnie.

— Si je ne vous dérange pas…

— Au contraire, dit Robert. Je passais le temps en t'attendant.

— Enchantée, monsieur…, dit-elle en tendant la main à l'inconnu.

— Ravi de vous rencontrer…

— Moi, c'est Yvette.

— Yvette, répéta le jeune homme en lui offrant une cigarette, puis en la lui allumant.

Elle attendit, mais ni lui ni Robert ne prirent la peine de faire les présentations.

— La nuit a été dure ? demanda Robert.

— Longue, admit-elle. J'ai fait mon double d'heures.

Elle jeta un coup d'œil à l'ami de Robert. Un jeune homme à l'air sérieux, mais avec de beaux yeux, et un drôle de sourire en coin. Plutôt joli garçon, conclut-elle.

— Vous êtes de vieux copains ? demanda-t-elle à tout hasard. Des parents, peut-être ?

— Robert me disait qu'au travail ils peuvent toujours compter sur vous en cas de besoin.

— C'est gentil à lui mais, à dire vrai, je préférerais ne pas travailler pour eux. Que voulez-vous ? On n'a pas toujours le choix, ces temps-ci. Et puis ça peut parfois être utile, au bout du compte, ajouta-t-elle en lançant un coup d'œil à Robert, qui posa sa grosse patte sur son bras.

— Elle est débrouillarde, notre Yvette. C'est une fille bien, déclara-t-il d'une voix un peu pâteuse. J'ai de la veine.

— Arrête ton char ! répliqua-t-elle en riant.

— D'après Robert, il y a beaucoup d'allées et venues, en ce moment ? demanda le jeune.

— La semaine dernière, ça n'a pas arrêté, confirma-t-elle, puis elle baissa la tête. Après cette affaire de Montolieu, ils ont ramené des gars. Il y a eu aussi une descente à Limoux… Pauvres diables. Mais pas ces derniers jours, reprit-elle après avoir bu une gorgée de bière. C'est calme, pour l'instant.

— Rien de spécial en vue, alors ? demanda Raoul.

Yvette consulta Robert du regard pour vérifier si elle pouvait répondre, et il hocha la tête.

— Quand un gros truc se prépare, les officiers restent là toute la nuit. Et il y a plein d'endroits où on ne me laisse pas entrer. J'en ai autant à rattraper les jours suivants. Mais je dois reconnaître que ces Allemands aiment l'ordre. Tout est bien rangé, à sa place…, ajouta-t-elle en secouant la cendre de sa cigarette sur le cendrier rempli à ras-bord de mégots. De ce côté-là, je n'ai pas à me plaindre.

— Et ce soir, l'ambiance était comment ? insista le jeune.

Visiblement, il attendait sa réponse avec un vif intérêt, ce qui la flatta.

— Calme plat. Personne à part les sentinelles. Mais on dirait qu'ils attendent quelqu'un. Ils ont fait tout un raffut à propos d'un gros ponte qui vient de Paris… non, de Chartres.

— Ah oui ? Comment le savez-vous ? Décidément, on dirait que rien ne vous échappe.

Yvette eut un petit rire de gorge.

— Ne dites pas de bêtises ! C'est juste qu'ils ne font pas attention aux employés. Pour eux, on est comme transparents.

— Tu parles ! Une belle fille comme toi, ça ne passe pas inaperçu, intervint Robert en l'enlaçant d'un air de propriétaire.

— Quel beau parleur. Il sait y faire, pas vrai ? dit-elle au jeune en pinçant la joue de Robert.

Elle était ravie de la façon dont se passait la soirée. Oubliés, ses pieds douloureux à force de porter les seaux dans les escaliers ; oublié, le dédain des gardes qui la regardaient sans la voir.

— Alors ils attendent quelqu'un, reprit le jeune homme. Vous ne savez pas de qui il s'agit, par hasard ?

— Je ne suis pas certaine qu'ils aient prononcé son nom, répondit Yvette en fronçant les sourcils. Un type qui vient du nord, aucun doute là-dessus. Et il doit arriver vendredi. J'ai entendu le sous-chef Schiffner parler à ce gros lourdaud d'inspecteur Janeke du grand dîner qu'ils vont donner en son honneur. À dire vrai, Schiffner n'avait pas l'air ravi de son arrivée.

— Et où doit se passer ce grand dîner ? Ils en ont parlé ?

— À l'hôtel de la Cité. Ils se plaignaient de tous les laissez-passer qu'ils vont devoir préparer pour le petit personnel.

— Vendredi soir ?

— Oui. *Freitag*, qu'ils disaient. Je ne suis pas très forte en allemand, mais ça, c'est à ma portée.

— Tu as vu comme elle est douée, intervint Robert, admiratif. Elle parle allemand et même un peu anglais.

— De quoi nous donner des complexes, Yvette, dit le jeune inconnu en se levant. Tout ce que vous nous avez appris là était fort intéressant, mais je dois prendre congé.

— Vous partez déjà ? s'étonna-t-elle, désappointée.

— J'ai du sommeil à récupérer…

— Allons donc, dit Yvette en lui tapant sur le bras. Ne vous dérangez pas pour moi, si vous avez à causer entre hommes. Je suis la discrétion même.

— Je suis resté jusqu'à votre arrivée parce que Robert tenait à ce que nous fassions connaissance, Yvette, répondit le jeune homme en souriant, et il déposa quelques pièces sur la table. Buvez un coup à ma santé… Même endroit que d'habitude, Bonnet ? ajouta-t-il à voix basse.

Robert hocha la tête, l'œil soudain beaucoup plus vif, puis il leva son verre.

— À charge de revanche, dit-il de la même voix pâteuse, en retrouvant aussitôt son apparente ébriété.

— Ravi de vous avoir rencontrée, mademoiselle Yvette, dit le jeune en inclinant un peu la tête.

— Moi de même, répondit-elle en s'esclaffant de se voir donner du mademoiselle, elle qui avait la quarantaine bien sonnée. À bientôt…

Mais il s'était déjà éloigné.

— Il a l'air d'un gentil garçon, un peu sérieux, mais ils le sont tous, pas vrai ? lança Yvette en se radossant.

— Qui ça ? dit Robert vivement.

— Oh, tu sais bien, dit-elle avec une pointe de mélancolie.

— Un petit dernier pour la route et on rentre à la maison, qu'est-ce que t'en dis ? proposa Robert en lui tapant sur la cuisse.

Elle lui donna un baiser.

— Moi, je n'ai rien contre.

‡

Codex XIX

‡

Gaule, Tarasco
Juillet 344 ap. J.-C.

Les chariots en bois étaient prêts à partir, chargés de piles de bagages, d'ustensiles de cuisine, de bonbonnes de *posca* et de bière d'orge, de couvertures en prévision des nuits qui pouvaient être fraîches, même à cette époque de l'année.

— Voyons, Lupa, nous en avons assez parlé, dit Arinius avec lassitude. Tu avais dit que tu partirais. Tu l'avais promis.

— J'ai dit que je partirais quand le moment viendrait. Pas avant.

— Le moment est venu, répliqua-t-il en posant la main sur son épaule. L'armée est sur l'autre rive. Dans trois jours, quatre au plus tard, les soldats seront là.

Lupa se retourna et vit ses sœurs lui faire signe. Elle les ignora. Portant le bébé sur sa hanche, elle se retourna pour lui faire face d'un air si entêté que, malgré lui, Arinius sourit, car il voyait déjà la même expression se refléter sur le visage de leur fils.

— Tu as juste un mot à dire, et j'obéirai.

— Tu sais bien que je ne veux pas te donner d'ordre, répondit-il.

Un instant, Lupa se radoucit, mais elle repartit à l'attaque.

— Nous avons déjà repoussé des envahisseurs.

— Ce sont là des adversaires d'un autre ordre, Lupa. Ils viennent pour tuer, pas pour conquérir.

Un éclair de peur traversa son regard, mais il s'éteignit vite.

— Dieu nous protégera. *Deus suos agnoscet*, récita-t-elle, assez fière de se rappeler les rudiments de latin qu'il lui avait appris, puis elle regarda en arrière ses amis et voisins, qui attendaient de s'en aller. C'est ce que tu nous as dit à tous. Ils ont confiance en toi, Arinius, et moi aussi.

— Oui, Il nous protégera. Mais Il ne voudrait pas que tu prennes des risques superflus... Je t'en prie, c'est à toi de leur montrer l'exemple, ajouta-t-il à voix basse. Tu es ma femme, tu dois prendre soin d'eux. Les mener en lieu sûr.

Un moment, il crut qu'elle refuserait. Mais alors, en l'un de ses brusques changements d'humeur qu'il aimait tant, vif-argent tel un poisson sautant de la rivière, elle le prit par surprise et, se hissant sur la pointe des pieds, l'embrassa sur les lèvres.

— Très bien, céda-t-elle.

— Lupa ? dit-il, méfiant, flairant quelque piège.

— Je les mènerai en lieu sûr, assura-t-elle.

Elle s'éloignait déjà pour rejoindre les autres. Elle tendit Marcellus à sa grand-mère, campée sur l'un des chariots, puis rejoignit ses deux sœurs aînées.

— Viens vite nous chercher, lança-t-elle, la tête haute. Je n'ai pas envie de passer l'hiver dans les montagnes sans toi.

Soudain la tristesse l'envahit. Il s'était tant efforcé de la convaincre qu'il avait oublié ce qu'il éprouverait quand elle accepterait de se soumettre. C'était grâce à Lupa qu'il avait appris à aimer et à vivre dans ce monde. Elle et Marcellus donnaient un sens à sa vie. Arinius se précipita et la serra dans ses bras, humant la senteur musquée de ses cheveux et de sa peau.

— Arinius, le gronda-t-elle doucement.

Il la libéra, comprenant que cela ne faisait que leur rendre la chose plus pénible à tous deux. Il posa un baiser sur la tête de son petit garçon, décocha à Lupa un dernier sourire destiné à elle seule, puis il s'écarta et leva la main droite pour bénir leur voyage.

— *Dominus vobiscum.*

Certaines des jeunes femmes firent le signe de croix, sous le regard bienveillant de leurs mères, grand-mères et tantes. Puis, très bas, il dit une dernière fois à Lupa qu'il l'aimait.

— *Te amo*, répondit-elle en écho, souriante.

Le chariot s'ébranla, rejoignant le convoi brinquebalant qui avançait sur le sentier sinueux à travers les buis et les bouleaux argentés, mules et chèvres portant les bagages plus petits.

Une fois seulement, Lupa se retourna pour le regarder. Arinius resta la main levée jusqu'à ce que le chariot s'enfonce dans l'ombre de la colline, puis il la laissa retomber contre son flanc.

Quand ils furent hors de vue, il joignit les mains et pria, le cœur et les yeux grands ouverts, pour que Dieu les épargne tous.

Et la garde de tout mal.

Puis il demeura encore là un moment, guettant un signe qui lui confirmerait que ses oraisons avaient été entendues, mais il n'en perçut aucun. Alors il entendit son beau-père l'appeler.

Jetant un dernier regard vers le sentier désert, la forêt redevenue silencieuse, il tira son épée et descendit vite rejoindre les hommes dans la vallée.

‡

111

Carcassonne
Juillet 1944

— Nous devons essayer, répéta Sandrine.

Mardi, fin de journée. Raoul et elle étaient dans la cuisine de la rue du Palais, et ça bardait. Depuis que Sandrine avait exposé son plan pour liquider Authié, ils n'étaient pas du tout d'accord. Aucun d'eux n'avait envie de se battre, mais c'était plus fort qu'eux. Marianne et Suzanne s'étaient discrètement retirées pour les laisser régler leurs comptes.

— Jamais tu n'arriveras à l'approcher, disait Raoul pour la troisième fois.

— Nous… ils… ont bien eu Kromer, répliqua Sandrine. Et Fournier.

— C'était à l'extérieur, en pleine rue, riposta Raoul. La Cité est une vraie garnison. Elle grouille de soldats. Chaque poterne est condamnée ou gardée jour et nuit. La Porte de l'Aude a été murée, et il y a des casemates sur le pont Vieux ainsi que sur toutes les routes d'accès. Même si tu réussissais à entrer, tu n'en sortirais jamais indemne.

— Raoul, je sais tout ça, remarqua Sandrine en posant la main sur son bras, mais il se libéra en haussant les épaules avec humeur.

— Tu ne pourras pas l'approcher. Le risque est trop grand. Tu devrais partir avec les autres cette nuit. Va à Coustaussa avec Marianne et Suzanne. Pars maintenant, avant le retour d'Authié.

Sandrine l'obligea à la regarder dans les yeux.

— Tu es en train de dire que selon toi je devrais m'enfuir ?

— Ce n'est pas une fuite, mais du simple bon sens ! répliqua-t-il, haussant le ton malgré lui.

— Ne me crie pas dessus !

— Sandrine, s'il te plaît…, reprit-il en soupirant. Pour une fois, écoute l'avis de quelqu'un d'autre. Écoute-moi. S'il te plaît.

Malgré le désespoir qu'elle vit dans ses yeux, elle savait qu'elle ne devait pas se laisser influencer.

— J'ai bien réfléchi, Raoul. Si tu m'avais écoutée, tu comprendrais que je… que nous… pouvons réussir. Nous avons des gens à nous à l'intérieur de l'hôtel de la Cité et…

— Ça ne changera rien ! s'exclama-t-il en jetant ses mains en l'air.

— Des Allemands, tout comme des sympathisants de la région, poursuivit-elle.

— Je le sais, reconnut-il et, soudain, il abandonna le combat. Pourquoi est-ce que ça doit être toi ? demanda-t-il posément.

— Parce que c'est ainsi, dit Sandrine.

Raoul sortit une cigarette roulée de sa poche de poitrine et gratta une allumette, un geste anodin qui résonna bruyamment dans la pièce silencieuse.

— Je suis sérieux. Laisse-moi y aller à ta place.

— Tu ne m'en crois pas capable ?

— Ce n'est pas la question.

— Alors, dis-moi ? exigea-t-elle.

Raoul soupira, se passa les doigts dans les cheveux, arpenta la pièce d'un pas rageur qui fit craquer le plancher.

— Il y a certaines choses que tu ne devrais pas faire, voilà tout.

— Parce que je suis une femme ?

— Non, ce n'est pas ce que je veux dire. Ce n'est pas ma façon de penser, et tu le sais pertinemment.

Sandrine inspira profondément. S'ils se disputaient, c'était par peur de ce qui risquait d'arriver.

— Écoute, reprit-elle posément. Tu essaies de me protéger, mais ce n'est pas nécessaire. Nous avons moins de chances de réussir si c'est toi qui y vas. Tu cours bien plus que moi le risque de te faire arrêter. Nous devons essayer et tu le sais, au fond, ajouta-t-elle en lui prenant la main. Dès qu'Authié arrivera à Carcassonne, quelle que soit la vraie raison de son retour, nous perdrons l'avantage. Nous devons frapper. Si ce n'était pas moi, tu serais le premier à le reconnaître.

Raoul allait encore répliquer, mais il se ravisa.

— Tu vois, dit-elle, tu sais que j'ai raison… Bien sûr, les dispositifs de sécurité seront encore renforcés autour de la Cité, mais j'ai pris cela en compte. Marianne connaît une femme qui travaille aux cuisines de l'hôtel de la Cité. Suzanne a pris son laissez-passer pour modèle et elle m'en fabrique un en ce moment même.

— Et il sera assez bon ? s'enquit Raoul, en se laissant entraîner malgré lui dans son raisonnement.

— Suzanne est douée, tu le sais.

Sandrine le contempla un moment, puis elle se dirigea vers la rangée de bocaux disposée au-dessus de la cuisinière. Jadis, Marieta les remplissait de riz, de sel et de farine. Elle tendit la main et sortit de l'un la crosse, de l'autre le chargeur pour assembler le revolver.

Généralement, il restait chargé, mais le mécanisme avait tendance à s'enrayer. Après l'expédition de lundi à Berriac, elle l'avait démonté pour le nettoyer.

— Tu ne vas quand même pas tenter de l'abattre ? dit Raoul. Tu n'arriveras jamais à t'approcher assez pour bien le viser et t'en tirer ensuite sans te faire prendre.

— Je le sais, dit Sandrine en mettant le chargeur en place.

— Alors quoi ? Une bombe ?

Elle confirma d'un hochement de tête.

— Pas dans l'hôtel, évidemment. Il y a trop de gens.

— Où ?

Sandrine fut soulagée que son plan devienne enfin aux yeux de Raoul une opération comme une autre. Il semblait avoir renoncé à ses objections.

— Schiffner et Authié doivent faire le tour des lices avant de rentrer dîner. Seules la Gestapo et la milice les accompagneront, aucun civil. Nos gens qui travaillent à l'intérieur de l'hôtel s'assureront qu'il n'y aura personne à la ronde durant le temps nécessaire.

— C'est Suzanne qui fabrique l'engin, je suppose ?

— Oui. Elle s'y connaît mieux que la plupart. Tu sais que chez les partisans, on l'appelle le « Fabricant ». Ils sont persusadés que c'est un homme, évidemment.

— Et c'en est un, repartit Raoul, d'un œil pétillant de malice. C'est vrai, on dit qu'aucun résistant n'a été blessé, sous sa supervision.

Hélas, beaucoup de partisans se blessaient en manipulant des bombes artisanales qui explosaient trop tôt ou n'étaient pas amorcées convenablement.

Sandrine glissa ses boucles noires derrière ses oreilles et le regarda dans les yeux.

— Alors ? C'est bon ?

Raoul soutint son regard quelques longues secondes.

— Tu me demandes ce que j'en pense ? Ça pourrait marcher, mais…

— Bon, l'interrompit-elle.

— Mais c'est très risqué et… je veux t'aider, ajouta-t-il précautionneusement. Il te faudra un soutien, Sandrine.

— Non, je ne veux pas…

Elle n'aimait pas qu'il essaie de la protéger, et voilà qu'elle allait faire de même avec lui. Généralement, Suzanne et Marianne l'appuyaient. Si elles partaient pour Coustaussa cette nuit comme prévu, elles ne seraient pas disponibles, et Sandrine ne souhaitait pas leur faire différer leur départ.

— Quoi ? demanda-t-il, déconcerté par son expression.

— J'accepte ton offre, dit-elle en souriant. Tout se passera mieux si tu es avec moi.

Raoul la contempla, puis poussa un long soupir de soulagement.

— Bon, c'est au moins ça, dit-il en souriant, puis son expression changea. Quand as-tu l'intention de mettre ton plan à exécution ?

— Suzanne s'occupe à la Bastide de réunir ce qu'il lui faut pour fabriquer le mécanisme. Si tout va bien, je mettrai la bombe en place demain soir, avant qu'Authié n'arrive et que le cordon de sécurité ne soit renforcé.

— Comment explosera-t-elle ?

— J'y retournerai, et c'est moi qui actionnerai le détonateur. Je ne vois pas comment faire autrement. Évidemment, le vendredi, ils fouilleront tous les sacs, encore plus que d'habitude, mais comme je n'aurai rien de compromettant sur moi, cela devrait aller. Ensuite, je n'aurai plus qu'à accéder à temps à l'engin.

Sandrine devina qu'il allait encore faire des objections, mais il se ravisa, prit son visage entre ses mains et l'embrassa sur le front.

— Ma belle et bonne et brave…

— Brave ? dit-elle en regardant le revolver qu'elle tenait dans ses mains.

En fait de brave, elle avait peur. Et cela lui rappela soudain une conversation qu'elle avait eue avec Marianne ici même, dans cette cuisine, le lendemain de la manifestation. C'était deux ans plus tôt, et elle n'avait pas compris ce que Marianne essayait de lui dire sur le gouffre qui séparait ce qu'elle faisait de ce qu'elle éprouvait. Pour Sandrine, alors, tout cela avait semblé excitant, audacieux.

À présent, elle comprenait.

— Non, dit-elle, en reprenant les propos de sa sœur. Je ne suis pas courageuse. Je déteste tout ça. Mais je n'ai pas le choix.

112

Tarascon

À 10 heures, le mercredi matin, le cortège funèbre quitta l'église de la Daurade pour avancer lentement vers l'avenue bordée d'ifs qui menait au cimetière. En tête, derrière le cercueil de son mari, Célestine Déjean marchait à pas lents et avec dignité au bras d'Eloïse Breillac. Geneviève et sa mère étaient quelques pas en arrière.

Quant à Achille Pujol, il se tenait à l'écart. Il était là en tant qu'ami de la famille, et l'un des seuls compagnons d'armes de Pierre qui avait survécu, mais ses yeux allaient malgré lui vers les bérets bleus des miliciens, armés de fusils. Juste derrière, quatre soldats de la Gestapo étaient là en renfort.

Audric Baillard vint se placer à côté de lui. Il était émacié et d'une maigreur à faire peur ; ses poignets, son cou et ses épaules saillaient de son col et de ses manchettes. Ses cheveux blancs, qui lui faisaient jadis comme une crinière, étaient devenus rares, mais ses yeux avaient gardé la même couleur ambre, évoquant la teinte mordorée des feuilles d'automne.

— Achille.

Pujol fronça les sourcils devant cette intrusion, puis son expression changea, passant de l'horreur à la joie.

— Audric, comment diable... ? Bon sang, je te croyais mort. On t'a tous cru mort… C'est bien toi ?

— Oui, *amic*, répondit Baillard en souriant.

— Tu as une mine de déterré.

— Ça, je le sais, répondit Baillard avec désinvolture.

— Nom de Dieu, où étais-tu passé ? dit Pujol à voix basse, mais Audric ne répondit pas et regarda le cortège.

— Qu'est-il arrivé ? demanda-t-il.

— À dire vrai, soupira Pujol, Pierre ne s'est jamais remis de la mort d'Antoine. Célestine est forte, mais Pierre… Il a tenu tant qu'il a pu mais, pour finir, il a abandonné.

Baillard hocha la tête, puis ses yeux dérivèrent du côté des soldats.

— Pourquoi sont-ils si nombreux ?

— Il y a des équipes d'archéologues et d'ingénieurs nazis partout dans la région, déplora Pujol. Le pire, c'est à Montségur, mais aussi à Montferrier, Ussat-les-Bains, Quéribus. Lombrives et Niaux, tu t'en doutes.

— Soularac ?

— Soularac ? dit Pujol en plissant les yeux. Non, pas aussi loin, que je sache.

— Bon.

Pujol attendit un instant, au cas où Baillard ajouterait quelque chose, puis il continua.

— En outre, ils soupçonnent les Tarasconnais de fournir de la nourriture et du matériel au maquis de Salvezines et du Roc Blanc.

— Ils ont raison ?

— Pardi ! grommela Pujol. Je suis surpris que tu puisses en douter.

— Pardonne-moi, mon ami, répondit Baillard en lui tendant la main. Je suis resté longtemps absent. Les choses changent.

— Pas ici, répliqua Pujol avec force, puis il inclina la tête vers la phalange de soldats. Ils espèrent que des maquisards vont venir rendre hommage au défunt pour les cueillir.

— Pas si bêtes, hein ?

Pujol haussa les épaules.

— Tu sais comment sont ces gars. Ils vivent dans les collines comme des hors-la-loi. Dès qu'ils ont une arme à la main, ils se croient invincibles.

— Nous les appelions les *faydits*, dit Baillard avec un petit sourire. Les dépossédés. Aujourd'hui, ce sont des maquisards. Mais c'est le même esprit, pareil.

— Les *faydits* ? Tu retardes de sept cents ans, Audric, remarqua Pujol. En tout cas, Célestine leur a remonté les bretelles. Elle leur a dit que si jamais l'un d'eux mettait le pied en ville, elle lui tannerait le cuir… Ça, aucun n'irait bien loin sans Célestine…, ajouta-t-il en souriant, mais son expression se fit soudain plus douloureuse. Ça fait deux ans, Audric. Je t'ai cru mort, dit-il doucement, et Baillard soupira.

— Je sais, mon ami. Je sais.

Les deux vieillards se regardèrent un moment, puis Baillard lança un coup d'œil aux bérets bleus de la milice.

— Si ça ne te fait rien, je vais prendre congé. Mais tu as toujours la carte ? s'enquit-il à voix basse. Elle est en lieu sûr ?

— Oui. Juste là où tu l'as laissée, confirma Pujol d'un hochement de tête.

Baillard poussa un long soupir de soulagement.

— Alors il y a encore de l'espoir.

— Nous n'avons pas pu retrouver ta trace, pourtant, je n'ai jamais pu accepter l'idée que tu n'étais plus, Audric. Que tu ne reviendrais pas, déclara Pujol, puis il s'interrompit, et rougit.

Baillard posa la main sur son bras.

— Je suis là à présent, Achille.

— Certes, certes, grommela l'autre, gêné de s'être laissé aller à montrer ses émotions. Je te retrouverai chez moi plus tard, dès que je pourrai me libérer. Il y a une veillée funèbre à l'Oliverot. Il faut que j'y passe un petit moment.

— Merci.

— La clef est où tu sais. Et sers-toi quelque chose à manger. Dieu sait que ça ne sera pas du luxe, lui dit-il, avant de reprendre place dans le cortège.

Quand Pujol rentra, il était plus de 14 heures. Assis à la table de la cuisine, Baillard tenait l'antique flacon dans sa main.

— Tu l'as trouvé, hein ?

— Tu ne peux pas savoir combien je suis soulagé, Achille.

Pujol marcha en traînant les pieds jusqu'au buffet dont il sortit deux verres, qu'il remplit de Guignolet. Il en tendit un à Baillard, puis s'assit en face de lui.

— Tu as pu grignoter quelque chose ?

— Oui, merci.

— Que t'est-il arrivé, Audric ? Où étais-tu tout ce temps ? Nous avons cru qu'ils t'avaient eu.

Baillard ferma les yeux. Des souvenirs de sa longue, violente, épuisante incarcération lui revinrent en foule. L'odeur et la chaleur. Plus tard, le froid. Les cris de souffrance, la puanteur des fosses remplies de cadavres et d'excréments, quand la dysenterie se répandait dans tout le camp. Du temps de sa jeunesse, Baillard avait vu des épidémies comme celle-ci, on les appelait les maladies de siège, mais rien d'aussi terrible que ce qu'il avait vu durant ces deux ans.

— Audric, insista Pujol, et son ami ouvrit les yeux.

— Avant que je ne te raconte, parle-moi de toi, *amic*. Quelles sont les nouvelles ? En avons-nous perdu beaucoup ?

— Hélas oui, répondit Pujol. Des gens de Tarascon, Espéraza, Couiza, Coustaussa, Limoux, de toutes les vallées… beaucoup trop.

— Chaque vie perdue est une de trop. Les choses que j'ai vues, les histoires que j'ai entendues au sujet des camp dans l'Est… Cette guerre ne ressemble à aucune de celles que j'ai connues, Achille, dit Baillard, puis il secoua la tête, comme pour essayer de chasser ces souvenirs. Pardon. Parle-moi d'ici.

— Très bien, soupira Pujol en se résignant au fait que Baillard ne raconterait son histoire que lorsqu'il se sentirait prêt. Pierre et le vieux Breillac sont morts au combat. Descendus tous les deux par la Gestapo. Le jeune Guillaume lutte toujours. Il a formé le maquis Couiza avec Yves Rousset. Tu le connais ?

— Je connais Mme Rousset.

— Eloïse, la femme de Guillaume, habite toujours dans le coin. Geneviève et Liesl sont restées à Coustaussa, avec Marieta.

Les yeux de Baillard s'éclairèrent et ses lèvres s'étirèrent en un lent sourire.

— Ça, c'est une bonne nouvelle, mon ami. Elle était si mal la dernière fois que je l'ai vue, je craignais qu'elle ne passe pas l'hiver.

— Je savais que tu serais content, confirma Pujol avec un sourire satisfait. Marieta va toujours son train. Elle nous enterrera tous, tu verras. Elle veille sur ces jeunes filles comme une mère poule.

— *Ben*, approuva Baillard, et il se tut un instant pour rassembler ses pensées. Et *madomaisèla* Sandrine et sa sœur ?

— Elles sont toutes deux rentrées à Carcassonne peu après ton départ. Elles rendent beaucoup de services aux résistants, là-bas, en portant des messages, en veillant au grain, etc. Mlle Magne et son fils ont séjourné à Coustaussa quelque temps, puis ils sont rentrés à Carcassonne l'été dernier.

— Son fils, tu dis ?

— Oui, Jean-Jacques, répondit Pujol en souriant. Un beau petit gars. Il doit avoir dans les un an et demi, maintenant.

— *Tèn perdu, jhamâi se recobro*, murmura Baillard en songeant à tout ce qu'il avait manqué et à ce qui adviendrait. Les joies et les peines.

— Que dis-tu ?

— Temps perdu jamais ne se retrouve, traduisit Baillard. Un vieux proverbe occitan. Esclarmonde, ma grand-mère, l'aimait bien, remarqua-t-il avec l'ombre d'un sourire. Et *sénher* Pelletier ?

— Lui aussi a fait preuve de courage. Il passe une partie de son temps avec Guillaume et Yves, mais il vient aussi sur Carcassonne pour donner des coups de main.

— Et voir *madomaisèla* Sandrine, j'imagine ? ajouta Baillard en haussant les sourcils.

— Aussi, oui, dit Pujol avec impatience. Maintenant, par pitié, raconte-moi.

Baillard scruta le visage anxieux de son ami, puis il leva les bras et les laissa retomber en un geste de résignation.

— Je me suis fait prendre, Achille. Le lendemain de mon départ. Un collaborateur, qui s'est fait passer pour un partisan. Je suis tombé tout droit dans un piège, à quelque deux heures de marche d'Ax-les-Thermes.

Pujol vida son verre et s'en versa un autre. Une odeur suave de cerises parfumait l'air de la cuisine.

— Où t'ont-ils emmené ?

— J'ai été arrêté durant l'une des cinq ou six rafles qui ont eu lieu ce jour-là. Ils me cherchaient. Ils ont prononcé mon nom.

— Comment l'ont-il connu ?

— Ma foi, j'avais peut-être trop pris ce chemin. Quelqu'un aura parlé… (Il s'interrompit, comme pour mieux revenir à ce jour-là.) Parmi ceux que j'aidais à passer, deux savaient qui j'étais : un universitaire juif, très brillant, et un résistant allemand, mais eux ne m'ont pas dénoncé. J'ai donc pu donner une fausse identité, et j'ai été accusé sous ce nom-là.

— Ah, voilà pourquoi ton vrai nom n'est apparu sur aucune liste. Et Dieu sait si j'ai cherché.

— Merci, mon ami, dit Audric, ce qui fit encore rougir Pujol.

— Tu aurais fait pareil pour moi, grommela-t-il, puis il lui fit signe de continuer.

— Durant les semaines qui suivirent mon arrestation, on m'a sans cesse transféré d'un lieu à un autre. Enfin, quand les Allemands eurent franchi la ligne de démarcation pour occuper le Midi, j'ai été envoyé dans un camp satellite, près de Rivesaltes.

— Tout près d'ici, dit Pujol en secouant la tête. Si seulement j'avais su que tu étais là, Audric, je te jure que j'aurais…

— Je sais, mon ami. Ne te reproche rien. Nous étions les prisonniers dont personne ne voulait. Trop vieux pour remplir les quotas du STO, les vétérans d'autres guerres, pour la plupart.

— Tout juste bons à pourrir sur place.

— C'est ce qui nous a sauvés, dit Baillard simplement. Nous n'étions pas considérés comme dangereux. Ils supposaient que l'âge et la rigueur du climat feraient le travail pour eux… Le pire, c'était de savoir qu'il y avait tant à faire, et d'être pris au piège, incapable d'agir.

Il s'abîma dans le silence, se rappelant sa frustration et sa rage. Les petites humiliations continuelles, cherchant à broyer le moral des détenus. Tout un pan de vie gâché.

— Audric, dit Pujol gentiment en se méprenant sur son silence, tu n'es pas obligé de continuer, si cela t'est trop pénible.

— Non, s'empressa-t-il de répondre. Si je ne le fais pas, tu vas imaginer le pire.

Baillard raconta l'histoire de son incarcération et de son évasion, puis il poussa un long soupir. Il but une gorgée de Guignolet, laissant la chaleur du sucre et de l'alcool pénétrer ses vieux os avant de continuer.

— L'Espagnol et moi, nous avons attendu qu'il fasse nuit, puis nous nous sommes séparés. Garcia a filé vers la frontière. Moi, je suis venu ici.

— Je n'arrive pas à y croire, dit Pujol en fouillant dans sa poche pour en sortir un reste de tabac qu'il roula en une fine cigarette. Ça doit faire dans les cent cinquante kilomètres. Tu n'as guère mis longtemps, dis donc.

— J'ai marché jusqu'à Collioure, puis quelqu'un m'a gentiment pris en voiture pour me conduire presque jusqu'à Belcaire. De là, j'ai pris par la campagne et suis arrivé à pied jusqu'ici.

Pujol tendit la main pour lui toucher le bras.

— Tu pourras rester ici aussi longtemps que tu le voudras. Tu as besoin de repos, et de reprendre des forces.

Baillard reprit le flacon et le contempla longuement.

— Je me suis assez reposé, *amic*. Je dois terminer cette tâche.

L'expression de Pujol changea.

— Non, Audric, sûrement pas maintenant, après tout ce temps. À quoi bon remuer de nouveau tout ça ? Il ne faut pas réveiller le chat qui dort.

Un moment, Baillard réfléchit en silence, en retournant le flacon dans ses mains, songeant aux précieuses informations qui figuraient sur la carte qu'il contenait.

— Pourquoi, Audric ? insista Pujol.

— Parce qu'il a été annoncé ce matin à la radio que Léo Authié revenait dans le Midi. J'étais au café de la Gare quand je l'ai entendu. Soi-disant pour mener la lutte contre la Résistance… Mais je ne crois pas que ce soit la vraie raison.

Pujol se figea et resta coi un instant.

— Ce n'est qu'un homme, finit-il par dire. Il y en a des tas d'autres comme lui. Laisse donc, Baillard. Le vent tourne en notre faveur. N'attire pas l'attention sur toi.

Baillard croisa son regard.

— C'est vrai, Hitler est en voie de perdre la guerre. Et après le succès des Alliés dans le nord de la France, il rappellera probablement ses troupes déployées dans le sud pour défendre Paris et les territoires de l'Est.

— Eh bien alors…

— Eh bien cela rendra Authié encore plus dangereux, plus désespéré. Tu ne comprends pas, Achille ? C'est un homme intelligent. Il sait qu'il lui reste peu de temps. Quand la Wehrmacht quittera le Midi, il connaît le sort qui l'attend. S'il veut trouver le Codex, il lui faut agir maintenant et se préparer à partir dès que les nazis se retireront.

— Ils n'ont même pas encore découvert que le document était un faux, dit Pujol. En tout cas, rien n'a filtré de cette supercherie. Pas un murmure.

— Saurat est mort. Il a de la famille près de Collioure, c'est pourquoi j'y suis allé en premier. Son cousin m'a dit qu'il avait succombé à Montluc, entre les mains du Hauptsturmführer Barbie… Il aura parlé, Achille, conclut Audric après un soupir. Malgré toutes ses qualités, ce n'était pas quelqu'un de fort.

— Pauvre diable, grommela Pujol.

Baillard regarda par la fenêtre vers le pic de Vicdessos, au loin. Le soleil d'après-midi embrasait férocement les sommets dénudés, projetant de longues ombres sur la terre.

— D'après le bulletin d'information de la radio, Authié a passé les deux dernières années à Chartres. Je sais maintenant pour qui il travaille, et quel autre objet précieux cet homme recherche. Et j'ai l'intention de faire en sorte qu'il ne l'obtienne pas, conclut-il en durcissant le ton.

— Si tu le dis, Audric.

— L'histoire approche de sa fin, *amic*. Cette histoire, du moins.

— Pourvu qu'elle se termine bien, marmonna Pujol.

Baillard ne répondit pas.

113

Carcassonne

Adossée à l'évier, Sandrine sentait le rebord froid de la porcelaine au creux de ses reins. Marianne était devant la cuisinière. Assis à la table, les mains dans les poches, Raoul regardait travailler Suzanne.

Elle disposait ses éléments sur la table. Un tube en fonte de quarante centimètres, prélevé sur un tuyau d'écoulement de l'une des maisons en ruine situées près de l'abattoir, à l'aire de la Pépinière. Le tube était déjà bourré d'explosif. Suzanne en bouchonna chaque extrémité, perça un petit trou au milieu, et y enfonça une mèche qui pénétra dans l'explosif.

— C'est un dispositif fiable et simple comme bonjour, fit remarquer Suzanne. Un enfant pourrait le fabriquer. Il y a vingt centimètres de mèche, qui mettront environ deux minutes pour brûler.

Sandrine jeta un coup d'œil à Raoul, qui tiqua un peu.

— Ça ne donne pas beaucoup de temps pour décamper, souligna-t-il.

— Ce sera suffisant.

— Et le reste ? s'enquit Raoul en désignant les composants demeurés sur la table, identiques aux premiers.

— Ils vont servir à fabriquer un leurre, expliqua Sandrine. Nous l'avons déjà fait : placer deux engins identiques en des lieux proches, un dans la tour du Grand Burlas, l'autre dans la tour de la Justice, sauf que l'un est actif et l'autre factice. Cela signifie que si quelqu'un parle, les soldats auront une chance sur deux de trouver le faux engin à la place du vrai.

— Bonne idée, reconnut Raoul. Et qui va s'occuper du leurre ?

— Gaston a un ami qui travaille dans un restaurant près de la Porte de l'Aude, un garçon de cuisine. Il va le placer ce soir dans la tour de la Justice. Il n'y a pas moyen de s'approcher davantage de l'hôtel de la Cité, où le dîner aura lieu.

— C'est prêt ? s'enquit Suzanne en se tournant vers Marianne, qui revint de la cuisinière en tenant la casserole le bras tendu devant elle.

Raoul agita la main devant son nez.

— C'est de la graisse d'oie, dit Suzanne en voyant son air dégoûté. Ça pue, je te l'accorde, mais c'est le meilleur moyen de rendre le tuyau hermétique. Plus efficace que la cire. Et moins volatile.

Ils regardèrent Suzanne graisser le tuyau, puis assembler les derniers composants.

— Voilà, c'est terminé.

Elle se leva, réunit le tout dans une serviette, et transporta délicatement l'engin jusque sur le buffet, à côté de la porte de la cuisine. Marianne lui tendit un torchon.

— Je vais te montrer ce qu'il faut faire avant que nous ne partions, dit Suzanne à Sandrine. Tu es sûre que tu ne veux pas que je reste ? Au moins jusqu'à ce que ce soit mis en place.

Jetant un coup d'œil à sa sœur, Sandrine vit son air résigné et secoua la tête.

— Non, c'est bon. Mieux vaut que vous partiez. Portez le paquet à Gaston, puis prenez le train du soir. Qui sait quand il y en aura un autre. Raoul et moi, on se débrouillera.

— Et Lucie, elle ne part pas avec vous ? demanda Raoul.

— Non, pas pour le moment, répondit Marianne. La mère de Suzanne aide beaucoup Lucie, et elle s'est entichée de Jean-Jacques. Lucie n'a pas envie de les séparer.

— Ça devrait aller, intervint Sandrine en voyant l'air soucieux de Raoul. Elle a tellement changé depuis qu'Authié l'a vue la dernière fois. D'ailleurs, même s'il la recherchait, il ne penserait jamais à aller voir chez Mme Peyre.

Raoul hocha la tête, pourtant il ne semblait guère convaincu.

— Le plus important, pour le moment, c'est que Suzanne et Marianne s'en aillent, dit-elle.

— Tu es prête ? demanda Marianne à Suzanne.

— J'ai juste besoin d'emballer tout ça, puis de me changer.

— Le train ne part pas avant 18 h 30, non ? dit Sandrine.

— Oui, mais les contrôles vont sûrement prendre un peu de temps, répondit Marianne. Pourquoi ne pas me laisser ranger ça, et aller te préparer ? proposa-t-elle à Suzanne en montrant les éléments destinés à fabriquer le leurre.

— D'accord. J'en ai pour cinq minutes, dit Suzanne en sortant de la cuisine.

Il y eut un petit silence.

— Pourrais-tu avoir la gentillesse d'écouter la radio, Raoul ? demanda Sandrine. Juste au cas où il se serait passé quelque chose qui nous intéresse. Il devrait y avoir un bulletin à tout moment, maintenant.

Comprenant qu'elle voulait dire au revoir à sa sœur en privé, il s'empressa de se lever et de quitter la pièce lui aussi.

Les deux sœurs se retrouvèrent seules. Marianne prit un sac en toile où elle rangea soigneusement les différents éléments, puis elle se rassit à la table. On entendait Suzanne s'affairer à l'étage au-dessus.

— C'est juste une affaire d'un ou deux jours, commença Sandrine. Dès que ce sera réglé, nous vous rejoindrons. Dimanche, nous serons tous réunis à Coustaussa. Comme au bon vieux temps, ajouta-t-elle en souriant.

— Maintenant que ça se rapproche, j'ai tellement hâte de revoir Marieta. Elle m'a manqué, même si j'ai essayé de ne pas trop y penser.

— À moi aussi, renchérit Sandrine. Je parie qu'elle n'aura pas changé du tout.

— Et Liesl ? Je me demande comment elle est, à présent. Deux ans, ça compte, entre seize et dix-huit ans.

— D'après Raoul, elle est très belle.

— Tu ne serais pas jalouse, par hasard ? lança Marianne en lui jetant un coup d'œil.

— Oh non, pas du tout, répondit Sandrine en rougissant, ce qui fit rire sa sœur.

Puis son sourire s'effaça.

— Tu seras prudente, hein ?

— Mais oui, ne t'en fais pas, répondit doucement Sandrine. D'ailleurs Raoul veillera sur moi.

— Je regrette de m'être effondrée, ces dernières semaines. On continue vaille que vaille, et puis soudain, les nerfs lâchent. Sans aucune raison… En fait, j'ai eu si peur que Suzanne se soit fait prendre, il ne m'en fallait pas plus.

Sandrine hocha la tête, puis décida d'aborder franchement ce dont elle se doutait depuis longtemps.

— Tu l'aimes, déclara-t-elle.

Marianne croisa son regard, hésitante. Elle s'apprêtait à lui donner une réponse conventionnelle, mais elle se ravisa. Elle aussi se rendait compte que même si elles faisaient toutes deux en sorte que leur conversation reste anodine en apparence, c'était peut-être la dernière fois qu'elles se parlaient.

— Oui, confirma-t-elle simplement.

— Et Thierry, il l'a compris ? demanda Sandrine avec ingénuité. Ou bien cela est-il plus récent ?

— Oh oui, Thierry le savait, répondit Marianne en souriant. Cela lui convenait aussi à lui, tu comprends. Même si c'était plus difficile pour lui, évidemment.

— Ah... Il s'abritait derrière toi.

— C'est étrange, mais d'une certaine façon, c'est plus facile qu'en temps de paix. C'est bien la seule chose positive qui soit sortie de tout ça, dit Marianne posément.

Elles entendirent les pas de Suzanne qui descendait l'escalier.

— Je suis contente pour toi, s'empressa de dire Sandrine.

— Moi aussi, souffla Marianne. Prête ? lança-t-elle à Suzanne, comme son amie entrait dans la cuisine.

— Oui, tout est réglé.

Les trois femmes gagnèrent le hall d'entrée, où deux valises étaient posées au pied de l'escalier. Raoul sortit du salon pour dire au revoir.

— Nous vous rejoindrons dès que possible, dit-il. Dimanche ou lundi, au plus tard.

— Veille bien sur elle, lui recommanda Marianne au moment où Raoul lui donnait l'accolade.

— Promis.

Il serra la main à Suzanne, puis retourna dans le salon pour faire le guet à la fenêtre.

— Tout est bien clair pour toi, tu sais ce que tu as à faire ? demanda Suzanne à Sandrine.

— Mon Dieu, vous êtes bien pareilles, toutes les deux, dit-elle avec un sourire. Je ferai attention, comme toujours. Je suivrai la procédure exacte, comme toujours. Et ça se passera bien, comme toujours. Ne vous inquiétez pas.

— La voie est libre, lança Raoul depuis le salon.

— Tous les exemplaires de *Libertat* ont été ramassés par les courriers, dit Suzanne, alors inutile de t'en faire pour ça.

— Bien.

Suzanne se tourna vers Marianne.

— Je te rejoindrai sur le quai à 17 h 30. Si, pour une raison ou pour une autre, je ne suis pas là, pars. Je te rejoindrai.

— Pourquoi n'y serais-tu pas ? s'insurgea Marianne. Je ne partirai pas sans toi.

— Allons, pas de panique. Ce sont juste les précautions habituelles, tu connais. J'y serai. Mais s'il y a un problème, autant que je te sache en lieu sûr. Tu comprends ?

— D'accord, convint Marianne, se reprenant.

Sandrine ouvrit la porte. Suzanne prit sa valise puis, sans un regard en arrière, elle descendit les marches du perron, s'éloigna vers la droite et disparut.

Quelques minutes plus tard, Marianne faisait de même, cette fois dans l'autre direction, loin de la gare.

Sandrine resta à écouter les pas de sa sœur résonner dans la rue du Palais, en clignant des paupières pour retenir ses larmes. Aucune d'elles ne l'avait évoqué, mais les deux sœurs savaient qu'elles disaient peut-être adieu pour toujours à la maison de leur enfance.

— Rien que nous deux, dit-elle à Raoul quand il la rejoignit.

— Rien que nous deux, répéta-t-il en l'entourant de ses bras.

Enfin, ce qui ne lui était pas arrivé depuis si longtemps qu'elle ne s'en souvenait pas, Sandrine céda et fondit en larmes. Raoul la tint serrée contre lui et se contenta de lui caresser les cheveux.

114

Tarascon

— *POUR ARRÊTER LES CRIMES DE LA GESTAPO ET DE LA MILICE*, dit Baillard en lisant la feuille posée sur la table de cuisine de chez Pujol. D'où vient ce journal ?

— De la gare, répondit Pujol. D'après le chef de gare, il y avait une valise sous le siège de la dernière voiture. Personne ne l'a réclamée, aussi l'a-t-il ouverte. Elle contenait une cinquantaine d'exemplaires. Il a appelé la milice, mais ses membres étaient occupés par ailleurs à surveiller l'enterrement de Pierre Déjean et donc le coupable, quel qu'il soit, avait depuis longtemps pris la poudre d'escampette.

— Et le reste, qu'en a-t-on fait ?

— Le chef de gare rapportait les faits au milicien venu récupérer la valise quand, à l'instant où il a soulevé le couvercle, une rafale de vent inopinée a emporté les tracts et les a dispersés dans la rue.

— *Es vertat*, confirma Baillard, dont le visage émacié s'illumina. La tramontane peut être particulièrement violente, à cette époque de l'année.

Les deux hommes se fixèrent un moment, puis Pujol revint au journal.

— Tu n'aurais pas écrit ça toi-même, Audric, par hasard ? remarqua-t-il avec un petit rire. Ce titre de *Libertat*, et cette dernière phrase, « Le monde appartient aux braves », c'est du Baillard tout craché. Je parie que c'est à ça que tu t'occupes. Ton histoire de détention dans un camp de prisonnier, c'est juste une couverture, hein ?

En voyant Baillard lever les mains en signe de reddition, Pujol éclata de rire, puis il s'affala sur une chaise face à lui en poussant un gros soupir.

— En tout cas, c'est du bon travail. Une louable initiative, dit Baillard.

Pourtant il restait songeur. À Coustaussa, il avait parlé avec Sandrine Vidal en insistant sur l'importance du témoignage. Avait-il employé le mot *libertat* ? Et dans ce cas, était-il possible qu'elle ait suivi sa suggestion ?

— En effet, confima Pujol en prenant le journal. C'est la première fois que je tombe sur cette feuille clandestine… Ces photographies, il a dû falloir beaucoup de courage pour les prendre.

— Alors tu ne sais pas qui est derrière tout ça ?

— Je n'en ai pas la moindre idée, répondit Pujol. Ça va, ça vient. Ils sont nombreux, et ils finissent souvent par se faire prendre. Tu es bien placé pour le savoir, conclut-il tristement.

La Gestapo s'était vantée d'avoir coincé un bon nombre de résistants travaillant pour la presse clandestine. Les hommes avaient tous été exécutés, les femmes déportées à Ravensbrück, un camp situé juste au nord de Berlin.

Pujol se traîna jusqu'au buffet, en sortit deux verres et une bouteille de vin rouge, puis vint se rasseoir à la table.

— C'est la mère d'un des gars de la colline qui me l'a offerte… Ça va te requinquer.

— Achille, tu es l'homme de la situation ! approuva Baillard.

À l'instant où il levait son verre, il y eut un petit coup sur la porte d'entrée, et l'atmosphère joviale changea brusquement. Pujol fit signe à son ami de se réfugier dans la chambre. Baillard se leva en emportant son verre.

— On arrive, on arrive, lança Pujol en remontant pesamment le couloir.

— C'est moi, inspecteur Pujol.

Aussitôt Pujol s'arrêta et rappela Baillard.

— C'est bon, c'est Geneviève Saint-Loup.

Baillard rejoignit la cuisine tandis que Geneviève et Eloïse arrivaient du couloir.

— C'est vous ! Eloïse, je n'avais pas raison ? C'était bien M. Baillard ! s'exclama Geneviève, ravie, en se précipitant vers lui, mais elle s'arrêta dans son élan en découvrant combien il avait changé.

Baillard vit qu'elle s'efforçait de cacher son trouble. Sa sœur Eloïse n'eut pas ces scrupules.

— Vous avez une mine épouvantable ! s'écria-t-elle.

— Eloïse ! protesta sa sœur en lui donnant un coup de coude dans les côtes.

— Rien que de vous voir, je sens que mon état s'améliore, repartit Audric en souriant.

— Marieta sera si heureuse, monsieur Baillard, dit Geneviève. Elle a toujours dit que vous reviendriez.

— Nous avons traversé tant d'épreuves, elle et moi, au fil des ans, soupira Audric. La mort, la perte d'êtres chers. Oui, je crois qu'elle l'aurait su.

— Tiens, c'est étrange, remarqua Eloïse en désignant le flacon iridescent posé sur la table.

— Pourquoi ça ? demanda Baillard, intrigué.

— Notre père avait le même, n'est-ce pas, Geneviève ? Oui, c'est bien celui-là. Regarde ce petit trou dans le goulot.

— Et qu'est-il devenu, *madomaisèla* ?

— Je n'en suis pas très sûre, il a été vendu, ou mis au mont-de-piété… C'était un héritage familial, qu'on se transmettait de génération en génération, mais cela n'a pas empêché notre père de le vendre. Il était toujours criblé de dettes.

— Pouvez-vous vous rappeler la dernière fois où vous l'avez vu ?

— Nous n’avions plus un sou et tout a été vendu. Je crois me souvenir qu’il a livré des caisses d’objets à un Allemand qui ouvrait une maison d’hôtes près de Montségur. Une sorte d’hôtellerie, qui n’a pas tenu longtemps.

— Tu penses qu’il pourrait s’agir de Rahn, Baillard ? demanda Pujol.

— C’est possible.

— Mais si Rahn avait récupéré ce flacon, il aurait sûrement regardé à l’intérieur, non ?

— Peut-être pas, si, comme le dit *madomaisèla* Eloïse, le flacon était dans une caisse parmi d’autres objets.

— Alors selon toi Rahn aurait fait expédier tout le lot en Allemagne, puis, après avoir découvert le flacon peu avant sa mort, il l’aurait envoyé à Antoine Déjean ? résuma Pujol en fronçant les sourcils.

— Cela se pourrait bien, répondit Baillard d’un air songeur. Vous ne vous rappelez vraiment pas à quel moment c’est arrivé ?

— C’est très vague… J’étais petite, je devais avoir dans les neuf ou dix ans, cela doit donc remonter à une quinzaine d’années. Tu étais encore plus jeune, alors toi non plus tu ne dois pas t’en souvenir, hein ? ajouta-t-elle en se tournant vers sa sœur.

Mais Geneviève venait de voir le journal, et la surprise, puis l’inquiétude qu’Audric lut dans ses yeux confirmèrent ses soupçons. Il mit le flacon de côté.

— C’est le vent qui nous a apporté ça, dit-il d’un ton léger. D’une valise, trouvée à la gare, dont le contenu a été éparpillé par la tramontane.

— Quel dommage, dit Eloïse.

Baillard les regarda toutes les deux d’un air futé.

— Je me demande, *madomaisèla* Geneviève, si vous savez quelque chose à propose de cette publication, *Libertat* ?

— C'est-à-dire que…, hésita-t-elle, avant de jeter un coup d'œil à sa sœur.

— Évidemment, vous devez écouter votre conscience, mais je ne crois pas que votre sœur s'opposerait à ce que vous m'en parliez, *madomaisèla* Geneviève.

Pujol regarda tour à tour Baillard et les deux jeunes filles.

— Mais de quoi est-ce que vous causez, vous autres, je peux savoir ?

Soudain Baillard éclata de rire, de façon si inattendue que Pujol sursauta.

— Qu'est-ce qui te prend, Audric ?

— M. Baillard a deviné, on dirait, remarqua Eloïse en s'asscyant à la table.

— Peut-être pourriez-vous faire plaisir à un vieil homme en me racontant, *madomaisèla.* Je suis resté absent quelque temps, vous semblez l'oublier.

— Bien sûr, monsieur Baillard, répondit Geneviève en lui souriant. C'est Liesl qui a pris les photographies. Moi, j'ai emporté la pellicule et je l'ai déposée dimanche dans la boîte aux lettres de Limoux, où Raoul l'a récupérée pour l'emporter à Carcassonne. Tout s'est déroulé comme prévu, manifestement, conclut-elle en regardant les photos.

— Suzanne s'occupe de l'impression, enchaîna Eloïse. Marianne veille à la distribution, avec l'aide de deux frères dont j'ignore les noms, des gars du pays, des connaissances de Raoul, je crois.

— Et ça ? dit Baillard en désignant le petit paragraphe concernant le sabotage du tunnel de Berriac.

Un quart de seconde, Geneviève hésita. Mais sachant M. Baillard mieux que quiconque digne de confiance, elle lui expliqua l'origine du réseau Citadelles.

À mesure que les sœurs Saint-Loup se relayaient pour raconter, Baillard observait le visage de son ami. Visiblement, Pujol n'en revenait pas. Certes, il savait déjà que les jeunes filles faisaient des commissions pour la Résistance en aidant à porter de la nourriture et des messages aux maquisards des collines, mais il n'avait jamais imaginé rien de plus.

— J'ai entendu parler une ou deux fois d'un réseau comprenant des femmes, mais… je n'y ai jamais cru un seul instant.

— C'est parce que d'autres pensent comme toi, *amic*, qu'elles ont pu tenir aussi longtemps sans se faire prendre.

— Et qui mène la danse ? demanda Pujol.

Eloïse et Geneviève restèrent coites. Baillard se permit un petit sourire.

— Eh bien ? insista Pujol. Pelletier ?

— Non, pas *sénher* Pelletier, répondit Baillard.

— Alors qui ? exigea Pujol avec une pointe d'irritation, et Baillard mit un moment avant de répondre.

— Il y a deux ans, *madomaisèla* Sandrine et moi nous avions discuté de ce qu'il y aurait à faire… Si je ne m'abuse, c'est elle qui est derrière le journal et le réseau Citadelles. Ai-je raison, *madomaisèla* ? s'enquit-il en s'adressant à Geneviève.

— Eh oui, confirma-t-elle en souriant.

— Sandrine Vidal ? Mais ce n'est qu'une enfant ! s'exclama Pujol, et Baillard soupira.

— Je sais. Mais cette guerre ne ressemble à aucune autre, mon ami. Elle ne tient compte ni de l'âge ni de l'expérience. Hommes et femmes, jeunes et vieux, tous sont impliqués, dit-il en prenant le journal pour regarder une fois de plus le gros titre en lettres capitales. Une guerre pas comme les autres.

115

Carcassonne

À 19 heures le jeudi 13 juillet, Léo Authié roulait sur le boulevard Maréchal-Pétain. Quand la voiture longea l'immeuble où se trouvait jadis son bureau, il vit une bannière blanche arborant FELD-KOMMANDANTUR 743. C'était le crépuscule, pourtant il distingua deux svastikas accrochées à la balustrade au-dessus de l'entrée principale. Cela lui fit un drôle d'effet.

Après ces deux années passées à Chartres, Carcassonne semblait bien petite. Or ni la Gestapo ni la milice n'avaient réussi à éradiquer l'opposition, et les insurgés continuaient d'opérer dans les ruelles de la Bastide avec succès. C'était inexcusable.

— Canaille, marmonna-t-il.

Au volant, Revol restait silencieux. À présent, il obéissait aux ordres, ne posait pas de questions, ne cherchait pas à le défier, et ne parlait que lorsque son chef l'en priait. La brusque nouvelle de leur retour dans le sud n'avait suscité en lui aucune réaction, ni le fait qu'Authié lui avait demandé d'avancer d'un jour leur arrivée par rapport à la date suggérée par de l'Oradore. Deux années passées dans le nord, sous les ordres des membres de la Gestapo et de la Wehrmacht avec lesquels Authié fraternisait, avaient guéri Revol de sa manie de questionner son supérieur.

De l'Oradore avait fait en sorte que le meurtre d'Erik Bauer et de ses hommes en août 1942 n'attire pas l'attention du haut commandement nazi à Paris. Cela lui avait donné un ascendant sur Authié, mais tant que cette emprise n'interférait pas avec ses ambitions et n'y mettait pas un frein, la situation restait tolérable. En retour,

Authié avait fabriqué des traces écrites impliquant Revol dans le massacre. Si, à un moment ou à un autre, son second sortait du rang, ce document prouverait que Revol avait agi de sa propre initiative et qu'il travaillait comme agent double. Ce qui correspondait d'ailleurs à la réalité. Une simple conversation avec les deux Allemands détenus au Vernet lui avait confirmé que Revol vendait des informations à Bauer. Authié n'avait jamais eu besoin de menacer son second explicitement.

— J'ai l'impression que je vais me plaire à Carcassonne, Revol, lui lança-t-il en souriant, mais l'autre ne répondit pas. Lieutenant, lança Authié vivement, et leurs regards se croisèrent.

— Oui, monsieur, dit Revol.

La voiture tourna à gauche, passa devant l'hôtel Terminus et sortit de la ville sur la route de Toulouse. La Gestapo avait installé son quartier général dans un pavillon de banlieue assez ordinaire, même si la majorité de ses membres était cantonnée à la caserne Laperrine.

Authié se doutait bien que Schiffner et ses hommes voyaient son arrivée d'un mauvais œil, car c'était une critique ouverte de leur incapacité à mater les insurgés de Carcassonne, mais ils n'étaient pas en position d'élever des objections. Schiffner devait connaître le soutien dont Authié bénéficiait à Chartres et à Paris. Ses récentes contributions aux coups frappés à la Résistance et au Maquis dans le sud avaient été largement reconnues : à Montolieu, au mois de mai, à Conques et Chalabre. Schiffner devait savoir que le haut commandement nazi le tenait en haute estime.

— Pour quelle heure avez-vous annoncé notre arrivée, Revol ?

— Entre 20 et 21 heures, monsieur. J'ai jugé préférable de rester dans le vague.

— Et comment ont-ils réagi ?

— Ils étaient loin d'être ravis, mais ils se sont efforcés de le cacher. Ils ont pensé que vous cherchiez à les prendre en défaut, en avançant ainsi votre date d'arrivée.

— Bien.

Tandis qu'ils longeaient le jardin des Plantes, Authié tournait et retournait ses projets dans sa tête. Les vingt-quatre premières heures seraient décisives. Demain, c'était le 14 Juillet. Toute célébration était interdite, ce qui faisait de cette date un jour idéal pour une attaque des partisans ou une manifestation.

Il passerait une heure avec Schiffner, tous deux jouant la partition des deux alliés bien disposés, parlant d'égal à égal. Il lui fallait savoir combien d'hommes il pourrait avoir à sa disposition. Fournier, son ancien informateur, avait été tué durant l'attaque qui avait également supprimé Albert Kromer, le chef de la milice carcassonnaise. Mais la sœur de Fournier devait encore habiter rue du Palais. Pendant son entrevue avec Schiffner, Revol irait vérifier si la maison Vidal était toujours occupée.

En ce qui concernait la contrefaçon, Authié savait à quoi s'en tenir au sujet de Sandrine Vidal. Il ne restait plus qu'à la retrouver pour établir jusqu'où allait son implication dans cette affaire. Mais à présent, il y avait plus.

Authié se renfonça sur la banquette. Quand ils s'étaient arrêtés au quartier général de la milice à Toulouse pour joindre Schiffner par téléphone, Authié avait consulté un dossier sur un réseau de femmes opérant à Carcassonne. Il ignorait s'il y avait un fond de vérité dans cette histoire, mais il se rappelait la façon dont Marianne Vidal et son amie avaient fait front lorsqu'il s'était rendu rue du Palais à la recherche de Sandrine Vidal. Cela lui avait mis la puce à l'oreille.

Il ferait d'une pierre deux coups, le filet se resserrait peu à peu.

Revol coupa le moteur.

— Nous y voilà, monsieur.

Authié attendit qu'il lui ouvre la portière, puis descendit de voiture. De l'extérieur, c'était un banal pavillon de banlieue. Mais à l'intérieur, passés les bureaux des auxiliaires féminins surnommées les « souris grises », dactylos, réceptionnistes, télégraphistes, l'atmosphère changeait. La plupart des hommes et des femmes qu'on y amenait finissaient par cracher le morceau.

Authié donna donc à Revol l'ordre d'aller rue du Palais en lui disant de revenir dans une heure, puis il gagna l'entrée du bâtiment. Après les contrôles d'usage, on le conduisit jusqu'à une vaste pièce située au fond du bâtiment, où il fut annoncé. Avec un sourire figé, Schiffner contourna son bureau pour lui serrer la main.

— Ravi de vous revoir, commandant Authié, dit-il en allemand.

— Moi de même, répondit Authié en français.

Schiffner passa donc au français, et fit signe aux deux officiers qui se trouvaient dans la pièce.

— Connaissez-vous l'inspecteur Janeke et l'inspecteur Zimmerman ?

Authié adressa un signe de tête aux seconds de Shiffner. À eux trois, ces hommes avaient pour charge de mener la guerre contre la Résistance dans l'Aude. Ils étaient donc responsables à ses yeux de l'échec de cette mission.

— Vous nous avez pris au dépourvu, remarqua Schiffner, vous ne deviez arriver que demain.

— Nous avons mis moins de temps que prévu, répondit Authié en croisant son regard. J'espère que cela ne vous dérange pas.

— Pas le moins du monde, voyons, répliqua Schiffner en agitant la main. Mais le dîner officiel pour accueillir votre arrivée à Carcassonne est prévu pour demain soir.

— Mon retour à Carcassonne, rectifia Authié d'un ton léger. C'est en effet ma ville natale.

— Bien sûr, j'oubliais.

— Un dîner n'était pas nécessaire, mais c'est très aimable à vous.

— C'est un honneur, insista Schiffner, avec un sourire forcé.

— Je m'en réjouis à l'avance, dit Authié, tout aussi cérémonieusement.

Hiérarchiquement, Schiffner venait juste en dessous du chef Eckfelner, aussi la préséance lui revenait-elle. Mais la position d'Authié était sans équivalent. Il avait beau être français, il bénéficiait de puissants appuis. Certes, il avait autorité sur les opérations de la milice à Carcassonne, pourtant la chaîne de commandement était floue. À qui devait-il rendre des comptes ? Chartres, Paris ou même Berlin ? Dans cette incertitude, Schiffner restait donc sur ses gardes, et Authié le lut dans ses yeux. Il laissa le silence se prolonger.

— Puis-je vous offrir quelque chose à boire, Herr Authié ? dit enfin Schiffner. Whisky ? Cognac ?

— Du Cognac, merci.

Schiffner fit signe à Janekc, qui s'approcha du bar situé dans le coin de la pièce et leur servit deux verres de cognac.

— J'avoue ne pas très bien saisir quelles sont vos instructions, Herr Authié.

Authié se permit un léger sourire devant le refus délibéré de Schiffner de l'appeler selon son grade.

— Dites-moi, Herr Schiffner, considérez-vous que vous êtes en train de gagner la bataille contre les insurgés ?

— Il y a encore du travail, répondit le nazi en se rembrunissant, mais je répondrai positivement. Nos chiffres sont plutôt bons, en comparaison d'autres régions.

— Combien de terroristes avez-vous déportés ?

Comme l'inspecteur Janeke lui tendait son verre de cognac, Schiffner lui jeta un coup d'œil, mais le lieutenant ne fit pas de commentaire.

— Je ne puis vous le dire sans avoir consulté nos dossiers, répondit Schiffner. Tous les détails y figurent.

— Cent, cent cinquante, davantage ?

— Plus de deux cents, dirais-je.

— La majorité en juin et juillet, poursuivit Authié.

— Herr Authié, pardonnez-moi, dit Schiffner en essayant de masquer son impatience. Y a-t-il quelque chose en particulier que vous aimeriez savoir ? Je vous en prie, allez droit au fait. Cela nous fera gagner du temps à tous les deux.

Authié se pencha en avant et posa son verre sur le bureau sans y avoir touché.

— Très bien. Il me semble qu'avec les services de renseignements dont vous disposez, vos tentatives de nettoyer la Bastide de sa vermine ne se sont pas avérées aussi fructueuses qu'elles auraient dû. Pour la plupart, les insurgés ont pu rejoindre d'autres groupes, apparemment.

— Le Maquis n'est pas notre souci prioritaire à Carcassonne, vous le savez bien, répondit Schiffner avec raideur. Cela dit, les actions que nous menons dans la campagne contre la guérilla sont presque toujours couronnées de succès.

Authié se renfonça dans sa chaise. Il sortit son étui à cigarettes de la poche intérieure de son veston et le tendit à Schiffner, qui refusa en secouant la tête, puis il tapota une cigarette sur le couvercle en argent pour tasser le tabac, et sortit son briquet.

— Peut-être que si vous vouliez bien congédier vos officiers, nous pourrions parler plus librement ?

— Je préférerais qu'ils restent.

Authié referma le briquet d'un claquement sec.

— Dans ce cas, je le regrette mais, à ce stade, nous n'avons rien de plus à nous dire, conclut-il d'un ton amène, puis il se leva.

— Attendez, s'empressa d'ajouter Schiffner. Très bien.

Schiffner ne pouvait se permettre de s'aliéner Authié avant d'avoir évalué jusqu'où allait son autorité, ni de mettre en péril les opérations de la Gestapo à Carcassonne. Les deux hommes en étaient conscients. Authié le fixa, puis se rassit lentement.

— *Warten draußen*, lança Schiffner à l'adresse de ses lieutenants.

— Sage décision, commenta Authié quand la porte se fut refermée sur eux. Donc, vous me demandiez ce que je voulais savoir en particulier.

— En effet.

— Avez-vous entendu parler d'un agent dont le nom de code est Sophie ? s'enquit Authié en s'avançant sur sa chaise. Et du réseau qu'elle est censée commander à Carcassonne ?

Schiffner partit d'un rire sonore.

— Tout le monde sait qu'un tel réseau n'existe pas. C'est un conte de fées, *ein Märchen*, sorti tout droit de chez les Frères Grimm. Une unité de femmes, ce n'est que de la propagande.

— Vous croyez ? dit Authié. Pourtant la plupart des héroïnes de vos contes de fées sont des jeunes filles, non ? Des femmes qui soutiennent les insurgés, il en existe, vous le savez bien. Aujourd'hui plus que jamais.

— Peut-être, mais elles leur servent de coursiers ou de courriers, c'est tout, dit-il avec un geste désinvolte. De là à poser des bombes, commettre des sabotages, détruire des lignes électriques… Non, je n'y crois pas. D'ailleurs, ce réseau est partout. Dans la campagne, à Carcassonne même, sur la côte… dès qu'une attaque ne peut être attribuée, on la lui impute.

Authié croisa son regard.

— Si vous désirez améliorer votre position, dirons-nous, je vous suggère d'écouter très attentivement. Pour des raisons qui me regardent, cette « Sophie » m'intéresse. Si vous êtes prêt à m'aider, je serai disposé à partager avec vous des renseignements qui vous permettront de mettre en état d'arrestation les chefs du réseau R3.

— Pardon ?

Depuis que les divers réseaux de résistance avaient été réunis en janvier 1943, et la France divisée en plusieurs zones, la Gestapo pourchassait les chefs des différentes factions en un véritable jeu du chat et de la souris.

— Vous avez besoin de trouver « Myriel », n'est-ce pas ? dit Authié. Son vrai nom est Jean Bringer. C'est le chef des FFI, il travaille avec Aimé Ramond, un officier de police en fonction ici-même, à Carcassonne, ainsi qu'avec Maurice Sevajols et d'autres.

— Comment le savez-vous ?

Authié soutint son regard.

— Si vous m'assurez de votre plein soutien les trois jours à venir, peut-être davantage, alors je vous donnerai toutes les informations nécessaires pour coincer le R3… Et puisque vous prétendez ne pas croire un instant à ce réseau de femmes, c'est un marché plus qu'équitable, me semble-t-il.

Il observa Schiffner, qui se débattait intérieurement. Son amour-propre et son intérêt personnel étaient en conflit, car il supportait mal qu'un autre lui dicte les termes du marché.

— Eh bien ?

— J'accepte, dit-il pour finir. Vous parlez comme si vous connaissiez l'identité de cette Sophie. Est-ce le cas ?

— Juste un soupçon. Mais j'ai bien l'intention de le vérifier. Si c'est le cas, nous devons nous attendre à un acte de sabotage demain soir. J'en mettrais ma main à couper. Tout le monde sait que vous avez organisé un dîner.

— Il est impossible de préparer un tel événement sans que la nouvelle filtre, se défendit Schiffner en s'empourprant. Ne serait-ce que le petit personnel…

— Vous n'avez pas pris de précautions particulières ?

— Bien sûr que si. La sécurité est renforcée. Tous les membres du personnel qui entreront et sortiront de la Cité seront fouillés. On a attribué à chacun des laissez-passer spéciaux pour demain soir. Bien sûr, si vous nous aviez prévenus plus tôt de votre arrivée aujourd'hui, nous aurions pris les devants.

— Et ce dîner, où doit-il avoir lieu ?

— À l'hôtel de la Cité.

— Bien, conclut Authié. Téléphonez à vos équipes de la Cité et dites-leur d'être sur leurs gardes. Qu'elles vous rapportent tout ce qui leur semblera inhabituel, en particulier dans le voisinage de l'hôtel. Tout, sans exception.

116

Carcassonne

Sandrine attendit qu'il fasse nuit pour traverser le pont Neuf. Sur sa droite, les arches du pont Vieux étaient obstruées à chaque extrémité par des barrages anti-tanks. Elle portait un pull-over sombre, un pantalon de toile noir par-dessus sa robe, des chaussures à semelles de caoutchouc, et avait fourré ses cheveux dans un béret noir.

Sur sa droite, elle distinguait les tours et tourelles de la Cité médiévale, occupée à présent par la Wehrmacht. La Porte de l'Aude avait été fermée, et les habitants de la Cité, comme leurs ancêtres durant l'été 1209, expulsés de leurs propres rues. Quand elles étaient enfants, Marianne et elle jouaient dans les remparts à escalader les vieux murs de pierre, à foncer par les ouvertures des poternes qui menaient aux douves et aux routes entourant la citadelle. En vrai garçon manqué, Sandrine tenait le rôle du chevalier. Marianne, elle, préférait jouer à la châtelaine.

Sandrine s'empressa de quitter la route principale pour gagner le sentier qui longeait la rive droite, près de la distillerie Maingaud. Marchant à pas rapides, tête baissée, elle croisa les pêcheurs du soir qui jetaient leurs lignes dans le courant de l'Aude.

Le ciel clair et sans nuage n'était pas idéal pour ce genre d'opération. Sandrine se rappela les propos de M. Baillard à Coustaussa, quand il lui avait raconté ses expéditions vers la frontière espagnole, accompagné de sa « cargaison ». Comment la lune était une ennemie. Comment il priait pour des nuits voilées, brumeuses, qui les cacheraient des patrouilles de frontière françaises. Elle ne se doutait pas alors qu'elle en viendrait un jour à ressentir les mêmes angoisses.

Raoul l'attendait dans l'ombre des murailles, sous l'usine Lafarge. Dans le noir, il lui fit un petit sourire, auquel Sandrine répondit par un bref effleurement. Lui aussi était vêtu de noir, avec un foulard foncé autour du cou. Il portait un fourre-tout sur l'épaule gauche.

— Tu as tout ? murmura-t-elle, alors que c'est elle-même qui avait rempli le sac.

— Oui.

La crise de désespoir qui l'avait submergée quelques heures plus tôt était oubliée. À présent, Sandrine se sentait calme et concentrée sur l'action en cours. Ils prirent la rue Barbacane, dépassèrent l'église Saint-Gimer ainsi que de petites boutiques, dont une mercerie à l'ancienne qui proposait chichement en vitrine des bobines de fil et des boutons, et une boulangerie, fermée pour la nuit. Durant l'austérité des années 1920 et 1930, le quartier avait connu des temps difficiles. Avant la guerre, il abritait des réfugiés venus d'Espagne et d'Afrique du Nord, des Tziganes de Roumanie et de Hongrie, et des Carcassonnais déshérités. La police faisait régulièrement des descentes dans cette zone à la recherche de communistes, d'émigrés espagnols, de sans-papiers et autres indésirables. À présent, la plupart des maisons étaient officiellement inhabitées, pourtant des regards furtifs épiaient par les fentes des volets. Même les patrouilles de la Wehrmacht y venaient à contrecœur.

Raoul tourna à gauche pour s'engager dans une impasse, la rue Petite-Côte-de-la-Cité. Des familles entières s'entassaient dans ces maisons d'un ou deux étages aux fenêtres souvent condamnées, toutes plus ou moins décaties. La rue en pente raide menait à un escalier aux marches usées entouré de hauts murs d'ardoise. Il montait vers la Cité à travers des jardins potagers.

Raoul monta les marches quatre à quatre, en s'arrêtant à peine pour respirer. Sandrine adopta la même allure et, après une rude ascension, ils se retrouvèrent soudain à découvert, sous la Porte de l'Aude, à l'entrée ouest de la Cité. Droit devant se trouvaient les murailles ouest du château Comtal, et la tour Pinte, tel un doigt pointé vers le ciel.

Fugacement, M. Baillard lui vint à l'esprit, et elle se rappela le son de sa voix profonde, riche d'expérience, lui disant que la tour Pinte s'était inclinée devant Charlemagne en obéissant aux ordres de Dame Carcas. C'était la dernière fois que les pouvoirs du Codex avaient été invoqués, lui avait-il raconté. Sandrine secoua la tête, surprise de songer à pareille chose en un pareil moment. Le temps n'était pas aux contes de fées. Néanmoins, en gravissant les dernières marches, elle ne put s'empêcher de lancer un coup d'œil vers le ciel obscurci.

M. Baillard était-il là-haut? Suivait-il leurs tentatives d'un œil bienveillant et protecteur? Sandrine ne pouvait croire en de telles superstitions, ni en un Dieu qui laissait de telles horreurs se produire, pourtant il lui arrivait d'envier à Marieta sa foi simple. Pourquoi M. Baillard lui revenait-il sans cesse en tête ce soir, avec une telle vivacité?

— Par où? chuchota Raoul.

— À droite. Suis le sentier tout du long, puis reviens à la tour du Grand Burlas par les jardins du sud. Marche en te baissant le plus possible.

Raoul hocha la tête.

Les patrouilles postées sur les murailles balayaient l'herbe et les pentes de grands rais de lumière blanche à l'aide de projecteurs puissants. Or, entre le haut des marches et les jardins potagers, il y avait un bout de terrain à découvert. Même aujourd'hui, le coin sud-ouest de la Cité était encore rural, couvert de vergers, de jardins boisés, d'anciens poulaillers ou cages à lapins désaffectés. La viande était devenue rare, sauf dans la salle à manger de l'hôtel de la Cité et au mess de la garnison installé dans l'hôtel Terminus, où un grand portrait d'Adolf Hitler avait remplacé les musiciens de jazz, sur l'estrade.

Serrant le sac contre sa poitrine, Raoul couvrit la distance le premier. En attendant qu'il lui fasse signe de le rejoindre, Sandrine survola la Bastide du regard. Elle revit en pensée la guirlande de lumière qui entourait la ville avant la guerre, avec tous les bars, les restaurants et les maisons brillamment éclairés.

Alors dans le silence résonna le doux hululement d'une chouette. Elle imagina Raoul dans le noir, soufflant dans ses mains en coupe, et s'en fut aussitôt le rejoindre.

Ensemble, ils longèrent l'anneau extérieur des fortifications. Comme la face de la lune émergeait d'un nuage, la tour du Grand Burlas se profila soudain en surplomb, baignée d'un blanc spectral.

C'était l'étape la plus dangereuse de l'opération. La Cité était jalousement gardée, patrouillée nuit et jour mais, à minuit, à l'instant de la relève, il y avait un court battement. Depuis des semaines, aucun trouble n'avait perturbé ce quartier de Carcassonne et, après plusieurs jours d'observation, Suzanne avait rapporté que les quatre soldats de la Wehrmacht passaient quelques minutes ensemble à griller une cigarette avant le tour de garde. Ils tenaient là leur chance de franchir la porte de la poterne pour laisser l'engin en réserve au pied de la tour, puis de s'éloigner avant que ne reprenne le balayage des projecteurs.

Posant son sac à terre, Raoul en sortit une paire de tenailles.

— Tu peux t'y mettre ? demanda-t-il en indiquant le cadenas qui fermait la porte en bois de la tour.

— Oui, chef, dit-elle avec un petit salut moqueur.

— Très drôle, répondit-il sèchement, d'une voix vibrante de tension. Finissons-en le plus vite possible et tirons-nous d'ici.

Sandrine manœuvra les tenailles en tordant la chaîne jusqu'à ce qu'elle cède et le cadenas tomba par terre.

— Ils vont sûrement fouiller partout avant l'arrivée d'Authié, non ? chuchota Raoul.

— Oui, mais je parie qu'ils concentreront leurs efforts sur les abords de l'hôtel, au moment où Authié arrive ou repart. Si jamais ils trouvent l'engin, il nous faudra imaginer autre chose.

L'effroi la saisit soudain. Succès ou échec, ces deux perspectives étaient tout aussi répugnantes.

— Ça va ?

Sandrine se reprit. Les hommes comme Authié les forçaient à vivre de cette manière. Il n'y avait pas de place pour les sentiments.

— Oui. Tu as la torche ?

Raoul dirigea le faible rayon de lumière. Sandrine sortit l'amorce ainsi que la ficelle roulée dans la poudre, puis le cordon du détonateur, recouvert d'un tissu imperméable, une précaution superflue, car il n'avait pas plu une goutte depuis des semaines. Rempli de PETN, il exploserait à une vitesse de détonation d'environ six mille mètres par seconde. Enfin, elle sortit du sac un fin tube de cuivre de six centimètres de long, ouvert à une extrémité.

— Je n'en avais encore jamais vu, chuchota Raoul.

— C'est une amorce à percussion non électrique, expliqua-t-elle. J'ignore comment Suzanne a pu se la procurer. On l'ajuste au bout, ici. Ensuite je n'aurai plus qu'à la mettre en place pour faire en sorte que la charge principale explose.

Habilement, Sandrine acheva son travail. Puis elle vérifia et revérifia l'ensemble.

— C'est bon, conclut-elle en se relevant.

Raoul éteignit la torche. Sandrine transporta le dispositif dans la tour avec précaution. Quand elle en ressortit, Raoul tira la porte et réajusta le cadenas afin que personne ne s'aperçoive, du moins de loin, que quelqu'un y était entré.

Un autre nuage masqua la lune. Raoul prit soudain Sandrine par la taille, l'attira à lui et l'embrassa fort sur la bouche, quelques secondes avant que le rayon argenté du projecteur n'éclaire l'herbe au pied de la tour.

— Laisse-moi revenir terminer le travail, dit-il en la relâchant. Tu en as assez fait, mais Sandrine secoua la tête et lui caressa la joue.

— Viens, dit-elle.

Le soldat en faction dans la tour du Grand Canissou feuilletait un magazine américain où des pin-ups se pavanaient la bouche en cœur, en maillots de bain à pois. Il ne remarqua rien. Demain tout le monde serait sur la brèche avec une sécurité renforcée, mais ce soir, c'était un soir comme les autres. On leur avait dit de guetter la moindre activité suspecte, mais un calme absolu régnait sur la Cité et ses abords. Allumant une cigarette, il regarda vers les autres tours en songeant à sa bonne amie, restée à Michelstadt, et l'imagina en maillot de bain, comme Jinx Falkenburg sur les photos. Encore quatre heures à tirer, soupira-t-il en regardant l'heure à sa montre.

En revanche, le soldat zélé posté sur la tour de l'Inquisition regardait vers le nord, à l'extérieur des remparts, et il crut voir une silhouette dans l'ombre des murailles extérieures, juste en dessous de la tour de la Justice. Quand il la vit disparaître dans les hautes herbes, sous la barbacane qui descendait vers l'église Saint-Gimer, dans le quartier de la Barbacane, il décida de contacter son commandant par radio.

— Individu suspect repéré, secteur ouest de la Cité, sous le château Comtal.

— Homme ou femme ?

— Je ne saurais dire.

— Très bien, dit le commandant. L'ordre est d'enquêter sur tout élément inhabituel et de faire un rapport. Si vous trouvez quoi que ce soit, n'y touchez pas. Laissez tout en place. Ils ne doivent surtout pas se rendre compte qu'on les a repérés.

Vers le sud-ouest de la Cité, Raoul et Sandrine suivaient l'étroit sentier qui descendait au domaine de Fontgrande.

— Mon oncle travaillait ces vignes, chuchota-t-il. Tous les automnes, il portait sur son dos sa hotte remplie de grappes violettes ou blanches. Il avait un drôle de couteau à lame épaisse pour tailler la vigne. Bruno et moi, nous nous disputions sans cesse pour avoir le droit de nous en servir. Tout le monde était sur le qui-vive et observait le ciel dans l'attente du jour idéal pour commencer les vendanges… Même le chien de mon oncle semblait guetter, le museau levé vers l'azur, et cela nous faisait bien rire.

Quel contraste entre leurs activités du moment et le rythme immuable du Sud, songea Sandrine. Ces familles de la vallée de l'Aude passaient leur vie de la même façon, de génération en génération. En fin de compte, c'était pour ce monde et cette vie-là qu'ils se battaient. Soudain, la nostalgie l'envahit. Si tout se passait comme prévu, quand demain elle aurait quitté Carcassonne, elle ne pourrait peut-être jamais y revenir. En tout cas pas avant la fin de la guerre. Quelle qu'en soit l'issue.

À mesure que défilaient dans sa tête tous les endroits qui lui manqueraient, son cœur se déchirait un peu plus. Toutes les occasions perdues, les petits rêves qui n'avaient pas eu le temps de se réaliser. Dans l'obscurité, elle chercha la main de Raoul, et il serra la sienne.

Puis ils continuèrent à descendre l'étroit sentier dans l'obscurité silencieuse, dépassant le Moulin du Roi pour arriver sur l'île qui s'étendait entre l'Aude et l'un de ses affluents. Il n'y avait pas de pont, mais la rivière était basse sous le barrage, et c'était un bon endroit de passage vers la Bastide, à condition d'attendre qu'un nuage masque la lune. Une de leurs règles tacites était de ne pas revenir sur leurs pas. Au cas où quelqu'un les dénoncerait aux autorités, elle réduisait la possibilité d'un signalement précis.

Raoul traversa le premier. Sous le couvert des arbres qui descendaient jusqu'au bord de l'eau, Sandrine s'accroupit dans les roseaux, aux aguets du moindre bruit, priant pour qu'aucun ordre vociféré ni tir de sommation ne viennent rompre le silence. Ils se trouvaient tout près de l'endroit où Raoul et elle s'étaient rencontrés pour la première fois. Là où elle avait sorti Antoine Déjean de l'eau et où tout s'était enclenché. Pour la troisième fois cette nuit-là, ses pensées allèrent à M. Baillard. Croyait-il sincèrement qu'une armée fantôme se mettrait en marche pour sauver le Midi ? Elle ne le saurait sans doute jamais.

« Et leur nombre était de dix mille fois dix mille. »

Pour la première fois depuis des mois, les paroles d'Antoine résonnèrent dans sa tête, aussi claires que les tintements d'une cloche. L'espace d'un instant, Sandrine crut entendre quelque chose, comme cela lui était déjà arrivé, près de la rivière. Comme un appel, des voix l'invoquant par son nom, non pas vraiment entendues, mais bien perçues dans le silence miroitant.

« Une mer de verre… »

Elle se rendit compte alors que plus aucun son ne lui parvenait. Ni le clapotis de la rivière ni le flux du courant roulant sur lui-même à mesure que Raoul le traversait. Scrutant la pénombre, elle l'aperçut. Il l'attendait sur l'autre rive. C'était à elle de traverser, à présent.

Prudemment, Sandrine entra dans l'eau. Plus elle s'enfonçait dans le courant, plus l'eau froide et profonde tournoyait vite et fort autour de ses jambes, ses genoux, ses mollets, le dos de ses cuisses. Elle lutta pour ne pas perdre l'équilibre, mais elle était forte et réussit sans mal à gagner l'autre rive.

Raoul lui tendit la main pour l'aider à monter sur la berge. Ensemble, ils se frayèrent un passage à travers bois sous le cimetière Saint-Michel. Là, ils se défirent de leur tenue de camouflage. Sandrine déroula sa robe en essayant de la défroisser, puis elle sortit du sac de Raoul ses escarpins rouge cerise. Quant à Raoul, il changea de pantalon, enleva son pull-over et passa un veston. Son feutre était tout aplati, mais Sandrine lui redonna forme.

— Et voilà, murmura-t-elle tandis qu'il fourrait leurs vêtements trempés dans le sac et le cachait dans un creux, sous les racines d'un saule. Ce que tu es élégant.

— Et toi, tu es splendide, murmura Raoul.

Sandrine en fut surprise, car il n'était pas du genre à faire des compliments, et semblait ne jamais rien remarquer. Au point qu'elle s'en voulait parfois de le regretter, et se trouvait idiote d'attacher de l'importance à des choses aussi futiles.

Le couvre-feu était toujours de rigueur. Il était observé strictement dans les zones considérées comme sensibles ou importantes (place Carnot, près des bureaux de la milice ou de la Waffen-SS, aux alentours des quartiers généraux allemands), mais dans les rues résidentielles, les patrouilles toléraient en général que les Carcassonnais vaquent tranquillement à leurs occupations.

— Viens, dit-il en lui prenant la main.

— Où allons-nous ?

— Tu verras.

Il la mena jusqu'au café du Païchérou. Il faisait sombre à l'intérieur, et toutes les chaises étaient inclinées sur les tables en zinc. Les portes étaient fermées, mais pas verrouillées. Il les poussa juste un peu, puis la fit entrer.

— Qu'est-ce que tu fais ? souffla-t-elle. Il ne faut pas tenter le diable.

— Il n'y a personne ici, dit-il en la faisant pivoter face à lui pour la prendre dans ses bras.

— Quelqu'un risque de nous voir ! protesta-t-elle, mais il n'y fit pas attention.

— Tu ne m'as pas dit que ton père t'avait promis de t'emmener danser au Païchérou, le jour de tes vingt et un ans ?

— Si, dit-elle.

— Eh bien c'est à moi de le remplacer. Un peu en avance, je te l'accorde. Mais c'est notre anniversaire, après tout.

— Notre anniversaire ?

— Le 13 juillet, ma belle. Cela fait deux ans qu'on se connaît.

— Oui, tu as raison, dit-elle en souriant, sans plus chercher à se dégager de son étreinte. C'est notre anniversaire.

— Et nous sommes ici, près de la même rivière. Sauf que ce n'est plus l'Aude, mais la Seine.

— La Seine ?

— Oui, pourquoi pas ? dit-il avec ardeur. On est à Paris, dans une cave de la rive gauche, moi dans mon plus beau costume, et toi, belle comme le jour, pour fêter notre deuxième anniversaire et toutes les merveilleuses années qui nous attendent. Tu entends l'orchestre ? La trompette, l'accordéoniste… Et voici la môme Piaf qui s'avance pour chanter, rien que pour nous. Écoute…

Raoul commença à fredonner tout bas dans la pénombre.

— *J'ai dansé avec l'amour, j'ai fait des tours et des tours…*

Sandrine se laissa souplement guider dans ses bras, unie à lui, écoutant avec délice sa voix bien timbrée et vibrant d'une ardeur contenue, au point qu'elle percevait presque les notes bleues du saxophone, le tintement des verres de champagne, le bruissement des robes en soie.

— *… elle et moi, que c'était bon… L'amour avait dans ses yeux tant d'amour, tant d'amour, d'amour…*

Le dernier accord resta suspendu dans l'air et, un moment, ils restèrent immobiles, réfugiés dans leur imagination, bien à l'abri. La lune émergea des nuages, et ils furent éclairés par sa seule lueur argentée, filtrant à travers les tilleuls. Sandrine posa la main sur la nuque de Raoul, l'embrassa sur la bouche, puis recula.

— Merci, murmura-t-elle, navrée de s'apercevoir que les larmes lui montaient aux yeux.

Sensible à son changement d'humeur, Raoul la fit tournoyer sur elle-même.

— Tout le plaisir était pour moi, mademoiselle Vidal. Même heure, même endroit, la semaine prochaine, d'accord ?

Mais Sandrine ne réussit pas à jouer le jeu, alors Raoul aussi changea d'humeur, et la réalité repoussa dans l'ombre la romance et les rêves. Adieu Paris et sa douce mélodie, aussi légère et capiteuse que les bulles de champagne. Retour à Carcassonne.

— Nous ferions mieux de partir, dit-elle d'un ton qui n'avait plus rien de romantique, en se tournant vers la porte restée entrouverte.

— Sandrine, dit-il ardemment en la retenant par la main. Je t'aime. Tu le sais ?

— Je le sais.

— Quand ce sera fini, je t'emmènerai danser tous les week-ends. Tous les soirs, si tu veux.

— Et mes pauvres petits petons, alors ? répondit-elle en riant doucement.

— Des temps meilleurs nous attendent, juste au coin de la rue, comme dans ces chansons anglaises sirupeuses, dit-il avec ironie, et ils restèrent encore un instant, joue contre joue.

Puis Sandrine recula d'un pas.

— Il faut y aller. Nous sommes là depuis trop longtemps.

— Je suis sérieux, quand ce sera fini, tu verras, on prendra du bon temps, tous les deux, insista Raoul en lui serrant la main.

— Oui, on s'en sortira, confirma-t-elle d'une voix farouche, il faut juste tenir encore un peu. On s'en sortira. Toi et moi. Nous tous.

— Tu crois ? dit-il d'un air de doute, qui lui étreignit le cœur.

— Mais oui, tu verras, assura-t-elle. Maintenant, vous pouvez me raccompagner à la maison, monsieur Pelletier, et si vous êtes bien sage, je vous inviterai peut-être à entrer boire une tasse de chocolat.

— Du chocolat ! C'est bien trop *british* à mon goût ! Et puis je ferais mieux de passer au bar voir si Bonnet et Yvette y sont. Au cas où elle aurait entendu quoi que ce soit susceptible de contrarier nos plans.

— Oui, tu as raison, approuva Sandrine, et son sourire s'effaça. Mieux vaut s'assurer qu'il n'y a rien de changé.

Ensemble, songeant tous deux au lendemain, ils marchèrent vite et en silence à travers les rues endormies de Carcassonne. Une lune trompeuse éclairait le chemin du retour.

‡
Codex XX
‡

Gaule, Tarasco
Juillet 344 ap. J.-C.

En compagnie de son beau-frère, Arinius regardait le soleil se lever cette fois encore sur la vallée des Trois-Loups. Chaque jour de gagné était une grâce, même s'il craignait que l'attente ne soit néfaste à ses compagnons. Ils risquaient de prendre la menace de l'arrivée des soldats moins au sérieux et de relâcher leur vigilance.

Les Tarascae se relayaient pour monter la garde durant les quelques heures de pénombre, entre le crépuscule et l'aube de ces courtes nuits d'été. Ceux qui avaient combattu au service de l'armée romaine ou pour défendre leur terre avaient des épées, des javelots, des frondes. Beaucoup d'autres étaient armés de gourdins, de couteaux, autant de butins récoltés suite à des embuscades et des escarmouches plutôt que sur des champs de bataille. Pour la plupart, les villageois étaient peu entraînés à l'art du combat, en revanche ils savaient utiliser les ressources des bois et des forêts pour harceler leurs ennemis, animés qu'ils étaient d'une fougue belliqueuse bien adaptée à ces contrées sauvages et retirées.

Équipé d'un lourd bouclier rectangulaire et de son vieux couteau de chasse, Arinius priait pour ne pas être forcé de s'en servir. S'il était prêt à combattre jusqu'à la mort pour protéger ses amis et leur communauté, il ne souhaitait pas prendre la vie d'autrui.

Certes, il était bien naïf et savait que Lupa, si elle avait été là, se serait moquée de ses scrupules moraux. Mieux que lui, elle était capable de réconcilier les commandements de Dieu avec les cruautés du monde où ils vivaient. Cependant, il goûtait bien davantage à la douceur des Évangiles et à la vérité que faisaient résonner en lui les paroles de Jean et de Luc. Son Dieu n'était pas un Dieu de vengeance et de jugement, mais de lumière et de rédemption.

Arinius espérait donc ne pas avoir à tuer un autre être humain, car seul Dieu, croyait-il, avait ce droit. Et il avait trop côtoyé la mort dans sa jeunesse pour ne pas savoir combien elle corrompait et souillait ce qu'il y avait de meilleur en la nature humaine, en marquant l'âme à jamais.

— Était-ce une fausse alarme, d'après vous, *paire?* lui demanda l'un des jeunes gens.

Arinius avait eu beau insister maintes fois pour qu'ils l'appellent par son prénom, tant il trouvait illégitime et gênant d'être ainsi placé au-dessus de sa condition, rien n'y faisait, si bien qu'il avait renoncé à les en dissuader. Ce mot de «paire» était un terme étrange du parler local, un hybride, issu ni du latin ni d'aucune autre langue qu'Arinius avait pu rencontrer.

— Était-ce une fausse alarme?

— Non. Je ne crois pas.

Arinius voulut leur donner de l'espoir et ranimer ainsi leur courage. Car il sentait dans l'air une distorsion presque palpable, une malfaisance qui les traquait et se rapprochait inéluctablement.

— Non, ils arrivent, confirma-t-il. Peut-être pas ce soir, ni demain, mais ils sont tout près et bientôt, ils seront là… Puisse Dieu nous en délivrer.

‡

117

Carcassonne
Juillet 1944

— Mais, monsieur, avec tout le respect que je vous dois, pourquoi ne pas les arrêter dès aujourd'hui ? demanda Revol. Marianne et Sandrine Vidal habitent encore ici. Ainsi qu'une autre femme, celle aux cheveux très courts, qui est toujours fourrée chez elles.

— Et la sœur de Fournier, que vous a-t-elle dit exactement ?

— Qu'elles sont discrètes et respectent scrupuleusement le black-out. Il leur arrive de rentrer tard, après le couvre-feu.

Authié avait bu plus que de raison avec Schiffner, puis il avait passé le restant de la nuit à parcourir les dossiers des personnes placées sous surveillance. Il était à présent 17 heures et il avait la migraine, mais il n'était pas près de rentrer se coucher. Revol avait passé les deux dernières heures à recueillir des informations sur les interrogatoires et les arrestations ayant eu lieu la semaine précédente, puis durant la dernière quinzaine, allant et venant entre le Commissariat et la Feldgendarmerie. Beaucoup de ces rapports étaient classés, et Revol avait eu beau exiger de consulter les dossiers, ils ne seraient pas disponibles avant le matin. Mais Authié en avait lu assez pour avoir une image précise de l'état des lieux à Carcassonne.

Il y avait beaucoup de présomptions, mais aucune preuve montrant que les trois femmes participaient activement à un réseau de partisans. Suzanne Peyre, dont Authié se souvenait, avait été interpellée lundi, mais libérée sans inculpation. Authié avait l'intention d'organiser plusieurs descentes dès aujourd'hui. Qu'importent les personnes que la police arrêterait et les motifs invoqués, pourvu que la population prenne bien conscience qu'un nouveau régime était en place.

— Et Pelletier ?

— Mme Fournier n'a vu aucun homme correspondant au signalement de Pelletier, répondit Revol à contrecœur. Mais il peut très bien se glisser ni vu ni connu dans la maison.

— Êtes-vous passé quai Riquet ?

— Pas encore, monsieur.

— Eh bien qu'attendez-vous ! s'exclama-t-il avec humeur en se massant les tempes, car sa migraine ne faisait qu'empirer.

— Monsieur, avança prudemment Revol, je crois vraiment que nous devrions agir sans plus tarder. Faire une descente dans la maison. Arrêter tous ceux qui s'y trouvent.

Authié rouvrit les yeux et considéra son lieutenant. Et si Revol avait raison ? Si c'était le moment de frapper, tandis que tout le monde dormait ? Seul son instinct lui disait que Sandrine Vidal avait un quelconque rapport avec l'engin que les gardes avaient découvert dans la tour de la Justice ; n'importe quel groupe de partisans pouvait l'y avoir déposé. Mais après avoir lu les rapports de police à Toulouse, il ne pouvait s'empêcher de penser que Sandrine Vidal et la fameuse « Sophie » étaient une seule et même personne. Et rien dans ce qu'il avait lu ces dernières heures dans les fichiers de la police ne l'avait fait changer d'avis. S'il était dans le vrai, alors raison de plus pour attendre son heure.

De l'Oradore lui avait ordonné de retrouver Audric Baillard pour l'interroger. Or Sandrine Vidal était peut-être sa meilleure chance de retrouver l'historien. Et de faire d'une pierre deux coups, conclut-il en son for intérieur.

Authié croisa le regard de Revol. Son moment d'indécision était passé.

— Non, nous allons attendre de voir ce qui se passe ce soir dans la Cité. Je ne veux pas courir le risque que les terroristes annulent leur coup.

Il vit à l'expression de Revol que celui-ci le désapprouvait.

— Pourquoi le feraient-ils ?

— Des rumeurs vont se répandre sur une éventuelle tentative, et le dîner en vue occupera les esprits, dans un camp comme dans l'autre. Je veux donner aux insurgés autre chose à penser. Détourner leur attention de la Cité vers la Bastide.

— Très bien, monsieur, dit son second, même si visiblement il ne comprenait pas son point de vue.

— Allez donc dormir un peu, Revol, lui lança-t-il avec un geste de la main. Vous irez en premier lieu chez Mme Pelletier, puis retournerez chez les Vidal, et reviendrez me faire un rapport. J'ai programmé une série de descentes pour demain après-midi. Je veux faire croire aux insurgés que ces arrestations sont notre priorité absolue.

Revol fit un salut, puis s'empressa de quitter la pièce. Le claquement de la porte résonna douloureusement dans la tête d'Authié. Il ouvrit le tiroir de son bureau personnel en quête d'une aspirine. Il avait déjà accroché ses cartes au mur. Schiffner avait mis une pièce à sa disposition à la Feldgendarmerie, plutôt que dans les locaux de la Gestapo, et cela lui faisait un drôle d'effet de se retrouver ici, dans ce même bâtiment blanc, un étage plus haut. Comme si rien n'avait changé.

Il n'y avait pas d'aspirine dans le tiroir.

Une fois sorti de l'estaminet clandestin, Raoul resta un moment dans la rue à contempler le ciel, qui commençait juste à virer du bleu nuit à la pâleur de l'aube. Son euphorie de la veille après le succès de l'opération qu'ils avaient menée tous les deux (poser la bombe sans se faire repérer) avait cédé la place à une vague angoisse au creux du ventre. Enfonçant ses mains dans ses poches, il inspira l'air tiède de la nuit.

Il regrettait d'avoir bu autant. Mais Robert n'avait cessé de lui remplir son verre tandis qu'ils attendaient l'arrivée d'Yvette. Raoul avait le cerveau embrumé, et il n'avait plus qu'une envie : aller rejoindre Sandrine et dormir. Dormir, pour ne plus jamais se réveiller. Il était trop fatigué pour réfléchir et n'avait pas les idées claires. Pourtant, une chose qu'Yvette avait dite avait déclenché comme une sonnette d'alarme dans son esprit. Qu'est-ce que c'était ?

Il marcha vers le canal du Midi par la ruelle sordide qui descendait au chemin de halage. Un instant, il regarda sur l'autre rive vers le quai Riquet, pour voir si une lumière brillait à la fenêtre de chez sa mère. Il lui avait rendu visite une ou deux fois, mais elle devait le prendre pour un fantôme et semblait si effrayée de le voir qu'il y avait renoncé. Cela lui fichait le cafard, pourtant il valait mieux pour elle qu'il reste à distance.

Aucune lumière à la fenêtre.

Il se força à se repasser dans sa tête les propos d'Yvette. Au quartier général de la Gestapo, il y avait eu un coup de téléphone à l'instant où elle prenait son poste. Au sujet du dîner du lendemain. Schiffner et ses seconds étaient en colère. Quelqu'un arrivait de Toulouse plus tôt qu'ils ne l'avaient escompté. Elle n'avait pas réussi à découvrir si le visiteur en question était allemand ou français, mais, manifestement, cela bousculait les préparatifs.

Et alors?

Raoul se sentait oppressé. Il y avait une fausse note quelque part, qui lui agaçait les sens. Il lança une pierre qui s'enfonça dans l'eau noire du canal avec un son sourd. Il hésita. Une lueur perçait sa conscience, qu'il ne parvenait pas à saisir.

Il essaya d'imaginer la scène. Le visiteur arrive, il entre dans le bureau de Schiffner. Yvette entend que les voix s'excitent, mais alors le téléphone sonne de nouveau et l'atmosphère change encore. Il y a des rires, et une fumée de cigare filtre jusqu'à ses narines. La porte s'ouvre, et le visiteur parle de sa petite amie ou de son épouse, qu'importe. Yvette sait seulement qu'elle a un joli prénom. Des bribes de phrases sans queue ni tête, entendues alors que la porte se referme.

Raoul se creuse la cervelle. Difficile de distinguer ce qui est important de ce qui ne l'est pas, dans tout ce fatras. Il s'arrête, sort son paquet de cigarettes de sa poche et constate qu'il ne lui en reste que deux.

Des éclats de rire dans le bureau de Schiffner, au sujet du lendemain. Sans mentionner personne en particulier. Raoul s'arrête net, un mince rai de lumière pénètre enfin son esprit engourdi. La Gestapo devrait être sur la brèche, pour l'arrivée d'Authié. Pourquoi Schiffner ne se trouve-t-il pas dans la Cité, afin de vérifier que les mesures de sécurité renforcée sont bien en place, alors que les circonstances se prêtent à une tentative d'assassinat ?

Raoul gratte une allumette. Et si le visiteur de Toulouse était Authié ? Authié, arrivé un jour plus tôt ? Et ce deuxième coup de téléphone suite auquel, selon Yvette, l'atmosphère avait radicalement changé ? D'où venait-il ? De la garnison cantonnée dans la Cité ? Ce n'est qu'une vague supposition, mais plus Raoul y réfléchit, plus elle s'impose à lui. Car si la bombe a été découverte, alors Schiffner n'a plus besoin d'être dans la Cité. Il sait déjà ce qu'ils ont prévu de faire. Il n'a plus qu'à attendre tranquillement qu'ils mettent leur plan à exécution. Schiffner et Authié, trinquant ensemble, riant, fumant le cigare… Dans une ambiance réjouie et conviviale, d'après Yvette.

Enfin, il comprend. Il se rappelle le mot qui est resté enfoncé comme une écharde sous sa peau et qui suppure depuis. La voix chaleureuse d'Yvette disant : « Un joli prénom. Si j'avais eu une fille, je l'aurais appelée comme ça. C'est un peu tard, maintenant. »

— Sophie, dit Raoul.

D'après Yvette, la petite amie du visiteur s'appelait Sophie. Sauf qu'il ne parlait pas de sa petite amie.

Raoul se met à courir, loin du quai Riquet, il traverse le boulevard Antoine-Marty en revenant sur ses pas vers la rue du Palais, à l'instant où résonnent les premiers chants d'oiseaux.

118

Sandrine entendit les pas dans l'escalier. Depuis qu'elle était rentrée, elle s'était assoupie par intermittence en se repassant les événements de la nuit dans sa tête, trop excitée pour s'endormir vraiment. À son grand dam, Raoul n'était pas resté. C'était nécessaire : il fallait entrer en contact avec Robert et Yvette pour vérifier qu'il n'y avait rien de nouveau, mais elle avait la pénible impression qu'ils forçaient la chance, et elle regrettait qu'il soit encore à courir les rues au point du jour.

— Sandrine ? appela-t-il.

Le soulagement l'envahit. Il était là, sain et sauf. Il la rejoindrait dans le lit, l'embrasserait. Et, pour un instant du moins, plus rien d'autre ne compterait.

— Sandrine, réveille-toi, la pressa-t-il.

Percevant l'urgence dans sa voix, elle se redressa, aussitôt en alerte.

— Je crois qu'il est déjà là.

— Qui ça ? Authié ?

— Oui. Au quartier général de la Gestapo, avec Schiffner. Yvette a parlé d'un visiteur venu de Toulouse.

— De Toulouse ? Va doucement, Raoul. Reprends ton souffle et recommence du début.

— D'accord, convint-il en s'asseyant au bord du lit. Yvette ne s'est pointée que vers 4 heures. Elle a dit qu'un visiteur était arrivé à l'improviste. Au début, ça a provoqué des remous, puis il y a eu un coup de téléphone et l'atmosphère a radicalement changé. D'après Yvette, le visiteur a fait allusion à sa petite amie, mais je pense qu'elle a mal compris… Elle l'a entendu prononcer le prénom « Sophie ».

— Tu crois qu'il parlait de moi ? dit Sandrine en se figeant.

— Oui. Elle les a aussi entendus parler de la Cité. Elle a supposé que cela concernait le dîner de ce soir, mais là encore…

Sandrine se leva d'un bond et s'habilla. Raoul la regarda un instant, puis se leva aussi.

— Qu'est-ce qui te fait croire qu'il s'agit d'Authié? demanda-t-elle en boutonnant sa robe à la hâte.

— Cela paraît logique. As-tu remarqué quelque chose après que je t'ai quittée la nuit dernière?

— Non, j'ai pris les précautions habituelles avant de rentrer. Mme Fournier était à son poste, comme d'habitude, mais d'après ce que j'ai pu voir, la maison n'était pas surveillée.

— Et Marianne et Suzanne, as-tu eu de leurs nouvelles? Sais-tu si elles sont bien arrivées à Coustaussa?

— Non, mais je leur ai bien dit de ne pas appeler.

Sandrine laça ses chaussures, puis ils descendirent l'escalier.

— Si tu es dans le vrai et qu'Yvette t'a bien transmis ce qu'elle a entendu, tu penses donc qu'Authié serait revenu à cause de Citadelles? Que sa présence n'aurait rien à voir avec le Codex?

— Je ne sais pas. Il n'y a aucune raison de penser que quoi que ce soit ait changé sur ce front-là. M. Baillard est… eh bien, nous ignorons où il peut bien être. Nous avons eu beau tendre l'oreille, nous n'avons plus entendu parler du Codex, depuis… En tout cas, Authié est à ta recherche. Peu importe la raison, le résultat est le même.

— Comment saurait-il que je suis Sophie? Nous allons un peu vite en besogne en déduisant cela d'après des bribes de conversation entendues par Yvette. Elle a pu mal comprendre.

— C'est vrai.

Sandrine s'arrêta au pied de l'escalier, ses pensées fusant dans sa tête.

— Il n'y a aucune raison de penser qu'Authié connaît l'existence de Coustaussa. Personne n'est jamais venu demander après moi, là-bas.

— En es-tu bien sûre ? s'enquit Raoul en fronçant les sourcils. Tout le monde devait savoir que vous aviez l'habitude de quitter la ville durant l'été. Mme Fournier est certainement au courant.

— Certes, mais mon père n'a jamais apprécié M. Fournier. Il n'était jamais discourtois avec lui, mais il restait sur ses gardes. Même avant la guerre.

Ils prirent le couloir jusqu'à la cuisine.

— Combien de gens savent que la maison se nomme Citadelle ? demanda Raoul.

— Presque personne. Ce nom, mon père lui a donné par jeu, pour rire. Il a fabriqué le panneau lui-même, durant le dernier été que nous avons passé ensemble, là-bas… Il en était tout fier, mais Papa n'était pas un as du bricolage. Le panneau n'a tenu que deux semaines, il est tombé au premier orage.

— Alors la maison ne figure sous ce nom dans aucun registre ?

— Non. Elle est en fait enregistrée au nom de jeune fille de ma mère, Saint-Loup. C'est une immense famille, expliqua-t-elle en voyant l'étonnement de Raoul. Nous avons des cousins partout, et c'est un nom très courant.

— En effet, la première fois que je l'ai rencontrée, Eloïse Breillac m'a dit que vous étiez cousines éloignées. Je l'avais oublié.

— C'était la maison de famille de ma mère, précisa Sandrine. Papa a voulu la faire mettre à son nom après la mort de Maman, mais il n'a jamais pu s'y résoudre… Il faudrait qu'Authié ait poussé très loin ses recherches pour faire le lien. Du moins je l'espère.

Raoul restait soucieux.

— Chacun sait que Marieta est là-bas, et que vous êtes liées à elle, Marianne et toi. Il suffit qu'un voisin, ici ou à Coustaussa, y fasse allusion devant une personne mal intentionnée. Ce n'est un secret pour personne.

— Je sais bien, reconnut Sandrine. Mais que pouvons-nous y faire ?

— Si Authié est décidé à te retrouver, il y parviendra.

— Ça aussi, je le sais… Bon, ajouta-t-elle en voyant dans l'œil farouche de Raoul l'angoisse s'ajouter à la fatigue due au manque de sommeil. Ne nous énervons pas. Réfléchissons à tête reposée.

Sandrine remplit la bouilloire et la mit sur le fourneau. Elle versa une cuillerée de thé dans la théière en porcelaine, puis prit deux tasses dans le vaisselier et les posa à côté d'un petit pot de miel.

— À mon avis, décréta Raoul, nous devons renoncer à lancer cette attaque sur Authié. Le risque est trop grand. Même si ce n'est pas lui le fameux visiteur, il arrivera aujourd'hui. Et d'après ce qu'Yvette m'a rapporté, ils ont certainement découvert la bombe. Si c'est le cas, Authié n'approchera pas de la Cité ce soir. Et ils nous attendront au tournant.

En silence, Sandrine versa l'eau bouillante sur les feuilles de thé, tandis que Raoul poursuivait :

— Ils vont déployer toutes leurs forces dans la Cité. Milice, Gestapo, plus les troupes de la Wehrmacht stationnées là en renfort.

Elle remua, prit la passoire, versa le thé dans les tasses, et y ajouta une demi-cuillerée de miel pour le parfum. Puis elle le rejoignit à la table.

— Je suis bien d'accord, convint-elle.

— Vrai ? s'étonna Raoul, interloqué, car il s'attendait à une farouche opposition.

— En effet, il se peut qu'ils aient trouvé la bombe et prévu de nous surprendre au moment où nous reviendrons pour l'enclencher…, admit-elle, puis elle s'interrompit et inspira profondément, sachant d'avance que Raoul n'allait pas apprécier ce qu'elle s'apprêtait à dire. Mais il faut quand même que j'y retourne ce soir.

— Pourquoi ?

— C'est dangereux, Raoul. Nous ne pouvons pas laisser ça en plan. Même si la Gestapo surveille la tour à chaque minute de la journée, qui sait si quelqu'un ne la trouvera pas ? Des enfants qui jouent à cache-cache, et qui la déclencheraient par accident ?

— Tu ne peux pas sérieusement envisager de retourner là-bas pour la désamorcer ! protesta Raoul en jetant ses mains en l'air. Tu te feras prendre à tous les coups.

— Des innocents risquent d'être tués, dit-elle fermement. Nous ne pouvons la laisser là-bas.

— Toute la zone sera contrôlée plus que jamais, tu ne pourras jamais entrer dans la Cité et en ressortir sans être vue. C'est impossible.

— Difficile, mais pas impossible.

— Tu te feras prendre.

— Mais non, poursuivit Sandrine. Nous avons deviné qu'ils sont probablement au courant, pour la bombe. Mais cela, ils l'ignorent. Ils attendront donc que nous passions à l'action au moment où Authié doit arriver dans les lices. Quand ils constateront que nous ne venons pas, ou bien ils enlèveront l'engin eux-mêmes, ou, plus vraisemblablement, ils annonceront la venue d'Authié à un autre moment, pour nous pousser à passer à l'acte le lendemain.

— Ou encore, ils attendront le temps qu'il faudra que tu te pointes comme une fleur. Et ils te cueilleront.

— Je sais, c'est risqué, mais je ne vois pas d'autre possibilité.

— L'option qui s'impose, c'est de laisser la bombe sur place, en espérant qu'elle n'explosera pas accidentellement. C'est la seule chose sensée.

— Je ne puis m'y résoudre. Si nous tuons des innocents, nous ne valons pas mieux qu'eux. Nous tombons à leur niveau.

Raoul observa un silence.

— D'accord. Puisque tu insistes, j'irai, déclara-t-il.

— Voyons Raoul, tu te ferais immédiatement arrêter. Ils se méfient moins des femmes.

— Pas s'ils cherchent une certaine Sophie, rétorqua-t-il.

Il avait raison. Un moment, ils restèrent tous deux silencieux.

— N'y aurait-il pas quelqu'un qui pourrait s'y rendre à ta place ? reprit Raoul. Authié te reconnaîtra à coup sûr.

— Nous n'avons pas le temps de trouver quelqu'un au pied levé, et puis je sais comment fonctionne le dispositif. C'est à moi de m'en charger.

Il y eut un coup frappé à la porte de derrière. Sandrine jeta un coup d'œil à l'horloge ; il n'était pas encore 6 heures. C'était un peu tôt pour une visite. Elle se leva, aussitôt sur ses gardes, tandis que Raoul disparaissait dans le cellier. Elle entendit le déclic, quand il abaissa le cran de sûreté de son revolver.

— Qui est-ce ? demanda Sandrine.

— C'est moi, murmura Lucie à travers la porte grillagée. Je suis toute seule.

Sandrine poussa un long soupir de soulagement, tandis que Raoul sortait de sa cachette et rangeait son revolver dans sa poche.

— Avant que je ne la fasse entrer, sommes-nous d'accord ? lui demanda-t-elle en lui caressant la joue.

— Ça ne me plaît pas.

— À moi non plus, reconnut-elle doucement.

— Authié connaît cette adresse. Il peut débarquer n'importe quand.

— Nous exécuterons le plan ce soir, puis nous partirons pour Coustaussa, je te le promets. Il n'y a aucune raison de s'inquiéter outre mesure. Il nous faudra juste plus de temps que prévu pour liquider Authié.

— Sandrine, lança Lucie, un peu plus fort.

— Demande à Lucie de t'accompagner, suggéra soudain Raoul. Tu ne peux y aller seule. Prends-la avec toi.

Sandrine allait refuser, mais elle se ravisa.

— Ce n'est pas une mauvaise idée.

— Authié ne la reconnaîtra pas, elle a tellement changé. Et elle n'est connue ni de la milice ni de la Gestapo, n'est-ce pas ?

— Non.

— Sandrine ! appela Lucie.

— Mais je n'insisterai pas si elle refuse, ajouta furtivement Sandrine juste avant de lui ouvrir. Elle doit penser à Jean-Jacques.

— Eh bien, tu as pris ton temps, remarqua Lucie.

Il y eut un silence durant lequel elle regarda Sandrine, puis Raoul, en blêmissant.

— Que se passe-t-il ?

— Nous avons besoin de ton aide, dit simplement Sandrine.

119

— Tu en es sûre ? demanda Sandrine pour la troisième fois.

Lucie tassa la cigarette que Raoul lui avait roulée contre le bord du cendrier en verre. Elle était pâle, et ses yeux ne cessaient de papillonner.

— Mais oui, assura-t-elle.

— Je voudrais que tu te rendes bien compte de ce que nous te demandons. Ce sera dangereux.

— Oui, j'ai compris.

Sandrine échangea un regard avec Raoul, qui haussa les épaules.

— J'insiste, Lucie, reprit-elle. Il ne s'agit pas seulement de transmettre un message ou de transporter du papier en fraude d'un endroit à un autre.

— Pour ce que ça change, répliqua Lucie. Si l'on nous avait arrêtées lundi matin quand nous nous sommes rendues au café des Deux Gares, j'aurais eu des ennuis, non ?

— J'aurais dit que tu n'étais pas au courant, si jamais on nous avait arrêtées pour nous fouiller. Comme c'était convenu entre nous.

— Personne n'y aurait cru un seul instant, dit-elle en faisant la moue. Tu le sais aussi bien que moi, j'y aurais eu droit. Comme toi, petite.

— Sandrine, intervint Raoul avec douceur, puisque Lucie te dit qu'elle veut bien nous aider. La décision lui revient.

Sandrine secoua la tête. Elle comprenait pourquoi Raoul voulait que Lucie l'accompagne, c'était la seule chose qu'il puisse faire pour mieux garantir sa sécurité, mais elle restait sceptique. Lucie ne semblait pas bien comprendre ce qu'impliquait cette mission.

— Il vaudrait peut-être mieux que j'y aille seule, hasarda-t-elle.

— Non, décréta Raoul d'une voix qui résonna fortement dans le calme du petit matin.

Lucie écrasa le mégot dans le cendrier.

— Vous voulez que j'aide à créer une diversion, dit-elle.

— Eh bien oui, répondit Sandrine, prudemment. Mais si je suis prise, Lucie, et qu'ils devinent que tu étais là pour m'aider, nous serons toutes les deux dans le pétrin. Tu comprends ?

— Cela ne change pas la donne : je dirai que je n'étais pas au courant.

— Ils ne te croiront pas.

— Je les en persuaderai, assura Lucie. Écoute, je comprends.

— Et Jean-Jacques dans tout ça ?

— Il a les amygdales toutes gonflées. C'est ce que j'étais venue vous dire. Je croyais qu'il faisait juste ses dents, mais sa température n'a cessé de grimper. Le Dr Giraud a tout de suite diagnostiqué l'inflammation.

— Alors tu ne peux pas le laisser, s'empressa de remarquer Sandrine. D'ailleurs, ne devrais-tu pas être avec lui, en ce moment-même ?

— Le Dr Giraud l'a emmené à la clinique du Bastion. Il a promis de l'opérer dès que possible, mais ce ne sera sans doute pas avant demain matin, expliqua-t-elle, et son visage s'assombrit, révélant toute son anxiété. C'est trop risqué de me faire entrer moi aussi clandestinement dans la clinique. Et si Authié est de retour, je ne peux prendre le risque que mon nom apparaisse dans un registre. J'ai dû le confier à Jeanne… Je vais devenir folle si je reste assise à attendre sans rien faire.

Cela ne fit que renforcer les réserves de Sandrine. Lucie semblait considérer sa participation comme une bonne occasion de se changer les idées, au lieu de se ronger les sangs en pensant à son petit garçon hospitalisé. Manifestement, elle ne se rendait pas compte de la situation.

— Le Dr Giraud est un excellent médecin, approuva-t-elle. J.-J. sera en de bonnes mains, mais je trouve vraiment que tu ferais mieux de rentrer. Attendre de ses nouvelles.

— Je tiens à vous aider, répliqua Lucie.

— Merci. Je t'en sais gré, et Sandrine aussi, intervint Raoul.

— À quelle heure partirons-nous pour la Cité ? s'enquit Lucie en se tournant vers elle, sans lui laisser le temps de faire valoir ses arguments. Tu as un laissez-passer. M'en faudra-t-il un aussi ?

Sandrine jeta un coup d'œil à l'horloge, puis céda. Raoul avait raison. Il fallait que quelqu'un monte la garde, et Lucie voulait bien s'en charger.

— Oui, chacun a reçu un laissez-passer supplémentaire pour aujourd'hui, dit-elle en sortant deux cartes du tiroir de la table de cuisine. Suzanne en a fait un pour moi et m'a également laissé l'original.

— Ça pourrait marcher, remarqua Lucie en considérant la photographie volontairement floue. Si je me coiffe dans le même style, je pourrais passer pour… Marthe Perard, ajouta-t-elle en lisant le nom qui figurait sur la carte.

— Authié et Schiffner sont censés faire le tour des lices avant le dîner, ce qui est programmé pour 20 heures. Sandrine devra être sur place bien avant, expliqua Raoul.

— Tu n'iras pas jusqu'au bout, même si Authié fait quand même une apparition ? demanda Lucie.

— Non, répondit Sandrine en jetant un coup d'œil à Raoul. Non, dans ces circonstances, nous avons décidé que c'était trop risqué. Je vais juste désamorcer le dispositif par mesure de sécurité, puis m'en aller… Nous aurons d'autres occasions, pour Authié.

Lucie hocha la tête, sans poser d'autres questions.

— Sandrine, tu ne pourras plus revenir ici, remarqua Raoul. Authié rappliquera dès qu'il aura compris que la mission a été annulée. Il connaît cette adresse.

En voyant Lucie piquer un fard, Sandrine comprit qu'elle s'en voulait toujours d'avoir donné leur adresse à Authié, comme elle-même s'en voulait encore aujourd'hui de n'avoir pas cherché à empêcher que Max ne soit emmené.

— Lucie, il y a prescription, depuis le temps, ironisa-t-elle gentiment. C'est tombé dans les oubliettes.

— Non, affirma Lucie en croisant son regard. Il y a deux ans, tu m'as accompagnée au camp du Vernet, malgré ce que j'avais fait. C'était stupide d'y aller, et je n'aurais pas dû t'entraîner là-dedans. Mais j'étais une idiote, et tu es venue quand même… tu l'as fait pour moi. Pour Max, alors que tu le connaissais si peu. Et même avant que nous ne sachions que Max ne reviendrait pas, Marianne et toi, vous avez pris Liesl chez vous… Tu comprends maintenant, petite, pourquoi je tiens à vous aider ?

Un moment, elles restèrent à se regarder sans rien dire.

— Oui, dit Sandrine, et pour la première fois depuis qu'ils avaient expliqué le plan à Lucie, elle se dit que c'était viable, qu'elle avait sous-estimé Lucie en supposant qu'elle s'engageait sans réfléchir, alors qu'en réalité elle savait très bien ce qu'elle faisait, et pourquoi. Oui, je comprends.

— Bien, conclut Lucie avec entrain. Alors c'est réglé.

Sandrine jeta un coup d'œil à Raoul et vit combien il était soulagé.

— Tu es content ? murmura-t-elle en lui prenant la main.

— Disons, plus tranquille.

— Et toi, que vas-tu faire ? Je ne crois pas qu'Authié viendra ici avant ce soir, mais c'est possible. Tu ne devrais pas rester là.

— Je suis d'accord.

— Où iras-tu ? Robert Bonnet pourrait-il t'aider ?

— À la maison, répondit-il posément.

— Tu veux parler du quai Riquet ? s'étonna Sandrine, car elle savait que Raoul, malgré le malaise que cela lui procurait, évitait de rendre visite à sa mère pour ne pas la mettre en danger. Il s'est passé quelque chose ? Sa voisine t'a-t-elle contacté ?

— Non. Mais quand nous partirons ce soir, il y a peu de chances pour que nous revenions de sitôt, n'est-ce pas ? Maintenant qu'Authié est dans la place… Je me dois de lui dire au revoir.

— La dernière fois, elle ne t'a même pas reconnu. Cela risque de la troubler et de lui faire plus de mal que de bien, non ?

— D'autres ont veillé sur elle à ma place, et je suis resté à l'écart. Pour de bonnes raisons, certes, mais je dois lui dire au revoir.

— Authié a peut-être mis l'appartement sous surveillance, y as-tu songé ?

— J'en doute. Je n'y suis pratiquement plus repassé depuis deux ans, et personne n'ira dire le contraire. Il n'y a aucune raison qu'il pense m'y trouver.

Sandrine n'avait aucune envie qu'il s'en aille, pourtant il devait passer les douze prochaines heures autre part, et elle s'y soumettait. Mais chaque fois qu'il devait entrer dans la Bastide, elle était terrifiée à l'idée qu'il se fasse repérer et embarquer.

— Bon, sois prudent, murmura-t-elle, en gardant pour elle ses angoisses.

— Comme toujours, confirma-t-il en lui souriant. Où nous rejoindrons-nous ? Toi non plus tu ne devras pas repasser par ici… Et si on se retrouvait chez Cazaintre ? proposa-t-il. Je m'arrangerai pour que la porte soit ouverte.

— D'accord.

— Cazaintre ? C'est quoi, un bar que je ne connais pas ? demanda Lucie.

— Non. Cazaintre était l'architecte du jardin du Calvaire vers 1820, expliqua Sandrine. C'est l'un des endroits qui nous sert de point de dépôt et de collecte pour *Libertat*.

— Il y en a d'autres ?

— Oui. « La Naïade », c'est la fontaine de la place Carnot, « La cabine de bains de M. Riquet », c'est l'escalier qui part au nord du canal du Midi, et « M. Courtejaire s'est endormi » signifie que l'on peut récupérer les journaux sur la tombe de Courtejaire, dans le cimetière Saint-Michel.

— Pas mal, dit Lucie en souriant.

— Jusqu'à présent, ça a bien fonctionné.

— J'attendrai là-bas que tu me rejoignes, dit Raoul en lui prenant la main, et Sandrine sourit en gardant un visage serein, alors que son cœur tambourinait déjà dans sa poitrine.

— Ne t'inquiète pas. Ça va bien se passer. Tu verras. À cette heure demain, nous serons à Coustaussa.

120

Tarascon

Sous le pic de Vicdessos, une brume argentée nimbait les cimes des arbres, et l'aube commençait à redonner couleur au monde.

Audric Baillard était venu seul ; il avait quitté la maison avant les premières lueurs du jour, tandis que Pujol dormait encore, cuvant le vin qu'ils avaient bu la veille au soir. Pujol aurait certainement tenté de le dissuader de partir, ou bien il aurait insisté pour l'accompagner. Or cela aurait desservi ses projets. Il connaissait ces anciennes routes cathares comme sa poche. Malgré son état de faiblesse, il était certain de pouvoir éviter toutes les patrouilles nazies opérant dans les montagnes. Et il ne voulait pas mettre son vieil ami en danger.

Il contempla le morceau de tissu crème qu'il tenait à la main : la carte dessinée par Arinius, montrant où il avait caché le Codex plus de seize cents ans en arrière. Un instant, dans l'aube miroitante, Baillard vit soudain son propre reflet, en plus jeune, qui le regardait. Un garçon à qui sa grand-mère avait confié une autre carte qui devait le mener, avec ceux dont il était responsable, jusqu'au village de Los Seres.

— La vallée des Trois-Loups, dit-il à haute voix.

Eloïse et Geneviève lui avaient dit que la vallée portait ce nom, même s'il ne figurait sur aucune carte. Malgré ses connaissances approfondies des mythes et légendes des collines, il ne l'avait encore jamais entendu.

Il ferma les yeux, laissant l'esprit immuable des antiques forêts et montagnes pénétrer ses vieux os, et un autre souvenir s'insinua dans sa mémoire : lui-même jeune homme, traversant ces contrées durant une autre occupation. Il n'était guère plus âgé alors que Raoul Pelletier aujourd'hui, ou que le vicomte de Trencavel hier, donnant sa vie pour sauver le peuple de Carcassonne. Les inquisiteurs, allant de village en village, accusant et condamnant. Des espions partout, des gens dénonçant leurs voisins jusqu'à ce que personne ne sache plus à qui se fier. Des cadavres exhumés, pour être brûlés comme hérétiques. Les Cathares et les combattants pour la liberté du Midi repoussés de plus en plus loin dans les montagnes. Le raid sur Limoux datant de quelques jours lui rappelait un autre raid sur la montagne paisible où ses amis avaient été capturés. Les tribunaux de l'Inquisition étaient le reflet des procès intentés aujourd'hui par la Gestapo. Et les rares personnes qui survivaient aux interrogatoires étaient forcées de porter un bout de tissu jaune cousu sur leurs vêtements.

Hier une croix, aujourd'hui une étoile.

Baillard secoua la tête. Le temps était venu. Pendant son incarcération à Rivesaltes, il n'avait pas été en mesure d'agir. À présent, il devait prendre sa décision. Levant les yeux vers les crêtes et les arêtes, il les compara avec les reliefs figurant sur la carte d'Arinius, et sut qu'il se trouvait au bon endroit. Certes, la zone avait été déboisée au fil des siècles, mais le paysage restait pour l'essentiel inchangé.

Aujourd'hui comme hier.

Dans sa jeunesse, Baillard avait fait vœu de porter témoignage, de clamer la vérité au grand jour afin qu'elle ne meure. Il avait donné sa parole. Au cours de sa vie, il avait connu de grandes joies et de grandes peines. Sa destinée était de voir ceux qu'il aimait vivre, vieillir, et mourir quand sonnait l'heure. De génération en génération.

Il laissa ses pensées voler vers le nord, vers Chartres. Cette ville faisait partie de sa vie depuis bien longtemps, même s'il ne s'y était jamais rendu. Il avait essayé plusieurs fois et avait toujours échoué. Il n'avait jamais vu le labyrinthe, dans la nef de la grande cathédrale gothique. Il n'avait jamais rencontré les descendants de ceux qu'il avait combattus si longtemps et combattait encore. Mais il savait que les chacals approchaient. Une fois de plus, de Chartres à Carcassonne. Les noms avaient changé, mais leurs intentions étaient les mêmes. Léo Authié et François Cécil-Baptiste de l'Oradore venaient, comme ses anciens ennemis, pour violer et piller les secrets du Languedoc.

Dans la solitude du petit matin et l'air suave qui caressait son visage, Baillard sut qu'il n'était pas encore assez fort pour partir à l'ascension des montagnes. Mais il avait besoin d'être là, dans la paix et le silence, pour prendre sa décision. Écouter les voix, et espérer qu'elles le guideraient.

—*Per lo Mièjorn*, murmura-t-il.

Dans sa tête, il entendit résonner le cri de guerre des braves chevaliers de Trencavel tentant de défendre la Cité contre les croisés venus du nord. Le fracas de l'acier, l'odeur douceâtre du sang chaud répandu. En quelques jours, le quartier juif avait été détruit, les abords de Sant-Vincens et Sant-Miquel incendiés, les femmes et les hommes de Carcassonne expulsés de leurs foyers.

Hier, comme aujourd'hui.

Dans son esprit, il n'y eut plus aucun doute. Dès qu'il aurait repris des forces, il reviendrait. Il rassemblerait autour de lui ceux qui voudraient bien l'aider. Sandrine Vidal et Raoul Pelletier, Achille Pujol, Eloïse et Guillaume Breillac. Avec leur soutien, il retrouverait le Codex et le rapporterait de la montagne.

Sandrine Vidal, en particulier.

Il ignorait pourquoi elle comptait autant dans cette histoire, mais il en était certain. Deux ans plus tôt, elle lui avait parlé des rêves qu'elle faisait parfois la nuit. Cette sensation de glisser hors du temps, de tomber d'une dimension dans une autre à travers un espace blanc. Ces formes indistinctes qui la pourchassaient, blanches, rouges, noires et vertes, leurs visages cachés sous des cagoules, au milieu des ombres et des flammes. La lueur du métal, là où aurait dû se trouver la peau. Baillard ne savait pas encore ce que le Codex contenait, mais il reconnaissait dans les cauchemars de Sandrine les échos du Livre de l'Apocalypse, et s'en émerveillait.

Était-elle liée d'une façon ou d'une autre au Codex et à son histoire ? Était-ce fortuit, ou y avait-il un dessein derrière le fait que Sandrine était tombée sur Antoine Déjean à la rivière, et qu'elle avait entendu les paroles qu'il prononçait ? Hasard ou destinée ?

Baillard soupira. Une fois de plus, il était appelé à chasser les envahisseurs des vertes contrées du Languedoc. À lutter une fois de plus pour libérer le Midi, protéger les secrets ancestraux enfouis dans les montagnes. Il se tourna vers l'ouest, là où la grotte labyrinthique était cachée dans les plis des montagnes du Sabarthès. Puis ses yeux revinrent se poser sur le tissu et les images qui y figuraient.

Baillard redoutait le pouvoir du Codex. Il craignait de ne pas être à la hauteur de la tâche, et de ne pas parvenir à contrôler les forces qui risquaient de se déchaîner. Mais il était résolu à agir. Il n'avait pas d'autre choix, quelles que puissent être les conséquences.

— « Viendront les esprits de l'air. » Il prononça les mots qu'il avait gardés dans les recoins poussiéreux de son esprit, au cours de sa longue captivité. « Viendront les armées de l'air. »

Il se tut. Écouta. Et entendit que le pays commençait à répondre.

— *Lèu*, murmura-t-il. Bientôt.

121

Carcassonne

Raoul n'avait pas envie de partir, mais Sandrine le chassa dès que le couvre-feu fut levé. Lucie et elle devaient se préparer, et lui éviter de traîner dans les rues plus que le strict nécessaire.

— Sois prudente, ma belle, dit-il en la prenant par la taille et en l'attirant contre lui.

— Toi aussi.

— Rendez-vous chez Cazaintre.

— Ne sois pas en retard ! répliqua-t-elle en lui donnant un baiser.

Il quitta la rue du Palais par le portail du jardin, prit la rue de Strasbourg, descendit à la rivière et longea la berge en suivant un itinéraire encore plus tortueux que d'habitude, pour s'assurer qu'il n'était pas suivi. Ses yeux fusaient à droite et à gauche, à l'affût des patrouilles ou des informateurs de la milice. Chaque trajet qu'il était obligé de faire durant la journée s'accompagnait d'un nœud dans la poitrine, les poings serrés, le cœur battant à tout rompre.

Personne ne lui prêta attention.

Il sortit de la ville en se dirigeant vers l'aire de la Pépinière, puis revint sur ses pas pour aborder le quai Riquet par la route Minervoise. Il y avait un virage sans visibilité sous le pont de chemin de fer, près de la gare. En arrivant du côté est de la Bastide, il bénéficiait d'une vue dégagée sur toute la largeur de la route.

Il n'y avait pas de police, pas de véhicules militaires. Aucun bruit, à part le clapotis de l'eau du Canal léchant les coques des péniches amarrées.

Raoul avança rapidement sur les pavés de la ruelle à la lumière du soleil matinal. La porte d'entrée de l'immeuble où habitait sa mère était ouverte, comme toujours. Sans paraître trop pressé, ni trop nonchalant, il pénétra dans le vestibule. En retrouvant l'odeur de cire familière du couloir, le contact frais du carrelage, il eut un pincement au cœur. Il songea à l'époque où Bruno et lui étaient des petits garçons délurés qui se dépêchaient tous les matins de sortir jouer dans la rue. Ravis, ils regardaient les péniches chargées de denrées et de blé qui passaient sur le canal du Midi, les tonneliers et leurs barriques de bière et de vin venues de Toulouse, les débardeurs, avec leurs chapeaux à large bord. Parfois, on donnait un sou aux deux gamins pour qu'ils retiennent un cheval pendant que les hommes allaient boire à l'estaminet, après le coucher du soleil.

Il inspira profondément pour bannir les fantômes du passé, puis monta l'escalier jusqu'au premier étage. Comme il ne voulait pas effrayer sa mère, il frappa à la porte, mais personne ne répondit. Il n'entendit aucun bruit de pas, aucun écho de radio, ou de conversation, hésita, puis sortit sa clef de sa poche, et ouvrit.

— Maman, c'est moi ! clama-t-il en entrant dans l'appartement.

Le silence le cerna comme une chose vivante, curieuse, importune, et un mauvais pressentiment l'envahit.

Il y avait un drôle de bruit qu'il ne parvenait pas à identifier, un bourdonnement aigu, rageur, et une âcre puanteur le prit à la gorge, qui semblait filtrer dessous la porte. Baissant les yeux, il s'aperçut qu'il avait les pieds dans l'eau.

— Maman, dit-il en poussant la porte de la cuisine.
Le temps s'arrêta. C'était comme s'il regardait la scène de l'extérieur. Malgré sa main posée sur le panneau de la porte, ses yeux ouverts, son cœur battant et le sang qui pulsait dans sa tête, il était incapable de saisir ce qu'il voyait.

Elle était assise sur une chaise, face à la fenêtre de la cuisine. Autour de sa tête bourdonnait un nuage noir de mouches. Son corps était gonflé, violacé. Raoul plaqua son mouchoir contre son nez et ses lèvres en se forçant à réfléchir, afin de contenir ses émotions.

Durant les six semaines de combat en mai 1940, il avait vu mourir des compagnons et leurs cadavres se décomposer quand on ne pouvait les ramener à la base, aussi savait-il que la rigidité cadavérique venait dans les deux à six heures qui suivaient la mort. Du froid au chaud, ce n'était que les jours d'après que le corps commençait à se putréfier, à se boursoufler en s'affaissant sur lui-même.

Il avait convenu avec la voisine qu'elle rendrait visite à sa mère tous les jours. Avait-elle oublié ? L'avait-on arrêtée ? Ou avait-elle cessé de s'en préoccuper, ne le voyant pas revenir ?

Était-ce sa faute à lui ?

Raoul resta prostré, sentant l'eau mouiller ses chaussures, incapable de pousser plus loin ses réflexions. Quand sa mère était-elle morte ? Il y a deux, trois jours ? Où était-il quand elle avait rendu son dernier souffle ? À Limoux, à Carcassonne ? C'était comme si tout cela arrivait à quelqu'un d'autre, quelqu'un qui lui ressemblait, qui se tenait là, hébété de chagrin, comme lui.

Il regarda la pièce autour de lui et se rendit compte que le robinet coulait dans l'évier, qui avait débordé.

Traversant la pièce, il le ferma, puis tira sur la bonde et l'évier se vida en gargouillant. Il se pencha pour soulever le plus possible la fenêtre à guillotine, puis il se rua dans l'appartement pour ouvrir toutes les fenêtres afin que l'odeur putride s'en aille. Il ne pouvait se résoudre à approcher de la chaise où sa mère était assise.

Aucun indice ne montrait *a priori* que quelqu'un était venu, mais il devait s'en assurer. Les gens ne meurent pas comme ça. Ils ne restent pas assis sur une chaise en s'arrêtant de respirer. Ou bien si ?

Qu'était-il arrivé ?

Il devait réagir. Appeler les pompes funèbres. Faire en sorte que la dignité qui lui avait été enlevée à l'heure de son trépas lui soit rendue. Être un bon fils, pour une fois. Mais il ne le pouvait pas. Pas encore.

Il fouilla l'appartement. Dans chaque pièce, c'était la même histoire, et sa détresse grandissait, avec la honte de l'avoir laissée dépérir ainsi. Seule. Partout il y avait des mots gribouillés, les mêmes, encore et encore. Sur des feuilles de journaux, la couverture d'un livre de poche, le papier d'emballage d'une miche de pain restée intacte.

— *Les fantômes,* marmonna-t-il.

Il roula en boule la feuille de journal et la jeta par terre. Le mauvais papier gonfla dans le centimètre d'eau, puis s'ouvrit comme une fleur.

En frissonnant, il se rappela sa mère, toujours postée à la fenêtre de la cuisine, attendant que Bruno revienne. À quel point cela le contrariait et le mettait en colère, parce qu'il ne pouvait rien faire pour soulager son chagrin. Et elle parlait sans cesse des fantômes qui viendraient, des esprits qui se réveillaient.

Les fantômes ?

Il avait pris tout cela pour un délire, découlant du chagrin et de la perte insupportable de son fils préféré. Mais c'était avant qu'il ne rencontre Sandrine, avant qu'il n'entende M. Baillard lui raconter à Coustaussa les histoires du Codex et d'une armée fantôme qui pourrait sauver le Midi.

Raoul revint précipitamment dans la chambre de sa mère en quête d'une chose qu'il avait vue sur sa table de chevet. Il y avait une bouteille de pilules vide et, partout, des mots inscrits en majuscules sur une feuille bleue de papier à lettres bon marché : FANTÔMES, ARMÉE, MONTAGNES. Avec, en dessous, ces mots répétés à l'infini, comme le motif d'une broderie : VERRE VERRE VERRE, FEU FEU FEU.

— Verre et feu, murmura-t-il.

Il revint dans le salon en se disant qu'il devait en parler à Sandrine, voir ce qu'elle en penserait. Alors il se rappela. Lucie et elle étaient en chemin vers la Cité.

Enfin, l'horreur le frappa de plein fouet, il se retourna et, pour la première fois, vit sa mère, telle qu'elle était. Le chagrin et la pitié lui déchirèrent les entrailles. Plié en deux, il vomit. Il y a deux jours, c'était l'anniversaire de Bruno. Comment avait-elle fait ? Les pilules ? Ou bien son cœur avait-il cessé de battre ? À quoi bon continuer à vivre ? La perte ne devenait pas plus facile à supporter, et la guerre n'en finissait plus. Bruno était mort et lui... le fils qui ne lui manquait pas, ne venait jamais la voir.

Raoul recueillit le dernier testament de sa mère, ces fantômes qu'elle seule était capable de voir, et quitta l'appartement où il avait passé les dix-huit premières années de sa vie. Il glissa un mot sous la porte de leur voisine, au rez-de-chaussée, en espérant ne pas lui causer d'ennuis, puis sortit dans la rue.

Le soleil scintillant sur le canal semblait narguer l'horreur de la scène qu'il venait de quitter. Raoul hésita un instant, puis il marcha jusqu'à un bar clandestin. Il ignorait s'il était ouvert et si on le laisserait entrer sans mot de passe, mais il ne voyait nulle part où aller.

Était-ce sa faute ?

Le guichet s'écarta, il sentit qu'on le regardait par la fente, puis le verrou fut tiré et la porte à peine entrouverte.

— Je boirais bien quelque chose, dit-il.

Une main l'attira à l'intérieur. Raoul entendit la porte se refermer derrière lui. Il se retourna pour remercier l'homme, mais sa vision était brouillée et il distinguait mal ses traits. Se frottant les yeux, il se rendit compte qu'ils étaient mouillés de larmes.

— Sandrine, gémit-il avec l'envie désespérée qu'elle soit là, près de lui, saine et sauve.

— Viens, dit l'homme d'un ton bourru, mais amical. Il y a déjà quelques copains.

122

À son entrée, le milicien se mit au garde-à-vous. Revol ne fit pas attention à lui, il se contenta de gagner la fenêtre latérale, regarda au-dehors, puis passa à la fenêtre de devant, qui donnait sur la rue du Palais. La rue était vide des deux côtés.

— Personne ne s'est approché de la maison ?

— Non, monsieur.

— Pour autant que nous le sachions, les suspects sont toujours à l'intérieur ?

— Oui, monsieur.

— Personne d'autre ?

— Pas à ma connaissance.

L'agent de police était trop effrayé pour admettre qu'il s'était endormi à son poste. Il avait pris son quart à 6 heures du matin après avoir assuré un tour de garde dans l'enceinte de la gare (car, chaque nuit, il y avait des tentatives de vol de métaux et de bois prélevés sur le matériel roulant), sans prendre de pause entre les deux. À cause du manque d'air dans la maison et du verre de cognac que Mme Fournier lui avait donné pour le ragaillardir, il s'était assoupi une dizaine de minutes, peut-être plus. Il se rappelait vaguement avoir entendu quelque chose, des voix peut-être, mais il ignorait si elles provenaient de la maison d'à côté ou de la rue. Il décida de n'en rien dire.

Mme Fournier apparut sur le seuil, les mains croisées.

— Que puis-je faire pour vous, lieutenant ? Avez-vous besoin de quelque chose, vous ou vos hommes ?

— Non, répondit sèchement Revol.

La présence de cette femme l'horripilait. Il avait toujours détesté opérer une surveillance depuis la maison d'un civil, et ce besoin qu'elle avait de se rendre utile le révulsait. Mme Fournier accusa le coup, les traits de son visage se durcirent, mais elle reprit vite son expression obséquieuse.

— En tout cas, n'hésitez pas, dit-elle avant de s'éloigner.

Revol l'ignora. À son avis, elle ne leur avait guère été utile. D'après elle, en plus de Marianne et Sandrine Vidal et de Suzanne Peyre qui habitaient sur place, une autre femme accompagnée d'un petit garçon leur rendait visite de temps à autre. Sous la pression, elle avait ajouté que des étrangers passaient parfois. Revol connaissait ce type de femme, qui essaie de se donner de l'importance.

Il jeta un coup d'œil à l'horloge, puis revint à la rue. En l'absence de véritables indices, il ne partageait pas la conviction d'Authié que c'était Sandrine Vidal, avec ou sans l'aide de Raoul Pelletier, qui avait posé la bombe dans la tour de la Justice. À part la sentinelle confirmant qu'il s'y trouvait bien quelque chose, ils n'étaient pas entrés dans la tour, conformément aux ordres d'Authié qui ne voulait pas que les insurgés sachent leur plan découvert.

Revol pensait toujours qu'Authié avait fait une erreur en n'opérant pas de descente sur la maison des Vidal la nuit précédente, même si cela l'arrangeait bien d'être justement posté à la rue du Palais en cet instant.

Pour avoir côtoyé Authié depuis plus de deux ans, il avait appris à bien connaître son supérieur. Authié détenait la preuve de son implication dans le meurtre de Bauer et de ses hommes, en août 1942. Revol le savait, et il savait également qu'Authié avait été choqué de constater que de l'Oradore, un fervent catholique, n'avait pas détruit le Codex. Pour lui, ces écrits condamnés par l'Église au IVe siècle restaient proscrits, même des siècles plus tard.

Et à présent ce document se révélait être un faux. Cette fois, Revol savait qu'Authié ne donnerait pas le Codex à de l'Oradore. Il se chargerait de le détruire lui-même, persuadé qu'une seconde chance lui était offerte. Il l'avait confié à son lieutenant.

C'est pourquoi Revol devait s'arranger pour trouver le Codex avant Authié. Et le meilleur moyen d'y parvenir, c'était effectivement de retrouver Sandrine Vidal. À lui aussi s'offrait une seconde chance.

Revol jeta un coup d'œil à l'horloge. Son visiteur ne devrait plus tarder. C'était un officier de rang moyen, un archéologue chevronné travaillant pour l'Ahnenerbe, qui en référait directement au Reichsführer Himmler. En échange du Codex, Revol aurait droit à un passage sûr vers Berlin, quand la Wehrmacht quitterait l'Aude.

Il entendit des pas dans l'escalier, et un autre milicien entra dans la pièce.

— Quelqu'un en vue, monsieur… un Allemand. Pas l'un des nôtres.

Aussitôt, Revol gagna la fenêtre et vit un homme de haute taille, portant casquette, tunique, culotte et bottes noires, avec sur son bras la Double Sieg Rune, l'insigne distinctif de l'Ahnenerbe.

— Vous, tenez Mme Fournier à l'écart, ordonna-t-il en désignant le premier milicien, puis il se tourna vers son collègue. Quant à vous, faites entrer notre visiteur. Et contentez-vous d'exécuter mes ordres, compris ?

Raoul était assis avec Robert Bonnet. Dans la lumière crue du jour, le bar était sordide. La salle sentait la sueur et le tabac refroidis, mêlés à des relents de bière. Le patron ne voulait pas d'ennuis. Après avoir laissé entrer Raoul et vu dans quel état il se trouvait, il avait envoyé chercher Bonnet.

— Tu as fait ce que tu as pu, Pelletier, répéta Robert pour la énième fois.

Lui-même s'était chargé d'envoyer Yvette aux pompes funèbres avec un mot anonyme, car aucun d'eux ne pouvait prendre le risque de donner son nom, priant l'ordonnateur de passer au quai Riquet. Ce dernier s'occuperait de faire publier dans la presse locale l'avis d'obsèques.

— Non, répliqua Raoul, effondré. Je me suis déchargé de toutes mes responsabilités sur quelqu'un d'autre. J'aurais dû m'assurer qu'elle…

— Pelletier, rétorqua Bonnet en posant la main sur son bras, elle en avait assez. Tu m'as dit lors de notre première rencontre qu'elle ne s'était jamais remise de la mort de ton frère… Quand était-ce ? Il y a trois ans, à peu près, non ? Tu devrais déjà te féliciter d'avoir veillé sur elle aussi longtemps.

Effondré, mal remis du choc de la nuit, Raoul se prit la tête entre les mains.

— Pourquoi la voisine n'était-elle pas là ? Depuis combien de temps est-elle partie ? Ma mère… elle a dû se sentir abandonnée, en voyant que personne ne passait voir si elle allait bien. Et si elle avait eu besoin d'aide ?

— Tu as trouvé le flacon vide, remarqua posément Robert. Puisqu'elle avait envie d'en finir, ni toi ni personne ne pouvait l'en empêcher. Elle n'aura pas souffert, c'est une consolation. Avec les pilules, on s'endort et on ne se réveille pas. C'est une mort paisible qu'elle a choisie.

— Mais tu aurais vu ces mots gribouillés sur tous les supports possibles, répétés à l'infini. Elle n'était pas dans son état normal.

— Le médecin déclarera le décès comme dû à un arrêt du cœur, dit Bonnet. Tu n'as pas à t'en faire pour ça.

Raoul releva la tête et le regarda. Il n'avait même pas pensé à ce qu'on ferait de la dépouille de sa mère, si sa mort était déclarée comme étant un suicide.

— Si tu l'avais connue avant qu'elle ne tombe malade, avant la mort de Bruno. C'était une femme merveilleuse. Tout le monde l'aimait, nos amis, nos voisins.

Robert hocha la tête, puis il se leva, gagna le bar, et en rapporta deux autres chopes de bière frelatée.

— À quoi ça rime, Bonnet ? Regarde-nous, terrés ici comme des lapins. Ce que nous faisons ne change rien, au bout du compte.

— Tu sais bien que si.

Raoul s'interrompit soudain. Il aurait dû arrêter de boire, mais il était pris entre le chagrin, la peur, la culpabilité. Sa mère, morte chez elle. Sandrine, quelque part dans la Bastide, marchant en direction de la Cité. Peut-être y était-elle déjà entrée ? Et si elle s'était fait prendre ?

Il se frotta les yeux. Ne pas savoir, c'était le pire. Rester les bras croisés, impuissant. Il entrevit soudain en un éclair ce que Sandrine avait dû éprouver durant tous ces mois qu'il avait passés au loin, dans les montagnes, alors qu'elle ne savait même pas s'il était encore en vie.

Robert alluma une cigarette qu'il tendit à Raoul, puis en alluma une pour lui. Affalé, les coudes sur la table, Raoul repassait dans son esprit les arguments que Sandrine avait avancés pour retourner elle-même à la tour du Grand Burlas. Sur le moment, ses raisons lui avaient semblé fondées, mais plus maintenant.

Comment avait-il pu la laisser y aller ? Quel genre d'homme était-il donc ?

— J'aurais dû l'en empêcher, marmonna-t-il.

— Je te le répète, Pelletier, tu ne pouvais rien y faire. Ta mère savait ce qu'elle faisait.

— Je ne pensais pas à ma mère, mais à Sandrine.

Un moment Robert resta figé, puis il baissa la voix.

— Elle s'en sortira. Elle sait ce qu'elle fait.

Raoul se rappela une conversation similaire qu'il avait eue dans les collines autour de Belcaire, avec un jeune gars amoureux fou de sa bien-aimée, Coralie Saint-Loup, dont il avait sur lui une photographie. Pour autant qu'il sache, ils étaient encore là-bas, et s'efforçaient de mener une vie normale au milieu de toute cette démence.

— C'est une fille épatante. Quand tout ça sera fini, elle fera une bonne épouse, poursuivit son camarade.

— Tu voudras bien me servir de témoin, Bonnet ?

— Ce sera un honneur, assura-t-il, puis il vida son verre et se leva. En attendant, tu ne lui sers pas à grand-chose, dans cet état, Pelletier. Dessaoule-toi. Sandrine va bientôt revenir, et il te faudra être prêt, hein ?

Raoul croisa son regard. Bonnet avait raison. Il ne pouvait plus rien faire pour sa mère. Hier, il avait tenu

Sandrine dans ses bras et l'avait réconfortée. Il devait veiller sur elle. Repoussant la chope aux trois quarts pleine, il se leva.

— Merci, Bonnet, dit-il posément.

— Tu aurais fait pareil, camarade.

Raoul sentit son cœur revenir à un rythme normal, sa volonté s'affermir. Le nœud de peur dans sa poitrine se relâcha un peu. Ainsi va la vie, songea-t-il tristement. Il leur fallait tenir encore un peu, garder leur sang-froid, puis ce serait fini. Tout le monde disait que ce serait bientôt fini.

— Prêt ?

Raoul acquiesça. Bonnet salua de loin le barman, puis ils remontèrent l'étroit escalier vers la rue.

— Je serai ton témoin et tu seras le mien quand j'épouserai Yvette, qu'est-ce que tu dis de ça ?

— Tu lui as fait ta demande ?

— Pas encore, répondit Robert en tapotant sa poche. J'attends le bon moment.

En patientant devant la porte, Raoul essaya le nom dans sa tête. Mme Raoul Pelletier. Il sourit. Non, Mme Sandrine Pelletier. Ça lui allait bien.

Le portier tira le verrou. Raoul inspira profondément.

— J'y vais le premier, dit-il. Merci encore.

Le portier vérifia que la rue était vide et lui adressa un petit hochement de tête. Sans un regard en arrière, Raoul sortit dans le soleil et retourna vers l'aire de la Pépinière, où il devrait patienter durant l'après-midi.

— La bibliothèque a été transférée à Ulm, dit le nazi. Depuis un an, depuis que les Alliés ont bombardé Hambourg.

— Et c'est là que vous voulez que j'apporte le Codex ? demanda Revol.

— Si cela devait prendre plus de temps que prévu et que je sois par conséquent dans l'incapacité d'emporter moi-même le document, alors, oui, vous prendrez des dispositions en ce sens.

— Mais vous êtes bien établis en Souabe? objecta Revol.

— Non. Le personnel de l'Ahnenerbe s'est installé à Waischenfeld, en Bavière. C'est un petit village, certes, mais il est situé au centre des opérations.

La Bavière était le cœur du soutien nazi, même à présent que le vent se retournait contre les forces de l'Axe.

— Vous me fournirez les papiers nécessaires? demanda Revol. En me garantissant un passage sûr?

— Si vous nous livrez le document comme promis, Herr Revol, vous viendrez en Allemagne en tant qu'invité. Il n'y aura pas de difficultés.

— Très bien, approuva Revol en hochant la tête. Et combien de temps comptez-vous demeurer à Carcassonne, Unterscharführer Heinkel?

— Un jour ou deux tout au plus.

Les deux hommes échangèrent une poignée de main et Revol le raccompagna. Mme Fournier rôdait derrière la porte entrouverte de la cuisine. Il fit mine de ne pas la voir. Elle n'avait rien pu glaner qui puisse conduire Authié ou un autre à penser que la réunion sortait de l'ordinaire. Il fallait pourtant s'assurer qu'aucun des miliciens ne dirait rien de déplacé. Selon lui, ils n'avaient pas identifié le rang ni l'appartenance de Heinkel, et ignoraient donc qu'il n'était pas membre de l'unité chargée de la surveillance, mais il devait le vérifier.

Répondant à son appel, ils arrivèrent en courant, l'un du fond de la maison et l'autre du premier étage.

— Selon l'officier de liaison, tout se déroule comme prévu, déclara Revol d'un ton sec. Toutes nos forces sont en position dans la Cité. J'ai mentionné dans mon rapport qu'il n'y avait pas eu d'activité autour de la tour de la Justice ce matin, en confirmant que vous deux resterez ici à vos postes et contacterez immédiatement le central par radio en cas de changement, conclut-il en scrutant les deux hommes tour à tour. C'est clair ?

— Oui, monsieur, répondirent-ils en chœur.

Revol regarda l'heure à l'horloge. La réunion avec Heinkel avait duré plus longtemps que prévu, ce qui ne lui laissait guère de temps avant d'aller faire son rapport à Authié à 14 heures, comme convenu, puis de gagner lui-même la Cité. Il devait trouver quelque chose montrant qu'il s'était activé durant la matinée. Des informations sur l'érudit français que de l'Oradore avait prié Authié de retrouver, par exemple. Il retournerait aux archives de la police pour voir si elles contenaient quelques informations sur Audric Baillard.

— Je serai de retour à 17 heures, dit-il. Quand finit votre tour de garde ?

— À 18 heures, monsieur.

— Bien, acquiesça Revol. En attendant, si quelqu'un entre ou sort, informez-en immédiatement le quartier général.

123

Sandrine et Lucie étaient assises sur un banc du square Gambetta. Toutes les deux portaient des foulards sur la tête, des robes d'été toutes simples, des chaussures plates à lacets. Elles avaient l'air de ménagères carcassonnaises fatiguées par leur combat quotidien, en ces temps de disette.

Sandrine n'avait pas voulu prendre le risque de rester plus longtemps dans la maison, aussi Lucie et elle avaient-elles passé leur temps à errer d'un lieu à un autre dans la Bastide. Au cas où elles seraient suivies, elles évitaient les endroits qu'elles fréquentaient d'habitude, préférant les lieux publics où les gens ne cessaient d'aller et venir.

Son plan consistait à changer de tenue dès qu'elles auraient passé la rivière du côté de la Cité. Certes, la sécurité serait plus que jamais renforcée, pourtant la présence de filles dites « collabos horizontales » était tolérée dans la garnison. Les soldats fermaient les yeux.

À cause de la chaleur, les gens restaient pour la plupart enfermés chez eux, pourtant quatre petites filles jouaient au loup sur les marches du kiosque à musique. Quand une fillette potelée portant des nattes et une robe à carreaux virevolta et se mit à hurler comme un loup, ses camarades de jeux s'éparpillèrent en poussant des cris aigus.

— Tu remarqueras que c'est toujours le loup qui gagne, dit Lucie.

— Eh oui, les chances sont largement de son côté, acquiesça Sandrine en souriant.

Comme elle contemplait la statue, l'espace d'un instant, avec la brume de chaleur qui faisait vibrer l'air et le contraste entre ombre et lumière, elle aurait juré avoir vu bouger les ailes de l'ange de pierre, qui serrait son épée dans ses mains blanches. Elle cligna des yeux, regarda à nouveau, mais, cette fois, les ailes restèrent figées.

— Qu'y a-t-il ? demanda Lucie, en remarquant son air saisi.

— Rien, ça va, répondit-elle en secouant la tête, revenant au présent. Et toi ? Tu ne t'inquiètes pas trop pour Jean-Jacques ?

— De toute façon, on ne peut s'empêcher de s'en faire tout le temps, dit Lucie d'un air fataliste, puis elle jeta un coup d'œil à Sandrine et revint à la surface miroitante du lac situé au milieu des jardins. Tu verras, quand tu auras toi-même un fils, plus tard.

Un fils, songea Sandrine. Ou une fille. En fait, elle préférerait avoir d'abord une fille. Peut-être deux, comme Marianne et elle. Un moment, elle laissa ses pensées voguer librement et revit Marieta, qui faisait couler un bain moussant chaque dimanche soir pour qu'elle et sa sœur soient prêtes à aller à l'école le lendemain, en blouses à smocks, avec des rubans dans les cheveux.

Alors les cloches de Saint-Michel se mirent à sonner à toute volée et leurs tintements leur parvinrent à travers la Bastide dans l'air chaud de l'après-midi. Son sourire s'effaça, et elle sentit que Lucie se tournait vers elle.

— On repart ?

Sandrine acquiesça et se leva.

— On va traverser la rivière.

— Comme tu voudras, petite.

Elles traversèrent le square Gambetta, passèrent devant l'hôpital, puis rejoignirent la queue des gens qui attendaient qu'on leur permette de traverser le pont Vieux. Sandrine était nerveuse et son cœur battait la chamade. À la démarche un peu raide de Lucie, elle devina qu'elle aussi était dans ses petits souliers.

— *Ausweis*, dit le garde.

En silence, Sandrine lui tendit la fausse carte d'identité. Le soldat la scruta et la lui rendit sans un mot. Puis il prit celle de Lucie, la regarda de près, et étudia son visage. Sandrine retint son souffle, mais Lucie garda son sang-froid sans rien qui révèle sa nervosité, ni regard furtif, ni sourire crispé. Après quelques secondes de tension, le soldat lui rendit aussi sa carte et leur fit signe de passer le poste de contrôle pour avancer sur le pont.

— *Danke schön*, dit Sandrine.

Elles durent suivre la même procédure avec les soldats de la Wehrmacht en faction sur les fortifications, de l'autre côté du pont. De nouveau, le temps s'étira péniblement tandis qu'on vérifiait leurs cartes, mais elles purent enfin passer et entrer dans la rue Trivalle.

Sandrine s'obligea à ne pas se presser, à adopter une démarche, une attitude, calmes et posées. Au cours de la journée, elle avait modifié son plan : au lieu d'entrer par la Porte Narbonnaise, quitte à passer encore un poste de garde, elle avait décidé d'opter si possible pour le trajet que Raoul et elle avaient emprunté la nuit dernière pour entrer dans la Cité. À moins qu'un habitant ne le leur ait fait remarquer, les soldats ignoraient peut-être l'existence du second portail, qui n'était pas visible depuis l'intérieur de l'enceinte. Et même si la Wehrmacht ou la Gestapo avaient déployé des miliciens pour balayer la zone, dans le quart sud-ouest de la Cité, il y avait encore le couvert des arbres et des buissons.

S'ils avaient découvert ce portail, ou s'il y avait des soldats à l'extérieur des murs et pas seulement postés dans les lices, Sandrine continuerait en faisant le tour jusqu'à la Porte Narbonnaise, pour revenir à son plan d'origine.

— Par ici, dit-elle.

Elle guida Lucie vers la droite et, prenant la rue Barbacane, elles passèrent devant la rue de la Gaffe où habitait la famille Giraud, puis dépassèrent l'église Saint-Gimer, prirent à gauche dans la rue Petite-Côte-de-la-Cité, puis à droite dans la rue Longue. Sandrine s'arrêta devant la quatrième maison, frappa trois coups sur le volet en bois, attendit, puis frappa à nouveau.

La porte s'ouvrit, sans que Sandrine voie personne ; elles se retrouvèrent dans un sombre couloir, avec une porte ouverte sur la droite. Sans un mot, Sandrine et Lucie ôtèrent leur foulard, leurs chaussures, leur robe, et enfilèrent les robes bon marché aux couleurs criardes qu'elles trouvèrent étalées sur des chaises. Lucie accrocha à ses oreilles des boucles en plastique blanc, passa à son cou un collier assorti, tandis que Sandrine se serrait la taille avec une large ceinture en cuir vernis et boucle dorée sur une robe vert vif, et enfilait des talons aiguilles disposés à côté du foyer.

Lucie sortit un tube de rouge à lèvres, l'appliqua en se mirant dans la glace au-dessus de la cheminée, puis le tendit à Sandrine.

— Un peu de poudre ? proposa-t-elle.

— Non, ça suffira, dit-elle. Tu es bien sûre de vouloir aller jusqu'au bout ? Il est encore temps de faire machine arrière.

— Sûre et certaine, petite.

Laissant leurs anciennes tenues dans la pièce, avec une bouteille de rosé en paiement, les filles se glissèrent dans la rue. Perchées sur leurs hauts talons, elles avancèrent à pas plus lents vers le bout de la rue Longue, passèrent par un dédale de ruelles, puis s'engagèrent dans la rue des Anglais, guettant les patrouilles, les soldats, la police. Elles étaient presque en haut de la rue quand leur chance tourna court.

Une jeep transportant quatre soldats de la Wehrmacht arrivait dans leur direction. Sandrine espéra qu'ils seraient trop occupés pour s'arrêter, mais elles se trouvaient à la lisière d'une zone interdite, aussi était-il peu probable qu'on les laisse aller tranquillement leur chemin.

En les voyant, l'un des soldats les siffla, mais il fut aussitôt réduit au silence par un regard de son commandant, qui sauta de la jeep et s'avança, accompagné de son lieutenant.

— Capitaine, le salua Lucie d'un ton enjoué, mais lui resta de marbre.

— *Ausweis*, exigea-t-il en tendant la main.

Les deux femmes sortirent à nouveaux les faux papiers et les lui passèrent en silence. Il rendit la carte de Sandrine, mais scruta plus attentivement la photo qui figurait sur celle de Lucie.

— C'est vous ? dit-il en la lui désignant. Marthe Perard ?

— Oui, c'est une vieille photo et j'ai perdu un peu de mes rondeurs, depuis..., répondit Lucie d'une voix traînante. Que voulez-vous ? C'est dur pour une fille comme moi de manger à sa faim, par les temps qui courent...

Dans la voiture, un soldat ricana.

— *Ruhe !* hurla le capitaine. C'est une zone interdite, leur déclara-t-il ensuite dans un français guindé, mais correct.

— Même pour des dames invitées ? demanda Lucie.

Le capitaine rougit. Un moment, Sandrine crut qu'il allait insister pour les accompagner, mais il lui rendit sa carte.

— Présentez-vous avec vos papiers à la Porte Narbonnaise, dit-il froidement. Si vos noms sont sur la liste, alors vous aurez le droit d'entrer.

— Merci beaucoup, répondit Lucie avec un petit gloussement. *Danke*.

Le capitaine et le lieutenant remontèrent dans la jeep, qui continua à rouler sur le chemin des Anglais. Lucie fit un petit signe aux soldats, qui la suivirent longtemps des yeux avant de disparaître au coin de la rue.

— Ouf ! souffla Sandrine. Bien joué. On l'a échappé belle.

— Il va falloir que tu fasses un petit effort, si tu veux te faire passer pour une professionnelle, remarqua Lucie en faisant la moue.

— Je ne suis pas douée pour ce genre de choses, répondit Sandrine en rougissant.

— Parce que tu crois peut-être que ça me vient tout seul ? ironisa Lucie.

— Non, bien sûr. Mais tu es douée. Une actrice née… Viens, il faut qu'on avance, ajouta-t-elle après un soupir.

Elle en avait encore la chair de poule. À force de se concentrer sur les détails pratiques pour arriver à la tour du Grand Burlas sans se faire repérer, elle n'avait pas réfléchi à ce qu'elle devrait assumer par ailleurs. Suzanne était bonne, l'une des meilleures dans son domaine. Il était rare que ses dispositifs fonctionnent mal, ou explosent avant l'heure. Mais cela pouvait arriver. Il suffisait d'un faux mouvement, d'un mauvais contact.

— Si ça tourne mal, sauve ta peau, dit-elle à Lucie. Prends tes jambes à ton cou sans regarder en arrière.

— Ça va bien se passer, petite, dit Lucie en lui souriant. J'ai toute confiance en toi, et ce depuis toujours.

124

— Pourquoi suis-je ici ? demanda le vieux Giraud.

Il se trouvait au commissariat, dans une salle d'interrogatoire sans air. Une table, deux chaises, pas de fenêtre. Il dissimulait sa peur du mieux qu'il le pouvait, mais ses yeux chassieux allaient sans cesse de la table à la porte et aux deux bérets bleus qui montaient la garde.

— Qui a donné l'ordre de m'amener ici ?

C'était la fin de l'après-midi. Giraud avait été arrêté sur le boulevard Barbès. Depuis midi, il était resté assis à l'ombre des tilleuls, les yeux fixés sur la porte de la clinique du Bastion. Son fils avait dû changer de programme. Au lieu de pratiquer les opérations prévues ce jour-là, il lui avait fallu s'absenter : on avait fait appel à lui pour soigner deux maquisards blessés, cachés dans une maison à Trèbes. Quant à Jeanne, sa belle-fille, elle avait passé la matinée à informer les patients des derniers changements, et elle avait dû raccompagner chez lui un petit garçon auquel on devait enlever les amygdales. Giraud avait proposé de faire le guet à l'extérieur de la clinique afin de dissuader les clients que Jeanne n'avait pu encore prévenir d'y entrer.

C'est alors que les miliciens avaient débarqué. Plaquant une main sur son bras, une autre dans son dos, ils n'avaient pas eu besoin de sortir leurs armes. Sa seule consolation, c'était qu'il n'avait pas été le seul dans ce cas, pourtant ses craintes pour son fils et sa belle-fille ne faisaient que croître.

— Pourquoi me retient-on ici ? insista Giraud.

Aucun des miliciens ne daigna le regarder. Il resta debout un instant, puis se rassit. Quelques minutes s'écoulèrent dans le même silence pesant. Giraud prit conscience de sa respiration de plus en plus saccadée et nerveuse, à mesure que sa peur s'intensifiait. Si seulement il avait su ce qu'ils lui voulaient, il aurait pu s'y préparer.

Enfin, la porte s'ouvrit. Les miliciens se mirent au garde-à-vous et quelqu'un entra, un homme en costume gris. Il était moins large d'épaules la dernière fois que Giraud l'avait vu, mais il le reconnut aussitôt.

— Attendez dehors, ordonna Authié en congédiant les miliciens.

Giraud regarda Authié feuilleter ses papiers, sentant soudain le poids de l'âge l'accabler.

— Giraud, c'est ça ? dit Authié en levant la tête, puis il plissa les yeux en le dévisageant. Nous sommes-nous déjà rencontrés ?

— Oui, le 14 juillet 1942. Vous êtes venu me parler alors que j'étais à l'hôpital.

Authié le scruta en s'efforçant visiblement de se souvenir, puis il revint à la liste qu'il tenait à la main.

— Félix Giraud. Résidant rue de la Gaffe, quartier Trivalle ? C'est ça ?

— Oui, capitaine Authié.

— Commandant.

— Commandant Authié, rectifia Giraud avec un geste d'excuse.

— Et Jean-Marc Giraud, c'est votre fils ?

— Oui.

— Vous ont-ils forcé à les aider, monsieur Giraud ? Si tel est le cas, le tribunal se montrera indulgent en vous infligeant une peine légère. Deux ou trois ans maximum.

Devant la brutalité de la menace, une lueur de stupeur passa dans les yeux du vieillard, mais il garda la tête haute.

— Je ne vois pas de quoi vous parlez, commandant Authié.

— Pensaient-ils vraiment s'en tirer comme ça ? répliqua Authié avec un petit sourire ironique.

— Qui ça, ils ?

— Votre fils et ses complices.

— Il y a manifestement une erreur. Mon fils est médecin.

— Non, je ne crois pas qu'il y ait d'erreur, rétorqua Authié en tapotant la liste. Tout est là. Les allées et venues, aux heures les plus insolites de la nuit. Cela dérange les voisins, voyez-vous ; ils n'apprécient pas.

— Je ne comprends pas de quoi vous parlez, s'obstina Giraud. C'est un médecin, quelqu'un de bien.

— Un médecin qui aide les insurgés et rafistole les terroristes pour qu'ils puissent continuer leur œuvre de destruction en mutilant et tuant des innocents.

Giraud réussit à garder son sang-froid.

— Je ne puis rien vous dire. Je ne sais rien.

— Faites-moi confiance, monsieur Giraud, vous allez découvrir que vous avez des tas de choses à nous dire, je puis vous l'assurer… Même si j'espère ne pas avoir à en arriver là.

— Je suis un ancien combattant. Je mène une vie tranquille.

— Vous êtes pourtant un sympathisant du général de Gaulle ?

— Je suis un patriote.

— De Gaulle est un traître. Alors que le maréchal Pétain a travaillé sans relâche pour des hommes comme vous… Pour rapatrier nos prisonniers de guerre, monsieur Giraud, ajouta Authié en voyant que le vieux semblait perdu. Votre fils parmi eux. Il serait toujours dans un camp de travail, sans le Maréchal. Le « héros » de Verdun, comme je suis certain que vous l'appeliez jadis.

— Jadis, oui, confirma le vieux dont les traits se durcirent.

Authié laissa passer un silence.

— Dites-moi, Giraud, que pensez-vous de l'attentat du tunnel de Berriac ?

Giraud cligna des yeux, en s'efforçant de s'adapter au brusque changement de sujet.

— Je n'en pense rien, pour la bonne raison que je ne suis pas au courant.

— Vous n'avez pas appris la nouvelle à la radio ?

— C'est possible. Ce n'est pas un crime d'écouter la radio, que je sache.

— Et votre belle-fille ? commença Authié en revenant intentionnellement à ses papiers alors qu'il n'en avait nul besoin. Jeanne écoute-t-elle aussi la radio ?

Pour la première fois, une lueur d'inquiétude passa dans les yeux du vieux, qui ne dit rien. Certain que la menace avait été reçue et comprise, Authié continua.

— Un ancien combattant, oui. Décoré. La France vous est, ou plutôt vous était, redevable. Tiens, vous n'êtes pas membre de la LVF ? remarqua-t-il après avoir encore consulté ses papiers.

— Ça ne m'intéresse pas, répondit Giraud en soutenant son regard. Comme je vous l'ai déjà dit, je mène une vie tranquille.

— Le conducteur du train de Berriac est à l'hôpital, monsieur Giraud. Deux bras cassés, le dos brisé. Même s'il survit, il ne marchera jamais plus. Il a perdu la vue. L'œuvre de « patriotes » dans votre genre.

— Je n'ai rien à dire.

— Des témoins ont vu une jeune femme aux alentours du village de Berriac, reprit Authié en se penchant en avant. Ce n'était pas votre belle-fille, par hasard, monsieur Giraud ?

— Jeanne était chez nous avec moi dimanche soir, répondit Giraud. C'est une brave femme.

— Dimanche soir, monsieur ? dit Authié doucement. Vous êtes donc au courant de l'incident ?

Giraud avait la bouche sèche. Les questions d'Authié l'embrouillaient, et il craignait de plus en plus de se laisser piéger. Que cherchait-il au juste ?

— C'était à la radio. Tout le monde sait quand c'est arrivé, répliqua-t-il.

Authié se radossa. Giraud était l'une des dix personnes âgées qu'il avait ordonné d'embarquer. Aucune d'elles n'avait rien fait de particulier. On les avait choisies au hasard, cela afin d'effrayer les Carcassonnais en leur démontrant que les choses allaient changer, maintenant qu'il était de retour.

Les résistants et maquisards étaient doués pour éviter les patrouilles. Ceux qui étaient capturés refusaient pour la plupart de parler. Aux yeux d'Authié, la milice et les hommes de Schiffner avaient échoué dans leur traque parce qu'ils n'avaient pas su mettre au point des tactiques pour soutirer plus rapidement des informations et les transmettre aux services de renseignement. Les vieux Carcassonnais, hommes et femmes, avaient du courage et tenaient bon, mais ils craignaient pour leurs enfants, et c'était une corde sensible dont on pouvait jouer aisément.

Authié se leva et contourna le bureau pour se percher dessus, juste devant Giraud.

— Je ne sais rien, répéta le vieux.

— Rien sur les visiteurs qui viennent rue de la Gaffe ?

— Je suis un vieil homme. Je ne me mêle pas des affaires des autres.

Authié vit le regard du vieux glisser jusqu'à la croix épinglée sur le revers de son veston.

— Croyez-vous en Dieu, monsieur Giraud ? lui demanda-t-il soudain en lui flanquant un coup en pleine poitrine.

Cette subite agression fit tressaillir Giraud, mais il soutint le regard d'Authié.

— Cela me regarde.

— Craignez-vous Dieu ? poursuivit Authié. Croyez-vous que Dieu vous sauvera ?

— Je crois que les hommes sont responsables de leur destin, répondit Giraud avec dignité. Nos vies sont entre nos mains.

— Vous croyez ça ? murmura doucement Authié. Quelle pitié…

— Que voulez-vous dire ?

Authié enfonça la main dans sa poche et Giraud tressaillit encore, croyant qu'il allait en sortir une arme, mais ce n'était qu'une photographie.

— Reconnaissez-vous cet homme ?

Quand Giraud vit le cliché, le soulagement l'envahit, car ce n'était ni son fils ni aucune des personnes qui passaient régulièrement chez eux. Pourtant, ce visage lui était vaguement familier.

— C'est possible. Qui est-ce ?

— Un certain Raoul Pelletier. Vous vous rappelez, Giraud ? Cette manifestation devant Saint-Michel. Vous y étiez. Ainsi que votre belle-fille.

Giraud garda le silence.

— Un jeune garçon est mort ce jour-là. Tué par cet homme. Je vous avais interrogé, alors.

— C'était il y a deux ans.

— Peut-être avez-vous vu Pelletier déclencher la bombe ?

— Vous m'aviez déjà posé cette question, et ma réponse n'a pas changé. Je n'ai rien vu.

— Vous refusez donc d'aider la police, monsieur Giraud ?

Giraud sentit la peur lui nouer le ventre, mais il regarda Authié dans les yeux.

— Je ne suis pas adepte du faux témoignage.

Authié le considéra encore un instant. Puis, impassible, il lui flanqua un coup de poing dans la figure. Le vieux cria de stupeur et de douleur, du sang jaillit de son nez, éclaboussant sa chemise, et il tomba à la renverse. Comme il jetait les mains en avant pour amortir sa chute, il entendit Authié hurler un ordre.

— Amenez Jeanne Giraud. Peut-être pourra-t-elle nous être utile.

Giraud voulut protester, mais la porte claqua, étouffant ses cris.

125

Sandrine ôta ses hauts talons, qu'elle dissimula dans les taillis.

— Bonne chance, dit Lucie. Si quelqu'un approche, je sifflerai l'air de *Lily Marlène*. Le rendez-vous galant sous la lanterne… Pas mal, non ?

— Lucie, sois un peu sérieuse, la tança Sandrine.

— Je suis sérieuse, répliqua Lucie, d'une voix grave cette fois. Si tu m'entends siffloter, planque-toi.

Sandrine leva les yeux vers les murailles extérieures de la Cité ; les énormes projecteurs, éteints en cette torride fin d'après-midi, étaient placés à intervalles réguliers le long des murs d'enceinte. Elle voyait bien des soldats de la Wehrmacht patrouiller le long des remparts, mais rien n'indiquait la présence de troupes supplémentaires dans cette section de la Cité.

De sa cache, elle compta le temps que les sentinelles mettaient pour aller d'une tour à la suivante avant de faire le chemin inverse. Restait à savoir combien de forces de sécurité avaient été détachées en supplément. Les membres de la Gestapo étaient pour la plupart en civil, et donc difficiles à repérer de loin. Elle n'avait aperçu aucun milicien, mais cela ne signifiait pas pour autant qu'ils n'étaient pas présents.

Elle regrettait de ne pouvoir faire part à Raoul de son changement de tactique. À présent qu'elle se trouvait sur les lieux, il lui semblait évident qu'elle devait agir de suite au lieu d'attendre le couvert de la nuit. Certes, les sentinelles faisaient le guet, et la sécurité devait déjà être renforcée, mais la Gestapo escomptait sûrement que les « terroristes » attendraient l'obscurité pour agir, juste avant l'heure où Authié était censé arriver.

Sandrine n'entendait que les bruits habituels de la Cité. Les bottes des soldats arpentant les remparts, des ordres criés de-ci, de-là. Il n'y avait dans l'air aucune tension particulière ni sentiment d'attente.

Pas encore.

Pendant un instant de flottement, elle se revit assise à Coustaussa avec M. Baillard, le soir de leur rencontre. « Le mal n'a pas encore gagné », avait-il dit.

Depuis deux ans, Marianne et Suzanne, Raoul et elle… ils avaient tous lutté pour que cela reste vrai. Et malgré les épreuves et la peur, ils avaient en partie réussi. Ils n'avaient jamais renoncé, ne s'étaient pas laissé gagner par le fatalisme ambiant. Ils étaient restés fidèles à leurs principes, à leur conscience aiguë du bien et du mal. Pas de concession ni de compromission.

— Maintenant ou jamais, murmura-t-elle.

À l'instant où la patrouille faisait demi-tour, Sandrine s'élança. Elle parcourut le terrain à découvert et se jeta dans l'ombre grise de la muraille. Retenant son souffle, elle guetta le hurlement d'une sirène, ou le sifflement d'alarme de Lucie, mais n'entendit que son cœur cogner dans sa poitrine, son sang rugir dans ses oreilles.

Elle gagna la porte basse pratiquée dans l'épaisseur des murs, au pied de la tour du Grand Burlas, et vérifia le cadenas, qui lui parut intact. Le plus silencieusement possible, elle ouvrit le crochet, ôta la chaîne, puis entra.

Tout était dans l'état où ils l'avaient laissé. L'engin calé dans un coin, avec sa mèche pointée en l'air comme une queue de souris, attendant juste la flamme qui lui donnerait vie. Soulagée, Sandrine ôta prudemment la mèche et préleva le tube rempli d'explosif, comme Suzanne le lui avait indiqué. C'était dommage de laisser le reste du dispositif, mais elle ne pouvait espérer le cacher sur elle.

Cela lui avait pris moins de deux minutes. Elle dit une prière silencieuse au Dieu en lequel elle ne croyait pas, puis revint sur ses pas, vers l'endroit où Lucie attendait. Avec un coup au cœur, elle faillit trébucher sur le gravier, retrouva son équilibre, et serra l'explosif contre sa poitrine. Juste à l'instant où elle se croyait tirée d'affaire, elle entendit une voix d'homme et se renfonça aussitôt dans l'ombre des murailles.

— Alors, on cherche un peu de compagnie ?

— Non, merci bien. J'attends mon amie, répondit posément Lucie avec l'accent traînant qu'elle avait adopté un peu plus tôt.

— Dommage… allez, viens ma poulette. On va s'amuser un peu tous les deux.

Au début, Sandrine fut soulagée, comprenant que ce n'était pas un soldat ni un milicien, juste un ivrogne en mal de compagnie. Mais l'homme insistait lourdement et il prit soudain Lucie par les épaules.

— On va prendre du bon temps. Je vais t'offrir un verre dans un endroit au poil…, susurra-t-il d'une voix pâteuse.

— Ça suffit, lui intima Lucie en essayant de se dégager.

— Alors donne-moi un baiser.

— Hé, baissez d'un ton ! cria quelqu'un d'une fenêtre.

Alors l'ivrogne se mit à vociférer, à brailler. Paniquée, Sandrine se pencha pour faire signe à Lucie de déguerpir. Lucie lui fit de grands yeux en secouant la tête, mais sur l'insistance de son amie, elle s'éloigna par le sentier qui allait vers la rue des Anglais.

— Hé, reviens ici, salope ! hurla le saoulard, puis il éructa une bordée d'injures.

Jetant des coups d'œil affolés vers le haut des murailles en priant pour qu'il n'attire pas l'attention des soldats, Sandrine resta collée contre le mur de pierres dont les arêtes lui rentrèrent dans le dos, jusqu'à ce que le silence revienne. Enfin, pensant que la voie était libre, elle s'élança, courut jusqu'aux buissons pour récupérer ses chaussures, puis traversa la zone à découvert, ses talons à la main, pour pénétrer sous le couvert des arbres.

Il ne lui restait plus qu'à retourner rue Longue, remettre son ancienne tenue, y laisser le tube et la mèche, et rejoindre Raoul au jardin du Calvaire.

Pressée de s'éloigner, Sandrine ne remarqua pas la lueur rougeâtre d'une cigarette, sous les marches de pierre. Soudain une main surgie de l'ombre la saisit. Elle se retrouva coincée contre le mur, le bras tordu dans le dos, et réprima un cri de douleur.

— C'est mon jour de chance, dit l'homme, et Sandrine reconnut sa voix avinée. L'autre salope m'a laissé tomber, mais j'en ai trouvé une autre, et celle-là, je vais me la garder, ajouta-t-il d'un ton rageur en lui tordant encore un peu plus le bras vers le haut, à moitié avachi sur elle.

Il chancelait sur ses jambes, mais l'alcool n'avait en rien diminué ses forces. Sandrine n'osait appeler à l'aide, craignant que les soldats ne l'entendent. Il suffirait que l'un d'eux les repère du haut de la muraille et descende avec d'autres voir ce qui se passait.

Alors, en contrebas, elle vit une Citroën noire ralentir et se garer à côté de l'église. Un véhicule de la Gestapo. À tout moment, ils pouvaient lever les yeux et les voir tous les deux, enlacés dans cette posture grotesque. Sandrine commença à se débattre pour tenter de se libérer, mais le type la frappa durement sur la tempe en la menaçant.

— Je te préviens, t'as intérêt à rester tranquille !

Désespérée, Sandrine courut sa dernière chance. Elle hurla et, comme elle l'avait escompté, l'homme lui mit une main sur la bouche. Alors elle le mordit aussi fort qu'elle le put.

— Chienne ! s'écria-t-il en cherchant à la saisir par les cheveux, mais Sandrine fut plus rapide que lui, elle lui échappa et descendit les marches en courant jusqu'au sentier.

Derrière elle retentit un coup de sifflet, suivi du bruit des bottes sur les pavés et d'une altercation. Dans la rue en dessous, des fenêtres s'ouvrirent. Une porte.

Quand les hommes de la Gestapo ordonnèrent au type de lever les mains en l'air, elle l'entendit protester d'un ton larmoyant. Sans se retourner, elle continua sa course, pieds nus sur les pierres coupantes et l'herbe sèche, son souffle lui brûlant la poitrine, et prit sans s'arrêter à travers champs pour gagner la rivière. Soudain elle entendit des crissements de pneus.

L'avaient-ils repérée ? La suivaient-ils ?

Pour avoir fait les vendanges par ici, Sandrine connaissait les fermes situées au sud, en contrebas de la Cité, et savait par quel chemin quitter la route. Elle courut pour atteindre le portail en bois qui donnait dans le premier des vignobles, l'escalada, puis continua à travers les rangées de vignes, accroupie, en s'efforçant d'avancer vaille que vaille sur la terre inégale. Au bout du champ, le portail était surmonté de barbelés pour décourager les chapardages. Derrière elle, la sirène semblait de plus en plus proche.

Elle se força à continuer, les muscles aussi tendus que les cordes d'un piano, le sang bourdonnant dans ses oreilles. Devant, sur le pont Vieux, elle vit les uniformes Vert-de-gris de la Wehrmacht, mais il n'y avait pas trace de la Citroën noire. Impossible de s'engager dans l'eau en plein jour pour traverser l'Aude. Sandrine jeta l'explosif dans la rivière, et se décida : elle essaierait de ressortir de la Cité par la voie normale, en espérant que le laissez-passer serait encore bon.

Après s'être rajustée, avoir lissé sa jupe, enfilé les hauts talons à ses pieds poussiéreux, elle avança sur le pont en direction du poste de contrôle et retint son souffle, craignant que les gardes ne remarquent ses joues enfiévrées par la course, ou le fait qu'elle ne portait aucun sac ni panier. Mais ils lui firent signe de passer, comme auparavant.

Se sentant presque défaillir de soulagement, Sandrine traversa le pont Vieux en s'obligeant à marcher tranquillement. Encore quelques pas, quelques pas, encore un poste de contrôle, et elle serait de retour à la Bastide.

Alors, derrière elle, la sirène retentit, suivie de voix.

— *Halten Sie!* Halte-là ! Halte ou je tire !

Elle ne se retourna pas, priant pour que les sommations ne s'adressent pas à elle. Mais, quelques secondes plus tard, elle entendit les tirs d'un semi-automatique crépiter dans l'air en guise d'avertissement, puis le même ordre crié à nouveau, et elle se mit à courir. Il faisait clair, les soldats l'avaient dans leur ligne de mire, mais elle connaissait la ville mieux qu'eux. Misant sur cet atout, elle dépassa la petite chapelle, prit à droite devant l'hôpital, tourna encore à droite dans la rue des Calquières, et s'engagea dans le sombre tunnel voûté qui passait sous le pont Neuf pour déboucher sur la berge.

Ils étaient sur le pont, elle les entendit crier des instructions en allemand tandis qu'elle continuait à courir, sachant que ses jambes ne la soutiendraient plus très longtemps. Ici, sur ce bras oublié de la rivière, face à la distillerie Andrieu, il y avait des trouées façonnées par le passage du temps et de la rivière en crue.

Sandrine écarta les orties, rampa à l'intérieur d'un creux, puis effaça son passage en relevant les mauvaises herbes qui avaient poussé autour de l'ouverture.

Des relents âcres d'urine et de détritus portés par le vent empestaient l'air et il y avait tout juste la place de s'asseoir mais, de là, elle avait une bonne vue sur le pont Vieux. Deux soldats y étaient encore postés. Un officier cria des ordres et, dans la rue au-dessus de la berge, elle entendit les coups frappés aux portes des maisons par les soldats qui exigeaient d'entrer.

Et Lucie, avait-elle été prise ?

Sandrine ferma les yeux, regrettant d'avoir entraîné d'autres qu'elle à risquer leur vie. Alors qu'elle guettait, le cœur battant, trempée de sueur, elle comprit soudain comment Marianne avait atteint la limite de ses forces.

Combien de temps encore serait-elle capable de tenir ? Si elle se sortait de ce guêpier, aurait-elle encore la force de continuer le combat ?

126

— Comment ça ? s'étonna Lucie en serrant son fils contre elle.

Surpris d'entendre les deux femmes chuchoter d'un ton pressant, Jean-Jacques écarquilla les yeux, mais il demeura tranquillement dans les bras de sa mère.

Lucie était rentrée au plus vite de la Cité chez Mme Peyre. Au début du trajet, elle était euphorique et fière d'avoir accompli cette mission. Elle comprenait pourquoi Sandrine et les autres étaient prêts à prendre de tels risques. Mais, à mesure qu'elle se rapprochait de la maison, elle avait senti l'angoisse la gagner et lui nouer le ventre. Et si on l'avait repérée ? Si la milice était en ce moment même en chemin ? Si Sandrine avait été capturée ?

Alors elle avait trouvé Jeannne Giraud, l'attendant sur le seuil.

— Il a été arrêté tout à l'heure, en début d'après-midi, répéta Jeanne.

— Jean-Marc, votre mari ?

— Non, mon beau-père. Un voisin qui était sur le boulevard Barbès a vu la scène, et il est venu me prévenir.

— M. Giraud ? Mais pourquoi voudrait-on l'arrêter ?

— Je ne sais pas. Il surveillait la clinique du coin de l'œil. Jean-Marc a dû annuler toutes les opérations prévues pour… se rendre hors de la ville. Peut-être mon beau-père a-t-il joué de malchance. En tout cas, il faut que j'aille à sa recherche. Son cœur n'est pas vaillant et…

— Je suis certaine qu'ils ne vont pas le rudoyer, voulut la rassurer Lucie en posant une main sur son bras. À son âge…

— Ça ne veut plus rien dire, maintenant, répondit Jeanne avec amertume, puis elle ébouriffa les cheveux du petit garçon. Jean-Jacques a été très gentil. Sa gorge n'a pas l'air de le faire trop souffrir mais… je ne crois pas que mon mari sera en mesure de l'opérer. Pas pour le moment.

— Oui, je comprends, répondit Lucie en croisant son regard. Merci d'avoir traversé toute la ville pour me le ramener.

Jeanne s'apprêtait à faire demi-tour, quand elle s'arrêta.

— Nous ne nous connaissons pas très bien. À vrai dire, j'ai été surprise que vous… je ne sais pas ce que vous avez fait aujourd'hui, mais vous êtes une amie de Sandrine et de Marianne, alors je peux l'imaginer. Il s'est passé quelque chose d'important à Carcassonne, qui dépasse de loin la seule arrestation de mon beau-père. Si j'étais vous, je m'en irais tant que je le peux encore. Emmenez Jean-Jacques et partez aussi loin que possible.

Lucie scruta le visage tourmenté de la jeune femme, et hocha la tête.

— C'est bien mon intention, ne vous inquiétez pas.

— Eh bien, bonne chance.

— Bonne chance à vous aussi. Et encore merci, Jeanne. Je suis sûre que votre beau-père s'en sortira, et Jean-Marc également.

Jeanne se contenta de s'en aller sans répondre. Lucie resta un moment sur place, son fils dans les bras, à la regarder s'éloigner. Malgré elle, ses pensées allèrent à Max. D'après les rumeurs qui circulaient en ville, le camp du Vernet se vidait de ses derniers prisonniers. L'idée que Max avait survécu tout ce temps pour être déporté maintenant lui était insupportable… Elle sentit sa gorge se serrer, une sensation devenue familière. Quand elle serait à Coustaussa, elle pourrait au moins demander à Eloïse et Geneviève si elles avaient appris quelque chose à ce sujet.

Lucie se força à revenir au présent, sachant que le temps lui était compté. Sandrine et Raoul voulaient qu'elle les accompagne à Coustaussa. Jusqu'à présent, elle était partagée, mais elle se rendait compte maintenant qu'elle éprouvait le besoin d'être avec les autres. Certes, elle s'en voudrait de laisser Mme Peyre, pourtant, à l'idée de revoir Marieta et Liesl, ses lèvres esquissèrent un sourire. La deuxième grand-mère d'adoption de J.-J. et sa tante… Il serait si heureux.

Vite, Lucie tourna la clef dans la serrure, ouvrit la porte et entra.

— Fais joujou, J.-J., dit-elle en mettant le petit garçon dans le parc installé au milieu de la pièce et en lui tendant un camion en bois. Sois bien sage. Maman revient.

Se précipitant dans la chambre, elle se changea, roula en boule la robe qu'elle avait portée pour aller et revenir de la rue Longue, et la fourra au fond de la penderie.

Elle enfila un chemisier et une jupe tout simples, des chaussures confortables, puis mit juste dans son sac des vêtements de rechange pour son fils. Rien ne devait indiquer qu'elle s'en allait. Le seul objet personnel qu'elle emporta, ce fut la broche que Max lui avait offerte la première fois qu'ils étaient allés danser au Terminus. Un instant, elle se remémora la scène : son expression, quand il avait sorti le petit paquet enrubanné, son sourire, lorsqu'il avait fixé la broche sur son manteau. Elle retourna à la penderie. Le manteau en serge bleu était bien trop chaud pour la saison, pourtant, elle ne put se résoudre à le laisser, épingla la broche sur le revers du col, puis regagna le salon.

Elle aurait bien voulu laisser un mot à Mme Peyre pour l'informer de sa décision, mais elle savait qu'il valait mieux pour elles deux qu'elle ne mentionne pas son départ et ne donne aucune indication sur sa destination.

— Je ne pars pas pour longtemps, murmura-t-elle, en se demandant si l'avenir le confirmerait.

Le landau était dans le couloir. Lucie hésita un moment. Il lui faudrait traverser la Bastide pour gagner le jardin du Calvaire. Évidemment, ce serait plus facile de transporter Jean-Jacques en landau, mais qu'en faire ensuite ? Un landau abandonné dans la rue attirerait à coup sûr l'attention.

— Viens, mon petit bonhomme, on y va, dit Lucie en prenant son fils dans ses bras. En route vers de nouvelles aventures.

Sandrine entendit les cloches de Saint-Gimer sonner 18 heures, imitées peu après par leurs consœurs du couvent des Minimes de la rue Trivalle.

Elle n'entendait plus les soldats, pourtant elle savait qu'ils n'abandonneraient pas leurs recherches ; aucun d'eux ne semblait être revenu sur le pont, d'après ce qu'elle pouvait en voir.

Où Raoul pouvait-il être en ce moment ? Comme elle avait démonté l'engin plus tôt que l'heure prévue, il ne devait pas encore s'inquiéter pour elle, puisqu'il ne l'attendait pas avant la nuit tombée. Il devait se terrer quelque part, à l'abri, en attente du crépuscule.

Et Lucie, était-elle bien rentrée ? se demandait-elle avec angoisse. C'était souvent le pire dans ce qu'elle vivait : avoir peur non pour soi-même, mais pour ceux qu'on aime. Les premiers temps, Sandrine pensait qu'elle le saurait, en cas de malheur. L'expérience l'avait détrompée. Ce tiraillement violent dans le bas-ventre, ces crampes dans la poitrine n'étaient pas toujours justifiés. Dans le cas de M. Baillard, par exemple, elle ne pouvait accepter le fait qu'il ait disparu. Après deux ans sans nouvelles, Sandrine savait que c'était stupide de s'accrocher à l'espoir ténu qu'il était encore en vie. Et pourtant, elle sentait sa présence. Faible, mais indéniable.

À mesure que les minutes s'étiolaient, elle s'efforçait de changer de position, d'étirer un peu ses jambes et ses bras raides. La lumière de fin d'après-midi cédait peu à peu la place à la pâleur du début de soirée. Sept heures venaient de sonner quand elle entendit, puis vit, un convoi de véhicules militaires rouler sur le pont. Il y eut des ordres criés en allemand, puis en français, tandis que trois camions de la Gestapo et de la milice passaient de la Bastide à la Cité. Peu après, une voiture blindée de la Waffen-SS traversa également le pont, la capote fermée.

Authié se trouvait-il à l'intérieur ? Et si le dîner avait bien lieu en fin de compte ? Peut-être n'était-ce pas un piège, et avaient-ils commis une terrible erreur en annulant l'attaque de ce soir, manquant ainsi la meilleure occasion qu'ils auraient jamais ?

Quand tous les véhicules eurent passé le pont, les barrières retombèrent et le silence revint sur la rivière. De sa cache, Sandrine observait les gardes qui patrouillaient entre les deux postes de contrôle.

La lumière vira au violet puis, peu à peu, au noir. Les cloches de Saint-Gimer sonnèrent 21 heures. Sandrine, qui avait l'ouïe fine, perçut alors un autre son. La douce voix d'une femme, chantonnant une ancienne berceuse occitane.

Bona nuèit, bona nuèit…
Braves amics, pica mièja-nuèit
Cal finir velhada…

C'était un air que Marieta lui fredonnait quand, toute petite, elle avait du mal à s'endormir. Sandrine sentit des larmes lui piquer les ycux et se mit à remuer les lèvres en silence, reprenant les paroles familières de son enfance tandis que la berceuse flottait sur la rivière.

Cantem pas mai…
Anem tots al leìt

Une vieille chanson des montagnes, pour réconforter tous ceux qui ne peuvent pas dormir, mais doivent rester aux aguets, vigilants.

— Ça fait six heures que tu es rentrée de la Cité. Il lui est sûrement arrivé quelque chose, insista Raoul en scrutant Lucie.

La nuit était tombée sur le jardin du Calvaire. Les apôtres de pierre dormaient dans le jardin de Gethsémané, et c'était dans leur ombre salutaire que s'abritaient Raoul, Lucie et Robert Bonnet.

— Mais non, répéta Lucie en berçant Jean-Jacques dans ses bras pour l'empêcher de se réveiller. Je l'ai vue : elle est sortie de la tour sans encombre. Il n'y a pas eu de sirène ni d'alarme. Juste un ivrogne qui faisait du raffut. Sandrine m'a fait signe de partir, et j'ai obéi.

— Nous ne savons même pas si elle a pu revenir à la rue Longue, dit Raoul.

— Non, c'est vrai. Mais il n'y a aucune raison d'en douter. Elle va arriver, le rassura Lucie patiemment, pourtant sa voix commençait à trahir des signes de tension.

— On ne peut plus attendre, intervint Bonnet. C'est trop risqué.

— Je ne partirai pas sans elle, décréta Raoul.

— Tu connais la règle, Pelletier, répliqua son camarade. Le réseau Citadelles suivait les mêmes consignes que les autres groupes. Si quelqu'un avait plus d'une demi-heure de retard, on devait en déduire que le lieu du rendez-vous avait été découvert, n'était plus assez sûr, ou que le contact s'était fait prendre. À ce stade, il fallait impérativement déguerpir et prévenir les autres.

— C'est différent, dit Raoul.

— Sandrine n'escomptera pas qu'on l'attende, insista Bonnet. Elle supposera que nous suivons les consignes en pareil cas. Que tu as assez confiance en elle pour savoir qu'elle est capable de s'en sortir toute seule.

— Et si Authié l'a trouvée ?

— Tout s'est bien déroulé, Raoul, répéta Lucie. Il n'y a pas eu trace du commandant Authié.

— Je ne quitterai pas Carcassonne sans elle. Bonnet, pourrais-tu emmener Lucie à notre place au point de transfert, puis revenir demain matin ? Je sais, c'est beaucoup demander, mais comprends-moi. Je ne puis partir sans elle.

Bonnet ne répondit pas. Il se contenta de secouer la tête d'un air dubitatif. Ils savaient tous deux que les risques de se faire prendre augmentaient considérablement si Bonnet partait puis revenait au même lieu de rendez-vous.

— S'il te plaît, insista Raoul. Ce n'est pas un endroit pour Jean-Jacques, mais je ne puis m'en aller d'ici. Ce n'est que justice. Après tout ce qu'elle a fait.

Robert soutint son regard un instant, puis il acquiesça.

— D'accord. Mais reste ici. Si tu n'es pas là quand je reviendrai, je ne pourrai rien faire.

— Merci, Bonnet, répondit Raoul, visiblement soulagé.

— On se reverra à Coustaussa, dit Lucie en posant la main sur son bras. Ne tardez pas trop, d'accord ?

Le temps avait changé de forme. Passé et avenir semblaient coexister avec un présent étrange et fragile. Sandrine sentait des esprits tout autour d'elle, des fantômes amicaux qui lui tendaient la main en murmurant, parlant de leur vie et partageant leurs secrets avec elle. Ils la reliaient à tous ceux qui avaient arpenté les rues de Carcassonne au cours des siècles et à ceux qui viendraient après elle.

Un nuage de moucherons planait au-dessus de l'eau. Piégée dans l'espace confiné, sans rien à boire ni à manger, elle avait perdu le fil et ignorait depuis combien de temps elle était cachée là.

Les rayons des grands projecteurs balayaient depuis la Cité les quartiers Trivalle et Barbacane, mais tout était silencieux, à part, de-ci, de-là, le claquement d'une portière de voiture ou un bruit de moteur. Pourvu que Raoul soit parti. Pourvu qu'il ait suivi la consigne et soit parti sans moi, priait-elle, même si cette idée lui crevait le cœur.

Enfin, la nuit tomba. Elle entendit les camions retraverser le pont en sens inverse, suivis d'un vrombissement de moteur de voiture. Sandrine sentit une paix étrange l'envahir. Une image se glissa doucement dans son esprit, floue, indistincte, une impression, presque un souvenir. Une jeune fille, revêtue d'une longue cape rouge ornée sur le bas d'une broderie, un entrelacs de carrés et de losanges verts et bleus, parsemé de petites fleurs jaunes. Non, ce n'étaient pas des fleurs, mais des étoiles. Sept étoiles. Une jeune fille au visage avenant, mais volontaire.

Entre les deux Carcassonne coulait la rivière, sombre et silencieuse. Une mer de verre.

127

Revol considérait Authié d'un air impassible, en dissimulant soigneusement sa satisfaction. Car il avait eu raison, et Authié avait pris la mauvaise décision. Comment son chef allait-il réagir ? Il l'ignorait encore, mais Schiffner avait déjà clairement manifesté son mécontentement. Toutes ces forces déployées pour un résultat nul, quel gâchis…

— Toujours aucune trace d'elle ? lui demanda Authié d'un ton acerbe.

— Nous ne savons pas de qui il s'agissait, répondit Revol. Le rapport parle seulement d'un homme et d'une femme repérés sous la rue Petite-Côte-de-la-Cité. Quand la Gestapo les a interpellés, la fille s'est enfuie.

— Et l'homme ?

— Ce n'était pas Pelletier. Juste un ivrogne, qui s'était aventuré par mégarde dans la zone interdite, selon ses dires. Il est en détention, mais, apparemment, il n'est au courant de rien.

Authié consulta le rapport de la Wehrmacht étalé sous ses yeux.

— Il est dit ici qu'elle a traversé le pont Vieux. Pourquoi diable l'a-t-on laissée passer ?

— Les sentinelles ignoraient qu'il y avait un problème, à ce moment-là, monsieur, répondit Revol. Et quand elles s'en sont rendu compte, la fille avait filé. La Wehrmacht a fouillé le quartier maison par maison, en vain. Personne n'a reconnu l'avoir vue.

Authié tapota à nouveau la feuille.

— D'après ce rapport, deux femmes ont été repérées dans le voisinage de la rue des Anglais à 16 h 30. Une bonne heure avant cet autre incident. Pourquoi ne nous a-t-on pas prévenus immédiatement ?

— C'étaient des filles de joie. Le capitaine n'a appris qu'à son arrivée dans la Cité que nous cherchions des femmes, une femme. Il a aussitôt décidé de nous en informer par radio.

— C'était il y a huit heures, Revol, remarqua Authié.

Revol resta coi. Lorsque le rapport lui était parvenu, il avait décidé de ne pas le transmettre tout de suite à Authié. Il ne partageait pas l'intime conviction de son supérieur que l'engin, ou le leurre, avaient été posés par Sandrine Vidal. En revanche, il trouvait comme lui que la priorité absolue, c'était d'interroger la Vidal à propos du Codex. En gardant par-devers lui le rapport de la Wehrmacht durant quelques heures, il avait espéré avoir ainsi un peu d'avance sur son commandant. Mais lorsque Revol était arrivé dans la Cité, on n'avait retrouvé aucune trace des deux filles correspondant aux descriptions données par les soldats de la Wehrmacht. Le dîner avait eu lieu mais, pour les gardes, la soirée s'était déroulée dans le plus grand ennui : ils avaient surveillé la tour de la Justice et la tour du Grand Burlas en attente d'une attaque sur l'hôtel à laquelle ni Revol ni Authié ne croyaient plus.

— D'après moi, nous devrions nous rendre dès à présent à la maison de la rue du Palais, dit Revol en cherchant le regard de son chef, qui blêmit.

— Où est Schiffner ? demanda-t-il, en ignorant délibérément son commentaire.

— Il est rentré au quartier général. Déposer son rapport.

— Avez-vous les hommes qu'il vous faut ?

— Oui, monsieur, confirma Revol. Deux miliciens font le guet sans relâche de la maison Fournier depuis les vingt-quatre dernières heures.

— Quelqu'un est-il entré ou sorti ?

— Non… Les deux femmes sont probablement déjà parties, ajouta-t-il en décidant de pousser un peu plus Authié à bout.

— Ah vous croyez ? riposta son chef d'un ton cinglant. Et sur quoi fondez-vous vos suppositions ?

Revol ne répondit pas.

— Justement, nous ne sommes sûrs de rien, reprit Authié, puis il rédigea une note, qu'il jeta presque à Revol. Tenez, voici le nécessaire.

Revol lut l'ordre de réquisition.

— 5 heures ? s'étonna-t-il. Ne le prenez pas mal, monsieur, mais pourquoi attendre ?

Authié se leva et se pencha au-dessus de son bureau.

— Parce que si, comme vous le supposez, Revol, il n'y a personne là-bas, deux heures de plus ou de moins ne feront aucune différence. Par courtoisie, je me dois d'informer personnellement Schiffner de ce que je m'apprête à faire… Le prévenir avant d'agir. Cela vous donnera le temps de m'apporter les informations que vous avez recueillies sur Audric Baillard, ajouta-t-il en pointant un doigt sur lui. Car je suppose que vous vous en êtes occupé ?

Revol n'avait pas trouvé le temps de retourner au commissariat, et il doutait de trouver à présent aux archives quelqu'un qui l'aiderait à sortir les dossiers, mais il n'allait certainement pas le reconnaître.

— Je vous les apporterai dès que possible, monsieur.

— J'attendrai, répliqua Authié en le toisant avec insistance.

Raoul était allé de bar en bar. La Bastide grouillait de policiers et de soldats postés à chaque coin de rue, ceux de la Gestapo surveillant le centre, ceux de la milice la périphérie, mais il avait réussi à passer au travers.

Personne n'avait entendu parler d'une femme qui se serait fait arrêter dans la Cité, même s'il y avait eu deux rafles plus tôt dans la journée, surtout des vieux, disait-on. Nul ne semblait bien au courant. On parlait de descentes dans le quartier Trivalle en fin d'après-midi, de perquisitions dans le quartier entourant l'hôpital, apparemment sans résultat, et de camions de la Wehrmacht entrant et sortant de la Cité. Mais, là encore, personne n'avait été arrêté pendant la nuit, semblait-il.

Au café Saillan, Raoul entendit d'une oreille deux hommes parler d'un cadavre de femme trouvé en état de décomposition dans son appartement, et comprit qu'il s'agissait de sa mère. Le message était donc parvenu à l'ordonnateur des pompes funèbres… Le soulagement l'envahit, aussitôt suivi d'un violent accès de chagrin et de culpabilité.

Il retourna au jardin du Calvaire pour rejoindre Robert Bonnet, qui l'attendait. Lucie et Jean-Jacques avaient été escortés en sécurité jusqu'à Roullens. Presque tout le maquis Faïta avait gagné le sud, mais Ramón, qui avait trouvé à Raoul un endroit où se cacher quand il avait fui Carcassonne après le 14 juillet 1942, était encore là, prêt à donner un coup de main. Il les conduirait jusqu'à Cépie, au nord de Limoux. Là, en admettant qu'elles fussent arrivées sans encombre, Suzanne et Marianne auraient chargé quelqu'un de récupérer Lucie et son fils.

— Ça n'a pas été facile de revenir, dit Robert. Le fourgon d'une boulangerie avait été « emprunté » pour intercepter un transport de munitions depuis le dépôt de la Wehrmacht jusqu'au domaine de Baudrigues. Les Allemands y entreposent toutes leurs munitions pour artillerie lourde, plutôt que d'attendre qu'on les réapprovisionne de Montazels.

— Oui, je l'ai entendu dire.

— Quelqu'un a mouchardé, reprit Bonnet en soupirant. La Gestapo les attendait.

— Y a-t-il un lien quelconque avec nous ? Avec Citadelles ?

— Non, mais deux gars sont morts et quatre autres ont été arrêtés.

Raoul secoua la tête avec consternation.

— Savons-nous qui les a dénoncés ?

— Pas encore… Et Sandrine, tu as du nouveau ?

— Non.

— Tu as essayé tous les endroits habituels ?

— Oui.

— Que comptes-tu faire ?

Raoul inspira profondément.

— Yvette va-t-elle travailler ce soir ? Je suis passé par le bar du quai Riquet, mais elle n'y était pas.

— Elle finit tard, le dimanche. Elle travaille de minuit à 6 heures.

— Pourrais-tu lui demander de venir au bar quand elle aura fini son service ? Au cas où elle aurait entendu parler de quelque chose.

— Ça m'étonnerait, mais je ferai de mon mieux, dit Bonnet, puis il chercha le regard de Raoul. Ne retourne pas rue du Palais, Pelletier. Sandrine nous rejoindra, ou bien elle trouvera le moyen de nous faire passer un message.

— Je ne peux pas rester sans rien faire en attendant d'avoir de ses nouvelles, dit Raoul.

— Je sais, mais fais-lui confiance. Elle a de la jugeotte.

Raoul hocha la tête, pourtant il vit à l'expression de Bonnet que son camarade aussi était inquiet.

128

Sandrine attendit qu'il fasse nuit noire avant d'émerger de sa planque sous le pont. Ses genoux, ses chevilles étaient couverts de piqûres d'ortie, mais ses membres étaient trop raides et elle trop engourdie pour ressentir aucune douleur. Elle évitait de penser à Raoul, à ce qu'il devait éprouver, tant cela lui était intolérable. Il avait dû passer chez sa mère, et elle espérait que cette visite ne l'avait pas trop bouleversé. Pourvu qu'il soit sain et sauf et qu'il ne s'en fasse pas trop pour moi, priait-elle, en se sentant de plus en plus coupable d'avoir entraîné Lucie dans cette histoire.

Que faire maintenant ? Il lui fallait décider d'une marche à suivre, mais elle était si lasse qu'elle n'arrivait pas à réfléchir. Quelle plaie, d'être tombée sur ce poivrot qui avait attiré sur elle l'attention de la Gestapo ! Sandrine considéra la robe bon marché qu'elle portait, maculée de poussière et de saleté. Son signalement avait dû être diffusé partout, à cette heure, et avec cette robe vert vif trop voyante, ses chances de quitter Carcassonne sans se faire repérer étaient bien minces. Il lui fallait en premier lieu se changer.

Mais où aller ? Certes, la maison Giraud dans la rue de la Gaffe n'était pas loin d'ici, mais ce serait folie de retourner dans le quartier Trivalle. Quant à chez Mme Peyre, elle ne pouvait s'y rendre au risque de mettre Lucie en péril.

Pour finir, elle ne trouva pas d'autre solution que de retourner rue du Palais, et, aussitôt, ses pieds la conduisirent comme de leur propre volonté dans cette direction. La Gestapo, la milice, le service pour lequel travaillait Authié, quel qu'il soit, n'iraient jamais penser qu'elle était assez stupide pour rentrer chez elle dans ces circonstances. La tête lui tournait tellement elle était épuisée, vaincue par la longue suite de jours et de nuits qui avait abouti à ce moment. La maison était toute proche, maintenant. Une fois là-bas, elle se changerait, puis repartirait avant l'aube. Elle ne voulait mettre personne d'autre en danger. Ensuite, il ne lui resterait plus qu'à trouver le moyen d'arriver à Coustaussa sans encombre pour y rejoindre les autres.

Dix minutes plus tard, elle remontait dare-dare la rue de Strasbourg pour entrer par le portail du jardin de derrière. La maison était sombre, et rien n'indiquait un quelconque passage ou présence inhabituels. Elle posa la main sur le tronc du figuier et s'y appuya un instant, comme pour mieux s'ancrer. La perte de son ancienne vie lui causait tant de peine… Les fruits tombés formaient un tapis poisseux sous ses pieds. Heureusement que Marieta ne pouvait voir à quel point Marianne et elle avaient laissé le jardin à l'abandon.

Un instant, elle se revit tranquillement assise dans le vieux fauteuil en fer forgé blanc, lisant tout en sirotant un verre de limonade maison préparée par Marieta, puis elle secoua la tête pour chasser cette nostalgie qui n'était pas de saison et ne l'aidait en rien.

En contournant par le bord du jardin, elle s'approcha des marches en pierre, prit la clef sous le pot en terre cuite posé sur le rebord de la fenêtre, ouvrit la porte de derrière, entra lentement, puis la referma à clef derrière elle. Retenant sa respiration, elle guetta dans le silence tout bruit indiquant la présence d'intrus.

La maison était vide, constata-t-elle avec soulagement. Il n'y avait là que ses fantômes familiers et amicaux, dont le souvenir était suspendu dans l'air ambiant. Entrant dans la cuisine assombrie, elle ne vit aucun changement depuis que Lucie et elle étaient parties. La vaisselle lavée et rangée sur l'égouttoir. Le reste d'une miche de pain sur la planche en bois, sous le torchon.

À tâtons, elle avança dans la pénombre du hall d'entrée, en se rappelant tous ceux qui l'avaient emprunté durant les premières années de la guerre : résistants hollandais, antifascistes allemands.

Elle continua sa progression dans la maison silencieuse. Le bureau de son père, où les quatre soldats belges combattant avec l'Armée secrète avaient campé durant une semaine en attendant qu'on les emmène chez l'abbé Gau, avant d'entamer le long trajet vers le sud, puis hors de France, par le passage clandestin du Roc Blanc pour, de Belcaire, Rouze, ou Ax-les-Thermes (où on avait vu M. Baillard pour la dernière fois), franchir les Pyrénées et gagner Andorre et l'Espagne.

Elle trouva une boîte d'allumettes John Bull sur le bureau, que le seul pilote anglais qui avait séjourné rue du Palais avait dû laisser. C'était une trouvaille étonnante après tout ce temps, car elles prenaient soin de débarrasser régulièrement la maison de tout objet suspect pouvant les incriminer. Elle la glissa dans sa poche en se rappelant le visage ouvert de l'Anglais, qui était incapable de dire le moindre mot en français. Ils avaient communiqué par signes, et il s'était donné beaucoup de mal pour exprimer sa gratitude devant les risques qu'elles encouraient pour lui. Juste avant de partir, il lui avait fait un baise-main, la main sur le cœur. Sandrine ne l'avait jamais oublié. Elle espérait qu'il avait survécu.

Au pied de l'escalier, elle s'arrêta. La lune entrant par la fenêtre éclairait les photographies accrochées au mur. Sandrine comprit alors ce qui l'avait poussée à revenir, comme une sorte d'écharde lui agaçant l'esprit. Lucie l'avait aidée à détruire les quelques objets qui risquaient de donner des indices sur leur destination. Tous les documents officiels et actes notariés avaient été mis en sûreté depuis longtemps, mais il restait quelques lettres où figurait l'adresse de Coustaussa. Elles s'étaient ainsi débarrassées de tout, sauf des photos des capitelles et du château en ruine. Or ceux qui les recherchaient n'auraient aucun mal à identifier le village.

Sandrine hésita. Ces photos lui étaient précieuses. C'était sa mère qui les avait prises, et elle n'avait pas envie de les détruire. Elle hésita encore un instant, puis se dit pour s'encourager qu'elle ne devait pas faciliter la tâche à Authié et les décrocha rapidement du mur, pour les porter jusqu'à l'évier de la cuisine. Après avoir sorti chaque photo en noir et blanc de son cadre, elle y mit le feu en adressant à sa mère une excuse silencieuse.

Le papier s'enroula, puis s'enflamma avec une lueur orange, trop vive dans la cuisine assombrie, pour enfin noircir et se réduire en cendres. Les tuyaux claquèrent quand elle tourna le robinet pour mouiller les cendres chaudes, qu'elle enveloppa ensuite dans une serviette de table. Elle descendit à la cave pour cacher les cendres et les cadres derrière les casiers à bouteilles vides.

Il lui fallait faire vite, à présent. Elle remonta à l'étage, passa devant les vides laissés sur le mur par les cadres, dont la poussière soulignait les contours. En caressant le bois tiède de la rampe d'escalier, elle se rappela la petite fille qu'elle était jadis, au temps de l'innocence. Un temps meilleur qu'aujourd'hui.

Elle leva les yeux vers le vitrail du palier. Les rayons argentés de la lune projetaient des losanges de lumière colorée sur les marches. Sandrine avait conscience qu'elle était trop lente, trop longue, mais la nostalgie de sa vie perdue était si prégnante qu'elle ne pouvait lui résister.

Elle passa devant la chambre de Marianne, devant celle de son père où Liesl, puis Suzanne avaient dormi, et ouvrit la porte de la sienne. En touchant le haut dossier de la chaise chinoise, elle se rappela toutes les fois où Marianne s'y était installée pour lui donner des conseils, leurs longs tête-à-tête au crépuscule, leurs confidences de minuit. Les draps étaient encore tout froissés, là où Raoul et elle avaient dormi côte à côte.

Sandrine sortit de la penderie une simple jupe et un chemisier passe-partout, rien de trop joli. Elle hésita, puis enfila ses chaussettes écossaises pour cacher ses mollets éraflés, couverts de piqûres d'ortie. Puis elle s'assit sur le lit pour enfiler ses chaussures, une vieille paire que Marianne mettait pour aller en cours, dont les semelles usées étaient réparées avec du carton. Elles feraient l'affaire.

Son humeur mélancolique était due en partie au manque de sommeil, à ces heures terrifiantes qu'elle venait de passer, terrée seule, au fond de son trou. Mais elle venait surtout du fait que Sandrine était peut-être pour la dernière fois ici, dans la maison. Certes Marianne et elle en avaient parlé, mais l'arrivée de Raoul, puis la frénésie avec laquelle elles avaient dû tout ranger avec Lucie l'avaient empêchée d'y penser.

À présent, dans l'intimité de cet instant, le chagrin la submergeait. Elle contempla la tâche d'humidité familière sur le plafond au-dessus de son lit, un legs de l'âpre hiver 1942, quand les canalisations avaient gelé, que les gouttières s'étaient fendues, et que la pluie avait transpercé le toit, avec le dégel du printemps suivant.

Suzanne avait promis de réparer la fuite. Raoul aussi s'était proposé mais, au bout du compte, personne ne s'en était occupé. Elle était si lasse… Elle aurait dû s'activer au lieu de rester assise à fixer la tâche en forme de larme, mais elle ne pouvait en détacher les yeux. Un jour, ce serait à Jean-Jacques de réparer la fuite, quand il serait en âge de le faire. Ou à l'un de ses enfants. Portant la main à son ventre, elle songea à la nuit du dimanche où Raoul était arrivé. Ils avaient fait l'amour, et ça avait été différent de d'habitude. Depuis, elle ne ressentait aucun changement dans son corps, pourtant elle ne pouvait s'empêcher de se dire que peut-être…

Les paroles d'une berceuse lui revinrent. Une mère chantant à son bébé *Bona nuèit, bona nuèit*. Aurait-elle un fils ou une fille ? Au fond, peu lui importait. Et Raoul, préférerait-il un fils ? Non, elle ne le croyait pas.

Encore quelques instants volés. Oubliant qui elle était, ce qu'elle était censée faire, Sandrine resta assise sans bouger dans sa chambre d'enfance, à rêver dans la pénombre à ce qui aurait pu être.

Alors, brusques, violents, il y eut des coups frappés à la porte, des éclats de voix, des cris.

— Police ! *Polizei !*

Ces bruits qu'elle avait imaginés tant de fois et redoutés depuis si longtemps à chaque instant de sa vie, jour et nuit, depuis deux ans. Un instant son esprit resta suspendu, comme si une partie d'elle-même demeurait dans le rêve, puis elle s'étonna de se sentir aussi calme, de voir ses muscles, ses bras, ses jambes bouger d'eux-mêmes, mûs par leur propre volonté.

Dans le couloir en dessous, elle entendit éclater le bois de la porte qu'on enfonçait à coups de botte. Quelle idiote de m'être assoupie, quelle idiote d'être venue ici ! Des voix d'hommes dans le couloir, parlant français et allemand. La voix de Revol, perçue par bribes, mais qu'elle reconnut aussitôt, tant elle était incrustée dans sa mémoire tel un éclat de verre.

L'instinct prit le dessus. Il n'y avait aucune raison de penser que Raoul viendrait la chercher ici, que quiconque viendrait, puisqu'elle avait promis de ne pas y retourner. Pourtant elle gribouilla vite un mot, le fourra dans la boîte d'allumettes, qu'elle lança par la fenêtre de la salle de bains en priant pour que les soldats ne fouillent pas le jardin avec trop de zèle.

Puis elle monta l'escalier jusqu'au grenier en espérant s'y cacher, et qu'ils passeraient à côté. Mais les Vert-de-gris fonçaient déjà dans l'escalier, suivis des bérets bleus de la milice. Bris de verre, tiroirs balancés par terre, tissus déchirés… La fouille commençait.

Puis un agent de la Gestapo la prit violemment par les cheveux pour la tirer au bas de l'échelle en lui déchirant le cuir chevelu, d'autres mains lui saisirent la taille, les jambes, la traînèrent par terre.

— C'est fini maintenant, dit la voix de Revol à son oreille.

Sandrine sentit qu'on lui ramenait les bras derrière le dos, qu'on lui passait les menottes, et elle fut à demi portée, à demi poussée en bas des marches du perron jusqu'à la voiture qui attendait dans la rue.

Revol la jeta au fond de la banquette arrière.

— Où m'emmenez-vous ? réussit-elle à dire en s'efforçant de se redresser.

Il la frappa durement sur la tempe. Hébétée, Sandrine s'effondra sur le flanc, puis lutta pour se redresser.

— Tu en as assez fait, dit-il à voix basse. Alors n'aggrave pas ton cas.

129

Raoul savait que c'était risqué, mais il ne restait plus que cet endroit-là. Bonnet lui avait dit de ne pas s'en approcher, et Sandrine et lui avaient convenu de ne pas y retourner, mais il ne voyait pas où la chercher, sinon à la maison de la rue du Palais.

S'il ne l'y trouvait pas, alors cela signifierait que… mieux valait ne pas y penser. À 5 h 30, posté au coin de la rue de Strasbourg et de la rue de Lorraine, il fit le guet pour voir s'il pouvait entrer par le jardin sans se faire repérer. Mme Fournier n'était sûrement pas levée, et il ne décela aucun signe indiquant que la Gestapo ou la milice surveillaient la maison.

Les bureaux de la Feldgendarmerie et du Deuxième Bureau se trouvant rue Mazagran, les officiers supérieurs de la Gestapo et de la Wehrmacht étaient nombreux à loger dans les rues élégantes de ce quartier résidentiel datant du XIXe siècle, situé près du palais de Justice. Lui ne s'y était jamais senti à l'aise, mais Sandrine avait toujours pensé que cela garantissait leur sécurité, car les descentes de la Gestapo avaient lieu généralement dans les quartiers pauvres de la ville, censés abriter les fugitifs.

Raoul marcha vite et se glissa par le portail du jardin, surpris de découvrir qu'il n'était pas fermé. Le sol jonché de figues pourries était poisseux sous ses pieds, le jardin envahi de mauvaises herbes. Il monta les marches et scruta l'intérieur par la vitre, sans rien voir tant il faisait sombre. Il perçut juste une faible odeur de brûlé. Il voulut entrer, mais la porte était verrouillée, et la clef ne se trouvait pas sous le pot en terre cuite habituel. Perplexe, il remarqua alors que la fenêtre de la salle de bains du premier était ouverte. Pas juste entrebâillée, mais grande ouverte.

Après avoir vérifié que rien ne bougeait chez Mme Fournier, Raoul escalada la balustrade et avança sur le large rebord de fenêtre du rez-de-chaussée. Comme il ne distinguait toujours pas l'intérieur, il ressauta sur le sol et atterrit sur un tas de branchages et de feuilles sèches, amassé dans un coin du jardin à l'automne dernier et jamais débarrassé. Il remarqua alors une tache de couleur rouge, ressortant parmi les bruns et les gris ternes des végétaux. C'était une boîte d'allumettes, de marque anglaise. Propre et sèche comme elle était, elle n'avait sûrement pas passé tout l'hiver ici.

Le cœur battant, Raoul ouvrit la boîte. Dedans, trois allumettes intactes et un petit morceau de papier. Il le déplia et reconnut l'écriture de Sandrine « SD – 5 heures. »

— Non, non, non, non, gémit-il.

C'était comme si on venait de lui décocher un coup de poing en pleine poitrine. Son cœur martelait ses côtes, son souffle restait coincé dans sa gorge. SD signifiait Sicherheitsdienst, la Gestapo. Le mot le prévenait qu'ils étaient venus l'arrêter ici à 5 heures.

Il eut envie de hurler, de déchirer le ciel en deux, d'abattre la maison à mains nues et serra les poings en rentrant les ongles dans la chair de ses paumes, jusqu'au sang.

Peu à peu, il s'efforça de maîtriser la rage qui bouillonnait en lui et regarda l'heure à sa montre. Presque 6 heures. Sandrine avait écrit ce mot pour lui il y a une heure. Il y a une heure, elle était encore en vie.

Raoul secoua la tête pour chasser cette idée. Bien sûr qu'elle était en vie. Il brûla le mot, puis s'obligea à réfléchir, à se concentrer. La Gestapo avait dû l'emmener soit à la villa de la route de Toulouse, soit à la caserne Laperrine.

Il y a une heure… S'il était venu plus tôt, il aurait pu intervenir.

Raoul s'obligea à ne pas penser à ce qui se passait peut-être en ce moment même. Beaucoup de partisans avaient été détenus sur la route de Toulouse, livrés aux mains des interrogateurs de la Gestapo. Il était impossible d'y entrer, impossible d'en faire sortir quelqu'un. Il y avait eu des tentatives par le passé, dont aucune n'avait réussi.

Qu'importe. Il s'agissait de Sandrine. Où qu'elle soit, il la trouverait et la ferait sortir. Au risque de ta vie, lui murmura une voix insidieuse, qu'il ignora.

Repartant par le même chemin, il regagna la rue et se mit à courir en direction du quai Riquet.

130

— Où est-il ? répéta Revol.

Son corps n'était plus qu'une masse confuse hurlant de douleur. Sandrine savait qu'elle n'était pas ici depuis longtemps, mais elle ignorait où elle se trouvait exactement. Pas loin. L'un des soldats lui avait passé une cagoule sur la tête avant de la sortir de la voiture, puis on l'avait traînée sur une surface rugueuse à l'intérieur d'un bâtiment. Avant d'y pénétrer, il lui semblait avoir entendu le crissement d'un train sur les rails et un long sifflement ; on l'avait sans doute amenée au quartier général de la Gestapo situé sur la route de Toulouse, qui était adossé à la voie ferrée.

Elle était restée seule un moment, ligotée sur une chaise. Parvenant à peine à respirer l'air vicié de la pièce à travers le tissu épais de la cagoule, elle avait eu l'impression d'étouffer.

Puis Revol était revenu et il avait commencé à l'interroger. Chaque question sans réponse était suivie d'une gifle, d'un coup de poing dans le ventre, d'un coup de botte dans le tibia. Elle ne savait jamais où il allait frapper, et le pire était encore à venir.

— Où est caché le Codex ? Qui le détient ?

— Je ne sais pas.

Comme elle cherchait instinctivement à se dégager, se défendre, il frappa durement le côté de sa cheville avec quelque chose, un bâton, une canne, un gourdin. Pour la première fois, elle hurla.

— Tu finiras par me dire ce que je veux savoir, dit-il. Pourquoi ne pas nous épargner ça ?

— J'ignore où se trouve le Codex, répéta-t-elle en se raidissant dans l'attente d'un nouveau coup. Je ne vois pas pourquoi vous m'interrogez là-dessus.

— Parce que tu nous as envoyés sur une fausse piste, n'est-ce pas ? lui susurra-t-il à l'oreille. Ce qui prouve bien que tu es impliquée dans cette histoire.

Sandrine s'efforçait de demeurer en un lieu calme et silencieux de son esprit, un refuge où Revol ne pourrait l'atteindre. Jusqu'à présent, elle n'avait rien dit, rien du tout. Sa seule préoccupation, c'était de survivre au prochain coup, puis au suivant. Elle songea à Jean Moulin, torturé à mort à Lyon par le Hauptsturmführer Barbie, et aux innombrables personnes qui n'avaient jamais parlé, jamais trahi leurs camarades. Elle ignorait combien de temps elle réussirait à tenir, mais elle lutterait pour être à la hauteur.

— Dis-le ! s'écria-t-il, hors de lui.

Ce serait pire pour elle, à long terme, pourtant la colère de son tortionnaire lui insuffla une étincelle de courage. Son instant de triomphe fut de courte durée. Une main de fer la fit se lever, l'obligea à traverser la pièce. Loin de la chaise, elle se sentit encore plus vulnérable. Alors une main sur sa nuque, celle de Revol, la fit tomber à genoux et un frisson d'horreur la parcourut. On lui plongea la tête dans de l'eau glacée. Elle sentit la cagoule trempée se plaquer sur sa bouche, ses narines, et elle commença à se débattre. Son sang rugissait dans sa tête comme si ses veines allaient exploser, ses poumons en panne d'oxygène la brûlaient furieusement.

Elle entendit quelqu'un rire en la voyant battre des jambes, ses pieds nus dérapant sur le sol mouillé. Juste au moment où elle allait défaillir, ils la redressèrent.

— Où est-il ?

— Je ne sais pas, répondit-elle en suffoquant mais, cette fois, elle se prépara, et quand on lui replongea la tête dans l'eau puante, elle retint son souffle.

Sandrine se força à s'imaginer nageant dans l'Aude à Rennes-les-Bains, plongeant au fond de l'eau boueuse pour pêcher des cailloux, petits joyaux cachés dans le lit de la rivière. Avec Geneviève, étant enfants, elles passaient des heures chaque été à jouer dans l'eau, à s'immerger en se pinçant le nez, pour essayer de rester le plus longtemps possible sous la surface.

Comme le manque d'air devenait insoutenable, Sandrine se revit remontant lentement à travers l'eau verte vers le ciel bleu du Midi. Elle aurait voulu rester là, ne pas revenir à elle ni au présent, sceller son silence en mourant.

Lorsqu'on finit par lui sortir la tête de l'eau, elle glissa de leurs mains mouillées et se cogna la tête contre le carrelage. Un instant, Sandrine gît là en se demandant si elle allait perdre conscience. Des ondes de douleur vibraient dans tout son flanc, mais elle n'eut pas la force de bouger.

Depuis combien de temps était-elle là ?

Ils étaient venus la prendre à 5 heures, juste avant l'aube. Faisait-il grand jour à présent, ou déjà nuit ? Cette éternité n'avait peut-être duré que quelques minutes. Y en avait-il d'autres qu'elle, détenus ici ? Elle essaya de chasser les noms de son esprit, ou plutôt de les y enfouir si profondément qu'on ne pourrait les en exhumer. Raoul, Robert, Lucie, M. Baillard. Elle s'interdit dorénavant de penser à eux.

Alors on la remit sur ses pieds et quelqu'un, Revol de nouveau, la saisit par son chemisier trempé et la fit trébucher en l'attirant violemment contre lui. Quelqu'un d'autre rit. Elle sentit le tissu se déchirer et entendit les boutons rebondir doucement sur le sol. Il la fit s'affaler sur la chaise.

— Qui t'a aidée à fabriquer le faux ? Très bon, au fait, nous nous y sommes tous laissé prendre, remarqua Revol, puis il mit les mains sur son cou et serra, de plus en plus fort. Tout ce que je veux, c'est que tu me dises où se trouve le Codex en ce moment. Tu me le dis, et c'est fini, tu comprends ? On arrête.

— Je ne sais rien, réussit-elle à répondre.

Soudain il y eut des bruits de pas, un claquement de porte. Revol relâcha son étreinte et elle sentit qu'il s'écartait. D'autres mains l'obligèrent à se redresser. Aussi désorientée qu'elle fût, Sandrine se rendit compte que l'atmosphère dans la pièce avait changé. Une voix rageuse lui parvint à travers le bourdonnement de ses oreilles. Alors on dénoua la cagoule et on la lui ôta.

Un moment, Sandrine ne ressentit que le plaisir de l'air sur sa peau. Elle ferma les yeux et détourna la tête de l'ampoule nue, éblouissante après l'obscurité où elle était plongée.

— Asseyez-vous.

Elle aurait voulu ne pas donner à Authié la satisfaction de la voir réagir, pourtant Sandrine tressaillit au son de sa voix. Elle resta debout, un peu chancelante, retenue par les mains des officiers de la Gestapo qui l'encadraient, puis on l'obligea à s'asseoir sur la chaise, et on lui lia de nouveau les bras derrière le dos.

Toute gonflée, sa paupière droite l'empêchait de bien voir.

— Mademoiselle Vidal, dit-il.

Sandrine se força à lever la tête, décidée à le regarder droit dans les yeux, mais le mouvement lui donna la nausée. Malgré tout ce qu'elle avait subi aux mains de Revol, et même s'il n'avait jamais levé la main sur elle, elle craignait Authié bien davantage. La sueur dégoulinait entre ses seins, au creux de ses reins endoloris, elle sentait l'odeur âcre qui émanait de sa peau. Une odeur de bête fauve enfermée.

— Commandant Authié. Le lieutenant Revol m'a posé des questions auxquelles je ne puis répondre. Franchement, j'ignore ce qu'il désire savoir. Je ne comprends pas pourquoi il s'adresse à moi, dit-elle, consciente qu'elle en faisait peut-être trop, avec l'espoir pourtant qu'elle réussirait à le convaincre de son ignorance, malgré son échec auprès de Revol.

Authié la contourna pour se placer derrière elle, si près qu'elle sentit l'odeur de son après-rasage mêlée à celles du savon et du tabac, des odeurs qui contrastaient si fort avec celles du sang et du tissu trempé. Sandrine sentit son corps se recroqueviller, comme si des milliers de minuscules fils reliés aux pores de sa peau tiraient vers l'intérieur. Furieuse qu'il puisse lui faire autant d'effet, elle releva le menton, au mépris de la douleur qui pulsait dans son cou et sa mâchoire.

Quand il posa lourdement les mains sur ses épaules, sa répulsion la fit tressaillir. Il enfonça les doigts dans la peau et le muscle, de plus en plus fort, puis sa main droite glissa plus bas, s'immisça sous le fin coton de son chemisier, et descendit encore.

— Non, protesta-t-elle.

— Essayez donc de m'en empêcher, ironisa-t-il. Le lieutenant Revol m'informe que vous ne vous êtes pas montrée du tout coopérative.

— Il refuse de croire que je n'ai pas les réponses qu'il désire.

Authié se pencha en avant. Sandrine crut qu'il allait de nouveau la toucher, mais il secoua la chaise et la fit basculer en arrière, presque tomber. Sandrine retint un cri, décidée à ne pas montrer de peur face à lui.

— Allons, vous pouvez mieux faire, dit-il.

— Je vous en prie, dit-elle en méprisant le ton plaintif de sa voix. Je ne sais rien.

— Je vous en prie, se moqua-t-il en l'imitant, puis il redressa la chaise brutalement, une secousse qui décocha une onde de douleur le long de son dos.

Elle se mordit la lèvre pour ne pas crier.

— Voyez-vous, je suis persuadé que vous mentez quand vous prétendez ne rien savoir, mademoiselle Vidal… plus connue sous le nom de « Sophie ». C'est à bon escient que vous m'avez parlé du faux. Et vous savez où se trouve le véritable Codex. Est-ce vous qui l'avez ? murmura-t-il à son oreille d'un ton doucereux, presque caressant.

Malgré les coups qu'elle avait reçus, malgré la douleur qui irradiait dans son corps, elle retrouva soudain toute sa vivacité d'esprit.

— Je ne comprends rien à cette histoire de faux. Et je m'appelle Sandrine.

— Un certificat de naissance est facile à trouver, dit Authié en riant. Je vous aurais crue plus inventive. Sophie ou Sandrine, peu m'importe pour l'heure. J'ai tout mon temps, et je suis tout disposé à rester ici tant que je n'aurai pas obtenu ce que je veux.

— Vous ne vous adressez pas à la bonne personne. Je ne sais rien, insista Sandrine.

Elle releva la tête pour s'obliger à le regarder dans les yeux. Ils étaient sombres, vides de toute émotion. Seule sa propre peur s'y reflétait. Alors son regard glissa de biais jusqu'au crucifix d'argent épinglé au revers de son veston.

— Apparemment, nous sommes dans une impasse, dit-il. Dans ce cas, il ne me reste plus qu'à trouver le moyen de vous rafraîchir la mémoire.

Authié tira son revolver de sa ceinture. Sandrine sentit l'atmosphère changer dans la pièce. Revol avança d'un demi-pas.

— Je n'ai aucune information qui puisse vous intéresser, assura-t-elle avec l'énergie du désespoir, tout en sachant au même moment que, s'il la tuait, au moins, ce serait fini ; elle mourrait sans avoir dénoncé personne.

Mais Authié releva soudain sa jupe au-dessus de ses genoux, puis il poussa le canon du revolver entre ses jambes en appuyant lentement le métal froid contre sa peau.

— Où est le Codex ? dit-il. Commençons par là.

— Je ne sais pas.

— Allons, vous pouvez faire mieux que ça, dit Authié en remontant l'arme le long de sa cuisse.

Quand Sandrine sentit le canon du revolver contre son pubis, elle comprit ses intentions et ferma les yeux.

— Je ne sais pas, répéta-t-elle en s'armant contre la douleur.

Alors elle l'entendit, cette même voix lui murmurant l'espace d'un instant « *Coratje* », et un autre souvenir lui revint. L'ange combattant, la statue aux traits féminins du square Gambetta serrant le manche de son épée d'un air résolu, les ailes brisées, mais l'esprit intact, toujours prêt à lutter. Songer à elle donna à Sandrine le courage de tenir bon. Encore un moment.

— Je ne sais rien, répéta-t-elle.

131

Raoul était au bar depuis 6 h 30. Bonnet et Yvette arrivèrent environ une demi-heure plus tard.

— Ils sont rentrés à 5 h 15, d'après vous, dit Raoul avec désespoir.

Même à cette heure matinale, le bar était bruyant, et Yvette dut hausser le ton pour se faire entendre.

— Oui, acquiesça-t-elle. La milice et la Gestapo. Six hommes pour une seule prisonnière.

— Vous l'avez vue ?

— Pas vraiment, non, entourée comme elle était.

— Mais comment savez-vous qu'il s'agissait d'une femme ?

— Parce qu'elle était en jupe.

— Tu n'as rien remarqué d'autre ? insista Robert.

— Si, elle portait ces drôles de chaussettes écossaises qui faisaient fureur, il y a un ou deux ans. Ils l'ont emmenée dans l'une des pièces du fond.

— Tu as entendu quelque chose ?

— Cette partie du bâtiment nous est interdite.

— Quelle partie ? s'enquit Raoul.

— Les salles d'interrogatoire, répondit-elle posément. Je regrette.

Raoul blêmit, mais il s'obligea à ne penser qu'à une chose, comment la sortir de là.

— Au moment où je partais, le commandant Authié est arrivé. Il avait l'air furieux. Je crois qu'il avait déjà vu Schiffner, mais je n'en suis pas sûre. Je l'ai entendu dire par mégarde qu'ils transféreraient la prisonnière ce matin, puis il a pris le couloir pour gagner la pièce en question, et je n'ai plus rien entendu.

Elle jeta un coup d'œil à Robert, et revint à Raoul.

— Robert m'attendait. Il m'a demandé de venir ici vous rejoindre… Je ne sais pas s'il s'agit de votre petite amie. Désolée.

— Tu nous as beaucoup aidés, trésor, dit Robert en posant sa grosse patte sur sa main. Merci. Au moins, nous savons qu'elle est là-bas.

— Si c'est bien elle, rectifia Yvette.

Bonnet se tourna vers Raoul.

— D'après ce que dit Yvette, il y aurait peut-être une chance de la tirer de là.

Dans le désarroi où il se trouvait, Raoul se sentait incapable de parler. Il s'alluma une cigarette.

— Comment ? réussit-il à dire d'une voix étranglée, en ne cessant de battre de la jambe.

— Apparemment, ils ne gardent jamais longtemps les suspects en cellule. Si Authié veut la transférer, ce sera vraisemblablement au centre de détention de la caserne Laperrine. C'est le protocole. Une fois les interrogatoires terminés, la Gestapo transfère les prisonniers. Ou bien à l'hôpital, ou…

Raoul l'interrompit, tant cette idée lui était insoutenable.

— Vous avez dit qu'elle était seule ? demanda-t-il à Yvette.

— Oui.

— C'est là où je voulais en venir, reprit Bonnet. Pour transporter une seule prisonnière, ils prendront presque à coup sûr une voiture plutôt qu'un fourgon cellulaire. Cela pourrait nous faciliter la tâche. Tout dépendra un peu de son état.

Raoul croisa son regard.

— Tu connais Sandrine. Courageuse comme elle est, elle n'aura pas parlé. Elle aura tenu aussi longtemps qu'elle aura pu.

Durant un moment, personne ne parla. Puis Robert s'adressa à Yvette.

— Peux-tu aller à la clinique du Bastion prévenir le Dr Giraud que nous aurons peut-être un patient pour lui… Non, tout bien réfléchi, il ne sera pas à la clinique. Après la rafle sur les boulevards Barbès et Trivalle, il sera plutôt à sa cabane, près de Cavayère. Peux-tu vérifier s'il est là-bas ? Le prévenir de notre arrivée ?

Yvette acquiesça, puis se leva et noua son foulard sous le menton.

— Il nous faudra être en position à l'instant où ils la sortiront, déclara Robert.

— S'ils la sortent, marmonna Raoul.

— Pars, maintenant. Moi, je m'occupe de nous procurer une voiture, de l'aide, et je te rejoins là-bas. Ce sera une Peugeot marron, au coin du boulevard Omer-Sarraut.

Raoul hocha la tête.

Sandrine arrivait au bout de ses limites. Son corps brisé n'était plus que douleur. Le sang avait séché entre ses cuisses, mais c'était comme si on lui avait arraché les tripes. Elle n'avait rien dit à Authié, même s'il devenait chaque fois plus difficile de ne pas céder. Elle n'aspirait plus qu'à une chose, que cette spirale infernale de questions, de coups qui durait depuis des heures, des jours, s'arrête enfin.

— Si vous me laissiez prendre le relais, monsieur.

— Je ne veux pas qu'elle nous claque entre les doigts, Revol, répliqua Authié d'un ton cinglant. Bon, allez-y.

Elle avait oublié que Revol était toujours dans la pièce. On l'obligea à se mettre debout. Des doigts lui frôlèrent le dos, puis on lui arracha son chemisier.

Avant, elle aurait réagi, mais cela n'avait plus d'importance à présent. Aucune humiliation, aucun tourment ne lui avait été épargné. Soudain elle sentit une odeur de métal chauffé à blanc, et elle prit conscience qu'elle était encore capable d'éprouver de la peur.

— Couchez-la et maintenez-la.

On la poussa en avant, son visage heurta une surface plane et dure. Alors il apposa le fer sur la chair de son épaule, et la douleur fut pire que tout ce qu'elle avait connu, une agonie, accompagnée de l'horrible sifflement du fer marquant sa peau, et de l'odeur écœurante de la chair brûlée. Son corps et son esprit mirent quelques secondes à se rejoindre. Elle s'efforça alors de se transformer en pierre, insensible à la douleur, comme la statue de l'ange combattante.

Y penser toujours.

C'était trop demander. Sandrine finit par céder. Elle hurla, hurla, expulsant d'un coup tous les cris et les pleurs qu'elle avait gardés en elle durant les dernières heures.

Le Vert-de-gris qui était présent en avait beaucoup vu, pourtant il ne supporta pas la scène. Elle entendit ses haut-le-cœur, puis la colère d'Authié quand le soldat se rua hors de la pièce. On envoya chercher quelqu'un pour nettoyer. Dans son état semi-conscient, Sandrine ressentit un instant de triomphe. Un infime instant de triomphe.

Tout ce qu'elle voulait maintenant, c'était sombrer dans l'oubli de l'inconscience. Quelques mots, et ce serait fini.

La porte s'ouvrit à nouveau. Des pas résonnèrent sur le carrelage, puis s'arrêtèrent net.

— Vous avez obtenu les renseignements désirés, Herr Authié ? dit une voix parlant un français guindé avec l'accent allemand.

— La prisonnière s'obstine à faire obstruction, répondit-il. Mais nous l'obligerons à parler.

Sandrine sentit à peine sa présence quand le nouveau venu se pencha sur elle. La douleur irradiait de son épaule, là où le tisonnier avait brûlé sa peau, et ce feu se répandait dans tout son corps.

— Que lui avez-vous fait, Authié ? s'indigna alors l'Allemand avec dégoût.

Ce fut pour Sandrine un autre infime instant de triomphe.

— Y penser toujours, murmura-t-elle avant de s'évanouir.

Raoul s'enfonça en courant dans le dédale de ruelles parallèle à la route de Toulouse. Quand il fut certain de ne pas être suivi, il gagna l'autre côté de la route, puis pénétra dans la zone méandreuse qui s'étendait entre les voies de garage du chemin de fer et la route principale, pour aller se mettre en position, derrière le quartier général de la Gestapo.

Du nord au sud et d'est en ouest, aucun recoin de l'antique cité n'avait été épargné par la guerre. La Gestapo et la Wehrmacht avaient réquisitionné les bâtiments les plus importants. Cette banale villa était l'exception à la règle, elle ressemblait plus à une maison provinciale qu'à un bâtiment militaire, malgré le fait que le chef Eckfelner, le sous-chef Schiffner et les inspecteurs Janeke et Zimmerman soient des cibles privilégiées pour la Résistance. Il y avait eu plusieurs tentatives sur la maison, qui avaient toutes échoué.

Des gardes patrouillaient dans le périmètre, armés de fusils mitrailleurs automatiques, des pistolets à la ceinture. Vérifiant le toit et les fenêtres du premier étage, Raoul n'y vit aucun signe de tireurs embusqués ni de gardes supplémentaires. De gros projecteurs carrés éclairaient la cour et la rue au-delà des murs.

Raoul consulta l'heure. D'après ce qu'Yvette avait cru entendre, ils la transféreraient ce matin. En supposant que c'était bien Sandrine et qu'elle était encore en vie. Il secoua la tête, en se disant qu'il ne devait pas se permettre d'en douter. Il avait envie d'une cigarette, mais la fumée risquait de trahir sa présence.

Les yeux fixés sur la grille métallique, il vida son esprit et guetta le bruit du mécanisme du portail prêt à s'ouvrir. Dix minutes plus tard, une lumière rouge clignota près de la sortie des véhicules, comme Robert le lui avait indiqué. Avec un bruit retentissant, la lourde machinerie s'ébranla et le portail commença à glisser. Quelques instants plus tard, une voiture de police verte s'élança de l'enceinte dans la petite rue et tourna le coin en direction de la grande route. Elle allait si vite qu'il ne pouvait en être sûr, mais il lui avait semblé apercevoir un chauffeur, un garde à l'avant, et deux personnes à l'arrière, dont un éclair de cheveux noirs.

Quittant son abri, Raoul suivit le sentier qui longeait les voies de garage jusqu'au coin du boulevard. Gaston, le frère de Robert, attendait avec un Luger .38 fourré dans la ceinture de son pantalon, à demi caché sous son blouson.

Raoul leva trois doigts pour confirmer ce qu'il avait vu. Gaston hocha la tête et s'en fut au pas de course à travers le jardin des Plantes, en guettant la Citroën verte.

De l'autre côté de la route, Raoul sortit son pistolet et le tint pointé vers le sol, contre son flanc. Tout en gardant Gaston en vue, il remarqua le drapeau nazi qui claquait sur l'immeuble d'en face. La plupart des bâtiments publics arboraient maintenant la croix gammée honnie, la svastika, au lieu du drapeau tricolore de la République française.

Il localisa la Peugeot marron et traversa le boulevard comme une flèche. Robert attendait en haut de la rue du Port. Il n'y avait pas de circulation.

— Un chauffeur et un garde à l'avant, deux personnes à l'arrière, dit-il.

— C'était elle ?

— Je crois bien.

Bonnet hocha la tête et démarra le moteur, qui crachota un peu. Regardant la route en arrière, Raoul vit la Citroën verte tourner au coin de la rue et avancer vers eux.

— Les voilà.

Il s'écarta de la voiture, chercha Gaston des yeux dans l'ombre des arbres, le vit, leva la main.

Alors tout se passa très vite. Robert appuya à fond sur l'accélérateur. Fonçant en avant, la Peugeot força la voiture de police à dévier brutalement en braquant. Il fit aussitôt demi-tour et heurta son flanc pour la pousser contre le trottoir. En une brusque secousse, la voiture de police fit une embardée, ses roues arrière dérapèrent, de la vapeur s'échappa du capot déformé.

Tandis que Robert gardait le moteur allumé, Gaston s'approcha de la vitre la plus proche, leva son pistolet et vida son chargeur. La vitre explosa. Le chauffeur fut projeté en arrière, puis s'effondra sur le tableau de bord, et le garde s'affala sur lui. Sur la route, le sang et les éclats de verre scintillèrent.

Raoul courut jusqu'à la voiture. Il vit Sandrine et un homme en civil gisant sur la banquette arrière. Il voulut ouvrir la portière, mais elle était verrouillée. Il hésita, puis brisa la vitre avec son pistolet en essayant de ne pas projeter trop d'éclats à l'intérieur. Entrant la main, il débloqua la portière et l'ouvrit. La rue s'emplit de clients sortis des cafés Continental et Édouard. Des soldats allemands se ruèrent hors de l'hôtel Terminus, armes au poing.

— Elle est à l'arrière, inconsciente, dit-il à Gaston. Couvre-moi.

Quand Raoul passa les bras sous son corps pour la soulever, Sandrine hurla de douleur, un son plus doux à son oreille que tout ce qu'il avait jamais entendu. Pourtant, en voyant ses paupières tuméfiées, ses vêtements déchirés, la rage l'envahit, suivie d'un désir de vengeance irrépressible quand il découvrit le sang séché sur son visage, ses bras, ses jambes et, sur son épaule marquée au fer, une plaie ouverte, suintante. En la maniant le plus doucement possible, il la déposa sur la banquette arrière de la Peugeot et s'assit à côté d'elle. Quand il ferma la portière, Robert accélérait déjà, tandis que Gaston s'enfuyait de son côté par les allées ombreuses des jardins botaniques envahis de mauvaises herbes.

La voiture vira sur les chapeaux de roue quand Robert fit demi-tour pour éviter un blocage routier. Postés devant le Terminus, des soldats ouvrirent le feu. Des balles ricochèrent sur le pare-chocs et Raoul entendit un pneu éclater, mais Robert garda le contrôle du véhicule. Berçant Sandrine dans ses bras, Raoul regarda derrière lui la scène dévastée. Un homme sortit en chancelant de l'arrière de la voiture verte, puis il se redressa en s'appuyant d'une main sur le toit de la voiture. Soldats et policiers se précipitèrent à son secours. Raoul sentit une crispation dans sa poitrine. Obsédé par son désir d'en sortir Sandrine pour l'emmener au loin, il avait à peine regardé le passager de la voiture. Il voyait seulement maintenant qu'il s'agissait de Léo Authié.

Dire qu'il aurait pu le zigouiller proprement. Le tuer tandis qu'il gisait inconscient. Il avait laissé passer sa chance, pour la deuxième fois.

Robert tourna le coin de la rue en roulant dangereusement vite, puis remonta vers le cimetière Saint-Vincent. Le mouvement de la voiture réveilla Sandrine.

— Je ne sais rien…, murmura-t-elle.

Comme elle remuait dans ses bras, elle cria de douleur, et il oublia tout le reste.

— Je t'ai récupérée, je suis là, murmura-t-il. Tu ne crains plus rien, maintenant.

Il crut voir un sourire flotter sur ses lèvres tuméfiées.

— Je ne leur ai rien dit…

— Ma belle, murmura-t-il en essayant de chasser la détresse de sa voix. Je suis là. Ça va aller, maintenant.

Mais en regardant son corps supplicié, la peau boursouflée, le sang sur ses jambes et sa jupe, il eut du mal à y croire. La voiture opéra encore un virage dans un crissement de pneus, puis elle se mit à grimper tant bien que mal la colline.

— Vite.

Robert lui jeta un coup d'œil dans le rétro et appuya encore sur l'accélérateur. Le vieux moteur crachota et gémit, mais la voiture repartit et s'élança vers les collines qui entouraient Cavayère.

— Vite, répéta Raoul.

132

Coustaussa

— Merci, dit Lucie en sortant de la camionnette.

— Ça ira avec le petit ? s'enquit l'un des ouvriers qui les avaient pris à bord du véhicule, en lui tendant Jean-Jacques.

— Oui, ça ira, confirma-t-elle. Il y aura bien quelqu'un pour m'emmener jusqu'à Coustaussa.

L'ouvrier parut sceptique, ce qui la fit douter. Partie depuis dix-huit mois, elle ignorait à quel point Couiza avait pu changer.

Quand la camionnette se fut éloignée, Lucie prit la main potelée de son fils dans la sienne et descendit à la rivière en marchant dans les bois. Le soleil qui filtrait à travers la voûte de feuillage, le doux murmure de l'Aude coulant sur les cailloux et les pierres de son lit… C'était un tel plaisir d'être loin des rues de la Bastide où régnait la méfiance et la délation qu'elle n'était pas pressée.

— Attention, J.-J., dit-elle. Regarde bien où tu mets les pieds.

— Dans les bras, Maman, implora le garçonnet.

— Allons, mon petit bonhomme, tu peux te débrouiller tout seul. Regarde, la rivière est tout près.

Jean-Jacques faillit piquer une colère, mais il se ravisa et fit quelques pas chancelants jusqu'à la berge. Lucie s'agenouilla pour s'asperger le visage d'eau fraîche, puis elle prit un mouchoir pour essuyer le visage de son fils.

— On nage ? dit-il, plein d'espoir.

— Pas maintenant, répondit-elle en riant, et elle le prit dans ses bras. Il est trop tôt pour se baigner. Nous allons d'abord trouver quelqu'un, prendre un petit déjeuner, ensuite, nous verrons… Marieta et tante Liesl seront là, ajouta Lucie en voyant son fils froncer les sourcils.

Aussitôt, J.-J. sourit.

— Liesl.

— Oui, Liesl. Tu es un brave petit gars.

Lucie commença à longer la rivière en direction de la ville. À présent qu'il était loin de la cité, Jean-Jacques n'avait plus mal à la gorge. Il jouait avec les boutons de son chemisier. Il n'avait sans doute aucun souvenir de Marieta ni de Liesl mais, pour ne pas les chagriner, elle n'avait cessé de lui parler d'elles afin que leurs noms lui redeviennent familiers.

— Tante Marianne et tante Suzanne seront là aussi, ajouta-t-elle.

— Suzu, répondit le petit, les yeux brillants. Avion.

Son jouet préféré était un avion en carton que Suzanne lui avait fabriqué et réparé maintes fois.

— Oui. Et si tu es bien sage, Suze t'en fera peut-être un nouveau ? Qu'est-ce que tu en dis ?

— Vroum vroum..., jubila J.-J.

Dès qu'elle entra en ville, elle se rendit compte aussitôt que l'ambiance avait changé. Raoul l'en avait prévenu, mais elle n'attendait pas que ce soit aussi évident. Il y avait un important dépôt d'armes et un entrepôt de nourriture de la Wehrmacht sur la colline de Montazels ; en conséquence, beaucoup de véhicules militaires circulaient sur la route à toute heure. Il lui avait également parlé d'une petite unité de maquisards cachée dans la garrigue entre Alet-les-Bains et Coustaussa, de l'autre côté de la vallée. La milice avait plusieurs fois essayé de détruire le groupe, mais n'avait réussi jusqu'à présent qu'à le repousser plus haut dans les collines.

Serrant Jean-Jacques contre elle, Lucie marcha vers le Grand Café Guilhem. Quelques femmes étaient assises en terrasse, mais elle n'en reconnut aucune. Il n'y avait pas d'homme en vue.

— J'ai faim, maman, dit soudain Jean-Jacques en essayant de se dégager de ses bras tout en montrant la tartine que l'une des femmes trempait dans son ersatz de café noir.

— On va aller à la boulangerie acheter quelque chose de bon. Hein ? Tu m'aideras à choisir, J.-J. ?

À son grand soulagement, Jean-Jacques hocha vigoureusement la tête. Lucie traversa la place d'un pas vif, son sac en bandoulière, en direction de la pâtisserie tenue par l'épouse du chef de gare, une certaine Mathilde. Elle franchit le seuil en écartant le rideau de perles, que J.-J. ne put s'empêcher de tripoter au passage, puis entra dans la fraîcheur bienfaisante de la boutique.

À son entrée, Mathilde leva les yeux sans paraître la reconnaître, puis son visage s'éclaira d'un grand sourire.

— *Madomaisèla!* Et regardez-moi ce garçon comme il a grandi ! s'exclama-t-elle en se penchant par-dessus le comptoir pour pincer la joue de J.-J. J'ai bien failli ne pas vous reconnaître, vous qui étiez blonde comme les blés !

— Que voulez-vous ! Plus moyen de se procurer de l'eau oxygénée, répondit Lucie. Ces temps-ci, les filles sont bien obligées de rester naturelles, hein ? ironisa-t-elle en souriant. Vous, vous n'avez pas changé du tout, Mathilde. Et Ernest, comment va-t-il ?

Le visage de Mathilde s'assombrit.

— Il nous a quittés, dit-elle simplement.

— Oh non…

— Il s'est fait prendre par la Gestapo lors de l'attaque sur Villerouge-Termenès. Il en a tué trois avant de se faire avoir. Son courage a permis à ses camarades de leur échapper, d'après ce qu'ils m'ont raconté.

— Je suis si triste pour vous, Mathilde.

— C'est ce qu'il aurait appelé une belle fin, conclut Mathilde avec simplicité, puis elle fit un bref hochement de tête pour clore le sujet, et posa ses deux grosses mains sur le comptoir. Alors, qu'est-ce que je vous sers, *madomaisèla ?*

Lucie considéra les rayons vides. Il n'y avait pas de baguettes, juste deux miches de pain noir enveloppées dans du papier avec un nom marqué dessus. La clientèle avait dû passer plus tôt dans la matinée et, apparemment, il ne restait rien.

— Un petit quelque chose pour caler J.-J. jusqu'à ce que nous arrivions à la maison, dit-elle en sortant de son sac une bande de coupons.

— Rangez-moi ça, dit Mathilde en balayant l'air de sa main. En effet, j'ai peut-être un petit quelque chose.

Elle disparut dans l'arrière-boutique et revint aussitôt après avec une madeleine.

— J'ai dû faire avec ce que j'avais sous la main : poudre d'œufs, saccharine, mais vous verrez qu'elles ont bon goût.

— C'est très gentil.

— Tiens, mon grand, une petite spécialité faite exprès pour toi, dit la boulangère en tendant la madeleine à Jean-Jacques, qui la prit.

— Qu'est-ce qu'on dit, J.-J. ? exigea Lucie.

— Très bon, répondit-il après une petite hésitation, ce qui les fit rire en chœur.

— Je suppose que le car du marché du samedi ne fonctionne plus ? demanda Lucie.

— Non, mais vous trouverez sûrement quelqu'un pour vous accompagner. Donnez-moi cinq minutes et je vais vous arranger ça, dit Mathilde, puis elle sortit de dessous le comptoir un paquet enveloppé dans du papier journal. Si vous pouviez emporter ça pour Marieta, cela épargnerait un trajet à mon garçon de courses.

— Comment vont les choses en général, à Couiza ? demanda Lucie en baissant le ton.

— Ma foi, dit Mathilde en rangeant le pain dans le sac de Lucie. Quelques-uns travaillent pour l'autre bord. Et il y a des tas de miliciens dans le coin à cause du dépôt de la Wehrmacht. Un ou deux parachutages ont raté leurs cibles, récemment. Du coup la Gestapo débarque en ville. Je n'ai rien à y voir, dit-elle fermement, en croisant le regard de Lucie.

— Non, bien sûr.

— Vous êtes revenus pour de bon ? demanda Mathilde. Vous et Jean-Jacques ?

Lucie hésita, puis elle sourit.

— Je l'espère.

En un clin d'œil, Mathilde leur organisa le trajet jusqu'à Coustaussa, à l'arrière du véhicule utilitaire d'Ernestine Cassou, une voiture dont l'arrière grillagé servait à transporter les chiens de chasse. Une heure plus tard, Lucie était assise dans la cuisine de Citadelle avec Marieta, Liesl, Marianne, Suzanne et Geneviève. Il y avait eu des larmes et des effusions, un rapide échange de nouvelles tandis qu'elle informait Marianne et Suzanne de ce qu'elles savaient déjà. Elle avait l'impression de n'être jamais partie.

Elle échangea un regard avec Liesl, qui sourit. Elle était devenue une grande et belle femme, bien différente de l'enfant nerveuse dont Lucie se souvenait. Sandrine et Raoul avaient tant loué son courage et son dévouement que Lucie en était même un peu intimidée.

Quand elles étaient sorties dehors pour montrer le jardin à J.-J., elles avaient pleuré ensemble en évoquant Max, puis les rumeurs selon lesquelles le camp était évacué. Depuis plus d'une semaine, il n'y avait eu aucune nouvelle de leur amie du café de la Paix, de sorte que Liesl avait l'intention de se rendre elle-même au village, en tout cas d'essayer, pour découvrir la vérité. En la voyant si mesurée, si calme, Lucie espéra que Liesl et elle auraient l'occasion de renouer, de se rapprocher. Et que la sensation qu'elle avait d'être un peu à son désavantage en compagnie de cette femme plus jeune qu'elle lui passerait.

— Ernestine Cassou était moins désagréable que dans mon souvenir, dit Lucie. Elle n'a pas dit grand-chose, mais elle m'a amenée jusqu'ici bien volontiers.

— C'est un phénomène assez courant, remarqua Geneviève. Son père et elle étaient pétainistes, au début. Ils ont préféré fermer les yeux en se disant que cela valait mieux. Ensuite, ils se sont rendu compte de ce que la collaboration signifiait en réalité : les privations, le travail obligatoire, le fait d'être un citoyen de seconde zone dans son propre pays. Ils sont un peu perdus.

— Mais ils ne font rien pour aider à mettre fin à l'Occupation, remarqua Suzanne.

— Non, admit Geneviève.

— Tu n'as rien dit devant elle ? s'enquit Marianne.

— Mon Dieu, non.

Après seulement deux jours passés à Coustaussa, Marianne paraissait déjà moins hagarde, mais la tension qui l'habitait n'avait pas complètement disparu. Lucie sourit à son fils, avec l'espoir que l'air de la campagne lui ferait du bien à lui aussi.

— Mathilde m'a dit, pour Ernest.

— Oui, dit Marieta sans lever les yeux. Quelle perte effroyable.

— Mais savoir que M. Baillard va bien, cela fait chaud au cœur, non ? poursuivit Lucie, et Marieta, qui reprisait, interrompit aussitôt son travail.

— Je n'en ai jamais douté, dit-elle, avec un sourire qui éclaira son visage usé, fatigué.

— L'avez-vous déjà revu, Marieta ? demanda Lucie. Comment va-t-il ?

— Non, pas encore. Il est à Tarascon avec M. l'inspecteur, répondit-elle. Il a des choses à régler là-bas. Il viendra quand il pourra. Pour l'heure, il me suffit de savoir qu'il va bien.

— Eloïse et Guillaume lui donnent un coup de main, dit Geneviève, pourtant…

Elle s'interrompit pour mieux se remémorer la conversation qu'ils avaient eue le jour des funérailles de Pierre Déjean.

— J'ai comme l'impression que c'est Sandrine qu'il attend vraiment, reprit-elle. D'après Eloïse, il a l'intention d'aller dans les montagnes chercher le Codex, même si toute la zone est à présent inaccessible. Il y a des patrouilles SS partout. Quiconque surpris dans une zone interdite est aussitôt arrêté.

— Ou tué sans autre forme de procès, intervint Liesl.

Aussitôt, la bonne humeur de Lucie s'évanouit. Elle savait que Suzanne avait appris aux autres le retour d'Authié à Carcassonne, ce qui lui évitait d'être celle qui annonce les mauvaises nouvelles. Mais en regardant Marianne, elle devina que ses pensées allaient à sa sœur.

— Je suis certaine que Sandrine va bien, dit Lucie. Raoul est resté en arrière pour qu'ils fassent le trajet ensemble. Inutile de se faire du souci. Elle s'en tirera, comme toujours.

133

Carcassonne

Tout en maintenant la tête de Sandrine posée sur ses genoux, Raoul faisait de son mieux pour la protéger des secousses. Elle respirait avec peine et semblait exsangue.

— C'est encore loin, Bonnet? demanda Raoul. Je ne suis pas sûr qu'elle tienne le coup plus longtemps.

Ils avaient quitté la route un peu plus tôt et avançaient lentement sur un sentier forestier, à travers les pinèdes qui entouraient Cavayère. La voiture cahotait sur la draille pierreuse et inégale.

— Nous y sommes presque.

Il fit un dernier virage en épingle à cheveux pour s'engager sur un chemin sinueux qui montait en pente raide, puis ils se garèrent sous un pin parasol.

— C'est ici.

Raoul leva les yeux vers la cabane en rondins. Un lieu idyllique dans les collines, parfait pour la chasse. Une lampe à pétrole brillait à la fenêtre.

— Il est là, dit Bonnet en s'empressant de descendre de voiture.

Il frappa à la porte de la cabane, puis revint et contourna la voiture pour aider Raoul à en sortir Sandrine. Elle avait perdu connaissance et la banquette arrière était maculée de sang.

Jeanne Giraud apparut sur le seuil. Dès qu'elle aperçut Sandrine, la détresse se peignit sur son visage, mais elle garda son sang-froid.

— Portez-la à l'intérieur.

— Giraud est là ? s'enquit Raoul avec désespoir.

— Oui. Il se lave les mains.

Avec d'infinies précautions, Raoul et Robert portèrent Sandrine dans la cabane. Une simple table recouverte d'une grossière couverture en laine était placée au centre de la pièce.

— Il n'y a rien de mieux ? Pas de lit ? demanda Raoul.

— C'est ce dont Jean-Marc a besoin, répondit-elle posément. Ensuite, nous l'installerons plus confortablement.

Raoul et Robert allongèrent Sandrine sur la table d'opération de fortune en la couchant sur le flanc, pour éviter que la brûlure ne soit en contact avec la couverture.

— Je vais te laisser, Pelletier. Rentrer à la Bastide pour m'assurer qu'Yvette et Gaston vont bien, dit Bonnet en reculant, puis il jeta un coup d'œil à Jeanne. Vous me le ferez savoir, si je dois revenir plus tard ?

— Elle va rester ici un jour ou deux, répondit Jeanne, du même ton calme et posé.

Raoul la remercia d'un hochement de tête. Peu après, il entendit le moteur démarrer, et la voiture entamer sa lente descente à travers la forêt.

Il regarda la pièce autour de lui : un fenestron, une étagère sur le mur du fond et, dans un coin, une machine à écrire posée sur une petite table, puis il vit que Mme Giraud s'empressait de couvrir les papiers posés sur le bureau.

— Je ne puis vous dire à quel point je vous suis reconnaissant…

— Ce sont des monstres. Hier, ils ont arrêté mon beau-père.

— Je regrette, je n'en savais rien.

— Ils l'ont relâché, avec un nez cassé et un cocard. Un homme de soixante-cinq ans, qui ne sait rien. Tenez, buvez-moi ça, lui dit-elle en lui versant une bonne rasade de cognac. Vous avez l'air d'en avoir besoin.

Raoul l'avala d'un trait, puis se rapprocha de Sandrine. Sa peau était livide, sa respiration saccadée, comme si chaque inspiration lui coûtait. Raoul aurait voulu lui tenir la main, lui caresser les cheveux, mais il n'osait pas tellement son corps était meurtri de toutes parts.

La porte du fond s'ouvrit sur un homme brun approchant la trentaine, mince et nerveux, qui s'essuyait les mains sur une serviette. Il ne perdit pas de temps en mondanités, et se dirigea tout droit vers sa patiente. Raoul le vit changer de couleur à mesure qu'il évaluait l'étendue de ses blessures.

— Elle va s'en sortir, Giraud ?

— Ma femme m'a bien dit que vous vous appeliez Pelletier ?

— En effet.

— Et elle ? s'enquit-il en désignant la patiente.

— Sandrine.

— La sœur de Marianne Vidal ?

— Oui.

— C'était l'une de mes élèves, intervint Jeanne. C'est elle qui nous a aidés, le 14 Juillet où la bombe a explosé devant Saint-Michel, tu te souviens ? Papa nous a vanté ses mérites.

— Se pourrait-il que je la connaisse sous un autre nom ? demanda Giraud à Raoul, qui soutint son regard.

— Ça se pourrait, oui.

Raoul en resta là, mais il comprit que le médecin avait deviné, ce qui le pousserait peut-être à tenter l'impossible pour la sauver.

Jean-Marc Giraud sortit un ophtalmoscope de sa sacoche, souleva la paupière la moins tuméfiée et dirigea le faisceau de la lampe dans son œil.

— Mademoiselle Vidal ? Sandrine ? Vous m'entendez ?

Aucune réaction.

— Depuis combien de temps est-elle inconsciente ? s'enquit-il.

— Elle a parlé un peu dans la voiture, au début, mais plus depuis une demi-heure environ.

— Que s'est-il passé ?

— La Gestapo. Nous avons réussi à lui porter secours alors qu'ils la transféraient de la route de Toulouse à la caserne Laperrine.

Giraud parlait tout en poursuivant son auscultation.

— Combien de temps est-elle restée entre leurs mains ?

— Ils l'ont arrêtée à 5 heures ce matin.

— Cela fait six heures, donc.

— Oui… Va-t-elle s'en sortir ?

Le médecin s'interrompit et leva les yeux un instant.

— Pourvu qu'aucune infection ne s'installe, elle s'en sortira. Physiquement, du moins, même si elle mettra du temps à s'en remettre. Mais psychologiquement ? ajouta-t-il en désignant la brûlure suppurante sur son épaule. Je ne sais pas. Ils n'y sont pas allés de main morte, Pelletier.

Raoul s'obligea à regarder la brûlure, et s'aperçut alors qu'elle avait une forme particulière.

— On dirait une sorte de crucifix, constata Giraud.

Raoul sentit la bile monter dans sa gorge et se força à inspirer de longues goulées d'air.

— C'est la croix de Lorraine, expliqua-t-il posément. Ils l'ont marquée du symbole adopté par la Résistance.

— La Gestapo, vous avez dit ?

Raoul revit Authié sortir en vacillant de la voiture.

— Je n'en suis pas certain.

— Je n'avais encore rien vu de pareil, avoua Giraud en découvrant le sang sur la jupe et les cuisses de Sandrine. Si vous voulez bien attendre à l'extérieur, Pelletier, s'empressa-t-il de dire. Jeanne m'assistera. Inutile de voir ça.

— Je reste.

Giraud soutint son regard, puis hocha la tête.

— Très bien. Je dois absolument désinfecter les brûlures, pour prévenir l'infection… Ce sera douloureux.

Raoul remarqua que Jeanne tenait une bouteille de vinaigre.

— Nous n'avons pas réussi à nous procurer d'antiseptique, expliqua-t-elle. Il faudra faire avec.

— Prenez-ça, dit Giraud en jetant à Raoul un linge. Pliez-le. Faites-en un tampon.

— Vous le lui mettrez entre les dents quand elle criera, expliqua Jeanne en voyant son air éberlué.

Raoul sentit son estomac se nouer tandis que Jeanne, doucement, aidait son mari à rouler Sandrine sur le flanc. Quand Giraud se mit à tamponner les plaies et les meurtrissures avec le vinaigre, Sandrine poussa un long hurlement et reprit soudain conscience. Un instant, Raoul fut si soulagé d'entendre sa voix et de la voir revenir à elle qu'il se contenta de rester là à la contempler.

— Bon Dieu, Pelletier, le tampon ! le tança le médecin.

Raoul glissa le tampon dans la bouche de Sandrine, qui comprit aussitôt, malgré la douleur, et mordit dedans, tandis que Giraud nettoyait, puis pansait la blessure.

— Voilà, Sandrine, murmura Jeanne. Ce sera bientôt fini.

Raoul devina la souffrance atroce qu'elle ressentait dans ses yeux mi-clos, mais plus aucun cri ne sortit de sa bouche. Quand il sentit ses doigts chercher les siens et les serrer fort, il lutta pour retenir ses larmes.

— Brave petite, lui murmura-t-il. La plus brave de tous.

Il fallut presque une heure à Giraud pour nettoyer et panser chaque plaie. Raoul sortit de la pièce pour aller chercher de l'eau au moment où le médecin s'occupait de soigner celles du bas-ventre, en s'en voulant d'être aussi lâche. Mais il préférait ne pas savoir. Quand il revint du ruisseau après avoir rempli le seau, Sandrine était couverte d'un drap de la taille jusqu'aux pieds.

— J'ai fait de mon mieux, dit Giraud en essuyant ses mains ensanglantées.

— Merci.

— On ne devrait pas la bouger, mais il vous faut réfléchir à l'endroit où vous pourrez l'emmener pour qu'elle récupère. Il se passera bien deux ou trois semaines avant qu'elle ne soit sur pied. Et ils la chercheront. Ils vous chercheront tous les deux.

— Oui. Je sais où l'emmener.

— Bien. Laissons-la dormir un peu. Ça ne vous ferait pas de mal à vous non plus, visiblement. Laissons agir les analgésiques. Je lui ai fait une injection de morphine pour atténuer la douleur, mais l'effet va se dissiper. Les blessures externes sont propres maintenant, pourtant il y a toujours un risque d'infection. Quant aux blessures internes… c'est plus sournois. Impossible d'établir un diagnostic pour l'instant. Il faudra attendre de voir. Vous devrez surveiller cette brûlure à l'épaule. Et il lui faudra rester au calme, en bougeant le moins possible.

Malgré lui, Raoul sourit fugitivement à cette recommandation.

Quant à Giraud, il quitta un instant son ton froid et distant de médecin pour s'adresser à lui plus chaleureusement.

— Vous pouvez rester tous les deux aujourd'hui et ce soir. L'endroit est sûr. Demain également, si elle n'est pas en état d'être transportée.

— Il n'y a pas d'autres cabanes, dans le coin ?

— Si, une ou deux, de l'autre côté de la colline… Ils ne nous ont pas encore trouvés, ajouta-t-il d'un air dur.

— Je ne sais comment vous remercier, Giraud. Ainsi que vous, madame.

— C'est un honneur.

— C'est une femme courageuse, dit Jeanne en glissant un coussin sous la tête de Sandrine.

— On ne peut pas l'installer plus confortablement ? demanda Raoul.

— Plus tard, répondit Giraud. Mieux vaut la laisser tranquille pour le moment. Jeanne veillera sur elle, si vous voulez prendre un peu de repos.

— Non, je reste ici.

Giraud et sa femme échangèrent un regard, puis Jeanne hocha la tête.

— Je vais vous chercher une chaise, dit-elle.

134

Tarascon

Il y eut un autre tir de mitrailleuse dans les collines. Étaient-ce des fusils antiaériens ? Audric Baillard n'aurait su le dire, à cette distance. Dans les montagnes, le son parvenait déformé.

Achille Pujol et Guillaume Breillac s'arrêtèrent à côté de lui. Ils avaient pénétré dans la zone interdite une heure plus tôt. Les patrouilles de la Wehrmacht étaient connues pour tirer à vue.

— Souhaitez-vous continuer, *sénher ?*

Au loin, Baillard entendit faiblement le moteur d'un aéroplane. Les trois hommes scrutèrent le ciel. Un parachutage destiné au maquis Picaussel était prévu pour cette nuit, mais ces dernières semaines, les tentatives des Alliés de fournir des armes et des provisions à la Résistance et au Maquis s'étaient souvent soldées par un échec. Ils avaient manqué leur cible, ou, pis encore, les maquisards étaient arrivés pour trouver la Gestapo les attendant sur place.

— Oui, continuons, confirma Baillard.

Breillac accepta sa décision sans discuter. Il savait comment gagner le pic de Vicdessos par le chemin le mieux adapté à ses compagnons plus âgés. Baillard n'avait pas recouvré toutes ses forces, pourtant il avançait mieux que Pujol. Son vieil ami avait insisté pour les accompagner, mais il peinait, s'essouflait vite, et son front était moite de sueur.

— Je ne vois pas comment Authié et ses sbires pourraient te retrouver, Audric, dit-il en haletant. Ils iront peut-être à Los Seres, mais tu n'y as pas séjourné depuis si longtemps qu'ils ne trouveront rien là non plus.

— C'est vrai, *amic*, le rassura Baillard en posant une main sur son bras. Mais économise ton souffle. Nous avons encore du chemin à faire.

Le réseau d'officiers de police œuvrant clandestinement pour la Résistance, composé d'anciens collègues et amis de Pujol, avait bien fait son travail. Durant les vingt-quatre dernières heures, un sympathisant du commissariat de Carcassonne lui avait fait savoir que le bras droit d'Authié, Sylvère Revol, avait exigé qu'on lui remette le dossier de police sur Baillard.

Pujol avait pris la menace très au sérieux et, depuis, il ne quittait plus son vieux camarade. Pourtant, Baillard s'y attendait. Saurat avait fatalement donné son nom à la Gestapo, et les SS de Lyon sûrement transmis la nouvelle à de l'Oradore. Cela importait peu. Seulement, il devait agir plus tôt que prévu. Il aurait préféré attendre Sandrine Vidal et Raoul Pelletier avant de se mettre en quête du Codex. Il y avait quelque chose dans ce jeune couple qui le rendait essentiel à la bonne marche de ses projets.

Ils avancèrent en silence un moment. Baillard eut beau tendre l'oreille, il n'entendit rien d'inquiétant. Aucun signe d'une présence sur le flanc de la colline. Plus de coups de feu ni de bruit de moteur, rien n'indiquant l'approche d'une patrouille.

— D'après Eloïse, cet endroit se nomme la vallée des Trois-Loups, dit-il à Guillaume tandis que le sentier s'aplanissait. Savez-vous d'où vient ce nom ?

Guillaume prit la bouteille, étancha sa soif, puis la rendit à Pujol.

— Sa famille descend des premiers habitants de cette contrée. Or presque toutes les vieilles familles tarasconnaises prétendent descendre des trois sœurs qui vivaient ici au IVe siècle. L'une d'elles s'appelait Lupa (j'ignore les prénoms des deux autres). De là l'origine de leur nom de famille, Saint-Loup. J'ignore pourquoi, car on ne connaît aucun saint portant ce prénom, à ma connaissance. Peut-être la famille tient-elle ce nom du lieu, et non l'inverse.

— Les noms sont importants, commenta Baillard au passage.

— Marianne et Sandrine Vidal leur sont apparentées, par leur côté maternel, poursuivit Breillac.

— Vraiment ? réagit Baillard en faisant halte, et Pujol remarqua son changement d'expression.

— Est-ce important, Audric ?

— Ma foi, je ne saurais dire. Peut-être. Nous verrons, nous verrons, conclut-il doucement.

Ils continuèrent leur chemin en silence. Le sentier terreux était un peu glissant. Guillaume gardait une allure régulière, mais Baillard et Pujol avançaient prudemment. Bientôt Baillard repéra de l'autre côté de la vallée plusieurs grottes qui faisaient face à l'ouest, enfouies dans la forêt de pins et de chênes ancestraux. Il discerna aussi un motif projeté par les rayons du soleil sur la face de l'une des parois de calcaire, et sourit.

L'air était peut-être moins pur, des pylones, des constructions défiguraient parfois le paysage, mais de toute éternité, le soleil se levait à l'est et se couchait à l'ouest. Il enfonça la main dans sa poche, là où se trouvait la carte d'Arinius, mais il n'eut pas besoin de la sortir. Il la voyait en esprit. En seize cents ans, l'essence du pays n'avait pas changé. Et sur la paroi lisse surplombant l'entrée de l'une des grottes, la montagne projetait une ombre en forme de croix.

— Un lieu sûr, dit-il.

— C'est là ? demanda Guillaume, et Baillard acquiesça.

— Je connais le chemin, maintenant.

À présent c'était lui qui menait, le regard fixé sur l'ombre projetée par la lumière rose diffractée. À mesure qu'ils approchaient, le motif changea. Un deuxième bras apparut sous le premier, figurant une double croix qui ressemblait beaucoup à la croix de Lorraine. Un symbole ancien, adopté par la Résistance.

Un nuage cacha le soleil et, un instant, Baillard eut une terrible prémonition qui le fit tressaillir d'horreur. L'ombre symbole de force se mua en une vision de chair brûlée et meurtrie. Il sentait l'agonie des victimes, sentait cette odeur qui lui était devenue familière, celle des innombrables bûchers qu'il avait vus brûler à Montségur par le passé.

Puis le nuage passa. Le soleil réapparut, l'air se rasséréna. Il porta la main à sa poitrine tant son cœur battait vite.

— Tu te sens bien, Baillard ? demanda Pujol. Tu veux te reposer un moment ?

— Non, s'empressa-t-il de répondre. Non.

Ils croisèrent des buissons de genièvres en bordure du chemin, traversèrent deux rangées de chênes formant comme une avenue, montèrent la colline à travers les taillis et les épais fourrés jusqu'au plateau, puis arrivèrent devant l'ouverture perçant le flanc de la montagne. De près, la lumière était plus diffuse, de sorte que les contours de la croix n'étaient plus si nets et que le motif avait changé : c'étaient maintenant des lignes sombres entrecroisées. Le ciel était traversé de nuages blancs effilochés. Tout était tel qu'il l'avait visualisé sur la carte en laine écrue.

Baillard regarda en arrière l'avenue de chênes, les buissons de genièvres, puis, devant, l'anneau de pierres qui semblait cerner l'entrée de la grotte. Il se rappela soudain la broche dont Sandrine Vidal lui avait parlé, deux étés auparavant. Comment elle l'avait trouvée dans les ruines du château à l'extérieur de Coustaussa, et donnée en présent à son père. Il poussa un long soupir. Sandrine était liée à ce lieu.

— Un sanctuaire, murmura-t-il.

Comme Baillard, le moine Arinius témoignait en faveur de la vérité, il avait consacré sa vie à préserver la connaissance, non à la détruire. Durant sa longue existence, Baillard avait trouvé d'autres alliés. Et en cet unique instant de compréhension, il se laissa aller à en évoquer un. Une plutôt. Pas Sandrine ni Léonie, même s'il les admirait toutes deux. Mais la seule femme qu'il ait jamais aimée. Qu'il aimait encore. La raison qu'il avait de maintenir de l'Oradore à distance.

— Alaïs, dit-il.

Il se demanda s'il était trop tard à présent pour espérer qu'elle lui revienne. S'il s'était passé trop de temps.

— C'est donc ici, *sénher* Baillard ? demanda Guillaume.

— Oui.

Baillard tendit la main. Pujol lui passa la torche.

— Tu veux que je t'accompagne, Audric ?

Baillard regarda le visage anxieux de son ami, puis celui de Breillac, attentif, réfléchi. Il se demanda ce que les sœurs qui avaient donné à la vallée son nom pouvaient bien avoir accompli pour qu'on se souvienne d'elles avec tant de respect et d'affection.

— J'irai seul, dit-il. Vous, faites le guet. Si j'ai besoin de vous, j'appellerai.

Il alluma la torche, puis, dans le rayon jaune pâle, pénétra dans la grotte que le faiseur de la carte avait découverte tant de siècles plus tôt. Pour ramener enfin le Codex à la lumière.

‡

Codex XXI

‡

Gaule, Tarasco

Août 344 ap. J.-C.

Juillet céda la place à août. Et malgré les histoires d'atrocités qui circulaient encore dans les colonies des vallées, portées par le vent jusqu'à Tarasco, les soldats n'arrivaient point. Arinius attendait. Au fil des jours, les hommes relâchaient leur vigilance et supportaient de moins en moins la vie qui leur était imposée.

Quand vint la troisième semaine, il y eut de l'agitation dans l'air. Certains voulaient faire revenir les femmes et les enfants au village, croyant la menace disparue. D'autres souhaitaient rassembler autant de troupes que possible pour filer vers le nord et attaquer l'ennemi les premiers. Seul Arinius et quelques alliés indéfectibles tenaient bon. Il sentait le mal rôder dans la vallée, à l'affût, telle une créature vivante. Il savait que l'heure approchait et lui aussi était déchiré, lui aussi gagnait de temps à autre le sommet des montagnes pour voir sa famille. Mais il redescendait toujours de nuit, pour reprendre sa garde.

Enfin, quand un cycle de lune se fut écoulé, le moment qu'il redoutait et qui avait réglé leur vie depuis si longtemps arriva, par une belle journée d'août, avec un ciel clair peuplé d'oiseaux. Le genre de journée où l'on aurait envie de rendre grâce au monde, au lieu de se préparer au sang versé, à la mort, à la dévastation, songea Arinius.

Au début, ce ne fut qu'une légère perturbation dans l'air. Une infime sensation de temps suspendu, en attente, comme un murmure dans les arbres. Presque imperceptible, le bruit se fit de plus en plus fort : celui d'une troupe avançant sur les basses pentes couvertes de chênes et de pins en se frayant un passage à travers les buissons de genièvres, sur les feuilles mortes et les brindilles sèches et friables qui craquaient sous leurs pieds. Puis, à mesure que les hommes approchaient, vint le son bien reconnaissable du métal sur le cuir, des épées dégainées, des raclements des boucliers et des coutelas.

Arinius chercha son beau-frère. Lui non plus ne manquait jamais son tour de garde.

— L'heure est venue, lui dit-il. Nous devons rassembler les autres. Nous sommes trop peu nombreux. Il faut faire revenir tout le monde.

Il appela son neveu, un garçon de huit ans, fort et audacieux malgré son jeune âge, et lui ordonna de réunir tout le soutien qu'il pourrait.

— Dépêche-toi. Le temps nous est compté.

En vérité, Arinius le savait, tout dépendrait du nombre et de la nature des forces qui marchaient contre eux. S'il s'agissait de soldats entraînés, ayant déserté leur service, alors les chances de Tarasco seraient minces. Mais si ce n'était que des bandits, eux-mêmes dépossédés et dépenaillés, inspirant plus de pitié que de fureur, alors il y avait bon espoir de gagner la bataille, se disait Arinius en priant pour que ce soit vrai.

Il organisa une ligne de défense en vérifiant que les fossés entourant la colonie étaient remplis de feuilles sèches et de brindilles à enflammer le moment venu. Puis il ordonna à tous les hommes de gagner les hauteurs, d'où les javelots et les lances seraient plus efficaces et d'où ils auraient une vue d'ensemble du sentier montant vers eux. À mesure que les attaquants approchaient, le bruit s'amplifiait, avec les échos des voix, le martèlement des pas sur les pistes en contrebas. Arinius regarda vers le haut des montagnes en souhaitant désespérément voir revenir son neveu avec des forces supplémentaires… en vain.

En dessous, il vit quelqu'un émerger de la lisière des bois, au loin. Un éclaireur ? C'était un colosse, avec des bras énormes qui lui donnaient une allure d'ours. L'homme regarda autour de lui, puis s'empressa de regagner le couvert des arbres. Combien étaient-ils ? Combien en viendrait-il ?

Arinius essaya de prier, mais il en fut incapable. La peur avait chassé de sa tête toute parole d'intercession. Alors, derrière lui, il sentit du mouvement. Il se retourna et, quand sa vision se fit plus nette, distingua des hommes en armes, sur le sentier descendant de la colline. Pas juste ceux de son village, mais les membres des communautés voisines, certains chrétiens, d'autres pas.

En tête marchaient Lupa et ses deux sœurs, Calista et Anona. N'en croyant pas ses yeux, Arinius resta planté là, à scruter sa femme qui approchait. Quand elle se tint devant lui, interdit, il resta coi.

Lupa le regarda, un peu timidement au début, puis elle se dressa sur la pointe des pieds et l'embrassa sur les lèvres.

— Tu m'as envoyée au loin. J'ai fait ce que tu m'as demandé. Je suis partie.

— Mais…, commença-t-il en montrant tous les hommes massés derrière elle.

— J'ai demandé de l'aide, et Dieu m'a entendue, dit-elle simplement.

— Oui, mais d'où viennent tous ces gens ? demanda Arinius d'un air ébahi, et Lupa sourit.

— Ce sont tous les survivants des villages qui ont déjà été attaqués, les hommes des bois. Pendant que vous montiez la garde, je suis allée de colonie en colonie pour leur demander de combattre à nos côtés. Et ils sont venus.

Arinius contempla l'armée que sa femme avait rassemblée, des hommes différents de traits et de langages, prêts à se battre au coude à coude avec eux. Son regard revint se poser sur son prodige de femme.

— Lupa, dit-il avec admiration.

Elle sourit, puis rentra dans le rang. Arinius soutint son regard encore un instant, puis il grimpa sur un rocher.

— *Salvete*, dit-il en écartant les bras. Amis, soyez les bienvenus. Vous connaissez le mal que ces hommes répandent dans la vallée en dessous. Lupa, ma femme, me dit que beaucoup d'entre vous en ont déjà souffert. Je rends hommage à votre courage et vous remercie de nous venir en aide. Quoi qu'il advienne aujourd'hui, vous aurez la bénédiction de Dieu.

Certains des hommes penchèrent la tête et firent le signe de croix. D'autres observèrent la scène avec une grande curiosité, d'autres encore avec une sorte de gêne.

— Que Dieu soit avec nous, dit-il en portant la voix. Amen.

Un petit chœur répéta « Amen » après lui, la voix de Lupa sonnant plus claire et plus forte que les autres, et Arinius descendit du rocher.

— Si nous survivons à ce jour, ce sera en grande partie grâce à vous, déclara-t-il à la ronde, puis il dégaina son épée et la tendit à sa femme.

— Tu ne vas pas m'éloigner, cette fois ? lui demanda-t-elle.

— Comment le pourrais-je ? dit Arinius. C'est ton armée, Lupa. Ce sont tes hommes, pas les miens. C'est à toi de les mener au combat.

— Ils te suivront, Arinius, répondit-elle fièrement. Mais je serai à ton côté. Nous montrerons à ces barbares ce que c'est de se battre. Les défenses sont-elles achevées ? s'enquit-elle en regardant autour d'elle.

— Oui.

— Alors nous sommes prêts à les accueillir.

À cet instant seulement, Arinius remarqua que Lupa ne portait plus à son cou le flacon iridescent et la lanière en cuir.

— Ne t'inquiète pas, dit-elle, devinant sa pensée. Je l'ai confié à ma grand-mère. Elle le gardera en sécurité jusqu'à notre retour, ainsi que notre Marcellus bien-aimé.

‡

135

Coustaussa
Août 1944

Baillard regarda le ciel. C'était une nuit noire idéale, constellée, sans aucun nuage.

Et ils se rendormiront une fois de plus.

Durant les trois dernières semaines, il avait étudié les versets en les traduisant du copte, et sa compréhension de la promesse transcendante contenue dans le Codex s'était éclaircie à chaque lecture.

Exhortation, incantation, prophétie.

Ceux qui ont un cœur pur et loyal, du sang de la terre où jadis ils tombèrent, se lèveront à la dernière heure.

Les paroles se dévidaient dans son esprit. Un chant inachevé, sans mélodie. Il ne les avait pas prononcées à haute voix. Pas encore. Il savait qu'alors, il n'y aurait pas de retour en arrière. Pourtant l'heure approchait, et cela lui inspirait de la crainte.

Se lèveront à la dernière heure.

Il resta encore un moment dans la lueur argentée des étoiles, puis il entendit la porte s'ouvrir, sentit que quelqu'un avançait dans le jardin, et se retourna.

— Vous êtes prêt, monsieur Baillard ?

— Oui, *filha*.

Sandrine s'était coupé les cheveux, aussi courts que ceux de Suzanne, et les mèches que Revol lui avait arrachées par poignées repoussaient peu à peu. Sa peau hâlée par le soleil lui seyait et compensait un peu sa maigreur. Elle s'était mise à porter des pantalons pour cacher les cicatrices de ses jambes, et des chemises amples qui ne frottaient pas sur la brûlure marquant son épaule.

— Raoul dit au revoir aux autres, dit-elle. Ce ne sera pas long.

Il s'était passé trois semaines depuis la séance de torture à la villa de la route de Toulouse et les blessures de Sandrine avaient presque toutes guéri. La brûlure en forme de croix sur son dos, une petite cicatrice au-dessus de son œil droit, un petit doigt mal remis, telles étaient les marques extérieures rappelant ce qu'elle avait subi. Mais ses pires blessures étaient internes, et elles touchaient autant le corps que l'esprit. Sandrine souffrait presque en permanence. Quand elle croyait être à l'abri des regards, elle portait souvent la main à son ventre et pleurait les enfants qu'elle ne serait plus jamais en état de porter.

Sandrine avait gardé pour elle ce qui s'était passé dans la cellule sur la route de Toulouse, et personne n'avait insisté pour le savoir. Ces détails, Raoul, Marianne ou Lucie ne pourraient supporter de les entendre, de les apprendre, et Baillard lui donnait raison. Elle avait souffert, elle avait survécu, mais cette épreuve l'avait transformée. Et elle ne parlait qu'à M. Baillard et à lui seul de la voix qu'elle avait entendue. De l'ange combattant qui avait semblé lui redonner courage.

Durant ces trois semaines, les violences avaient empiré dans tout le Languedoc. Des rumeurs circulaient sur l'imminence d'une invasion des Alliés par la Méditerranée, entraînant le retrait des Allemands. Dans la Haute Vallée, à Port-d'Alzau, Alet-les-Bains, Limoux, la Résistance continuait ses activités. Mais les avancées des Alliés dans le nord provoquaient une aggravation des représailles dans le sud. Les attaques allemandes contre les partisans s'étaient intensifiées en nombre et en brutalité. Les maquis de Villebazy, Faïta et Picaussel étaient en pleine débandade, et il y avait des espions et des informateurs partout. À Carcassonne, la main de fer de Léo Authié se resserrait. Chaque jour voyait son lot toujours plus nombreux de camarades et d'amis capturés ou tombés au combat. Les deux frères Bonnet et Jean-Marc Giraud avaient été arrêtés lors d'un raid de la Gestapo ; lors de ce même raid sur Carcassonne, Jean Bringer, dit « Myriel », le chef des FFI du département, avait été pris, ainsi qu'Aimé Ramond, Maurice Sevajols et le docteur Delteil, le collègue de Giraud à la clinique du Bastion. On avait essayé par deux fois de les faire évader de la prison sur la route de Narbonne où ils étaient détenus, en vain.

Tout ce temps, Raoul avait refusé de quitter Sandrine, et Baillard éprouvait beaucoup de compassion pour le jeune homme, qui avait du mal à accepter son impuissance. Sandrine guérirait ou non avec le temps, mais la présence constante de Raoul, son envie désespérée de voir son état s'améliorer n'aidaient pas, bien au contraire.

Et voilà que la veille au soir, ils avaient appris que le parachutage d'armes devant servir à attaquer le dépôt d'armements des nazis dans la région avait manqué sa cible, ce qui mettait l'opération prévue en péril. Il arrivait fréquemment que les parachutages des Alliés soient déportés de quelques kilomètres mais, en l'occurrence, il était urgent de transporter le matériel jusqu'à la base provisoire des partisans dans les collines au-dessus d'Alet-les-Bains, et, pour cela, ils avaient besoin d'aide. Avec l'appui de Baillard, Sandrine avait cherché à persuader Raoul de s'y rendre. Elle avait passé des heures à le rassurer en lui disant qu'elle pourrait très bien se passer de lui un jour ou deux et qu'elle était bien entourée. Raoul avait fini par céder.

Baillard savait que Sandrine avait un autre motif pour éloigner Raoul les jours à venir. Certes, sa sollicitude était un peu trop envahissante, mais surtout, avec sa présence constante à son côté, elle était incapable d'entreprendre ses projets. Elle savait que Raoul essaierait de l'en empêcher ; malgré tout son courage et son expérience, il ne comprendrait pas qu'il ne restait qu'un seul moyen de mettre fin à l'oppression qui régnait sur la région.

Baillard était d'accord avec elle. Ce qu'ils avaient prévu de faire le terrifiait, mais il reconnaissait qu'il n'y avait pas d'autre solution, et l'heure dernière approchait.

— Comment saurai-je que vous êtes bien arrivé, monsieur Baillard ? lui demanda-t-elle.

— J'essaierai de vous faire parvenir un message, *madomaisèla*. Sinon, il nous faudra supposer tous deux que nous avons chacun réussi notre part de la mission. Et qu'au moment opportun elle sera accomplie.

— Une semaine, ce sera suffisant ?

— Oui, je crois.

— C'est bientôt, murmura Sandrine en soupirant.

Pour la première fois depuis qu'ils avaient commencé à élaborer leurs plans, Baillard perçut de la peur dans sa voix et, étrangement, cela lui donna un peu d'espoir. Si Sandrine était à nouveau capable d'éprouver des émotions comme tout un chacun, c'était bon signe, un signe encourageant, indiquant qu'elle allait peut-être guérir.

— Vous êtes certain de devoir retourner au pic de Vicdessos, monsieur Baillard ? dit-elle. Ne pourriez-vous pas vous éviter cette peine et demeurer à Coustaussa ?

Audric poussa un long soupir.

— Hélas, je ne suis sûr de rien à ce propos. L'instinct me pousse à retourner dans la vallée des Trois-Loups. Peut-être que prononcer les paroles à l'endroit où le Codex est resté caché si longtemps favorisera nos projets et donnera à nos efforts plus de chances d'aboutir.

Il eut envie de poser la main sur son épaule, puis se ravisa.

Devinant ses doutes, il la contempla un moment encore, comme pour l'entourer de sa protection. Elle semblait si perdue, si désemparée.

— Vous appartenez à une longue lignée de femmes du Midi, *madomaisèla* Sandrine. Des femmes courageuses, des guerrières qui combattirent pour ce qu'elles pensaient être bien… Ce que nous tentons de faire n'est pas sans danger, reprit-il après un petit silence. Mais c'est une juste cause. Nous agissons pour le bien de tous.

— C'est vrai, reconnut-elle, avec plus de conviction cette fois, et il lui sourit.

— Et nous triompherons, je le sens, j'en suis certain.

Des pas résonnant sur les marches en bois attirèrent leur attention. Ils se retournèrent et virent que c'était Raoul. L'heure était venue.

— Bonne chance, lui glissa vite Baillard à voix basse, et soyez prudente. À présent, je vous laisse dire au revoir à votre jeune ami, poursuivit-il à haute voix. Dites au *sénher* Pelletier que je l'attendrai au croisement.

Sans lui laisser le temps de répondre, Baillard s'éloigna et traversa le jardin pour pénétrer dans la garrigue. Sandrine le regarda partir, puis sentit Raoul lui prendre la main dans le noir. Elle se retourna.

— M. Baillard t'attendra au croisement.

— Je ne veux pas te laisser, répliqua Raoul.

— Raoul, nous en avons assez discuté, observa-t-elle avec douceur, puis elle posa un baiser rapide sur ses lèvres et s'écarta. Tu dois y aller. C'est important. On a besoin de toi, là-bas. Tu ne peux pas arrêter de combattre à cause de moi, je m'en voudrais trop.

Raoul soupira et la prit dans ses bras. Sandrine tressaillit, puis s'efforça aussitôt de dissimuler sa réaction.

— Quoi ? Je t'ai fait mal ?

— Non, ça va. Ce n'est rien.

Elle ne supportait pas qu'il la touche. Si gentil et doux fût-il, son contact la révulsait, car elle ne pouvait chasser ces horreurs de sa mémoire. Les mains de Revol autour de son cou, Authié la forçant à écarter les jambes, la dureté du métal la pénétrant de force, la puanteur et le grésillement de la chair brûlée quand il avait marqué son épaule au fer rouge. Raoul était patient et il comprenait. Mais même quand ils étaient couchés côte à côte, le moindre frôlement de sa peau contre la sienne la faisait trembler. Éveillée dans le noir, elle revivait chaque seconde de ce qu'elle avait subi dans cette pièce sans air.

Elle passa les bras autour de lui, l'étreignit. Un instant, elle réussit à oublier, mais s'écarta presque aussitôt.

— M. Baillard t'attend, lui rappela-t-elle doucement.

— Il ne nous en voudra pas de patienter un peu.

— Non.

— À ton avis, combien de fois nous sommes-nous dit au revoir ? lui demanda-t-il en lui prenant doucement la main. Sans savoir quand nous allions nous revoir.

— C'est différent, cette fois, dit-elle en se forçant à sourire. Je sais où tu vas, et tu ne pars que pour un jour ou deux.

— J'ai un mauvais pressentiment. Je n'ai pas envie de te laisser.

— Tu dis toujours ça, remarqua-t-elle en lui souriant. Tu as toujours l'impression que quelque chose va mal tourner, mais ça n'arrive jamais.

Raoul resta silencieux.

— Écoute, ils ont désespérément besoin de récupérer ces armes au plus vite, Raoul, dit-elle fermement. Plus le matériel restera longtemps là où il a atterri, plus le risque augmentera que la Gestapo en soit informée.

— Je sais bien, reconnut-il.

Il la contempla encore un moment, comme pour essayer de graver le moindre de ses traits dans sa mémoire. Puis il se pencha et l'embrassa sur le front.

— Je t'aime, tu sais.

— Je sais.

Elle sentit ses doigts relâcher leur étreinte, puis le fil entre eux fut rompu.

— Sois prudent, dit-elle.

— Comme toujours.

— Pars, maintenant.

Cette fois, il lui obéit. Et tandis que Raoul s'éloignait d'elle, comme il l'avait fait si souvent, le chagrin l'envahit soudain. Après avoir tant désiré qu'il parte, Sandrine n'avait pas prévu de ressentir une telle détresse.

— Raoul !

Elle le vit se retourner et courir pour la rejoindre. Il la prit dans ses bras et elle le tint serré, comme si elle ne voulait plus jamais le lâcher. Sa peau contre la sienne, ses cheveux contre sa joue, comme au premier baiser qu'ils avaient échangé au coin de la rue Mazagran… Enfin, tout était oublié, elle ne ressentait plus aucune peur, goûtait seulement son odeur, son contact, cette fusion merveilleuse qui les faisait s'accorder si bien l'un à l'autre.

— Je t'aime, tu sais, dit-elle, reprenant ses mots en écho.

— Je sais, dit-il.

136

Cela faisait une heure que Raoul et M. Baillard étaient partis. Sandrine s'adossa contre le vaisselier, les mains dans les poches de son pantalon.

— Vous n'avez besoin de rien ? insista Marieta.

— Non, ça va bien, merci.

Depuis le départ de Raoul, Marieta semblait déterminée à endosser le rôle de chien de garde.

— Bien, bien, bien, chantonna Jean-Jacques, qui était assis sur les genoux de Lucie, en tapant sur la table avec une cuillère en bois.

— Oui, J.-J., tout le monde va bien, dit Sandrine en lui souriant.

— Bon, mais tu devrais être couché depuis longtemps, mon petit bonhomme. Il est l'heure de faire dodo, dit Lucie tendrement.

Aussitôt, J.-J. se mit à gémir et s'efforça de se dégager des bras de sa mère. Marieta se leva avec peine et vint le récupérer.

— Allons, pas de caprice. Tu vas te coucher comme un gentil petit garçon et tu auras droit à une histoire.

— Deux histoires, répliqua J.-J. en cessant de geindre.

— Nous verrons. Fais un bisou à ta maman pour la nuit.

— Merci, Marieta, dit Lucie en ébouriffant les cheveux de son fils.

— Bonne nuit, bonne nuit, bonne nuit, lança J.-J. à la ronde en agitant sa menotte.

— Alors, quelle histoire va-t-on choisir, *è ?* dit Marieta en l'emmenant vers le couloir.

— Deux histoires, répéta obstinément le gamin.

— C'est un négociateur-né, dit Sandrine, ce qui fit rire tout le monde.

Pendant un moment, la pièce demeura silencieuse. Chacune reprit ses occupations. Lucie s'alluma une cigarette. Liesl nettoyait son appareil photo ; on ne pouvait plus se procurer de pellicule à présent, même pas au marché noir, mais elle l'entretenait, au cas où. Quant à Marianne et Geneviève, elles étaient aux fourneaux.

— Je vais juste faire un tour jusqu'aux capitelles et je reviens, dit Suzanne en se levant. Les maquisards se servent des plus grandes pour entreposer des armes. J'ai le temps, avant le souper ?

Marianne confirma d'un hochement de tête.

— Tu as besoin d'un coup de main ? proposa Eloïse en se levant à son tour.

— Oui, volontiers.

— Nous serons de retour dans dix minutes.

Marianne retourna à ses casseroles. Lucie fumait en jetant des coups d'œil inquiets en direction de Sandrine. Elle était la seule à avoir remarqué son désarroi, quand elle était rentrée dans la maison. Sandrine évitait son regard. Ce que Lucie ne comprenait pas, c'était à quel point elle était soulagée que Raoul soit parti. Sa tristesse dissipée, elle éprouvait à présent du réconfort de pouvoir se laisser un peu aller, ne pas toujours faire comme si de rien n'était en affichant un air serein.

— Quand j'étais petite, tout ce que je désirais une fois adulte, c'était avoir un mari et une famille, raconta Lucie. Tenir la maison, préparer les enfants à partir pour l'école. Bon, à part le fait que Max n'est pas là, ajouta-t-elle avec une moue chagrine, on peut quand même dire que j'ai presque réalisé mes ambitions… Et vous, que vouliez-vous être ? lança-t-elle en regardant ses amies réunies autour d'elle.

Sandrine lui sourit. Durant les trois dernières semaines, elle en était venue à admirer de plus en plus la façon dont Lucie s'efforçait de garder le moral. Le camp du Vernet était presque vide. Raoul, Suzanne et Liesl avaient tous essayé de découvrir où Max avait été envoyé, ou s'il était encore en Ariège, mais son nom n'apparaissait sur aucune liste. Selon toute vraisemblance, cela venait du fait que son arrestation en 1942 avait été illégale. À présent, de telles distinctions n'étaient plus de saison. Lucie croyait-elle encore sincèrement qu'il reviendrait ? Sandrine n'aurait su le dire.

— Allez, dit Lucie en les encourageant. Marianne ? Tu as bien dû y réfléchir ? Madame la principale du lycée, ça t'irait ?

Marianne se retourna, une main sur la hanche, tenant de l'autre une spatule en bois.

— Eh bien, oui. À vrai dire, je préférerais même enseigner à l'université. À Toulouse, par exemple.

— Et dans quelle discipline ? La littérature ? demanda Sandrine.

— Non, plus maintenant. J'enseignerais l'histoire. L'importance de rendre compte scrupuleusement de la vérité des faits.

— Je suis sûre que tu y arriveras et que tu t'en tireras merveilleusement, approuva Sandrine.

— Bien, dit Lucie, contente qu'elles aient accepté de jouer le jeu. Et toi, Liesl ? Avec ton physique, tu pourrais être une pin-up et poser dans les magazines. Ou devenir actrice.

À l'idée de Liesl, si réservée, posant en costume de bain dans une revue de mode, Geneviève éclata de rire.

— Non, je sais ! s'exclama-t-elle. Liesl sera une nouvelle Martha Gellhorn. Une photographe de guerre qui parcourra le monde entier.

— Mon père était journaliste, dit Liesl. J'aimerais marcher sur ses traces.

— Tu pourras fonder ton propre magazine, renchérit Lucie, dont l'imagination s'échauffait. Comme ça, quand J.-J. sera grand, il y aura du travail pour lui ! BLUM ET FILS... Pas mal, non ? Je le vois déjà !

— BLUM ET FILS, répéta Liesl. Oui, pourquoi pas ?

— Quant à toi, dit Lucie en pointant sa cigarette sur Sandrine, tu devrais entrer en politique. Être l'une des premières femmes à faire partie du gouvernement provisoire du général de Gaulle. Qu'en dis-tu ?

— Peut-être, répondit Sandrine en haussant les épaules.

— Moi, je voterais pour toi, petite. Je peux te l'assurer.

— Moi aussi, dit Marianne.

— Bon, alors c'est réglé, conclut Lucie, et elle se tourna vers Geneviève. À toi.

Geneviève fit mine de réfléchir

— Eloïse et moi, nous pourrions lancer une chaîne de magasins, dit-elle. Fonder pour commencer une grande succursale qui vendrait de tout, vêtements, alimentation, etc. SAINT-LOUP ET SŒUR. Je vois déjà l'enseigne.

— Sœurs au pluriel, intervint Eloïse en rentrant dans la cuisine avec Suzanne. Il faut aussi penser à Coralie et Aurélie.

— De quoi parlez-vous donc ? demanda Suzanne en se lavant les mains, puis en les secouant pour les sécher avant de les rejoindre à la table.

— Lucie organise nos vies pour nous, expliqua Marianne. Ce que nous ferons chacune quand la guerre sera finie.

— Le problème avec toi, Suzanne, c'est qu'il n'y aura pas beaucoup d'offres. Que faire d'une dangereuse terroriste incendiaire en temps de paix ? s'enquit Liesl en riant, et Suzanne fit mine d'être piquée au vif.

— Même si c'est moi le maître incontesté dans ce domaine ?

— La maîtresse, tu veux dire, corrigea Geneviève.

— Non, ça pourrait prêter à confusion, ironisa Lucie en haussant les sourcils.

Alors le fou rire les prit, inextinguible, jusqu'à ce que Marieta tape sur le plancher du premier, leur intimant de faire silence, et elles durent se calmer pour ne pas réveiller Jean-Jacques.

137

— Le souper est prêt, annonça Marianne. Vous voulez qu'on attende que Marieta soit redescendue, ou je sers maintenant ?

Sandrine inspira profondément. Elle avait réfléchi à l'avance à ce qu'elle allait dire, et comment le dire.

— En fait, pendant que Marieta est en haut, je voudrais en profiter pour vous parler à toutes.

Aussitôt, l'atmosphère changea. Liesl reposa l'appareil photo. Marianne ôta du feu la casserole de ratatouille et la couvrit avec un torchon, puis Geneviève et elle rejoignirent les autres à la table. Lucie se retourna sur son siège pour scruter Sandrine avec intérêt.

— Nous avons fait une erreur en renonçant à attaquer Authié dans la Cité, déclara-t-elle.

— Ça n'aurait pas marché, petite. Ils étaient au courant, intervint Lucie, mais Sandrine poursuivit.

— Raoul ne s'est pas rendu compte qu'Authié était avec moi dans la voiture quand ils m'ont fait évader. Sinon, il l'aurait liquidé. Encore une occasion manquée.

— Sa mission, c'était de te tirer de là, et il a réussi, rétorqua Suzanne. Vous n'avez rien à vous reprocher ni l'un ni l'autre… Ainsi va la vie, conclut-elle avec un haussement d'épaules.

— Cet échec a entraîné beaucoup de souffrances. Et maintenant… Authié cherche M. Baillard et le Codex, déclara Sandrine en fixant des yeux son petit doigt crochu, que Revol lui avait cassé. Nous devons réessayer, conclut-elle en relevant la tête.

Ce fut au tour de Liesl de paraître sceptique.

— J'ai beaucoup de respect pour M. Baillard, mais nous devrions consacrer nos efforts à des choses importantes, bien réelles. Essayer de retrouver Max, par exemple.

— Je suis d'accord, renchérit Lucie.

— D'ailleurs, tu ne peux pas envisager une seconde de retourner à Carcassonne, ajouta Marianne. Tu ne réussirais jamais à t'approcher d'Authié.

D'un simple coup d'œil, Sandrine devina qu'Eloïse et Geneviève la soutiendraient. Malgré leurs allures et manières résolument modernes, elles étaient aussi profondément attachées aux montagnes immémoriales que Marieta ou M. Baillard. Pour elles, légendes et réalités se confondaient, elles n'y voyaient pas de contradiction.

— Je ne pense pas à Carcassonne, répondit Sandrine, puis elle marqua un temps d'hésitation et poursuivit. J'admets que cela peut paraître absurde après tout le soin que nous avons pris pour nous y cacher, mais… nous devons attirer Authié ici.

Aussitôt, Marianne, Suzanne et Liesl protestèrent de vive voix, mais Sandrine haussa le ton.

— Écoutez. Nous aurions l'avantage. Nous connaissons le terrain. Nous pouvons choisir l'heure et le lieu qui nous conviendront pour attaquer. Auparavant, nous aurons fait évacuer le village. Ce sera nous contre lui.

— C'est absurde, objecta Marianne. Il peut emmener des centaines d'hommes avec lui. Nous n'avons aucune chance.

Sauf si M. Baillard a raison, pensa Sandrine, mais elle se retint bien de le dire.

— Et Raoul, que pense-t-il de ton idée? demanda Lucie.

— Il n'est pas au courant, reconnut-elle. D'après lui, je ne devrais rien faire du tout.

— Il a parfaitement raison, approuva Marianne. Tu n'es pas assez forte.

Pendant un moment, personne ne parla.

— Vous savez, ça pourrait marcher, reprit Suzanne. À condition d'évacuer tous les habitants, puis d'attirer Authié ici. Si les rumeurs sont fondées, et si effectivement certaines des unités allemandes se retirent, il aura du mal à mobiliser beaucoup d'hommes.

— Comment peux-tu dire ça? Tu as vu ce que ce monstre lui a fait, s'insurgea Marianne, mais sa voix se brisa et, un instant, elle fut incapable de poursuivre. Quand Raoul l'a ramenée ici, j'ai cru qu'elle ne survivrait pas, reprit-elle. Mais elle est forte, elle a refusé d'abandonner. Depuis trois semaines, nous la protégeons. Nous la cachons d'Authié et de Revol, comme nous l'avons fait auparavant, durant deux ans. Tout le monde dit que les Alliés vont arriver. Que les Allemands s'apprêtent à se retirer. Nous devrions attendre.

— C'est justement à cause de ce qu'il lui a infligé que nous devons le faire, insista Suzanne. Vous ne le comprenez donc pas?

— Suzanne a raison, d'après toi? s'enquit Marianne en s'adressant à sa sœur. C'est de revanche qu'il s'agit?

Sandrine réfléchit un instant avant de répondre.

— Non, pas de revanche, de justice. Garder les yeux ouverts, tenir bon contre la tyrannie. Ne pas passer le restant de ses jours à se cacher… et faire en sorte qu'Authié ne puisse plus jamais infliger à quiconque ce qu'il m'a fait subir, ajouta-t-elle.

Marianne la scruta avec des larmes dans les yeux, puis elle se renfonça dans son siège, comme vaincue, et Suzanne posa sa main sur la sienne en manière de réconfort. Lucie et Liesl échangèrent des coups d'œil. Quant à Geneviève et Eloïse, elles attendaient, les yeux fixés sur Sandrine.

— Quel est ton plan ? s'enquit Lucie.

Sandrine jeta un coup d'œil à Marianne, puis expliqua.

— Nous attaquons la sous-station électrique de Couiza. Demain, ou après-demain. Elle n'est pas gardée, et elle est assez éloignée du camp des maquisards ainsi que de toute habitation pour ne mettre personne en danger. C'est une cible idéale. Puis nous adressons une lettre à la milice de Limoux attribuant l'acte à Citadelles. Ainsi la nouvelle sera transmise à coup sûr à Carcassonne.

— Ça, je peux m'en charger, intervint Eloïse.

— Et toi, Geneviève, tu pourrais faire de même à Couiza ?

— Rien de plus facile, confirma Geneviève.

Mais Liesl n'était toujours pas convaincue.

— Je suis d'accord avec Marianne. Comment être certaines qu'Authié se déplacera en personne jusqu'ici, et à quel moment ? Et s'il vient accompagné de toute une troupe de soldats ? Nous serons submergées.

— Il croit que j'ai le Codex en ma possession, dit Sandrine en la regardant dans les yeux. Il viendra.

Un moment, la phrase resta suspendue en l'air, comme un défi. Sandrine savait que Marianne, en particulier, avait horreur de l'entendre parler du Codex.

— Si nous laissons passer un jour, reprit vivement Sandrine, le temps que les informations se répandent de Limoux à Carcassonne, puis qu'Authié réagisse selon mes estimations, cela le ferait venir à Coustaussa le 20 août au plus tôt.

— Oui, ça paraît logique, confirma Suzanne.

— Tu n'as aucun moyen d'en être sûre, objecta Marianne.

— Non, concéda Sandrine. Mais si Eloïse reste à Limoux, elle les verra traverser la ville. À moins qu'Authié ne fasse un grand détour, ce qui est improbable. Donc nous serons prévenues. Cela nous donnera le temps de faire évacuer Coustaussa et de mettre tout le monde à l'abri.

— Ce sera un village fantôme, remarqua Lucie. Juste eux et nous.

Sandrine lui lança un coup d'œil. Elle l'ignorait forcément, pourtant c'était presque comme si Lucie devinait ce que M. Baillard et elle avaient prévu de faire. Elle soutint son regard un instant, puis ses yeux firent le tour de la pièce.

— Alors, qu'en dites-vous ?

Une par une, chaque femme hocha la tête. Seule sa sœur ne répondit pas.

— Marianne ?

— Tant de choses peuvent mal tourner. Tu mises tout sur des suppositions : la date, les forces en présence. C'est risqué, mais… je comprends. Bon, d'accord, finit-elle par dire en soupirant. Ça ne me plaît pas, mais je participerai, évidemment.

— Merci, dit Sandrine doucement.

— Maintenant, à table, conclut Marianne en se levant, sinon le souper va être gâché.

Après la tension de la conversation, l'atmosphère s'allégea tandis qu'elles mettaient le couvert. Liesl et Suzanne débarrassèrent les journaux étalés sur la table. Avec l'aide de Geneviève, Marianne apporta les deux plats, du ragoût et de la ratatouille. Quant à Sandrine, elle n'avait pas d'appétit et se sentait très lasse, vidée de toute énergie. Discrètement, elle s'esquiva et sortit sur la terrasse. De là, elle entendait les autres rire et plaisanter.

— Voyons, mesdames, disait Genviève, vous ne devriez pas vous moquer. Mon milicien ferait un bon parti, comme ma mère ne cesse de me le répéter. Un veuf, qui a encore toutes ses dents. Enfin, presque…

Sandrine laissa ses pensées vagabonder. Bientôt les voix formèrent un brouhaha confus. La garrigue exhalant des effluves parfumés de lavande et de romarin, le chant des cigales ponctué par les hululements des chouettes… Elle laissa tout cela l'envahir, l'imprégner.

Alors son père lui vint en tête, et elle fut surprise de sentir des larmes lui piquer les yeux. Cela faisait si longtemps. Depuis son interrogatoire, elle avait été incapable de pleurer. Si elle cédait et se laissait aller, même un court instant, elle craignait d'exploser, de s'effondrer, et de ne plus pouvoir s'arrêter. Aussi bridait-elle ses émotions en les gardant bien encloses à l'intérieur.

— À Citadelle, dit Lucie dans la cuisine.

— Et au cuistot, ajouta Suzanne. À Marianne.

Sandrine entendit les verres de vin s'entrechoquer, puis la voix de Liesl flotta jusqu'à la terrasse.

Et Sandrine ? Est-elle déjà allée se coucher ?

Sophie ferma les yeux et demeura cachée au creux de la pénombre.

138

Alet-les-Bains

— C'est bon ? demanda Raoul.

Il avait travaillé toute la nuit avec ceux du maquis de Salvezines à transporter les lourds tambours cylindriques qui contenaient les armes en pièces détachées, les cartes et les munitions, sur les douze kilomètres qui séparaient le lieu où ils avaient été lâchés par erreur jusqu'au camp de fortune situé au-dessus des gorges de Cascabel, près d'Alet-les-Bains.

— Oui, c'est bon.

Raoul s'essuya le front et le cou avec son mouchoir, puis il sauta à bas de la carriole et tapota l'âne sur l'encolure.

— Il a travaillé aussi dur que nous autres, dit-il. Où l'avez-vous déniché ?

— Qui sait ? répondit le maquisard avec un haussement d'épaules, puis il lui tendit la main. Merci pour ton aide, camarade.

Raoul lui serra la main. D'après les bribes de conversation qu'il avait entendues par mégarde, il avait deviné qu'un gros coup se préparait pour les deux prochains jours. Il se demanda si Sandrine en avait eu vent et eut aussitôt ce petit serrement de cœur, devenu familier dès qu'il songeait à elle. S'il avait pu, il l'aurait mise dans un avion et emmenée loin, très loin d'ici, de ce Midi divisé et ravagé par la guerre, en Angleterre ou en Amérique… Mais, au fond, il savait que même s'il en avait eu les moyens, Sandrine aurait refusé de partir. Jamais elle ne voudrait s'enfuir. Elle resterait pour combattre jusqu'au bout. Quoi qu'Authié lui ait fait subir, se dit-il en crispant la mâchoire, ce salaud n'avait pas entamé son courage. Elle était plus entêtée et déterminée que jamais.

L'aube pointait à peine. En contemplant la clairière autour de lui, Raoul éprouva un sentiment de paix inhabituel. Il reconnaissait certains des hommes avec lesquels il avait travaillé. Pour porter et charger le matériel, ils allaient par deux, aussi n'avaient-ils jamais été réunis, jusqu'à présent. Pour la plupart, leurs visages exprimaient ce que lui-même ressentait. Ils semblaient fatigués, un peu abrutis par le manque de sommeil. Ils se passaient une bouteille de bière, du tabac, soulagés que tout se soit bien terminé. Pas de raid, de mitraille, ni de sirènes. Pas de mort.

L'un des maquisards avait allumé un petit feu au centre de la clairière. Au-dessus des braises rôtissaient deux lapins embrochés sur une pique, le petit déjeuner des hommes avant qu'ils ne se dispersent. De l'autre côté du feu, Raoul reconnut le fiancé de Coralie Saint-Loup. Assis sur un rondin, il se roulait une cigarette.

— Il t'en reste assez pour moi ? lui demanda-t-il en s'asseyant à côté de lui, tout en s'efforçant en vain de se rappeler son prénom, un vieux prénom un peu désuet.

— Bien sûr, répondit le jeune en lui tendant sa blague à tabac. Sers-toi.

— Et Coralie, comment va ? J'ai appris que vous vous étiez mariés.

— Elle attend notre premier. Une sale époque pour mettre un enfant au monde, si tu veux mon avis, mais c'est ce qu'elle a voulu. La vie continue, comme on dit… Si c'est un garçon, nous l'appellerons Alphonse, ajouta son camarade.

Raoul fut soulagé de se rappeler enfin son prénom.

— Comme toi, remarqua-t-il.

— Et comme mon père et mon grand-père avant lui. C'est la tradition, dans la famille. Si c'est une fille, Coralie tient à l'appeler Viviane. Comme cette actrice de cinéma… Drôle de prénom, je trouve, mais bon, remarqua-t-il en haussant les épaules. Et toi ? Toujours à la colle avec la même ?

— Eh oui.

— Mariés ?

— Non, pas encore. Mais c'est prévu, dès que tout ça sera fini.

— On dit que les Allemands se retirent. C'est vrai, à ton avis ?

— Je ne sais pas, dit Raoul.

Un moment, ils restèrent assis en silence dans le calme de l'aube, fumant, se passant une tasse en fer-blanc remplie d'un vin rouge de la montagne un peu âpre, humant le fumet des lapins à la broche qui montait dans l'air en volutes odorantes.

— Tu vas accompagner les autres ? demanda Alphonse à voix basse.

— Où ça ?

Le jeune gars parut inquiet d'avoir trop parlé, puis il décida de lui faire confiance.

— À quelques-uns, ils vont essayer de rattraper le train fantôme, dit-il en baissant encore le ton. Voir s'ils peuvent le retenir jusqu'à l'arrivée des Alliés.

Raoul se tourna pour le dévisager. Comme tout le monde, il avait entendu des rumeurs circuler à propos du train fantôme. On disait qu'il emmenait à Dachau les derniers prisonniers juifs du camp du Vernet. Le fiancé de Lucie aurait dû en faire partie, pourtant son nom ne figurait pas sur la liste. Et parce qu'il s'était beaucoup soucié de Sandrine, Raoul se rendit compte qu'il ignorait si Liesl ou Lucie avaient découvert où Max était détenu. Le train était passé à Toulouse le 13 juillet, direction Bordeaux, puis il avait remonté vers le nord. Pourtant, grâce à l'avancée des Alliés, il avait rebroussé chemin.

— Où se trouve-t-il maintenant ? demanda Raoul.

— D'après ce que j'ai entendu dire, il se dirige vers le sud-est, la Provence. Ce pourrait être l'occasion rêvée de les libérer. On dit que les Alliés vont attaquer par la Méditerranée.

L'esprit en ébullition, Raoul avala une gorgée de vin. Certes, il avait envie de rentrer au plus vite à Coustaussa. Cela l'avait tant contrarié de laisser Sandrine, même s'il la savait en de bonnes mains. Mais il se rappelait ce qu'elle lui avait dit la dernière nuit : qu'elle ne pourrait supporter qu'il cesse de se battre à cause d'elle. Surtout, en supposant que Max se trouve bien dans ce train, que penserait-elle de lui s'il avait eu une chance de le sauver et ne l'avait pas saisie ? Raoul savait qu'elle s'en voulait encore de n'être pas intervenue quand Max avait été arrêté, à Carcassonne. Ce remords lui pesait. Ce serait une bonne façon de l'acquitter de cette dette, lui rendre la vie plus douce, plus légère.

— Et toi, tu y vas ? demanda-t-il à Alphonse.

— Non. J'aimerais bien, mais le bébé peut arriver à tout moment. Ce ne serait pas gentil envers Coralie.

Raoul fouilla ses poches de blouson et de pantalon pour trouver un crayon.

— Tu n'as pas un bout de papier ? Nimporte quoi ?

Alphonse fouilla à son tour dans ses poches et en sortit une carte où figurait un rendez-vous avec le médecin. Il jeta un coup d'œil à la date, vit qu'elle était dépassée, et la lui tendit.

Raoul griffonna à la va-vite un mot pour Sandrine en la prévenant de ce qu'il comptait faire et en lui promettant de rentrer avant la fin de la semaine. Toujours partagé, il hésita un instant, puis plia la carte et la donna à Alphonse.

— Peux-tu donner ce mot à Coralie en lui disant de le transmettre à Geneviève ou Eloïse pour leur faire savoir où je suis ? C'est très, très important.

Le jeune gars acquiesça et fourra le carton dans sa poche.

— Sais-tu qui est le responsable de l'opération ? lui demanda Raoul.

— C'est le type que j'ai entendu en causer, répondit Alphonse en désignant un grand gaillard dégingandé aux cheveux blond vénitien.

Raoul se leva et lui tendit la main.

— Bonne chance pour le bébé.

— Viens au baptême, si tu veux, dit Alphonse.

— Pourquoi pas ? répondit Raoul.

Puis il traversa le bois et alla se présenter en songeant combien Sandrine serait heureuse s'il revenait avec de bonnes nouvelles concernant Max, après tout ce temps.

Vingt minutes plus tard, il était dans un camion filant au nord vers Carcassonne par de petites routes non surveillées.

Alphonse rentrait vers Couiza en marchant lentement sur la berge rocheuse de l'Aude. La rivière était argentée dans la lumière du petit matin, et le courant ourlait d'écume blanche les rochers les plus bas.

Il arriva à un endroit où la berge s'arrêtait brusquement sur une pente escarpée, et où l'eau était plus profonde. Après un petit temps d'hésitation, il décida de grimper pour rejoindre la route, certain de pouvoir éviter les camions de la Wehrmacht ou les véhicules des SS. Il y avait si peu de circulation qu'il entendrait venir de loin n'importe quel moteur. Alphonse était tout content de porter un mot à Coralie. Pour lui, elle vivait trop dans l'ombre de ses sœurs aînées, qui savaient toujours tout les premières. Apparemment, elle s'en fichait pas mal, mais ce serait agréable pour elle d'être la porteuse de nouvelles, pour changer.

Trébuchant sur un rondin, il se cogna fort le tibia et bascula sur la route en poussant un petit cri de douleur. Alors il entendit le déclic d'un cran de sûreté.

— Les mains en l'air.

En levant les mains, il aperçut l'éclair bleu d'un béret de milicien et paniqua. Derrière lui, l'épaisseur des bois. Autant tenter le coup, non ?

Se retournant, il dévala la pente pour gagner le couvert des hêtres. Il entendit une balle siffler au-dessus de sa tête et se loger dans un arbre. Puis un autre coup de feu. Il continua à courir, vers la rivière.

Il ne comprit pas tout de suite qu'il avait été touché et s'arrêta soudain, le souffle coupé. Alors une deuxième balle le frappa dans le dos et il tomba dans l'eau, face en avant.

— Viviane, quel drôle de nom…, marmonna-t-il en s'étranglant.

Le sang jaillit de sa bouche, teinta de rouge les eaux argentées de l'Aude. Le mot de Raoul tomba dans la rivière et fut emporté.

139

Couiza

Sandrine se massa les tempes. Comme toujours durant l'ultime compte à rebours qui précédait une opération, elle avait mal à la tête. Elle fit rouler ses épaules, et grimaça un peu quand la peau autour de ses brûlures tira douloureusement. Elle inspira plusieurs fois profondément, en essayant de se calmer. Le plan était presque identique à celui de Berriac. Au moment de l'élaborer, elle s'était vue incapable d'innover.

Depuis deux jours, elle n'avait aucune nouvelle de Raoul. Ni de M. Baillard. Elle se disait que cette mission était pareille à toutes celles qu'elle avait déjà menées, mais c'était la première, depuis son retour à Coustaussa.

La première, depuis qu'elle savait ce que c'était, de se faire prendre.

— Donne deux coups de sifflet si tu vois quelqu'un arriver. Trois coups brefs si tu entends une voiture, une motocyclette, une pétrolette, n'importe quel véhicule.

— Je sais, dit Liesl.

Sandrine regarda l'heure à sa montre : 19 h 45.

Lucie et Marieta étaient à la maison avec Jean-Jacques. Postée au sud, Marianne surveillait la route. Suzanne couvrait le pont. Quant à Geneviève, elle se dirigeait vers la sous-station électrique, munie d'un panier bourré d'explosifs. Ce qui avait marché à Berriac marcherait encore ici. Aucune raison d'en douter, n'est-ce pas ?

Sandrine vérifia encore l'heure : moins dix.

— J'y vais, murmura-t-elle à Liesl. Surtout, siffle si quelqu'un survient. On ne veut pas prendre de risques inutiles. Si tout se passe comme prévu, dès que tu entends l'explosion, tire-toi.

— Je sais, confirma Liesl patiemment.

Sandrine sortit de l'ombre des poulaillers désaffectés. Elle avait du mal à respirer. Il n'y avait personne alentour. Un chien noir et blanc, tout efflanqué, semblait monter la garde devant le monument aux morts. Il était rare de voir un animal ces temps-ci, et elle n'avait vraiment pas envie qu'il se mette à aboyer à son passage en alertant le village de sa présence, mais le chien demeura tranquille.

— Brave bête, murmura-t-elle.

Elle atteignit la petite maison au crépi coloré située au coin de l'autre rue. Suzanne avait repéré ce porche comme bon abri provisoire, car la maison était déserte, et ses occupants absents, ou détenus.

Elle vérifia encore l'heure à sa montre.

— Trois minutes, souffla-t-elle. Trois minutes.

À 20 heures, les cloches se mirent à sonner et, à l'instant précis, Geneviève apparut. Elle avança vers la sous-station, posa le panier contre la porte et continua son chemin sans ralentir le pas.

Sandrine attendit qu'elle soit hors de vue, puis s'élança. Elle souleva la serviette rouge et blanche, repéra la mèche dans le fouillis de fils et de tubes, et essaya de gratter une allumette. Sa main tremblait tellement que l'allumette crépita, mais s'éteignit aussitôt. Sandrine en gratta une autre en tenant sa main droite dans sa main gauche et, cette fois, la flamme persista. Ce soir, le sifflement de la mèche ne lui procura aucune satisfaction, seulement du soulagement.

Elle s'accorda deux secondes, le temps de vérifier que la mèche avait bien pris, puis fonça jusqu'au sentier situé derrière les jardins potagers avant que la bombe n'explose. Soudain, en un éclair, elle se rappela Berriac, et l'exaltation qu'elle avait éprouvée cette nuit-là. Aujourd'hui, elle ne ressentait que de la peur et de la haine pour les choses qu'elle devait accomplir.

Elle se mit à courir, mais une douleur vive, déchirante la prit au bas-ventre et l'obligea à s'arrêter. Pliée en deux, elle reconnut la sensation de lourdeur qui la tirait vers le bas et sut qu'elle saignait de nouveau. Elle s'accorda une brève pause, tant qu'elle l'osa, puis repartit. L'espoir que Raoul soit rentré l'aida à grimper la colline.

Liesl et Marianne l'attendaient, bien à l'abri, tout comme Geneviève. Il n'y avait aucun signe d'Eloïse, mais aucune raison de supposer qu'il lui était rien arrivé de fâcheux.

— Et Raoul ?

— Pas de nouvelles pour l'instant, répondit Marianne posément.

— Il va rentrer, dit Lucie.

Marieta lui prépara une tasse de tilleul bien sucrée à la saccharine, puis l'aida à ôter ses vêtements ensanglantés. Lucie resta à son chevet jusqu'à ce qu'elle s'endorme.

140

Carcassonne

Raoul longeait le canal du Midi.

Le camion l'avait déposé sur la route de Villegly. De là, une courte marche lui avait fait passer la colline pour descendre dans la Bastide par le cimetière Saint-Vincent. Carcassonne était plongée dans le noir. Il n'avait pas pensé qu'il y retournerait de sitôt, et à présent que Sandrine n'y habitait plus, il fut surpris de constater combien la Cité lui semblait étrangère.

En contrebas, le boulevard Omer-Sarraut était silencieux. Le revoir lui fit un choc. C'était là qu'il avait sorti Sandrine de la voiture de police. Il revit son visage tuméfié, ses chairs brûlées, le sang qui coulait des sièges en cuir sur le sol de la Peugeot de Bonnet.

Il s'arrêta un instant pour reprendre son souffle. Robert était-il toujours en vie ? Et son frère Gaston ? Et le Dr Giraud, qui avait sauvé la vie de Sandrine ? Qu'étaient devenus Aimé Ramond, Jean Bringer ? Dire qu'il n'avait même pas eu le temps de pleurer sa mère. Raoul secoua la tête pour revenir au présent. Le temps viendrait de pleurer les proches, les tués, les disparus, mais ce n'était pas pour maintenant.

La nuit noire était son alliée. Ainsi il put avancer vers les bureaux des transports ferroviaires sans se faire repérer. On avait beau l'appeler le train fantôme, tous ses déplacements seraient consignés là, dans les registres. Les trajets, les jours que les prisonniers devraient passer enfermés dans les wagons à bestiaux, tout était inscrit. Il lui suffirait de trouver ces informations, puis de les transmettre à ses camarades. Alors, ils auraient enfin une chance de retarder le convoi.

Il grimpa sur le quai et traversa la voie ferrée en se courbant. Il n'y avait aucune activité alentour. Le silence complet était juste rompu par le crissement du gravier sous ses pieds quand il marchait entre les rails. Raoul enjamba une traverse, puis une autre, comme un enfant jouant dans une cour de récréation, surpris de ne repérer la présence d'aucune patrouille. La Gestapo et les sbires d'Authié devaient sans doute surveiller en priorité la zone proche de la gare.

Sans trop de mal, Raoul localisa le bureau, tout au bout du quai ouest, grâce à la plaque CHEF DE GARE qui luisait un peu dans l'obscurité.

La porte était en chêne massif. Aucun moyen de la forcer sans que le bruit alerte les gardes qui accourraient alors de la caserne Laperrine. Raoul y renonça et grimpa sur un banc en fer situé sous une petite fenêtre, fermée à l'espagnolette. Il lui fut facile d'en soulever le loqueteau avec son couteau de chasse.

Il se glissa à l'intérieur, la tête la première, puis descendit prudemment sur le sol carrelé. À mesure que ses yeux s'ajustaient à la pénombre, il distingua les placards en métal dans le coin de la pièce, ainsi que le gros registre en cuir placé bien en évidence sur le bureau du chef de gare.

Il gratta une allumette et tourna les pages en cherchant la date d'aujourd'hui. Rien. Perplexe, il revint en arrière en quête d'une inscription quelconque pouvant lui indiquer les lieux de passage du train les jours précédents, à défaut de sa destination présente.

Quelques minutes plus tard, il trouva. Une liste de noms, dont celui de Max Blum, et un rapport heure par heure du trajet prévu pour le transport des prisonniers du Vernet vers la frontière de l'Est. De Provence en Bourgogne, puis en Lorraine et en Bavière, au sud de l'Allemagne. Terminus : Dachau.

Raoul se pencha et suivit l'itinéraire du doigt. C'était tout ce qu'il lui fallait. En agissant vite, ils pourraient se mettre en position afin de bloquer la voie et empêcher le train d'avancer. Si les rumeurs sur la deuxième offensive que les Alliés s'apprêtaient à lancer de la mer étaient fondées, alors ils auraient juste à retenir le train.

Il rangea l'allumette usagée dans sa poche en imaginant le visage de Sandrine lorsqu'il lui apprendrait la nouvelle, et combien elle serait contente d'en informer Lucie et

Liesl. Après avoir placé une chaise sous la fenêtre, il allait se hisser, les mains posées sur le rebord, quand soudain la porte s'ouvrit en grand. Comme il cherchait son revolver, la lumière électrique inonda la pièce.

— *Halten Sie!*

Le cœur battant, il se retourna lentement. La Gestapo. Quatre contre un. Il mit les mains au-dessus de sa tête.

— Descendez.

Raoul fut contraint d'obéir.

— Nom ? exigea l'un des Allemands.

Raoul ne répondit pas.

— Votre nom ? répéta-t-il, en hurlant, cette fois.

Raoul croisa son regard, alors, si vite qu'il ne vit pas venir le coup, le nazi leva son fusil et le frappa violemment sur le côté de la tête.

141

Tarascon

Assis à la table, Audric Baillard contemplait le Codex étalé devant lui. Les persiennes étaient ouvertes, et la lune qui filtrait par la fenêtre éclairait les beaux caractères de l'antique manuscrit copte. Sa main tavelée par l'âge plana un instant au-dessus du papyrus.

Il avait enfin élucidé l'histoire de son long périple. Arinius avait sorti clandestinement le Codex de la communauté de Lyon pour le cacher dans les montagnes. Ce ne devait pas être l'unique version du texte. On parlait de fouilles en Égypte, près des falaises de Jabal al-Tarif, non loin de la ville de Nag Hammadi. Il songea à son vieil ami Harif, mort depuis bien des années. C'était Harif qui lui avait appris à déchiffrer et à comprendre les anciennes langues de l'Égypte, le copte, le démotique, les hiéroglyphes. Il lui avait également parlé de ce réseau sous-terrain constitué de quelque cent cinquante grottes utilisées comme tombeaux, sur la rive ouest du Nil, à deux jours de chevauchée de Louxor vers le nord. Avaient-elles également servi de cachettes en abritant une bibliothèque secrète, ensevelie dans la roche ?

Baillard aurait aimé connaître aussi le sort d'Arinius. Avait-il fait de vieux os ? Était-il resté à proximité, pour veiller sur le Codex ? Le papyrus était-il demeuré là des centaines d'années sans être dérangé, jusqu'au jour où Dame Carcas l'avait invoqué pour chasser les assiégeants des murs de la Cité ?

Il savait qu'au IVe siècle les régions frontalières étaient des lieux de non-droit, livrés à la violence et au pillage. Tribus entières décimées, villages massacrés. Mais la colonie d'Arinius avait-elle survécu, du moins en partie ? Eloïse et Geneviève Saint-Loup, ainsi que Sandrine et Marianne Vidal, descendaient de ces premières familles chrétiennes tarasconnaises. Le flacon de verre iridescent contenant la carte qui était passée de main en main l'attestait. Et si la carte avait été achetée par Otto Rahn à M. Saint-Loup, quand ce dernier avait été contraint de vendre les biens familiaux, Rahn l'avait envoyée à son tour à Antoine Déjean en 1939, rendant ainsi la carte à son pays d'origine. Audric avait fait le lien entre toutes ces choses…

Fermant ses oreilles aux bruits du monde, il leva les yeux vers les montagnes en imaginant le sombre sentier qui le mènerait au pic de Vicdessos. Il était persuadé que le pouvoir des mots serait plus fort s'il les prononçait là-haut, là où ils étaient restés enfouis, bien à l'abri, pendant si longtemps.

Il y eut un léger coup frappé à la porte. Il se leva. Laissant le coffret en cèdre sur la table, il glissa le Codex dans une poche, son revolver dans l'autre, puis sortit rejoindre Guillaume Breillac.

— Vous avez eu des nouvelles d'Eloïse ? s'enquit Baillard, sachant que le jeune homme s'inquiétait pour sa femme.

— Toujours pas, *sénher*, répondit Guillaume.

— Cela ne saurait tarder.

Guillaume ne répondit pas.

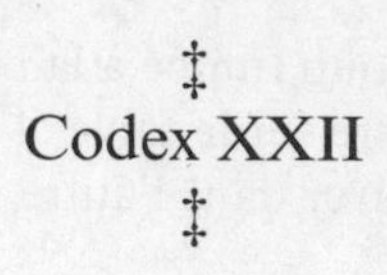

Codex XXII

Gaule, Tarasco
Août 344 ap. J.-C.

L'armée d'invasion attaqua à l'aube. Depuis le couvert des arbres, ils se mirent à taper avec leurs épées sur leurs boucliers en hurlant d'étranges cris de bataille et en martelant le sol de leurs pieds. La terre en trembla, et de la fumée grise monta en volutes dans le ciel bleu, assombrissant l'éclat du soleil levant.

— Ils sont si nombreux, *payre*, dit nerveusement l'un des plus jeunes.

— Ils font du bruit pour paraître plus nombreux qu'ils ne le sont en réalité, répliqua Arinius, en doutant un peu de la véracité de ses dires. Ils veulent nous faire peur.

— Je n'ai pas peur, s'empressa de répondre le jeune garçon.

— Et tu n'as pas à avoir peur, intervint Lupa. Dieu est avec nous.

Le jeune garçon acquiesça en serrant son gourdin, mais Arinius le vit glisser son autre main dans celle de Lupa, qui lui sourit. L'enfant reprit aussitôt courage.

— Pourquoi n'avancent-ils pas ? demanda-t-elle.

— Ils espèrent affaiblir notre volonté en nous faisant attendre.

— Tu vois quelque chose ?

— Pas encore.

Les cris et le vacarme continuaient. Arinius parcourut leur propre rang du regard. La peur du jeune garçon se reflétait sur les visages des hommes de Tarasco, jeunes et vieux. En revanche, sa femme semblait animée d'une volonté si farouche que cela le fit sourire.

— Qu'est-ce que tu as caché dans les montagnes de si important que cela a failli te coûter la vie ? s'enquit-elle alors, posément.

Surpris, Arinius la scruta. Durant les deux années de leur vie commune, elle ne l'avait jamais interrogé sur ce qui l'avait amené à Tarasco : ce qu'il faisait dans la vallée des Trois-Loups, pourquoi il portait le flacon vert comme un talisman autour de son cou, ce qu'il avait glissé à l'intérieur.

— Tu croyais peut-être que je l'ignorais ? remarqua-t-elle gentiment. À ton avis, à quoi servent ces histoires de montagnes hantées si ce n'est à tenir à distance du coffret les gens trop curieux ou avides ?

— Tu l'as vu ?

Lupa eut la bonne grâce de rougir.

— Au tout début, avant que je ne te connaisse mieux. J'étais curieuse.

Arinius sourit de sa confusion.

— Il contient un texte précieux, dérobé à la bibliothèque de Lugdunum. Ce Codex était considéré comme hérétique par l'Abbé, mais je crois que les générations futures le percevront différemment.

— Tu ne l'as pas lu toi-même ?

— C'est une langue que je ne comprends pas, même si j'ai entendu prononcer certaines phrases.

— Et qu'annoncent-elles ?

— Quand les paroles seront dites à haute voix, en un lieu sacré, et par quelqu'un prêt à donner sa vie pour que d'autres puissent vivre, la mort sera vaincue. Les vivants et les morts lutteront côte à côte. Une armée d'esprits.

Lupa sembla réfléchir un instant.

— Celui qui prononcera ces paroles doit-il mourir, ou seulement être prêt à donner sa vie pour les autres ?

— Je l'ignore, répondit Arinius.

— Et seuls les bons pourront voir cela ?

Arinius prit le temps de répondre.

— Nous voyons chacun ce que nous méritons de voir. Toi, ma brave Lupa, tu verrais des esprits, des anges. Les hommes au cœur noir, eux, verront face à face les plus terribles de leurs peurs.

— Qu'importe, je crois que Dieu est avec nous, Arinius.

— Moi aussi.

— M'apprendras-tu les paroles que tu sais ?

— Pourquoi ? s'étonna-t-il.

— J'aimerais les connaître, répondit-elle simplement.

Il la considéra un moment, puis murmura doucement les quelques phrases prononcées jadis par son frère moine. Lupa écouta, le visage illuminé par la beauté de ce qu'elle entendait. Quand il eut fini, elle posa la main sur son bras et sourit.

Un instant, ils demeurèrent ensemble sans parler, sans bouger, oubliant tout le reste.

Alors un rugissement monta des bois en contrebas et, soudain, les envahisseurs surgirent du couvert des arbres. Il entendit Lupa retenir son souffle. Ils étaient sept fois plus nombreux qu'eux, peut-être davantage.

— Que Dieu nous protège, dit-il en tirant son épée, puis il répondit en lançant son propre cri de ralliement.

Tout près, il sentit Lupa se tendre et sortir son couteau. Elle lui lança un dernier regard, puis, ensemble, ils s'élancèrent.

‡

142

Carcassonne

Août 1944

— Pardonnez-moi, mon Père, parce que j'ai péché.

En ce vendredi 18 août, à cette heure matinale, la cathédrale Saint-Michel était déserte. À part le prêtre et lui, il n'y avait personne. Authié avait insisté sur ce point. Il ne voulait certes pas risquer que quelqu'un entende par mégarde sa confession.

Il avait préféré s'agenouiller plutôt que s'asseoir. Le froid de la pierre pénétrait dans ses genoux à travers le fin tissu de son pantalon, une austérité qu'il trouvait réconfortante. Fort du bien-fondé de sa cause, il ressentait une paix profonde, que les croisés du temps jadis avaient dû éprouver en menant leur guerre sainte, pensait-il.

Dans quelques jours, ce serait fini. Sandrine Vidal s'était jouée de lui à deux reprises. Elle l'avait vaincu deux fois ; la première par ses mensonges, la seconde par son silence. Il savait que les officiers de la Gestapo et Revol lui-même admiraient la façon dont elle avait résisté à l'interrogatoire. Rares étaient les hommes qui tenaient aussi longtemps sans parler.

Authié, lui, ne l'admirait pas. Comme les inquisiteurs d'autrefois qui n'éprouvaient aucune pitié pour ceux qui choisissaient de défier les enseignements de l'Église, il ne trouvait aucun honneur dans la désobéissance. Par ses actes, la Vidal défiait l'Écriture sainte et permettait à l'hérésie de s'épanouir. Peu lui importait qu'elle possède ou non le Codex. Elle avait collaboré avec les ennemis de l'Église, les avait aidés. Cela suffisait.

Certes, elle s'était échappée, mais elle ne resterait pas en liberté très longtemps.

— J'ai menti et agi avec dissimulation afin de débusquer au grand jour les ennemis de l'Église, dit-il. J'ai frayé avec les impies. J'ai négligé le salut de mon âme… Je le regrette, ainsi que tous les péchés de ma vie passée.

À mesure qu'Authié détaillait ses péchés par action et par omission, il sentit l'horreur indicible du prêtre derrière la grille, et devina sa peur à l'odeur âcre de sa peau et de son haleine. Le prêtre récita les paroles d'absolution en balbutiant un peu.

— Au nom du Père, du Fils et du Saint-Esprit.

— Amen.

Authié fit le signe de croix, puis il se leva, sortit son revolver de sa ceinture et tira à travers l'écran grillagé. Le monde devint rouge, du sang éclaboussa le métal, les rideaux, le bois poli par les ans. Authié sortit du confessionnal, fit une génuflexion devant l'autel, puis descendit la nef.

Les secrets de la confession… Tout le monde finit par parler.

Sylvère Revol surveillait la rue Voltaire de part et d'autre ainsi que les rues transversales et le jardin situé devant la cathédrale. Pour la sécurité d'Authié, il avait placé un barrage de police de chaque côté de la route ; même ainsi, une voiture pouvait surgir de nulle part. Pourtant, suite aux derniers raids, les principaux chefs de la Résistance à Carcassonne avaient été pris, et les rues étaient plus tranquilles.

Revol jeta un coup d'œil à la porte ouest, en se demandant si son supérieur allait le faire patienter encore longtemps. Mais il n'avait pas à se plaindre... L'obsession d'Authié l'avait bien servi, il était devenu riche en profitant des relations de son chef avec l'Église, à Chartres. Voici que les choses touchaient à leur fin, à présent. Revol avait l'intention de révéler à Authié ce qu'il avait découvert sur Citadelles, en gardant pour lui qu'il avait retrouvé Audric Baillard. Ce dernier avait disparu depuis la fin de l'été 1942, mais l'un de leurs informateurs de Tarascon avait rapporté qu'un inspecteur de police à la retraite avait accueilli chez lui un vieil ami. Or Pujol et Baillard étaient amis, c'était connu... Revol n'avait pas eu de mal à faire le lien.

Les Alliés avaient débarqué en Provence. Les Allemands s'apprêtaient à se retirer du Midi. S'il comptait partir avec eux, il lui fallait se procurer le Codex durant les vingt-quatre prochaines heures.

Entendant des pas sur le trottoir, Revol se retourna, la liste à la main. Comme Authié approchait, il vit du sang sur son visage.

— Nous avons trouvé la Vidal, monsieur, dit-il.

Authié s'arrêta net.

— Où est-elle ?

— À Coustaussa. Rien que des femmes. Sept ou huit. Tout est là. Le réseau Citadelles.

Authié lui arracha la feuille des mains et parcourut la liste.

— Vidal, Peyre, Magne... Qui est cette Liesl Vidal ? L'avons-nous déjà rencontrée ?

— Apparemment, elle habite à Coustaussa avec Marieta Barthès, la femme de charge. Elles ont prétendu que c'était une cousine venue de Paris, mais d'après moi, il pourrait s'agir de la sœur de Blum.

— Le Juif auquel Lucie Magne a rendu visite au Vernet?

— Oui. Il avait une sœur qui a disparu, à peu près du même âge.

Authié revint à la liste.

— Et qui est cette Eloïse Breillac?

— C'est la sœur de Geneviève Saint-Loup, qui fait aussi partie du réseau. Breillac a été arrêté à l'hôtel Moderne et Pigeon de Limoux.

— Bon travail, Revol, approuva Authié en hochant la tête. Où avez-vous obtenu ces informations?

— Liesl Vidal, ou plutôt Liesl Blum, fréquente un gars du coin, un certain Yves Rousset. Un autre soupirant éconduit l'a mal pris, et il a voulu se venger. Il a parlé à l'un de ses copains miliciens de Couiza. On a commencé à faire le lien quand les noms sont apparus sur différentes listes. Rousset est membre du maquis Couiza. À partir de là, tout s'est mis en place.

— Et Pelletier, en est-il lui aussi?

— Pas que je sache, monsieur.

— Et Baillard? Avez-vous réussi à retrouver sa trace?

— Le dossier Baillard est incomplet. Je n'ai pas été en mesure de le localiser.

Authié le scruta, puis haussa les épaules.

— Essayez encore. J'aimerais avoir du nouveau à fournir à M. de l'Oradore… Vous avez bien travaillé, Revol, conclut-il après un petit temps.

— Merci, monsieur, dit son second en lui ouvrant la portière.

143

Coustaussa

Sandrine se massa le front. Sa migraine était revenue.

— Ça ne me plaît pas. Nous aurions dû avoir des nouvelles, depuis le temps.

— Je suis sûre qu'il va bien, s'empressa de dire Lucie.

— Je ne pensais pas à Raoul, mais à Eloïse, répliqua vivement Sandrine.

En fait, elle était malade d'angoisse à son sujet, mais le cachait bien, car la façon dont Lucie et les autres ne cessaient de lui jeter des coups d'œil inquiets, mélange de sollicitude et de pitié, l'horripilait.

— J'attendais un message de Limoux, poursuivit-elle.

— Il y a eu une attaque sur un convoi dans les gorges de Cascabel avant-hier, dit Suzanne. Ça doit pas mal les occuper.

— Des pertes ?

— Un Américain est mort. Je n'en sais pas plus.

— Est-ce que cela peut jouer sur la venue éventuelle d'Authié ? demanda Lucie.

— Difficile à dire, répondit Suzanne en haussant les épaules.

— Que veux-tu faire ? demanda Liesl. Devrions-nous attendre, ou évacuer le village, à tout hasard ?

Le 19 août, songeait Sandrine. Cela fait presque une semaine que Raoul est parti, et elle n'avait eu aucune nouvelle de lui, ni de M. Baillard, qui devait lui confirmer qu'il était bien en position sur le pic de Vicdessos.

— Sandrine ? s'enquit Marianne avec sollicitude.

— Que faisons-nous ? répéta Liesl.

Elle inspira profondément et s'obligea à se concentrer.

— Attendre, au moins un jour de plus. Si nous faisons évacuer tout le monde maintenant et qu'il ne se passe rien, les villageois rechigneront à quitter leurs maisons une deuxième fois.

Liesl hocha la tête, puis regarda autour d'elle.

— Où est Geneviève ?

— À Couiza, répondit Sandrine.

— N'avions-nous pas convenu d'éviter Couiza ces temps-ci ?

— Oui, mais rappelle-toi, Coralie, sa sœur cadette, risque d'accoucher d'un jour à l'autre. Eloïse n'étant toujours pas rentrée, Geneviève s'est sentie obligée d'y aller, expliqua Sandrine, puis elle se tourna vers Lucie. Peut-être vaudrait-il mieux que tu partes avec Marieta et Jean-Jacques ce matin, non ?

— J.-J. sera très heureux avec Marieta à Rennes-les-Bains. Je reste, déclara Lucie, très posément. Je veux participer.

— Tu en es sûre ? demanda Sandrine.

— Sûre et certaine.

Certes Lucie était très pâle et sur le qui-vive, mais ses yeux brillaient de détermination. Sandrine et Suzanne échangèrent un regard. Puis Suzanne se leva.

— Puisque tu veux aider, tu ferais mieux de m'accompagner.

— Pour aller où ?

— Sais-tu te servir d'une arme à feu ?

— Non, reconnut Lucie, qui pâlit encore.

— Eh bien, il est temps que tu apprennes.

— Tu es sûre que nous avons raison d'attirer Authié ici ? demanda doucement Marianne.

— Non. Mais il est trop tard pour s'arrêter, maintenant, répondit Sandrine.

Couiza

Geneviève alla vite à l'évier chercher un verre d'eau, puis revint à la table. L'appartement où habitaient Coralie et Alphonse était minuscule et sans air. Toutes les fenêtres et les persiennes étaient fermées.

— Qu'est-ce qui ne va pas ? s'enquit-elle nerveusement. Le travail a commencé ? C'est ça ?

Coralie avait le visage congestionné et du mal à respirer. Elle semblait en état de choc. Geneviève était terrifiée à l'idée qu'elle entre en travail avant l'arrivée de la sage-femme.

— Allons, dit-elle en lui donnant le verre d'eau. Ce n'est pas bon pour le bébé que tu te mettes dans cet état.

Coralie était-elle juste effrayée par l'imminence de l'accouchement, ou y avait-il autre chose ?

— Voilà qui est mieux, dit-elle en lui prenant le verre vide des mains, puis elle lui tâta le pouls et sentit qu'il battait vite, par saccades. Alors, dis-moi ce qui s'est passé ?

Coralie la fixait d'un air absent, comme si elle n'avait pas entendu.

— Coralie ! dit vivement Geneviève en agitant la main devant les yeux de sa sœur, sans la faire réagir. Où est Alphonse ?

À ces mots, sa sœur poussa un long gémissement. Une plainte suraiguë, à peine humaine.

— Coralie, arrête. Tu vas te rendre malade. Dis-moi où trouver Alphonse et j'irai le chercher. Calme-toi. Respire. Voilà.

— Il est mort, murmura alors Coralie.

Geneviève s'empressa de poser la main sur le ventre de sa sœur pour vérifier si le bébé bougeait, et poussa un soupir de soulagement.

— Non, il va bien. Les bébés bougent moins juste avant de venir au monde. Tu te souviens quand Aurélie est née ?

— Pas le bébé. Alphonse, dit Coralie d'une voix éteinte.

— Alphonse ? Non, c'est impossible.

— Sur la route d'Alet. On a trouvé son corps dans la rivière... L'avion a parachuté les armes au mauvais endroit. Il est allé aider les copains à les récupérer.

Geneviève se figea, songeant aussitôt à Raoul, car elle craignait qu'il ne s'y soit rendu lui aussi. Était-ce pour cette raison qu'il n'était toujours pas rentré ? Avaient-ils tous été tués ou capturés ?

Elle passa un bras autour des épaules de sa sœur, qui se mit à pleurer.

— Ils sont venus me le dire, poursuivit Coralie à travers ses larmes. Ils étaient quatre.

— Qui ça ?

— La Gestapo.

— Quand ? demanda Geneviève en retenant son souffle, mais Coralie ne répondit pas à sa question.

— Ils m'ont demandé où vous étiez, toi et Eloïse. Ils m'ont posé des questions sur Sandrine. Si c'était vrai qu'elle habitait une maison nommée Citadelle.

— Qu'as-tu dit ?

— Que je ne savais pas, dit-elle en levant les yeux. J'ai bien fait, non ? Ils allaient m'arrêter, mais quand ils ont vu que j'étais tout près d'accoucher, ils m'ont laissée...

Geneviève ne savait que faire. Cela signifiait que leur plan avait marché, même si elle ne comprenait pas pourquoi Eloïse n'était pas entrée en contact avec elles pour leur confirmer la venue d'Authié. Étaient-ce de bonnes ou de mauvaises nouvelles ?

— Que vais-je devenir ? Je vais devoir me débrouiller toute seule, maintenant, gémit Coralie.

Geneviève n'avait pas envie de la laisser, mais elle devait au plus vite prévenir Sandrine.

— Je vais chercher Mathilde à la boulangerie, dit-elle en essayant de garder un ton posé. Elle te tiendra compagnie.

— Non ! s'écria Coralie en la retenant par le bras. Ne pars pas.

— Je reviendrai le plus vite possible.

Fermant ses oreilles aux sanglots de sa sœur, Geneviève se glissa hors de la maison pour se précipiter à la boulangerie, sans même réfléchir à ce qu'elle ferait si Mathilde n'y était pas.

Elle tourna le coin de la rue et s'arrêta net. Sur la place, des soldats regroupaient les passants. Vite, Geneviève tourna le dos et marcha dans la direction opposée. Il y avait des uniformes gris partout, et quatre hommes étaient poussés vers le pont, mains levées au-dessus de leur tête, dont le patron du Grand Café Guilhem. L'autre côté de la route aussi était bloqué par des soldats. Faisant encore volte-face, Geneviève heurta un homme qui sortait du tabac.

— Que se passe-t-il ? demanda-t-elle.

— Quelqu'un a essayé de faire sauter le pont d'Alet, dit-il. Pour arrêter un convoi allemand qui devait le traverser. Les Américains ont ouvert le feu. Leur commandant a été tué, apparemment.

— Et les autres, se sont-ils échappés ? s'enquit-elle vivement.

— Les maquisards ?

— Oui.

— Presque tous sont morts, répondit l'homme avec un sourire satisfait.

Trop tard, Geneviève se rendit compte de son erreur. Elle se retourna. Un milicien sortait de l'intérieur de la boutique.

— Vous êtes en état d'arrestation, dit-il.

Elle leva les mains. Le milicien se tourna vers un autre homme en costume gris.

— Que voulez-vous que nous fassions d'elle, mon commandant ?

Geneviève se figea. Comment se faisait-il qu'Authié soit déjà arrivé ? Elles n'étaient pas prêtes. Pourquoi Eloïse ne les avait-elle pas prévenues ? Alors, le sol sembla se dérober sous ses pieds. Si jamais le réseau Citadelles avait été découvert, non dans le cadre du plan qu'elles avaient établi, mais par trahison, alors le point de dépôt de l'hôtel Moderne et Pigeon n'était plus sûr. Eloïse avait-elle été arrêtée ? Ou tuée ?

Geneviève sentit que ses jambes commençaient à trembler. Plus que jamais, elle devait prévenir Sandrine qu'Eloïse avait peut-être été capturée ainsi que Raoul, et qu'Alphonse était mort. Elle retint son souffle en essayant de se calmer et jeta des coups d'œil à la ronde en cherchant une possibilité de s'enfuir.

Trop de soldats, trop de policiers.

Elle revint à Authié. Un moment, il la regarda dans les yeux. Les siens étaient noirs, froids, dénués d'émotion.

— Votre nom ? exigea-t-il.

Geneviève resta silencieuse. Sans prévenir, Authié la gifla à tour de bras. Le choc la fit vaciller.

— Votre nom, répéta-t-il.

Lentement, elle secoua la tête. Authié la scruta, puis il se tourna vers le milicien.

— Où est Revol ? Lui saura bien la faire parler.

— Je ne l'ai pas vu, monsieur.

Geneviève essuya sa bouche en sang. Quand Authié leva la main à nouveau, elle tressaillit, s'attendant à recevoir un autre coup. Mais il se contenta d'ajuster la broche épinglée au revers de son veston.

— Mettez-la dans le fourgon avec les autres.

144

— Où diable est passé Revol ? lança Authié avec hargne en survolant des yeux l'esplanade de la gare, le cherchant en vain dans la masse compacte de chemises brunes et noires ponctuée par les bérets bleus de la milice.

— Nous n'arrivons pas à le trouver, mon commandant.

Authié avait vu Revol pour la dernière fois trois heures plus tôt, à Limoux. Tandis qu'il interrogeait Eloïse Breillac, on l'avait informé que Raoul Pelletier avait été arrêté quatre jours plus tôt. Il avait aussitôt envoyé Revol téléphoner au directeur de la prison de Carcassonne pour lui ordonner de garder Pelletier au frais, sur place. Les événements semblaient échapper à son contrôle. Il lui fallait agir, et vite.

Alors, après avoir tenu plusieurs heures, Eloïse Breillac avait commencé à parler et, tout à son affaire, il n'avait pas remarqué que Revol n'était toujours pas revenu. Elle avait admis que le plan consistait à l'attirer dans une embuscade prévue pour le dimanche 20 août. Voyant là l'occasion idéale de retourner la situation contre Citadelles en les surprenant un jour plus tôt, il avait immédiatement quitté Limoux pour rejoindre Couiza, en supposant que Revol suivait dans un autre véhicule.

— Eh bien trouvez-le, s'écria-t-il. Je veux le voir sur-le-champ, c'est clair ?

Le milicien salua et disparut derrière le coin du bâtiment. L'esplanade ressemblait à un camp militaire : il y avait quatre camions de la Feldgendarmerie, plus une traction avant Citroën noire appartenant au SS-Sturmbannführer Schmidt, son homologue. Pour cette opération menée conjointement, Schmidt et lui avaient ordonné à tous leurs effectifs de s'armer en conséquence. La plupart des soldats étaient équipés de fusils semi-automatiques Kar-98, certains de pistolets mitrailleurs M40 et de grenades ; les cartouchières en bandoulière luisaient au soleil comme des cottes de mailles.

— Et les cibles, les a-t-on repérées ?

Ils avaient opté pour la tactique habituelle, rassembler la population locale sur la grand-place en se servant des habitants comme otages. Pourtant Authié était à peu près certain que quelqu'un réussirait à transmettre un message aux insurgées, car il en était toujours ainsi.

En tout cas, il tenait à ce que Coustaussa apprenne sa venue. En arrivant vingt-quatre heures plus tôt que prévu, et en postant des patrouilles sur les routes environnantes, il faisait en sorte que le réseau Citadelles ne soit plus en mesure d'évacuer le village. Authié savait que sa réputation le précédait. Plus Coustaussa serait intimidé, plus ses habitants seraient enclins à négocier, et à leur livrer la Vidal.

Authié inspira profondément. Le moment tant attendu approchait. Dans quelques heures, il aurait mis la Vidal et les autres sous les verrous. Et le Codex serait entre ses mains.

— Que pouvez-vous me dire ? demanda-t-il à l'opérateur-radio, qui ôta ses écouteurs.

— On signale deux femmes repérées dans la garrigue, au nord du village, dont l'une correspond à la description de l'agent Catherine. Deux autres, dont l'une correspondant cette fois au signalement de l'agent Andrée, ont été vues dans le voisinage du château en ruine.

— Marianne Vidal et Suzanne Peyre, dit-il. Aucune trace de la dénommée Sophie ?

— Pas encore, monsieur.

— Quelqu'un a-t-il tenté de quitter Coustaussa ?

— Oui, une femme âgée et un enfant dans une voiture à cheval, répondit l'opérateur. Ils allaient en direction de Rennes-les-Bains. Conformément à vos ordres, on les a laissés passer. Il y a eu également un homme et une femme qui essayaient de sortir par la route de Cassaignes.

— Et alors ?

— D'après le rapport, ils ont résisté à l'arrestation, dit-il.

— Bien, approuva Authié.

Ses ordres avaient été nets et précis. À part les très vieux et les très jeunes, toute personne tentant de résister ou de s'enfuir devait être abattue à vue. Cela servirait d'avertissement.

— Veuillez joindre par radio toutes les unités pour leur dire d'avancer sur le village.

L'opérateur hocha la tête, remit ses écouteurs, et commença à transmettre les ordres d'Authié aux unités postées en haut de la colline.

— Et les otages, que comptez-vous en faire ? lui demanda le Sturmbannführer Schmidt en désignant les vieillards, les femmes et les enfants regroupés par centaines, obligés de rester debout sous le féroce soleil d'août, dont une femme enceinte bien près de son terme, et une mère allaitant son petit en cherchant à le protéger de la chaleur à l'aide d'un journal plié.

— Ils resteront ici jusqu'à ce que l'opération ait été conclue avec succès. Cette ville a soutenu les maquisards et aidé les partisans. Elle doit en payer le prix.

Schmidt hocha la tête et fit signe à ses hommes d'avancer. Six Unterscharführers prirent aussitôt position. Authié donna des ordres à ceux de la milice, Schmidt répéta les mêmes consignes en allemand, puis ils montèrent en voiture. La Citroën démarra et passa devant la sous-station endommagée pour s'engager sur la piste poussiéreuse qui filait à travers la garrigue. Deux des camions suivirent en faisant voler des cailloux dans un nuage de poussière. Les deux autres véhicules devaient quant à eux approcher par la route du bas. Ils commenceraient alors à encercler tout le monde, comme ils l'avaient fait à Couiza, et à fouiller chaque maison.

Authié et Schmidt restèrent silencieux en remontant lentement la colline vers le village. Il était possible que les insurgées tentent d'attaquer la voiture avant qu'il n'atteigne Coustaussa. Aussi restait-il sur ses gardes en scrutant la piste des deux côtés, à travers la garrigue en haut, et vers le village en contrebas. Pour l'instant, rien en vue.

Après un virage apparut d'abord un groupe de petits bâtiments en silex, puis la première des maisons situées aux abords de Coustaussa. De petites habitations et une grande ferme blanchie à la chaux, près d'un vignoble. Enfin, les premiers signes indiquant que la bataille avait déjà commencé. Un homme et une femme, pendus à la branche d'un chêne vert. La tête recouverte d'une cagoule, les mains liées derrière le dos, ils tournaient lentement dans la chaleur du jour.

— En guise d'avertissement, remarqua Authié, et Schmidt ne fit pas de commentaires.

Aux abords du village, sur le mur blanc du bâtiment de ferme, du sang éclaboussé formait comme une étoile. Entre les vignes gisait le corps d'un adolescent. Authié descendit de voiture pour l'examiner, puis revint parler à l'officier du camion garé derrière eux.

— Il n'est pas encore mort. Emmenez-le sur la place avec les autres.

Deux soldats sautèrent du camion. On força le jeune à revenir à lui en le bourrant de coups de pied, il se débattit, mais les soldats le traînèrent en bas vers le village, laissant derrière eux un sillage de sang dans la poussière.

Quand il arriva sur la place de la Mairie, Authié hocha la tête avec satisfaction. Jusqu'à présent, pas d'attaque ni d'embuscade. La plupart des habitants étaient déjà rassemblés là. Un camion de la Feldgendarmerie était garé en travers de la rue de la Mairie, et Schmidt dit à leur chauffeur de se garer en travers de la rue de l'Empereur, bloquant ainsi l'autre issue.

Authié descendit de voiture.

— Les femmes et les enfants de ce côté, ordonna-t-il en désignant le monument aux morts. Les hommes par là.

Les soldats se mirent aussitôt à pousser les prisonniers en les rudoyant sans aucun égard pour leur âge ni leur état physique, comme ils l'avaient fait à Couiza.

— Ainsi vous pensez que l'attaque viendra d'en dessous du village, et non d'au-dessus ? demanda Schmidt.

— Si leur intention était d'attaquer depuis le nord, elles auraient déjà tenté de s'en prendre à nous.

— Alors que faisons-nous ? Les hommes attendent nos ordres… Ils sont un peu inquiets. Ils ont entendu circuler de drôles d'histoires.

Authié scruta les visages des soldats allemands. Il retrouva sur certains l'air froid et vindicatif qu'ils affichaient d'habitude, mais d'autres exprimaient une peur trouble. Chez les miliciens, il perçut la même appréhension.

— Quel genre d'histoires ? s'enquit-il d'un ton mordant.

— Le village serait hanté. Et ces femmes…

Il s'interrompit, visiblement embarrassé.

— Eh bien, dites, Sturmbannführer Schmidt ! répliqua froidement Authié.

— Ces femmes seraient liguées avec… On parle de fantômes.

Authié sentit une bouffée de rage l'envahir. Qui d'autre que Revol connaissait le Codex ? Avait-il parlé ?

— Vous croyez à ces balivernes ? réussit-il à dire.

— Bien sûr que non, répondit le nazi en rougissant.

— Eh bien alors ! s'exclama Authié sans prendre la peine de cacher son mépris. Ce sont vos hommes. Ils suivront vos ordres.

— Mais quels sont vos ordres, précisément, commandant Authié ? dit Schmidt.

— Attendre. Attendre qu'elle vienne.

145

Coustaussa

Sandrine ne sentait rien, n'entendait rien.

Un silence oppressant planait sur la terre en attente. L'air lui-même semblait vibrer, miroiter, palpiter dans la chaleur de l'été, les cigales, le murmure de la tramontane dans la garrigue, les chardons immobiles parmi la lavande sauvage et les genêts qui se balançaient.

Tout était sa faute. Authié était venu, mais trop tôt. Avant qu'elles ne soient prêtes. Son intention première était de le tuer et, avec l'aide de M. Baillard, de chasser une fois pour toutes les envahisseurs du Midi.

Mais elle voyait à présent les corps d'un homme d'une femme pendus à une branche du vieux chêne vert et elle avait entendu des coups de feu aux abords du village, près de la ferme Andrieu.

C'était sa faute. Certaine que son plan marcherait, elle avait mis en jeu le sort de Coustaussa et de tous ses habitants. Et elle avait perdu. Chaque mort lui était imputable. Il ne lui restait plus qu'à tenter de sauver le maximum de gens.

De la capitelle qui lui servait d'abri, elle scruta les alentours. Marianne et Lucie avaient pris position dans le Camp Grand, tandis que Suzanne et Liesl étaient dans les ruines du château.

Personne d'autre en vue. Sandrine ne croyait plus que Raoul viendrait, ni que M. Baillard pourrait les aider. En fin de compte, le Codex n'était qu'un rêve. Une légende, aussi vaine que belle.

En fin de compte, il ne signifiait rien, rien du tout.

Durant ce dernier répit, elle s'efforça de ne pas penser à Eloïse ni à Geneviève. Où étaient-elles ? Le mari de Coralie manquait aussi. Et Raoul ? Lasse jusqu'à l'écœurement, elle laissa reposer sa tête sur ses bras croisés.

Aucun mouvement. Le pays était silencieux, immobile. Bien sûr, elle redoutait ce qui allait advenir, mais elle avait surtout envie que ça se termine.

S'obligeant à agir, Sandrine descendit à pas rapides vers le village, ramassée sur elle-même, se cachant derrière le muret qui courait le long du sentier. Entre la fin du mur et les premiers communs de la vieille ferme Andrieu, elle serait à découvert sur quatre ou cinq mètres. Ni fourré ni ombre. Si Authié la guettait depuis les fenêtres noircies de la maison qui jouxtait le cimetière abandonné, c'est là que la balle l'atteindrait.

Elle supposait que tout le monde avait été emmené sur la place de la Mairie et que les soldats fouillaient les fermes et les maisons. Soudain une rafale de mitraillette éclata depuis les collines, et le staccato d'une arme automatique y répondit, à proximité. Aussitôt en alerte, elle sortit son Walther P38 de sa ceinture et sentit dans sa main son poids rassurant, familier.

Sortant de son abri, elle courut, ramassée sur elle-même, jusqu'aux abords du domaine Sauzède. Sautant par-dessus le muret, elle gagna le jardin suivant et zigzagua d'un potager à un autre pour entrer dans le village par l'est.

Elle traversa la rue de la Condamine pour s'engager dans l'étroite ruelle qui longeait la tour ronde. D'ici, elle avait un bon point de vue sur la place.

Alors elle aperçut une longue traînée de sang, et le corps d'un jeune homme gisant sur le dos, dans la poussière. Sa main droite tressaillit, puis retomba, inerte, contre son flanc.

Authié était là, elle sentait sa présence. Pourtant elle ne pouvait le voir derrière les rangs de vestes grises et noires. Fusant des ruines du château, le crépitement d'une mitraillette déchira l'air. Pris au dépourvu, l'un des soldats fit volte-face et riposta. Une femme hurla en pressant ses enfants contre elle.

Alors Sandrine vit Jacques Cassou sortir du groupe en courant pour tenter de gagner la rue de la Condamine et se mettre en lieu sûr. Une cible facile, pour les Schmeissers. Sa fille Ernestine essaya de le rattraper. Mais elle était trop lente, lui trop lourd. Criblé de balles, Jacques vacilla, tomba à genoux. Les soldats continuèrent à tirer. Sous cette deuxième rafale, le père et la fille s'effondrèrent.

Entendant les tirs, Lucie et Marianne lancèrent la première des cartouches fumigènes depuis le Camp Grand.

Elle vola au-dessus des maisons pour atterrir au b
de la place, près du camion. Puis une autre cartouc
éclata, et encore une autre, lâchant des panaches bleus
roses, orange et jaunes dans l'air étouffant. Désorientés, les soldats échangèrent des tirs croisés depuis leurs positions respectives. Sandrine se rendit compte qu'eux aussi étaient à cran. Quoi qu'Authié ait pu leur dire au sujet de cette opération, ils comprenaient qu'il ne s'agissait pas d'un simple raid ordinaire sur un bastion partisan.

— *Halten! Halten!* s'écria le Sturmbannführer, et il répéta en français l'ordre de cesser le feu.

Aussitôt tout rentra dans l'ordre. Mais ce moment de flottement avait suffi pour que les otages se dispersent, certains cherchant refuge dans l'église, dans l'ombre des taillis sous le chemin de la Fontaine, ou encore dans les caves du presbytère. Marianne ferait de son mieux pour les protéger.

Dès que la place fut dégagée des civils, Suzanne et Liesl lancèrent l'assaut principal depuis le château. Leurs balles raclèrent le sol. Une grenade explosa en touchant le monument aux morts. En riposte, l'unité mixte d'Allemands et de Français se divisa en deux, certains visant les collines, d'autres tirant sans discernement sur les otages en fuite. À travers la fumée colorée et la poussière, Sandrine aperçut les bérets bleus des miliciens qui s'engouffraient dans la rue de la Peur et comprit qu'ils avaient l'intention de ne laisser aucun témoin.

Son plan avait échoué et, en conséquence, le village entier serait sacrifié. La seule issue, c'était de s'offrir en échange des otages. D'ailleurs, elle voyait Authié à présent : campé près de la voiture, la main droite posée sur le capot, la gauche tenant négligemment son Mauser. Alors que le feu faisait rage autour de lui, il paraissait calme, détaché.

Sandrine abaissa le chien de son pistolet et s'avança dans la lumière.

— C'est moi que vous voulez, pas eux. Laissez-les partir.

Il n'avait pu l'entendre, impossible, et pourtant, malgré le bruit, les cris, les tirs, si, il l'avait entendue. Il se retourna et regarda droit vers elle. Ces yeux… Souriait-il, ou regrettait-il que cela doive se terminer ainsi ?

Alors il dit son prénom. Son vrai prénom, qui résonna doucement, comme une musique, et resta suspendu dans l'air. Menace ou supplique, elle n'aurait su dire, mais elle sentit sa résolution faiblir. Il le répéta. Cette fois, cela sonna faux dans sa bouche, avec un goût amer de trahison. Le charme était rompu.

Sandrine leva le bras. Et tira.

146

Pic de Vicdessos

Le soleil était à son zénith quand Audric Baillard et Guillaume Breillac atteignirent la crête de la colline. Il leur avait fallu trois jours pour descendre de Tarascon jusqu'ici en évitant les patrouilles nazies. Pour avoir vu les débuts et les fins de nombreux conflits au cours de sa longue existence, Baillard savait que les derniers jours étaient souvent les plus dangereux. Certes, c'était à Carcaso que Dame Carcas avait prononcé les paroles pour sauver sa place forte, et l'armée fantôme était venue. Pourtant lui croyait toujours que ses chances de réussite seraient plus grandes ici, dans la vallée Trois-Loups.

— Je dois assumer seul cette dernière partie du trajet, déclara-t-il. Je ne puis vous demander d'aller plus loin.

— J'attendrai ici en montant la garde, acquiesça Guillaume.

Baillard continua donc son chemin. À force de le lire, le texte s'était enraciné dans son esprit, et il avait fini par comprendre que les versets ne pouvaient être dits que pour le bien d'autrui, non le sien propre. Qu'offrir sa vie de plein gré afin que d'autres vivent était ce qui donnait aux mots leur pouvoir.

Que le plus grand acte de guerre était un acte d'amour.

Une fois les paroles prononcées, chaque personne verrait le reflet de son propre cœur. Les bons verraient le bien qu'ils avaient répandu autour d'eux, les mauvais les vilenies qu'ils avaient commises. Baillard croyait l'avoir deviné, mais en contemplant le motif de la croix reflété sur la face du rocher au-dessus, la façon dont la lumière dansait et oscillait entre les branches des chênes, il pria pour ne point s'être trompé.

Il espérait que Raoul était rentré pour soutenir Sandrine, et que chacune, Marianne, Suzanne, Liesl, Lucie, Geneviève et Eloïse, comprendrait ce qu'elle avait fait et pourquoi. Ce qu'il ignorait encore, c'était si le fait de prononcer les paroles à haute voix le tuerait ou non. S'il devrait mourir pour que d'autres puissent vivre, ou s'il suffirait qu'il soit disposé à sacrifier sa vie.

Il se concentra encore quelques instants. Enfin, quand il fut prêt, il sortit le Codex de sa poche et commença à lire les sept versets à haute voix.

Que viennent les esprits de l'air. Que viennent les armées l'air.

Du sang de la terre où jadis ils tombèrent, qu'ils viennent à la dernière heure. Sur la mer de verre. Sur la mer de feu. La mer vous engloutira, le feu vous purifiera, et vous arriverez en un lieu que vous connaissez et ne connaissez pas.

Là, les os des guerriers morts au combat vous attendent et le temps ne sera plus le temps.

Chaque mort sera gardée en mémoire.

Alors la tour brisée tombera. Le sépulcre s'écroulera. Le fort de la montagne libérera ceux que le courage de celui qui parle aura invoqués : « Que viennent les esprits de l'air. Que viennent les armées de l'air. »

Et bien que leur nombre soit dix mille fois dix mille, ils tiendront compte de vous et ils répondront. Ceux qui sont morts pour que d'autres puissent vivre, ceux qui donnèrent leur vie et vivent maintenant entendront votre appel. Ils reviendront à la terre dont ils sont issus.

Et l'armée fantôme aura sur elle les outils de leurs vies, épée, javelot, plume, charrue, et ils sauveront ceux qui seront venus après. La terre se lèvera pour défendre ceux qui ont le cœur pur.

Puis, quand la bataille sera finie, ils se rendormiront.

L'air se referma sur les versets dits. Ses paroles résonnèrent dans le silence.

Lentement, Baillard laissa retomber son bras. Un moment, il se tint dans l'étreinte verte de la clairière.

Au début, ce ne fut qu'un grondement sourd dans ciel.

Puis il commença à les entendre. Un mouvement dans les arbres, la terre qui s'ouvre. Les ombres de ceux qu'il avait aimés. Il avait tant prié pour les revoir un jour.

Il poussa un long et doux soupir. Pas d'apocalypse s'abattant pour anéantir le bon avec le mauvais, mais les paroles faites chair. Une armée de fantômes, les esprits des guerriers morts au combat, se levant pour marcher sur la terre où jadis ils étaient tombés.

— *A la perfin*, murmura-t-il, et il sourit.

Pourrait-il la voir maintenant ? Serait-elle dans l'armée des fantômes ?

Baillard entendit un crépitement soudain rompre le silence de la vallée. Baissant les yeux, il vit du sang, une tache de sang qui s'étalait sur sa veste, imbibant de rouge le tissu blanc. Un trou, là où une balle avait atteint son flanc.

Son corps rejoignit son esprit. La douleur le frappa soudain, ses jambes cèdèrent sous lui, et il tomba. Il serra le Codex contre lui. Le vœu qu'il avait fait dans la grotte du labyrinthe tant d'années en arrière l'avait gardé en vie bien au-delà du temps qui lui était imparti. Se pourrait-il qu'il se meure à présent ?

Un inconnu sortit du couvert des arbres et avança vers lui, le pistolet à la main. Des cheveux noirs coupés court, une peau mate, des yeux froids. Baillard avait beau ne pas le connaître, il avait bien souvent rencontré ses pareils. Il y avait du sang sur ses vêtements. Baillard pria pour que ce ne soit pas celui de Guillaume Breillac.

— Où est-il ? lança l'homme.

— Qui êtes-vous ?

— Aucune importance.

Durant sa longue vie solitaire, Baillard avait maintes ɔis trouvé son fardeau trop lourd à porter. Et voilà qu'il se découvrait maintenant une folle envie de vivre.

— Alaïs, murmura-t-il.

Il attendait depuis si longtemps qu'elle lui revienne. Non, personne ne lui volerait sa chance de la revoir. Baillard vit l'homme le viser de son arme.

— Où est le Codex, le vieux ?

— Il ne vous est pas destiné, répondit-il.

À travers le fin tissu de son veston, Baillard tâta son revolver et l'arma. Quand la balle l'atteignit au cœur, l'homme écarquilla les yeux, chancela, puis le sang jaillit de sa bouche et il tomba à genoux, serrant encore son arme dans sa main.

Baillard ne ressentait plus aucune douleur, seulement un élan irrésistible, une envie désespérée. Il les entendait à présent. Il entendait la terre elle-même commencer à bouger, les tombes s'ouvrir à mesure que la vie s'insufflait à nouveau dans les os de ceux qui y demeuraient. Ses paroles les avaient appelés. L'armée fantôme s'était réveillée et elle se mettait en marche.

Les antiques paroles gisaient sous lui, dans le papyrus trempé de son sang.

Ceux qui sont morts pour que d'autres vivent, ceux qui donnèrent leur vie et vivent maintenant.

Serait-ce son destin ?

Tandis qu'il perdait peu à peu conscience, Baillard vit Guillaume Breillac gravir le flanc de la colline d'un pas chancelant. Son bras gauche pendait inerte contre son flanc, et son visage était ensanglanté, mais il tenait debout. Il mit un temps fou à le rejoindre depuis le bord du chemin. Il s'arrêta brièvement près de l'homme abattu, puis se pencha sur Baillard et chercha son pouls.

— Qui était-ce ?

— Sylvère Revol, répondit Guillaume. Le sbire d'Authié.

— Est-il mort ?

— Oui.

Baillard ferma les yeux. Il sentit que Breillac s'efforçait de le soulever. Il essaya en vain de parler, de lui dire d'économiser ses forces, sa voix était trop faible. Heureusement ils n'étaient ni l'un ni l'autre mortellement blessés, mais il leur faudrait se reposer un temps dans la vallée des Trois-Loups.

Il se rendit compte qu'il souriait. Car il les entendait maintenant distinctement. Les voix dans les montagnes. Les murmures de l'armée fantôme réclamant le pays qui lui revenait de droit.

Empli d'un immense espoir, il pria. Pourvu que cela suffise. Pourvu qu'il ne soit pas trop tard.

147

Coustaussa

Sandrine sut qu'elle avait raté sa cible. La voix d'Authié avait transpercé sa mémoire encore à vif en évoquant tant de douleur et d'humiliation que sa main en avait tremblé.

Elle leva son arme à nouveau mais, sentant quelqu'un derrière, fit volte-face. Cette fois, elle atteignit sa cible. Un soldat en uniforme gris tomba, du sang jaillit de sa cuisse droite. Il réussit à se traîner pour se mettre à couvert en laissant sur place son Mauser K98.

Sandrine se jeta de côté. Elle vit l'éclair de poudre propulsive et entendit la balle qui la visait ébrécher le mur au passage, puis ricocher sur le sol.

— Je la veux vivante ! hurla Authié.

Elle le localisa à travers la fumée. Il s'était abrité derrière la Citroën noire, au coin de la rue de l'Empereur. Évitant de regarder les corps de Jacques et Ernestine Cassou, Sandrine sortit de la ruelle en se courbant, puis elle s'accroupit en calant son épaule gauche contre le mur, ajusta sa visée et tira. Le pneu avant le plus proche éclata.

Une autre grenade atterrit sur la place de la Mairie, frappant cette fois le coin sud-ouest de la place en faisant exploser toutes les fenêtres de la maison Cassou. Les éclats de verre dessinèrent un kaléidoscope miroitant dans les nuages de fumée bleue, rose et jaune qui voilaient le ciel du Midi, comme les émanations de l'ancienne usine d'aluminium de Tarascon. L'angle en pierre de la maison Sauzède en fut tout effrité.

Du coin de l'œil, Sandrine aperçut Liesl. Elles avaient sorti les armes de leur cache dans les capitelles. Liesl escortait les femmes et les vieillards vers l'intérieur du village en transportant de vieux revolvers de Saint-Étienne, des Webleys .32 datant de la Première Guerre mondiale, plus deux antiques fusils de cavalerie à verrou.

Un officier de la Gestapo prit position sur un genou avec son pistolet mitrailleur. Sandrine entendit le son écœurant des balles quand elles transpercèrent le vieillard le plus exposé du groupe en lui arrachant les entrailles. Il y eut une autre explosion à sa gauche, près du cimetière.

Alors elle entrevit Suzanne, bien reconnaissable à ses cheveux coupés ras, et aperçut derrière elle une lueur métallique, le bout d'un fusil qu'un rayon de soleil

faisait étinceler. Elle plissa les yeux. Apparemmen
n'était pas un K98, mais un Lee-Enfield britanniq
Elle devina au mouvement du canon que le soldat s'a
prêtait à tirer.

— Suzanne ! cria-t-elle. Sur ta droite.

Tout se passa en un instant, avec une folle rapidité. Un seul tir résonna dans l'air. Un intense soulagement l'envahit quand elle vit le fusil, puis le soldat tomber à terre. Marianne sortit de l'ombre du bâtiment, vola au passage un baiser à sa compagne, et repartit en courant vers l'église, tandis que Suzanne descendait la rue de la Condamine.

En regardant la bataille se dérouler, Sandrine avait négligé de garder sa propre position. Soudain elle sentit le canon d'un fusil contre sa tempe, et une main s'empara de son P 38.

— C'est fini, dit la voix.

Sentant Authié se presser contre elle, Sandrine se mit aussitôt à trembler.

— Où est-il ? murmura-t-il à son oreille.

— Je ne l'ai pas.

— Je ne te crois pas, dit-il en appuyant durement le canon sur sa tempe.

Comme elle essayait de lui échapper, Authié la poussa violemment contre le mur et elle sentit sa lèvre supérieure éclater. Un filet de sang suinta, tiède, dans sa bouche. Il la ramena vers la place en la tirant par les cheveux.

— Où m'emmenez-vous ?

— Réponds ! exigea-t-il en lui flanquant un coup de poing dans le ventre.

Le souffle coupé, Sandrine en fut incapable. À la douleur sourde qui lui déchirait le bas-ventre, elle sut qu'elle saignait.

— Je ne l'ai pas, réussit-elle à dire.

uthié tenait l'arme contre sa tête quand ils entendent un bruit. Comme un grondement de tonnerre dans montagne.

Surpris, il relâcha la pression de son doigt posé sur la gâchette et leva les yeux.

148

Sandrine scruta le ciel, mais il était limpide, d'un bleu infini, sans nuages. Alors elle entendit de nouveau cette vibration profonde qui semblait provenir du centre de la terre. Raoul était-il revenu avec des gars de Tarascon, de Salvezines, pour les aider ? songea-t-elle avec une lueur d'espoir.

Elle regarda autour d'elle. Les soldats, les habitants de Coustaussa, tous scrutaient le ciel, et la même confusion se lisait sur leurs visages. Les armes s'étaient tues.

Sans hésitation, Sandrine décocha un coup de pied dans le tibia d'Authié, qui chancela. Il se redressa, tira, mais elle réussit à se jeter sous la voiture, à rouler pour se mettre hors de portée, puis elle traversa la route en vacillant pour se réfugier dans une venelle séparant deux maisons. Cet effort lui causa comme un déchirement dans le bas-ventre, et la douleur s'accrut encore.

Authié tira par deux fois, et les deux balles allèrent se loger dans le mur. Il semblait comme fou. Ses yeux fusaient dans toutes les directions pour tenter de la repérer, en vain.

Certains des miliciens battaient déjà en retraite. Sandrine ne voyait pas ce qu'eux voyaient mais, manifestement, ils étaient passés de la confusion à la peur. Alors la

terre se mit à trembler. Un tank ? supposa-t-elle, jug
aussitôt l'idée absurde. À présent le ciel aussi sembl
vibrer, pourtant le bruit avait beau s'intensifier, ce n'éta
pas celui d'un avion.

« Que viennent les esprits de l'air. »

Sandrine s'entendit prononcer les paroles, même si elles ne passèrent pas ses lèvres. Alors elle commença à entendre d'autres voix. Cela ressemblait plus aux murmures du vent dans les arbres qu'à des mots, pourtant elle eut l'impression de comprendre ce qu'ils signifiaient. Des voix, et le bruit d'une multitude de pas foulant la terre.

« Que viennent les esprits de l'air. »

Elle vit le MP 40 glisser des mains d'un jeune soldat. Juste derrière lui, un autre tressaillit, puis fit volte-face et s'enfuit. Certains n'avaient même pas la force de fuir et reculaient en chancelant, comme médusés par ce qu'ils croyaient voir. La terreur régnait sur tous. Elle perçut des bribes d'imprécations parlant du Démon et des morts, des prières qu'elle ne comprit pas. Elle vit le corps d'un jeune soldat noircir, langue pendante, yeux injectés de sang.

— *Teufel.*

Terrifiés par une chose d'une tout autre nature que les fusils, les bombes et les mortiers détruisant la place, les soldats se dispersaient.

— *Geister.*

Ce mot-là, elle le comprit. Il signifiait fantômes, en allemand.

— M. Baillard, murmura-t-elle.

Il l'avait fait. Il les avait appelés, comme promis. Et ils étaient venus. À présent, tous les soldats s'enfuyaient en débandade sans même chercher à se mettre à couvert. Ils furent fauchés par des rafales de balles. Des balles amies, ou tirées par Suzanne et Lucie ? Difficile à dire. Au coin de la place, elle vit Liesl emmener les villageois à l'abri.

…rianne, quant à elle, faisait sortir un groupe d'enfants … l'église pour leur faire gagner les bois. Les balles sem…blaient venir de toutes parts. Dans leur fuite désespérée, les hommes de la Gestapo et de la milice se bousculaient, trébuchaient sur les corps de leurs camarades tombés, se faisaient piétiner. Certains étaient blessés par balles, mais on aurait dit que d'autres étaient transpercés par une lance, un javelot, des coups de couteau.

Sandrine s'efforçait de comprendre ce qu'elle voyait se dérouler sous ses yeux. En cet unique instant de sa vie, la jeune fille qu'elle était hier et la femme qu'elle était devenue se faisaient face.

Qu'était-ce au juste ? La promesse du salut en voie de s'accomplir ? Ou le Codex promettait-il une autre forme de justice ?

Alors, au milieu de la dévastation, Sandrine revit Authié. Son visage était un masque de terreur muette. Exorbités, ses yeux gris fixaient avec horreur le cimetière, au coin de la rue de la Condamine. C'était sa chance, et cette fois, elle ne la raterait pas. Elle retourna en courant sur la place et ramassa une arme abandonnée par terre.

— Authié ! s'écria-t-elle. Tu as ce que tu cherchais. Voilà ce que le Codex vous apporte, à toi et tes pareils.

Il se retourna pour la regarder. Fugitivement, elle entrevit l'ancien Authié. L'homme qui l'avait traquée, brutalisée, et lui avait volé son avenir.

Sans lui laisser le temps de réagir, Sandrine leva l'arme et tira. Cette fois, elle ne le manqua pas. Deux coups. Un pour stopper, l'autre pour tuer.

Durant un instant qui lui parut infini, Authié oscilla, puis il tomba en avant, heurta le coin de la voiture et s'affala à terre, laissant une traînée de sang sur le capot, rouge sur noir. Aussitôt, le trou de la balle sur son front noircit, sa langue se mit à enfler, ses yeux injectés de s[illegible] à pourrir dans leurs orbites.

Sandrine lâcha l'arme, ses jambes se dérobèrent sou[illegible] elle. Horrifiée, elle porta la main à sa bouche. Authié était mort. Elle l'avait tué. Mais à quel prix?

« *Coratge, sòrre.* »

Un long frisson la parcourut. C'était la même voix, mais si nette cette fois qu'elle semblait toute proche. Sandrine releva la tête. Mais elle était trop effrayée pour se retourner et regarder.

Elle se redressa avec peine. Si M. Baillard avait raison, elle ne verrait pas ce qu'Authié avait vu. Ni ce que les hommes perfides et cruels qui l'avaient accompagné à Coustaussa pour tous les éliminer avaient vu.

Lentement, Sandrine se retourna.

Elle crut d'abord que la fumée était revenue flotter sur la place. Puis elle se rendit compte que c'était comme une brume, une brume d'été.

Que viennent les esprits de l'air.

Au début, elle ne vit rien de distinct. Juste un mouvement ondoyant, un miroitement dans l'atmosphère. Puis, lentement, ils émergèrent. Rang après rang, par-delà une mer de verre. Des silhouettes, des ombres indistinctes en robes blanches, rouges, noires, vert clair, les visages cachés sous des capuches. Ombre et flamme.

Et leur nombre était de dix mille fois dix mille.

D'un pas ferme, Sandrine avança vers l'armée de lumière. Parmi les milliers de femmes et d'hommes debout, côte à côte, un visage se précisa, celui d'une jeune fille, souriante. Étrangement, Sandrine la reconnut, et une grande paix l'envahit. Toute une vie, perçue en un instant. Alaïs Pelletier du Mas portait une longue robe verte serrée à la taille, une cape rouge sur les épaules, et sa dague, attachée à sa ceinture. Ses longs cheveux noirs tombaient

-ement dans son dos. Son visage empreint de douceur -tant que de résolution avait la sérénité des êtres que la -nort a touchés et toucherait encore. Ses yeux clairs brillaient de sagesse, une sagesse issue de tout ce qu'elle avait vu, souffert, et tenté de transmettre à celles et ceux qui viendraient après elle.

D'autres vies émergeaient à présent des rangs de l'armée fantôme. Auprès d'Alaïs, Rixende, une femme qui avait donné sa vie pour sa foi et pour sauver sa maîtresse ; dans la mort, c'était devenu l'amie qu'elle n'avait pu être dans la vie. En tête de l'armée des airs, une autre jeune fille aux longs cheveux cuivrés, Léonie Vernier ; Parisienne de naissance, mais une vraie fille du Languedoc, par sa vaillance et son sens de l'honneur. Et puis, en compagnie des défunts de longue date, ceux qui étaient morts les jours derniers, dont les esprits n'avaient pas encore trouvé le repos en la terre froide.

Alaïs se tourna vers son mari, Guilhem. Sandrine vit leurs souvenirs, cachés dans les grottes du Sabarthès. Elle vit les lèvres de Guilhem former les mots qu'elle avait gravés en son propre cœur. Dans ce monde et dans l'autre, ils résonnaient au fil des siècles.

Mon còr.

Sandrine percevait les syllabes, les voyelles, les consonnes, même si les mots n'étaient pas prononcés à haute voix. Ce n'était pas nécessaire. Ici, dans l'armée des défunts, le temps, l'espace, l'ordre temporel des choses ne signifiaient rien. N'étaient rien. Ici, il n'y avait que la lumière, l'air et la mémoire, écrite en lettres de sang qui ne fanaient pas. Ici, les soucis du monde étaient envolés.

Seuls comptaient l'Esprit. Le Courage. L'Amour.

Mon amour.

Guilhem était mort dans les bras de son aimée, et il gisait à ses côtés, sans sépulture. L'un des nombreux

morts inconnus, voués au même sort pour encore
décennies. Le temps n'était pas venu pour eux qu'enfin
les découvre, qu'on puisse les pleurer, les enterrer. Ma
il viendrait. Bientôt, quelqu'un viendrait, et leurs noms
rejoindraient les rangs de ceux qui avaient vécu et étaient morts pour leur pays.

Comme cela lui était bien souvent arrivé par le passé, Guilhem se tenait à la droite de son seigneur-lige, Raymond-Roger Trencavel, dont les yeux brillaient de l'ardeur du combat. Trencavel serrait l'épée qui l'avait si bien servi dans la vie. En ce mois d'août 1944, son corps était sans substance, mais son esprit était le même qu'en 1209, en l'enceinte de Carcassonne. Alors, aux côtés de son seigneur, Guilhem avait tenté une sortie par la Porte Narbonnaise pour repousser les croisés qui assiégeaient la ville en masse. Ce jour-là, ils avaient perdu la bataille, pourtant il n'avait jamais renoncé, et il s'était voué corps et âme à chasser l'envahisseur, l'occupant, les collaborateurs de la terre qu'il aimait.

Chaque mort gardée en mémoire.

Le vicomte de Trencavel n'avait pas vécu assez longtemps pour voir grandir son fils, une chance dont bien d'autres avaient eux-mêmes été privés et le seraient encore, mais il l'avait observé d'un autre royaume, et il était fier de l'homme qu'il était devenu. Comme lui, Raymond avait combattu, comme lui, il avait été vaincu. Là, ils étaient réunis, et le fils avait sa place assurée près de son père, dans les rangs des guerriers morts au combat. Bertrand Pelletier, l'ami et intendant de Trencavel, se trouvait à son côté.

Ils s'étaient massés par dizaines de milliers, semblait-il. Les anciens seigneurs du Sabarthès, des Corbières et de Termenès, Pierre-Roger de Mirepoix, Amaury de Montréal, Pierre-Roger de Cabaret et Amiel de Coursan. Ainsi de plus humbles chevaliers, Thierry de Massabrac et ...eu de Preixan, adoubés au même moment que Guilhem du Mas, durant le temps de la Passion. Siméon le Relieur, à la longue barbe noire, était près de Pelletier, son vieil allié. Il y avait Esclarmonde de Servian, la plus brave des femmes, et Guiraude, la Dame de Lavaur, qui avait assuré sa protection aux Bons Homes. Dame Carcas, ses cheveux cachés sous son voile, figurait aussi dans les rangs de l'armée des esprits qui, jadis, s'était portée à son secours.

Ceux qui sont morts pour que d'autres puissent vivre, ceux qui donnèrent leur vie et vivent maintenant entendront votre appel.

Pascal Barthès, tous ceux qui avaient perdu la vie par le feu, l'eau, le fer. Os blanchis par le temps sur le champ de bataille. Os gris enfouis au sein de la terre, tombés dans les montagnes du Sabarthès, brûlés sur les bûchers de Montségur ou du domaine de la Cade, sur les champs des Flandres et de France.

L'armée fantôme avait été appelée en ce lieu et elle était venue livrer la dernière bataille, pour l'âme du Languedoc. De l'ombre de Rennes-les-Bains et de Rennes-le-Château, des ruines du château, de la forêt ancestrale d'Arques et de Tarascon, de la face grise des montagnes au-delà, les guerriers morts au combat s'étaient levés et mis en marche pour gagner Coustaussa. Ils s'étaient rassemblés ici pour lutter une fois de plus. Répondre à ce nouvel appel aux armes, afin de chasser de leurs terres l'occupant, l'oppresseur, l'opprobre de la croix jaune, de l'étoile jaune. Et les marques de l'oppression s'envolaient à présent, telles des feuilles d'automne dans le vent.

Chacun avait entendu l'appel et tous avaient répondu. Ceux qui dormaient dans les cimetières Saint-Michel,

Saint-Vincent, ou les tombes éparpillées dans la campagne de la Haute Vallée. Un frémissement avait traversé les cités des morts, des paroles murmurées, portées par le vent.

Étaient-ils seulement ici, à Coustaussa, ou dans tout le Languedoc ? Comment savoir.

Sandrine sentit ses yeux s'emplir de larmes. Elle ne voyait pas Raoul. C'est donc qu'il était en vie… Ainsi il y avait encore de l'espoir ? Vite, elle parcourut les milliers de visages et ne vit ni Lucie, ni Marianne, ni Liesl, ni M. Baillard.

Alors, tournant la tête, elle découvrit la statue de l'ange combattant serrant l'épée dans ses mains et, à côté d'elle, un peu en retrait, reconnut ses camarades : Geneviève Saint-Loup, Eloïse Breillac, Alphonse, qui n'avait jamais tenu son enfant dans ses bras, Yvette et Robert Bonnet, braves et stoïques. Et puis un homme qui ressemblait tant à Raoul qu'à sa vue son cœur se serra. Comprenant que c'était son frère Bruno, Sandrine laissa couler ses larmes.

Ensuite, elle vit un homme au visage serein vêtu d'une longue robe de laine grise, à la manière d'un moine.

— Arinius, le faiseur de carte, murmura-t-elle.

Auprès de lui, une jeune fille portant une longue tresse sur l'épaule la scrutait avec curiosité. C'était Lupa, l'une des saintes chrétiennes méconnues, qui avait succombé aux côtés de son mari pour protéger le peuple qu'ils aimaient. En un instant d'éternité, Sandrine croisa le regard de Lupa, et vit une part d'elle-même se refléter dans ses yeux vif-argent.

Enfin, au centre de la lumière blanche, son père, François Vidal. Il avait ce même sourire aimant que de son vivant, et elle tendit le bras, souhaitant désespérément tenir à nouveau sa main dans la sienne… Mais entre a distance était infranchissable, elle le comprit, et vina aussi que cette incroyable épopée touchait à sa n.

Le temps avait suivi son cours, l'armée fantôme, accompli sa mission. Elle avait chassé les envahisseurs du pays, mené ses ennemis à leur perte. Suzanne, Marianne, Liesl, et Lucie avaient mis les villageois à l'abri et, grâce à Dieu, elles-mêmes étaient en sécurité. Elle était seule à contempler les visages de celles et ceux qui s'étaient soulevés une fois de plus pour sauver le Midi.

Sandrine vit chacun se tourner vers le vicomte de Trencavel. Tout fantômes qu'ils étaient, ils semblèrent retenir leur souffle dans le grincement du métal et du cuir, des armes qu'on tirait de leurs fourreaux pour les brandir vers le ciel. Il parla, et sa voix fut portée par le vent.

Per lo Miègjorn.

Des paroles non dites, mais entendues. Des mots au-delà des mots, gravés sur l'âme et l'esprit de ceux qui avaient donné leur vie pour que d'autres puissent vivre. Et le referaient.

Alors, quand la bataille sera finie, ils se rendormiront.

Baudrigues

Sandrine ouvrit les yeux. Au début, elle eut du mal à situer où elle se trouvait. Elle ne se rappelait pas grand-chose, sinon qu'elle avait tué Authié, et que cet acte lui avait apporté la paix. Ensuite… Tandis qu'elle essayait de se redresser, la douleur la transperça, et la mémoire lui

revint. Portant la main à son ventre, elle sut que, cet
le sang ne cesserait pas de couler.

Marianne et Suzanne avaient bien emmené tou
monde à l'abri ? Elle en était presque certaine. Et Liesl
Lucie ? Oui, elles aussi étaient en sécurité, songea-t-elle
avec soulagement. Mais alors elle se rappela. Ce n'était
pas tout à fait vrai. Lucie était venue à sa recherche et
l'avait trouvée, gisant inconsciente sur la place de la Mairie, parmi d'immondes cadavres putréfiés.

Ensemble, elles avaient réussi à grimper la colline
jusqu'à mi-hauteur, mais alors, elles étaient tombées
sur une patrouille de la milice. Les soldats qui avaient
fui avant que les fantômes n'aient pu sonder leurs âmes
étaient rentrés à Couiza en balbutiant des histoires si
terrifiantes que leurs supérieurs avaient ordonné qu'une
patrouille de quatre hommes retourne aussitôt à Coustaussa pour enquêter.

Lucie avait tenté de résister à l'arrestation. Il y avait
eu un coup de feu, sans que Sandrine sache qui avait tiré.
Elle se rappelait juste Lucie s'effondrant en hurlant de
douleur, la rotule explosée.

Puis les camions, roulant vers l'est en brinquebalant.
Alors elle avait éprouvé un moment de paix en comprenant qu'elles avaient réussi. Elles avaient gagné la bataille
et sauvé Coustaussa. La Gestapo et la Wehrmacht se retiraient. Chaque unité, chaque bataillon quittait le Sud.

Sandrine avait du mal à réfléchir, à présent. Elle
aurait voulu comprendre pourquoi on les avait amenées
ici au lieu de les tuer sur place. Ils n'avaient plus besoin
d'otages… Elle savait qu'elles se trouvaient dans le dépôt
de munitions du château de Baudrigues, non loin de
Roullens. Elle connaissait les lieux pour avoir plusieurs
fois tenté d'y pénétrer pour tout faire sauter, avec Suzanne
et Marianne. En vain.

rnant la tête, elle vit que Lucie était bien là. Brave e, qui s'était portée à son secours.

oudain, elle se remémora ce jour où ils avaient tous é réunis pour la première fois, le 14 juillet 1942, sur le oulevard Barbès, et un élan de tendresse parcourut son corps meurtri. Suzanne, Marianne, Lucie, Max, Liesl. Et Raoul.

— Raoul…

Ses lèvres fendillées esquissèrent un sourire. C'était une journée pleine de promesse, et elle restait gravée dans sa mémoire tel un souvenir parfait, dans un cadre doré. Le ciel bleu, la douceur de l'air. Leurs voix mêlées entonnant un chant.

— Vive le Midi, murmura-t-elle, en se rappelant l'espoir contenu dans leurs voix. Vive Carcassonne.

Elle songea à toutes les femmes et tous les hommes courageux qu'elle avait admirés. Geneviève et Eloïse, mortes pour sauver leurs amis. César Sanchez, Antoine Déjean, Yvette et Robert Bonnet. Gaston aussi, tout compte fait.

Elle aurait tant voulu avoir la certitude que Liesl, Marianne et Suzanne allaient bien. Ainsi qu'Yves Rousset. Et Max, avec la grâce de Dieu. Et le petit Jean-Jacques, et Marieta.

— Raoul, murmura-t-elle encore.

Où était-il ? Pourquoi n'était-il pas revenu ?

Sandrine revit Audric Baillard, son visage empreint de sagesse. Si la France se libérait, ce serait en partie grâce à lui. Elle ne comprenait pas ce qui s'était passé, ni pourquoi il n'était pas présent. Elle devinait juste qu'il était un gardien de cette terre, la conscience du Midi. Qu'il reliait ce qui avait été, ce qui était, et ce qui allait advenir.

Comme elle changeait de position, la corde lui entailla encore les poignets. Elle n'en avait plus pour longtemps, et le savait. Les blessures internes infligées par Authié étaient trop graves pour qu'elle y survive. Raoul … triste.

Dans l'air immobile, la chaleur étouffante, Sand… dérivait entre veille et sommeil, conscience et inconscien… Des bruits lui parvenaient du dehors, du parc. Elle sava… que d'autres étaient détenus ici, Jean Bringer, Aimé Ramond, Maurice Sevajols… Elle entendait parler dans les cellules voisines.

Bruits de pas, ordres donnés rudement en allemand et en français, claquements des lourdes portières d'un camion de la Feldgendarmerie.

Un cri de douleur, un seul déchirant l'air, puis plus rien.

Le soleil monta peu à peu dans le ciel, puis les ombres envahirent la pièce. Sandrine sentit quelque chose lui effleurer la jambe. Ouvrant les yeux, elle vit une araignée noire ramper sur sa cheville. Elle aurait dû bouger, la chasser, mais les heures d'immobilité, mains liées derrière le dos, jambes ligotées, lui avaient ôté ses dernières forces.

— Araignée du soir, espoir, murmura Lucie.

Sandrine tourna la tête, toute contente d'entendre sa voix.

— Ça dépend peut-être du genre d'araignée, répondit-elle.

— Tu crois que celle-là est une veuve noire ?

— Ça se pourrait bien, répondit Sandrine avec un petit rire.

— Tes chaussettes me plaisent, dit doucement Lucie. Elles sortent de l'ordinaire.

— Mon père me les a rapportées d'Écosse comme cadeau, commenta-t-elle, pour la énième fois.

— Ah oui, c'est vrai. Très originales. C'est ce que je me suis dit la première fois où l'on s'est rencontrées.

Le silence étouffant les submergea de nouveau. Sandrine somnolait vaguement, émergeait, sombrait à u dans l'inconscience. C'était étrange d'être aussi , de flotter dans le flou, comme détachée de toute ation. Corps, esprit, émotion confondus.

Quand elle revint à elle, Lucie parlait de nouveau.

— On a pu éloigner tous les autres. On aura au moins réussi ça.

— Oui, murmura-t-elle.

— Et les soldats, que leur est-il arrivé ? demanda posément Lucie. Leurs corps étaient noircis, leurs yeux injectés de sang…

— Oui.

— Qu'ont-ils donc vu pour être terrifiés à ce point ? Qu'est-ce qui a pu leur faire ça ? On aurait dit qu'ils avaient brûlé, ils étaient comme calcinés.

Sandrine songea à Alaïs, à Léonie, à Dame Carcas, au vicomte de Trencavel.

— Vraiment, je ne sais pas. Je ne comprends pas, avoua-t-elle.

Lucie replongea un instant dans le silence.

— Rien que nous deux, petite, dit-elle.

— Rien que nous deux, répéta Sandrine, la gorge nouée.

Dehors, un camion démarra. Il y eut encore des cris, une impression de panique, de peur, peut-être. Mais aucun ordre parlant de retraite.

— Les derniers s'en vont, dit Lucie en essayant de se redresser.

Sandrine refoula ses larmes en voyant que ses membres brisés ne répondaient plus.

— Oui, tu as vu ça ? On les a fait dégager, ils ont plié bagages, en fin de compte.

Son regard fit le tour de la pièce. Les taches d'humidité dans le coin et sur le mur, là où un tuyau avait éclaté et où l'eau s'était infiltrée dans le ciment. Le sang séché dans les rainures entre les carreaux, par terre. Elles n'étaien[t] les premières à être détenues dans cette pièce.

— Tu sais, j'ai pensé… L'an prochain, tu auras vin[gt] et un ans, reprit Lucie. On devrait faire une grande fiesta. Qu'est-ce que tu en dis? Le 8 mai 1945. Un jour à marquer d'une pierre blanche. Il y aura des gâteaux pour Jean-Jacques et de la bière pour Raoul.

— Pour Suzanne aussi. Elle non plus n'apprécie pas trop le vin.

— Si on invite toutes nos connaissances, ça fera du monde.

— Raoul va venir nous tirer de là, dit Sandrine, voulant donner à Lucie quelque chose à quoi se raccrocher.

— Ça va de soi.

— Il faut qu'on soit patientes. Qu'on tienne juste encore un peu.

Lucie souriait. Ses yeux papillonnèrent, puis se fermèrent.

— Oui, Raoul te trouvera. Comme Hercule et sa Pyrène, il mettra l'Aude sens dessus dessous pour arriver jusqu'à toi. Rien ne pourra lui faire obstacle.

— Oui, acquiesça Sandrine dans un murmure, le sourire aux lèvres. Il viendra.

150

Carcassonne

Raoul ne sentait rien, ne voyait rien. Les jours étaient obscurs, les nuits sans sommeil. Depuis qu'on l'avait arrêté dans le bureau du chef de gare, il avait perdu notion du temps, toute conscience de lui-même. ‹ait comme si cela arrivait à un autre, comme s'il y ‹sistait de loin. Entre les passages à tabac, la douleur, ‹t les rares instants bénis où il sombrait, il s'était coupé de la réalité.

Il n'avait pas parlé. Ni livré aucun nom.

Raoul espérait que les autres avaient arrêté le train fantôme et pu secourir les prisonniers, Max en particulier. Il imaginait la joie de Lucie, de Liesl. Et combien cela ferait plaisir à Sandrine.

Une larme roula sur sa joue. L'idée de Sandrine attendant toujours son retour dans l'angoisse lui était intolérable. Depuis sa capture, son visage l'avait hanté à chaque seconde. Il ne pensait qu'à une chose, lui faire parvenir un message pour qu'elle sache qu'il l'aimait. Qu'il pensait à elle.

La cloche n'avait pas encore sonné, pourtant tous les prisonniers étaient sûrement réveillés. Chacun savait quand l'un des leurs allait être exécuté. La nouvelle se répandait à travers la prison comme une traînée de poudre. Dire que par-delà l'enceinte de la prison il y avait l'Aude, le ciel, la Montagne Noire, les tours et tourelles de la Cité… Et le Païchérou, où il avait pour la première fois posé les yeux sur Sandrine et où il l'avait emmenée danser, quelques semaines plus tôt. Comme c'était étrange.

La toile de fond du début de sa vie. Et de sa fin, semblait-il.

Ils vinrent le chercher. Une poigne brutale, la crosse d'un fusil au creux de ses reins le poussèrent dehors, dans le couloir. Comme il perdait l'équilibre, on l'obligea à se redresser. C'était tentant de se coucher face contre terre. Oui, il pourrait s'étendre là et s'endormir pour toujours sur les dalles de pierre humides et fraîches.

— Avance, lui enjoignit rudement le garde.

Presque tous les nazis étaient partis. Les of
supérieurs de la milice voyageaient en ce moment m
avec le Kommandant dans le convoi allemand. Ceux q
restaient en arrière seraient traqués et abattus, Raou
le savait, et eux aussi. Les représailles seraient rapides, brutales, sommaires. Après le départ de la Gestapo, personne ne protégerait les collaborateurs de la vindicte populaire.

Comme il avançait en chancelant, Raoul entendit les voix murmurer et s'enfler peu à peu. C'était comme une marée montant des cellules remplies de partisans espagnols, français, belges et hollandais ; il y avait même quelques voix allemandes, celles des déserteurs qui avaient rejoint la Résistance, et celle d'un Polonais. Toutes ces voix mêlées lui donnèrent la force de relever sa tête meurtrie.

Le chœur entonna haut et fort *Le Chant des Partisans*, la *Butte Rouge*, et d'autres chants encore, que chaque prisonnier connaissait et chantait dans sa propre langue. Il se rappela ce que M. Baillard avait dit un jour sur la puissance des mots, supérieure à tout le reste : comment ils ne perdent pas leur pouvoir, ne s'effacent pas, ne faiblissent pas au fil du temps.

La Butte Rouge, c'est son nom, l'baptême s'fit un matin
Où tous ceux qui grimpaient roulaient dans le ravin
Aujourd'hui y a...

Ses lèvres tuméfiées esquissèrent un sourire. Une entaille s'était infectée et il avait perdu presque toutes ses dents du bas, pourtant les muscles de sa mâchoire se rappelaient comment sourire. Il aurait bien voulu lever la main pour saluer les voix des hommes, leur faire signe

…nçant, mais il ne put que tourner la tête de gauche …ite en acquiesçant au passage. Pourvu qu'ils com…nnent que leurs voix comptent pour moi. Qu'elles font …ute la différence, songea-t-il.

L'important, ce n'est pas comment l'on vit, mais comment l'on choisit de mourir. C'était l'un des gros titres édités par Sandrine dans *Libertat*. Il y avait bien longtemps.

Les hommes se mirent à taper sur les barreaux, formant une marche pour l'accompagner à son jugement final. Il aurait voulu que Sandrine sache qu'il n'était pas seul durant ces derniers instants. Il l'imagina, le cherchant partout et en tous lieux, fouillant sans relâche chaque prison, chaque cellule. Ce courage qu'elle avait, ce refus d'abandonner.

Bien sûr, elle le pleurerait, mais il espérait qu'elle construirait une nouvelle vie avec quelqu'un d'autre. Qu'elle réapprendrait à rire, quand on aurait gagné la guerre.

Mais Dieu qu'il aurait aimé avoir un enfant. Une petite fille avec les boucles brunes de Sandrine et son esprit indomptable. Ils l'auraient appelée Sophie, peut-être, en souvenir de la vie qu'ils avaient menée, jadis.

Raoul soupira. Non, pas Sophie. Un prénom tout neuf, porteur d'avenir. Sandrine saurait le choisir.

— Par là, fit le garde en le frappant dans le dos.

Raoul savait qu'il n'était pas le premier à être emmené, aujourd'hui. Il les avait entendus, à partir de 4 heures du matin. Durant les premiers temps de l'Occupation, il y avait un rabbin ou un prêtre à chaque exécution. Au fil des ans, et du nombre croissant d'âmes en quête d'absolution, la pratique avait cessé. Les rabbins étaient tous morts ou déportés ; quant aux bons chrétiens, ils ne pouvaient

s'associer à des actes aussi barbares. La dernière ciga
le dernier repas du condamné, ces rituels-là aussi ava
disparu.

Lorsqu'on le poussa dans la salle, il détourna la têt
de la lumière, trop vive après l'obscurité de la cellule. Désorienté, il resta debout entre les deux gardiens. Puis ce simulacre de justice le fit sourire. Une cour martiale, sans avocat ni débats.

Un moment, il laissa ses pensées dériver librement et imagina ce que Sandrine en dirait. Il s'entendit rire, aussi manqua-t-il l'énoncé du verdict qui, de toute façon, était sans surprise.

Condamné à être fusillé. Exécution immédiate.

Le peloton attendait quand Raoul sortit de la salle du tribunal dans la cour. Du sable à ses pieds, un soleil trop vif au-dessus de sa tête. Dire qu'il allait mourir par une aussi belle journée ! Il y avait un unique poteau au centre de la cour. Malgré la lumière qui lui blessait les yeux, Raoul vit qu'il était maculé du sang de celui qui l'avait précédé. Un sang rouge, qui n'avait pas encore bruni au soleil.

— Pelletier, Raoul.

On lui ôta les menottes, juste le temps de lui lier les mains au poteau avec de la corde.

Un des gardes lui présenta une cagoule noire.

— Non, dit-il d'une voix claire, et il songea avec plaisir que Sandrine aurait été fière de lui.

Mais de penser à elle lui ôta soudain ses forces, et il sentit ses genoux fléchir.

— Non, répéta-t-il.

Il considéra les douze hommes alignés, massés contre lui. Alors il se redressa et regarda ses assassins dans les yeux. Ses compatriotes.

— *Mon còr*, dit-il.

..s seuls mots qui comptaient encore.

..n les vit lever leurs fusils. Ses yeux volèrent vers le ..el du Midi. Si bleu, si clair. Comme c'est étrange, qu'il ..puisse encore exister tant de beauté dans le monde, songea-t-il de nouveau. Pourvu qu'elle soit à l'abri, sous ce même ciel.

— Sandrine, murmura-t-il.

Raoul entendit siffler les balles avant qu'elles ne lui transpercent la poitrine, les jambes, les bras, la tête.

151

— Raoul ! s'écria Sandrine, le cœur battant. Raoul ?

Un instant, elle fut entre sommeil et veille, comme si une partie d'elle était restée en arrière dans le rêve. Elle flottait en se contemplant depuis une grande hauteur, comme les gargouilles, les dragons et les lions de pierre lorgnant les passants du haut de la cathédrale Saint-Michel. Avec l'impression de glisser hors du temps, de tomber d'une dimension dans une autre à travers un espace blanc, infini.

— Il est venu nous chercher ? murmura Lucie.

Elle était restée silencieuse depuis si longtemps que Sandrine sourit en entendant sa voix.

— Pas encore. Bientôt, répondit-elle.

Les mouches les harcelaient de plus en plus dans la pièce sans air, et la chaleur suffocante, l'odeur de sang la prenaient à la gorge. Tournant la tête à droite, elle vit, à travers les hautes fenêtres, un coin de ciel si bleu, si limpide… Cela lui parut mal, qu'il puisse y avoir tant de beauté dans le monde en un jour pareil.

Elle tourna la tête de l'autre côté. Lucie était exsa
et respirait à peine. Sous son corsage, sa poitrine m
tait et retombait faiblement. Un souvenir lui revint so
dain : Lucie valsant dans le salon à Coustaussa, ave
Jean-Jacques dans les bras. Liesl les avait pris en photo, évidemment. Quant à Marieta, elle grommelait en disant que le bébé serait trop excité et qu'il ne voudrait jamais se coucher. Marianne tapait des mains, sous l'œil ironique de Suzanne. Et M. Baillard, était-il là ? Et Raoul ? Elle était incapable de s'en souvenir.

Ces douces images surgies du passé s'effacèrent une fois de plus. La douleur était constante maintenant, elle lui déchirait les entrailles. Sandrine sentait l'infection la gagner, se propager sous sa peau brûlante, irritée, gonflée. Quant à ses mains, elle ne les sentait plus du tout.

Un désespoir lourd l'oppressait.

Dieu qu'elle aurait aimé avoir un enfant, une fille. Raoul, elle, et une petite fille, avec le sourire en coin et le caractère passionné de son père. Ils l'auraient appelée Sophie, peut-être, en souvenir de la vie qu'ils avaient menée jadis… Non, elle aurait un prénom porteur d'avenir, pas du passé.

— Vida, murmura-t-elle.

Le mot signifiant vie, en occitan. Oui, il aurait plu à Raoul.

— Tu es toujours là ? murmura Lucie d'une voix ténue, pourtant Sandrine tressaillit.

— Oui, je suis là.

— Quelle heure est-il ?

— Je ne sais pas.

— Il fait nuit ?

— Non, il fait grand jour. Le soleil est encore haut.

Sandrine entendit le vrombissement d'un aéroplane. Bizarre. Ils devaient tous être partis, non ?

Je ne crois pas que quelqu'un viendra, reprit Lucie après.

— Mais si, à tous les coups, Raoul va découvrir où on nous a emmenées, s'empressa de répondre Sandrine. Marianne aussi. Ils ne vont plus tarder. Tu verras.

— Tu es sûre qu'il ne fait pas nuit ?

— Non.

— C'est bizarre, je ne vois rien. Tout est sombre.

Sandrine sentit des larmes lui piquer les yeux.

— Ce doit être les ombres des arbres.

— Ah… j'aime mieux ça. C'est vrai, j'ai l'impression d'entendre le vent souffler dans les arbres, ce doit être ça.

— Oui, c'est ça, confirma Sandrine en retenant ses larmes.

Des grains de poussière dansaient dans les rais de lumière qui filtraient par les hautes fenêtres de la petite pièce.

— Merci, petite, dit doucement Lucie, d'une voix à peine audible.

Guettant sa respiration, Sandrine sut que Lucie se mourait, et qu'elle ne pouvait rien y faire. La blessure par balle qui avait fait exploser l'os et le cartilage de son genou s'était infectée et l'infection avait gagné.

Sandrine savait que sa propre douleur s'estomperait aussi. Et elle le redoutait. Des questions lui passaient par la tête, des interrogations qui resteraient sans réponse. Après tout ce qui était arrivé et les ténèbres qui les avait engloutis, est-ce que la France s'en remettrait un jour ? Pourrait-on pardonner ? Toutes ces personnes qui étaient mortes par milliers, par millions, seraient-elles honorées, et gardées en mémoire ? Leurs morts compteraient-elles, signifieraient-elles quelque chose ? Verrait-on leurs noms sur un mur, sur un panneau de rue, dans les livres d'histoire ? Sandrine essaya

d'évoquer chaque visage, un par un, en les décl
comme s'ils figuraient sur la plaque de marbre d
place de l'Armistice.

Elle sourit et sentit son esprit s'évader. Elle ne croyai
pas en Dieu ; comment croire en un Dieu qui laissait de
telles choses se produire ? Pourtant l'idée que son père était peut-être là, quelque part, à l'attendre, amena un sourire sur ses lèvres craquelées. Raoul lui aurait plu, s'ils s'étaient rencontrés. Il aurait été fier de l'avoir comme gendre.

Elle savait que Liesl prendrait soin de Jean-Jacques comme s'il était son propre enfant jusqu'au retour de Max. Avec l'aide de Marieta, bien sûr. Suzanne et Marianne seraient là aussi. Comment Max parlerait-il à J.-J. de sa mère ? Le journal que Lucie avait tenu minutieusement les aiderait. Il dirait combien Lucie était brave, comment elle avait lutté à chaque instant de sa vie pour le protéger.

Et Raoul, parlerait-il d'elle ?

Sandrine baissa les yeux sur ses vêtements déchirés, sur les chaussettes écossaises qu'elle avait sauvées de la maison de la rue du Palais, usées jusqu'à la trame et trouées aux talons.

— On peut dire qu'elles sont originales, murmura-t-elle en se rappelant les paroles de Lucie, le jour de leur première rencontre.

Lucie ne semblait pas effrayée. Pourtant Sandrine aurait tant voulu pouvoir lui tenir la main à l'approche de sa fin. Elle ne pouvait que tourner la tête et la regarder. Ses traits semblaient changer, s'adoucir. Les fines rides d'anxiété autour de ses yeux, aux coins de ses lèvres s'effacèrent et Lucie parut soudain toute jeune. Une jeune fille, avec le monde à ses pieds et la vie devant elle.

Ils seront bientôt là, répéta Sandrine.

Lucie ne répondit pas. Sandrine ne savait plus si elle respirait encore. Elle-même flottait entre conscience et inconscience. Le lien était rompu. Plus rien ne l'attachait à ce monde si beau, si ravagé. Elle espéra que ce serait rapide. Qu'ils viendraient à Baudrigues et les trouveraient, quand tout serait fini. Qu'ils sauraient qui elles étaient. Qu'on se souviendrait de leurs noms.

— Ce ne sera plus très long, murmura-t-elle, laissant enfin libre cours à ses larmes. Raoul sera bientôt là.

Elle entendit des bottes claquer dans le couloir, sur le carrelage noir et blanc, puis une clef tourner dans la serrure. Un soldat allemand apparut, en uniforme gris ou vert, et avança vers elles. Il tenait quelque chose dans ses mains, deux grenades, et Sandrine comprit qu'ils voulaient partir sans laisser de traces. Aucun indice.

Il se pencha pour en enfoncer une dans la bouche de Lucie.

— Laissez-la, intervint Sandrine. Ce n'est plus la peine.

Le soldat hésita.

— S'il vous plaît, répéta Sandrine, en murmurant cette fois.

Le jeune homme recula d'un pas, puis de deux, vers la porte restée ouverte. Elle crut voir de la pitié dans ses yeux, de la honte même. Il s'arrêta sur le seuil, posa doucement une grenade par terre, puis il referma la porte et s'enfuit en courant. Les claquements de ses bottes résonnèrent au loin.

La pièce sembla soudain vibrer sous elle. Dehors dans le parc, il y eut une vague d'explosions, bris de verre, bois déchiqueté à travers les jardins. Des détonations successives, suivies de claquements, de craquements. Enfin, une dernière déflagration, énorme, démentielle, et Sandrine

comprit qu'ils faisaient sauter toute la réserve de mu
tions.

— Raoul, murmura-t-elle. Raoul.

La grenade roula, s'arrêta contre sa jambe. Alors elle vit que le soldat l'avait dégoupillée, finalement. Il n'y aurait pas de grâce.

— *Mon còr*, dit-elle.

Les seuls mots qui comptaient encore.

ÉPILOGUE

Août 2009

Château de Baudrigues
19 août 2009

Ce mercredi matin, il est 9 h 20 quand les gens se rassemblent dans la clairière du château de Baudrigues. Il y a des drapeaux, une fanfare, les couleurs et décorations officielles. L'atmosphère est intense, recueillie.

Le président de la délégation et le maire de Roullens déposent des gerbes devant les trois pierres tombales : une pour Jean Bringer, dit Myriel, une autre pour Aimé Ramond, et la dernière, dédiée aux Martyrs de Baudrigues.

Hommes et femmes arborant les chaînes et les écharpes de leur fonction sont là pour commémorer soixante-cinq ans après le 19 août 1944, afin de rendre hommage à ceux qui donnèrent leur vie ce jour-là pour que d'autres puissent vivre. Présents aussi, les représentants des civils massacrés le lendemain, alors que les Allemands quittaient Carcassonne.

Une nuit, la statue de l'ange de pierre combattant, *Y penser toujours,* avait été dérobée du square Gambetta, pour parer à sa destruction. Aujourd'hui, elle veille sur le carré militaire du cimetière Saint-Michel, ponctué des croix et croissants blancs.

Les Martyrs de Baudrigues n'auront jamais vu, quelques jours plus tard, les hommes et les femmes de la Résistance descendre des collines pour reprendre possession de leur ville.

Le maire se recule, chacun garde la tête penchée durant la minute de silence. Un homme d'une soixantaine d'années a posé la main sur l'épaule de son père. Max Blum et son fils Jean-Jacques se ressemblent tant que les gens s'en font toujours la remarque. Blum est quelqu'un de très apprécié et respecté, à Carcassonne. Ce fut l'un des derniers déportés du Vernet sur le train fantôme parti pour Dachau, et l'un des rares survivants. Les trois filles de Jean-Jacques ressemblent toutes à leur grand-mère, Lucie Magne. Elles ne l'ont jamais rencontrée, pourtant leur enfance a été nourrie d'histoires et d'anecdotes à son propos, la décrivant comme une femme hors du commun. Elles jouent le jeu, tout en se disant que leur père et tante Liesl en rajoutent sûrement un peu.

Jean-Jacques sourit à Liesl. Sa tante a beau être une octogénaire, c'est la plus belle femme qu'il connaisse. Liesl Rousset est une photographe de guerre réputée. Ses enfants vivent à l'étranger, comme elle, mais Liesl est rentrée au pays aujourd'hui pour assister à cette modeste commémoration et rendre visite à ses vieilles amies, Marianne Vidal et Suzanne Peyre, qui habitent toujours rue du Palais.

La minute de silence touche à sa fin et la fanfare entonne *La Marseillaise*.

À l'arrière de la foule, une jeune femme, Alice, se tourne vers son mari.

— Tu peux l'emmener, Will ? J'ai l'impression qu'elle en a assez.

Will sourit et prend leur petite fille sur ses épaules. Afin de ne pas déranger le déroulement de la cérémonie, il s'enfonce dans la profondeur des bois entourant le parc.

Alice s'approche du devant de l'assemblée en chantant les dernières paroles de l'hymne, avec un accent anglais bien reconnaissable.

Amour sacré de la Patrie
Conduis, soutiens nos bras vengeurs
Liberté, Liberté chérie
Combats avec tes défenseurs !

Elle ne sait trop pourquoi elle est venue ici. Sans doute parce qu'elle pense qu'Audric Baillard l'aurait souhaité. Peut-être aussi parce qu'elle a entendu parler, comme beaucoup d'autres, d'une unité de la Résistance composée de femmes, dont on dit qu'elle a sauvé à elle seule un village entier du massacre, durant les derniers jours de l'Occupation. Leurs noms n'apparaissent dans aucun livre d'histoire, pourtant Alice a l'intime conviction que ces rumeurs sont fondées.

Sous nos drapeaux, que la victoire
Accoure à tes mâles accents
Que tes ennemis expirants
Voient ton triomphe et notre gloire !

Elle regrette de ne pas avoir questionné M. Baillard à ce sujet, mais ils étaient pris dans les rouages d'une autre histoire, d'une autre époque. Et le temps qu'ils avaient passé ensemble était si court.

Les officiels prennent congé, car une autre commémoration doit se tenir à Carcassonne plus tard dans la journée, et la petite assistance se disperse peu à peu.

Alice se retrouve seule avec deux femmes, l'une élégante, vêtue de bleu, une natte de cheveux blancs roulée en chignon sur sa nuque, l'autre grande, les cheveux très courts, le teint hâlé.

— Y a-t-il de vos parents ? leur demande Alice en scrutant les noms gravés sur la pierre tombale.

Marianne Vidal se tourne vers elle, puis lui sourit.

[illegible]otre amie, répond-elle posément. Et ma sœur.

Comment s'appelait-elle ? s'enquiert Alice en [illegible]onnant que sur le mémorial ne figurent que des noms [illegible]hommes.

Un moment, elle a l'impression que la femme ne va pas lui répondre. Puis ses yeux s'éclairent.

— Sandrine Vidal.

Alors Sajhësse, la petite-fille d'Alice, arrive en courant dans la clairière et se jette dans les bras de sa mère, qui la soulève de terre. Alice se tourne pour faire les présentations.

Mais les deux femmes s'éloignent déjà, bras dessus, bras dessous.

NOTE DE L'AUTEUR

Certes, *Citadelles* est une œuvre de fiction, pourtant les personnages imaginaires évoluent sur une toile de fond d'événements réels. Elle fut inspirée par une plaque vue dans le village de Roullens, non loin de Carcassonne, commémorant les « Martyrs de Baudrigues », les dix-neuf prisonniers qui furent exécutés par les forces nazies en fuite le 19 août 1944, quelques jours avant que le Languedoc ne soit libéré par ses propres habitants. Au fil du temps, la plupart des victimes ont été identifiées. Il existe trois stèles commémoratives à Baudrigues : une pour chacun des chefs de la Résistance de l'Aude, Jean Bringer dit Myriel et Aimé Ramond, et une troisième où figurent les noms de dix-neuf autres résistants, dont deux « femmes inconnues ». Quelles étaient donc ces femmes ? Ce fut là le point de départ de cette histoire.

Près de soixante-dix ans après la fin de la Seconde Guerre mondiale, les estimations varient quant au nombre de personnes engagées dans la Résistance et dans le Maquis. Par peur des représailles, ces personnes devaient rester dans la clandestinité. En conséquence, un voile de mystère est tombé sur les « années noires », qui n'a commencé à se dissiper que récemment. Il en ressort qu'après l'invasion et l'occupation de la zone libre par l'armée allemande en novembre 1942, et l'introduction du STO (Service de travail obligatoire) en février 1943, l'activité de la Résistance s'est considérablement accrue dans le Sud. Cet élan a perduré jusqu'à la libération de l'Aude, en août 1944.

À mesure que s'est écrite l'histoire de la Résistance en France, le « livre des légendes », pour reprendre l'expression d'Adrienne

…apparaît aussi que le rôle joué par les femmes a été mini… D'une part, ces femmes souhaitaient en général oublier … prendre le cours normal de leur vie, d'autre part, certains …oriens ont négligé la nature particulière de leur engagement … de leur participation. Plus de cinquante mille médailles de la Résistance ont été décernées, à titre posthume ou non, dont une très faible proportion à des femmes. Et sur les mille soixante et une Croix de la Libération décernées par le général de Gaulle pour des actes exceptionnels de résistance et de bravoure, six seulement le furent à des femmes. Or de nombreuses anecdotes, récoltées souvent auprès des parents et grands-parents d'amis carcassonnais, attestent qu'elles furent nombreuses à prendre part aux mouvements de résistance dans l'Aude et l'Ariège. Je dois beaucoup aux témoignages de cette époque sur l'activité des femmes dans la Résistance, en particulier aux mémoires de Lisa Fittko et Lucie Aubrac, ainsi qu'à l'excellent *Women in the Resistance* de Margaret L. Rossiter, *À la recherche du Maquis* de H. R. Kedward, et *La Deuxième Guerre mondiale dans l'Aude,* l'ouvrage très complet établi par Julien Allaux.

Il n'y eut jamais, du moins à ma connaissance, de réseau exclusivement féminin tel que mon imaginaire Citadelles, ni de maquis Coutaussa. Mais il y eut à coup sûr des femmes engagées activement dans les réseaux du Sud. Il importe aussi de noter que la Résistance et le Maquis dans le Midi étaient loin d'être une affaire exclusivement française ; des antifascistes allemands, belges, polonais, tchèques, autrichiens, hollandais et espagnols luttaient aux côtés de leurs voisins français.

Enfin, même si l'histoire se fonde sur des événements réels survenus entre 1942 et 1944 dans l'Aude, ceci est un roman à part entière, et non une version romancée d'une période donnée. Mes principaux personnages sont purement imaginaires, et j'ai pris une ou deux libertés historiques pour le bien du récit. Aussi, même s'il y eut effectivement une manifestation à Carcassonne contre le gouvernement collaborationniste du maréchal Pétain le 14 juillet 1942, il n'y eut ce jour-là ni attentat à la bombe ni victime. J'ai délibérément laissé dans le flou le nom précis de l'organisation pour laquelle travaille Authié, ceci afin

d'éviter qu'on l'identifie par erreur à un membre de la
du Deuxième Bureau ou du commissariat de Carcassonne
vraiment existé durant ces années-là. Par ailleurs, il est to
fait improbable qu'on ait autorisé quiconque à pénétrer da
le camp du Vernet en août 1942, même avec l'aval d'un offici
supérieur français. Il n'y eut pas de maquis Couiza, pas de massacre de prisonniers à Banyuls-sur-Mer ni d'exécutions à Chalabre en juillet 1944, pas d'attaque menée conjointement par la Gestapo et la milice sur Coustaussa en août 1944. Les capitelles ne datent pas de l'Antiquité romaine et enfin, même si l'on a bien retrouvé d'antiques codices cachés dans des grottes près du village de Nag Hammadi en décembre 1945 (douze codices, plus huit feuilles, contenant cinquante-deux textes), le Codex d'Arinius n'en faisait pas partie. Ce Codex est, j'ai le regret de le dire, purement imaginaire.

Kate Mosse
Carcassonne/Sussex, 2012

REMERCIEMENTS

Beaucoup de gens m'ont apporté leur aide et leur soutien au cours des recherches, de l'élaboration et de l'écriture de *Citadelles*.

Chez Orion, j'ai la chance d'être entourée d'équipes enthousiastes et efficaces dans tous les domaines, vente, marketing, fabrication, publicité, numérique, rédaction, sans oublier les charmantes hôtesses de la réception. Je remercie en particulier Gaby Young, Anthony Keates, Mark Rusher, Mark Dtreatfeild, Juliet Ewers, Laura Gerrard, Jade Chandler, Jane Selley, Malcolm Edwards et la légendaire Susan Lamb. Mes éditeurs, Jon Wood et Genevieve Pegg, aidés par Eleanor Dryden durant les dernières étapes, ont été extraordinaires. Leur soutien, leur célérité et leur enthousiasme pour *Citadelles* ont énormément compté.

Toute ma reconnaissance à LAW, en particulier envers Alice Saunders et l'incomparable Mark Lucas, pour son amitié, et son acharnement à creuser profond dans le texte (malgré les notes numériques), digne d'un terrier. Merci également à tous les gens de ILA, en particulier Nicki Kennedy et Sam Edenborough; ainsi qu'à Inkwell, tout spécialement à George Lucas (entre autres pour la bicyclette…)

Au Languedoc, j'aimerais remercier les amis et collaborateurs suivants : James et Catherine Kinglake; Kate et Bob Hingson, le Centre culturel et de la Mémoire combattante du département de l'Aude; Chantal et Pierre Sanchez; le musée départemental de la Résistance et de la Déportation, à Toulouse. Le personnel de l'hôtel de la Cité, en particulier Nathalie Sauvestre et Jane ous ceux du jardin de la Tour et du bar Félix, Patricia et Jean Dodelin, du centre des Monuments nationaux ; n Filaquier, de l'office de tourisme de l'Aude ; tous ceux ltura Carcassonne et de la librairie papeterie Breithaupt ; mairie de Carcassonne, Jean-Claude Perez, maire, et Christophe Perez, chef de cabinet ; André Viola, président du Conseil général de l'Aude, et Jean Brunel, chef de cabinet ; René Ortega, maire de Lagrasse.

À l'Académie de Défense du Royaume-Uni, le lieutenant-colonel John Starling, Martyn Arthur et Phil. Merci également à Chris Hunter, d'avoir organisé une journée de recherches des plus fructueuses à Shrivenham.

Enfin, comme le savent tous les auteurs, ce sont les amis et la famille qui supportent le plus fort des angoisses liées aux dates de remise et à la prépublication. Tant de personnes m'ont apporté une aide pratique, leurs encouragements et leur amitié au cours de l'écriture de *Citadelles* que je ne puis en faire la liste complète (et il va de soi que toute erreur m'est imputable), mais j'adresse mes sincères remerciements à Jonathan Evans (en particulier pour les photos), Rachel Holmes, Robert Dye (pour Coustaussa), Lucinda Montefiore (pour le rosé) ; Peter Clayton (pour Amélie et les Mums) ; aux Dancing Queens, à Julie Pembery et Cath O'Hanlon (ainsi qu'à Tom P et Sam O'H pour le chapitre 5 !) ; Patrick O'Hanlon ; Jack Penny (pour Granny R's G&T and bikes) ; Suzie Wilde (pour le *Guide Bleu*), Harriet Hastings, Amanda Ross, Tessa Ross, Maria Rejt, Sandi Toksvig (pour les pantoufles), Lydia Conway, Paul Arnott, Jane Gregory, Diane Goodman, Alan Finch, Dale Rooks, Tim Bouquet, Sarah Mansell, Janet Sandys-Renton, Mike Harrington, Bob Pearson, Bob et Maria Pulley, Jenny Ramsay (pour le latin !) ainsi qu'à mes voisins Jon et Ann Shapiro, Linda et Roger Heald, Sue et Phil Baker.

Ma famille m'a été d'un soutien formidable. Sans ces encouragements, un projet de cette envergure est pratiquement impossible à mener à son terme. Alors, tendresse et grand merci à mes sœurs Caroline Grainge et Beth Huxley ainsi qu'à leurs époux, Chris Grainge et Mark Huxley. Mon amour à Barbara Mosse, ma fabuleuse mère, à Richard Mosse, mon bien-aimé et regretté père, et à Rosie Turner, ma pétillante belle-mère (po tous les cafés et les promenades du chien !).

Enfin, comme toujours, mes plus grands remerciements, mon amour et ma gratitude vont à Martha et Felix, mes merveilleux enfants, toujours si fiers et enthousiastes, et à Greg, mon stupéfiant mari, pour son soutien indéfectible, son amour et son incroyable patience. Sans ces trois-là, rien n'aurait de sens.

BIBLIOGRAPHIE

Allaux, Julien, *La Deuxième Guerre mondiale dans l'Aude,* Éditions Sapin d'Or, 1986.

Andrieu, Martial, *Mémoire en images Carcassonnc Tome II,* Éditions Alan Sutton, 2008.

Aubrac, Lucie, *Ils partiront dans l'ivresse*, Éditions du Seuil, 1983.

Bailey, Rosemary, *Love and War in the Pyrenees : A Story of Courage, Fear and Hope 1939–1944*, Weidenfeld & Nicholson, 2008.

Fittko, Lisa, *Le Chemin des Pyrénées : souvenirs 1940-41,* traduit de l'allemand par Léa Marcou, Éditions Maren Sell & Cie, 1987 (paru initialement sous le titre *Mein Weg über die Pyrenäen*, Carl Hanser Verlag, 1985).

Goodrick-Clarke, Nicholas, *Les Racines occultes du nazisme : Les sectes secrètes aryennes et leur influence sur l'idéologie du IIIe Reich*, Éditions Camion Noir, 2010 (paru initialement sous le titre *The Occult Roots of Nazism : Secret Aryan Cults and their Influence on Nazi Ideology*, I. B. Tauris & Co. Ltd, 2009).

Kedward, H. R., *À la recherche du Maquis. La Résistance dans la France du Sud, 1942-1944*, traduit de l'anglais par Muriel Zagha, collection Passages, Paris, Les éditions du Cerf, 1999 (paru initialement sous le titre *In Search of the Maquis : Rural Resistance in Southern France 1942–1944*, Clarendon Press, Oxford, 1993).

Levy, Marc, *Les Enfants de la Liberté*, Laffont, 2007.

Ouvrage Collectif, *Mémoire en Images : Carcassonne*, Éditions Alan Sutton, 2000.

Pagels, Elaine, *Les Évangiles secrets*, traduction et notes de Tanguy Kenec'hdu), Éditions Gallimard, Paris, 1982 (paru initialement sous le titre *The Gnostic Gospels*, Weidenfeld & Nicholson Ltd, 1980).

Panouillé, Jean-Pierre, *Carcassonne : Histoire et Architecture*, Éditions Ouest-France, 1999.

Rahn, Otto, *Croisade contre le Graal*, Éditions Pardès, 1999 (paru initialement sous le titre *Kreuzzug gegen den Gral, die Geschichte der Albigenser, 1933)*, Éditions Philippe Schrauben, 1985.

Rahn, Otto, *La Cour de Lucifer,* Éditions Pardès, 2008 (paru initialement sous le titre *Luzifers Hofgesind, eine Reise zu den guten Geistern Europas*, 1937).

Rossiter, Margaret L., *Women in the Resistance*, Praeger Publishers, 1986.

Synnestvedt, Alice Resch, *Over the Highest Mountains : A Memoir of Unexpected Heroism in France During World War II*, International Productions, California, 2005.

Teissier du Cros, Janet, *Divided Loyalties : A Scotswoman in Occupied France*, Hamish Hamilton, 1962 ; Canongate Classics, 1992.

Weitz, Margaret Collins, *Les Combattantes de l'ombre. Histoire des femmes dans la Résistance*, traduit par Jean-François Gallaud, Éditions Albin Michel, 1997 (paru initialement sous le titre *Sisters in the Resistance : How Women Fought to Free France 1940–1945*, John Wiley & Sons, 1995).

Kate Mosse
dans Le Livre de Poche

Fantômes d'hiver n° 32392

La Grande Guerre a anéanti toute une génération, fauchée à la fleur de l'âge... Dans le cas de Freddie Watson, un jeune Anglais du Sussex, elle lui a pris son frère bien-aimé. Hanté par cette disparition, il erre sans savoir comment échapper à cette douleur lancinante. Au cours de l'hiver 1928, Freddie voyage dans le Sud-Ouest de la France, quand sa voiture quitte la route. Encore sous le choc, il s'enfonce en chancelant dans les bois et trouve refuge dans un village isolé. Là, lors d'une sorte de fête médiévale, il rencontre Fabrissa, une belle jeune femme qui pleure elle aussi ses disparus. Au cours de la nuit, Fabrissa raconte à Freddie une étrange histoire. Le lendemain, à son réveil, personne ne veut croire au récit de Freddie. Pourtant, il existe bien un mystère lié au passé cathare du village...

Labyrinthe n° 37207

Juillet 1209 : dans la cité de Carcassonne, Alaïs, dix-sept ans, reçoit de son père un manuscrit censé renfermer le secret du Graal. Bien qu'elle n'en comprenne ni les symboles ni les mots, elle sait que son destin est d'en assurer la protection et de préserver le secret du labyrinthe, né dans les sables de l'ancienne Égypte.

Juillet 2005 : lors de fouilles dans des grottes, aux environs de Carcassonne, Alice Tanner trébuche sur deux squelettes et découvre, gravé dans la roche, un langage ancien, qu'elle croit pouvoir déchiffrer. Elle finit par comprendre, mais trop tard, qu'elle vient de déclencher une succession d'événements terrifiants : désormais, son destin est lié à celui que connurent les Cathares, huit siècles auparavant... Traduit dans trente-six pays, *Labyrinthe* a été récompensé aux British Book Awards.

Sépulcre n° 31382

Octobre 1891 : la jeune Léonie Vernier et son frère Anatole quittent Paris pour le Domaine de la Cade, à quelques kilomètres de Carcassonne. Dans les bois qui entourent la maison isolée, Léonie tombe par hasard sur les vestiges d'un sépulcre wisigoth. Au fil de ses recherches, elle découvre l'existence d'un jeu de tarots dont on prétend qu'il détient les pouvoirs de vie et de mort.

Octobre 2007 : Meredith Martin arpente les contreforts pyrénéens dans le but d'écrire une biographie de Claude Debussy. Mais elle mène aussi une enquête sur ses propres origines. Armée d'une partition pour piano et d'une vieille photographie, la voilà plongée malgré elle au cœur d'une tragédie remontant à plus d'un siècle, où le destin d'une jeune fille, disparue par une nuit funeste, se mêle inextricablement à une dramatique histoire d'amour.

Du même auteur
aux éditions Lattès :

LABYRINTHE, 2006.
SÉPULCRE, 2008.
FANTÔMES D'HIVER, 2010.

Le Livre de Poche s'engage pour l'environnement en réduisant l'empreinte carbone de ses livres. Celle de cet exemplaire est de :

900 g éq. CO_2

Rendez-vous sur www.livredepoche-durable.fr

Composition réalisée par Lumina Datamatics

Achevé d'imprimer en décembre 2015, en France sur Presse Offset par
Maury Imprimeur – 45330 Malesherbes
N° d'imprimeur : 205064
Dépôt légal 1re publication : janvier 2016
LIBRAIRIE GÉNÉRALE FRANÇAISE – 31, rue de Fleurus – 75278 Paris Cedex 06